FANTASY

Buch

Titch wollte sein ganzes Leben nur eines werden: ein Ritter. Und nun, nach dem Tod seines betagten Vaters, ist er alt genug, um auszuziehen und seine Tugend im Kampf zu beweisen. Doch Titch hat kein Glück. Bereits der erste Ritter, den er zum Duell fordert, ist ein schwarz gerüsteter Hüne, der dem grünen Jungen zeigt, was es heißt, Lehrgeld zu bezahlen.

Das Mädchen Wren weiß vieles über Magie; darüber hinaus ist sie eine Heilerin. Sie pflegt den schwerverletzten Titch gesund, doch dann wartet auf das ungleiche Paar eine Aufgabe, die selbst den erfahrensten Magier vor Probleme stellen würde. Im Auftrag der Königin soll Wren einen verzauberten Schwan suchen und ihn in einen Prinzen verwandeln. Und sollte es ihr nicht gelingen, muß sie mit ihrem Leben büßen ...

Autorin

Susan Dexter ist eines der vielversprechendsten Talente der humoristischen Fantasy. Nach *Die Hexenprinzessin* (24669) und *Die Windhexe* (24698) ist *Der wahre Ritter* der dritte Teil ihrer Fantasy-Serie um den sturmgezeugten Hengst Valadan, die die Stereotypen des Genres liebevoll karikiert.

Bereits erschienen:

Die Hexenprinzessin. Fantasy-Roman (24669)
Die Windhexe. Fantasy-Roman (24698)

FANTASY

SUSAN DEXTER

Der wahre Ritter

Fantasy-Roman

Aus dem Amerikanischen
von Gabriele Fröba

GOLDMANN

Die amerikanische Originalausgabe erschien 1996
unter dem Titel
»The True Knight« bei Del Rey Books, New York

Umwelthinweis:
Alle bedruckten Materialien dieses Taschenbuches
sind chlorfrei und umweltschonend.
Das Papier enthält Recycling-Anteile.

Der Goldmann Verlag
ist ein Unternehmen der Verlagsgruppe Bertelsmann

Deutsche Erstveröffentlichung 6/97

Umschlaggestaltung: Design Team München
Umschlagillustration: Firuz Askin
Satz: deutsch-türkischer fotosatz, Berlin
Druck: Elsnerdruck, Berlin
Verlagsnummer: 24697
VB/Herstellung: Peter Papenbrok
Made in Germany
ISBN 3-442-24697-0

1 3 5 7 9 10 8 6 4 2

Dieses Buch ist für:

Ryan – eine mutige, ehrliche Seele.

Camp und Shadow –
die Leere, die ihr hinterlassen habt,
läßt mich euren Wert ermessen.

Außerdem möchte ich
dankend einige Mitglieder der
Gesellschaft Kreativer Anachronismus
erwähnen, nämlich:

Duncan, den ausgezeichneten Schwindler.

Die Meister, die mich
mit unendlicher Geduld in das
Tafl-Spiel einführten.

Und den Druiden Chirurgeon,
der im Flughafen von Pittsburgh
an der Gepäckausgabe auf die Knie sank
und mir die Hand küßte –
mit Rucksack, wohlgemerkt. Ein Mann also,
der jeden anderen an Ritterlichkeit
übertrifft.

Prolog

Mit Hilfe der Botenreiter des Dukes gelang es Lady Druyan, den eralischen Freibeutern einen Denkzettel zu verpassen. Die Krieger überlegten es sich schließlich mehr als einmal, ob es tatsächlich klug sei, ausgerechnet das Herzogtum Esdragon zu plündern.

In den Königreichen von Clandara dagegen hielten die Menschen kaum zusammen, und man konnte sich dort auch nur weniger Helden rühmen. Über mehr als eine Generation hinweg griffen die Eralier diese Königreiche an, bauten Stützpunkte an den Küsten von Heil und Josten und machten schon bald durch Diebeszüge und Tributforderungen etliche Pferde zu ihrem Eigentum.

Weiter als sie es jemals mit Kriegsschiffen oder zu Fuß vermocht hätten, drangen die Piraten landeinwärts vor und ließen sich auf Ländereien nieder, die sie von nun an Calandra nannten.

Das Wagnis, das die Männer eingegangen waren, machte sich bezahlt – schon nach einer Generation hatten sie die meisten unbedeutenden Königreiche erobert oder durch Zweckehen an sich gerissen.

Esdragon konnte seine Grenzen wahren, was das Land einerseits seinen eigenwilligen geographischen Formationen zu verdanken hatte. Vor allem aber blieben die Menschen deshalb verschont, weil sich das Streitroß Valadan mutig für sie einsetzte. Vielen verschiedenen Meistern hatte der Hengst während dieser turbulenten Jahre gedient. Die Zeit, die ins Land ging, konnte der sagenhaften Schnelligkeit des Pferdes nichts anhaben, und in seinem sturmschwarzen Fell zeigte sich noch immer kein einziges weißes Haar. Vor vielen Jahren war Valadan mit Hilfe eines Zaubers gezeugt worden – ein Geheimnis, das sich in den Augen des Pferdes widerspiegelte, Augen, die wie die kostbarsten Edelsteine funkelten.

Fluß der Tränen

Als Prinzessin Savrin die Trophäe erblickte, die von den eisenbeschlagenen Steigbügeln am Sattel ihrer königlichen Stiefmutter herunterbaumelte, wußte sie sofort, daß ihr Leben von nun an leer und sinnlos war. Schwere Blutstropfen fielen von dem abgetrennten Haupt des Königs, sogar jetzt noch. Savrin erkannte das Gesicht ihres Vaters nicht wieder – der zerschmetterte Schädel hatte mit dem Mann, den sie als einen sanften und liebevollen Menschen gekannt hatte, nichts gemein. Trotzdem wußte sie sofort, daß es nur einen Grund geben konnte, warum Melcia, die Kriegskönigin, gekommen war: Savrins Vater war tot. Kein Zweifel – dieser furchtbar zugerichtete Kopf war der ihres Vaters.

Savrins leibliche Mutter, Zorana, schrie bei dem Anblick entsetzt auf. Der wilde Schrei, der die Kehle der Mutter zu zerreißen schien, tat Savrin in der Seele weh. Sie selbst konnte nur wie versteinert auf den abgetrennten Kopf starren, der langsam hin und her pendelte. Das flachsblonde Haar hüllte das Haupt wie ein Umhang ein. Die Augen waren geschlossen, doch die Gesichtszüge wirkten auch jetzt noch schmerzverzerrt. Auf der Wange leuchtete eine hellrote Prellung, die ahnen ließ, was sich in den letzten Sekunden vor seinem Tod abgepielt haben mochte. Seltsam, aber dieser Bluterguß, der weder anschwellen noch nachdunkeln würde, ging Savrin am meisten ans Herz. Alles andere wirkte so unrealistisch.

Nach einem Augenblick, der Savrin wie eine Ewigkeit erschien, wandte sie den Blick ab. Jetzt erst sah sie das schnaubende Kriegspferd, das sich drohend über ihr aufbäumte. Die grausame Trense zwischen den Kiefern, vor denen Schaum stand, und die noch viel grausamere Hand an den blutdurchtränkten Zügeln zwangen das Pferd, sein scharlachrotes Maul aufzureißen. Savrin starrte auf das stahlgraue Streitroß. Sie schaffte es einfach nicht, den Blick höher zu richten und die Frau anzusehen, die ihrem Vater rechtmäßig angetraut worden war und nun – unter einer Fahne, die in der Farbe von frischvergossenem Blut leuchtete – auf dem Rücken des Rosses saß.

Niemand sagte ein Wort, doch es herrschte geschäftiges Treiben. Andere Reiter kamen herbeigeeilt und stellten sich neben ihrer Königin auf, die selbst eine Rüstung trug – Hufe klapperten, Trensen klirrten, Leder knirschte. Die Pferde wieherten und schnaubten, die Ritter hoch zu Roß riefen sich Anweisungen und Befehle zu. Einer nach dem anderen kam herbeigeritten, und schließlich umringten die Männer die beiden Frauen, die als einzige nicht zu Pferde waren. Zoranas königliche Gefolgsmänner wurden einer nach dem anderen mit Gewalt fortgeführt. Die meisten Männer ergaben sich sofort, wie gelähmt vor Entsetzen. Nur einmal, vielleicht auch zweimal, hörte Savrin, daß sich einer von ihnen zur Wehr setzte. Mitleidslos brachte man denjenigen zum Schweigen.

»Jetzt kann sich mein Mann nie wieder von mir abwenden, um sich mit Ihnen zu vergnügen, Lady«, erklärte eine rauhe Stimme. Savrin mußte unwillkürlich an das Krächzen von Raben denken, die über einem Schlachtfeld ihre Kreise ziehen, wie es in den Balladen besungen wird. »Unsere Armeen haben sich den Krieg erklärt, und Kenric hat dafür gesorgt, daß das Gemetzel schon nach einem einzigen Kampf ein Ende hat.«

Unmöglich, in dieser schauerlichen Trophäe den Vater zu sehen. Instinktiv wehrte sich Savrin gegen die Vorstellung. Für sie war Kenric der Mann, der sich als mächtiger Schatten vor der warmen Sonne abzeichnete, sie in seine starken

Arme nahm und vor sein Gesicht hielt, ein Gesicht, das nur aus Bartstoppeln und weißen Zähnen zu bestehen schien. Sonne und Mond zugleich war er in ihren Augen, jedes Lied und jede Geschichte wurde durch ihn lebendig. König über das ganze Land war er, Herr ihrer Mutter und ihr leiblicher Vater. Dieser Kopf, der dort am Steigbügel baumelte, hatte für sie nichts mit diesem Mann gemein. Savrins Blick hakte sich an dem Muster fest, das die dunklen Blutstropfen in das hohe, ausgetrocknete Gras zeichneten. Auch ihr Kopf schien auszubluten, bis nur noch Leere übrigblieb. Vielleicht verschwand, wenn sie nur lange genug auf die dunklen Flecken starrte, alles andere um sie herum. Vielleicht verblaßte das Bild und zog sich ins Reich der Alpträume zurück – über das die Königin seit jeher herrschte ...

Die rabengleiche Stimme krächzte weiter: »Auch Euch werde ich nicht verschonen können. Allein daß Ihr lebt, ist eine Beleidigung für mich.«

»Ich werde gern in den Tod gehen«, erklärte Zorana und zeigte nicht die geringste Angst. »Ihr habt meinen Herrn erschlagen, und ich werde ihm mit Vergnügen ins Jenseits folgen. Aber bitte, verschont Kenrics Kind – Savrin trifft keine Schuld an dem, was ich und ihr Vater Euch angetan haben. Sie ist unschuldig.«

»*Unschuldig?* Obwohl gerade sie immer wieder daran erinnert, daß mein Herr mich verlassen hat? Daß er weggegangen ist, nur um mit Euch zusammenzusein? Dieses Mädchen ist mir schon immer ein Dorn im Auge gewesen, sie ist das Ergebnis seiner Verfehlung!« Wutentbrannt zerrte die Königin an den Zügeln. Das Streitroß wehrte sich gegen die königliche Reiterin, bäumte sich auf und warf den gewaltigen Kopf hin und her. Savrin, vom Durcheinander um sie herum zunächst abgelenkt, sah nun der gequälten Frau geradewegs ins Gesicht.

Sie hatte die Frau vor diesem schwarzen Tag nie gesehen,

aber sie entsprach genau ihren Vorstellungen. Savrin konnte die Wut und den Ärger in Melcias Zügen lesen, und sie erkannte, daß sich hinter dieser Maske Schmerz und verletzter Stolz verbargen. Staub und Blut bedeckten das Gesicht, und der Schweiß hatte seine Spuren darauf hinterlassen. Savrin fielen die Waffen der Königin auf, an denen noch Blut klebte, und auf dem roten Anstrich des länglichen Schildes entdeckte sie Kampfspuren.

Sie war es, die gegen ihn gekämpft hat, wurde Savrin plötzlich bewußt. *Sie selbst hat es getan. Er hat sie betrogen, und sie hat ihn dafür umgebracht.*

Man hatte Savrin immer gesagt, daß sie von dieser Frau, der Königin und der rechtmäßigen Ehefrau ihres Vaters, keine Gnade zu erwarten habe. Nach allem, was ihr erzählt worden war, hatte sie sich Melcia nicht mehr als Menschen aus Fleisch und Blut vorstellen können – diese Frau schien aus demselben Stoff zu sein, aus dem Alpträume gemacht sind. Ihr Vater hatte immer alles Grausame von Savrin abgeschirmt, wie ein unüberwindbarer Wall. Obwohl sie ein gefährliches Leben geführt hatten, als Savrin noch klein gewesen war. Damals war ihr Vater mit zwei Frauen verheiratet gewesen – eine fürs Königreich und eine fürs Herz. Die erstere von beiden durfte auf keinen Fall von der Rivalin erfahren. Als Kenric Melcia verließ und sich öffentlich zu Zorana bekannte, mußten sie endlich nicht mehr fürchten, daß jemand hinter ihr Geheimnis kam, aber ein Leben in Sicherheit erwartete sie deshalb noch lange nicht. Eine Kriegserklärung nach der anderen folgte, Armeen rückten ins Land ein, grausames Morden herrschte überall, und immer wieder mußten die Menschen fliehen – doch der Augenblick, den Savrin nun durchlebte, war der grausamste.

Mit ihrer brüchigen Stimme hatte die Königin das Urteil verkündet. Hinter Savrin schrien ein oder zwei bewaffnete

Männer entsetzt auf, doch sie erkannten schnell, daß es klüger war, zu schweigen und zu gehorchen.

Savrins Mutter weinte, und die Tränen überströmten ihr makelloses Gesicht. Sie klammerte sich nicht an ihre Tochter, sie streckte nicht einmal die Hand nach ihr aus – nachdem sie sich mutig für das Leben ihres Kindes eingesetzt hatte, schien sie Savrin vollkommen vergessen zu haben. Als sie plötzlich nach vorne stürzte, war es nur, um den blutigen Kopf an ihre Brust zu pressen. Sie wollte einen letzten Kuß auf die Lippen des toten Königs drücken. Daß sie dabei riskierte, von dem aufgeschreckten Streitroß niedergetrampelt zu werden, schien ihr gleichgültig zu sein. Einige Ritter, die bereits vom Pferd gestiegen waren, rissen sie zurück, umringten sie und führten sie fort. Nur ein paar Schritte entfernt lag der Fluß, der gewaltige Wassermassen mit sich führte – tagelang hatte der Himmel geweint. Eigentlich hatten Zorana und ihre wenigen Wehrmänner gehofft, sie könnten sich jenseits dieses Flusses in Sicherheit bringen, aber Überschwemmungen hatten den Fluß zu einem reißenden Strom anschwellen lassen und sie vorerst ans Ufer gekettet – jetzt war es zu spät, und es gab kein Entrinnen mehr.

Dann sollte Savrin in den Tod geführt werden. Erst wollte sie sich wehren, doch sie erkannte, daß es keinen Sinn hatte. Wenn sie versuchte zu fliehen, sahen sich die Männer, die links und rechts von ihr standen, wahrscheinlich gezwungen, Hand an sie zu legen. Wenn sie sich allerdings fügte und ihnen bereitwillig folgte, würden sie sie vielleicht frei gehen lassen, wie es einem Königskind gebührte. Außer ihrer Würde hatte man Savrin alles genommen, und so klammerte sie sich mit zitternden Fingern und unerschütterlicher Entschlossenheit an diesen Gedanken.

Sie blieb erst stehen, als sie das seichte Ufer erreicht hatten, und wandte sich um, um zu der Frau auf dem blutbesprenkelten Pferd zu blicken. Der Tag neigte sich schon fast dem Ende zu, und das Tageslicht hatte sich in ein seltsames Zwielicht verwandelt.

Sie hatten die Leiche ihrer ertränkten Mutter bereits aus dem Fluß gezogen. Einer der Ritter schimpfte mit den anderen Männern, weil sie – vollkommen gedankenlos – dem Mädchen den Anblick nicht erspart hatten. Aber das Königskind wandte sich sofort ab von dem erbärmlichen Bündel in nassen Kleidern, das für Savrin nichts mit der Mutter gemein hatte – genausowenig wie der abgetrennte Kopf mit ihrem Vater. Sie stand reglos da und starrte in die dunklen Fluten, die sich – kaum einen Meter vor ihren Füßen – ihren Weg bahnten.

Die Rote Königin, wie man Melcia nannte, rief ihrem Vasallen einen rauhen Befehl zu. *Beeilung. Nur kein Mitleid.*

»Tut mir leid«, sagte der Ritter an Savrins Seite, als er ihr die Hand mit dem Panzerhandschuh auf die Schulter legte.

Savrin neigte feierlich den Kopf – eine höfische Geste, die ihr durch strengen Unterricht in Fleisch und Blut übergegangen war. Dann ging sie gehorsam weiter in die dunklen Fluten. Das Wasser war kalt, furchtbar kalt, wie eine der tiefen Winternächte, in denen das Feuer früh erlosch, weil Savrins Amme schon eingeschlafen war und keine neuen Holzscheite nachgelegt hatte. Die eisige Kälte leckte an Savrins Fesseln und fraß sich in ihren Rock. Nach dem nächsten taumelnden Schritt reichte ihr das Wasser bereits bis an die Knie. Sie stieß mit den Zehen gegen wackelige Steine und geriet ins Wanken.

Savrin überlegte, ob es wohl schmerzhaft sei zu ertrinken, oder ob die Kälte einen zunächst betäubte, so daß man nichts von alledem mitbekam. Sie zögerte, und dann spürte sie die unnachgiebigen, wenn auch unwilligen Hände auf ihren Schultern. Jeden Moment würden diese Hände sie unter die kalte, dunkle Oberfläche drücken und sie so lange dort unten halten, bis ihre Lungen versagten und die uneheliche Tochter des Königs ihr Leben aushauchte. Nur noch ein Schritt …

Über dem gegenüberliegenden Ufer leuchtete der erste Stern auf dem tiefen Blauviolett des Himmels. Savrin hakte ihren Blick daran fest, Tränen standen in ihren Augen. Während sie taumelnd dem Tod und der Verzweiflung entgegenging, liefen ihr die Tränen wie Quecksilberperlen über die kalten Wangen und strömten in das Wasser des Flusses. Immer tiefer tauchte sie in die Fluten ein.

Der Ritter dachte daran, daß ihm die Königin diese grausame Aufgabe mit nichts würde bezahlen können. Die Pflicht, die er zu erfüllen hatte, war ihm zutiefst verhaßt, und er verachtete sich selbst dafür, daß er zum Gehorsam gezwungen war. Das Mädchen setzte jedoch so selbstverständlich einen Fuß vor den anderen, daß er sich wenigstens an eine Hoffnung klammern konnte: die Hoffnung, daß Savrin vor Kummer und Entsetzen vollkommen verstört war und das, was mit ihr geschah, nicht mehr bewußt wahrnahm. Ihre Mutter hatte so unter Schock gestanden, daß sie mit reglosen Gesichtszügen in den Tod gegangen war. Er wagte nicht, sich zu vergewissern, ob die Miene der unehelichen Prinzessin genauso ausdruckslos war. Falls es wirklich so sein sollte, würde ihn dieser Anblick für den Rest seines Lebens verfolgen …

Als er sie unter Wasser drückte, schien sie aus ihrer Trance zu erwachen. Sie fing an, sich zu wehren. Der Ritter hielt es für das beste, fester zuzupacken. Die größte Gnade, die er dem Mädchen erweisen konnte, war ein schneller Tod. Wenigstens das schuldete er diesem Kind, das nichts verbrochen hatte. Doch je fester er zugreifen wollte, um so mehr entglitt ihm das Mädchen – wie schmelzendes Eis. Er krallte sich mit den Fingern in Savrins Mantel fest und war bereit, sie sofort wieder unter Wasser zu drücken, falls sie auftauchen und nach Luft schnappen würde. Aber nichts dergleichen geschah, und plötzlich begriff er, daß er lediglich einen vollgesogenen Mantel in den Händen hielt. Suchend tastete er in den Fluten um sich herum, aber sie blieb verschwunden.

Der Flußotter jagte blitzschnell mit der Strömung, und die Bewegungen, mit denen Savrin versucht hatte, sich zu befreien, gingen übergangslos in Schwimmbewegungen über. Sie schlängelte sich zum Grund des Flusses hinunter, preßte immer wieder die Nase an die Schwanzflosse, hielt sich dicht über dem Boden und glitt über silberfarben glitzernde Wasserbläschen und Algen hinweg. Als sie endlich Luft holen mußte, war sie bereits ein gutes Stück weiter flußabwärts geschwommen, und über ihr wurde es langsam Nacht.

Ein verhängnisvoller Fluß

Kein Zweifel – diesem Mann war Titch nicht gewachsen.

Diese bittere Wahrheit wurde ihm sofort bewußt, als der Fremde auf ihn zukam. Der Unbekannte ritt in einem langsamen Trab auf den Fluß zu, und allein durch seine Kleidung strahlte er Autorität aus. Jede Faser der Gewänder verriet, wie kostbar der Stoff sein mußte, und es war offensichtlich, daß der Besitzer ein bedeutender Herr war. Der Fremde trug einen blanken, schmucklosen Helm, an dem die Klinge eines Gegners abgleiten würde, ansonsten aber war jeder Zentimeter seiner Kleidung mit Ornamenten verziert – entweder aus ziseliertem Kupfer oder aus Messingnieten. Unter der gefärbten Lederrüstung mit den Armschienen trug der Krieger ein Kettenhemd, und auf allen Kleidungsstücken lag der Staub einer langen Reise. Allerdings sah man, daß das Kettenhemd täglich gepflegt wurde – kein Rostfleck war zu entdecken. Die Kettenglieder, die unter der Rüstung hervorblitzten und die Arme bedeckten, funkelten geradezu. Die Bekleidung saß ausgezeichnet, war ohne Zweifel maßgefertigt für die langen Glieder des Mannes. Die Lanzen des Fremden steckten in einem Schaft, so daß er jederzeit danach greifen konnte. Er hatte rote Handschuhe übergestreift und achtete offensichtlich immer darauf, daß die rechte Hand frei blieb. Ein gewaltiger Hüne, gut ausgerüstet und stets auf der Hut. Ein gesunder, kräftiger Kerl, keine Frage.

Ein fairer Kampf, bei dem Titch seinen Mut unter Beweis stellen konnte. Und genau das war der Haken bei der Sache – Titch war an einem Punkt seiner Karriere angelangt, an dem ihm eine sichere Sache, die seinen Ruhm untermauerte, viel nützlicher sein konnte. Ein Gefecht zwischen gleichstarken Gegnern war unter Umständen nicht nur gefährlich, sondern sogar nachteilig für ihn. Sicher, er selbst war auch von kräftiger Statur. Schon lange bezeichnete man ihn nicht mehr, so wie früher, als halbe Portion. Man konnte Titch zwar nicht als kräftig gebaut bezeichnen, aber er war zu einem zähen Burschen herangereift – und wenn er auf einem Pferd saß, wirkte er genauso mächtig wie jeder andere auch. Immer wieder hatte er sich geduldig darin geübt, die schwere Klinge zu schwingen, mal zum Angriff, mal zur Verteidigung, und inzwischen waren seine Arme und Schultern kräftiger ausgebildet als bei dem bulligen Sohn des Schmiedes, der am Markttag vor jedem, der Interesse zeigte, seine Muskeln spielen ließ.

Er war nicht nur kräftig, sondern besaß auch Willensstärke. Im Laufe der Zeit hatte er bei echten Wettkämpfen – Kämpfe, die nicht nur freundschaftliche Spielereien waren – Rüstungen und Waffen erworben. Weil er aber von praktischer Natur war, hatte er die funkelnde Ausrüstung für gutes Geld verkauft. Nur die schlichten, nützlichen Dinge blieben – vernünftigerweise – in seinem Besitz. Mit so kostbarer Kleidung wie der des Fremden konnte er also nicht aufwarten, aber alles in allem war er nicht schlecht ausgerüstet.

Natürlich – klug war es nicht, den anderen zum Kampf herauszufordern. Ein kalkulierbares Risiko war schließlich immer noch Risiko. Titch hatte eigentlich andere Pläne gehabt, und es paßte überhaupt nicht in sein Konzept, schon am ersten Tag seiner Reise all seine Habe leichtfertig aufs Spiel zu setzen. Am klügsten wäre es wohl, diesen so unglaublich mächtig wirkenden Fremden ungehindert den Fluß überqueren und weiterreisen zu lassen. Vermutlich wollte der Reiter zu einem Turnier oder irgendwohin, wo er für seinen Herrn einen Dienst zu erfüllen hatte. Einfach töricht, dieses ritterliche Mannsbild herauszufordern.

Das Problem bei der Sache bestand allerdings darin, daß Titch um jeden Preis dieses Pferd haben wollte.

Das Reittier des Fremden schimmerte schwarz wie eine tiefschwarze Winternacht, in der weder Sterne am Himmel stehen noch ein Hauch Schnee liegt. Falls das Pferd irgendwo ein weißes Haar hatte, dann höchstens versteckt unter dem Sattel. Doch das Besondere war nicht die Farbe des Hengstes. Was ihn in den Bann schlug, war die Art, wie das Pferd auf Titch zukam – den Hals gekrümmt und das Kinn so weit vorgereckt, wie es die Trense erlaubte. Jeden Schritt setzte es grazil und bedächtig wie ein Stück Rotwild oder ein Tänzer. Da der Weg zunächst dem Lauf des Flusses folgte, bevor er abschüssig wurde und zum Ufer hinunterführte, blieb Titch genügend Zeit, sich das Tier genau anzusehen. Während dieser winterlichen Jahreszeit waren die Bäume kahl, und nichts versperrte den wunderschönen Anblick.

Groß war das Pferd auf keinen Fall – nicht so ein breit gebautes und irgendwie plump wirkendes Streitroß, das eine Verteidigungslinie aus Fußsoldaten schon im leichten Trab durchbrechen kann. Doch bei diesem Hengst harmonierten alle Körperteile miteinander. Auf dem geschmeidigen Hals saß ein kleiner, kühn geformter Kopf. Der breite Kiefer lief in ein schmales Maul aus, und nicht nur im Profil verjüngte sich der Kopf: Von vorne betrachtet mündete die breite Stirn in ein Maul, das mühelos in Titchs Handteller Platz gefunden hätte. Kleine Ohren reagierten auf jedes Vogelzwitschern und auf das leiseste Blätterrascheln. Die perfekt geschwungenen Schultern fielen schräg ab. Nach einem kurzgebauten Rücken setzte hoch der Schweif an, und darunter fanden sich kräftige Hinterläufe. Der Rumpf war wohlgerundet, die Lenden kräftig. Die Beine mit den edlen, flachen Gelenken bildeten eine klare Linie, wie beim Rotwild. Durch diesen Körperbau bewegte sich der Hengst – selbst im Trab – so geschmeidig, daß Titch bei dem Anblick das Herz bis zum Hals pochte. Er malte sich aus, was das Pferd bei anderen Gangarten zu leisten vermochte, und schon bei der Vorstellung wurde ihm ganz schwindelig.

Er beugte sich vor und tätschelte Grays linke Schulter. Das Fell des Pferdes war ziemlich zerzaust, wie immer. »Nichts gegen dich, alter Freund, aber ich glaube, ich hab mich soeben Hals über Kopf verliebt. Und du hast es dir redlich verdient, dich endlich zur Ruhe zu setzen.« Als Antwort schnaubte Gray und nickte mit dem Kopf. »Nein, geplant war das eigentlich nicht«, stimmte Titch zu, »aber das ist ein Wink des Schicksals ...«

An diesem Morgen, als er sein Dorf verlassen hatte, hatte er sich eigentlich vorgenommen, zunächst den Fluß, der nun vor ihm lag, zu überqueren und dann tief in das Landesinnere von Heil vorzudringen. Ziel seiner Reise sollte ein Pachtgut sein, auf dem jeden Winter Turniere abgehalten wurden, Wettkämpfe, bei denen man zu Ruhm gelangen konnte. Ein kluger Plan, denn wenn Titch weiterhin nur gegen die Einheimischen gekämpft hätte, mit denen er aufgewachsen war, hätte er es weder zu Reichtum bringen noch sich jemals einen Namen machen können. Bei den freundschaftlichen Wettkämpfen trat gewöhnlich jeder gegen jeden an, so schulten die eralischen Krieger in den ruhigen Zeiten, in denen sie nicht in ernsthaften Kämpfen herausgefordert wurden, traditionsgemäß ihr kriegerisches Können. Niemand unter den Einheimischen konnte einen passablen Einsatz bieten, außer Rüstungen und Waffen war bei den anderen nichts zu holen. Sein verstorbener Vater hatte ihm das beste Pferd und das beste Schwert der ganzen Region hinterlassen. Wenn Titch es zu mehr bringen wollte – und das wollte er wahrlich –, mußte er auf jeden Fall einen weiten Weg zurücklegen.

Doch wie es das Schicksal wollte, kam nun das, was er sich immer am allermeisten gewünscht hatte, bedächtig auf ihn zugetrabt. Er konnte sich gut vorstellen, wie sich dieses Pferd im schnellen Lauf bewegte und was für ein Gefühl es sein mußte, auf einem so einzigartigen Tier zu sitzen. Er malte sich aus, was dieses Streitroß im Kampf für ihn bedeuten konnte. Schnelligkeit, Kraft und Beweglichkeit – jetzt mußte Titch seinen Wallach Gray doch noch einmal tätscheln, hatte er doch irgendwie das Gefühl, seinem alten Freund untreu zu werden. Auf gewisse Weise lebte sein Vater in diesem alten Kriegspferd weiter. Titch hatte jeden Tag seines Lebens – jedenfalls solange er sich erinnern konnte – mit dem Tier verbracht. Und tatsächlich: Pferd und Reiter waren gleich alt.

Allerdings bedeuteten für Titch zwanzig Lenze, daß er das beste Kampfesalter erreicht hatte, während der graue Wallach seine besten Tage längst hinter sich hatte. Jeden Tag rückte für das Tier der Tod ein Stück näher, und man konnte nicht vergleichen, was Roß und Reiter noch zu leisten vermochten. Titch tat seinem alten Freund wirklich keinen Gefallen, wenn er ihn – weil er keine andere Möglichkeit hatte – immer weiter quälte.

In Kampfangelegenheiten war die eralische Philosophie ziemlich einfach – das Recht des Stärkeren war Gesetz. Nachdem man einen Mann in einem fairen Kampf besiegt hatte, bekam man von seiner Ausrüstung und Habe alles, was man sich nur erträumte. Die Waffen, die Rüstung – oder auch das Pferd. Schon seit Jahren bezahlte Titch sein Brot damit, daß er seine Gewinne eintauschte, doch wenn er dieses Pferd bekommen sollte, würde er sich für nichts in der Welt wieder davon trennen, nicht mal für reines Gold. Er wollte alles aufs Spiel setzen, damit dieser Hengst sein eigen wurde. Er griff hinter den Sattel und holte den Eisenhelm hervor, den er – solange er reiste und keinen Kopfschutz benötigte – dort befestigt hatte. Er warf einen finsteren Blick auf die verbeulte Nasenschiene, die unausweichlich eine Druckstelle auf seiner nicht gerade kleinen Nase hinterlassen würde, und zog sich den Helm fest über die Lederkappe und die gepolsterte Kopfhaube. Der Helm leistete immerhin seinen Dienst, und weil er mit Rostflecken übersät war und einige Dellen nicht mehr vollständig ausgebeult werden konnten, paßte er eigentlich gut zum Rest der Ausrüstung. Alles – von den Panzerhandschuhen bis zu den Stiefeln – schien nicht so recht zusammenzugehören und machte einen zusammengestückelten Eindruck. Wie sollte es auch anders sein? Schließlich hatte er jedes Teil nach und nach gewonnen, und viel zu oft war er gezwungen gewesen, die guten Stücke für einen Silberkreuzer, eine Mahlzeit oder eine Unterkunft zu verkaufen. Doch durch ein gutes Pferd – durch *dieses* Pferd – würden sich die traurigen Umstände womöglich grundlegend ändern. Bei einem großen Turnier konnte er, wenn alles gutging, riesige Summen gewinnen. Und eines Tages, wenn es ihm gelingen sollte, sich vor den Augen eines echten, adligen Lords auszuzeichnen, schlug man ihn vielleicht zum Ritter – und gab ihm ein Stück Land.

Nur diese eine Hürde mußte er überwinden, mehr nicht.

Titch stellte die Schnalle seines Helmgurtes so ein, daß der Kopfschutz bequem saß, und rückte das Halsband aus Ochsenleder zurecht, das seine Kehle schützen sollte. Dann zog er die ledergefütterten Kettenhandschuhe über – erst den rechten, dann den linken. Er spielte mit den Fingern, nahm die Zügel in die Hand und ließ sich tiefer in den knarrenden Sattel sinken. In dem Moment, als der Fremde sein Pferd auf den Abhang führte, um zum Fluß hinunterzugelangen, preßte Titch seinem Wallach die Schenkel in die Flanken und schoß aus seinem Versteck hervor.

Sofort richteten sich die schwarzen Ohren des Hengstes auf, und das Tier blähte die scharlachroten Nüstern. Es bemerkte Titch sofort, und wahrscheinlich hatte es die ganze Zeit über gewußt, daß ihm Gray hinter den Bäumen auflauerte. Titch richtete seine ganze Aufmerksamkeit auf den Reiter. Der Helm des Mannes verdeckte sowohl die Wangen als auch die Nase, doch Titch konnte erkennen, daß der Fremde erschrocken die Augen aufriß. Aus der Nähe wurde ihm außerdem bewußt, was für ein kräftiger Kerl vor ihm stand – wahrscheinlich brachte er rund fünfundzwanzig Kilo mehr auf die Waage als Titch.

Der unbekannte Ritter zügelte jäh sein Pferd, und der schwarze Hengst reagierte sofort. Es bäumte sich halb auf und blieb abrupt stehen. Wie eine Flutwelle umschmeichelte die Mähne den Hals des Pferdes, der Schweif flatterte im Wind und glich einem Banner. Die Augen blieben wachsam, und der Schwarze schien – selbst als das Tier sich mit allen vier Hufen in die Erde stemmte – ständig in Bewegung zu sein.

Bei allen Göttern, er wollte dieses Pferd! Unbedingt!

»Wollt Ihr hier den Fluß überqueren?« fragte Titch mit fester Stimme, aber seine Knie zitterten. Gray beachtete das Zucken gar nicht, das jedes andere Pferd vermutlich als Aufforderung zur Flucht verstanden hätte.

Der Fremde musterte ihn und schien nicht im Traum daran zu denken, eine Gefahr in ihm zu sehen. Schließlich ließ er sich dazu herab, Titch zu antworten: »Ja, das habe ich vor. Was kümmert Euch das?«

»Ihr habt kein Recht dazu.« Titch hob die Lanze ein wenig an.

Der andere reagierte verblüfft, dann umspielte ein höhnisches Lächeln seinen Mund, wie sich trotz des Helms erkennen ließ. »Wollt Ihr damit etwa sagen, ich soll erst gegen Euch kämpfen, damit ich den Fluß überqueren kann?« Der Blick des Fremden wanderte zum Fluß – einem ganz gewöhnlicher Fluß, an dem nichts war, was einen Kampf gerechtfertigt hätte.

Titch zuckte mit den Schultern. »In einem Umkreis von zehn Meilen ist das die einzige Stelle, an der man über den Fluß reiten kann. Es sei denn, Ihr habt Lust, im tiefsten Winter schwimmen zu gehen. Außerdem führt nur dieser Weg auf die große Straße nach Heil. Aber wie Ihr wollt.«

»Was verlangt Ihr von mir?« fragte der Mann leicht verwirrt.

Titch schluckte, zwang sich dann aber weiterzureden. »Euer Pferd.«

»Mein ...« Erstaunt riß der Ritter die blauen Augen auf. »Ihr müßt verrückt sein.«

»Nein.« Titch schüttelte den Kopf und versuchte, gelassen und selbstsicher zu wirken. »Ich fordere Euch heraus. Wenn Ihr den Fluß an dieser Stelle überqueren wollt, müßt Ihr gegen mich kämpfen. Wenn ich Euch besiege, verliert Ihr Euer Pferd an mich.«

»In einem Lanzenlauf?« Der polierte Helm wanderte ruckartig von links nach rechts. »Damit bin ich gar nicht einverstanden. Wenn Ihr es auf mein Pferd abgesehen habt, kämpfen wir auch mit Schwertern. Oder Ihr müßt Platz machen, Junge.«

Bedächtig ließ Titch die Lanze ins Gebüsch fallen, dann zog er das Schwert seines Vaters aus der fleckigen, an vielen Stellen ausgebesserten Scheide. »Also gut, dann mit dem Schwert.« Er trieb Gray an.

Eigentlich wären ihm Lanzen lieber gewesen. Mit Geschick und ein bißchen Glück konnte man mit dieser Waffe einen Wettstreit schon nach kürzester Zeit erfolgreich beenden. Mit Klingen eine Entscheidung herbeizuführen, dauerte sehr viel länger, und ein kräftigerer, erfahrener Gegner hatte dabei die besseren Chancen. Keine Kampfform, zu der man Titch raten konnte, und er war sich dessen bewußt. Aber er mußte zugeben, daß die Wahl des Schwertes gerechtfertigt war. Ein so wertvolles Pferd durfte man nicht bei einem Wettstreit riskieren, bei dem so viel vom Glück abhing. Dazu noch gegen einen Fremden, der dem Ritter einfach aufgelauert hatte. Normalerweise hätte Titch niemals gewagt, seinen Wallach bei einem so unsicheren Unternehmen aufs Spiel zu setzen – aber diesmal hatte er den Kampf sogar selbst heraufbeschworen.

Auf keinen Fall durfte der Mann an ihm vorbeikommen. Schließlich war es gut möglich, daß er nur ein paar Hiebe einsteckte, durch den Fluß jagte und unbeirrt weiterritt. Die Regeln bei einem Kampf änderten sich ständig und konnten – wie Bienenwachs – immer wieder zurechtgebogen werden, besonders dann, wenn der Gegner, wie in diesem Fall, nicht in aller Form herausgefordert worden war.

Kein Marschallstab gab das Kommando zum Kampf. Als der Ritter dem schwarzen Hengst die Sporen gab, sah Titch, wie sich ein Sonnenstrahl im Metall fing – die einzige Vorwarnung, die ihn wissen ließ, daß sich der Ritter auf den Kampf einließ und das Gefecht nun beginnen sollte. Titch spornte Gray weiter an, und der Wallach jagte los, so schnell es seine alten Beine noch vermochten. Vor allem die Vorderläufe hatten im Lauf der Jahre gelitten, sie schwollen immer wieder an, wenn Titch sie nicht bandagierte. Wie ein Hühnerhabicht, der von der Faust des Falkners in den Himmel vorstößt, schossen sie den Hang hinauf. Kieselsteine stoben hinter ihnen auf.

Wenn er einen scharfen Haken nach links schlug, konnte er – aus etlicher Entfernung – auf den rechten Arm des Ritters einschlagen, ohne die Pferde zu gefährden. Allerdings blieben dabei seine rechte Seite und – was noch viel schlimmer war – der Weg zum Fluß ungedeckt. Gefährlich, denn Gray lief dem Hengst vom tiefer gelegenen Fluß aus entgegen, während das schwarze Pferd sehr viel schneller den abschüssigen Weg zum Ufer hinunterjagte. Also änderte Titch nur leicht die Richtung, so daß die Pferde wahrscheinlich sehr dicht aneinander vorbeijagen würden, und während er sich auf den Kampf vorbereitete und das Schwert gegen den Gegner richtete, hob er seinen Schild. Titch war allein schon deshalb im Nachteil, weil der Gegner viel mehr Schwung hatte. Grays Galopp war eigentlich noch recht passabel, aber das andere Pferd jagte schließlich bergab und stürzte wie ein Falke auf sie herunter. Wenn der Ritter seinen Schwerthieb exakt plazierte, konnte er Titch mit Leichtigkeit aus dem Sattel stoßen. Dazu brauchte er nicht einmal sein Schwert, eigentlich mußte er den anderen, der den Hügel hinaufgaloppierte, einfach nur mit der Kante des Schildes wegdrücken, so wie eine Pflugschar Erdklumpen beiseite schiebt.

Titch mußte also dafür sorgen, daß der Schild des Ritters an seinem abglitt, statt ihn mit voller Wucht zu treffen. Als nächstes schien es dann ratsam, dem Gegner mit der flachen Seite des Schwertes ein paar Hiebe zu versetzen. Die Pferde mußten dabei dicht beieinander bleiben, damit der Schwarze nicht umdrehen und erneut auf ihn zujagen konnte. Es war nämlich gut möglich, daß Gray nicht schnell genug wenden konnte, und dann hatte der Ritter die Chance, Titch von hinten zu überrumpeln. Nicht nur der richtige Einsatz der Klinge war also entscheidend, sondern auch, daß Titch den richtigen Moment wählte, um sich dem anderen anzunähern. Die Hufe donnerten so laut über den Boden, daß nur noch ein einziges Dröhnen zu hören war. Titch ließ die Zügel los, damit sein Arm, der den Schild trug, Bewegungsfreiheit hatte, und umklammerte fest die Riemen seiner Schutzplatte. Dann holte er mit dem anderen Arm aus und visierte sein Ziel an.

Im letzten Moment riß der Ritter die Zügel des schwarzen Hengstes herum und prallte mit voller Wucht gegen seinen Herausforderer. Die hölzernen Schilde stießen aufeinander, und der schwarze Hengst donnerte wie ein Rammbock gegen Titchs Knie und Grays Flanke. Titchs Klinge verfehlte das Ziel. Sofort preßte er die Beine fest an Grays Bauch, ließ sich wie ein Stein, der auf den Grund eines Teiches sinkt, in den Sattel sinken und wandte auch sonst alle möglichen Tricks an, um sich auf dem Pferd zu halten. Gray wankte durch den Aufprall, und Titch begriff – als sich alles um ihn herum auf den Kopf stellte –, daß er vom Pferd stürzte.

Erstaunlicherweise landete Titch nicht auf dem Kopf – er schlug hart und flach auf dem Rücken auf, und zwar mit solcher Wucht, daß er meinte, er müsse sich ungefähr fünf Zentimeter tief in den Flußkies am Ufer gebohrt haben. Obwohl er beide Augen weit aufriß, konnte er nichts sehen. Außerdem war es ihm unmöglich, sich zu bewegen, und auch das Atmen fiel ihm schwer. Einen Moment lang kümmerte ihn nicht einmal das.

»Mondherrin, bitte nicht noch mal diese Tortur ...« Auf dem Kies knirschten schwere Stiefel und kamen direkt neben ihm zum Stehen. Erstaunt stellte Titch fest, daß seine Ohren noch funktionierten. Er blinzelte, um herauszufinden, ob er auch wieder etwas erkennen konnte.

»Alles in Ordnung mit Euch? Sagen Sie doch was ...«

Die Stimme schien alles zweimal zu sagen, und das Echo hörte sich an, als sei der andere Mann ziemlich aufgebracht. Der Metallhelm wurde gelöst und von Titchs Kopf gezogen, anschließend die Kopfhaube. Eisige Luft streifte Titchs ungeschützten Kopf.

»Er lebt«, stellte die Stimme fest, und Titch dachte, daß der andere erleichtert und auch erstaunt klang. Er atmete flach ein, schnappte dann immer wieder nach Luft und hustete etliche Male. Als er sich aufsetzte, kehrte schlagartig das Gefühl in seine Glieder zurück – eine schmerzhafte Sache. Immer noch bemüht, wieder zu Atem zu kommen, krümmte er sich. Ein heftiger Schmerz fuhr ihm erst in den Kopf und dann in den Rücken. Etwas tropfte auf seine Hand. Titch starrte auf die Finger und entdeckte scharlachrotes Blut, leuchtend wie Mohn.

»Seid Ihr verletzt?« fragte die Stimme, die – wenn er seinen Ohren trauen durfte – aus meilenweiter Entfernung zu ihm drang.

»Nein, nein«, erklärte Titch schwach, was sogar ein wenig der Wahrheit entsprach. Das Atmen war es, was ihm Schmerzen bereitete.

»Ich habe Euch gefragt, ob Ihr verletzt seid?« redete die Stimme weiter auf ihn ein. »Könnt Ihr mich hören?«

Nachdem der Hustenanfall schwächer geworden war, konnte Titch den anderen eigentlich gut hören. Er wischte sich mit dem Handrücken über die Oberlippe und schüttelte – als Antwort auf die erste Frage des Mannes – den Kopf. Ihm tat zwar alles weh, aber nichts schmerzte ihn besonders heftig, und das dumpfe Pochen schien auch nicht stärker zu werden, wenn er sich bewegte. Mit der Zeit fiel ihm das Atmen immer leichter.

Das Schlimme an der ganzen Sache war auch nicht sein körperlicher Zustand, sondern der Umstand, daß er völlig ruiniert war. Er hatte alles, was er auf dieser Welt besaß, aufs Spiel gesetzt – und verloren. Als Gray in sein Blickfeld trottete, das Maul in den Kies drückte und herumschnupperte, wurde er schmerzhaft daran erinnert.

Der Fremde folgte Titchs Blick. »Ihr wißt ja wohl, daß das Pferd viel zu alt ist für solche Spielchen«, sagte er wütend. »Grausam, was Sie mit ihm anstellen.«

Titch wischte sich noch mal über die Nase. Weniger Blut diesmal, stellte er sachlich fest. Außerdem konnte er wieder klar sehen – bis auf ein paar rote Punkte, die vor seinen Augen tanzten. »War sowieso das letzte Mal für ihn«, erklärte er. »Wenn ich gewonnen hätte, würde mir jetzt ein besseres Pferd gehören, und ich müßte Gray nicht mehr mit solchen Kämpfen quälen. Aber ich hab verloren ... na ja, und Ihr habt ja schon ein besseres Pferd, also werdet Ihr Gray nicht mehr viel abverlangen. Ihm wird's also auf jeden Fall in Zukunft gutgehen.«

»Was für konfuse Gedankengänge!« Der Fremde nahm seinen Helm ab, und es kamen kurzgeschnittene braune Haare zum Vorschein. Sie waren naßgeschwitzt, und der Helm hatte sie flach gedrückt. »Ist wohl nicht das erste Mal, daß Ihr auf den Kopf gefallen seid, was?«

»Ihr habt mein Pferd gewonnen«, erwiderte Titch wütend. »Ihr müßt mich nicht auch noch beleidigen.«

Der Mann lächelte und entblößte dabei erstaunlich viele und weiße Zähne. Wie durch ein Wunder war sein Gebiß von allen Mißgeschicken und Krankheiten verschont geblieben. »Ich *will* Euer Pferd überhaupt nicht. Und ich hab auch gar keine Lust, für einen betagten Ackergaul noch Futter aufzutreiben, damit *Euch* wenigstens ein Funke Stolz bleibt. Es gibt eigentlich nur eine Sache, die ich jetzt gebrauchen könnte: jemand, der mir sagt, wo ein Kerl wie ich was Anständiges zu essen bekommt – obwohl Ihr eigentlich nicht ausseht, als ob Ihr das wüßtet.«

Er wollte Gray gar nicht? Daß sein Schicksal auf einmal diese Wendung nahm, verwirrte Titch fast genauso wie sein Sturz auf den Rücken. Gray sollte ihm nun doch nicht genommen werden? Nur mit Mühe gelang es ihm, sich weiterhin auf die Unterhaltung zu konzentrieren und sinnvolle Antworten zu geben.

»Ja, ich weiß, wo Ihr hingehen könntet«, sagte er. »Und *Euch* wird man da sicherlich gern bewirten, keine Sorge.« Daß der Fremde nicht nur geschickter war als er, sondern auch von höherer Geburt, mußte er ihm wohl zugestehen, entschied Titch. »Ich werd's Euch zeigen, Sir.« Er raffte sich auf, unterdrückte ein Stöhnen und humpelte zwei Schritte auf Gray zu. Dann hielt er inne, um Helm und Schwert aufzuheben.

Voller Mitleid sah ihm der Fremde zu. »Die Jugend ist noch zäh! Ich hätte mir bei so einem Sturz alle Knochen gebrochen! Oder seid Ihr das etwa schon gewöhnt?«

Titch schluckte die boshafte Anspielung herunter, denn sein Stolz war schließlich bereits gebrochen worden – die Worte konnten ihn kaum noch treffen. Wieder zog er es vor zu schweigen und griff nach Grays Zügeln.

Die beiden Männer musterten sich – der eine war groß und entsprechend muskulös gebaut, und das eher kantige Gesicht hatte breite, regelmäßige Züge, hübsch genug, um einen Minnesänger zu inspirieren. Von der Größe her konnte sich der übel zugerichtete junge Mann nicht mit ihm messen, aber seine Schultern waren genauso kräftig gebaut – ein durchtrainierter Kerl alles in allem. Auch Titchs Hände waren auffallend breit und stark. Das Gesicht wirkte alles andere als schmal, selbst wenn man von den vorstehenden Wangenknochen absah – das Kinn war eckig, und die Nase stach wie ein Habichtsschnabel hervor. Die Augen waren verschiedenfarbig gesprenkelt – schwer zu sagen, welche Farbe sie eigentlich hatten. Je nach den Lichtverhältnissen wirkten sie braun, grau oder grün. Im Moment hatte er sie ohnehin zu Schlitzen verengt – Ehrerbietung lag in seinem Blick, aber er blieb immer noch auf der Hut wie ein wilder Fuchs. Daß sein Haar wenigstens annähernd der Form seines Helmes entsprach, hatte ihn viel Mühe gekostet – alle Locken, die unter dem Rand der Stahlkappe hervorgeschaut hatten, waren der Schere zum Opfer gefallen. Normalerweise mußte diese Partie ausrasiert werden, aber das konnte nur ein anderer machen. Also hatte sich Titch notdürftig selbst geholfen, auch wenn er sich jetzt immer wieder ängstlich fragen mußte, ob man den Unterschied wohl merkte und seine Laienhaftigkeit ahnte.

Der Ritter war besser frisiert – vorne war das Haar besonders sorgfältig geschnitten, damit ihm keine Fransen in die Augen fielen, und hinten hatte er das lange Haar ordentlich zu einem Pferdeschwanz gebunden. Die Sonne hatte einige Strähnen ausgebleicht, die nun goldfarben in dem sonst braunen Haar schimmerten. Wieder lächelte der Ritter den anderen freundlich an. »Ich bin Gerein von Kendillin«, stellte er sich vor.

»Ich heiße Titch«, erwiderte der Jüngere, und ihm wurde schmerzhaft bewußt, daß er seinem Namen keinen Titel oder etwas Ähnliches hinzufügen konnte. Nicht einmal den Namen des Dorfes, das einem anderen gehörte.

»Also, Ihr seid Titch und könnt mir zeigen, wo ich ein Gasthaus finden kann? Natürlich nur, falls wir uns einigen können, daß der Wettstreit hiermit in allen Ehren zu Ende geführt wurde.«

Titch nickte. Es war sowieso gut, wenn er den schmerzenden Nacken bewegte, redete er sich ein.

Der Ritter schenkte ihm erneut ein gewinnendes Lächeln. »Na, dann zeigt mir den Weg! Wenn ich zufrieden mit Eurer Führung bin, geb ich Euch auch ein Essen aus. Wenn nicht, müßt Ihr zur Strafe meine Portion auch noch verdrücken – also, gebt Euch Mühe.«

Titch sah sich eingehend Grays Sattelgurt an, um festzustellen, ob sich ein Riemen gelockert hatte, als er aus dem Sattel gefallen war. Der Ritter saß bereits auf dem Pferd, als Titch endlich fertig war, und sein Haar leuchtete in der Sonne. Titch seufzte innerlich auf, als er sich bewußt machte, daß er das schwarze Streitroß nicht gewonnen hatte. Aber eigentlich hätte der Verlust viel größer sein müssen, rief er sich ins Gedächtnis. Nur der Großzügigkeit des Ritters oder den Göttern verdankte er es, daß die Sache so glimpflich ausgegangen war. Er wußte, daß er eigentlich dankbar sein mußte, aber er schämte sich in Grund und Boden. Wahrscheinlich hatte Gerein es nur freundlich gemeint, als er Titch erlaubt hatte, Pferd und Waffen zu behalten, aber Titch sah darin den Beweis dafür, wie unbedeutend er war – ein Nichts im Vergleich zu der Heldenhaftigkeit des Ritters. Die Geste des Siegers versetzte ihm einen Stich. Er ließ Gray in Richtung des kleinen Dorfes lostraben, das er erst vor ein paar Stunden verlassen hatte. Ohne ein Wort zu verlieren, nur mit einer Handbewegung, forderte er den Ritter auf, ihm zu folgen.

Der Weg war breit genug für beide Pferde. Der Schwarze ging mit Gray auf eine Höhe und paßte seine Gangart dem Trab des Wallachs an. Damit er das andere Pferd trotzdem nicht überholte, mußte er sich, wie Titch vermutete, wahrscheinlich Mühe geben. Titch runzelte verärgert die Stirn, rüttelte an den Zügeln, damit Gray aufmerksam wurde, und er preßte dem alten Pferd die Oberschenkel in die Flanken, damit es ihn etwas schneller vorantrug. Ab und zu war es sowieso ratsam, den Wallach an die Kandare zu nehmen, damit er nicht laufend stolperte. Das Pferd war träge geworden, und Titch mußte dafür sorgen, daß es sein Gleichgewicht hielt und immer in Trab blieb. Der Junge starrte mit leerem Blick auf Grays weiße Ohren und zwang sich, nicht immer wieder begehrlich zu dem ebenholzgleichen Hals und dem wohlgeformten schwarzen Kopf des Tieres zu sehen, das nickend neben Gray ging.

»Seid Ihr auf dem Weg zu einem Turnier, Sir?« fragte er schließlich. Er wollte höflich sein und ein nicht verfängliches Thema anschneiden.

»Zu einem Turnier? Ja, wahrscheinlich schon. Wird zur Wende des Mittwintermondes nicht eins in Wystan abgehalten? Vielleicht nehm ich daran teil, wenn es gute Preise zu gewinnen gibt.«

»Der Preis ist wohl ein zahmer Falke, manchmal auch ein Goldpokal«, erklärte Titch dem Fremden. Damit das Gespräch nicht sofort wieder verstummte, fügte er hinzu: »Kendillin ist aber ziemlich weit weg.«

»Stimmt«, bestätigte der Ritter gelassen. »Es liegt in Esdragon. Welcher Teufel hat Euch eigentlich geritten, als Ihr mich herausgefordert habt? Und auch noch mein Pferd als Preis wolltet?«

Offensichtlich hielt er die Herausforderung für eine verrückte Idee. Auch diese Beleidigung schluckte Titch, und langsam schlug ihm die ganze Angelegenheit so richtig auf den Magen. Schließlich antwortete er: »Ich wollte den Hengst unbedingt haben. Ein schönes Pferd.« Was ziemlich untertrieben war.

Gerein lachte in sich hinein. »So schön, daß Ihr Euch dafür sogar in den Tod stürzen wolltet! Daß Ihr neidisch wart, kann ich ja gut verstehen, aber daß Ihr so viel dafür aufs Spiel setzen wolltet, erstaunt mich doch. Sind alle jungen Bauern hier in der Gegend so verrückt nach Pferden? Muß man etwa damit rechnen, daß die jungen Burschen hier hinter den Bäumen lauern und jeden Moment aus dem Gebüsch springen?«

Titch reckte das Kinn und zählte im stillen bis zwölf, bevor er erwiderte: »Ich bin kein Bauer. Mein Vater war Ritter, genau wie Ihr, und meine Mutter stammt aus einer alten clandaranischen Familie.« Es blieb ihm nichts anderes übrig, als die Verachtung des anderen hinzunehmen, aber er durfte nicht zulassen, daß er ihn kleiner machte, als er war, entschied Titch.

»Wissen Eure Eltern denn, daß Ihr Eure Zeit damit verbringt, Reisende anzugreifen, die zufällig vorbeikommen? Entschuldigung ...« Der Ritter hob einen Panzerhandschuh. »Es war eine faire Herausforderung, auch wenn sie töricht war. Trotzdem – wissen Eure Eltern, daß Ihr Euch als Krieger versucht?«

»Ich bin mir sicher, daß sie nur das Beste für mich wollen und im Reich der Toten bei den Göttern ein Wort für mich einlegen, sooft sie die Gelegenheit dazu haben«, erklärte Titch förmlich. »Mein Vater ist an seinen Verwundungen gestorben, als ich zehn war, und meine Mutter starb sechs Monate später im Kindbett.«

»Ihr seid also ein Waisenkind, das hoch hinaus will!«

»Man hat meinen Vater zum Ritter geschlagen«, erwiderte Titch und merkte, daß Gray plötzlich schnellere Schritte machte, weil er sich an den Zügeln festklammerte und den Wallach damit verwirrte. »Er hat seinem Herrn als Gegenleistung für seine Ländereien im Krieg gedient. Ich durfte das Land nicht übernehmen, als er starb, ich war noch zu jung, aber ich hab das Recht, meine Dienste anzubieten und dafür eigene Ländereien zu erwerben.« Seine

Finger entspannten sich langsam, und Gray verfiel wieder in einen leichteren Trab.

»Ach so, Ihr wollt Ritter werden!« rief Gerein erfreut aus, als habe er soeben ein schweres Rätsel gelöst, dann runzelte er die Stirn. »Ein Ritter braucht unbedingt ein Streitroß. Ein Ritter ist ja schließlich nichts anderes als ein Krieger, der gelernt hat, auf dem Rücken eines Pferdes zu kämpfen.«

»Ich *habe* ein Pferd«, sagte Titch gereizt. »Mein Vater konnte mir zwar kein Land hinterlassen, dafür aber sein Pferd und sein Schwert.«

»Vor fünf Jahren konnte man den Gaul vielleicht noch als Pferd bezeichnen.« Gerein sagte die harten Worte durchaus freundlich. »Reine Gefühlsduselei, wenn Ihr jetzt noch an ihm hängt. Das Schwert ist wahrscheinlich besser erhalten, oder?«

»So alt ist Gray nun auch wieder nicht!« wehrte sich Titch. Er mußte sich regelrecht zwingen, nicht das Schwert zu zücken. »Ich hab's nicht auf Euer Pferd abgesehen, weil Gray für mich wertlos ist. Ich wollte nur ...«

»Das Pferd hat Euch in Versuchung geführt.« Gereins Blick wanderte über den Kopf des Schwarzen vor ihm. Jeder andere hätte das Pferd wahrscheinlich getätschelt, während er über es redete, aber Gerein achtete darauf, die Zügel keinen Moment loszulassen. Seltsam, fand Titch, obwohl er nicht genau hätte sagen können, was er an dem Verhalten des Ritters auffällig fand. »Das kommt schon mal vor.«

Wie er das sagte, war ebenfalls ungewöhnlich. Titch wollte es lieber mit einem anderen Thema versuchen. »Was führt Euch eigentlich hierher, Sir, wenn Ihr nicht vorhabt, zu Wystans Turnier zu reiten?«

»Ich bin auf der Suche nach einer Frau«, erwiderte Gerein. Sein Blick fixierte jedoch die Ohren seines Hengstes, und er war nicht ganz bei der Sache. Die meisten Pferde ließen ein Ohr in die Richtung ihres Reiters schnellen, sobald er redete, aber die Ohren des Schwarzen waren weiterhin nach vorne gerichtet.

»Na ja«, begann Titch zögernd. Seine Gedanken überschlugen sich, und schließlich fuhr er fort: »Vielleicht kann ich Euch bei der Suche nach einer Frau auch weiterhelfen ...«

»Ihr seid zu freundlich.« Wieder schenkte ihm Gerein sein gewinnendes Lächeln. »Ich suche allerdings eine *besondere* Frau.«

»Sind denn nicht alle Frauen etwas Besonderes, Sir?«

Gerein schüttelte den Kopf und seufzte. »Heißt das etwa, daß Ihr selbst auf dem Weg zu Wystans Turnier seid?«

Titch nickte zustimmend. Nach seinem Mißerfolg kam es ihm allerdings nicht mehr allzu verlockend vor, sich noch am selben Tag auf den Weg zu dem Turnier zu machen. »Wenn ich meine Dienste anbieten will, muß ich mir erst einen Namen machen. Hier wird mir das nie gelingen.«

»Die Auswahl an Gegnern, mit denen Ihr Euch in dieser Gegend messen könntet, langweilt Euch wohl, was?« fragte der Ritter nach. »Seid Ihr denn sicher, daß Ihr es schon mit anderen aufnehmen könnt?«

Titch verzog die Lippen zu einem Lächeln, auch wenn er die Worte des anderen nicht erheiternd fand. »O ja. Von jedem, mit dem ich gekämpft habe oder den ich beim Wettstreit beobachtet habe, konnte ich was lernen. Und auf dem Turnier wird es wahrscheinlich nicht viele geben, die ein Pferd wie Eures besitzen. Ich kann es mit jedem aufnehmen, der nicht so ein gutes Pferd reitet.« Es war nicht gerade ritterlich, aufzuschneiden oder zu prahlen, also redete er nur sehr leise. Trotzdem – er sagte die reine Wahrheit.

»Ich gebe Euch meine besten Wünsche mit auf den Weg«, sagte Gerein feierlich, womit er sich womöglich nur eine andere Bemerkung verkniff. »Ist das etwa das Gasthaus?«

Die Frage mußte kommen, dachte Titch. An dem Haus

war kein Schild angebracht, und der Fremde konnte schließlich nicht wissen, daß es in dem Dorf mit den verstreut liegenden Häusern kein anderes Gebäude mit einem zweiten Stockwerk gab. Rauch und Wasserdampf kräuselten sich in der kalten Luft – Katlin stand vor dem Haus und kochte die Wäsche. Sie machte ein erstauntes Gesicht, als Gray mit klappernden Hufen auf den Hof trabte und – Titchs Befehl gehorchend und aus alter Gewohnheit – vor ihr stehenblieb.

»Hast du es dir anders überlegt? Willst du doch nicht wegreiten?« Sie sah zu dem weißen Pferd, dann wanderte ihr Blick zum Himmel. »Das Pferd ist nicht lahm, und Regen ist auch nicht aufgezogen …«

Während Titch vom Pferd stieg, sah er sie schweigend an. Dann sagte er: »Ich hab dir einen zahlenden Kunden gebracht, Kat. Was hast du außer Wäsche noch auf dem Feuer? Er hat Hunger.«

»Ein Schmorgericht. Wir haben die Henne geschlachtet, die nicht mehr legen wollte. Aber fertig ist es noch lange nicht«, erklärte Kat nervös. »Vom Abendessen ist noch was übrig …« Sie legte den Waschbeutel beiseite und ging ins Haus.

Titch folgte ihr in die Küche. »Scheu dich bloß nicht, ihm eine ordentliche Rechnung zu schreiben«, flüsterte er ihr zu. »Er ist reich. Hast du nicht das Pferd gesehen, das er reitet?«

»Nur weil ich ein so prächtiges Pferd habe, soll ich Opfer Eurer Ausbeutung werden?« fragte eine Stimme honigsüß über Titchs Schulter hinweg. Leichtfüßig wie eine Katze war Gerein ihm gefolgt.

Katlin schrie auf und rannte erschrocken auf die andere Seite des Herdes, aber Titch blieb unbeeindruckt stehen. Nicht einmal die Schamesröte stieg ihm ins Gesicht.

»Wenn sie bei Euch ordentlich abkassiert, zahlt Ihr immer noch die Hälfte von dem, was Ihr woanders bezahlen müßtet. Die Betten sind sauber, das Dach ist dicht, und das Essen ist anständig.«

»Das ist alles, was ich brauche – Hauptsache, ich kriege was in den Magen.« Gereins Blick aus blauen Augen wanderte zu Katlin, und er schenkte ihr ein betörendes Lächeln.

»Das ist nur Hasenpastete«, erklärte sie stockend und warf Titch einen hilfesuchenden Blick zu. »Und noch nicht mal warm ...«

Titch holte einen Krug Ale vom Regal und führte Gerein zu einem kleinen Tisch in der Nähe des wärmenden Feuers, das im Gästeraum prasselte. »Ich werd Eurem Pferd das Zaumzeug abnehmen, Sir«, bot er an.

»Laßt ihn eingespannt«, verlangte der Ritter, während er an seinem Ale nippte.

Titch hob eine Augenbraue. »Ich wollte ihm eigentlich ein Bündel Heu geben.« Wollte der Mann etwa einfach weiterreiten, sobald er seine eigenen Bedürfnisse befriedigt hatte, und sich kein bißchen um sein Reittier kümmern? So wie der Ritter und sein Pferd aussahen, waren sie die Nacht über geritten und wahrscheinlich auch am Abend zuvor nirgendwo eingekehrt.

»Das könnt Ihr natürlich machen.« Gerein verzog das Gesicht, als er einen tiefen Schluck Ale nahm – eine Miene, die dem Gebräu, wie Titch wußte, nicht gerecht wurde. »Aber die Trense muß im Maul bleiben. Der kann auch mit dem Eisen im Mund kauen.«

»Wahrscheinlich ist es ziemlich schwer, ihm das Zaumzeug anzulegen, oder?« Titch wollte das nur ungern wahrhaben, aber schließlich hatte jedes Pferd seine Macken. »Ich werd ihm die Zügel schon anlegen, Sir, keine Sorge. Jedes Pferd, das hierherkommt, hat irgendeine schlechte Eigenschaft – oder auch mehrere.«

»Laßt die Trense im Maul! Und jetzt keine Diskussionen

mehr. Eure Erfahrungen mit Pferden interessieren mich nicht im geringsten.«

Titch nickte verwundert, aber die Befehle des Ritters waren unmißverständlich. Während er hinausging, rief er sich ins Gedächtnis, daß es ihm nicht zustand, dem Fremden zu widersprechen. Er führte den Schwarzen in die größte Box, die in dem niedrigen Stall des Gasthauses zu finden war. Im Moment war kein anderer Platz von Durchreisenden belegt, und Katlins gescheckte Kuh fraß das wenige Gras, das draußen auf den Weiden noch zu finden war. Gray ging zu seinem gewohnten Platz am hinteren Teil des Stalls und wartete. Titch nahm dem Wallach das Sattelzeug ab, verstaute es und wandte sich dann dem Hengst zu. Über den Sattel hatte der Fremde nichts gesagt, also löste Titch den doppelten Sattelgurt und hängte das Geschirr und die passenden Satteltaschen über ein Geländer. Die Kampfkleidung wurde Titch immer hinderlicher, also hielt er einen Moment lang inne und zog sich Helm und Rüstung aus. Bis zu den Knien und den Handgelenken reichte die Schutzkleidung, aber im Stall waren Hemd und Hose, die er darunter trug, warm genug. Die Speere des Ritters stellte er in der Ecke ab, und dann holte er ein Stück rauhes Sackleinen. Gray nickte erwartungsvoll.

»Der Gast zuerst«, erklärte Titch, als wolle er sich bei dem Pferd entschuldigen. Nicht zum ersten Mal mußte er seinen Wallach vertrösten. Falls er überhaupt einen Ort sein Zuhause nennen konnte, dann Katlins Gasthaus – ihre Mutter, eine Witwe, hatte ihn aufgenommen, nachdem seine Mutter, geschwächt von einer schweren Geburt und der langen Zeit der Trauer, gestorben war. In demselben Winter hatte ein hartnäckiges Fieber das Land heimgesucht. Kats Vater und einige andere Dorfbewohner waren daran gestorben. Die Menschen, die überlebt hatten, hatten sich damals schon bald zu neuen Familien zusammengeschlossen, aber der Verlust der alten konnte nie ausgeglichen werden. Dafür, daß man Titch zusammen mit Gray aufgenommen hatte, arbeitete er, wann immer Reisende auf Pferden durchs Dorf kamen, als Stallknecht für Kat. Und obwohl Gray seinem Herrn am allermeisten am Herzen lag, mußte der Wallach dort zurückstehen, wenn Titch die Aufgabe hatte, andere Tiere zu füttern und zu striegeln. Es gehörte sich nicht, das eigene Pferd zu bevorzugen.

Titch rieb mit dem Sackleinen über die schweißnassen Stellen unter dem Sattel, und der schwarze Hengst drückte sich an seine Hände. Die Massage schien ihm zu gefallen, doch Titch blieb trotzdem immer auf der Hut. Hengste beißen gelegentlich oder schlagen aus, selbst wenn man den Eindruck hat, daß das Tier sich gerade wohl fühlt. Normalerweise hatten Pferde nichts Böses im Sinn, aber es war immer ratsam, Augen und Ohren offenzuhalten. Nach und nach machte sich Titchs Mühe bezahlt, und die Druckstellen, die der Sattel hinterlassen hatte, wurden schwächer. Titch kam es so vor, als sei der Sattel schon längere Zeit nicht mehr abgenommen worden. Also suchte er das Tier besonders gründlich nach wundgescheuerten Stellen ab, doch erfreulicherweise konnte er keine finden. Trotzdem – das Pferd war ohne Zweifel über eine weite Strecke schnell geritten worden.

Esdragon. Titch zog die Stirn in Falten und überlegte angestrengt, wo dieses Land wohl liegen mochte. Irgendwo jenseits eines weit auslaufenden hügeligen Waldes. In dieser Gegend, wo es nur wenige Siedlungen und überhaupt keine Turniere gab, war er noch nie gewesen, und was dahinter lag, wußte er erst recht nicht. Nur die geheimnisvollen Lieder und Geschichten, die von dem Land erzählten, hatte er im Gästeraum gehört. Inzwischen war er bei den Beinen des Hengstes angelangt, und er rieb die Dreckspritzer ab, die unterhalb der Knie und der Sprunggelenke festgetrocknet waren. Das Pferd machte keinerlei Anstalten, nach ihm auszutreten und ihn bei der Arbeit zu stören. Es stand reglos da, die Ohren in entspannter Haltung, und ließ den Kopf hängen. Mit seinem Reiter im Sattel hatte der Hengst nicht so einen sanftmütigen Eindruck gemacht, aber schließlich war es kein Wunder, daß das Tier Zeichen von Erschöpfung zeigte. Am unteren Teil der Läufe klebten verschiedenfarbige Erdklumpen, der Schwarze schien also eine weite Strecke über unwegsames Gelände gelaufen zu sein.

Für Gray, der nicht einmal lange genug gesattelt und unterwegs gewesen war, um unter seinem winterlichen Strubbelfell zu schwitzen, war nun ein Leckstein und ein Versprechen fällig. Dann griff Titch nach der Heugabel und machte sich innerlich bereit für den Weg auf den Getreideboden. Zwar hatte er nur ein Dutzend Stufen auf einer stabilen Holzleiter zu bewältigen, aber er hätte jede andere Aufgabe vorgezogen – hätte zum Beispiel lieber unbewaffnet gegen ein Dutzend Männer gekämpft oder sich mit leeren Händen einem Drachen gestellt. Er klammerte sich krampfhaft an den Seitenstreben fest, nur so konnte er sich überwinden, die nächste Stufe zu erklimmen. Die Maserung des rauhen Holzes prägte sich deutlich in seine Handflächen. Als er oben angekommen war, fühlte er sich immer noch nicht besser – während er einige Fuhren Heu aufgabelte und hinunterwarf, um sie später für die Pferde auszubreiten, brach ihm der Schweiß aus allen Poren. Er war felsenfest davon überzeugt, daß er jeden Moment dort hinunterstürzen mußte, egal, wie vorsichtig er die Kante im Auge behielt und wie weit er sich davon fernhielt.

Woher diese lähmende Angst kommen mochte, wußte er nicht. Es machte Titch überhaupt nichts aus, auf einem großen Pferd zu sitzen, aber sobald etwas auch nur ein wenig höher war, bekam er es sofort mit der Angst zu tun. Die Treppe im Gasthaus konnte er ohne Probleme hinaufgehen, aber im oberen Stockwerk angelangt, war es eine Qual für ihn, aus dem Fenster zu sehen. Als das Dach ausgebessert werden mußte, war es Kat gewesen, die diese Arbeit erledigt hatte, und als er ihr dabei zusehen wollte, war er grün im Gesicht geworden. Vielleicht war er als kleiner Junge vom Baum gefallen oder seiner Mutter entwischt und auf das Dach des Landhauses geklettert. Womöglich war das Schlüsselerlebnis so lange her, daß er sich nicht mehr daran erinnern konnte. Titch wußte nur, daß ihn diese furchtbare Angst quälte. Jedesmal, wenn die Pferde Heu brauchten, mußte er sich überwinden. Als er die Leiter wieder hinunterstieg, machte er die Augen fest zu und hielt die Luft so lange an, bis seine Brust schmerzte.

Bald hatte sich Titch wieder im Griff, und er schob sich mit einem Arm voller duftendem Heu bis zum Kopf des Hengstes vor. Ein schlecht erzogener Hengst hätte ihn in so einem Moment sicherlich verletzt, nach dem Heu geschnappt und ihn gegen die Wand gepreßt. Nicht einmal aus Boshaftigkeit, sondern einfach nur deshalb, weil Pferde gedankenlos handeln. Aber der Schwarze bewegte sich nicht vom Fleck und richtete nur ein Ohr auf, als Titch das Futter in der Krippe vor ihm ausbreitete. Freundlich folgten ihm die dunklen Augen. Titch streckte die Finger aus, damit das Pferd daran schnuppern und ihm auf die Hand schnauben konnte, und dann kraulte er behutsam die Stelle unter dem breiten Backenriemen der Zügel. Getrockneter Schweiß klebte im Fell. Titch wußte, was für eine Freude er Gray machte, wenn er ihm das Fell auf den Wangenknochen rieb, da, wo ihn meist das verfilzte Haar juckte. Was sollte dieser Unsinn, dem Pferd die Zügel anzulassen, wenn es gefüttert wurde? Es dauerte nicht lange, das Sattelzeug wieder anzulegen, und sowohl das Pferd als auch das Leder mußten gereinigt werden. Solange das Zaumzeug nicht abgeschnallt wurde, war das unmöglich.

Titch zog eine Grimasse und streckte die Hand nach der Schnalle aus, mit der der Halsriemen befestigt war.

»Finger weg!«

Titch sprang mit einem Satz nach hinten, prallte gegen die Wand und sah zu, daß er – immer gegen die Holzplanken gepreßt – schleunigst aus dem Stall kam. Wütend trat der Hengst aus. Gerein starrte finster in die weit aufgerissenen Augen des Jungen.

»Eine gute Methode, jemanden um die Ecke zu bringen!« rief Titch aufgebracht aus. »Ein Pferd so zu erschrecken …«

»Ihr hättet es verdient«, erwiderte der Ritter und zeigte kein bißchen Reue. »Ich habe Euch gesagt, Ihr solltet ihm das Zaumzeug nicht abnehmen.«

»Damit ihn das dreckige Sattelzeug wundscheuert?« protestierte Titch. »Ich kann Euch nicht verstehen! So ein Pferd verdient doch …«

»Jetzt hör mal gut zu, mein Junge!« Gerein packte Titch bei den Schultern, drückte ihn gegen die rauhe Stallwand und schüttelte ihn, damit er aufmerksam zuhörte. »Dieses Pferd ist vom Teufel gezeugt. Ihr könnt mir wirklich glauben, daß es nur mit einer kalten Eisentrense zu bändigen ist. Wenn Ihr ihm das Ding aus dem Maul nehmt, wird es rasend. Die Bestie reißt Euch die Kehle raus, schneller, als Ihr gucken könnt, und dann macht sich das teuflische Tier wie der Blitz aus dem Staub. Nur noch sein Feueratem ist dann zu sehen!«

Titch starrte Gerein ungläubig an. Meinte der Kerl das wirklich ernst?

»Hört mir zu!« schrie der Ritter noch einmal und schüttelte Titch so heftig, als wolle er ihm die Backenzähne lockern – nur für den Fall, daß Titch nicht aufmerksam zuhörte. »Die Trense bleibt im Maul, egal, ob das Pferd wach ist, schläft oder frißt …«

Als wolle der Schwarze die Worte unterstreichen, trat er

mit beiden Hinterläufen aus, und zwar mit einer solchen Wucht, daß er mühelos die Stallbretter hätte zerschmettern können.

»Habt Ihr mich verstanden?« Die Augen des Ritters waren blau wie die Konturen einer Flamme.

Titch nickte, aber nur zögernd.

Flucht in der Nacht

Auf dem Heuboden war es so warm und gemütlich, daß Titch dort oben bequem hätte schlafen können. In dem süßlich duftenden getrockneten Gras ließ sich wunderbar ein Bettlager bauen – und trotzdem kam der Platz für Titch auf keinen Fall in Frage. Er wußte, daß er sich niemals würde überwinden können, so hoch oben die Augen zu schließen, und an Schlaf würde er erst recht nicht denken können. In besonders kalten Nächten überredete Kat ihn manchmal, in der Küche vor dem Feuer zu übernachten. Aber an diesem Abend war der Ritter nicht der einzige Gast geblieben: Händler mit einem halben Dutzend Maultieren und Ponys waren eingekehrt, und die Leute aus dem Dorf vertrieben sich die lange Winternacht im Gästeraum. Mit Sicherheit würde es spät werden, und Titch war wirklich nicht in der Stimmung, sich den ganzen Abend von dem hektischen Treiben in der Küche wachhalten zu lassen und auf den Schlaf zu warten. Eine Zeitlang hatte er bei den anderen gesessen und zugesehen, wie der frisch gebadete und rasierte Gerein mit Kat schäkerte. Währenddessen hatte er die Stiefel am Feuer trocknen lassen. Sie waren naß geworden, als er dem Ritter das warme Badewasser ins Zimmer gebracht hatte. Titch hatte sich ausrechnen können, wie lange es noch dauern würde, bis das starke Bier dem Ritter die Zunge lockern und er jedem, der es hören wollte, die Geschichte von Titchs peinlicher Niederlage erzählen würde. Also zog er es vor, gleich in den Stall zu gehen, wo es zwar nicht bequem, dafür aber sehr ruhig war.

Genau wie im Gästeraum war auch in der Scheune jeder Platz belegt, aber die Pferde und Maultiere schliefen wenigstens, sobald die Sonne unterging, oder kauten leise vor sich hin. Tiere stürzten schließlich nicht ein Ale nach dem anderen herunter, singen konnten sie auch nicht, und laute Diskussionen hatte man im Stall sowieso nicht zu fürchten. Hier machte sich keiner über Titchs Zukunftspläne lustig.

Jede Box war besetzt, aber ein Platz war immer frei: auf einem Mauervorsprung, den der Maurer aus einer Laune heraus gebaut haben mußte, gerade breit genug für Titch und eine Decke. Er hatte sich auf den Steinen eine Art Matratze aus leeren Getreidesäcken gebaut, damit er warm lag.

Dieser Ort der Zuflucht grenzte an die beiden letzten Boxen in der linken Hälfte des Stalls. Titch zwängte sich an Gray vorbei, gab dem Wallach im Vorbeigehen ein Stück holzige Mohrrübe, die er in der Küche stibitzt hatte, und kletterte über grob gezimmerte Bretter in den sarggroßen Spalt zwischen Boxen- und Außenwand. Kalter Wind zog durch die Ritzen. Titch verstopfte den größten Spalt mit einem Sack und versuchte, eine bequeme Schlafstellung zu finden.

Aus der Box neben Gray hörte er ein Schnauben. Titch glaubte im Dämmerlicht ein funkelndes Auge zu erkennen. Deutlich hörte er, wie das Tier auf seiner Trense herumkaute.

Konnte er es wagen, so nahe bei einem Pferd zu schlafen, das der Teufel gezeugt hatte? Er hatte nichts zu fürchten, entschied Titch, und er würde in dieser Nacht wahrscheinlich tief und fest schlafen, denn er hatte in letzter Minute so viele Ponys und Maultiere versorgen müssen, daß er vollkommen erschöpft war. Wenn er sich nicht bewegte, schmerzten ihn die Prellungen auch nicht mehr. Reglos lag er auf seinem Lager, warm eingewickelt in Sackleinen, und schon sank er in tiefen Schlaf. Ihm blieb keine Zeit mehr, sich zu überlegen, ob Eisen tatsächlich vor Dämonen schützt.

Titch wußte sofort, was ihn geweckt hatte: Die Pferde stampften nervös auf, irgend etwas mußte sie aufgeschreckt haben. Eisige Luft streifte ihn, und er begriff, daß jemand die Stalltür geöffnet hatte. Neben ihm wieherte Gray, als wolle er seinen Herrn fragen, was los sei. Titch blinzelte, einen Moment lang wußte er nicht, wo er war. Er hatte geträumt, er sei durch einen Wald geritten. Weiße Baumstämme hatten den Weg gesäumt, und er erinnerte sich verschwommen an das dunkle Pferd, dem lodernde Flammen aus den Nüstern stachen ...

Plötzlich hörte er Stimmen.

»Da! Da ist das Streitroß!« Aufgeregtes Flüstern.

»Also kann Gerein nicht weit sein«, rief jemand erfreut aus. »Geh los und hol Cullum und die anderen. Wenn du vor Sonnenaufgang wieder hier bist, können wir ihn wahrscheinlich noch im Schlaf erwischen. Ich bleibe hier und lasse den Hengst nicht aus den Augen.«

Titch riß die Augen auf – was eigentlich sinnlos war in der Dunkelheit. Er hatte sofort begriffen, daß Fremde eingedrungen waren, aber zunächst hatte er geglaubt, es seien Diebe, die hinter dem Geld der Händler her waren. Doch die Burschen hatten etwas anderes im Sinn, daran bestand kein Zweifel. Irgend jemand schien Interesse daran zu haben, den Ritter zu überwältigen, und scheute anscheinend nicht davor zurück, einiges zu riskieren.

Titch hörte, wie der Mann, der Verstärkung holen sollte,

die Tür hinter sich schloß. Angestrengt lauschte er in die Nacht hinaus – das Klappern der Hufe wurde immer schwächer. Jemand schien in Stiefeln über die festgetretene Erde des Seitenflügels zu schlendern. Die Schritte kamen näher, offenbar blieb der Mann stehen. Titch hielt den Atem an und sagte sich immer wieder, daß ihn in dieser Nische selbst bei Tageslicht niemand sehen konnte.

Die Schritte entfernten sich in Richtung Tür. Wieder blieb der Fremde stehen. Die aufgeschreckten Maultiere traten unruhig von einem Bein aufs andere. Lagerstreu raschelte, die Schritte verstummten endgültig. Titchs Gedanken überschlugen sich, dann schnappte er sich einen Sack und sprang auf. Nach einigen stolpernden Schritten hatte er sich von der Kordel befreit, in der er sich verheddert hatte. Wer auch immer diese Männer sein mochten, die sich in den Stall geschlichen hatten – sie waren in tiefster Nacht gekommen und konnten nichts Gutes im Schilde führen. Wenn es irgendwie möglich war, mußte er den Mann, den die Kerle jagten, warnen. Das war zweifellos seine Pflicht.

Gray hatte sich hingelegt, aber nachdem ihn die nervösen Maultiere aufgeschreckt hatten, schien er das Gefühl zu haben, auf den Beinen sicherer zu sein. Titch erkannte das daran, wie der Wallach den Kopf reckte. In dem Moment, als sich das Pferd aufrichtete, schwang Titch sich über die Trennwand und landete in Grays Box. Während er dort kauerte und darauf wartete, daß die Schritte wieder näher kamen, bereitete er Kordel und Sackleinen für den Angriff vor.

Im Dämmerlicht konnte er nur die Umrisse eines Kerls ausmachen, der recht schwerfällig wirkte. Vorsichtig tastete Titch nach Grays Wasserkübel. Beinahe leer, stellte er fest. Er wartete, bis er einigermaßen sicher war, daß ihm der Mann im Gang den Rücken zukehrte, und schlug dem Fremden mit aller Kraft den Eimer gegen den Hinterkopf.

Ein dumpfes Klirren war zu hören, als das Holz auf den

Metallhelm traf. Trotzdem geriet die dunkle Gestalt ins Wanken, und als sich Titch auf den Kerl stürzte, ging der Fremde zu Boden. Wieder verpaßte Titch ihm einen Schlag mit dem schweren Eimer, dann stülpte er ihm den Sack über den Kopf.

Der Eindringling war noch bei Bewußtsein und wehrte sich augenblicklich mit Händen und Füßen. Das Überraschungsmoment hatte ihn anscheinend nur vorübergehend erstarren lassen, und Titch konnte den Kerl gerade noch mit Mühe und Not verschnüren, bevor er sich vollkommen von dem Schreck erholt hatte. Das Sackleinen dämpfte seinen lauten Protest. Titch fesselte dem Mann die Hände auf den Rücken, nahm ihm den Gürtel ab und schnallte ihm damit die Fußgelenke zusammen. Dann hievte er den Gefangenen über die Trennwand und steckte ihn kopfüber in einen Sack, den er randvoll mit Rüben stopfte. Ein Grunzen und ein Rascheln waren noch zu hören, mehr nicht. Wahrscheinlich blieb dem Kerl nicht genug Luft, um lauthals zu schreien.

So schnell ihn die Beine trugen, rannte Titch zur Küchentür des Gasthauses und jagte die Stufen hinauf. Bestimmt hatte Katlin einem so hohen Gast wie dem Ritter das beste Zimmer gegeben, nämlich das mit Aussicht auf den ruhigen Garten – das einzige, das nicht an den Hinterhof grenzte, wo immer Lärm herrschte. Der Fremde war schließlich noch vor den Händlern eingetroffen, an deren Zimmern Titch gerade vorbeieilte. Das laute Schnarchen, das die Dachbalken erbeben ließ, konnte nur von den fahrenden Kaufleuten kommen. In dem kleinen Eckzimmer beim Kamin schlief Katlin. Die nächste Tür führte zu dem Schlafraum, in dem er Gerein vermutete.

Die Tür war verriegelt, aber für jemanden, der die Schlösser im Gasthaus kannte, war es kein Problem, sie aufzubrechen. Schon nach wenigen Augenblicken hatte Titch die

Tür beinahe lautlos geöffnet. Er schlich über den rissigen Holzboden zum Bett.

»Sir?«

Er beugte sich vor und wollte den Ritter an der Schulter rütteln – in dem Moment packte ihn jemand am Handgelenk. Noch etwas verschlafen kicherte der Mann: »Na, wen haben wir denn da? Etwa die Frau Gastwirtin persönlich?«

»Nein«, zischte Titch wutentbrannt. Es gefiel ihm gar nicht, daß der Ritter Kat so etwas zutraute.

Der Griff um sein Handgelenk wurde fester, und Titch hatte das Gefühl, daß Gerein ihm jeden Moment den Knochen brechen würde. Also kam er gleich zur Sache. »Sir, ich bin's, Titch. Ich hab im Stall geschlafen. Zwei Männer sind reingekommen, die wohl auf der Suche nach Euch sind.«

Gerein fluchte, ließ den Jungen wieder los und sprang mit der Geschmeidigkeit eines Kriegers, der sich täglich in den Sattel schwingt, aus dem Bett. »Was für Männer? Wo sind die Kerle jetzt?« Titch bemerkte, daß sich Gerein sofort vergewisserte, wo er das Schwert abgelegt hatte, und sich dann nervös zur Tür umdrehte, die Titch hinter sich geschlossen hatte.

»Ich hab nur Euren Namen gehört. Einer der Kerle heißt wohl Cullum«, erklärte Titch. »Aber der war nicht dabei. Einer ist losgeritten, um ihn zu holen. Den anderen hab ich gefesselt.«

»Gut gemacht, Junge!« Der Ritter schlug ihm kräftig auf den Rücken und nutzte den Schwung, um seinen Schild aufzuheben. »Das Pferd haben die also nicht angefaßt?«

Titch schien für einen Augenblick vergessen zu haben, wie dunkel es in dem Zimmer war, und schüttelte den Kopf. »Nein, Sir. Die haben das Pferd zwar gesehen, aber nichts gemacht. Ich glaube, die wollten warten, bis die anderen eintreffen, und dann erst angreifen.«

»Darauf verlasse ich mich lieber nicht! Hör mal, Junge,

komme ich hier aus dem Fenster, ohne mir das Genick zu brechen?«

Unmittelbar unter dem Zimmer lag das Küchendach. Titch erklärte es dem Ritter und versuchte, sich nicht allzu deutlich vorzustellen, was für einer schwindelerregenden Höhe sich der Ritter aussetzen wollte. Wahrscheinlich ein Kinderspiel für einen Mann, der es gewohnt war, Zinnen zu erklimmen. »Ich gehe runter und sattle Euer Pferd, während Ihr die Waffen anlegt«, bot Titch an.

»Lieber nicht, vielleicht hört Euch jemand«, wandte der Ritter ein. Er durfte sich auf keinen Fall einen Fehler erlauben.

Wieder schüttelte Titch den Kopf. »Wenn ich auch aus dem Fenster steige, hört man mich eher«, widersprach er und schlich zur Tür hinaus.

Titch zündete die Stallaterne an, obwohl das nicht ganz ungefährlich war – Gray hätte er mühelos im Dunkeln satteln können, aber bei einem dämonischen Pferd wollte er lieber die Augen offenhalten und dafür sorgen, daß er nicht das falsche Zaumzeug anlegte. Der Hengst schien allerdings geduldig hinzunehmen, daß er gestört wurde, und tat keinen Mucks, als Titch ihm den Sattel anschnallte. Er ließ zu, daß Titch ihm die Satteltaschen überwarf, und stampfte nicht einmal auf, als Titch die abgestoßenen Ledergurte festzog – nur der Schweif schnellte los und durchschnitt die Luft wie ein Peitschenhieb. Der Gefangene hinter der Trennwand wirkte sehr viel ungehaltener – irgendwie schien es ihm gelungen zu sein, an die Planken zu robben und wutentbrannt mit den Fersen gegen die Bretter zu hämmern, doch dann rutschte er in eine ungünstigere Position und war wieder gezwungen, Ruhe zu geben.

Titch zog Gray vom Heu weg, um ihm die Trense ins Maul zu legen. Der Wallach hatte sowieso nur noch wenige

Halme übriggelassen. Während Titch den Sattel auf den Rücken des Pferdes hievte, meldete sich eine innere Stimme und versuchte, ihn zur Vernunft zu bringen. *Die Kerle gehen dich überhaupt nichts an, Titch,* hätten sein Vater oder seine Mutter ihn in dieser Situation ermahnt.

Wenn er aber nicht nur gleichgültig mit den Achseln zuckte, sondern sich doch einmischte, war ihm der adelige Ritter Gerein sicherlich sehr dankbar, und vielleicht entschloß er sich sogar, den jungen Mann zu fördern. Wann würde sich noch einmal eine solche Gelegenheit bieten?

Ja, die Gelegenheit, sich in Lebensgefahr zu bringen, wandte die Stimme der Vernunft ein. *Die Kerle meinen es ernst. Verdammt ernst.*

Also *mußte* der Ritter doch dankbar sein, wenn ihm jemand zur Seite stand. Titch konnte ihm wirklich eine Hilfe sein – weder der eine der Verfolger noch Gerein selbst kannten das Land und die verborgenen Wege, die am schnellsten zum Ziel führten. Außerdem war es nur recht und billig, einem Ritter, dem so hinterhältig aufgelauert wurde, seine Hilfe anzubieten. Jeder Beistand, den ein kampfgeübter Mann geben konnte, stand ihm zu, auch wenn es nur darum ging, mitten in der Nacht aufzubrechen ...

Die Tür öffnete sich einen Spalt weit, und Gerein trat ein, gewappnet zum Kampf. Mißtrauisch wanderte sein Blick auf das zweite gesattelte Pferd.

»Ich zeige Euch den Weg«, beeilte sich Titch zu erklären. »Außerdem suchen die anderen doch *einen* Mann, oder? Vielleicht verwirrt es sie, wenn wir zu zweit sind.« Er juchzte innerlich vor Freude – ein größeres Abenteuer hätte er in Wystan auch nicht erleben können.

Draußen lag eine dicke Schneeschicht, obwohl es schon lange nicht mehr geschneit hatte, und in den alten Schnee hatten sich zahlreiche Spuren eingeprägt. Titch versuchte, solange wie möglich den Hufabdrücken anderer Pferde zu folgen, so daß die frische Fährte nicht auffiel. Er hatte nur vermuten können, welche von den vielen Spuren der Fremde hinterlassen hatte, der Mann, der Verstärkung holen wollte. Daraus hatte er geschlossen, wohin der Unbekannte vermutlich geritten war, und nun führte er Gerein genau in die entgegengesetzte Richtung. Nach einer Weile erreichten sie offenes Land, aber da im Schnee keine Spuren mehr zu finden waren, fühlten sie sich einigermaßen sicher. Deutlich zeichneten sich ihre Fährten ab, aber wenn ihnen die Götter wohlgesonnen waren – oder wenigstens schliefen –, würde es lange dauern, bis die Männer die Verfolgung aufnehmen konnten.

Der Weg führte auf einen Hügel, und sie ließen die Pferde langsamer gehen, damit sie verschnaufen konnten. Eisig kalte Nachtluft umwehte sie, aber die Aufregung hatte ihnen eingeheizt – von Grays Hals stieg Dampf auf, und Titch konnte seinen Atem sehen. Nachdem sie die Hügelkuppe überwunden hatten und sicher waren, daß sich ihre Silhouetten nicht gegen den Nachthimmel abzeichneten, machten sie eine Pause. Die beiden Männer ließen den Blick über die Strecke wandern, die sie zurückgelegt hatten. Es war keine schwindelerregende Höhe, die sie erklommen hatten, und Titch machte es zum Glück nichts aus, in die Ferne zu sehen.

»Ihr habt nicht übertrieben – Ihr kennt wirklich die besten Wege, wenn man unbemerkt fliehen will«, stellte der Ritter wohlwollend fest. »Weit und breit nichts von Cullum oder seinen Männern.«

»Tja, ich weiß allerdings nicht, wie weit der Mann reiten muß, der Callum holen wollte«, gab Titch zu bedenken. »Jedenfalls hat er gesagt, er will versuchen, bis Sonnenaufgang wieder da zu sein, um Euch noch im Schlaf überraschen zu können. Vielleicht sind die Männer noch gar nicht in der Gaststätte eingetroffen und ahnen nicht, daß Ihr längst abgehauen seid.« Titchs Blick wanderte zum Horizont, dorthin, wo demnächst die Sonne aufgehen mußte. Der Himmel schien dort ein wenig blasser, nicht mehr tiefschwarz, sondern eher dunkelblau.

»Ich hab's wohl Euch zu verdanken, daß sie unsere Spuren nur mit Mühe herausfinden können. Die werden sich ganz schön den Kopf zerbrechen müssen.« Der Ritter vergewisserte sich, daß er die Zügel fest im Griff hatte. Ungehalten schnaubte der Hengst. Sein Fell schimmerte in einem noch tieferen Schwarz als der Himmel. »Könnt Ihr mich noch weiter durchs Land führen? Ihr macht das wirklich gut.«

»Ich glaube schon.« Titch war unschlüssig, was er antworten sollte, freute sich aber insgeheim, daß der Ritter ihn nicht nur mit einem Dankeschön abspeiste und nach Hause schickte. So einfach hätte sich Titch sowieso nicht abschütteln lassen. »Ab hier kenne ich das Land nicht mehr besonders gut, aber ich bin immerhin schon mal in der Gegend gewesen. Ich werde mir Mühe geben.«

»Ich kenne mich hier überhaupt nicht aus.« Der Ritter sah mit starrem Blick auf den Weg zurück, den sie gekommen waren. »Wißt Ihr, wo ich ein Rittergut finden kann, das Schönau genannt wird?«

Titch streckte ein Bein im Steigbügel. Er hatte das Gefühl, es könne jeden Moment steif werden. Gray stöhnte und trat von einem Bein aufs andere. Dort, wo der Himmel eben noch dunkelblau geschimmert hatte, lugte nun hinter dunkelroten Wolken das erste Tageslicht hervor. »Schönau? Den Namen habe ich schon mal gehört, glaube ich. Liegt das Gut irgendwo am Meer? Ich glaube, es ist nicht direkt an der Küste, aber irgendwo in der Nähe.«

»Heißt das, daß wir noch einen weiten Weg vor uns haben?« Der Ritter fluchte in sich hinein und murmelte irgend etwas von Schwertern und Blut.

»Wir müssen einen großen Bogen schlagen, wenn wir dorthin kommen wollen«, beruhigte Titch den Ritter. »Aber das ist sowieso ratsam – wenn wir den direkten Weg einschlagen, ist es für unsere Verfolger ein Kinderspiel, schon vor uns da zu sein.«

Der Ritter nickte und machte ein grimmiges Gesicht. »Wie weit ist es denn noch?«

Titch überschlug in Gedanken, wie lang die Strecke wohl sein mochte. »Zwei Tage ist man bestimmt unterwegs, falls es nicht noch mehr schneit. Aber unter Umständen würde das auch nicht soviel ausmachen, weil wir sowieso kaum über befestigte Wege reiten können.« Titch überlegte, welche Richtung er einschlagen mußte. Über den fernen, tiefroten Horizont schob sich inzwischen der goldfarbene Rand der Sonne, an dem Titch sich mühelos orientieren konnte. »Kann ich denn davon ausgehen, daß Cullum keine Ahnung davon hat, daß Ihr nach Schönau wollt?«

Der schwarze Hengst trottete langsam neben Gray her. »Der hat keine Ahnung, er ist genauso fremd hier wie ich«, erklärte der Ritter. »Aber ich bin mit Lady Ailin bekannt. Bei ihr kann ich mich bestimmt verstecken.«

Verstohlen schielte Titch immer wieder aus den Augenwinkeln zu dem schwarzen Hengst an seiner Seite. Bei dem Anblick spürte er schmerzhafte Stiche in der Brust, wie von einer rotglühenden Klinge. Der Hengst ging so leichtfüßig über den Schnee, daß er keine Spuren zu hinterlassen schien. Titch bildete sich ein, daß sich hinter ihnen nur eine einzige Fährte abzeichnete – die von Gray natürlich. Geschmeidig wie eine nächtliche Brise tänzelte der Hengst über das unwegsame Gelände. Wie mochte es nur sein, so ein Pferd zu besitzen ...

»Ihr habt mich gar nicht gefragt, warum ich es vorziehe, vor Cullum zu fliehen.«

Titch fand, daß ihn das nichts anging, und im Moment war er ohnehin damit beschäftigt, sich sehnlichst dieses Pferd zu wünschen. »Ist er Euer Feind?« riet er einfach. Das war das Wahrscheinlichste, aber vielleicht lag Cullum auch im Streit mit Gereins Herrn.

»Inzwischen schon. Vor einer Woche war er noch mein Freund. Oder jedenfalls mein Schwertbruder.« Auf einmal stand die Sonne hoch genug, um lange Schatten vor die Männer zu werfen. »Aber dann hat er mich plötzlich für Olvans Tod verantwortlich gemacht.«

Sie kamen in unwegsames Gelände, und beide Pferde mußten langsamer gehen, um sich nicht die Beine zu brechen. Die Tiere bahnten sich ihren Weg über gefrorene Pfützen und durch windzerzaustes Gestrüpp.

»Olvan war Gutsherr«, fuhr Gerein fort. »Und außerdem Cullums Cousin ersten Grades. Er hat bei den Rittern des Dukes gedient und von ihnen die Kriegskunst erlernt, wie es bei Gutsherrn üblich ist. Ist das hier in Clandara nicht auch so?«

»Meistens«, stimmte Titch zu, obwohl es bei ihm selbst anders gewesen war. Es gab weit und breit keinen Ritter, dem er als Landjunker hätte dienen können – trotzdem kannte er den üblichen Werdegang. »Was ist denn mit Olvan passiert?«

»Wir sind mit Schwertern gegeneinander angetreten, in freundschaftlichem Kampf. Er hat mir einen ziemlich schmerzhaften Schlag versetzt, und ich bin wütend geworden – das gebe ich ja zu. Ich wollte gar nicht gegen ihn kämpfen, aber er hat nicht lockergelassen, bis ich nachgegeben habe. Nur damit er endlich Ruhe gibt. Ich habe also zurückgeschlagen, vielleicht ein bißchen härter als nötig. Olvan war noch kein ausgebildeter Kämpfer, ich aber schon. Ich hatte gerade eine günstige Position, kräftiger war ich auch, und natürlich viel geschickter. Allerdings hab ich ihn nur mit der flachen Seite der Klinge getroffen. Eigentlich hätte ihm nichts passieren dürfen – na gut, ich war sicher, daß ich ihn mit diesem Schlag außer Gefecht setzen würde. Aber dann … hat der Hieb seinen Helm in zwei Teile zerschmettert, und er ist gestürzt, ohne einen Laut von sich zu geben. Ich habe gedacht, er steht gleich wieder auf, aber er hat sich überhaupt nicht mehr bewegt. Wir sind dann alle zu ihm gerannt, um festzustellen, was los ist. Er war tot. Tja, so war das.«

Titch erinnerte sich wieder daran, wie ängstlich Gerein zu ihm gerannt war, nachdem er ihn vom Pferd gestoßen hatte. Kein Wunder, daß er sofort das Schlimmste befürchtet hatte!

»Es war ein Unfall«, fuhr Gerein fort. »Eine Tragödie. Trotzdem hat Cullum Rache geschworen.«

»Was ist mit Euren Freunden? Wollen die Euch nicht zur Seite stehen?« Titch runzelte die Stirn. »Was ist mit Eurem Herrn? Eurem Duke? Wenn es wirklich ein Unfall war …«

»Ich habe keine Freunde mehr«, sagte Gerein. »Alle, die ich hatte, waren auch Olvans Freunde, müßt Ihr wissen. Er war sehr beliebt, und viele meiner Freunde waren verwandt mit ihm. Mir war es zu gefährlich, mich ihrer Gnade auszuliefern, also bin ich aus Esdragon geflohen.«

Trügerischer Sumpf

Das Wahrzeichen von Schönau war ein hoher, schmaler Aussichtsturm, der wie ein Finger in die Höhe ragte. Zur Verteidigung des Guts war er allerdings nicht geeignet. Wie Honigwaben war ein Zimmer auf das andere gesetzt worden, und die oberste Kammer lag so hoch, daß man von dort aufs Meer hinaussehen konnte. Die Bewohner dieser Gegend hatten den Turm einst gebaut, um nach eralischen Piraten Ausschau zu halten und sich auf einen Angriff vorbereiten zu können. Nur so war es ihnen immer wieder gelungen, rechtzeitig ihr Hab und Gut zusammenzusuchen und im Landesinneren zu verstecken, bis die Attacke vorbei war. Nachdem sich die Eralier niedergelassen hatten, wurden solche nadelähnlichen Türme nicht mehr gebraucht. Sie konnten die Bewohner und die Gebäude, die um den Aussichtspunkt herum verstreut lagen, ohnehin nicht schützen.

Und doch war es in friedlichen Zeiten ein angenehmer Ort, wie der Name schon vermuten ließ. Von jedem Fenster des Turmes aus hatte man einen atemberaubenden Ausblick auf die sanft geschwungenen Hügel oder das blaue Meer. In den oberen Etagen, weit entfernt von der feuchtkalten Erde, war es im Winter angenehm warm. Warme Luft stieg von der Feuerstelle unten im Turm auf und staute sich in den oberen Zimmern. Gewirkte Tapeten und Wandteppiche gaben den runden Steinwänden einen behaglichen Anstrich, an dunklen Wintertagen fühlten sich die Bewohner dort sehr wohl.

Auch die Herrin von Schönau bot einen Anblick, der das Herz erfreute. Ailin war groß und schlank wie ihr Turm, und ihr Haar schimmerte eine Spur heller als Weizen kurz vor der Ernte. Blau wie zarte Frühlingsveilchen leuchteten ihre Augen. Offensichtlich hatte sie sich sehr gefreut, Gerein begrüßen zu können.

Die abendliche Luft war von Musik erfüllt, die aus dem Turm drang. Den Flöten und Saiten wurden süße Töne entlockt, und sogar im Stall konnte man die Melodien hören. Schon schläfrig hatte sich Titch dort Grays abgenutzte Satteldecke als Schlafstätte zurechtgelegt. Ihn hatte man nicht zu den Festlichkeiten eingeladen, aber so richtig traurig konnte er darüber nicht sein, denn die erleuchteten Fenster verrieten, daß sich die lärmende Festgesellschaft in einem der oberen Stockwerke des Turms niedergelassen hatte. Dort oben hätte er sich kaum auf die Musik konzentrieren können. Eine so hübsche Lady wie Ailin hätte ihn vielleicht ablenken können, aber sie gehörte zweifellos zu Gerein. Niemand war auf die Idee gekommen, ihn zum Fest zu bitten. In der Küche hatte ein ordentliches Essen für ihn bereitgestanden, und er hatte zusehen können, wie für die Lady und ihre Gäste die feinsten Leckerbissen zubereitet wurden.

Na ja, Essen und Musik – was war das schon. Richtig ärgerlich fand Titch eigentlich nur, daß der Ritter diesen schwarzen Hengst besaß. Das Pferd stand in einer separaten Box, unmittelbar neben dem weißmähnigen, grau-geschecktem Damenreitpferd. Mit Gray war man weniger zartfühlend umgegangen – der Wallach stand dicht an dicht mit den Milchkühen. Er döste vor sich hin, ließ den Kopf hängen und ein Bein ruhen. Das Reitpferd der Lady mahlte Heu, während sich der Schwarze schon wieder von der Krippe abgewandt hatte und nun den Kopf mit gespitzten Ohren über die Tür reckte. Es sah aus, als lausche er der lebhaften Weise. Offensichtlich merkte er, daß Titch ihn beobachtete, denn er nickte heftig mit dem Kopf, bis die Beschläge seiner schweren Trense klirrten.

Ein Pferd, das wie aus Ebenholz gemeißelt und poliert schien. Beinahe unvorstellbar, daß diese klaren Linien des Kopfes aus sterblichem Fleisch geformt waren und daß darunter ganz gewöhnliche Knochen lagen. Schwarz wie Obsidian funkelten die Augen, so dunkel, daß man die Pupillen nicht ausmachen konnte. Manchmal hatte Titch das Gefühl, daß ihm seine Augen in der tiefen Dunkelheit Trugbilder vorgaukelten – und er hätte schwören können, daß er funkelnde Lichtpunkte in der Iris des Hengstes gesehen hatte. Ein kurzes Aufflackern in Hellrot, ein flüchtiger Schimmer von Gold, farbige Blitze, die Saphiren und Amethysten glichen, smaragdfarbene Punkte. Bunte Sprenkel, die er bei einem gewöhnlichen Pferd nie gesehen hatte. Überhaupt hatte Titch noch nie gehört, daß ein Tier solche Augen haben konnte, außer Drachen vielleicht, von denen die Balladen erzählten. Angeblich konnte der Blick dieser Feuergeschöpfe einen Menschen verhexen. Aber er kannte niemanden, der einem Drachen begegnet und lebend zurückgekehrt war, um darüber singen zu können.

Titch seufzte. Er sollte seine Zeit lieber nicht damit vergeuden, sich nach einem Pferd zu verzehren wie ein liebeskranker Bursche, der unter dem Fenster seiner verehrten Lady schmachtet. Sinnvoller war es, sich zu überlegen, wie er auf dem schnellsten Wege zurück zu Wystans Ländereien kam. Einen Teil des Turniers hatte er bereits verpaßt, aber nächste Woche konnte er dort auch noch zahlreiche Abenteuer bestehen. Er hatte alles erledigt, was Gerein von ihm verlangt hatte – der Ritter hatte mit seiner Hilfe den Weg zu einem Unterschlupf gefunden. Wahrscheinlich konnte er sowieso nicht länger bleiben, denn niemand brauchte ihn hier. Die Lady von Schönau gewährte dem edlen Ritter, ihrem alten Freund, gerne Schutz, aber Titch hätte sie nur dann ein Quartier angeboten, wenn Gerein sie ausdrücklich darum gebeten hätte. Aber warum sollte der Ritter das tun? Schließlich war er Titch gegenüber schon großzügig genug gewesen, als er ihm Pferd und Waffen gelassen hatte, obwohl der Junge den Kampf eindeutig verloren hatte. Mehr konnte er wirklich nicht verlangen, und wenn er nicht undankbar sein wollte, mußte er sich nur vor Augen führen, wie er ohne Pferd und Waffen dagestanden hätte. Wahrscheinlich wäre er bis ans Ende seiner Tage Katlins Stallbursche geblieben.

Sich von Gerein zu trennen, fiel ihm nicht sonderlich schwer, aber es machte ihn traurig, von dem Hengst Abschied nehmen zu müssen. Solange er den Schwarzen wenigstens in seiner Nähe hatte, konnte er davon träumen, daß das Pferd durch irgendeinen verrückten Zufall doch noch sein Streitroß wurde – vielleicht einfach nur deshalb, weil er sich das so sehnlichst wünschte. Wenn Wunsch und Begehren magische Kräfte hätten ...

Das Pferd sah ihn an, als könnte es seine Gedanken lesen. Der aufmerksame Blick schien Titch sagen zu wollen, daß es irgend etwas von ihm erwartete. Unwirklich wie Titchs Hoffnungen funkelten dic obsidianschwarzen Augen. Der Junge seufzte und legte die Decke, die er gerade ausgebessert hatte, beiseite. Daß er sich so sehr nach dem Pferd verzehrte, hatte ihm außer vier zerstochenen Fingern nichts eingebracht. Zu oft war sein Blick zu dem Hengst hinübergeschweift, viel zu selten hatte er auf seine Näharbeit gesehen.

Jeder in Schönau wußte, daß Titch kein hoher Herr war, also schlief er ganz unten hinter der letzten Teppenwindung des Turms, zwischen gestapelten Getreidesäcken. Holzpaletten, die mit staubigem Gras und verwelkten Kräutern ausstaffiert waren, dienten den unverheirateten Männern des Gutes als Betten. Sie lagen – auch ohne zusätzlichen Gast – dicht an dicht nebeneinander. Einer der Männer bot Titch einen Krug Bier an, den er in einem Zug austrank. Er hoffte, bald Schlaf zu finden und alles zu vergessen.

Aber das Schnarchen der anderen hielt ihn wach, und er döste nur ein wenig vor sich hin. Stimmen drangen in sein Bewußtsein.

»Ailin, sei jetzt still ...«

»*Still*? Ich *will* aber nicht still sein! Du solltest lieber zusehen, daß du hier wegkommst, du Mistkerl! *Versteck mich,* hast du mich angefleht – auf den Knien bist du angekrochen, untertänig wie die Edelmänner in den Minneliedern –, und du hast gesagt, es ist nur, bis du irgendwo anders untertauchen kannst! Also, hau ab! *Verschwinde*!«

»Liebling, du weißt doch selbst, daß ich nicht den Winter über hierbleiben kann …«

»Keine Sekunde länger kannst du hierbleiben. Steig auf dein Pferd und sieh zu, daß du wegkommst! Und deine honigsüßen Worte kannst du dir sparen, die sind sowieso falsch wie Bleimünzen, so wie alles, was du erzählt hast, seit du hier bist. Eigentlich schon, seit wir uns kennen, um es genau zu sagen. Verschwinde hier, bevor ich die Hunde auf dich hetze …« Die Stimme hallte in dem schmalen Turm wider.

»Ailin, du verstehst mich vollkommen falsch. Wenn ich nur könnte, würde ich für immer bei dir bleiben. Es ist zu unsicher hier. Auch für dich ist es gefährlich, wenn ich bleibe. Ich muß dafür sorgen, daß ein großes Meer zwischen mir und Esdragon liegt …«

»Du wolltest einfach nur irgendwo Unterschlupf finden und hast auch noch deinen Spaß mit mir gehabt, du Schuft! Jetzt, wo du bekommen hast, was du wolltest, suchst du dir woanders dein Vergnügen. Aber ich bin nicht mehr blind vor Liebe wie früher, das solltest du wissen. Wenn Cullum und seine Männer hierher reiten, werde ich dafür sorgen, daß sie dich schnappen, ehe du dich versiehst! Eine einzige Gunst werde ich dafür von den Männern erbitten: Sie sollen mir dein düsteres Herz bringen, Gerein, wenn sie dich gefunden haben!«

Das Schnarchen um Titch herum war leiser geworden – er war also nicht der einzige, der wegen des Streits nicht schlafen konnte. Außer ihm war allerdings keiner aufgestanden. Er schlüpfte in seine Stiefel und lauschte auf das Stakkato der schnellen Schritte auf der Treppe. Einen Augenblick lang herrschte Ruhe, dann schien etwas aus großer Höhe herunterzufallen und auf dem Boden zu zerschellen, wahrscheinlich Glas, womöglich ein Handspiegel. Die Schritte wurden nun hörbar schneller.

Gerein kam am Treppenabsatz an, machte einen Schritt auf die grobgezimmerten Dielen und fluchte, als er sich einen Splitter in den Fuß trat. Er hörte ein Schluchzen, warf einen kurzen Blick nach oben und konnte im letzten Moment ausweichen, als ihm sein linker Stiefel nachgeflogen kam. Verdutzt stand er da, und die Lady nutzte den Augenblick, um ihm auch noch den rechten Stiefel hinterherzuschleudern. Als er erschrocken zurücksprang, rammte er Titch. »Seid Ihr es, Junge?«

»Ja, Sir«, sagte Titch.

»Ich denke, wir werden abreisen, wenn Ihr so nett sein wollt und die Pferde sattelt. Wir wollen aber keine Zeit verlieren.«

»Ist in Ordnung«, erwiderte Titch sachlich.

»Ich habe der Lady gesagt, daß ich nicht bleiben kann. Da sind andere lebenswichtige Geschäfte und ihre eigene Sicherheit ... das hat sie mir übelgenommen.«

»Verstehe«, erklärte Titch, ohne eine Miene zu verziehen.

Der Weg zog sich in Schlangenlinien durchs Land, und wenn sie Pech hatten, merkten sie vielleicht gar nicht, daß ihnen die Verfolger dicht auf den Fersen waren. Vielleicht war ihnen das Schicksal auch wohlgesonnen, und die Männer kehrten nicht in Schönau ein, aber auch dann hatten sie schlechte Karten. Der Schnee machte sie zu einer leichten Beute – überall, wo sie entlangritten, hinterließen sie eine deutliche Spur, der man mühelos folgen konnte. Die Reiter machten eine Pause, gönnten ihren Pferden Ruhe und versuchten, sich einen Plan zurechtzulegen. Sie konnten diese kopflose Flucht nicht ewig fortsetzen.

»Das Problem ist, daß Heil zu nah bei Esdragon liegt. Ich habe gedacht, daß ich bei Ailin erst mal in Sicherheit bin, jedenfalls so lange, bis ich auf einem Schiff angeheuert habe. Wie gut kennt Ihr Josten?« Gerein zupfte an seinem Umhang. Der eisige Wind suchte immer neue Wege, um zwischen den Falten hindurchzuschlüpfen.

Titch überlegte. »Ich hab das ein oder andere gehört, aber nicht viel. Mit Sicherheit weiß ich nur, daß es jetzt ein eralisches Königreich ist.«

»Wie alle Länder in Clandara. Vielleicht sieht es der König dort nicht gern, wenn eine Horde fremder Männer einfällt, weil sie einem vermeintlichen Verbrecher auf den Fersen sind. Vielleicht mag er's nicht, wenn man in seinen Machtbereich vordringt. Wenn wir Glück haben, muß Cullum wieder umkehren.« Der Ritter machte ein zufriedenes Gesicht.

»Sir, glaubt Ihr wirklich, daß die Lady den Feind auf Euch hetzt?« Wieder einmal fiel Titchs Blick auf die Spuren, die sich hinter ihnen viel zu deutlich im Schnee abzeichneten.

»Ich fürchte schon – vor allem, wenn Cullum kurz nach uns auf Gut Schönau eintrifft. Ailin ist nicht nur wunderschön, sie hat auch Temperament. Und sie hat das Gefühl, daß ich ihr Unrecht getan habe.«

Wirklich eine hochkomplizierte und vertrackte Angelegenheit, das Verhalten dieser Ladies. Titch wünschte, er hätte sich *alle* Lieder aufmerksam angehört, auch die Minnelieder, und nicht nur die Balladen von Kämpfen und Kriegen. Anscheinend konnte Gerein verstehen, warum Ailin sich so verhalten hatte, obwohl sie ihm bestimmt Unrecht tat – schließlich hatte er nur Schutz gesucht und ihr nichts getan. Unhöflich war er sicherlich nie gewesen …

»Also gut, nach Josten. Wie ist der Weg, den wir zurücklegen müssen? Führt er durch besiedeltes oder durch wildes Land?«

»Wir müssen hauptsächlich durch Wälder reiten«, erwiderte Titch und überlegte angestrengt, was er früher – vor vielen Jahren – über die Landschaft gehört hatte. »In den Wäldern trifft man kaum auf jemanden, besonders selten im Winter. Nur eine Straße führt durch das Waldgebiet, aber wenn man einen anderen Weg nimmt, trifft man keine Menschenseele.«

»Dann wird es also so aussehen, als wäre ich vom Erdboden verschluckt worden, wie es in den Liedern über die verhexten Steinkreise erzählt wird. Und Cullum bleibt zurück und weiß nicht mehr, wo es langgeht. Schon möglich, daß er mir trotzdem auf der Spur bleibt, vor allem, wenn es die einzige ist. Verflixter Schnee. Wir müssen uns überlegen, wie wir den Schnee umgehen können.« Gerein starrte auf die weiße Landschaft und hoffte auf einen Gedankenblitz. Der graue Himmel über ihnen versprach noch mehr Schnee, doch der würde ihre Spuren wahrscheinlich nicht mehr rechtzeitig verdecken. Nichts, worauf man sich verlassen konnte. Am Horizont zeichnete sich dunkel der Waldrand ab. Es war ziemlich offensichtlich, daß jemand, der auf der Flucht war, den Wald anpeilen würde, von Spuren im Schnee ganz abgesehen.

»Ich glaube, ich habe eine Idee«, sagte der Ritter. »Aber nur, wenn Ihr einverstanden seid.«

»Wenn *ich* einverstanden bin?« Titch runzelte die Stirn. Wen interessierte schon seine Meinung?

»Ich möchte, daß eine falsche Fährte durchs offene Gelände führt, obwohl ich durch den Wald nach Josten reite.«

Der Vorschlag machte Titch sprachlos. Einem Mann auf der Flucht den Weg zu weisen, war eine Sache. Vorsätzlich die Verfolger auf die eigene Fährte zu lenken, eine andere. »Warum sollte ich das tun? Was ist, wenn die *mich* gefangennehmen?«

»Das glaube ich nicht«, beruhigte ihn Gerein. »Die werden einfach denken, daß sie dem falschen Reisenden gefolgt sind. Vielleicht fragen die Kerle Euch aus, aber so viele Meilen entfernt vom Machtbereich ihres Dukes werden sie es nicht wagen, Hand an Euch zu legen. Die Männer werden ziemlich am Boden zerstört sein, aber ich wäre Euch dann zu großem Dank verpflichtet.«

»Und *wie* groß ist Eure Dankbarkeit?« Titch zögerte noch, wollte dem anderen nicht so recht vertrauen.

Gereins linker Mundwinkel zuckte. »Glaubt mir einfach, daß ich weiß, was Ihr Euch wünscht.«

Unwillkürlich wanderte Titchs Blick zu dem schwarzen Pferd. Der Wind spielte mit der langen Mähne, die einer Flut aus dunklen Flammen glich. Der Hengst stampfte unruhig auf, anscheinend war er voller Ungeduld. Er bog den Hals, warf den Kopf und versuchte immer wieder, sich von der quälend eng sitzenden Trense zu befreien.

Titch nickte. Egal, ob es töricht war oder nicht, egal, ob er vielleicht sogar sein Leben riskierte – so eine Gelegenheit durfte er sich nicht entgehen lassen. Das hätte er sich nie verziehen.

»Also gut. Wo treffen wir uns wieder, damit ich bekomme, was mir zusteht?«

»Falls Cullum Euch erwischt, ist es mir lieber, wenn Ihr nichts Genaues wißt.« Gerein dachte nach und legte dabei die Stirn in Falten. »Laßt uns einfach abmachen, daß Ihr zu den Turnieren in Josten reitet und Euch dort nach mir erkundigt. Eigentlich müßtet Ihr mich auf diese Weise sofort finden.«

Das schien ein vernünftiger Vorschlag zu sein. Aber vielleicht war es auch nur ein Trick von Gerein, mit dem er sich vor der Bezahlung drücken wollte, so wie er sich jetzt vor Cullum, den Titch noch nie zu Gesicht bekommen hatte, und dessen Reitern davonschlich. *Aber nur, wenn ich's zulasse,* sagte sich Titch. Wenn dieses Pferd sein Lohn sein sollte, dann wollte er bis ans Ende der Welt reiten, um Gerein aufzustöbern. Darauf konnte sich der Ritter verlassen. Eigentlich sinnlos, sich jetzt schon den Kopf zu zerbrechen – im Grunde war ein Ritter an sein Wort gebunden, die Ehre war sein ein und alles. Titch überlegte, daß das Streitroß des Ritters im Grunde schon ihm gehörte, und ihn erfüllte ein Glücksgefühl. Nur wenige Tage und etliche Meilen im endlos scheinenden Schnee trennten ihn von seinem großen Ziel.

Der gewundene Lauf des Flusses führte aus dem hügeligen Waldgebiet hinaus. Der Strom rauschte so schnell talwärts, daß sich kein Eis darauf bilden konnte. An dieser Stelle trennten sich die Wege der beiden Reiter. Gerein bahnte sich von nun an seinen Weg durch das Flußbett. Gewandt ging der Hengst. Mit Schnee bedeckte Trittsteine ragten aus dem Wasser hervor, auf denen niemand Gereins Fährte würde ausmachen können. Titch hingegen durchquerte den Fluß, dann ritt er über offenes, leicht hügeliges Land und sorgte sich nicht mehr wegen der Spur, die er im Schnee hinterließ. Als er sich umdrehte, waren der schwarze Hengst und sein Reiter bereits vom finsteren, winterlichen Wald verschluckt worden. Immer noch folgte der Ritter dem Lauf des gewundenen Flußbettes.

Genau in diesem Moment fing es an zu schneien. Große Flocken, die Gänsefedern glichen, tanzten in der Luft. Schon bald hatte sich eine dicke Schicht auf Grays Halskuppe gelegt, und auch Titchs Hände, Unterarme, Schultern und Oberschenkel waren bedeckt. Während Gray weiterstapfte durch eine schier undurchdringliche Wand aus weißem Schnee und weißem Zwielicht, zog sich Titch die Kapuze seines Umhangs über den Kopf.

Da hatte sich nicht nur ein kurzer Schneesturm zusammengebraut – stundenlang wehte ihnen ein leichter Wind Flocken ins Gesicht, bis in die Nacht hinein. Titch sah die Hand vor Augen nicht mehr, und wann die Dunkelheit hereinbrach, hätte er auch nicht mit Sicherheit sagen können. Er ritt immer langsamer und hoffte, irgendwann auf einen Unterschlupf zu stoßen. Als ihm Grays stolpernde Schritte schließlich verrieten, daß der Wallach kaum noch einen Huf vor den anderen setzen konnte, beschloß Titch, eine kleine Pause einzulegen. Eben erst hatten sie eine leichte Anhöhe erklommen, und Titch erkannte plötzlich, daß die dunkle Wand, die sich über ihnen abzeichnete, aus Büschen bestand. Die Wurzeln klammerten sich an einen steil emporragenden Felsen, der die Sturmböen abfing.

Inzwischen waren die Flocken kleiner und eisiger geworden, aber es schneite immer noch ununterbrochen. Die Schneekristalle tanzten – vom Wind getrieben – im Schein des Feuers, um dann wieder in der Dunkelheit zu verschwinden. Gray wandte dem Wind den Schweif zu, und Titch fing ebenfalls mit dem Rücken die Böen ab. Den Kopf bettete er auf die angezogenen Knie, und der ausgebreitete Umhang fiel wie ein kleines Zelt über ihn. Durchfroren, wie Titch war, fiel es ihm schwer einzuschlafen, und außerdem fürchtete er sich – womöglich wachte er nie wieder auf, wenn der Schlaf ihn erst mal unter seine Fittiche genommen hatte. Er wärmte sich innerlich auf, indem er seiner Phantasie freien Lauf ließ und sich sein Leben mit dem schwarzen Hengst ausmalte. Sobald das Pferd ihm gehörte, mußte ihm jeder mit dem allergrößten Respekt begegnen. Bei allen Spitzenturnieren konnte er dann endlich seine Fähigkeiten unter Beweis stellen, und alle würden sofort ihr Augenmerk auf ihn richten. Titch träumte, wie Könige darum wetteiferten, sein kämpferisches Können für ihre Streitmacht zu nutzen, und daß sie ihm zahlreiche Ländereien aus ihrem königlichen Besitz übertrugen. Doch vorher wollte er noch viele Preise gewinnen: Kleider aus Seide, schneeweiße Falken, goldene Teller, juwelenbesetzte Becher ...

Titch hob den Kopf und blinzelte sich den Schlaf aus den Augen. Der Himmel war milchigweiß, und am Horizont schimmerten rosa- und goldfarbene Wolken. Gray weidete eifrig die kahlen Büsche ab, und obwohl vom Himmel nur noch wenige Flocken taumelten, rieselten dichte Schleier aus längst gefallenem Schnee von den Zweigen. Erst auf offenem Gelände konnte Titch feststellen, wieviel Schnee tatsächlich gefallen war. Seiner Schätzung nach mußten die weißen Massen eine Elle hoch liegen. Er schürte das Feuer und kochte sich einen Brei aus gemahlenem Hafer und geschmolzenem Schnee.

Ob das Wetter wohl seine Verfolger abgehängt hatte? Und ob sein ganzes Ablenkungsmanöver damit umsonst gewesen war? Das kam darauf an, wie groß sein Vorsprung war, überlegte Titch – und vielleicht waren sie ihm schon längst nicht mehr auf den Fersen. Er gab Gray eine ordentliche Portion Hafer, sattelte den Wallach und machte sich wieder auf den Weg. Immer wieder warf er einen Blick über die Schulter.

Als die Sonne im Zenit stand, fiel Titch jedesmal, wenn er sich umdrehte, ein schwarzer Fleck am Horizont auf. Sicher war er sich allerdings nicht, denn die Sonne spiegelte sich im Schnee und gaukelte ihm überall schwarze Punkte vor. Möglich, daß er Reiter gesichtet hatte, die ab und zu von einem fernen Hügel verdeckt wurden. Vielleicht hatte es aber auch nie welche gegeben.

Falls er recht hatte mit der Befürchtung, daß ihm Reiter folgten, hatte er die Männer weit vom Wald weggelockt.

Gerein war sicherlich viel weiter gekommen als er, schließlich ritt er ein besseres Pferd, und im Wald lag der Schnee nicht so hoch. Ab und zu saß Titch ab und warf einen prüfenden Blick auf den Verband, der Grays linken Vorderlauf stützte, eine Bandage, die seine Sehnen schonen sollte. Der Stoff war schwer und feucht geworden und drohte jederzeit abzurutschen. Der arme Gray hatte – noch bevor die Sonne ihren Höchststand erreicht hatte – eine Strecke zurückgelegt, für die er sonst einen ganzen Tag brauchte. Trotzdem – sie durften auf keinen Fall stehenbleiben.

Schließlich erreichten sie flaches Land, wo kein Hindernis den eisigen Wind abgefangen hatte. Der Schnee reichte nicht mehr bis zu Grays Knien, sondern bedeckte nur noch knapp die gescheckten Fesseln. Eine Zeitlang ließ Titch den Wallach langsam traben, doch dann preßte er ihm sanft die Schenkel in die Flanken, schnalzte mit der Zunge und trieb ihn an. Gehorsam verfiel Gray in einen schwerfälligen Galopp, und nach ein paar Schritten wurde sein Gang geschmeidiger.

So mußt du keine weite Strecke mehr zurücklegen, versprach Titch im stillen seinem geschwächten Pferd, aber Gray war so erschöpft, daß er wahrscheinlich keine weitere Meile mehr schaffen würde. Bis dahin mußten sie irgendeinen Unterschlupf gefunden haben. Oder eine Straße. Niemand hatte ihm verboten, auf befestigten Wegen zu reiten, was natürlich viel bequemer wäre. Vielleicht traf er zufällig auf eine Handelsroute. Hier, wo der Wind die größten Schneemassen weggeweht hatte, müßte das eigentlich mühelos zu erkennen sein.

Gray schwitzte. Titch konnte durch Decke, Sattel und die dicke Kleidung die Hitze spüren, die von dem Wallach aufstieg. Aber das Pferd schien immer noch ohne große Anstrengung atmen zu können, schließlich ging es inzwischen bergab, wenn auch nicht sehr steil. Wieder warf Titch einen

Blick über die Schulter, was im Moment nicht viel Sinn hatte. Wäre ein Verfolger in Sichtweite gewesen, hätte er ihn ohnehin gehört. Außerdem wäre ihm der Geruch nach Pferdeschweiß und rostigen Waffen inzwischen schon längst in die Nase gestiegen.

Tatsächlich meinte er plötzlich zu hören, daß irgendwo in der Ferne Hufe klapperten. Konnte er den Hall weit entfernter Reiter ausmachen, obwohl ihm die Schritte des Wallachs in den Ohren dröhnten? Schrie hoch oben in der Luft ein Falke? Hatte der Vogel auf seinem Jagdzug ein Opfer ausfindig gemacht? Weit und breit gab es keinen markanten Punkt – weder ein Baum noch ein Felsen ragten aus dem Schnee hervor. Um Titch herum schimmerte alles weiß, so weit das Auge reichte, grenzenlos wie der blasse Himmel über ihm. Er hatte das Gefühl, den Blicken der Männer so hoffnungslos preisgegeben zu sein wie eine Fliege auf einem Bettlaken. Und egal, was Gerein gesagt haben mochte – er wollte nicht von einem Kerl eingeholt werden, der so gnadenlos Jagd auf einen Ritter machte. Ein Mann, der einen so langen Atem bewies, war sicherlich ein zäher Krieger.

Obwohl die Sonne hinter einer dünnen Wolkenwand verborgen lag, blendete der Schnee. Das grelle Weiß gaukelte ihm Trugbilder vor – war dort hinten eine dunklere Stelle, ähnlich dem Waldstück, das weit vor ihm lag? Oder war das womöglich eine noch weiter entfernt liegende Hügelkette? Konnte er dort hinten Schutz finden, oder ritt er nur wieder einer trügerisch dunklen Wolkenwand entgegen? Gray trottete weiter und näherte sich mit jedem Schritt dem unbekannten Dunkel, was auch immer es sein mochte. Titch tätschelte seinem Pferd den Hals. Wasserdampf stieg aus dem Fell. Keine Frage – an diesem Abend wartete eine Menge Arbeit auf Titch. Das Pferd mußte abkühlen und trockengerieben werden. Das Problem bei der Sache war, daß die Luft – obwohl Schnee lag – gar nicht so kalt war. Bei relativ hohen Temperaturen schwitzte ein müde gelaufenes Pferd mit dickem Fell besonders stark. Selbst wenn man es eine Zeitlang an den Zügeln führte ...

In diesem Moment drang an Titchs Ohren ein Geräusch, das er aus seinen furchtbarsten Alpträumen kannte – es knackte, und unter dem Schnee, der so harmlos schien, brach eine dünne Eisschicht. Voller Panik machte Gray einen Satz nach vorn, geriet ins Taumeln, sackte ein, stolperte und stürzte aufs Maul. Titch flog mit dem Kopf voran über die rechte Schulter des Wallachs und prallte auf das tückische Weiß unter ihm.

Eigentlich hatte er erwartet, in kaltem Wasser zu landen. Zunächst glaubte er, er habe festen Boden unter sich, doch dann sank er langsam in eine Art eisiges Federbett. *Matsch*, wurde ihm schlagartig bewußt, und er versuchte mit Händen und Füßen, sich wieder aufzurichten. Nun ja, er hätte es auch schlechter treffen können. Nicht einmal den Atem hatte es ihm verschlagen, auch wenn sein Herz wie wild raste. Hoffentlich hatte Gray den Sturz genausogut überstanden.

Nein, das hatte er nicht, wie ihm ein verzweifelter Aufschrei verriet. Morast spritzte auf, als das Pferd strampelte, und ein schmatzendes Geräusch war zu hören. Das Schlammloch schien zwar bodenlos zu sein, aber Titch konnte stehen, wenn er nur behutsam genug vorging. Es gelang ihm sogar, das Gleichgewicht zu halten und nicht noch tiefer einzusacken, aber Gray konnte es seinem Herrn nicht nachmachen. Schließlich wog der Wallach einiges mehr, und seine Beine waren dünner. Durch den Aufprall war das Pferd tief in den Morast eingesunken – nur die Götter wußten, wie tief. Instinktiv hatte das Tier sofort angefangen, wild mit den Beinen auszutreten, wodurch sich die Hufe nur noch tiefer in den dicken Schlamm eingruben. Als Titch sich bereits wieder aufgerafft hatte, steckte der alte

Wallach schon bis zu den Knien und Sprunggelenken im Matsch, die Augen in panischem Schrecken weit aufgerissen – das Pferd wußte, daß es in einer Falle steckte.

Als Titch bemerkte, daß Gray wieder ausschlagen wollte und sich dadurch noch tiefer eingraben würde, kämpfte er sich zum Kopf des Wallachs vor, packte das Pferd bei den Backenriemen und drückte seinen Kopf herunter, während er beruhigende Worte in das gescheckte Ohr flüsterte. Rot wie klaffende Wunden leuchteten die Nüstern des Pferdes, und jedesmal, wenn Gray in viel zu kurzen Abständen die Luft ausstieß, stiegen große Wasserdampfwolken auf. Das Pferd zitterte am ganzen Körper, und jeden Moment konnte es in Panik ausbrechen und sich von Titch losreißen.

»Ruhig, Gray. Vertrau mir einfach. Ich hol dich schon raus«, versprach Titch dem Gescheckten, obwohl er keine Ahnung hatte, wie er das machen wollte. Titch selbst sank immer tiefer ein, ohne etwas dagegen tun zu können. Zentimeter um Zentimeter gab der Morast nach, wie in einem Alptraum. Bis knapp über die Knie reichte ihm der Schlamm bereits, und Matsch und Wasser drangen wie eisige Finger in seine Stiefel ein. Ein Seil besaß er nicht, aber weit und breit gab es sowieso nichts, woran er es hätte festbinden können. Wenn Gray wieder zu strampeln anfing, konnte es passieren, daß er sich bis zum Bauch eingrub – dann war es unmöglich, ihn wieder herauszuziehen. Langsam wurde das Pferd müde. Wie lange noch, bis es sich überhaupt nicht mehr bewegen konnte? Oder sich aufgab? Titch hatte mit eigenen Augen gesehen, wie erschöpfte Pferde, die keinen Ausweg mehr sahen, den Kampf ums Überleben aufgaben, obwohl sie sich nur in einem Seil verheddert hatten.

Er mußte feststellen, an welcher Stelle man am schnellsten aus dem Schlammloch herauskommen konnte. Beschwichtigend rieb Titch Grays Wangenknochen, redete weiter auf das Pferd ein und versuchte so, ihm Mut zu machen. Nach und nach schien die Panik, die dem Tier in die braunen Augen geschrieben stand, nachzulassen, und die weißen Ringe um die Iris verschwanden. Die leuchtende Farbe der Nüstern verblaßte. Titch faßte in die Satteltasche und holte eine Handvoll Hafer heraus. Dankbar naschte Gray davon, und Titch atmete erleichtert auf. Solange das Pferd Hunger hatte, konnte es ihm nicht allzu schlecht gehen. Es hatte zwar furchtbare Angst und wirkte erschöpft, aber es lag nicht im Sterben.

»Also gut. Du bleibst jetzt einfach ruhig hier liegen. Ach, nun sei nicht dumm – ich laß dich schon nicht allein. Ich will nur rausbekommen, wie wir die Sache am besten anpacken ...« Wasser spritzte auf, als sich Titch – auf der Suche nach festem Boden – ein paar Schritte vorwärts schleppte. Mit Sicherheit war es keine Lösung, einfach unüberlegt loszugehen. Schließlich wußte Titch nicht, ob dieses Matschloch nicht nur eine Landzunge war, die in einen Wasserlauf hineinragte. Als er sich umsah, entdeckte er unmittelbar vor ihnen eine besonders flach wirkende Stelle. Rundherum standen einige Halme, vermutlich Schilfgras. Wahrscheinlich waren sie also im sumpfigen Ufer eines Teiches eingesackt. Vielleicht wurde das Wasserloch von einer Quelle gespeist, und er war ausgerechnet dort gelandet – in dem feuchtesten und gefährlichsten Teil. Die Schneedecke schimmerte unberührt, ebenmäßig weiß und makellos, und nur da, wo Gray die weiße Schicht aufgewühlt hatte, war der schwarze Schlamm hervorgequollen.

Titch biß sich nervös auf die Lippen, während er in Gedanken nachvollzog, wie es zu diesem Unglück gekommen war. Gray war wirklich tapfer gewesen – als der Boden unwegsamer geworden und er das erste Mal gestolpert war, hatte er sich offensichtlich noch etliche Meter weitergekämpft. Gestürzt war Gray zwar nicht – womöglich hätte das für beide den Tod bedeutet –, aber dem Pferd stand jetzt ein langer Leidensweg bevor. Irgendwie mußte der Wallach aus diesem Schlammloch herauskommen, am besten, indem er die paar Meter wieder zurückging.

Dummerweise mußte Titch das Pferd dafür zunächst einmal umdrehen. Unmöglich, den alten Wallach dazu zu bewegen, einen Satz nach hinten zu machen und sich mit aller Kraft rückwärts zu schieben. Titch wußte nicht, ob ein Pferd überhaupt dazu in der Lage war. Und ob Gray in der momentanen Situation seinen Anweisungen folgte, stand auch in den Sternen, obwohl er seinem Herrn sonst immer blind vertraute.

Titch stapfte zurück zu seinem Tier, das sofort die Ohren in seine Richtung aufstellte – ein gutes Zeichen. »Es wird alles gut«, sagte Titch und tätschelte das Pferd. »Keine leichte Sache, aber du schaffst das schon. Ich bin bei dir.«

Zunächst einmal öffnete Titch den Sattelgurt und zerrte Sattel und Taschen auf festen Boden, um zu wissen, welche Richtung er anpeilen mußte. Und je weniger das Pferd zu tragen hatte, desto besser. Er wunderte sich, wie sehr er unter der Last des Zaumzeugs einsackte – wenn man bedachte, daß Gray wesentlich schwerer war als er ... Sie hatten eine ziemliche Hürde zu überwinden, keine Frage. Titch hatte Erfahrung mit Pferden, die sich in Koliken wanden oder gestürzt waren, auch mit Kühen, die hilflos am Boden lagen, aber es war tausendmal schwieger, ein Pferd zu retten, das in einem vereisten Schlammloch feststeckte.

Er zog die Zügel über Grays Kopf und ging auf die rechte Seite des Wallachs. Es kam ihm nämlich so vor, als sei der Schlamm auf dieser Seite weniger tief und zäh, wenigstens an einigen Stellen. Das war auch gut so, denn zunächst stand ihnen der schwierigste Part bevor, nämlich das Pferd in die entgegengesetzte Richtung zu drehen. Titch schnalzte mit der Zunge und zog gefühlvoll, aber bestimmt an den Zügeln. Er konnte das Pferd nicht herumziehen, selbst wenn er dafür genug Kraft gehabt hätte – die Zügel wären unter der Spannung zerrissen, und die Trense hätte Gray ins Maul geschnitten. Aber er konnte das Tier wenigstens dazu ermuntern, sich zu bewegen ...

Gray stöhnte, nahm all seine Kraft zusammen und hievte den Körper so gut es ging herum. Titch mußte nun zusehen, daß er dem Wallach nicht in die Quere kam. Das Tier durfte bei dem Wendemanöver nicht versehentlich noch tiefer in den Schlamm einsinken. Für einen Augenblick gelang es Gray, die Hufe zu befreien, doch dann versank er mit entsetztem Wiehern wieder im Morast. Titch zog, redete auf das Pferd ein, flehte es inständig an und rief jeden Gott an, der ihn womöglich hören konnte.

Nachdem sich das Pferd tatsächlich herumgedreht hatte, mußte nur noch die halbe Strecke bis zum festen Boden überwunden werden. Grays Flanken bebten, als sei das Pferd plötzlich lungenkrank geworden. Die Vorderläufe und die Unterschenkel steckten noch tiefer im Schlamm, und die glitschige Masse schien sich mit schmatzenden Geräuschen immer höher zu schieben. Titch wischte sich den Schweiß aus den Augen, verteilte dabei den Matsch auf seinem Gesicht, und ging auf die andere Seite des Pferdes, denn es war gewöhnt, von links geführt zu werden. Titch tätschelte Gray die nasse Schulter und fühlte, daß das Tier vor Anstrengung unter dem verfilzten Fell glühte. Auch er schwitzte trotz der kalten Luft so sehr, daß Wasserdampf aufstieg. »Einmal noch«, redete er auf das Pferd ein und streichelte ihm den Hals. »Du schaffst es. Du *kannst* es!«

Gray versuchte es. Gab sein Letztes. Zog alle Muskeln seiner Kruppe an, tat alles, um den Körper aus dem Schlamm zu ziehen. Das Pferd rutschte, glitt ein Stück vorwärts, sackte wieder ein, taumelte und schaffte es tatsächlich ein paar Meter weiter. Als Titch einen Blick zum

Zaumzeug warf, um festzustellen, wie weit es noch war, kam es ihm vor, als lägen die Sachen am fernen Horizont.

»Noch mal, Gray! Du *schaffst* es!« Titch stellte sich hinter den Wallach und versuchte ihn zu schieben, aber es nützte nichts – er konnte sich nicht richtig abstützen. Außerdem bewegte sich Gray keinen Zentimeter vorwärts, wenn sein Herr nicht an seiner Seite stand. Also kämpfte sich Titch wieder an Grays Seite und ergriff die Zügel. Der Wallach ließ kraftlos den Kopf hängen, und es war sicherlich nur noch eine Frage der Zeit, bis die Augen einen stumpfen Ausdruck annehmen würden. Wenn es dem Tier mit dem nächsten Kraftakt nicht gelang, sich aus dem Schlammloch zu hieven, war es womöglich zu erschöpft für einen weiteren Versuch. Langsam schien auch die Willenskraft nachzulassen.

Titch legte die Arme um den schweißnassen Hals des Tieres und vergrub das Gesicht in der zottigen Mähne. »Du bist alles, was ich habe«, flüsterte er. »Ich bin alles, was du hast. Das hier kann unmöglich das Ende sein. Laß es uns noch mal versuchen.« Warmer Atem blies seinen Rücken hinunter. Titch drückte das Pferd an sich. Er konnte sich vorstellen, wie erschöpft Gray sein mußte, schließlich schwanden ihm selbst auch die Kräfte. Aber er war seinem alten Freund einiges schuldig – im Grunde verdankte er ihm alles. Es war nicht nur die Vorstellung, kilometerweit durch den Schnee wandern zu müssen, die ihn nicht aufgeben ließ …

»Los, Gray! Jetzt! *Los!«* Titch machte einen Schritt zurück, klammerte sich an die Zügel und zog mit aller Kraft daran. Grays Kopf gab nach, doch der Körper bewegte sich nicht von der Stelle, und der Hals des Tieres schien immer länger zu werden. Wahrscheinlich schnitt sich die Trense tief in sein Maul, doch das mußte das Pferd in Kauf nehmen, immerhin stand sein Leben auf dem Spiel. Titch ließ nicht

locker, zog noch kräftiger und spürte, wie ihm langsam die Stiefel wegrutschten. Die Zügel aus geflochtenem Rindsleder waren so gearbeitet, daß sie den Belastungen eines Kampfes standhalten konnten. Zerreißen würde das Leder nicht, eher würde es tief in Titchs Hände einschneiden. Doch das war ihm gleichgültig, er wollte auf keinen Fall lockerlassen, damit Gray nicht im Sumpf verenden mußte.

Gray hievte sich hoch, schob sich vorwärts, befreite die Vorderläufe aus dem Matsch und kam dem sicheren Boden ein Stück näher. Titch feuerte den Wallach immer wieder an. Mit dem Mut der Verzweiflung gab das Tier sein Letztes und zog die Hinterbacken an, und während Titch mit aller Kraft an den Zügeln zerrte, schoß das Tier mit einem plötzlichen Ruck aus dem Schlamm – der Wallach hatte es geschafft, er hatte sich befreit.

Titch war inzwischen sehr viel tiefer in den Morast eingesunken – der kalte Schlamm reichte ihm bereits bis zu den Hüften. Und während das Tier seinen letzten, befreienden Satz machte, rutschten ihm auch noch die Stiefel weg. Er hatte keine Zeit, sich über Grays Erfolg zu freuen – es wurde brenzlig, er mußte dem Wallach sofort aus dem Weg gehen, damit er nicht den Schwung abfing. Doch er steckte fest, so verzweifelt er auch versuchte, wegzukommen. Er hatte das Gefühl, daß seine Beine nicht mehr funktionierten und er nur auf der Stelle laufen konnte, und plötzlich schlug ihm das linke Knie des Wallachs gegen den Kiefer. Vor Titchs Augen tanzten tausend Lichtpunkte, die einer nach dem anderen erloschen und ihn in tiefer Nacht zurückließen.

Besinnungslos sackte Titch zurück in den Schlamm. Er hatte Glück, daß er nicht im Morast erstickte, aber da er nur reglos dalag, sank er nicht tiefer ein. Kraftlos trieb er auf der Oberfläche des Schlamms, eingebettet in den matschigen

Boden. Als er langsam wieder zu sich kam, tat er instinktiv das Richtige: Er robbte so schnell wie möglich in Sicherheit. Zum Glück war er viel zu erschöpft, um sich aufzuraffen, wodurch er sich nur tiefer eingegraben hätte und womöglich wie in Treibsand untergegangen wäre. Benommen wie er war, konnte er nur auf dem Bauch liegend vorwärts kriechen. Auf diese Weise verteilte er sein Gewicht gleichmäßig und sank nur ein paar Zentimeter tief in den Morast ein. Er schluckte zwar eine ordentliche Ladung Schlamm, aber er ertrank wenigstens nicht. Als er wieder einen klaren Gedanken fassen konnte, begriff er, daß er sich an Halme und Wurzeln klammerte, die unter der Schneedecke überwinterten. Vor sich sah er verschwommen die Umrisse von Grays schlammverkrusteten Beinen.

Titch seufzte und stemmte sich auf die Knie. Er holte tief Luft, raffte sich taumelnd auf und wankte mit weichen Knien zu Gray. »War nicht deine Schuld«, erklärte er mit heiserer Stimme und schlang die Arme um den erschöpft herunterhängenden Kopf des alten Pferdes. »Ich hab noch versucht, dir nicht in die Quere zu kommen. Du kannst ja nichts dafür, daß ich es nicht geschafft habe.« Der Kiefer schmerzte ihn noch, und er befreite sich vorsichtig von dem groben Sand, den er in den Mund bekommen hatte. Der Morast schmeckte tatsächlich so, wie er es sich immer vorgestellt hatte, obwohl er sich eigentlich nicht daran erinnern konnte, wann er sich jemals darüber Gedanken gemacht hatte. Titch bückte sich und suchte die Beine des Pferdes gründlich nach Verletzungen ab, wobei er sich an Grays Flanke abstützte.

Der Verband war natürlich abgerutscht und irgendwo im Morast steckengeblieben. Zum Glück war das alles, was dem Schlammloch zum Opfer gefallen war. Das Bein fühlte sich heiß an, aber Grays Körper hatte sich durch die Anstrengung insgesamt erhitzt. Es dauerte sicherlich noch eine Weile, ehe Titch feststellen konnte, ob dieser Teil des Beines wärmer war als die beanspruchten Muskeln. Im Moment konnte er nur nachsehen, ob irgendwo Blut klebte. Nicht gerade einfach, da beide über und über mit Schlamm bedeckt waren. Gray schien – soweit Titch es beurteilen konnte – unverletzt, er hatte sich offensichtlich nirgendwo aufgeschlitzt, weder an Titchs Metallschuhen noch an Wurzeln oder Steinen, die im Schlamm verborgen gewesen sein mochten. Titch schickte murmelnd ein Stoßgebet zu dem Gott, der für dieses Wunder zuständig war.

Genau wie sein Herr war auch Gray vollkommen durchnäßt, gebadet in Schweiß und Schlamm. Morgen würden beide steife Glieder haben, sie mußten sich also unbedingt bewegen, egal, wie erschöpft sie sich auch fühlen mochten. Grausam, aber vernünftig. Sobald die Wintersonne hinter dem Horizont verschwunden war, mußte man sich auf noch eisigere Kälte gefaßt machen, und wie es schien, war weit und breit kein Unterschlupf zu sehen. Außerdem wollte Titch unbedingt noch bei Tageslicht herausfinden, wie sie das Sumpfloch umgehen konnten. Am besten führte er Gray an den Zügeln, aber trotzdem mußte er dem Tier zunächst das Zaumzeug anlegen. Benommen wie er war, hätte er es sonst bestimmt zurückgelassen. Er mußte sich schon konzentrieren, damit sich nicht alles um ihn herum drehte.

Während er die schlammverschmierten Gurte anlegte, erbebte die Erde plötzlich wie eine gallertartige Masse. Gray reagierte sofort und stieß ein schwaches Wiehern aus, um die Reiter zu begrüßen, die immer näher kamen. Im selben Augenblick tauchten am weißen Horizont sechs berittene Männer auf. Über ihnen flatterte eine Fahne im Wind, die in der Farbe frischvergossenen Blutes leuchtete. Auf den Metallhelmen und Kettenhemden brach sich das Licht, Speerspitzen, Schildbuckel und Schwertscheiden reflektierten den Schein der Wintersonne. Nach und nach waren die finsteren Gesichter zu erkennen.

Wenn er sich sehr beeilt hätte, wäre es Titch vielleicht noch gelungen, in den Sattel zu kommen, bevor die Männer eintrafen. Aber viel hätte ihm das sowieso nicht gebracht – es gab kein Entrinnen mehr, selbst dann nicht, wenn Gray nicht so erschöpft gewesen wäre. Hinter ihnen lagen Sumpf und Teich, und alle anderen Richtungen hatten die berittenen Männer – zahlreich wie sie waren – unter fester Kontrolle.

Warum sollte er auch fliehen? überlegte Titch. Wenn er jetzt davonlief, sah es aus, als sei jemand hinter ihm her. Er war nur ein Reisender, sagte sich Titch, völlig bedeutungslos für diese Männer. Sie konnten ihm schließlich nicht das Gegenteil nachweisen, wenn er beteuerte, daß er die Person nicht kannte, hinter der sie ohne jeden Zweifel her waren. Ihn verband nichts mit Gerein, außer dem Versprechen des Ritters.

Nur wenige Schritte von Titch entfernt zügelten die Männer ihre Pferde. Zwei von ihnen kamen näher, die anderen bildeten einen Halbkreis. Alle sechs sahen sich immer wieder unruhig um, als könne irgendwo in dem endlosen, flachen Marschland ein Hinterhalt drohen. Außer in einigen Sümpfen konnte sich hier nichts und niemand verstecken.

»Ich habe euch doch gleich gesagt, daß Gerein nicht so blöde ist, über freies Land zu reiten«, platzte ein Kerl mit kantigem Gesicht heraus. Sein Kumpan, der neben ihm stand, brachte ihn mit einer Handbewegung zum Schweigen. Die Pferde schnaubten und stampften unruhig auf. Dampf stieg von ihnen auf, und aus den Nüstern bliesen sie ebenfalls Rauchwolken. Die Tiere hatten einen anstrengenden Ritt zurückgelegt.

»So ein Pech, daß Ihr nicht früher hier vorbeigekommen

seid«, sagte Titch, um die Stille zu durchbrechen. »Ich hätte Eure Hilfe gut gebrauchen können. Da drüben ist ein Sumpfloch«, fuhr er fort, damit das Gespräch nicht sofort wieder verstummte. Eine unnötige Erklärung – das aufgewühlte, schlammige Gemisch aus schwarzem Morast und milchweißem Schnee sprach für sich.

»Eigentlich wäre das die Aufgabe Eures Freundes gewesen«, erwiderte der Anführer, wobei er die Zügel seines naßgeschwitzten rotbraunen Rosses fest im Griff hatte.

Titch runzelte die Stirn und sah von einem zum anderen. »Sir, ich bin ganz allein hier. Und, um die Wahrheit zu sagen, verirrt habe ich mich auch noch. Wenn Ihr mir sagen könnt, wie ich zu einer Straße oder zu einer Siedlung komme, wäre ich Euch zu großem Dank verpflichtet ...« Langsam brach Titch der Schweiß aus, denn es war ihm bewußt geworden, daß unter den Reitern auch der Mann sein mußte, den er gefesselt im Stall zurückgelassen hatte. Welcher war es nur? Hatte ihn der Kerl für einen Moment zu Gesicht bekommen? Oder erkannte er womöglich Titchs Stimme wieder?

Der Anführer hatte schräggeschnittene Augen, die er nun zu Schlitzen verengte, und es schien Titch, als sei er bereits mißtrauisch geworden. Ansonsten verbarg ein silbrig-blasser Bart seinen undurchdringlichen Gesichtsausdruck fast vollständig. Irgendwie wirkte er wütend, dachte Titch, was immerhin ziemlich wahrscheinlich war. Die Unruhe des Reiters schien sich auf sein Pferd zu übertragen, das nervös von einem Bein aufs andere trat.

»Wo habt Ihr Euch von Gerein getrennt?«

»Was meint Ihr, Sir?« Titch gab sich Mühe, ein unschuldiges Gesicht zu machen und vollkommen verblüfft zu klingen. Ärgerlich war nur, daß er sich immer noch benommen fühlte – eigentlich hätte er gerade in diesem Moment einen klaren Kopf gebraucht.

»Gerein von Kendillin.« Der dichte Bart verdeckte kaum die gekräuselten Lippen, die vom Wind rissig waren. »Er hat einen Mord auf dem Gewissen, und ich habe die Aufgabe, ihn meinem Duke auszuliefern, damit er seine gerechte Strafe bekommt.«

»Was hat das alles mit mir zu tun?« fragte Titch und machte dabei ein angemessen verwirrtes Gesicht.

Weiße Zähne blitzten in dem ausgebleichten Bart auf. »Man hat Euch mit ihm auf Schönau gesehen. Gerein und Ihr habt ziemlich überstürzt den Turm verlassen. Und ich bin sicher, daß es kein Zufall ist, daß wir Euch und nicht Gerein bis hierher gefolgt sind. Also – wo ist er hingegangen?«

Wenn Titch den Ritter jetzt im Stich ließ, würde er das schwarze Pferd niemals bekommen. »Sir, ich weiß nicht, wer Ihr ...«

Einer der Männer, der eigentlich ein engelsgleiches Gesicht hatte, trug eine Armbrust. Die Saite vibrierte, ein Zischen war zu hören, und im selben Augenblick traf etwas mit enormer Wucht Titchs Arm. Er taumelte zwei Schritte rückwärts und stieß gegen Grays Schulter. Verwundert starrte er auf seinen Arm: Ein kurzer Pfeil hatte ihn durchbohrt, genau zwischen Ellbogen und Schulter. Unbegreiflich. Stärker als der Schmerz war das Überraschungsmoment. Das Blut quoll langsam hervor, lief in einem heißen Rinnsal die Innenseite seines Arms hinunter und drang unter die Lederärmel und die Polsterung aus Wolle und Leinen.

Das Blut war noch nicht von den Fingerspitzen in den Schnee getropft, da hatte sich der Anführer bereits ruckartig in seinem Sattel umgedreht und dem Armbrustschützen einen wütenden Blick zugeworfen. »Olvan war mein Freund«, erklärte der Engelsgleiche ohne die geringste Reue. »Und der Schuft soll es sich gut überlegen, ob er uns wirklich anlügen will.«

Es mußte ja so kommen, schimpfte Titch innerlich vor sich hin, wie benebelt vor Schmerz. *Er hat gesagt, daß sie so was niemals wagen würden ...*

Aber was konnte den Kerlen im Grunde genommen schon passieren? fragte ihn die Stimme der Vernunft, die immer noch nicht die Geduld mit ihm verloren hatte. Es standen sechs Männer gegen einen, und niemand konnte sie daran hindern, ihm den Garaus zu machen. Obwohl Titch wußte, daß er einen Fehler beging, wirbelte er blitzschnell herum und schwang sich mit einem Satz in den Steigbügel. Zu Pferde hatte er wenigstens eine kleine Chance ...

Jemand packte ihn an der Hüfte und schleuderte ihn zu Boden. Gray schrie auf, scheute und sprang zur Seite, als sein Herr aufschlug. *Nicht wieder in den Sumpf!* Titch versuchte, so schnell wie möglich wieder auf die Beine zu kommen, aber irgend etwas warf ihn wieder um.

Diesmal mußte ihn wohl ein Stiefel niedergestreckt haben, denn über dem Schuhwerk zeichnete sich die Gestalt eines Mannes ab. »Wo ist Gerein?« bellte eine Stimme in sein linkes Ohr.

Die Männer stiegen einer nach dem anderen von ihren Pferden. Zahlreiche schwere Stiefel schoben sich in sein Blickfeld. Bis auf einen versetzte ihm jeder der Kerle einen üblen Tritt gegen das verletzte Bein, und schließlich hielt er es für besser, irgend etwas zu erzählen. Ganz gleichgültig, *was.* »Er hat mich nur angeheuert, damit ich ihm den Weg nach Schönau zeige«, brachte er keuchend hervor. »Ich kenne seinen Namen nicht! Seit wir von dem Gut losgeritten sind, hab ich ihn nicht mehr gesehen ...«

»Er hat Euch gesagt, Ihr solltet hier entlangreiten, damit wir auf die falsche Fährte gebracht werden!« verbesserte ihn die Stimme. »Wo ist er hingeritten?«

»Er hat nicht gesagt ...« Titch sog scharf die Luft ein, als wieder jemand mit aller Kraft gegen sein Bein trat. Vor seinen Augen färbte sich alles scharlachrot. Ob der Schaft des Pfeiles wohl in seinem Knochen steckte, da er ihn so heftig schmerzte?

»Ja, vielleicht nicht, aber Ihr habt doch bestimmt gesehen, in welche Richtung er geritten ist. Er geht immer den Fluß entlang, um seine Spuren zu verwischen, stimmt's? Wo wollte er hin?«

»Ich weiß es nicht!« Titch verkrampfte sich und wartete auf den nächsten Stiefeltritt. »Ich bin fremd hier, ich weiß gar nicht, wo es hier langgeht«, brachte er keuchend hervor. Er hoffte inständig, daß sie ihm diese simple Wahrheit abkauften.

»Ist er flußaufwärts oder flußabwärts gegangen?«

»Abwärts«, antwortete Titch resigniert. Wenn er die Antwort etwas widerstrebend gab, würden sie ihm womöglich glauben.

»Der lügt doch, Cullum!« rief der Engelsgleiche. »Flußabwärts würde doch bedeuten ...«

»Ja, schon gut, er lügt wirklich«, bestätigte der Anführer und richtete sich wieder auf. »Gerein hat bestimmt gewußt, daß er uns im Wald am besten abhängen kann.«

Dunkles Rot tränkte den aufgewühlten Schnee. Als Titch die Farbe bemerkte, wandte er schnell den Blick ab und starrte auf den frühen Abendhimmel – er wußte, daß das sein Blut sein mußte. Die scharlachrote Fahne wehte im Wind und zeichnete sich vor den Wolken ab, die beinahe dieselbe Farbe hatten. Umrisse waren auf dem Stoff zu erkennen – ein galoppierendes schwarzes Pferd. Die ganze Sache hatte mit einem schwarzen Pferd angefangen, dachte Titch. Wie passend, daß auch das Ende unter diesem Zeichen kam.

»Der hat uns ausgetrickst und in die Irre geführt! All das war kein Zufall, Cullum, aber es war nicht geplant, daß wir ihn überhaupt finden! Ich finde, er muß dafür bezahlen.«

»Ich will nicht an seinem Tod schuld sein, Harn, und du solltest dich besser auch heraushalten. Laß ihn hier liegen. Dann können die Götter entscheiden, ob sie ihn in der Nachwelt haben wollen oder nicht. Das ist nur fair.«

Titch brauchte eine Weile, bis die Worte in sein Bewußtsein vorgedrungen waren und er begriff, was sie zu bedeuten hatten – man wollte ihn hier verbluten oder erfrieren lassen. Und wenn sein Geist rachsüchtig, sein Tod stärker sein würde als im Leben, dann hatte Titch noch einen langen Leidensweg vor sich. Er hörte, wie sich Lederriemen knarrend streckten, als die Männer sich in die Steigbügel schwangen. Trensen klirrten, und Titch hörte das Klappern von Hufen. *Er mußte also nur eine Weile reglos liegenbleiben* – er schöpfte wieder neue Hoffnung. Obwohl er so viel Blut verloren hatte, war er bestimmt nicht zu schwach, um sich in Sicherheit zu bringen …

Plötzlich rieselte Schnee auf ihn nieder, und dicht vor ihm – so dicht, daß es beinahe gefährlich wurde – tauchten Hufe auf. Titch bekam es mit der Angst zu tun und versuchte, sich kriechend in Sicherheit zu bringen. Obwohl er keine Chance hatte, falls ihn der Reiter wirklich niedertrampeln wollte. Er konnte den furchtbaren Moment höchstens noch herauszögern, zumal er auf allen vieren nicht ausweichen konnte. Irgend etwas schoß auf ihn herunter. Er glaubte erst, jetzt habe ihn doch noch ein Schwert getroffen, aber er merkte, daß ihn eine längere Waffe attackierte – ein Speer also. *Du mußt dem Hieb ausweichen, versuche, den Griff der Waffe zu packen* – vielleicht konnte er den Reiter aus dem Sattel hebeln …

Der Speer schwang mit Leichtigkeit an seinen ausgestreckten Fingern vorbei und schnitt Titch hinter dem linken Ohr tief in die Haut hinein. Diesmal sah er keine Lichtpunkte. Alles versank in Dunkelheit, ewige Nacht breitete sich über ihm aus.

Eiszapfen-Winter

Im hohen Schnee kam Wren viel leichter voran, wenn sie in die eigenen Fußstapfen trat, die sich bereits – exakt zugeschnitten auf ihre Schrittlänge – im Schnee abzeichneten.

Seit der letzten Nacht überzog eine dünne Schneeschicht Wrens Spur, und im sanft geschwungenen Weiß konnte sie nur grau schimmernde Vertiefungen ausmachen. Trotzdem gelang es ihr, den eigenen Abdrücken zu folgen und sich nicht von den vielen Fährten, die ihr den Weg zu weisen schienen, in die Irre führen zu lassen. Auch im tiefsten Winter mußte man sich in dieser Gegend regelmäßig zur Quelle durchkämpfen, aus der selbst bei klirrender Kälte frisches Wasser sprudelte. Wren achtete darauf, nicht aus Versehen in die Abdrücke ihres Meisters zu treten, der diesen Weg ebenfalls oft gegangen war, denn Galvin hatte viel längere Beine als sie, und sie wäre schneller erschöpft und völlig außer Atem gewesen. Wie bei der Magie, dachte sie und wurde einen Moment lang schwermütig – Galvin konnte seine alten Gewänder für sie enger machen, aber er konnte seine magischen Künste nicht so umgestalten, daß sie von nun an auf Wren zugeschnitten waren.

Über Wrens Kopf zog Alinor ihre Kreise. Der Himmel schien endlos und erstrahlte in einem fast unwirklichen Blau. Nur mit Mühe konnte Wren den Wanderfalken ausmachen – ein winziger Punkt in all dem Blau über ihr –, aber sie mußte nicht einmal aufsehen, um zu wissen, wo das Jagdrevier ihrer alten Freundin lag. Falls es Alinor gelang, eine Ente zu erbeuten, würde es heute abend für alle Fleisch geben. Keine Wolke weit und breit, und die Sonnenstrahlen erwärmten die Luft – ein Wetter, bei dem die Wasservögel auf der Suche nach Tümpeln und Nahrung loszogen. Hoch hinauf flogen sie, wenn der Himmel so klar war, fast schon leichtsinnig, verzweifelt von den langen Entbehrungen.

Die Sonne am Himmel versprach Eiszapfen. Voller Vorfreude fuhr sich Wren mit der Zunge über die Lippen. Sie liebte es, diese Kristallstäbe zu lutschen, um so den Durst zu löschen. Prächtige Eiszapfen gab es in diesem Monat. Viel Schnee war gefallen, und auf den Dächern und Pinienzweigen lagen bauschige weiße Schichten. Sobald die Sonne darauf fiel, formten sich phantastische glitzernde Spitzen, die an ein Einhorn erinnerten. Eisig kalte Nächte sorgten dafür, daß die Zapfen, die tagsüber entstanden waren, nicht wieder verschwanden, und am nächsten Tag wuchsen die spitzen Kristalle weiter. Manchmal, wenn die Sonne die Luft zu sehr erwärmte, schmolz die äußere Schicht – dann hörte man es überall tröpfeln, das Eis rutschte und knackte, als zerschmettere jemand in der Ferne einen großen Spiegel. Meistens aber schienen die Eiszapfen nur darauf zu warten, Wren eine Freude zu machen, und sie konnte Speere in allen möglichen Größen abbrechen, lang wie ihr Arm oder kurz wie ihr kleiner Finger – je nach Laune.

In einem Winkel ihres Bewußtseins war ihr immer gegenwärtig, daß sich der ungestüme Falke in ihrer Nähe aufhielt. In diesem Augenblick spürte sie, daß etwas den Wanderfalken erschreckte und aus der Fassung brachte, und sofort erwachte sie aus ihren Träumereien. Sie schirmte die Augen mit der Hand ab und suchte mit Blicken und Gedanken nach dem Raubvogel.

»Alinor? Was ist passiert?« fragte Wren. Beim nächsten Schritt verfehlte sie die Fußstapfen im tiefen Schnee und taumelte.

Der Wind trug ihr einen Gedankenfetzen zu: *Viel zu groß zum Fressen.* Was das bedeuten sollte, war Wren schleierhaft.

War Alinor auf einen Reiher gestoßen? Eigentlich war es dafür noch viel zu früh, die großen Vögel kehrten erst im Frühjahr zurück. Und falls einige der Tiere im Herbst hiergeblieben waren, so wie ein paar Enten, die ihren natürlichen Rhythmus verloren hatten, hätte sie das längst bemerkt. Was konnte ein Reiher im Winter schon zu fressen finden, wenn sich die Frösche zum Schlafen tief im Schlamm eingegraben hatten und die Fische unter Eis und Schnee verborgen waren? Genau das war schließlich der Grund, warum die Reiher in wärmere Klimazonen zogen ...

Lange Beine, aber einfach zu viele. Sieh's dir selbst an, forderte Alinor das Mädchen auf.

Wren blinzelte in den Himmel hinauf. Vielleicht war Alinor gar nicht weit entfernt, schließlich kommen einem Entfernungen viel größer vor, wenn man zu Fuß unterwegs ist. Hier unten mußte Wren gegen den Schnee ankämpfen, hier gab es zugefrorene Tümpel, deren Eisdecken nicht trugen, Tümpel, die von Marschland umgeben waren. Plötzlich spürte sie, daß Alinor nicht weit von der Stelle entfernt sein konnte, an der die Süßwasserquelle einen See speiste. Der Falke hatte zunächst einen größeren Bogen schlagen wollen, war aber, als seine scharfen Augen etwas Ungewöhnliches entdeckt hatten, sofort wieder hoch hinaufgeflogen, um es sich genau anzusehen. Wren rückte das Tragejoch für die Eimer auf ihren schmalen Schultern zurecht und ging schneller. Damit sie leichter vorankam, achtete sie auch jetzt darauf, daß sie nicht von ihrer Spur abwich.

Wren wußte nicht, ob Alinor jemals zuvor ein Pferd gesehen hatte – an diesem Morgen jedenfalls hatte das Falkenweibchen einen Wallach entdeckt. Als Wren näher an das Tier herankam, fiel ihr auf, daß es schon sehr alt war. Es machte einen erschöpften Eindruck, womöglich war es verletzt, denn es ließ den Kopf kraftlos hängen und gönnte einem Hinterbein eine Ruhepause. Auf dem Rücken trug es einen Sattel mit hoher Hinterpausche, zu jeder Seite eine Ledertasche für das Gepäck, einen Köcher voller Speere und einen großen Schild für den Reiter.

Alinor hatte auf ihre Herrin gewartet und kreiste hoch oben am Himmel, als rechne sie damit, daß jeden Moment ein neues Spiel beginne. Als Wren den linken Arm hob, stieß der Falke in Spiralen hinunter und landete auf dem Handschuh, den das Mädchen über der Faust trug. Das Pferd zuckte zusammen, als es den Flügelschlag hörte – erschrocken ließ es den Kopf hochschnellen. Doch als es sah, daß der Raubvogel auf der Faust des Mädchens saß, beruhigte es sich wieder und schnaubte leise.

»Armes Tier«, redete Wren beschwichtigend auf das Pferd ein. »Was machst du nur ganz allein hier draußen?«

Das Pferd ist doch gar nicht allein, widersprach Alinor, neigte den Kopf und zischte wie ein Teekessel.

Wren betrachtete den Schnee mit den vielen Fährten und versuchte, die Spuren zu lesen. Sie kannte sich aus mit Fährten – sie wußte, was es zu bedeuten hatte, wenn auf einer Ebene, über die der Wind ungehindert jagen konnte, eine Hasenspur jäh endete und einige Federn darum verstreut lagen. Oft genug hatten Alinor und ihre wilden Artgenossen Wren vor Augen geführt, wie diese Zeichen zu deuten waren. Manchmal gesellte sich zu der Hasenspur eine Fuchsspur – eine der Fährten brach abrupt ab, und übrig blieb nur die des Fuchses, der vermutlich seelenruhig davongeschlendert war. Die Spuren, die Wren eben entdeckt hatte, liefen kreuz und quer. Es waren Abdrücke von Pferdehufen – so zahlreich, daß sie unmöglich nur von diesem einen Pferd stammen konnten. Ein Blick genügte, um das zu erkennen. Als Wren sich gerade entschlossen hatte, einer Spur zu folgen, um herauszufinden, in welche Richtung die Tiere davongaloppiert und woher sie gekommen waren, bemerkte sie, daß ein Mann hinter dem Pferd lag. Alinor hatte recht gehabt: Das Tier war nicht allein.

Wren legte das Tragejoch ab und ging vorsichtig auf den Fremden zu. Tiefrot wie die untergehende Sonne leuchtete der Schnee um den Mann herum. Wrens Herz pochte heftig, schlug ihr bis zum Hals. Zunächst stachen ihr nur Einzelheiten ins Auge, und sie begriff nicht sofort, was geschehen sein mußte. Details drängten sich in ihr Bewußtsein: Tückische, kurze Armbrustpfeile hatten sich in die Hüfte und den Unterarm des Mannes gebohrt, der Frost hatte Spuren eisiger Küsse auf Umhang und Wams hinterlassen, und auf der Lederkleidung konnte man den Abdruck eines Hufeisens erkennen. Zitternd und taumeld kam Wren etwas näher, um sich den Mann genau anzusehen …

Als sie sich bewegte und ihr Schatten dabei wanderte, spiegelte sich das Sonnenlicht in Metall – neben dem Mann lagen ein zerbeulter Helm, ein langer Umhang und ein Kettenhemd.

Wren wollte nach Luft schnappen, aber es verschlug ihr den Atem. Die winterliche Welt entglitt ihr, wurde von einer mächtigen schwarzen Welle fortgetragen. Endlos rollten die schwarzen Fluten über sie hinweg, und sie hatte keine Ahnung, was das zu bedeuten hatte. Angst packte sie, aber es war nicht das Wasser, das ihr Furcht einflößte. Dieses Element war ihr schließlich vertraut, es war ihr Verbündeter. Schon immer gewesen. Ihr Element – so hatte ihr Meister es sie gelehrt. Es war etwas anderes, was ihr zusetzte, etwas noch Mächtigeres, ein Dämon, der ihr den Atem abschnürte und ihr armes Herz wie verrückt rasen ließ, bis es zu zerbersten drohte. Krieger. Ein Mann in Rüstung, ein Mann, der dem Schwerterblatt in dem kostbaren Kartenspiel ihres Meisters glich.

Weder den Mann noch seine Rüstung konnte sie sehen. Wasser, schwarz wie die Nacht, brach über ihr zusammen, und nur ein einziger Stern funkelte in der endlosen Dunkelheit. Hatte sie die Augen geöffnet oder geschlossen? Hatte sie den Verstand verloren? Oder lag ein Zauber auf ihr? Ihre Panik schwoll an wie ein Fluß, der gewaltige Wassermassen mit sich reißt und über die Ufer zu treten droht …

»*Alinor!*« rief sie.

Sofort spürte sie, wie sich die vertrauten Krallen in ihre Faust gruben, ein tröstliches Gefühl. Die Spitzen stachen durch den dicken Handschuh – ein winziger Schmerz, der durch die Panik, die sie einhüllte, zu ihr drang. *Ich bin hier*, antwortete der Wanderfalke. Er war immer da, wenn sie ihn brauchte, beruhigte sie und kam mit jeder Situation zurecht.

Wren öffnete die Augen. Der Fluß war verschwunden. Um sie herum herrschte nicht mehr Nacht. Vor ihr, in dem rotgefärbten Schnee, lag immer noch der Mann. Wahrscheinlich war er tot, es gab nichts, wovor sie Angst haben mußte, sie war lediglich einem Unbekannten begegnet …

Plötzlich hörte sie ein Stöhnen, und sie wich erschrocken zurück. Die Angst lähmte sie nun nicht mehr. Alinor flog auf, bereit, jederzeit anzugreifen, sie stieß drohende Schreie aus, aber ihre Herrin hatte sie schon bald wieder gebändigt. Wren kniete sich im Schnee nieder, der eine so ungewöhnliche Farbe hatte, und streckte eine Hand nach dem Fremden aus.

Kalt wie Schnee fühlte sich das Gesicht des Mannes an, doch als sie mit der linken Hand unter das Lederhalsband fuhr und sein Kiefergelenk ertastete, stellte sie fest, daß er sich dort ziemlich warm anfühlte. Die Halsschlagader pulsierte, das regelmäßige Pochen war direkt unter dem hervorstehenden Knochen zu fühlen. Wren konnte nun, da sie dicht an den Mann herangegangen und nicht mehr von ihrer Angst gefangen war, ein leises Pfeifen hören, jedesmal, wenn der Fremde die Luft durch die geöffneten blauen Lippen einsog. »Alinor!« rief sie atemlos. »Hol sofort Galvin.«

Schon bald kam Alinor zurück und berichtete, sie habe Galvin losgeschickt, wie Wren verlangt hatte. Das Mädchen hatte den Meister allerdings schon längst entdeckt – es gab nämlich nur eine Erhebung in dem endlos scheinenden Weiß, die einen Mann von Galvins Statur verbergen konnte: der Hügel ganz in der Nähe ihrer Kate. Inzwischen konnte Wren ihren Meister erkennen – eine schwarze Gestalt auf weißem Grund, deren Umrisse denen eines Reihers glichen.

»Die Karten haben uns in den letzten zwei Tagen fast nur Schwerter gezeigt«, brachte er keuchend hervor, während er sich neben ihr in den Schnee kauerte. »Heute haben neun Klingen Leid und Verwüstung vorausgesagt, und kurz darauf habe ich noch mal zehn solcher Karten aufgedeckt: Sie bedeuten Niederlagen und Katastrophen, und sie rufen zur Nächstenliebe auf.« Die lange Nase des Mannes war von der Kälte gerötet, die Falten um seine dunklen Augen schienen tiefer als sonst.

»Hier wurde nicht mit Schwertern gekämpft«, erklärte Wren. »Es waren Pfeile.«

»Schwerter stehen für Kampf«, korrigierte der Meister seine Schülerin, die anscheinend vergessen hatte, daß Karten im übertragenen Sinne zu verstehen sind. Für den Meister waren die Karten etwas ganz Besonderes, wie der Falke für Wren, und wenn die farbigen Blätter ihm einmal nicht wie Wassertropfen durch die Hände glitten, bewahrte er sie in einer mit Schnitzereien verzierten Kiste auf, eingewickelt in Seide. Endlose Reihen legte er mit diesen Karten, Muster, aus denen er genauso mühelos etwas lesen konnte wie sie aus den Hasenspuren in frischgefallenem Schnee.

»Wer ist dieser Mann?«

»Die Karten verraten keine Namen«, rief Galvin ihr ein wenig tadelnd ins Gedächtnis.

Wren senkte den Kopf. Sie wußte das eigentlich nur zu gut – oft genug hatte Galvin versucht, ihren richtigen Namen herauszufinden und ihre rätselhafte Vergangenheit zu entwirren.

»Die Karten haben mir zu verstehen gegeben, daß ich ihn erwarten muß. Ich habe nicht begriffen, was sie mir sagen wollten, aber jetzt erkenne ich es – es ist eine wundervolle Sache, wenn man im nachhinein versteht! Im Grunde war die Botschaft klar zu lesen, deutlich wie Rauch in einem wolkenlosen Himmel. Ich wußte, daß bald irgendeine Veränderung eintritt – Schwerter stehen nicht nur für Waffen, sie bedeuten auch, daß etwas Neues kommt. Töricht wie ich war, hab ich gedacht, ein Wintersturm sei im Anmarsch – an einen Mann hab ich nicht im Traum gedacht. Er hat zu lange in der Kälte gelegen. Wenn ich aufmerksamer gewesen wäre, hätte er vielleicht überlebt.«

»Wird er denn sterben?«

Galvin wich Wrens Blick aus und verriet seiner Schülerin dadurch mehr, als er eigentlich wollte.

»Wenn wir ihn erst mal ins Haus gebracht und gewärmt haben, kann ich mehr dazu sagen«, antwortete Galvin. »Hilf mir doch ...«

Sie hievten den verletzten Mann auf das Pferd – so konnten sie ihn am besten das kurze Stück durch den Schnee transportieren. Als sie zu Hause ankamen, erhielt Wren den Auftrag, das Pferd zu versorgen. Während sie versuchte herauszubekommen, wie man so einem Tier das Zaumzeug abnimmt, es füttert und auch sonst für sein Wohlergehen sorgt, kümmerte sich Galvin um den anderen Gast. Er hatte den Mann ausgezogen, und um zur Feuerstelle zu gelangen, mußte Wren über Pfützen aus geschmolzenem Schnee, Berge aus Leder und Metall, über Wollkleider und hohe Stiefel steigen. Die Armbrustpfeile lagen zusammen mit einigen verschmutzten Tüchern auf dem Herd, und daneben stand eine Schüssel mit rötlich verfärbtem Wasser.

Galvin hatte den Mann auf die rechte Seite gelegt und abgestützt, damit nichts auf seine Wunden drückte. Reglos lag der Verletzte da, und trotz des warmen Feuers, das ihn mit einem rötlichen Schein überhauchte, schien er immer noch genauso blaß zu sein wie draußen im Schnee. Galvin hockte neben dem Mann und hatte sich einen Balsamtiegel bereitgestellt. Er fuhr mit den Fingern durch das verfilzte Haar des Fremden und teilte es in Strähnen, als lege er seine Karten, um darin zu lesen.

»Hoffentlich hast du mit dem Pferd mehr Glück gehabt«, sagte Wrens Meister. Obwohl er nicht aufgesehen hatte, wußte er, daß sie aus dem Stall zurückgekommen war. Magie war dafür nicht nötig, denn als sie die Tür geöffnet hatte, war ein kalter Luftzug über den Boden gekrochen und hatte ihm – zuverlässig wie seine Karten – verraten, daß die Schülerin eingetreten war.

»Wird er nicht wieder gesund?« fragte Wren, und der Schreck fuhr ihr bis ins Mark, als ihr der Sinn seiner Worte bewußt wurde. Sie roch die kräftigen Heilkräuter, die den Raum mit ihrem Duft erfüllten, und sah den Stoff, aus dem er Bandagen für den Fremden gemacht hatte. Sie hätte es nie für möglich gehalten, daß ihr Meister irgendein Leiden nicht zu heilen vermochte, fast war sie geneigt zu glauben, daß er Tote wieder zum Leben erwecken konnte. Nun ja, es konnte schon einmal vorkommen, daß er eine verwaiste Feldmaus nicht retten konnte, aber doch hoffentlich einen Mann, der noch lebend in seine Obhut gekommen war.

»Die Wunden an sich sind nicht tödlich«, erklärte Galvin sachlich. »Der Pfeil im Arm hat sogar den Knochen verfehlt, was fast schon ein Wunder ist! Mit dem im Hintern hätte er wohl nicht mehr reiten können, jedenfalls wär es sehr unbequem für ihn geworden – aber schlimm ist die Verletzung auch nicht. Trotzdem wollte der Kerl, der ihn so zugerichtet hat, mit Sicherheit, daß er stirbt. Er wäre erfroren, wenn er nicht früher oder später verblutet wäre ...«

»Aber er lebt doch noch«, wandte Wren ein.

»Stimmt.« Galvins Bewegungen wurden langsamer, dann hielt er inne. »Aha. Siehst du das? Die Wunde hier ist an sich auch nicht tödlich, aber sie hat ihn mit Sicherheit außer Gefecht gesetzt. Egal, wer ihm das zugefügt hat, er wollte, daß der Mann zu schwach ist, um Hilfe zu holen.« Galvin führte Wrens Finger zu der blutunterlaufenen Beule über dem rechten Ohr des Mannes. »Der Kerl hat ihm einen Schlag auf den Kopf versetzt, um ihn dann hilflos liegenzulassen. Ich möchte nur wissen, warum sie den Fremden so sehr gehaßt haben, daß sie ihm nicht einfach das Herz durchbohrt und so für ein schnelles Ende gesorgt haben.« Galvin runzelte erbost die Stirn. »Erfrieren ist ein langsamer Tod und keine sichere Sache. Sie haben ihm auch nicht den Schädel zertrümmert – sie haben ihn nur bewußtlos geschlagen und der Kälte überlassen.«

»Aber jetzt hast du ihn doch versorgt ...«

»Ich hab alles getan, was in meiner Macht steht«, bestätigte Galvin. »Die Verletzungen – jede für sich betrachtet – sind nicht tödlich, aber alle zusammen ... vielleicht hätte er selbst jetzt noch eine Chance, wenn wir ihn direkt nach Kôvelir bringen könnten. Ich glaube es aber eigentlich nicht.« Er lächelte Wren schwach an. »Das hier ist blutiger Ernst, mein Kind, das wahre Leben. Er hat sich wohl schon aufgegeben.«

Wren dachte über Galvins Worte nach und kam zu dem Schluß, daß ihr Meister in Wahrheit mächtiger war, als er vorgab. Er war ein Genie in allen Dingen, die mit Zauberei zu tun hatten, und doch stellte er sein Licht grundsätzlich unter den Scheffel. »Wer ist dieser Mann, Meister?« Sie betrachtete das geschundene Gesicht. Selbst ein Verwandter des Fremden hätte wohl Schwierigkeiten gehabt, ihn zu erkennen. Doch wer wußte schon, ob er überhaupt eine Familie hatte?

»Sieht so aus, als wäre er ein Krieger, der durch die Lande zieht«, entschied Galvin. »Offensichtlich hat er mindestens einen Feind. Eine Botschaft wollte er bestimmt nicht überbringen, ich habe nichts gefunden. Ausgeraubt hat man ihn anscheinend auch nicht. Also, wenn du mich fragst: Da war jemand hinter dem Mann selbst her, nicht hinter seinem Silber. Er hat sowieso nur Kupfermünzen bei sich.«

»Du wachst doch über diese Gegend, es gibt hier keine Räuber!« rief ihm Wren ins Gedächtnis. Es machte sie unruhig, daß er auch nur in Erwägung zog, dies könne das Werk von Dieben gewesen sein. Damit zweifelte er seine eigenen Fähigkeiten an, und das wollte sie einfach nicht zulassen.

Galvin lächelte sie traurig an. »Der Sumpf hält uns dieses Gesindel vom Hals, genau wie die ehrlichen Leute. Mein wachsames Auge ist natürlich auch eine Hilfe, aber im Grunde sind wir deshalb verschont geblieben, weil die Gegend hier so weit weg vom nächsten Dorf liegt und es so viele Stechmücken gibt. Schließlich lebe ich hier, weil es so abgeschieden ist.« Er runzelte die Stirn. »Ich überlege nur, ob dieser Fremde die Vorhut einer Armee ist. Ob wohl jemand so töricht sein kann, mitten in den düsteren Wintermonaten Streitkräfte in unsere Nähe zu verlegen?«

»Das hätte Alinor bestimmt gesehen«, sagte Wren. Sie wollte ihrem Meister gern anbieten, daß ihre alte Freundin nochmals einen Erkundungsflug machte. »Schließlich hat sie *ihn* auch entdeckt, obwohl es nur *ein* Mann war. Eine ganze Armee wäre ihr erst recht nicht entgangen.« Hoch oben auf ihrer Stange stieß Alinor einen zustimmenden Schrei aus.

»Ein Falke hat scharfe Augen, auf die man sich verlassen kann.« Während Galvin das sagte, rieb er sich die Augen und flüsterte hastig einen Zauberspruch, damit der Rauch, der über der Feuerstelle aufstieg, sauberer abzog. »Uns droht keine Gefahr. Die Karten hätten es mir gezeigt, wenn eine Armee in der Nähe ihr Lager aufgeschlagen hätte. Ich glaube, der Fremde hier zieht allein durch die Lande.«

»Ich werde jetzt das Abendessen für uns fertig machen, Meister«, beendete Wren abrupt das Gespräch. Plötzlich war ihr bewußt geworden, daß sie – genau wie der Fremde – heimatlos war. Der kurze Wintertag neigte sich außerdem dem Ende zu – Wolken waren aufgezogen, und nachdem sie das Pferd versorgt hatte und aus dem angrenzenden Kuhstall zurück ins Haus gegangen war, hatte sie bereits die ersten Schneeflocken bemerkt. Sie bedauerte inzwischen, daß Alinor keine Zeit für die Jagd gefunden hatte, denn ihr Meister klang besorgt und traurig, und ein Schmorgericht mit Ente wäre an diesem kalten Abend ein willkommener Festschmaus gewesen. Statt dessen konnte sie jetzt nur schlichten Gerstenpudding, Bratkartoffeln und vielleicht ein bißchen Schinken zum Abendessen vorbereiten. Es gab nur selten ein Stück von der geräucherten Speckseite, denn das konservierte Fleisch hielt sich gut. Trotzdem wäre es schön gewesen, zur Abwechslung einmal frisches Fleisch zu essen.

Galvin nickte geistesabwesend und holte sein dickes Zauberbuch vom Kaminsims. Vielleicht hatte er doch eine heilende Magie übersehen, die womöglich mehr ausrichten konnte als die Gesänge und die Kräuter, mit denen er bereits versucht hatte, die akuten Beschwerden des Mannes zu lindern. Er setzte eine kleine, fein gearbeitete Schatulle vor der Feuerstelle ab und nahm behutsam etwas Rechteckiges heraus, das in Seide gehüllt war – seine Karten, die er in Ehren hielt.

Was konnte man für einen Mann tun, dem kaum noch Blut in den Adern floß? Obwohl – ein richtiger Mann war der Fremde eigentlich noch nicht, überlegte Galvin, der Bart des Jungen war nur ein Schimmer auf der Haut, kaum deutlicher sichtbar als die Prellungen in seinem Gesicht. Das Wundkraut hatte schon geholfen, soweit es das Heilmittel vermochte: Die beiden Wunden bluteten nicht mehr, aber der Blutverlust, den der arme Junge erlitten hatte, wurde dadurch nicht behoben. In der letzten Nacht war es furchtbar kalt gewesen, und das hatte ihn womöglich davor bewahrt, innerhalb weniger Stunden zu verbluten, so verrückt das auch klingen mochte. Nur ein Hinauszögern seines Todes allerdings: Es stand schlecht um ihn.

Galvin sortierte die glänzenden Karten und mischte sie, indem er sie durch die langen Finger gleiten ließ. Zischend schwirrten die magischen Bilder durch die Luft und ordneten sich wieder zu einem Packen. Der Magier legte zwei Figuren – zunächst ein gleichmäßiges Kreuz und dann, direkt daneben, einen schmalen Zauberstab. Als er die letzte Karte abgelegt hatte, deckte er die erste auf, um festzustellen, welches Bild sich darunter verbarg.

Schwerter – natürlich. Fünf Stück waren es. Ungerade Zahlen bedeuteten immer Unausgewogenheit. Der Himmel hinter den Klingen war durch Sturm und Feuer in ein gespenstisches Licht getaucht. Die jüngste Vergangenheit des Mannes sah tatsächlich so aus, wie Galvin es erwartet hatte – Unheil hatte ihn getroffen. Gab es eine Macht, die gegen ihn kämpfte? Konnte ihm irgendwie geholfen werden? Mit einer ruckartigen Bewegung drehte der Meister die nächste Karte um, wie üblich das magische Blatt schräg gegenüber – eine Gegenkraft, die der ersten Karte positiv oder negativ entgegenwirkte.

Die Himmelskarte – ein sehr seltenes Blatt. Auf zwanzig Karten kam nur eine, und zu jeder Farbe des Kartenspiels gehörten fast zwanzig Bilder. Und trotzdem – ausgerechnet diese Karte hatte Galvin aufgedeckt. Das Bild zeigte ein Mädchen in einem weißen Kleid, das unter einem Sternenhimmel niederkniete, um Wasser aus einem Teich zu schöpfen. Gleichzeitig vergoß sie das Wasser mit der anderen Hand freigebig aus einem Wasserkrug. Diese Karte stand für Hoffnung, manchmal auch für Gesundheit. Galvin deckte noch mehr Karten auf, um festzustellen, welche Bilder in nächster Nachbarschaft verborgen lagen und die Deutung womöglich in eine andere Richtung lenkten.

Nur Schwerter ringsumher. Keine Frage, der Junge war ein Krieger. Nicht eine Münzkarte deckte er auf, die darauf hingedeutet hätte, daß ein Händler bei ihnen zu Gast war, und kein Blatt zeigte Musiknoten – der Fremde schien also nur die Kunst der Kriegsführung zu beherrschen. Auch die Karte mit dem Weinkelch, die darauf hingedeutet hätte, daß sich der Mann zum Priesteramt berufen fühlte, wurde nicht aufgedeckt.

Natürlich las Galvin genausoviel in die Karten *hinein*, wie er tatsächlich *aus* ihnen lesen konnte. Das war die Kunst bei der Sache, und darin lag auch die Gefahr. Immer wenn er für Wren die Karten legte, sah er jede Menge Schwerter, und er folgerte daraus, daß Gefahr und Verrat, Zerstörung und Unheil ihre Vergangenheit prägten, über die sie nicht reden konnte. Immer wieder deckte er die Neun auf, die Karte, die für unermeßliche Trauer stand. Auch die Sechs tauchte häufig auf – das Blatt zeigte eine Frau, die mit einem Boot über ein Gewässer setzte, eine stürmische Vergangenheit hinter sich ließ und einem unbekannten Ziel entgegenfuhr. Schwerter und Wasser – immer wieder zeigten die Bilder dasselbe für Wren.

Die Karten, die Galvin gelegt hatte, sagten eindeutig aus,

daß der Mann im Sterben lag. Jedes Blatt kündigte seinen Tod an, fast immer auf die gleiche Weise. Und auch durch das Zauberbuch war Galvin keine Idee gekommen, wie er dem Fremden doch noch helfen konnte. Alle Möglichkeiten hatte er bereits bedacht. Ihm blieb – so leid es ihm tat – nichts anderes übrig, als zuzusehen, wie das Schicksal des Mannes seinen Lauf nahm.

Wren hatte bei den abgelegten Sachen des Mannes ein Schwert entdeckt. »Sei vorsichtig damit«, ermahnte Galvin sie und sah kurz auf. »Eisen und Magie vertragen sich nicht gut. Ich kenne einen Magier in Kôvelir, der sich jedesmal, wenn er dieses Material anfaßt, regelrecht verbrennt – allerdings haben die meisten von uns Glück und reagieren nicht so empfindlich. So ein Feingefühl läßt auf edles Blut schließen.«

Gehorsam legte Wren das Schwert beiseite und ging zu Galvin. »Sind unsere Kochtöpfe deshalb alle aus weicher Bronze?« Sie schielte auf die Karten, die er wieder einsammelte, und versuchte herauszubekommen, was er wohl darin gelesen haben mochte, bevor er sie nun hastig vor ihr versteckte.

»Nein, die haben wir, damit die Zauberformel, mit der wir das Feuer anzünden, nicht unser Essen versengt, mein Kind. Die Messer sind alle aus Messing, damit wir uns beim Brotschneiden nicht aus Versehen die Hand absäbeln. Messing und Bronze können durch Zaubersprüche ausgebessert werden, also müssen wir nicht warten, bis ein Kesselflicker vorbeikommt.«

Wren ging auf die andere Seite des Herdes, beugte sich über das Essen, rührte es dreimal mit einem hölzernen Löffel um und murmelte, über den Pudding gebeugt, magische Sprüche vor sich hin. Sie nahm die flache Bratpfanne und stieß einen leisen Pfiff aus, mit dem sie Alinor zu sich rief. In dem kleinen Haus war nicht viel Platz, und ein Falke konnte dort kaum seine Flügel ausbreiten. Aber Alinor stellte sich so geschickt an, daß sie es schaffte, von der Stange aufzufliegen, mit einem einzigen Schwingenschlag den Raum zu durchqueren, sich um die Flügelspitze zu drehen, dabei den Schinkenspeck zu packen und das geräucherte Fleisch ihrer Herrin zu bringen. Noch während sie einen Bogen flog, um wieder auf ihrer Stange direkt unter der Decke zu landen, ließ sie den Speck in die Hände ihrer Herrin fallen. Wie alle Raubvögel haßte Alinor es, sich auf dem Boden fortzubewegen, wo ihre Waffen – die scharfen Krallen an den vorderen Zehen und die großen gebogenen Klauen dahinter – wirkungslos waren. Schließlich war der Falke ein Geschöpf der Luft, in diesem Element war er zu Hause, dort erfüllte er seine Dienste.

Wieder vertiefte sich Galvin in sein Zauberbuch. Als er angefangen hatte, das Lehrbuch zu studieren, hatte ihn sein Meister noch angeleitet. Vielleicht verbarg sich irgendwo auf den Seiten noch ein heilender Zauber, den er nicht bedacht hatte, weil er ihn bis jetzt nie gebraucht hatte. Noch nie hatte er einen Patienten gehabt, um den es so schlecht stand wie um diesen Mann. Er wollte nicht die Hoffnung verlieren und aufgeben. Eine der Karten, die er gelegt hatte, stand für Hoffnung – also gab es vielleicht doch noch eine Chance.

Doch auf den Seiten zwischen dem reich verzierten Ledereinband war nichts zu finden.

Wren empfand es als ihre Pflicht, bei dem sterbenden Mann Wache zu halten. Womöglich schlug er noch einmal die Augen auf, bevor er starb – dann konnte sie seiner Seele Trost spenden. Wenigstens seinen Namen wollten sie herausbekommen, denn dann war es einfacher, seinen Geist zu beschwören, falls der Junge nach seinem Tod mehr Kraft zeigen sollte als zu Lebzeiten. Galvin ließ Wren die unerfreuliche Aufgabe nur ungern erfüllen, die schmerzliche Erfahrung hätte er ihr gerne erspart. Ein Mädchen von gerade sechzehn Jahren sollte sich seiner Meinung nach nicht mit so etwas Furchtbarem auseinandersetzen. Andererseits war Wren nicht die Tochter irgendeines Stoffhändlers, bei der man darauf achen mußte, daß sie sich an die Anstandsregeln hielt, damit ihr guter Ruf keinen Schaden nahm – sie war Lehrmädchen bei einem Zauberer und hatte Galvin selbst darum gebeten, eine Zeitlang wachen zu dürfen.

Er wollte allerdings nicht, daß sie den Fremden, den der Zufall zu ihnen geführt hatte, sterben sah. Er wußte schließlich, daß sie bereits litt, wenn ein kleines Tier, das sie gerettet hatte, einfach nicht gedeihen wollte. Egal, ob es ein Schwalbenküken war, das gerade flügge wurde, oder ein junger Igel. Galvin konnte es nicht ertragen, wenn sie trauerte. Keine Träne vergoß sie, dabei hätte er ihren Anblick viel leichter ertragen können, wenn sie hemmungslos geweint hätte. Also bestand er darauf, daß Wren während der Nacht am Lager des Kranken wachte, denn er hielt es für wahrscheinlich, daß den Fremden die Kräfte kurz vor der Morgendämmerung verlassen würden. Zu dieser Stunde wird erfahrungsgemäß bei jedem Lebewesen auf dieser Welt der Lebensmut schwächer, wobei die meisten Kreaturen das Glück haben, gerade tief zu schlafen. Galvin wollte die Wache übernehmen und sein Lehrmädchen ins Bett schicken, wenn diese Phase eintrat. Außerdem bestand er darauf, daß sie, während sie bei dem Mann saß, eine Beschäftigung hatte, deshalb trug er ihr auf, einen langen Abschnitt seines Zauberbuches zu lesen und auswendig zu lernen. Bei schwacher Beleuchtung nur dazusitzen und einen Sterbenden anzustarren, schlägt einem jeden aufs Gemüt – selbst wenn es nur eine halbe Nacht dauert.

Träume verfolgten Titch. Zunächst war alles um ihn herum schwarz, und er sah überhaupt nichts. Zitternd vor Angst fragte er sich, ob ihn finstere Nacht oder die bedrückende Dunkelheit einer Grabesgruft umgab. Plötzlich lichtete sich das undurchdringliche Schwarz, und er begriff, daß ihm das glänzende Fell eines schwarzen Pferdes den Blick verstellt hatte. Während er sich das Tier genau ansah, wobei alles andere um ihn herum noch ein wenig zu schwanken schien, machte es auf einmal einen Satz, verfiel in einen schnellen Galopp und nahm dabei Titchs Herz mit auf die Reise. Ein süßer Schmerz durchzuckte den Jungen, ein Schmerz, der nichts Quälendes an sich hatte.

Titch wollte nichts lieber auf der Welt, als diesem Pferd zu folgen – er wollte es einholen, aufsteigen und im schnellen Lauf mit ihm verschmelzen. Ihrer beider Wille sollte zu einem werden. Wie schwarze Diamanten hoben sich die dunklen Hufe und blitzten auf, Mähne und Schweif flatterten so leicht im Wind wie der Flaum schwarzer Disteln. Nicht einmal kalter Marmor glänzte wie dieses ebenholzschwarze Fell, und selbst der Wind war nur halb so schnell wie der galoppierende Hengst.

Titch folgte dem Pferd über unsichtbare Hügel, über Ebenen, die noch nie ein Mensch zu Gesicht bekommen hatte. Doch obwohl der donnernde Hufschlag des Hengstes lauter in ihm widerhallte als das Pochen seines Herzens, gelang es ihm nie, das Tier einzuholen. Er konnte sich noch so sehr anstrengen, ihm sehnsüchtig nacheilen, sein Letztes geben und unablässig weiterkämpfen – nie erreichte er das Pferd.

Wren sah von der engbeschriebenen Seite auf. Ihr Meister schlief ruhig in seinem Bett. Es war auch nicht Galvins vertrautes Ein- und Ausatmen gewesen, das sie von ihren Studien abgelenkt hatte – sie hatte gehört, wie Alinor, die auf der anderen Seite des Zimmers in der Nähe des Feuers saß, ihr graues Federkleid sortierte. Die Augen des Vogels reflektierten den Feuerschein – er spürte, daß seine Herrin sich Sorgen machte, deshalb wachte er auf dem breiten Regal über der Tür. In seinen Träumen freute er sich an einem weiten Himmel, dem phantastischen Himmel, wie er ihn nannte.

Die Nase des Mannes, der an der wärmenden Feuerstelle lag, war groß und gebogen wie Alinors Schnabel, wie die Schnäbel all ihrer Artgenossen. Im Augenblick schien es Wren, als steche die Nase noch stärker hervor, als habe sich das Gesicht weiter zurückgezogen. Alles an seinen Zügen wirkte kantiger. Weiß wie die Knochen, die sich unter der Haut abzeichneten, schimmerte seine Gesichtsfarbe. Auf Wren machte die Haut einen leicht durchsichtigen Eindruck.

Ihr Meister hatte ihr befohlen, ihn zu wecken, sobald sich der Zustand des Fremden verschlechterte. Aber Wren hatte keine Ahnung, wie ein Mann aussah, der im Sterben lag. In den vielen Büchern ihres Lehrmeisters gab es ein paar Zeichnungen, die veranschaulichten, woran bestimmte Krankheiten und körperliche Störungen zu erkennen waren, aber das waren nur Tuschelinien auf weichem, elfenbeinfarbenem Pergament. Schemenhafte Darstellungen, die nichts mit einem Menschen aus Fleisch und Blut zu tun hatten. Die farbigen Schattierungen verrieten ihr nichts darüber, wie sie die Lage dieses Mannes an ihrer Feuerstelle einzuschätzen hatte. Er atmete heftiger als normal, und jeder rasselnde Atemzug schien ihm Mühe zu machen. Die Lippen wirkten ausgetrocknet, also betupfte Wren sie vorsichtig mit einem feuchten Stück Stoff. Offensichtlich brachte ihm das jedoch keine Erleichterung.

Wenn sie den Mann jetzt ansah, rollte nicht mehr diese dunkle Flutwelle über sie hinweg, obwohl sie selbst nicht wußte, warum. Vielleicht, so vermutete sie, hatte sie sich inzwischen an den Mann gewöhnt, oder vielleicht hatten sie auch nur die kriegerische Kleidung und die Waffen eingeschüchtert. Wenn sie sich wieder in Erinnerung rief, wie sie ihn gefunden hatte, fühlte sie sofort einen Anflug von Panik, nur eine Spur, ähnlich einem Tropfen Kirschsaft, der sich in einem Becher mit klarem Wasser kräuselt. Irgend etwas in ihrer verschwommenen Vergangenheit hatte sie gelehrt, daß bewaffnete und gerüstete Männer Gefahr bedeuteten. Sie ahnte nur, woher diese Angst kommen mochte. Im Augenblick trug der Mann, der vor ihr lag, weder Waffen noch eine Rüstung, also hatte sie auch keine Angst mehr vor ihm. Eingehend musterte sie den Jungen. Ihre Blicke wanderten über seine Züge, genauso fasziniert wie von dem Pferd, das sie eben noch versorgt hatte.

Sie kannte außer ihrem Meister keine Männer, und dieser hier glich Galvin überhaupt nicht – das stellte Wren sofort fest, obwohl der Junge bewußtlos war. Er war viel kleiner, kräftiger gebaut, und seine Glieder waren stämmig. Offensichtlich mußte der Fremde genauso hart arbeiten wie Galvin, der so oft die Marschen durchquerte, einen Baumstamm eine halbe Meile zum Hackblock schleifte und zu handlichen Holzscheiten für den Herd spaltete. Schlank und durchtrainiert wirkte Galvins Körper, und seine Arme fühlten sich fast so hart wie Holz an. Neugierig tastend stellte Wren fest, daß der Fremde muskulös war, ähnlich wie Alinor unter ihrem trügerischen Federkleid, das sie so weich erscheinen ließ. An den Stellen, an denen der Mann keine Prellungen hatte, schimmerte die Haut weißlich – sicher, er hatte viel Blut verloren, aber die Muskeln, die er sich auf irgendeine Art antrainiert hatte, wirkten trotzdem kräftig. Ob er wohl oft das Schwert schwang?

Die helle Haut verbarg die Narben. Wrens Finger waren es, die die alten Verletzungen aufspürten: eine aufgeworfene Linie auf dem Unterarm und eine Wölbung an der

Brust, dort, wo anscheinend eine gebrochene Rippe wieder zusammengewachsen war. Galvin hatte sie auf die Narben aufmerksam gemacht, während er den Mann versorgt hatte. Wren verstand, was er ihr damit sagen wollte: Narben trägt der Krieger im Kampf davon, so wie ein Falke – anders als ein Hahn – Flugfedern lassen muß.

Wieder raschelten Alinors schieferblaue Federn, und das Tier trat unruhig von einem Bein aufs andere. *Federn verlieren wir nur, wenn es stürmt,* wandte der Falke ein, *oder wenn ein Vogel dumm genug ist, sich an Fleisch zu vergreifen, das einem Adler gehört.*

»Wenn sich Krähen zusammenrotten, können sie sogar einem Falken übel mitspielen«, erinnerte Wren ihre alte Vertraute. »Es war bestimmt kein fairer Kampf, bei dem er so zugerichtet wurde.«

Die Augenlider des Mannes zuckten wie bei einem schlafenden Hund. Wren legte ihm beruhigend die Hand auf die Stirn. Seine Haut schien eisig, obwohl sie geglaubt hatte, der Mann müsse sich – so nah am Feuer – warm anfühlen. Voller Wehmut dachte sie an die frischgeschlüpfte Schwalbe, die sie letzten Sommer gefunden hatte, nachdem der Wind den Vogel aus seinem Nest geworfen hatte. Die Schwalbe hatte zwar noch gelebt, aber sie hatte sich genauso kalt angefühlt. Obwohl sie das Tier in ein Nest aus Katzenschwanzdaunen und Federn gebettet hatte, war der kleine Vogel immer kälter und schließlich steif geworden. Plötzlich wurde Wren klar, daß ihr Meister recht gehabt hatte – dem Fremden würde es genauso ergehen wie dem Schwalbenküken. Die Kälte der letzten Nacht hatte ihm zu viel Lebenskraft entzogen. Woher er auch kommen und wer er sein mochte – sie würde es nie erfahren.

Wrens Blick aus Augen, die so klar waren wie Regentropfen, verschleierte sich. Plötzlich schimmerten ihre Augen in der Farbe von Wellenkronen, in denen sich das Sonnenlicht bricht. Bestürzt stieß Alinor einen heiseren Schrei aus. Ihre Herrin schien sie nicht zu hören, das Mädchen betrachtete das reglose, blasse Gesicht des Fremden. Tränen standen in Wrens Augen, und eine tropfte sanft auf die geschwollene Wange des Mannes.

Titch träumte von Regen.

Zunächst fielen nur ein, zwei dicke Tropfen, dann prasselte der Regen heftiger nieder und schwoll plötzlich zu einem Platzregen an. Einen Moment lang hatte er das Gefühl, nicht mehr atmen zu können, als fülle nur noch Wasser seine Lungen, und fast fürchtete er, er müsse ertrinken. Er wollte sich gegen die Wassermassen wehren, aber er hatte nur noch die Kraft, die Augen zu schließen. Immer noch konnte er hören, wie um ihn herum Wasser niederplätscherte, und er spürte, wie die Tropfen auf seine nackte Haut prasselten und unter seine Kleidung liefen. Erst kitzelten ihn die Rinnsale, dann spürte er einen Juckreiz. Er wand sich und versuchte, den Kopf zu drehen. Schließlich öffnete er die Augen und sah sie.

Ihre Augen strahlten in der Farbe des Meeres, und ihr Haar erinnerte Titch an Rauch, obwohl es weder weiß noch grau war, sondern in einer Farbe glänzte, für die er keinen Namen kannte. Sie hatte eine breite Stirn und ein spitz zulaufendes Kinn, eine Gesichtsform, die ihn an eine Katze erinnerte. Ihre Gesichtszüge waren besonders zart, und sie weinte, als habe ihr jemand das Herz gebrochen. Aus ihren wunderschönen Augen tropften unaufhörlich Tränen. Das, was er für Regen gehalten hatte, waren ihre Tränen gewesen …

Titch streckte die Hand nach ihr aus, wollte sie trösten und sie darum bitten, nicht mehr so traurig und verzweifelt zu sein – aber seine Sinne tauchten in weißen Nebel, und hilflos wurde er mitgerissen.

Wrens Kopf schien leer, nur das Bild von einem Teich, dessen Oberfläche sich im Wind kräuselt, drängte sich immer wieder in ihr Bewußtsein. Sie hörte, wie Alinor einen schrillen Schrei des Entsetzens ausstieß, und sah automatisch zu ihrer Freundin, um nachzusehen, was sie in Aufregung versetzt hatte – langsam wie im Traum bewegte sie sich, sie schien es überhaupt nicht eilig zu haben. Den Blick ließ sie wie in Trance wandern, und beinahe zufällig fiel er auf den sterbenden Mann.

Er hatte die Augen geöffnet.

Die Iris schimmerte wie Platanenrinde im Regen – ein paar Sprenkel Grün, gemischt mit braunen Tupfen. Er blinzelte, starrte sie an und wollte anscheinend nach ihr greifen – doch er war so gebettet, daß die Bewegung unbeholfen wirkte. Verwirrt lehnte sich Wren zurück und wich dem Mann aus. Die seltsamen Augen schlossen sich wieder, er seufzte – und der Seufzer war so tief, als habe er soeben seinen letzten Atemzug getan.

Galvin wachte auf, als es draußen zu dämmern begann. Es machte ihn furchtbar wütend, daß er keinen Zauber kannte, durch den er sich selbst einigermaßen pünktlich wecken konnte. Als er sah, daß Wren mit leerem Blick den toten Mann anstarrte, verfluchte er sich erst recht. Sofort eilte er, noch etwas wackelig auf den Beinen, an ihre Seite.

Er berührte ihre Hand, sie fuhr erschrocken hoch, stieß einen kurzen Schrei aus und riß die Augen auf. Unergründlich wie der Himmel, über den Alinor herrschte, schienen ihre Augen. »*Oh!* Meister, das tut mir leid, ich wollte nicht einschlafen! Ist er …«

Ein glücklicher Zufall, fand Galvin, auch sie war also eingedöst. Trotzdem konnte das seine Schuld nicht schmälern. Er legte seine Arme um Wren und versperrte ihr mit der Schulter die Sicht auf den Mann. Um dieses Ende vorherzusehen, hatte er nicht einmal seine Karten gebraucht. »Kind, ich hab dir gesagt, daß wir nichts mehr tun können ...« Er verstummte. Plötzlich war hinter ihm ein schwaches Husten zu hören.

Ungläubig wandte sich Galvin zur Feuerstelle um. Das Husten wurde stärker, und der verwundete Mann öffnete die Augen.

Der Fremde lebte, kein Zweifel, auch wenn das an ein Wunder grenzte. Wren war außer sich vor Freude. Stürmisch umarmte sie ihren Meister, bis die Gegenwart des Fremden, den sie stundenlang betrachtet hatte, sie plötzlich einschüchterte. Sie versuchte, sich hinter Galvin möglichst unsichtbar zu machen und fing an, das Essen vorzubereiten und verschiedene Kräutertees aufzubrühen. Der Mann konnte den Blick nicht von ihr abwenden, als sei er von ihrer Anwesenheit wie verzaubert.

»Ich muß träumen«, flüsterte er, als Galvin begann, ihn zu untersuchen. Seine Lippen waren trocken wie Blätter im Wind, und man konnte ihn kaum verstehen.

»Das alles kommt Euch wohl vor wie ein Traum, was?« Galvin löste den Verband am Arm des Mannes, um einen Blick auf die Wunde zu werfen. »Das wundert mich nicht. Es hat Euch ziemlich erwischt, und dann noch der schwere Schlag auf den Schädel ... Wahrscheinlich gaukelt Euch Euer Bewußtsein alles mögliche vor, und schließlich ist sowieso nichts, wie es scheint ...«

Plötzlich verstummte er – jetzt war *er* wohl Opfer tückischer Trugbilder geworden. Die Wunde, die unter dem Leinen verborgen lag, blutete nicht mehr – wirklich erstaunlich, ein Ergebnis, mit dem er mehr als zufrieden sein konnte. Aber was ihm regelrecht den Atem verschlug, war die Tatsache, daß die Verletzung nicht mehr auszumachen war. Außer einer Hautschicht, die rosafarben schimmerte und sich offensichtlich neu gebildet hatte, war von der

Wunde nichts mehr zu sehen. Galvin schlug die Decke zurück und hob das Stoffpolster an, das er schützend um die andere Wunde des Mannes gebunden hatte. Nur mit Mühe fand er die Narben, die verrieten, wo der Fremde noch in der letzten Nacht an einer schweren Verwundung gelitten hatte. Er mußte raten. Vielleicht war der etwas heller schimmernde Kreis die bleibende Erinnerung an den Kampf, vielleicht aber auch die leichte Vertiefung, die Galvin erst nach einer Weile ausmachen konnte.

Der Zauberer deckte den Mann wieder zu und strich sich gedankenverloren über den Bart. Sicherlich, er kannte einige heilende Zauber, die wahre Wunder wirkten, aber wieso der Mann so schnell wieder gesund geworden war, konnte er sich nicht erklären. Wren war vom Herd zurückgekommen, in den Händen einen dampfenden Becher.

»Meister? Meinst du, ich kann ihm jetzt, wo er endlich wach ist, etwas Suppe geben?«

»Tja, ich wüßte nicht, warum ihm das schaden sollte«, erwiderte Galvin, der froh war, daß sie ihn aus seinen Gedanken riß. »Wir müssen ihn nur erst mal aufsetzen – er muß jetzt nicht mehr auf dem Bauch liegen, und so können wir ihm kaum einen vollen Löffel in den Mund schieben.«

Während sie den Mann vorsichtig umdrehten, sah sich der Zauberer den Verwundeten noch mal eingehend an. Über dem Ohr verriet ein Schatten, wo der Bluterguß gewesen sein mußte, aber die Schwellung war abgeklungen und die Beule vollkommen verschwunden. Auch diese Verletzung mußte – genau wie die anderen – auf wundersame Weise über Nacht geheilt sein. Von den Prellungen am Kinn keine Spur mehr. Es wurde Zeit, daß sich der Fremde rasierte, aber ansonsten waren seine harten Gesichtszüge makellos.

Titch schlief schon bald wieder ein. Gerade mal drei, vier Löffel von der köstlichen Suppe hatte er gegessen. Das Mittagessen verschlief er vollkommen, doch gegen Abend konnte er sich schon wieder aufsetzen, Fragen stellen und beantworten, den Löffel halten und ohne Hilfe essen.

»Ihr kanntet die Männer also gar nicht, die Euch angegriffen haben?« Während Galvin die Frage stellte, teilte er seine Karten aus. Leise klatschten sie auf den Boden, und ständig hörte man ein Rascheln.

»Nein.« Titch führte noch einen Löffel Haferbrei zum Mund. Er konnte nicht erkennen, nach welchem System die Karten ausgelegt wurden, aber das Spiel kam ihm merkwürdig vor, denn sobald ein Muster gelegt worden war, folgte sofort das nächste.

»Es ist natürlich nur eine Vermutung, aber meiner Meinung nach wollte man Euch nicht ausrauben.« Galvin sah den Fremden an, hob eine Augenbraue und ließ die Karten durch die langen Finger gleiten.

Titch verstand: Der Zauberer wollte eine Erklärung von ihm hören. Sein gutes Recht, und trotzdem fiel es Titch schwer, mit seiner Geschichte herauszurücken. Natürlich wollte der Magier seine Neugierde befriedigen, und auf seine Sicherheit mußte er schließlich auch bedacht sein – sie wog mehr als der Wunsch, den Gast höflich zu behandeln. Der Mann machte sich wahrscheinlich Sorgen darüber, daß in der Nähe seines Zuhauses Gefahr lauerte, die seinen Gast und womöglich auch ihn bedrohte. »Nein, ich bin nicht ausgeraubt worden«, erklärte Titch bereitwillig. »Diebe waren es auch nicht. Die Kerle haben einen Mann gesucht, mit dem ich eine Zeitlang zusammen gereist bin, und als ich ihnen sagen mußte, daß ich keine Ahnung habe, wo er hingeritten ist, waren sie … etwas ungehalten.«

»So ungehalten, daß sie auf Euch geschossen haben. Und zwar *zweimal.* Diese Unbekannten kennen bei ihrer Verfolgung anscheinend keine Gnade.« Der Zauberer betrachtete eingehend die Karten, als suche er Bestätigung für das, was Titch ihm erzählt hatte.

»Deshalb habe ich denen ja auch nicht gesagt, wohin der Mann geritten ist.« Titch fuhr mit den Fingern über den Rand der Schale und naschte den letzten Rest honigsüßen Haferbrei. »Allerdings hätte ich nie damit gerechnet, daß sie auf mich schießen. Eine Fehleinschätzung, wie man sieht.«

»Ihr habt wohl gedacht, daß Ihr verschont werdet, was?« Galvin lachte in sich hinein, wickelte die Karten in ein Stück Stoff und legte sie beiseite. Mit einer knappen, geschickten Bewegung zündete er seine Pfeife an. Für den Bruchteil einer Sekunde flackerte eine Flamme auf, und Titch war sich sicher, daß sie aus Galvins Fingern loderte.

»Macht Ihr Euch etwa Sorgen, daß Ihr Ärger bekommen könntet, nachdem Ihr mich gerettet habt?« fragte Titch. Er runzelte die Stirn und versuchte, sich auf das Gespräch zu konzentrieren, obwohl ihn der Trick mit der Flamme weitaus mehr fesselte. Womöglich doch nur eine optische Täuschung. »Ihr habt selbst gesagt, daß die Kerle sicher sein mußten, daß ich nicht durchkomme. Und jetzt sind sie hinter ...« Namen verliehen Magiern Macht über einen Menschen, deshalb zögerte Titch. Solange ihn niemand dazu aufforderte, wollte er Gereins Namen nicht preisgeben. »Jedenfalls sind die Männer bestimmt nicht mehr hier in der Gegend«, fuhr er fort. Er konnte nur hoffen, daß sein Stocken unbemerkt geblieben war.

»Da bin ich erleichtert.« Galvin stieß drei wohlriechende Rauchwolken zur Decke und blickte ihnen gelassen nach. »Ich glaube, Ihr habt recht mit Eurer Vermutung – in einem Umkreis von dutzend Meilen kann ich keinen Reiter entdecken.«

Titch riß ungläubig die Augen auf – die Rauchringe dienten Galvin als Glaskugeln, mit deren Hilfe er wahrsagen konnte. Nicht einmal die wärmende Feuerstelle mußte er verlassen, um in den Rauchkreisen zu lesen. Wie gut, daß ich sofort die Wahrheit gesagt habe, bei einem Kreuzverhör hätte ich schlechte Karten gehabt, dachte Titch. Trotzdem wurde er langsam nervös. Hexenmeister kannte er nur aus Geschichten und Balladen, und manchmal schien die Begegnung mit solchen Männern nicht ganz ungefährlich zu sein, ein Risiko, das man meiden sollte. Und doch war er Gast in diesem Haus und stand tief in der Schuld bei einem Mann, der eindeutig magische Fähigkeiten besaß. Natürlich, ihm war keine andere Wahl geblieben. Diese beiden Menschen hatten ihn gerettet und geheilt – welchen Preis würden sie wohl dafür verlangen?

Die braunen Augen des Zauberers schienen all seine sorgenvollen Gedanken zu lesen, und ein amüsiertes Funkeln flackerte in ihnen auf. »Keine Aufregung, Titch, Ihr müßt Euch erholen«, sagte er fröhlich. »Ihr seid hier unser Gast und habt nichts zu befürchten.«

Titch lief tiefrot an. »Ich wollte nicht undankbar sein, Sir.« Wie konnte man vor einem Zauberer seine Gedanken verbergen? Las der Magier sie auch jetzt wie zuvor seine Karten?

Der Hexenmeister lächelte – was schließlich alles mögliche bedeuten konnte, aber vielleicht steckte auch gar nichts dahinter. »Und Ihr habt noch nie mit einem Zauberer zu tun gehabt?«

Titch schüttelte den Kopf. Daraus konnten sie ihm wohl kaum einen Strick drehen, jedenfalls soweit er das zu beurteilen vermochte.

»Gastfreundschaft hat für uns dieselbe Bedeutung wie für alle Menschen.« Nun lächelten auch die braunen Augen. Vielleicht verbarg sich doch nichts anderes hinter der Freundlichkeit.

»Aber wenn der Gast die Regeln der Gastfreundschaft bricht, kann ein Zauberer ihn – mir nichts, dir nichts – in eine Kröte verwandeln«, sagte Titch, immer noch argwöhnisch. Schließlich saß er hier fest, genau wie kurz zuvor im Morast.

Galvin lachte laut auf. Seine Augen verschwanden zwischen zahllosen Falten, und Titch kam selbst das wie ein Zaubertrick vor. »Wren, erklär du es dem Jungen! Meinst du, er muß Angst haben, daß er in eine Kröte verwandelt wird? Hab ich das jemals einem Gast angetan?«

»Wir hatten doch noch nie einen Gast«, erwiderte Wren, die gerade das Geschirr aufeinanderstapelte.

»Im Sommer haben wir hier genug Kröten und Frösche. Mehr davon können wir wirklich nicht brauchen. Wenn ich ihn also verwandeln wollte, würd ich mir was anderes ausdenken.«

»Tja, mich hast du schließlich auch aus einem Otter zurückverwandelt«, erklärte Wren, während sie die Teller, die sie beim Abendessen benutzt hatten, in eine Schüssel mit Seifenwasser tauchte.

Titch wollte ihr gerade seine Schale bringen – irgendwann mußte er sowieso herausfinden, ob ihm die Beine noch gehorchten. Alles schien wieder in Ordnung zu sein, nur das linke Bein, aus dem ihm der Zauberer den Pfeil herausoperiert hatte, fühlte sich noch lädiert an. Doch plötzlich, als ihm der Sinn ihrer Worte bewußt wurde, stockte sein Schritt, er vergaß, was sich gehörte, und sperrte ungläubig den Mund auf.

»Also, das war so: Er hat mich aus einem Fischweiher herausgezogen«, erklärte Wren bereitwillig. »Na ja, eigentlich nicht mich, sondern einen Otter. Aber nachdem er das Tier ans Ufer gezogen hatte, hat es sich in ein Mädchen verwandelt. In mich.«

»Dann seid Ihr also ...« Er wußte keinen Namen für ein

Wesen, das einmal als Tier gelebt hatte. Schließlich entschied er, daß er noch nicht bei klarem Verstand sein konnte. Wren nahm ihm hastig die Schale ab, denn anscheinend verließen ihn plötzlich die Kräfte. Sie sieht so menschlich aus, dachte Titch. Nichts an ihr erinnerte an ein Tier, nicht einmal an ein so bezauberndes und anmutiges wie einen Otter. Ihre Augen schimmerten in einem sehr hellen Grau, klar wie Regenwasser, und sie hatte ganz winzige Zähne, die kein bißchen spitz wirkten. Mit Sicherheit kein Gebiß, mit dem man einen Flußfisch fangen konnte. Fell hatte sie auch keins, nur das dunkle Haar fiel ihr in Wellen über die Schultern und reichte bis auf den Rücken. Sie wirkte behende, aber einem flinken Otter im Strom glich sie auf keinen Fall.

»Ich bin Galvins Lehrmädchen«, sagte sie, weil ihr der verwirrte Fremde schließlich leid tat. »Mehr weiß ich nicht. An die Zeit davor kann ich mich nicht erinnern.«

»Ich glaube, du bist ziemlich lange ein Otter gewesen«, meinte ihr Meister liebevoll. »Aber du bist bestimmt nicht als Tier zur Welt gekommen. Irgendeine Gefahr hat dich zu Tode erschreckt, und du hast eine andere Gestalt angenommen, womöglich zum ersten Mal. Wahrscheinlich hat ein schwerer Schock die Verwandlung ausgelöst, und daß du plötzlich ein Otter warst, hat dich natürlich noch mehr verwirrt. Ich glaube, deshalb weißt du nicht mehr, wie du überhaupt ein anderes Wesen werden konntest. Das Trauma hat alle Erinnerungen in dir verschüttet, das ist alles. Mach dir keine Sorgen, man kann ganz leicht lernen, eine andere Gestalt anzunehmen. Du hast ja schon bewiesen, daß du magische Fähigkeiten besitzt.«

Sorgen schien sich das Mädchen ohnehin nicht zu machen. Den Abwasch hatte es inzwischen allein erledigt, obwohl Titch mehrmals angeboten hatte, die Schalen abzutrocknen und einzuräumen. Immer noch fühlte er sich benommen und verwirrt, obwohl er nicht wußte, warum. Vielleicht schwächten ihn die Verletzungen, die gerade erst verheilt waren, vielleicht auch die magische Behandlung, ohne die es ihm zweifellos wesentlich schlechter ginge. Womöglich aber brachte ihn einfach die Tatsache durcheinander, daß er sich mit Menschen unterhielt, die nur mit dem Finger schnippen mußten, wenn sie Feuer brauchten, aber trotzdem wie jeder andere den Abwasch mit Seifenwasser im Schein der lodernden Flammen erledigten.

Gedankenverloren hatte sich Titch neben den Zauberer gesetzt, der erneut seine Karten hervorgeholt hatte, scheinbar endlose Reihen legte und nebenbci das Gcspräch wieder aufnahm.

»Die Karten erzählen mir jedesmal von Unglück und Unruhe, wenn ich sie zu Wrens Vergangenheit befrage – aber das hätte ich mir auch so denken können«, sagte der alte Mann, zuckte mit den Schultern und tippte auf eine elfenbeinfarbene Siegelmarke, auf der viele Schwerter abgebildet waren. Bevor die Karten wieder zu einem Stapel zusammengeschoben wurden und sich das Muster – wie zuvor die Rauchringe – wieder auflöste, konnte Titch noch erkennen, daß beinahe jedes Bild eine Klinge zeigte. »Schwerter und Wasser. Für Euch habe ich ähnliche Karten gelegt, aber Eure Situation war viel klarer. Ihre Vergangenheit hingegen, die Zeit, bevor sie hierher gekommen ist, steht in den Sternen – aber eine Kriegerin war sie bestimmt nicht.«

Wasser schimmerte im Augenblick nur in der Schüssel, die Wren neben die Tür gestellt hatte. Wahrscheinlich war es selbst für Menschen aus dem Volk der Zauberer unangenehm, wenn kalte Luft ins Zimmer strömte, und so wartete Wren bis zum nächsten Tag, bevor sie das Schmutzwasser vor die Tür goß.

»Ist sie denn nicht Eure …« Titch überlegte – er wollte Galvin auf keinen Fall vor den Kopf stoßen. »Eure Frau?«

Der Zauberer lachte schallend. »Wahrscheinlich wäre es das Beste gewesen, wenn ich den Otter obendrein noch geheiratet hätte! Ein oder zwei meiner alten Freunde in Kôvelir sind bestimmt der Meinung! Nein, nein, und sie ist auch nicht meine Tochter, Junge, aber sie steht mir trotzdem näher als ein eigenes Kind. Und Ihr, mein Junge, solltet Euch eher vor ihren Zauberkünsten hüten als vor einem zornigen Ehemann oder Vater. Wren ist die einzige, die ich in der Kunst der Magie unterwiesen habe. Sie ist eine begabte Schülerin, und manchmal übertrifft sie sogar ihren Meister.«

»Sir, ich wollte Euch nicht beleidigen ...« Titch mußte sich wohl entschuldigen, zurücknehmen konnte er seine törichten Worte nicht mehr. Im Grunde fühlte er sich noch viel zu schwach für eine solch ernsthafte Unterhaltung, und er ärgerte sich jetzt, daß er sich überhaupt darauf eingelassen hatte.

Wren kniete sich neben ihren Meister. »Verwandle ihn lieber gleich in einen Frosch, das geht schnell und ist viel humaner, als ihn nach und nach zu Tode zu erschrecken.« Sie grinste.

Galvin setzte ein gespielt ernstes Gesicht auf. »Die Frösche frieren in dieser Jahreszeit alle im Schlamm fest«, gab er zu bedenken.

»Kannst du noch mal für mich wahrsagen?« Wren legte eine Hand auf die Karten, die der Magier in ein Tuch gehüllt hatte. »Bitte, ja? Vielleicht sagen sie ja irgendwas Neues. Wir haben schließlich auch gedacht, daß der Fremde stirbt, aber er lebt noch. Manchmal ist doch alles anders, als es zu sein scheint. Vielleicht ...«

Der Zauberer wirkte gar nicht mehr fröhlich und runzelte die Stirn. »Kind, daß du dir immer gleich so große Hoffnungen machst.«

»Bitte.« Respektvoll zog sie den Kopf ein, beharrte aber auf ihrem Wunsch.

»Es ändert nichts, daß ein Fremder hier ist«, erklärte Galvin streng. »Für ihn ist das alles neu, für uns nicht.«

Der Fremde hielt den Atem an – auf keinen Fall wollte er sich in die Diskussion einmischen.

»Bitte.«

Der Zauberer seufzte. »Ich kann dir einfach nichts abschlagen. Warum auch, es schadet ja nichts. Aber mir tut es immer wieder weh, wenn ich dir nicht helfen kann. Du könntest wirklich Erbarmen mit mir haben.« Er schüttelte den Kopf. »Also gut. Lege deine Hand auf die Karten und mach dann drei Stapel daraus.«

»Linke Hand, und gegen den Lauf der Sonne«, fügte Wren hinzu und tat, was Galvin von ihr verlangt hatte. Sie legte drei Stapel, von rechts nach links. Die Augen hatte sie geschlossen, und sie bewegte lautlos die Lippen. Ein Zauber? Ein Gebet? Die Frage, die sie von den Karten beantwortet haben wollte?

Titch zog es vor, sich lautlos wie ein Mäuschen in eine Ecke des Raums zurückzuziehen.

»Bleibt ruhig sitzen«, lud ihn der Zauberer höflich ein. »In dieser Jahreszeit ist es in diesem Zimmer nur an der Feuerstelle warm. Ihr stört überhaupt nicht.«

Titch ließ sich wieder nieder. Panik stand ihm in den Augen, und wie bei einem scheuenden Pferd konnte man plötzlich das Weiße seines Augapfels deutlich erkennen. Egal, ob die Magie des Hexenmeisters ihn geheilt hatte oder nicht – er wollte nicht unbedingt in der Nähe sein, wenn der alte Mann sein Zauberhandwerk ausübte. Und obwohl der Magier ihn aufgefordert hatte zu bleiben, beschlich ihn das Gefühl, Meister und Schülerin zu stören, zumal eine Reihe der ausgelegten Karten beinahe seinen nackten Fuß berührte. Er zog die Beine fest an sich heran und redete sich ein, er wolle sich nur wärmen.

Die Karten bildeten ein gleichschenkliges Kreuz, und

rechts davon lag eine lange Linie aus. Der Magier drehte nun die Karten um und enthüllte nach und nach die farbigen Vorderseiten.

»Unheil, wohin ich auch sehe«, kommentierte Galvin. »Eine Vergangenheit voller Unglück, so wie wir es vermutet haben. Im Widerspruch dazu das Rad, das sich für uns alle dreht und Hoffnung verspricht. Ich sehe Trauer und eine Königin, die keine wahre Königin ist. Eine Reise auf dem Wasser – vielleicht steht das für den Otter. Kind, du solltest dir auch die Karten ansehen, schließlich liest man sie nicht nur mit dem Verstand, sondern auch mit dem Herzen. Vielleicht kannst du einen Hinweis aus den Bildern lesen, der mir verborgen bleibt.«

Wren öffnete die Augen und starrte wie gebannt auf die leuchtenden Motive. Es wimmelte nur so von Klingen und bösen Vorzeichen. »Ich weiß, daß Schwerter für Veränderungen in der Vergangenheit oder in der Zukunft stehen. Aber ich kann nur Bruchstücke erkennen – ich kann nicht wie du zusammenhängende Geschichten daraus lesen.«

»Für mich ergeben die Karten auch keinen Sinn.« Behutsam sammelte Galvin die Karten ein. »Jedenfalls auch nicht mehr als damals, als ich sie das erste Mal für dich gelegt hab. Es ist auch immer wieder nahezu dasselbe Muster, Wren. Es hat sich kaum etwas geändert, und die Karten, die anders sind, haben dieselbe Bedeutung. Es ist genau, wie ich es dir schon gesagt habe – irgendein Unglücksfall hat dich hierhergetrieben, wie ein Blatt, das der Strom mit sich reißt. Eines Tages kannst du dich vielleicht daran erinnern, von welchem Baum du gefallen bist, aber im Moment offenbaren die Karten nichts. Noch nichts. Wenn du Pech hast, wird sich das nie ändern.«

Wren senkte den Kopf und ergab sich in ihr Schicksal. Titch überlegte, ob sie wohl weinte, aber als sie einen Augenblick später das Kinn reckte, war ihr Gesicht trocken. Sie wirkte gefaßt.

Titch hielt es nicht mehr aus, er mußte sich unbedingt die Beine vertreten. Er ging in dem kleinen Haus auf und ab, immer vorsichtig darauf bedacht, nirgendwo anzustoßen, auch nicht aus Versehen. Möbel standen ohnehin nicht viele herum, es gab nur einen langen Tisch und eingerollte Schlafdecken. An den Wänden hingen allerdings unglaublich viele Regale, die mit Einmachgläsern, dicken Säcken, leeren Vogelnestern und Büchern vollgestopft waren. Titch hatte sogar lesen gelernt – seine Mutter hatte zwei Chroniken besessen und ihm beigebracht, Buchstaben zu entziffern und aneinanderzureihen. Sie hatte gehofft, daß er eines Tages einem höheren Stand angehören und man diese Fähigkeit bei ihm voraussetzen würde. Gern hätte er ein Buch aufgeschlagen, um festzustellen, ob er noch konnte, was er vor langer Zeit gelernt hatte. Aber Bücher waren kostbar, und er hätte niemals gewagt, einen der Bände ohne ausdrückliche Erlaubnis anzufassen. Wer vermochte schon zu sagen, was ihm ein Zauberbuch alles antun konnte, wenn Otter sich in Mädchen verwandelten und Rauchringe etwas über die Zukunft verrieten?

Auf dem Kaminsims standen noch mehr Bücher, ein Horn mit Tusche, ein Topf mit getrocknetem Rosmarin und ein Krug, in dem Sauerteig ruhte. Die Fenster waren sowohl von innen als auch von außen verschanzt, als doppelter Schutz gegen den eisigen Wind, der Tag und Nacht ums Haus strich. Auf dem Regal über der Tür, wo es besonders kalt war, standen zwei Kristalle aus weißem Felsgestein, das feinverzweigte Geweih von einem Stück Rotwild und ein ausgestopfter Falke. Offensichtlich ein Wanderfalke, denn mit den dunklen Federn sah er aus, als trage er einen Helm mit Backenriemen.

Als Titch die Hand ausstreckte, um das Tier anzufassen,

riß der scheinbar ausgestopfte Vogel plötzlich die gelbumrandeten Augen auf und hackte mit dem gebogenen Schnabel nach ihm. Titch machte einen Satz nach hinten und stolperte dabei über einen dreibeinigen Schemel. Fast wäre er mit dem Hocker zu Boden gestürzt. Als der Wanderfalke die Flügel ausbreitete, aufschrie und allem Anschein nach bereit war, auf Titch loszugehen, wich der Junge noch einen Schritt zurück und taumelte – immer noch kopflos – rückwärts.

»Benimm dich, Alinor«, mahnte Wren und sah kurz auf, ohne dem Ereignis besondere Beachtung zu schenken.

Der sollte sich lieber benehmen und seine spitzen Finger von mir lassen, erwiderte der Vogel und zeigte nicht die geringste Reue. Wie eine Schlange zischte Alinor den Fremden an. Titch konnte natürlich dem Gespräch zwischen Falke und Mädchen nicht folgen, und nur Wrens Worte drangen zu ihm. Als das Tier seine Schwingen ausbreitete, schien es den gesamten Raum auszufüllen.

Titch wich noch weiter zurück, stieß an die Wand und breitete die Hände aus – eine Geste, die womöglich seine Unschuld beteuern, ihm vielleicht aber auch die Möglichkeit geben sollte, jederzeit schützend die Hände vors Gesicht zu schlagen. Zu fliehen war schließlich ausgeschlossen. »Tut mir leid«, sagte er aufrichtig. »Ich wollte den Falken nicht stören. Ich habe gedacht ...« Titch brach mitten im Satz ab – daß er geglaubt hatte, das Tier sei ausgestopft, wollte er nicht zugeben. Wren mußte lachen – Alinors Streiche und dieser vollkommen verwirrte Junge waren wirklich komisch.

»Alinor ist meine ständige Begleiterin«, erklärte Wren. Sie hob die nackte Faust, stieß einen leisen Pfiff aus, und der Falke schwang sich durchs Zimmer. Titch zuckte unwillkürlich zusammen, aber die Krallen an den großen Füßen des Vogels drückten die Haut des Mädchens nur leicht ein, ohne Wren zu verletzen. Beruhigend streichelte Wren die Brustfedern des Falken. Alinor wurde ruhiger, wirkte sogar sanftmütig. Weder eine Leine noch ein Fußband trug das Tier, nichts, womit der Falkner seinen Vogel gewöhnlich bändigt. Wren schien nicht einmal zu wissen, daß man eigentlich Hilfsmittel braucht.

Ungläubig starrte Titch auf den Falken, die Augen groß wie Untertassen. Nur mühsam konnte er sich zurückhalten, um nicht allzu neugierig zu wirken. »Ein Mädchen, das Wren heißt, wie der Zaunkönig in so vielen Geschichten, ist Herrin über einen Falken? Wie kommt das?« fragte er. Unsicher wanderte sein Blick zu Galvin, während sich der Wanderfalke von Kopf bis Fuß schüttelte, den Stoß fächerte und sanftmütig die Federn an Wren rieb.

»Ich hab Wren den Namen nicht gegeben«, wandte der Zauberer freundlich ein. »Als sie zu mir kam, hat sie mir ihren Namen genannt – das war alles, was sie mir über sich sagen konnte. Ich finde, daß der Name überhaupt nicht zu meinem Lehrmädchen paßt – Wren sieht nicht aus wie ein Zaunkönig, und ihre Art hat nichts mit dem Vogel gemein.«

Titch nickte ernst, und in diesem Augenblick bebte die Wand, gegen die er den Rücken preßte – kein Zweifel, ein Huf hatte dagegengetreten. Ruckartig riß Titch den Kopf herum, starrte auf die Holzplanken, und während sein Herz heftig gegen die Rippen schlug, überlegte er, ob sich Zauberer womöglich ein paar Kühe hielten. »Das ist doch nicht etwa …« Die Stimme versagte ihm, er wagte nicht auszusprechen, was er insgeheim hoffte.

»Es ist Euer Pferd, jedenfalls glaube ich das wenigstens«, führte Galvin den Satz zu Ende. »Der Schuppen ist ziemlich eng, aber das Tier ist da wenigstens vorm Wind geschützt.«

»Ihr habt ihn gefunden.«

»Genau genommen, haben wir das Pferd zuerst entdeckt«, erklärte Wren. »Alinor hat erst den Wallach gesehen und dann Euch.«

Titch suchte nach einer Tür, die zum Schuppen führte. Er war unendlich erleichtert, auch wenn er sein Glück noch nicht fassen konnte, außerstande war, einen klaren Gedanken zu fassen. Eigentlich war er davon ausgegangen, daß Gray instinktiv den anderen Pferden gefolgt war und ihn – genau wie die Verfolger – alleine zurückgelassen hatte. Als er keine zweite Tür in dem Zimmer entdecken konnte, riß er die Eingangstür auf. Die Kälte konnte ihn nicht einschüchtern, er schien vergessen zu haben, wie unhöflich es war, den eisigen Wind hereinzulassen. Auch das Wirbeln des Schnees, der um seine nackten Füße tanzte, hielt ihn nicht zurück.

Doch plötzlich stand er orientierungslos im Dunkeln. Obwohl der schimmernde Schnee Konturen erkennen ließ und am schwarzen Himmel ein paar Sterne leuchteten, wußte Titch nicht mehr, in welche Richtung er gehen mußte. Schwankend stand er vor der Tür, Wren griff hastig nach einer Decke und rannte hinter ihm her.

»Das Pferd ist hier drüben«, sagte sie, während sie ihm die Decke um die Schultern legte. Sie führte den Fremden in die Scheune, in der zwölf Hennen ihre Unterkunft mit Gray teilten. Der Falke saß immer noch auf der Faust des Mädchens. Schläfrig blinzelten die Hennen, als sie den Schein der Laterne bemerkten, dann steckten sie schnell wieder die Köpfe unter die Federn, in der Hoffnung, daß ihnen so nichts passieren konnte. Alinor warf einen verächtlichen Blick auf das Federvieh – diese Tiere standen weit unter der Würde einer Jägerin, und nur im äußersten Notfall hätte sich ein Falke an ihnen vergriffen.

Titch bemerkte die Hühner gar nicht. Er schlang die Arme um den Hals des grauen Wallachs und vergrub das Gesicht in der zottigen Mähne. Hafer rieselte aus Grays

Maul und lief seinem Herrn den Rücken hinunter, aber das störte Titch nicht. Ein Ritter ohne Pferd – das war kein echter Ritter, höchstens ein Fußsoldat, der sich einbildete, etwas Besseres zu sein. Doch das allein war nicht der Grund für Titchs Freude. Tränen sprangen ihm in die Augen und tropften auf die zerzauste weiße Mähne, bis sie naß war. Nur Gray versüßte ihm das Leben als Waise in einer feindlichen Welt.

»Wir haben nicht viel für ihn, aber ich habe ihm ein bißchen Getreide gegeben«, meinte Wren. »Heu haben wir auch nicht – wir haben keine Kühe, und die Hennen brauchen das meiste Stroh für ihre Nester.«

»Er hat alles, was er braucht«, beruhigte Titch sie, wischte sich übers Gesicht und versuchte, sich wieder zu fassen. »Es ist nur – das ist jetzt schon das zweite Mal, daß ich gedacht habe, jetzt ist er für mich verloren. Er hat nämlich im Sumpf festgesteckt.«

»Ich weiß. Ich hab die Spuren gesehen, als ich Euch gefunden habe. Und Ihr und das Pferd wart beide voller Schlamm.«

An Grays Bauch hingen immer noch Dreckklumpen, und an seinen Beinen klebte getrockneter Schlamm, der an einigen Stellen bereits abgebröckelt war. »Oh, Gray«, brachte Titch glücklich hervor und sah sich nach Bürsten um. Als er feststellte, daß es so etwas nicht gab, fing er an, den Schmutz mit den bloßen Fingern abzukratzen. Womöglich verbargen sich unter dem Dreck Verletzungen, Geschwüre oder Schwellungen, und schließlich konnte sich der Wallach eine Sehne gezerrt haben. Als Titch sich vorbeugte, rieb Gray den großen Kopf am Rücken seines Herrn.

»Habt Ihr nicht furchtbar kalte Füße?« fragte Wren und konnte ein Lachen nicht unterdrücken.

»Nein«, erwiderte Titch verwirrt, während er Grays Vorderbein untersuchte.

»Also, das Pferd ist es ja gewöhnt, barfuß durch den Schnee zu gehen, aber Eure Zehen werden langsam blau.«

Titch sah auf seine Füße. »Oh.« Wenn er Pech hatte, trat ihm Gray auch noch auf die Zehen, wenn auch nur aus Versehen. Womöglich waren die Füße schon taub und gefühllos vor Kälte – dann kam das böse Erwachen erst später. »Ein Ritter muß mit Entbehrungen leben. Große Seidenzelte haben sie nur in Balladen.«

»Ihr seid ein Ritter?« Plötzlich zitterte Wren, sie wußte selbst nicht warum. Alinor, die stets an den Gefühlen ihrer Herrin teilhatte, straffte die Federn, trat unruhig von einem Fuß auf den anderen und festigte den Griff um Wrens Faust, als ob sie ihre Herrin beruhigen wollte.

»Noch nicht«, gestand Titch. »Aber ich möchte einer werden. Ich habe es geschworen, beim Schwert meines Vaters und bei meiner Ehre.«

Wren hatte ihr Zittern wieder unter Kontrolle. Sie verdrängte die Erinnerung an den Anblick des Fremden in seiner Rüstung, Stückwerk aus verschiedenen Metallplatten und Kettengliedern. Sie wollte vergessen, wie die Angstgefühle sie überwältigt hatten. Nun, da er frierend bei den schlafenden Hennen stand, in eine Decke gehüllt, die sie selbst ausgebessert hatte, wirkte er überhaupt nicht mehr furchteinflößend. Kein Mann, vor dem man zittern mußte, oder? Warum auch?

»Ich will Ritter werden«, wiederholte Titch. »Dann gehören mir eigene Ländereien, für die ich natürlich meinem Lehnsherrn dienen muß.« Erleichtert atmete er auf – Grays vorderes Bein schien nicht stärker geschwollen als sonst auch. Die Sehnen waren nicht gezerrt, keine Schwellung verbarg sich unter dem Fell. Titch war außer sich vor Glück – nachdem er so viel Pech gehabt hatte, war er noch am Leben und hatte Gray an seiner Seite, obendrein auch noch gesund. »Man muß sich das wie eine Stufenleiter vorstellen – die Ritter dienen ihren Lords und Baronen, die wiederum ihrem König verpflichtet sind. Ich muß nur erst mal die unterste Stufe erreicht habe, dann kann ich mich hocharbeiten.«

Vorher sollte er sich lieber Stiefel anziehen, bemerkte Alinor boshaft und raschelte mit den Federn.

Am nächsten Morgen begleitete Titch seine Retterin zur Quelle. Wenn sie vier Eimer Wasser auf einmal holten, reichte es nicht nur zum Kochen, sondern auch für die Wäsche, die Wren ansonsten im Winter nur sehr selten wusch. Eine erste Dienstleistung, hatte sie frech zu dem Jungen gesagt und dabei auf ihr Gespräch im Stall angespielt. Im ersten Moment war Titch überrascht gewesen, daß sie die Wäsche nicht mit Hilfe von Magie waschen konnte, aber sie hatte ihm erklärt, daß so ein Zauber viel aufwendiger sei, als Wasser durch den hohen Schnee zu tragen. Titch wußte nicht viel über Zauberer, also gab er sich mit der Erklärung zufrieden und lud sich bereitwillig das Joch mit den beiden Eimern auf.

Seltsam, was Wren am Leibe trug, dachte Titch, abgesehen davon, daß die Kleidung sicherlich eine Wäsche vertragen konnte. Natürlich, bei dieser Kälte mußte man viele Schichten übereinander anziehen, aber Titch vermutete, daß sie als Otter keine Kleider besessen hatte und sich nun mit ihrem Meister seine ärmlichen Sachen teilte, die sie sich zurechtgeschneidert hatte. Zierlich wie sie war, hingen die Stoffe lose um ihren Körper. Auch sie muß sich alles zusammenstückeln, dachte Titch, genau wie ich. Kleider herbeizuzaubern mußte wohl auch sehr kompliziert sein, und anscheinend lohnte sich der Aufwand auch dabei nicht.

Hoch über ihnen tauchte Alinor in die weißen Wolken ein, stieg höher und zog weit über ihnen ihre Kreise – jedenfalls soweit er Wrens Worten Glauben schenken durfte, denn Titch konnte nicht einmal einen Punkt am Himmel entdecken. Der Wanderfalke war zudem nicht ausgestattet, wie es bei gezähmten Raubvögeln üblich war. Er trug keine Glocke und keine Fußleine, die es einem Falkner ermöglichten, den Flug des Raubvogel zu verfolgen und zu lenken. Offensichtlich machte Wren dem scharfsichtigen Tier ohne Köder verständlich, daß es seine Reise auf dem Wind abbrechen und auf ihre Faust zurückkehren sollte. Nicht einmal eine Kappe trug der Falke, obwohl der Sichtschutz normalerweise verhinderte, daß sich das Tier sofort auf das nächste Opfer stürzte. Wie es schien, konnte dieser Falke frei entscheiden, ob er zur Falknerin zurückkehren oder durch die Lüfte jagen wollte. So etwas hatte Titch noch nie gesehen.

»Sie trägt überhaupt keine Glocke«, bemerkte er schließlich und schielte dabei auf den scheinbar leeren Himmel über dem Marschland, dessen Eintönigkeit durch nichts unterbrochen wurde. Langsam wuchsen ihm all die unglaublichen Dinge, mit denen er sich hier ständig auseinandersetzen mußte, über den Kopf. »Woher wißt Ihr, wo Alinor gerade ihre Kreise zieht?«

Etwas erstaunt sah ihn Wren von der Seite an. »Ich *weiß* eben, wo Alinor ist. Immer.« Was auch heißen konnte, daß sie einfach bessere Augen hatte als er.

»Ja, aber stellt Euch doch einmal vor, Alinor fliegt plötzlich einem Falken hinterher und verschwindet irgendwo am Himmel«, gab Titch zu bedenken. Schließlich war das gut möglich. »Oder es kommt starker Wind auf und trägt sie so weit fort, daß sie Euren Pfiff nicht mehr hören kann. Was macht Ihr dann? Dann habt Ihr den Vogel doch verloren.« Eine Tragödie, wenn man bedachte, was für ein prächtiges Tier Alinor war. Womöglich war Wren noch gar nicht auf die Idee gekommen, daß das jedem Falkner passieren konnte.

»Ich *weiß* einfach, wo Alinor ist«, wiederholte Wren geduldig und sah noch nicht einmal hoch, während sie das sagte. »Sie ist kein gezähmter Raubvogel, der angeleint oder festgebunden werden muß, wenn man ihn nicht gerade fliegen läßt. Alinor ist meine Vertraute, Titch. Unsere Herzen sind miteinander verbunden. Ich kann sie hören, und sie hört mich. Wie weit wir voneinander entfernt sind, spielt dabei keine Rolle.«

»Oh«, sagte Titch, wie vor den Kopf gestoßen. »Also Zauberei?« Natürlich. Offensichtlich war es ein Kinderspiel, einen Falken zu halten, wenn man nur die Magie zu Hilfe nahm. Er spürte, wie ihm die Schamesröte ins Gesicht stieg.

Ein Hase, warf Alinor von irgendwo sehr weit oben freudig dazwischen. Wren drehte sich um und zeigte auf einen Punkt in der Ferne. »Da!« rief sie.

Titch blinzelte, und sein Blick folgte ihrem behandschuhten Finger. Ein dunkler Punkt stürzte wie ein sinkender Stern aus den Wolken herab, die gebogenen Schwingen lagen eng am Körper des Tieres. Titchs Magen krampfte sich zusammen, als er sah, welche Höhen der Vogel erklommen hatte. Es war nicht das erste Mal, daß er einen Falken auf der Jagd beobachtete, oft schon hatte er gesehen, wie ein Vogel dieser Art auf andere Vögel oder Wild herabschießt. Es überraschte ihn also nicht, daß Alinor mit hoher Geschwindigkeit durch die Luft stieß, er rechnete damit, daß sie ihr Opfer im vertikalen Sturzflug erlegte und – inmitten einer Wolke aus auffliegenden Federn – taumelnd zu Boden riß. Doch als sie auf kein Opfer stieß, sondern sich – immer und immer schneller – weiter kopfüber zu Boden stürzte, hielt Titch erschrocken den Atem an. Mit dieser Geschwindigkeit konnte der Vogel niemals landen, und eigentlich mußte die Beute doch schon längst zu sehen sein. Tatsächlich aber war weit und breit nichts zu entdecken.

Zweifellos im allerletzten Moment schlug Alinor dann doch noch einen Haken, glitt über den blendend weißen Schnee und prallte mit einer solchen Wucht gegen den ahnungslosen Hasen, daß er sich mehrmals überschlug. Wieder stieg der Falke steil nach oben, drehte sich einmal um die Flügelspitze und peilte präzise den zuckenden Körper an.

Wren, die nicht sonderlich beeindruckt wirkte, schlenderte zu dem Falken hinüber, und Titch folgte ihr. Braune Fellbüschel lagen bereits auf dem Schnee verstreut, und Alinors gebogener Schnabel zerfetzte ihre Beute. Ab und zu hielt der Vogel inne, um seinen gefährlichen Schnabel im körnigen Schnee zu säubern. Als das Falkenweibchen Titch entdeckte, verbarg es besitzergreifend das erlegte Tier hinter ausgebreiteten Flügeln und stützte sich auf den Stoß, so daß seine Krallen deutlich zu sehen waren. Eingeschüchtert von dieser drohenden Geste, ging Titch neben Wren in die Hocke und betrachtete den Vogel verstohlen von der Seite. Raubvögel mögen es nicht, wenn Menschen über ihnen stehen oder sie anstarren, besonders dann, wenn es Fremde sind.

Meine Beute, erklärte der Falke unversöhnlich und warf Titch Blicke zu, die ihn wie Pfeile durchbohrten.

»Ruhig, Alinor«, redete Wren auf den Vogel ein. »Er will dir doch gar nichts wegnehmen.« Und an Titch gewandt fuhr sie fort: »Wir lassen sie ein bißchen davon fressen. Eigentlich mag sie Hasen nicht besonders gern, aber sie hat Hunger, weil sie bei ihren letzten Jagdzügen nicht viel gefunden hat – abgesehen von Euch natürlich.«

Der Brocken war mir zu zäh, den konnte ich nicht reißen, kommentierte Alinor scharfzüngig und schielte zu Titch, während sie sich wieder über ihre Beute hermachte.

Wren lachte und schüttelte nur den Kopf, als Titch sie fragend ansah. »Nichts Wichtiges – sie hat nur gesagt, daß Ihr nicht nach ihrem Geschmack seid. Wenn sie erst mal gefressen hat, ist ihre Laune bestimmt besser, und für uns bleibt noch genug übrig für ein Schmorgericht.«

»Ich habe noch nie gesehen, daß ein Falke seine Beute mit ausgebreiteten Schwingen auf dem Boden erlegt«, sagte Titch, immer noch eingeschüchtert von dem rasend schnellen, vollkommen kontrollierten Sturzflug. Echte Millimeterarbeit, und der Erfolg hätte leicht zu einem Desaster werden können. »Sicher, Hühnerhabichte machen das so. Darauf sind sie spezialisiert, aber ich dachte, Falken erlegen ihre Beute nur in der Luft.«

»Alinor könnte im Grunde genommen alles jagen.« Mit einer kurzen silbernen Haarnadel schlitzte Wren den Kadaver auf, und Alinor schien nichts dagegen zu haben. Selbst mit ihrem furchterregenden Schnabel hätte sie das nicht vermocht, und es machte sie ungeduldig, das Tier mühsam zu reißen.

Und wo ich will, stimmte der Falke selbstgefällig zu. Alinor drang zu den Innereien des Kadavers vor, zupfte sie aus dem dampfenden Hasen und verschlang sie sofort. Dann legte sie den Kopf in den Nacken, damit eine der Nieren und ein langer Streifen Leber ihre Kehle hinuntergleiten konnten, hielt kurz inne, schüttelte das Gefieder und sah ihre Herrin mit einem liebevollen, sanftmütigen Blick an, bevor sie sich wieder den Schnabel putzte.

»Reicht es jetzt, Liebes?« Wren hob den Vogel auf ihre linke Faust und hielt Titch den halb ausgeweideten Hasen hin. Er trat nervös von einem Bein aufs andere und zögerte noch, das Tier anzunehmen, denn es gab nichts, was Alinor auf Wrens Faust hielt. Vor seinem geistigen Auge sah er bereits, wie sich die Klauen in sein Gesicht gruben. Wren schüttelte den Kopf, warf ihm den Hasen zu und streichelte Alinors Backenfedern mit dem Zeigefinger. Der Falke schloß die Augen und gurrte wie bei der Mauser, um Wren zu zeigen, wie sehr ihm das gefiel.

In diesem Augenblick wirkte Alinor sanftmütig wie ein handzahmer Kanarienvogel, abgesehen von dem scharf gebogenen Schnabel und den mächtigen Klauen mit den Krallenspitzen, die das Hasenblut scharlachrot verfärbt hatte. Klauen, mit denen der Vogel zahm auf dem Handgelenk seiner Herrin balancierte, mit denen er ihm aber – wenn Alinor es nur wollte – die Haut bis auf die Knochen aufschlitzen konnte. Im Tageslicht schimmerten die schieferblauen Kopf- und Rückenfedern in einem raffinierten Graublau. Auf der hellgestreiften Brust konnte man eine leicht rosafarbene Tönung erkennen. Die Flugfedern lagen perfekt geordnet – in Sekundenschnelle hätte sich der Vogel emporschwingen können, doch er saß gelassen da und trat nicht – wie reizbare Falken so gewöhnlich tun – unruhig von einem Bein aufs andere. Sicherlich – der Raubvogel hatte gefressen und war nun zufrieden, aber Titch vermutete, daß das allein Alinors Verhalten nicht erklärte. Sie wirkte sanftmütig, und man hatte nicht das Gefühl, als genüge schon ein Flügelschlag, um sie wieder in ein wildes Tier zu verwandeln. Er spürte, daß Wren das Richtige tat, wenn sie den Falken nicht grausam bändigte, zumal das Tier freiwillig an ihrer Seite blieb.

»Woher habt Ihr den Falken?« fragte er Wren. War Alinor womöglich ein zahmer Falke, den ein Fallwind mitgerissen und von seinem Falkner fortgetragen hatte? Ein Raubvogel, den Wren gerettet hatte, so wie Titch auch? Er konnte sich nicht vorstellen, daß Wren auf eine Klippe geklettert war, um sich einen Nestfalken, der noch in seinem Daunenkleid steckte, herunterzuholen – es gab sowieso weit und breit keine Felsen in dieser Gegend –, und einen ausgewachsenen Falken konnte man niemals so handzahm ziehen. Oder verbarg sich hinter der Vogelgestalt womöglich ein unglückliches menschliches Wesen, das in einen Falken verwandelt worden war? Das erklärte vielleicht auch die erstaunliche Intelligenz des Tieres …

»Nach einem Sturm hat Alinor plötzlich auf unserem Dach gesessen und die Hühner beobachtet«, erklärte Wren, während sie nicht aufhörte, den Falken zu streicheln. »Ein verheerender Sturm. Genau wie ich kann sich Alinor nicht mehr daran erinnern, wo sie herkommt. Sie sagt, sie ist einfach immer weiter geflogen, hat sich vom Wind tragen lassen, gegen den sie sowieso nicht ankämpfen konnte. Lange, lange Zeit ist sie durch Dunkelheit geflogen, ohne zu wissen, wo sie war.«

»Wie habt Ihr den Falken handzahm gemacht?« Er hatte noch nie gehört, daß man einen Vogel ohne Kopfbedeckung und ohne ständigen Kontakt mit dem Falkner zähmen kann. Normalerweise muß ein Wanderfalke tagelang herumgetragen werden, überall hin, bei jedem Wetter, und man darf ihn nicht schlafen lassen, bevor er sich nicht beugt und aus der Hand frißt. Doch selbst dann bleibt ein Falke immer ein leicht reizbarer Vogel, der sofort mit den Flügeln schlägt und Schreie ausstößt, wenn ihn etwas aus der Fassung bringt. Und man muß eigentlich ständig damit rechnen, daß der Raubvogel einfach wutentbrannt davonfliegt, wenn er seine Beute verfehlt hat.

Alinor öffnete ein Auge, schwarz wie der Grund eines Brunnens in der Nacht. Um die Iris herum wuchsen keine Federn, und die Haut schimmerte gelb wie Butter. *Mich handzahm machen!* Langsam bog Alinor die ungeheuren Krallen, und es schien, als rechne sie sich insgeheim aus, wie weit es bis zu Titchs Gesicht sein mochte.

»Eigentlich ist sie gar nicht gezähmt«, gestand Wren ein und gab dem Vogel einen Stups. Man sah ihm genau an, was er im Schilde führte – der Falke hatte sein mögliches Opfer scharf im Visier. »Alinor ist frei, niemand zwingt sie, hier zu sein.«

Seh ich aus wie ein Pferd oder ein verblödeter Hund? Mich hält keiner an der Leine und befiehlt mir, was ich tun soll, verkündete Alinor. Womöglich hätte sie sich noch mehr ereifert, aber plötzlich stiegen zwei Enten aus dem Marschland auf. Der Falke nickte einmal kurz mit dem Kopf und schwang sich in die Luft, um ein Abendessen zu erlegen, das ihm sehr viel besser mundete als ein Hase.

Der Hase landete schließlich in einem Schmorgericht. In einem kleinen Bronzekessel setzte Wren Wasser auf und brachte es zum Kochen. Als Titch ihr das kleingeschnittene Fleisch brachte, war sie bereits damit beschäftigt, eine Zwiebel in kleine Würfel zu hacken. Kartoffeln und schrumpelige Mohrrüben lagen schon bereit und sollten als nächstes zubereitet werden. Eine Handvoll Rüben waren bereits zerkleinert. Harte Winter gab es in der Gegend, und gegen Ende der kalten Jahreszeit wurde das Essen knapp. Titch begriff plötzlich, was für eine Bereicherung Alinor sein mußte, der Vogel brachte schießlich durch seine Raubzüge Fleisch auf den Tisch. Eine gute Idee, dachte Titch, als Findelkind sollte man immer auf diese Weise seine Dankbarkeit gegenüber dem Retter zum Ausdruck bringen.

Draußen vor der Tür kratzte Gray eifrig im Schnee, in der Hoffnung, unter der weißen Decke auf Gras zu stoßen. Der Sattel hing immer noch in der Scheune, wo Wren das Pferd über Nacht unterstellte, also ging Titch dorthin und durchwühlte die Taschen, bis er das Brot fand, das Katlin als Reiseproviant aus der Küche des Gasthauses für ihn stibitzt hatte. Eigentlich hielt es sich gut, aber frisch war es nach der langen Reise natürlich nicht mehr. Da es aber noch keinen Schimmel angesetzt hatte, wollte er es gern zum Abendessen beisteuern.

Die Zwiebeldämpfe bissen Titch in den Augen, aber Wren hackte eifrig weiter, und ihr standen keine Tränen in den Augen. Muß wohl ein Zauber sein, vermutete Titch, als ihm wieder einfiel, wie verheult Katlin immer beim Zubereiten von Zwiebeln ausgesehen hatte. Auch ihm waren Tränen über die Wangen gerollt, wenn er ihr geholfen hatte. Bei einem Zauberer in die Lehre zu gehen, schien keine schlechte Sache zu sein. Sicherlich gab es jede Menge kleiner Kniffe, mit denen man sich das Leben leichter machen konnte, selbst wenn der Abwasch auf gewöhnliche Art und Weise erledigt werden mußte.

Während sich Titch von Wrens Lehrmeister erklären ließ, auf welchen Wegen man tiefer in das Land Josten vordringen konnte, besserte er die Löcher aus, die die Pfeile in seine Rüstung gebohrt hatten. Sie waren nicht – wie seine Verletzungen – von selbst verschwunden. Plötzlich rutschte Wren das Messer aus, und die Klinge bohrte sich in ihren linken Zeigefinger und drang zum Knochen vor. Sofort sprangen beide Männer auf und eilten ihr zu Hilfe. Schon bald hatte der Zauberer Balsam auf die Wunde aufgetragen, die Blutung mit einem Druckverband gestoppt, einen festen Leinenverband anlegt und eine heilende Zauberformel gesprochen. Auch diesmal vergoß Wren keine Träne, obwohl sie kreidebleich geworden war.

»Sie weint nie«, erklärte Galvin später, als Titch etwas zögernd nachfragte. »In den drei Jahren, die sie jetzt bei mir ist, hat sie kein einziges Mal geweint. Sie weiß, was Kummer ist, und sie spürt auch Schmerzen, wie Ihr sehen könnt, aber sie vergießt keine Träne, genau wie Alinor. Ich hab ihr das nicht beigebracht, nein, bestimmt nicht.« Die Karten, die Galvin auf dem Boden ausbreitete, während er mit Titch redete, machten ein klatschendes Geräusch, aber er erkärte dem Jungen nicht, was sie seinen geübten Augen verrieten.

Vor Titchs geistigem Auge tauchten wieder die Bilder aus seinem Traum auf. Wren hatte geweint, Tränen waren aus ihren strahlend grünen Augen mit den blauen Sprenkeln gequollen und über ihre Wangen gelaufen. Nur ein Traum, natürlich. Wrens Augen, die nun rot umrandet tief in den Höhlen lagen, leuchteten in einem hellen Grau. Warum sollte sie auch um ihn, einen Fremden, geweint haben, wenn ihr nicht einmal die Verletzung am eigenen Finger Tränen in die Augen trieb? Die Tränen, die er in seiner Traumwelt gesehen hatte, waren zu einem Platzregen angeschwollen – ein Hirngespinst, auch wenn ihm der Anblick wirklich erschienen war.

Nein, es mußte ein Traum gewesen sein. Typisch für Träume, daß sie, bei Tageslicht betrachtet, unsinnig erschienen. Am besten war es wohl, sich vor Träumen zu hüten, solange er in diesem Haus zu Gast war – ein Gast, der schon bald weiterziehen würde.

Der große Kampf

Am nächsten Morgen machte sich Titch auf die Reise und ließ den Zauberer und sein Lehrmädchen, das ihm so wunderbar vorkam, allein zurück. Galvin hatte ihm im Schnee – dort, wo der Wind die Verwehungen glattgefegt hatte – eine Karte skizziert und ihm erklärt, wie er die Sümpfe in der Umgebung am besten umgehen konnte. Titch prägte sich die Worte des Magiers ein, dankbar, daß der alte Mann für ihn mitgedacht hatte.

Um ins Landesinnere von Josten vorzudringen, mußte Titch immer der Nase nachgehen, abgesehen davon, daß er ab und zu einen Bogen um die Moore schlagen mußte. Er hatte vor, sich auf die Suche nach dem Ritter zu machen, von dem er lediglich wußte, daß er irgendwo in Josten an Turnieren teilnehmen wollte. Ob Titch ihm trauen konnte oder ob der Ritter nicht tatsächlich eine ganz andere Richtung eingeschlagen hatte, stand in den Sternen. Womöglich hatte Gerein seine Pläne auch ändern müssen, weil ihm etwas dazwischengekommen war.

Titch ging davon aus, daß Gerein seine Schulden anstandslos begleichen würde, schließlich hatte er sich die Belohnung redlich verdient. Es war ihm allerdings klar, daß er sich holen mußte, was ihm zustand. Gerein zog sicherlich nicht durch die Lande, um Titch selbst die Zügel in die Hand zu drücken. Schließlich konnte man nicht von ihm erwarten, daß er sich in Gefahr begab, nur um den Jungen auszuzahlen. Abgemacht war, daß sie sich wiedertreffen würden, nachdem Titch die Verfolger in die Irre geführt hatte, und für den Fall, daß die Männer hartnäckig blieben und ihm ernsthaft zusetzten, hatten sie den Ort ihrer Zusammenkunft nicht genau festgelegt. Tja, als hartnäckig hatten sich die Kerle tatsächlich erwiesen, und Titch war jetzt schon so lange unterwegs, daß Gerein von Kendillin den heimatlosen Jungen mit Sicherheit abgeschrieben hatte.

Wren sah dem jungen Mann, der auf dem weißen Pferd davonritt, noch lange nach. Deutlich zeichnete sich seine Gestalt vor dem makellos weißen Schnee und dem blassen Morgenhimmel ab. Das Herz wurde ihr schwer – schwerer noch als im letzten Sommer, als die Schwalbe, die sie gefunden und gerettet hatte, etwas unsicher ihren ersten Flug gewagt hatte.

Es war nicht nur, weil es der Fremde so eilig gehabt hatte und sofort aufgebrochen war, nachdem Galvin ihm einen Abend lang alle möglichen Tips für die Reise gegeben hatte. Nein, es gab noch etwas, was sie traurig machte: Plötzlich schien der junge Mann ein anderer zu sein, nichts mehr an ihm erinnerte an eine schutzlose, junge Schwalbe, er schien durchaus in der Lage zu sein, für sich selbst zu sorgen. Der metallbeschlagene Umhang, der seine Schultern umschmeichelte, und der Eisenhelm, der sein Gesicht zur Fratze entstellte, verwandelten ihn in einen anderen Menschen. In dem kriegerischen Gewand wirkte er wieder wie ein Fremder. Er schien nichts gemein zu haben mit dem sanftmütigen Jungen, den sie im Feuerschein beim gemeinsamen Abendessen kennengelernt hatte. Je mehr Teile seiner Rüstung er angelegt hatte, um so größer war Wrens Scheu geworden, und als er schließlich aufgebrochen war, hatte sie kein Wort mehr über die Lippen gebracht.

Trotzdem konnte sie ihren Blick nicht von ihm losreißen, noch lange sah sie dem Fremden nach, und auch dann, als nur noch Alinors scharfe Augen ihn ausmachen konnten, schaute sie dem Jungen nach.

Ich könnte Alinor darum bitten, daß sie ein Auge auf ihn hat, dachte Wren, glücklich über den plötzlichen Einfall. *Für sie ist es kein Problem, ihm meilenweit hinterherzufliegen.*

Und was soll das bringen? wollte der Falke wissen. Tja, was hätte seine Herrin ihm darauf antworten können? Daß der Fremde sie eingeschüchtert hatte? Dann war es ja nur gut, daß er endlich fort war. Durfte sie eingestehen, daß sich etwas in ihrem Herzen regte, während sie hinter ihm hersah? Es war, als breche in ihrer Brust ein Gefühl auf, das lange verborgen gelegen hatte, wie Samenkörner, die monatelang unter einer dicken Schneeschicht ruhen und sofort sprießen, sobald im Frühjahr die ersten Sonnenstrahlen die Erde erwärmen. Konnte sie das dem Vogel anvertrauen? Verstand Alinor ihre Gefühle überhaupt? Wren konnte ja selbst nicht begreifen, was in ihr vorging.

Trügerische Gefühle waren es, die sie unruhig machten, daran bestand kein Zweifel. Sie empfand nur deshalb etwas für Titch, weil er ihr fremd war – ein Mann, der ein anderer als ihr Meister war. In den letzten drei Jahren, während der

Zeit, an die sie sich erinnern konnte, hatte sie keinen anderen Mann zu Gesicht bekommen. Für sie war ein Junge wie Titch etwas vollkommen Neues, deshalb faszinierte er sie. Nachdem Wren das für sich klargestellt hatte, verwarf sie die Idee, Alinor hinter dem Jungen herzuschicken. Sie begrub die Hoffnungen, von denen sie selbst wußte, daß sie töricht waren, unbedeutend wie ein Wassertropfen am Eiszapfen, der nur selten Vorbote einer Flut ist und meist schon bei Sonnenuntergang wieder verschwindet.

Warum sollte ich ihm gefallen? dachte sie, während sie dem immer kleiner werdenden Punkt am Horizont nachsah. *Was habe ich ihm schon zu bieten? Ich weiß ja nicht einmal, wer ich bin.*

Als sich der Tag langsam dem Ende zuneigte, erreichten Titch und Gray ein Dorf. Titch fragte nach Wystan, aber man sah ihn nur verständnislos an oder kratzte sich ratlos am Kopf, was ihn im Grunde nicht wunderte. Bis zu den Ländereien von Wystan, wo die Turniere veranstaltet wurden, war es zweifellos noch ein gutes Stück Weg. Deshalb hielt er es für klüger, am nächsten Tag einen Reisenden zu überholen und ihm zu erklären, er sei auf dem Weg zu einem Turnier und wolle wissen, ob er es bis dahin noch weit habe. Prompt beschrieb ihm der Mann einigermaßen verständlich den Weg. Also war er, wie es aussah, nicht der einzige Krieger, der dieses Ziel vor Augen hatte.

Die Wege wurden immer schlechter – viele Reisende kamen über diese Route, und die Erde war längst aufgewühlt. Der Wallach und sein Reiter kämpften sich auf dem schlammigen Boden, der zäh wie Grießbrei ihren Schritt bremste, quälend langsam voran. Nach und nach wurden die Straßen auch breiter, offensichtlich hatte Titch also nicht als erster die Idee gehabt, sich links oder rechts der Spur auf weniger sumpfigem Untergrund einen Weg zu bahnen. Er war wirklich froh, daß er nicht als Fuhrmann mühsam eine schwere Last durch den Schlamm manövrieren mußte. Jedesmal, wenn er Männer auf Pferdewagen überholte, schnappte er Schimpfwörter auf, die er noch nie in seinem Leben gehört hatte. Allmählich verfügte er über ein hübsches kleines Repertoire an ungehörigen Worten.

Die clandaranischen Festungen, die von eralischen Herrschern erobert worden waren, lagen größtenteils an der Küste oder an Flüssen, die mit Schiffen mühelos befahrbar waren. Meist waren die Burgen aus Gestein, das in der näheren Umgebung zu finden war. Die Hochburgen hatten die Eralier selbst errichtet, sie waren erst in jüngster Zeit entstanden. Immer wieder stieß Titch auf die hölzernen Gebäude, die auf künstlichen Erdwällen emporragten, umgeben von Gräben und Holzpalisaden, die die Festung vor Angreifern schützen sollten. Plump und häßlich wirkten die Hochburgen, aber nach allem, was Titch gehört hatte, ließen sie sich phantastisch verteidigen. Zu diesem Zweck waren sie schließlich erbaut worden, und in den Anlagen steckten viele neue Ideen.

Steinmauern waren – falls ein Herrscher sich solche leisten konnte – selbstverständlich der beste Schutz. Und so überraschte es Titch schließlich nicht sonderlich, daß vor ihm – inmitten von weit verstreut liegenden Hütten, Schuppen und Zelten – graue Mauern auf einem aufgeschütteten Erdwall emporragten, umgeben von Gräben und Schutzwällen mit hölzernen Brustwehren. Auch als er sich der Festung näherte, waren die Wege noch schlammig, obwohl man versucht hatte, sie mit Stroh und Sägemehl trockenzulegen. Verbissen kämpfte Gray sich weiter. Wahrscheinlich hatte der Wallach die anderen Pferde längst gerochen und gehört, und sicherlich ahnte er, was das für ihn zu bedeuten hatte: Bald durfte er sich nach einer wohlverdienten Mahlzeit endlich ausruhen.

Titch hoffte, daß es nicht mehr lange dauerte, bis er und sein Pferd etwas zu essen bekamen. Einige Geldstücke hatte er noch in der Tasche, genug, um Futter für Gray und eine Unterkunft für sich selbst zu besorgen. Innerlich seufzte er auf, als er die Zelte sah – er hatte einmal ein Zelt aus Segeltuch im Kampf gewonnen, es aber kurz darauf schon wieder verkaufen müssen. Es wäre jetzt angenehm gewesen, ein eigenes Dach über dem Kopf zu besitzen, das man immer bei sich tragen konnte, um so die paar Münzen für eine Unterkunft sparen zu können. Und da es ihm gerade gefiel, sich Tagträumen hinzugeben, überlegte er sich, daß er gerne einen Diener an seiner Seite hätte, einen Untergebenen, der ihm sein Pferd versorgte, Essen kochte und eine gemütliche Schlafstätte bereitete. Außerdem hätte er alles dafür gegeben, wenn die Mondscheibe am Himmel zu ihm heruntergerollt wäre und ihm als Schild gedient hätte.

Die Burg lag an einer Flußbiegung. Klug gedacht von dem Herrscher, der diesen Bau begonnen hatte, denn er hatte die natürlichen Gegebenheiten optimal genutzt. Wasser umschloß den Landsitz von zwei Seiten, wobei einer der Gräben bereits von Natur aus vorhanden gewesen war. Auf diese Weise war auch die Wasserversorgung der Hochburg gesichert. Titch entdeckte auf der anderen Seite des Flusses etliche Pferde. Kein unüberwindbarer Strom, aber es fiel ihm auf, daß die Burg wegen des sie umgebenden Wassers nur mühsam belagert oder attackiert werden konnte. Als Titch Gray durch den eisigen Fluß trieb, reichte dem Wallach das Wasser nicht einmal bis zu den Knien. Doch schon ein trockener Wall oder ein einfacher Graben erfüllten ihren Sinn.

Es stellte sich heraus, daß keins der angepflockten Pferde zur Burg gehörte, sondern daß die Krieger, die wie er zum Turnier erschienen waren, sie mitgebracht hatten. Während Titch eine Unterkunft für Gray aushandelte und widerwillig ein paar seiner Münzen hergab, warf er einen Blick auf die Pferde. Zwei Schwarze entdeckte er darunter, aber nicht den Hengst, den er suchte. Er seufzte, ließ Gray zufrieden und geräuschvoll kauend zurück und streifte mit leerem Bauch über den Platz, um festzustellen, ob er hier jemanden kannte. Außerdem wollte er herausfinden, wo der große Kampf stattfinden sollte, welche kleinen Wettstreite im Vorfeld abgehalten wurden und wo es sich für ihn überhaupt lohnte mitzumachen.

Im Augenblick fanden keine offiziellen Kämpfe statt, denn es war bereits spät, und allmählich wurde es Nacht. Die meisten Männer trugen noch nicht einmal ihre Waffen bei sich, denn sie waren damit beschäftigt, sich ihr Abendessen zu kochen oder träge herumzusitzen und zu trinken, während die Diener ihnen das Essen zubereiteten. Titch schlenderte über den Platz, doch es waren nur Fremde, die aufsahen, obwohl die Männer etwas Vertrautes für ihn hatten, da sie alle Ritter waren. Sicherlich konnten sie auch ihn sofort einordnen – er gehörte zu den Neulingen. Genau wie er sprachen die meisten Eralisch, und ab und zu schnappte er auch ein paar clandaranische Ausdrücke auf, die die Eralier im Laufe der Jahre leicht abgewandelt in ihre Sprache übernommen hatten, so wie aus dem Namen des Landes Clandara nach und nach Calandra geworden war.

Auf einmal entdeckte er ein vertrautes Gesicht. Auch wenn er den schwarzen Hengst nicht gesehen hatte, war Gerein von Kendillin ohne Zweifel unter den Männern.

Der Ritter saß, breit gebaut wie er war, an einer Feuerstelle und ruhte sich aus. In der Rechten hielt er einen Krug, und mit der Linken untermalte er ausladend seine Worte. Die paar Männer, die ihm zuhörten, waren guter Stimmung, lauschten aufmerksam seinen Worten und tranken, genau wie er, aus schweren Bechern. Einer der Kerle warf einen Mantel auf den Boden und holte einen großen hölzernen Würfel hervor. Als die Sonne hinter dem Horizont versank, fing ein anderer an zu singen. Titch paßte einen geeigneten Moment ab und setzte sich neben Gerein.

»Ein lustiges Völkchen, Eure Freunde«, begann er das Gespräch. »Ich hoffe nur, die Männer sind nicht so hitzig wie Eure alten Freunde.«

Gerein riß den Kopf herum, und reflexartig griff er nach seinem Dolch, sogar im Schein des Feuers konnte man erkennen, daß sich sein Gesicht vor Wut verzerrte, doch schon im nächsten Moment strahlte er. Offensichtlich freute er sich wirklich. »*Titch!* Daß ich Euch hier treffe, hätt ich ja nie ...«

»Warum nicht?« Titch hob fragend eine Augenbraue. »Ihr habt doch gesagt, Eure Freunde würden mir keinen Ärger machen, jedenfalls nicht so weit weg von der Heimat.«

»Und? Haben sie etwa doch Probleme gemacht?« fragte Gerein. Er war wirklich wohlerzogen und zeigte ein angemessen bestürztes Gesicht.

»Sie haben mir zwei Pfeile reingejagt«, erwiderte Titch schlicht. »Euer Glück, daß ich den Kerlen nicht verraten konnte, was sie unbedingt wissen wollten, nämlich wo Ihr steckt.«

Gerein wurde bleich vor Schreck, und seine Haut schimmerte weißlich, obwohl ihn der Schein des Feuers in ein rötliches Licht tauchte. »Die haben auf Euch geschossen?« Er sah ängstlich über Titchs Schulter und versuchte, in der immer undurchdringlicher werdenden Dunkelheit etwas zu erkennen. Anscheinend rechnete er mit einem Hinterhalt.

»Die haben noch nicht aufgegeben und sind wohl immer noch hinter Euch her«, bestätigte Titch. »Aber keine Sorge, ich glaube nicht, daß sie mir gefolgt sind. Die sind wohl davon ausgegangen, daß ich nur noch ins Jenseits reise, nachdem sie mich da liegengelassen haben.«

Gerein zerrte Titch zu sich auf den Holzblock. Er bestand

darauf, daß der Junge dicht an ihn heranrutschte, damit niemand ihrem Gespräch lauschen konnte. Titch fügte sich, während Gerein ihn mit breitem Grinsen seinen Kumpanen vorstellte, die mit ihm um das Feuer saßen. Einer von ihnen reichte Titch einen Becher Ale. Titch nippte daran und verzog das Gesicht. Doch während Gerein die ganze Zeit über im Flüsterton auf ihn einredete, überlegte er sich, daß ihm das Getränk – so bitter es auch sein mochte – wohl nicht so übel zusetzen konnte wie Gereins alte Freunde.

»Dafür, daß man Euch angeblich dem Tod überlassen wollte, macht Ihr einen ziemlich munteren Eindruck. Vielleicht bildet Ihr Euch das alles ja nur ein.«

»Nein, ich hatte nur das Glück, daß man mich gesundgepflegt hat«, widersprach Titch. »Wo ist mein Pferd, Gerein?«

»Laßt uns später darüber reden, ja?« Gerein schenkte nach.

»Mir ist es lieber, wenn ich sofort meine Bezahlung bekomme«, sagte Titch freundlich, aber bestimmt. An dem randvollen Becher nippte er nicht einmal. *So* durstig war er nach einer Reise im Winter nun auch wieder nicht. Sicherlich war es nicht nur gut gemeint, wenn Gerein ihn immer wieder nötigte, einen tiefen Schluck zu nehmen. »Ich habe meinen Teil der Abmachung erfüllt, und zwar gründlicher als vereinbart, und wie es aussieht, ist das hier ein Turnier, an dem nur die Besten teilnehmen. Ein richtig gutes Pferd könnte ich also wirklich gebrauchen ...«

»Die Sache hat nur einen Haken.« Gerein versuchte, eine Bierblume auf seinen Becher zu zaubern, aber es gelang ihm nicht. »Wenn ich Euch den Hengst jetzt schon gebe, habt Ihr die Männer sofort wieder auf den Fersen, sobald Ihr von hier losreitet. Für die ist es natürlich viel einfacher, wenn sie nicht mich, sondern das Pferd verfolgen. Schließlich erinnern sich die meisten Leute an so einen Hengst.«

»Und ohne Pferd müßt Ihr Euch auf diesem Turnier mit Bodenkämpfen zufriedengeben«, bemerkte Titch scharfsinnig. »Also auch mit kleineren Preisen.«

»Das kommt noch dazu, ja. Ich hab hier ganz gute Chancen, Titch. Hier sind Männer, die eigentlich gar kein Recht haben, gegen die Elite anzutreten. Die haben einfach nur große Besitztümer – die Grünschnäbel sind reif wie Fallobst, gegen die gewinne ich allemal. Sobald ich das Geld einkassiert habe, sollt Ihr bekommen, was Euch zusteht. Morgen, ganz sicher aber übermorgen.«

»Ich will das Pferd lieber sofort«, sagte Titch. Er wollte auf keinen Fall nachgeben.

Ärgerlich sah sich Gerein um, stellte aber dann beruhigt fest, daß ihnen niemand zuhörte. »Hört einmal, ich habe nie gesagt, daß ich Euch mein Pferd gebe! Ich habe nie etwas versprochen oder meine Hand darauf gegeben.«

Titch sog scharf die Luft ein. »Und Euer *Wort*? Zählt das etwa nicht? Ihr habt gesagt, daß Ihr genau wißt, woran mein Herz hängt ...«

»Na ja, es gibt doch schließlich eine Menge Dinge, die Ihr Euch wünscht, oder nicht?« Gerein grinste breit, zeigte eine Reihe weißer Zähne und ließ einen Finger nach dem anderen hochschnellen. »Ihr wollt zu Ruhm gelangen. Ihr wollt Ritter werden und eigenes Land besitzen ...«

»Das sind alles Dinge, die Ihr mir nicht geben könnt, und das wißt Ihr auch!« Titch wollte aufspringen. Seine Finger tasteten bereits nach dem Schwertknauf.

Gerein hielt ihn zurück, ohne darauf zu achten, daß er dabei sein Ale verschüttete. »Ich kann Euch aber dazu verhelfen«, erklärte er schlicht. »Das war doch schließlich der Grund, warum Ihr Euch mir angeschlossen habt, oder? Habt Ihr wirklich geglaubt, daß ich mir nichts, dir nichts mein Pferd verschleudere, nur weil ich in Schwierigkeiten stecke? So töricht wären wir wohl beide nicht. Ich kann dafür sorgen, daß Ihr bei einigen Kämpfen mitmachen dürft, die Ihr mühelos gewinnen könnt. Und es ist kein Problem für mich, Euren Namen bei Melcias Offizieren bekannt zu machen. Das ist mehr wert als ein Pferd, das könnt Ihr mir glauben, sogar mehr als dieser Hengst.«

»Melcia?« Verständnislos starrte Titch den Ritter an.

»Die Herrscherin über dieses Königreich, jedenfalls solange, bis ihr Sohn volljährig ist. Ihr Vater hat sich das Land Josten gewaltsam untertan gemacht, nach guter eralischer Manier, und seit der Besitz an die Lady übergegangen ist, hat sie keine Bogenlänge Land verloren. Eine gefährliche Frau – Ihr glaubt gar nicht, was alles über sie erzählt wird. Sie hat sich eigenmächtig eine starke Kavallerie aufgebaut, und die Offiziere suchen immer nach guten Männern, besonders im Moment.«

Titch schüttelte den Kopf. »In einer Armee zu dienen, heißt noch lange nicht, daß man als Krieger zu Ehren kommt. Ich verkaufe meine Schwertkünste nicht für ein paar Silbermünzen! Auf diese Weise erreiche ich nie mein Ziel – niemand schlägt einen Söldner zum Ritter, wenn er nicht einem gehobenen Stand angehört!«

Gerein schnaubte. »Ihr würdet Euch wundern. Außerdem hat keiner gesagt, daß Ihr Eure Dienste verkaufen müßt. Ist doch Eure Sache. Aber ich kann Euch auf jeden Fall helfen, und Ihr seid auf meine Hilfe angewiesen, Junge! Denkt doch mal nach. Und versucht nicht, mich auf irgendwas festzunageln – das wäre sowieso zwecklos. Ich bin Euch dankbar dafür, daß Ihr mir geholfen habt, aber mein Pferd gebe ich bestimmt nicht her. Ich kann ja noch nicht mal sicher sein, daß Cullum Euch jemals zu Gesicht bekommen hat.«

Titch zügelte seine grenzenlose Wut, lächelte gezwungen und beschrieb dem Ritter alle sechs Reiter. Er zählte die Namen auf, die er aufgeschnappt hatte, und berichtete detailliert von den Verzierungen auf ihren Schilden und den Farben, mit denen ihre Pferde geschmückt waren. Sein Bericht hätte einem Herold alle Ehre gemacht. Zuletzt erzählte er Gerein, was die Männer mit ihm anstellen wollten. »Alle Kerle sind unter einem roten Banner mit einem schwarzen Pferd geritten. Na – kommt Euch das irgendwie bekannt vor?«

Gerein wurde rot, doch vielleicht lag das auch am Schein des Feuers. »Also gut! Ich bin Euch etwas schuldig. Gebe ich ja zu. Aber im Moment kann ich Euch wirklich nicht geben, was Euch zusteht, es sei denn, Ihr verlangt von mir, daß ich mit Eurem uralten Gaul in den großen Kampf reite, der hier stattfinden soll.«

Eiseskälte kroch Titch den Rücken hinauf. Eigentlich war es nie Teil ihrer Abmachung gewesen, daß Gerein sein altes Pferd bekam, aber er mußte selbst zugeben, daß das nur recht und billig war. Aber damit hätte er Gray keinen Gefallen getan. Den Ritter interessierte es wahrscheinlich herzlich wenig, ob er das treue, alte Pferd zuschanden ritt, überstrapazierte oder sogar in den Tod trieb. Doch der Wallach hatte es nicht verdient, von seinem Herrn, dem er ein Leben lang gedient hatte, einfach so verschachert zu werden. Bestimmt gab es viele Leute, die das getan hätten, ohne mit der Wimper zu zucken, aber Titch gehörte nicht dazu. Gray wegzugeben – das kam für ihn nicht in Frage. Als Gerein dem Gesichtsausdruck und den hängenden Schultern des Jungen entnahm, daß er sich niemals auf diesen Tausch einlassen würde, grinste er erleichtert.

»Den Göttern sei Dank, Ihr seid doch noch vernünftig geworden! Ihr werdet es auch bestimmt nicht bereuen.« Er schlug Titch kräftig auf die Schulter. »Ich werde genug gewinnen, um Euch jedes beliebige Pferd hier zu kaufen. Und Ihr werdet auch bestimmt nicht schlecht abschneiden. Die Einzelheiten können wir ja später besprechen. Also, der große Kampf findet übermorgen statt, aber morgen werden hier ein paar Sparringskämpfe veranstaltet. Außerdem etliche private Gefechte, Wetten und Pfänderspiele. Ich werd Euch ein paar Tips geben ...«

Titch trat bei drei Schwertkämpfen an, bei denen es um Geld ging – allerdings zu Fuß, denn er wollte Gray für den folgenden Tag schonen. Er gewann so viele Münzen, daß er davon die Spesen für sich und Gray bezahlen konnte. Ein paar Silberstücke blieben sogar übrig, die er sich für Extraausgaben zurücklegen wollte, auch wenn er nicht mehr für ein Streitroß sparen mußte. Bei einem anderen Turnier erwarb er ein Kettenhemd mit schützender Halskrause, das einer Pelerine glich. Sofort zog er seine Neuerwerbung über den Halsschützer aus Leder. Danach gewann er noch ein Paar Handschuhe, die ihm zu klein waren und die er sofort wieder verkaufte. Längst hatte er begriffen, warum Gerein es für ratsam hielt, an diesen Kämpfen teilzunehmen – solange Titch nichts besaß, wollte ihn auch niemand zum Gefecht herausfordern. Damit wollte ihn sicherlich keiner der Krieger beleidigen – Titch hatte einfach nichts, wofür es sich zu kämpfen lohnte. Beim ersten Gefecht mußte Titch noch sein Schwert aufs Spiel setzen, doch schon bald hatte er genügend Münzen, die er einsetzen konnte. Bei der Einschätzung des ersten Gegners hatte er sich fachmännisch von Gerein beraten lassen, und so hatte er sich schließlich überwinden können, die Klinge seines Vaters zu riskieren. Der Ritter erwies sich also tatsächlich als Hilfe.

Titch sah sich die Schwertgefechte, die Gerein austrug, genau an. Er fragte sich, ob er den Mann vielleicht doch falsch eingeschätzt und viel zu hart über ihn geurteilt hatte. Gerein kämpfte wie ein Racheengel, zeigte sich aber seinen Gegnern gegenüber stets äußerst höflich. Er legte makellose Manieren an den Tag und duellierte sich doch mutig und entschlossen. Außerdem rief sich Titch noch mal ins Gedächtnis, daß diesem Mann schließlich Kerle auf den Fersen waren, die eiskalte Rache im Sinn hatten, und das, obwohl sie Gerein vollkommen zu Unrecht beschuldigten. Verständlich, daß er in dieser Situation auf ein schnelles Pferd angewiesen war, auf dem er jederzeit entkommen konnte. Titch mußte zudem tatsächlich zugeben, daß der Ritter nie ausdrücklich gesagt hatte, er wolle ihm die selbstlose Hilfe mit dem schwarzen Hengst belohnen. Tja, anscheinend war hier der Wunsch der Vater des Gedankens gewesen, und – vernünftig betrachtet – war das, was er für Gerein getan hatte, nicht dieses Pferd wert.

Was allerdings nicht hieß, daß Titch den Schwarzen, um den seine Gedanken sich wieder einmal drehten, inzwischen weniger begehrte. Gerein hatte den Hengst weit weg von den anderen Streitrössern untergebracht, an einem absolut sicheren Ort, und mit einer eisernen Kette um die Fesseln konnte der Schwarze zwar nicht umherlaufen, aber wenigstens nach dem spärlichen Gras suchen, das der stetige Wind unter dem Schnee hervorzauberte. Als sich die Kämpfe an diesem Tag ihrem Ende zuneigten, begleitete Titch den Ritter auf seinem täglichen Gang zum Hengst, bei dem er dem Tier eine zusätzliche Portion Heu zukommen ließ. Titch verschlug es schon beim Anblick des geschwungenen Rückgrates den Atem, zumal er nach dem langen Weg, beladen mit einem Armvoll Heu, sowieso schon kurzatmig geworden war. Das Tier trug keinen Sattel, und so konnte er die kräftigen Lenden bewundern und sich ausmalen, mit welcher Körperbeherrschung ein so perfekt gebautes Pferd galoppierte, wie es die Muskeln anspannte und die Hinterläufe losschnellen ließ. Bei der Vorstellung, welche Macht dieses Pferd einem Krieger verleihen konnte, schlug sein Herz unregelmäßig wie die Trommelschläge, die dumpf vom weit entfernten Lager zu ihnen herüberdrangen – wie es schien, waren selbst die Musikanten betrunken. Er betrachtete diesen Hengst, der ihm immer noch nicht gehörte, der nach wie vor das Eigentum eines anderen war. Niemals würde er ein so prächtiges Tier besitzen. Doch falls sich jemals eine Möglichkeit für ihn auftun sollte, dieses Pferd zu gewinnen, wollte er sie ohne zu zögern wahrnehmen. Nicht gerade ein ritterlicher Gedanke. Doch neben diesem Hengst wurde alles andere bedeutungslos.

Schon vor Sonnenaufgang herrschte im Lager lebhaftes Treiben. Die Männer legten ihre Rüstungen an, prüften nochmals die Waffen und bereiteten die Streitrösser für den Kampf vor. In einem Punkt glich das Turnier einem echten Krieg – wenn jetzt etwas mit der Ausrüstung nicht in Ordnung war, half nur noch kräftiges Fluchen. Alle waren eifrig bei der Sache, wärmten sich pflichtbewußt auf und bereiteten sich peinlich genau vor – und doch lag der Ausgang des Kampfes in den Händen der Götter. Im Grunde war dieses Gefecht nichts weiter als ein Zeitvertreib, und doch hatten die Schwerter und Speere scharfe Klingen. Selten fand jemand bei diesem Turnier den Tod, aber oftmals wurde ein Mann schwerverletzt vom Feld getragen. Gnadenlos kämpften die Krieger hier, auch wenn kein Königreich auf dem Spiel stand.

Als nächstes wurden Lose gezogen, die festlegten, welche Männer gegeneinander anzutreten hatten.

Titch hatte gehört, daß viele Männer auf den Turnieren Blutfehden austrugen, und deshalb hegte er den Verdacht, die Lose könnten gezinkt sein. Trotzdem bemühten sich die Veranstalter um Fairneß – der Zufall sollte entscheiden. Als Titch an die Reihe kam, zog auch er einen Holzspan aus dem Eimer. Auf einer Seite leuchtete ein roter Punkt, grell wie ein Blutfleck. Er hoffte, daß das kein schlechtes Omen war, tätschelte Gray den Hals und saß auf.

Der große Kampf sollte auf einer weiten Flußwiese ausgetragen werden. Der Boden schien fest, die eisige Kälte hatte ihn steinhart gefrieren lassen. Auf einer Seite des Kampfplatzes war eine Art Loge aufgebaut worden. Von dort konnte der Adel dieser Region sicher und einigermaßen bequem – soweit das an einem Wintertag unter freiem Himmel möglich war – das Turnier verfolgen. Die vielen Ritter stolzierten vor den Zuschauern auf und ab, Seide flatterte im Wind. Fast alle Pferde zeigten ihr Können, Trensen und Sporen zwangen sie dazu, sich aufzubäumen, tänzelnd mit den Vorderläufen auszuschlagen, die Köpfe zu werfen und kampflüsternes Schnauben auszustoßen. Dicht an dicht flatterten Fahnen und Wimpel im Wind. Blecherne Trompeten erschollen, und ihr Klang schien das Wiehern der Hengste nachahmen zu wollen.

Zu Grays Linken tauchte plötzlich ein schlanker, schwarzer Kopf auf, getragen von einem Hals, der einem gespannten Bogen glich. An den Zügeln des Pferdes tanzten seidene Troddeln. Munter wippte der Schmuck im Wind. Genauso prächtig wie sein Streitroß war Gerein zurechtgemacht. Am Tag zuvor hatte er im zweiten Kampf von seinem unterlegenen Gegner einen leuchtend scharlachroten Umhang gewonnen, der phantastisch zu Reiter und Pferd paßte.

»Auf welcher Seite werdet Ihr kämpfen?« fragte Titch und nestelte an dem Gurt, mit dem er seinen Helm festgeschnallt hatte. Wie gern hätte er Zeit und Geld gehabt, einen Schmied aufzusuchen, der ihm die Zähne richtete – aber er mußte sich mit seinem Gebiß abfinden, und seine Nase stach sowieso so weit hervor, daß ihn sein Spiegelbild regelrecht wütend machte.

»Natürlich auf der Seite der Gewinner«, erwiderte Gerein aufgekratzt, öffnete die Hand und zeigte ihm ein Stück Holz mit einem roten Punkt darauf. »Was habt Ihr denn gedacht? Und – reitet Ihr an meiner Seite? Wir sind bestimmt ein phantastisches Gespann, und wir könnten aufeinander aufpassen.«

Titch zuckte mit den Schultern und drückte so seine Zustimmung aus. Eigentlich kämpfte bei den großen Turnieren jeder für sich, aber es war auch nicht verboten, sich abzusprechen und gemeinsam zu kämpfen – genau wie im richtigen Krieg.

»Habt Ihr Euch schon jemanden ausgesucht, von dem Ihr Lösegeld verlangen wollt?«

Auf diese Art konnte man am leichtesten etwas gewinnen: indem man einen anderen, möglichst reichen Krieger zu seinem Gefangenen machte und verlangte, daß er seine Freilassung teuer bezahlte. Während die Hofmarschalle dafür sorgten, daß sich die Männer zu Pferde in zwei Reihen aufstellten, ließ Titch den Blick über die Reihe der möglichen Gegner schweifen. Natürlich konnte er sich auch einfach einen Mann heraussuchen, der ungefähr seine Statur hatte, und dann hoffen, daß er seine Ausrüstung gewann, aber schließlich nahmen genügend wohlhabende Ritter teil, von denen er Geld verlangen konnte. Manchmal kam es vor, daß ein Grundpächter, der bei einem Turnier einen schlechten Tag hatte, seinen gesamten Besitz verlor. Und das passierte gar nicht selten, was die meisten allerdings nicht daran hinderte, an einem guten Kampf teilzunehmen. Nur die Jagd konnte im Leben eines Kriegers eine annähernd so große Rolle spielen wie die Turnierkämpfe, und wenn ein Mann durch die Lande zog und sich nicht vollkommen ungeschickt anstellte, konnte er große Reichtümer damit gewinnen.

Während Titch beobachtete, wie die Männer in zwei Gruppen aufgeteilt wurden, traf er seine Wahl. Er zog es allerdings vor, nicht preiszugeben, für wen er sich entschieden hatte, aus Angst, er könne so das Schicksal herausfordern. Gerein grinste, als Titch auf seine Nachfrage hin hartnäckig schwieg – er hielt es für eine Vorsichtsmaßnahme des Jungen.

»Ihr könnt Euch jeden aussuchen – nur nicht mich. Ich bin immer auf der Hut.«

Das hatte Titch sich allerdings ebenfalls vorgenommen. Ein kluger Krieger begriff schnell, daß Wachsamkeit eine besonders wirksame Waffe war, und man tat gut daran, sich nur auf sich selbst zu verlassen. »Eine Menge guter Krieger sind angetreten«, bemerkte Titch voller Bescheidenheit.

Unruhe machte sich unter den Zuschauern breit, als eine Frau, in scharlachrote Gewänder gehüllt, die Loge betrat. Heiser erklangen die Trompeten, dreimal wiederholten sie den Tusch. Die Lady, die eben das Podest bestiegen hatte, schien etwas Besonderes zu sein, dachte sich Titch.

»Das ist Melcia höchstpersönlich, die königliche Führerin der Armee«, erklärte Gerein. »Eigentlich soll sie den Kampf eröffnen – ich hab jedenfalls gehört, daß sie das sonst immer macht. Man nennt sie die Rote Königin.« Er nestelte an seinem neuen Umhang – vielleicht wollte er auf sich aufmerksam machen.

»Versteht sie denn was von Kämpfen?« Viele eralische Frauen kämpften an der Seite der Männer, und Melcia war schließlich die einzige Tochter eines berühmten Kriegers. Noch am Abend zuvor hatte Titch Balladen gehört, die davon erzählten.

»Man sagt, daß sie das Schwert genauso geschickt schwingt wie die Männer aus ihrer Garde. Außerdem soll sie den König, mit dem man sie als Mädchen vermählt hat, in einem einzigen Kampf besiegt haben. Er hat sie nämlich hintergangen und sich mit einer anderen vergnügt. Als er tot war, hat sie ihm den Kopf abgeschlagen.«

Davon erzählten die Lieder allerdings nichts. Vielleicht hielten die Barden es für unhöflich, von solchen Greueltaten zu berichten. Titch schielte zu der Frau mit dem roten Umhang. Sie war von hohem Wuchs, mehr konnte er nicht erkennen. Auf ein Zeichen begann der Marschall, lauthals die Regeln zu erklären und die Krieger in den Ablauf des Kampfes einzuweisen. Die Pferde, die nur durch Zügel und den Schenkeldruck ihrer Reiter zurückgehalten wurden, warfen die Köpfe und schlugen ungeduldig die Hufe in die frostige Erde. Die Reihen bewaffneter Männer, die sich gegenüberstanden, hatten zunächst nur ab und zu den Blick über die möglichen Gegner schweifen lassen, doch nun suchten sie sich gezielt den ersten Kampfpartner aus, legten sich eine Strategie zurecht und bereiteten sich im Geiste auf den Schlagabtausch vor. Plötzlich verstummte der Marschall, und der silberfarbene Stab schnellte wie eine Sternschnuppe herunter.

Die Trompeten erklangen blechern, aber das Klappern der Hufe übertönte sie. Wie durch eine einzige Hand geführt, klappten die Speere herunter und richteten die Spitzen nach vorne.

Titch duckte sich hinter seinen Schild und preßte das hintere Ende des Speeres, den er gesenkt hatte, gegen die Rippen, die durch ein Lederpolster geschützt waren. Unnötig, Gray zur Eile anzutreiben – das alte Pferd wußte, was bei einem Turnier von ihm erwartet wurde und kannte die Regeln besser als den eigenen Stall. Pflichteifrig machte Gray einen Satz nach vorne und glich dabei einer Welle, die bricht und den Strand überspült. Der schwarze Hengst blieb mit dem Wallach auf einer Höhe, obwohl er – schnell wie er war – mühelos als erster die feindliche Linie erreicht hätte. Doch Schnelligkeit brachte in dieser Phase des Kampfes keinen Vorteil, und außerdem führte Gerein den Hengst mit strenger Hand.

Meistens wurden beim ersten Zusammentreffen noch nicht viele Männer aus dem Sattel geworfen. Erst später, wenn die Krieger erschöpft waren und ihre Aufmerksamkeit nachließ, unterliefen ihnen Fehler. Die weniger mutigen Reiter wählten dann die Strategie, das Pferd eines müden Kriegers mit ihrem Tier zu rammen. Titch hatte sein Ziel genau im Visier, und doch prallte die Spitze seines Speeres an dem Schild ab, mit dem der Gegner den Stoß geschickt abfing. Auch Titch schützte sich mit seinem Schild vor der Waffe des anderen, wobei die Wucht des Aufpralls nicht sonderlich stark war, und schon im nächsten Augenblick hatten beide die gegnerische Linie passiert. Die Männer wendeten und formierten sich wieder. Mühelos war es Gerein und seinem schwarzen Hengst gelungen, im gleichmäßigen Galopp durch die feindliche Reihe zu reiten, und der Ritter lachte zufrieden.

Nur noch ein, zwei Angriffe in formierten Reihen, dann lösten sich die Kampflinien auf, und einzelne Gefechte begannen, wobei sich einige Krieger zu kleineren Gruppen zusammentaten. Eine Zeitlang blieb Titch an Gereins Seite – er wollte verhindern, daß der Ritter von sechs Männern überwältigt wurde, die gemeinsam angriffen, doch als er einen großen, schlaksigen Mann von seinem gescheckten Pferd stieß, den Speer fortschleuderte und das Schwert seines Vaters zückte, waren sie plötzlich in dem Durcheinander des Kampfes getrennt worden. Titch kümmerte das überhaupt nicht, er zuckte nur mit den Schultern und kämpfte weiter.

Wenn man positiv auffallen wollte, mußte man sich mitten im dicksten Kampfgetümmel aufhalten, nur so konnte man den Marschällen durch besondere Heldentaten auffallen und darauf hoffen, daß sie ein Auge auf einen warfen. Den Feiglingen schenkte niemand Beachtung. Fest entschlossen, nicht zu diesen Unglücklichen zu gehören, stürzte sich Titch mutig ins Gefecht. Die kämpfenden Männer jagten aufeinander zu, stoben wieder auseinander, trieben sich über die Wiese, deren Boden bereits aufgewühlt war. Einige Krieger stürzten aus dem Sattel, und manchmal gingen sogar Pferde zu Boden, die dann kopflos über den Kampfplatz jagten, Schreie ausstießen und noch mehr Chaos verursachten – auch vor ihnen mußte man immer auf der Hut sein.

Titch und Gray hielten sich nicht zurück, aber sie vergeudeten auch nicht ihre Kräfte, indem sie ziellos lospreschten. Schon lange hatte Titch entschieden, welchen Krieger er besiegen wollte, und er verfolgte ihn entschlossen wie ein Schäferhund, der den Hammel einer Schafherde isolieren will. Der Mann, den er ins Auge gefaßt hatte, war älter als er und trug eine schmucklose, aber solide gearbeitete Rüstung. Sicherlich konnte er diesem Mann ein ordentliches Lösegeld abverlangen – bei älteren Kriegern war meist einiges zu holen. Zunächst arbeitete Titch sich näher an ihn heran, wobei er sich – wie sein auserwähltes Opfer auch – immer wieder verschiedenen Einzelkämpfen mit anderen Rittern stellte. Irgendwann standen sich dann beide von Angesicht zu Angesicht gegenüber, niemand mischte sich in den Zweikampf ein, sie waren sich selbst überlassen.

Titchs Gegner hätte sein Vater sein können – grau wie Eisen schimmerte der Haarschweif unter seinem Helm, und seinen Bart durchzogen silberne Fäden. Doch schon nach zwei Schwerthieben war Titch klar, daß er gegen einen kräftigen Mann antrat. Er hatte gedacht, die Ausdauer des Älteren müsse schon bald nachlassen, aber der andere Krieger war ihm weit überlegen, und das bekam er jetzt zu spüren. Kein Zweifel – Titch gab ein erbärmliches Bild ab. Also beschloß er, dicht an den Gegner heranzugehen und das Gefecht um jeden Preis aus dieser Distanz zu überstehen. Dadurch hatte er wenigstens geringfügig bessere Chancen.

Jeder Hieb wurde vom Gegner abgefangen oder erwidert, doch auch Titch verteidigte sich geschickt. Lebhaft tanzten die Schwerter in schneidigem Austausch. Der Braune, auf dem der alte Mann ritt, wich einen Schritt zurück, aber Gray rückte sofort nach. Willig gehorchte der Wallach den Befehlen, die Titchs Beine ihm gaben, schließlich war Gray auf dem Kampfplatz zu Hause. Niemals hätte das Pferd zugelassen, daß sich der Gegner zurückzog. Titch schmerzten beide Arme, der rechte, weil er schon so viele Hiebe ausgeteilt hatte, und der linke, weil er die Schläge des anderen immer wieder mit dem Schild abfangen mußte. Sein Atem ging stoßweise, und seine Kehle fühlte sich schon rauh an. Trotz der winterlichen Kälte lief ihm der Schweiß in Strömen über die Haut, perlte heiß auf seinen Rippen und rollte ihm übers Rückgrat. Salz brannte ihm in den Augen.

Plötzlich war es ihm durch eine Serie geschickter Hiebe gelungen, die Oberhand zu gewinnen und sich sowohl gegen den Schild als auch gegen die Klinge des Gegners durchzusetzen. Er verpaßte ihm einen Schlag, allerdings nur mit der flachen Seite des Schwertes – unwahrscheinlich, daß er ihm eine Schnittwunde zugefügt hatte. Doch der alte Mann stöhnte auf – das erste Anzeichen, daß auch er verletzlich war. Titch schlug einen Bogen, um seinen Gegner erneut anzugreifen und so seinen Vorteil zu halten, aber Gray rutschte auf dem schlammigen Boden aus, und Titch schaffte es nicht, so dicht wie geplant an den Krieger heranzukommen. Auch egal, dachte er, immerhin war der andere bereits in die Defensive gegangen. Der Junge hatte das Gefühl, der andere wolle sich zurückziehen, und er merkte, wie der Ältere versuchte, seinen Rotbraunen wegzuzerren. Um Schonung bat er nicht, also kämpfte Titch gnadenlos weiter.

Plötzlich zerbrach der Schild des Mannes, der Riß zog sich mitten durch das leuchtende Emblem aus gekreuzten Äxten, und der Krieger warf die nutzlosen Planken fort. Jetzt konnte er sich nur noch mit seiner Klinge verteidigen. Die Pferde umkreisten einander, während ihre Reiter die Hiebe nur so aufeinander niederprasseln ließen.

Sie kämpften Klinge an Klinge, nur die Kraft ihrer Arme und ihr Todesmut konnten über den Ausgang des Gefechts entscheiden. Titch hörte nicht auf, Gray die Schenkel in die Flanken zu pressen, wodurch er den Wallach dazu zwang, dicht am Pferd des Gegners zu bleiben. Als er spürte, daß dessen Klinge nicht mehr so entschlossen parierte, fürchtete er, der Ältere könne seine Strategie ändern und versuchen, von hinten anzugreifen. Er zog also die Klinge zurück, um als erster hinter seinen Gegner zu gelangen, doch in diesem Moment trafen ihn bereits Kettenhandschuh und Schwertgriff des anderen mit voller Wucht. Der Schlag zerschmetterte den Nasenschützer seines Helmes, seine Unterlippe sprang auf, und als der Schwertknauf gegen sein Kinn prallte, schnellte sein Kopf zurück.

Alles um Titch herum tauchte in grelles Weiß, es kam ihm vor, als müsse er in die gleißende Sonne sehen. Er ließ sich in den Sattel sacken, so daß ihm die Hinterpausche ins Rückgrat fuhr – schmerzhaft, aber nur so konnte er sich auf dem Pferd halten. Verzweifelt schüttelte Titch den Kopf und versuchte, wieder klar zu sehen.

Als er endlich etwas erkennen konnte, stürzte ein Gesicht mit grauem Bart in sein Blickfeld. Die Augen des Mannes funkelten, seine weißen Zähne leuchteten. Obwohl der Ältere bereits die Klinge auf ihn gerichtet hatte, gelang es ihm irgendwie, den Hieb im letzten Moment mit dem Schwert abzufangen. Die scharfen Kanten der Waffen kratzten laut kreischend übereinander, bis sich die Griffe kreuzten, und Titch nahm all seine Kraft zusammen und stieß seinen Gegner von sich. Als Gray nach dem Hals des Braunen schnappte und dabei laut aufschrie, machte das Pferd des Älteren sofort einen Satz nach hinten, und sein Reiter konnte sich nur noch mit Mühe im Sattel halten. Er ruderte mit dem Arm, der das Schwert hielt – und diesen Augenblick nutzte Titch sofort, um dem anderen blitzschnell den Schild in die Rippen zu rammen.

Der alte Mann trug ein fein gearbeitetes Kettenhemd und überstand den Stoß unverletzt, taumelte nun aber endgültig vom Pferd. Flink sprang der Rotbraune zur Seite, während sein Herr im Schlamm landete. Titch wollte absteigen, seinem Gegner den Dolch an die Kehle setzen und ihm ein Lösegeld abverlangen, doch für ein paar Sekunden, die ihm wie eine Ewigkeit vorkamen, drehte sich alles in seinem Kopf. Er blieb zunächst mit dem rechten Fuß im Steigbügel hängen, und als es ihm endlich gelungen war abzusteigen, kam er nur taumelnd vorwärts. Endlos lang schien es zu dauern, bis seine tastenden Finger den Dolch gefunden hatten, doch schließlich stürzte er sich auf seinen Gegner.

In der Zwischenzeit hatte sich der Graubärtige längst wieder aufgerafft. Wie es aussah, wollte er um keinen Preis aufgeben, und er schwang das Schwert zu seiner Verteidigung. Titch schmeckte Blut, plötzlich stolperte er, und das spitze Ende seines langen Schildes blieb im schlammigen Boden stecken. Er hatte das Gefühl, daß ihn die hölzernen Planken im Augenblick eher behinderten als schützten, also warf er den beschädigten, ohnehin nutzlosen Schild beiseite. Unbeholfen versuchte er, den Helm zurechtzurücken, aber der verbeulte Kopfschutz steckte fest und versperrte ihm teilweise den Blick. Der Junge gab den Versuch auf und stürzte sich auf seinen Gegner.

Der Alte dachte aber nicht im Traum daran, klein beizugeben und als Gefangener aus dem Kampf hervorzugehen.

Wutentbrannt schoß er auf Titch zu, und die Schläge prasselten nur so auf den Jüngeren nieder, der sich mit Mühe und Not verteidigen konnte. Völlig utopisch, den anderen zu überwältigen. *Auch gut,* dachte Titch. *Dann warte ich eben, bis er sich müde gekämpft hat. Ich kann schließlich warten ...*

Und tatsächlich – nach einem Dutzend Schlägen kam der Mann außer Atem, und die Hiebe wurden allmählich schwächer. Auch Titch hatte Gelegenheit, auf den anderen einzuschlagen, aber Arme und Beine gehorchten ihm nur widerwillig. Der andere fing seine Attacke mühelos ab, während Titch dem Gegenschlag nur knapp ausweichen konnte. Er schnappte nach Luft, seine Lungen brannten wie Feuer, und das Schwert lag ihm so schwer in der Hand, daß er meinte, nicht die Klinge, sondern sein Pferd zu heben.

Vorsicht! Einem Krieger, der erschöpft ist, unterläuft schnell ein fataler Fehler. Du mußt dafür sorgen, daß er unachtsam wird, während du keine Sekunde nachläßt. Er hatte in seinem Leben immer gute Lehrer gehabt, aber das meiste hatte er sowieso in seinen Kämpfen gelernt. *Warte ab, welchen Schritt er als nächstes tut, und versuche, für dich einen Vorteil daraus zu schlagen.*

Wahrscheinlich eine schwungvolle Parade, die ihm das Schwert aus der Hand schlagen sollte. Aber nein, der Krieger wählte eine andere Taktik: Er wich geschickt zurück. Sofort setzte Titch ihm nach, immer darauf bedacht, daß der Gegner ihn nicht zu dicht heranlockte. Ständig rutschte er auf dem tückischen Schlammboden aus, außerdem mußte er immer auf der Hut sein, um nicht von einem Pferd niedergetrampelt zu werden ...

Titch erinnerte sich wieder daran, daß Verteidigung angeblich doppelt so anstrengend war wie ein Angriff – ein Händler, der in Katlins Gasthaus eingekehrt war und anscheinend Gefallen daran gefunden hatte, einen verwaisten

Stalljungen mit guten Ratschlägen zu überschütten, hatte ihm das erklärt. Natürlich, man mußte die eigene Haut retten und gleichzeitig versuchen, aus der Defensive den Gegner anzugreifen. Lange konnte es nicht gutgehen, wenn man lediglich den Angriff abwehrte. Derjenige, der auf den anderen einschlug und beim Tanz der Klingen den Rhythmus bestimmte, hatte immer die besseren Karten. In dem schreckensbleichen Gesicht seines Feindes, das zwischen Helm und Wangenschützer allerdings kaum zu erkennen war, fand Titch diese grausame Wahrheit bestätigt. Es galt lediglich, den Vorteil auszubauen, Schlag für Schlag.

Immer noch parierte der Gegner, doch von Mal zu Mal wurden die Hiebe schwächer. Noch ein Dutzend Streiche, dann mußte der andere sicherlich klein beigeben. Titch wollte eine möglichst hohe Lösesumme von dem Älteren fordern, allerdings ohne ihn zu schikanieren. Geschickt führte er die Klinge, schlug auf das Schwert des Gegners ein, drückte die Waffe des anderen nieder und versetzte ihm einen schmerzhaften Hieb auf den Schwertarm. Tatsächlich passierte das, was Titch erhofft hatte: Der Mann lockerte den Griff um den Schwertknauf, verlor für einen Augenblick das Gefühl in den Fingern, und die Klinge fiel zu Boden.

Das ist der entscheidende Moment. Er wollte dem anderen ein barsches »Ergebt Euch« entgegenschleudern, aber aus seiner Kehle drang nur ein Krächzen. Er hustete, spuckte Blut und versuchte krampfhaft, durch die gebrochene Nase tief Luft zu holen, damit er die Stimme erheben konnte. Doch als er merkte, daß er womöglich keinen Ton herausbringen würde, zog er es vor, dem Gegner das Schwert an die ungeschützte Kehle zu setzen. Eine Geste, die sicherlich auch ohne Worte eindeutig war. Wie Pudding zitterten die Knie des Ritters, als er einige Schritte zurückwich, dann sank er plump zu Boden. Titch, der sich auch nicht viel sicherer auf den Beinen fühlte, beugte sich über den Krieger.

»Ergebt Euch«, stieß er schließlich mühsam hervor. Plötzlich schien alles um ihn herum nach und nach in Dunkelheit zu versinken, und nur das, was unmittelbar vor ihm lag, konnte er noch schwach erkennen. Titch kämpfte gegen die Ohnmacht an, hartnäckig hielt er sich auf den Beinen, und er drängte die Spitze der Klinge noch dichter an die Kehle seines Gefangenen. In seinen Ohren dröhnte es, aber er gab nicht auf und ignorierte das Rauschen.

»Halt!« Jemand packte Titch am Arm, und plötzlich wurde ihm bewußt, daß das laute Kampfgeschrei um ihn herum nach und nach verebbte. Er begriff nicht sofort, was vor sich ging, und blinzelte hilflos. Hatte seine gnadenlose Verfolgung die Aufmerksamkeit der anderen auf sich gezogen? Hatten sie deshalb aufgehört zu kämpfen? War sein Kampfgegner doch bedeutender, als er es auf den ersten Blick gewesen zu sein schien? Er versuchte, sich loszureißen, schließlich hatte er wirklich nie vorgehabt, seinen Widerstreiter zu töten. Glaubten die anderen etwa, daß er keine Gnade kannte? Er wollte doch nur sein Lösegeld …

Der oberste Marschall hob den weißen Kommandostab. Hinter ihm färbte die untergehende Sonne den blassen Himmel blutrot. Für diesen Tag sollte der Kampf beendet sein.

»Tut mir leid«, sagte jemand dicht neben Titchs Ohr. Der Griff um seinen Arm lockerte sich. »Der Kampf ist ehrenhaft zu Ende geführt worden.«

Titch sah zu, wie sich der Mann, der eben noch sein Gefangener gewesen war, wieder aufraffte. Ein Freund war ihm zu Hilfe geeilt, er schien sich ernsthaft Sorgen um den Älteren zu machen. Er stand als freier Mann auf, nicht als Titchs Gefangener, denn der Marschall hatte das Ende des Kampfes verkündet, bevor Titch von seinem Gegner ein Lösegeld hatte einfordern können. Der Krieger war ihm nur knapp entkommen, aber er durfte gehen, wohin er wollte. Frei wie der Wind.

Titch mußte sich setzen, und irgendwann fiel ihm auf, daß er nicht wußte, wie lange er schon benommen im Schlamm kauerte. Alles drehte sich in seinem Kopf, und er spürte, wie ihm etwas Feuchtes das Kinn hinuntertröpfelte – wahrscheinlich Blut. Erst nach und nach begriff er, was für ein Pech er gehabt hatte. Er konnte es einfach nicht fassen. Das Atmen fiel ihm immer noch schwer, obwohl seine Lungen langsam Ruhe fanden und er weniger verzweifelt um Atem rang. Um ihn herum herrschte reges Treiben, die Männer führten ihre Pferde auf und ab oder zogen sie vom Kampfplatz weg. Eisig, düster und überraschend brach die Nacht über ihn herein.

»Hier.« Es war Gereins Stimme, aber sie hallte seltsam nach. Jemand drückte ihm etwas Hartes, Kühles gegen die Lippen und zwang ihn, den Kopf in den Nacken zu legen. Bei jeder Bewegung fühlte er sich noch elender. Feuer schien ihm die Kehle herunterzurinnen und in seinem Bauch zu explodieren. Titch hatte das Gefühl, er müsse jeden Moment ersticken, und sofort schoß ihm erneut eine Flamme in den Magen. Jemand hob ihn auf die Beine, die scheinbar nicht mehr zu ihm gehörten. Er wünschte sich, auch in der gebrochenen Nase und dem pochenden Schädel das Gefühl zu verlieren, und um ihn herum drehte sich immer noch alles.

Plötzlich glaubte er, der Boden unter seinen Füßen sei unglaublich weit entfernt. Zum ersten Mal quälte ihn die Höhenangst, obwohl er nur auf den eigenen Beinen stand, stellte Titch verwundert fest – und dann versanken alle Gedanken im Nebel.

Die Wache der Königin

»Sie können ihn irgendwo hier hinlegen«, befahl der Offizier in dem weiten Umhang und zeigte auf die Feldbetten, stets darauf bedacht, dem Verletzten nicht zu nahe zu kommen. »Wenn Ihr wollt, könnt Ihr Euch auch hinlegen.«

»Vielen Dank«, brummte Gerein. Er schielte zu den Bettlagern, und als er Titch losließ, sackte der Junge auf einem der Feldbetten zusammen. Staub wirbelte auf, und eine aufgescheuchte Spinne rannte um ihr Leben. Titch schien von alldem nichts mitzubekommen, er schniefte zweimal, und Gerein drehte ihm den Kopf zur Seite, damit er durch den offenen Mund atmen konnte. Auch in dieser Lage keuchte er schwer, aber er röchelte wenigstens nicht mehr, als würde er jeden Moment ersticken.

Der Offizier warf Titch einen abfälligen Blick zu und sagte an Gerein gewandt: »Ihr könnt ihn hier liegenlassen. Er soll erst mal seinen Rausch ausschlafen. Hier ist Euer Geld.« Er drückte Gerein ein Säckchen mit Münzen in die Hand. »Pro Kopf eine Krone, wie vereinbart. Und wenn Euer Freund hier wieder bei klarem Verstand ist, könnt Ihr ihm sagen, daß ich in meiner Wache keine Trunkenbolde dulde. Schließlich gibt es genug Kerle, die das Trinken genausogut wegstecken wie das Kämpfen – auf grüne Jungs wie ihn sind wir nicht angewiesen.«

Gerein grinste und vergewisserte sich noch einmal, daß die Flasche mit hochprozentigem Honigwein unter seinem Umhang gut versteckt war. »Ich sag's ihm, keine Sorge.«

Titch warf sich auf dem schmalen Feldbett hin und her und grunzte im Schlaf wie ein Schwein. Eigentlich dämmerte er eher halb von Sinnen vor sich hin. Er merkte nicht, wie geräuschvoll er die Luft einsog und daß ihm einer der Männer irgendwann entnervt drei Mäntel über den Kopf warf. Vergeblich allerdings – das Schnarchen war immer noch deutlich zu hören. Berauscht und zufrieden träumte er vom schwarzen Pferd. Er schwebte auf dem Rücken des Tieres wie auf den Schwingen eines Falken, der sich in den Himmel schraubt. Glückselig spürte er, daß ihm die schwindelerregende Höhe nichts anhaben konnte. Plötzlich setzte das Pferd hart auf dem Boden auf, abrupt wie ein Lachs, der auf den Grund eines Teiches schießt. Er schreckte hoch und wollte schreien, aber die wollenen Stoffe über ihm erstickten seinen Aufschrei.

»Fühlt Ihr Euch besser?« fragte Gerein voller Mitleid.

Titch sah ihn mit ausdruckslosen Augen und nicht eben freundlicher Miene an. Er hatte das Gefühl, man habe ihm den Kopf mit Wolle und Disteln ausgestopft, und seine Schläfen pochten wie wild. Durch die gebrochene Nase konnte er überhaupt nicht atmen, und nur wenn er all seine Willenskraft zusammennahm, gelang es ihm, beide Augen auf einen fixen Punkt zu richten. Schon bald merkte er, daß die Kopfschmerzen bei Tageslicht sofort stärker wurden. Nur an eine Sache konnte er sich noch erinnern: Gerein hatte ihm gewaltsam ein starkes Getränk eingeflößt. Kein Zweifel – der Ritter war nicht unschuldig an seinem elenden Zustand.

»Ich bin ja schon froh, daß Ihr endlich wieder aufgewacht seid«, fuhr Gerein munter fort. »Ich soll Euch irgendwie wieder auf die Beine bringen, damit Ihr Euch zum Dienst melden könnt. Der Hauptmann hat Euch netterweise erlaubt, erst mal Euren Rausch auszuschlafen, aber jetzt sind immerhin schon zwei ganze Tage vergangen …« Gerein schüttelte den Kopf – unglaublich, was sich der Junge geleistet hatte. Titch mußte sich anstrengen, um den Ritter nicht doppelt zu sehen. Seine Worte waren nur unvollständig zu ihm gedrungen und ergaben für ihn ohnehin keinen Sinn.

»Was für ein Hauptmann?« fragte Titch mit belegter Stimme. Vorsichtig tastete er seine Nase ab und zuckte vor Schmerz zusammen. Anscheinend lief quer über seinen Nasenrücken eine Schnittwunde, aber er konnte nicht herausfinden, ob ihm der Hieb die Nase zur Seite gedrückt, gebrochen oder eingeschlagen hatte. Kein Wunder, daß sich sein Mund staubtrocken anfühlte und er einen furchtbaren Geschmack auf der Zunge hatte – offensichtlich hatte er lange Zeit mit weit geöffnetem Mund geatmet, sonst wäre er schon erstickt. Was war nur passiert? Auch am Kinn mußte eine Schnittwunde sein, denn er fühlte getrocknetes Blut und Prellungen, aber der Kiefer schmerzte weniger als die Nase. Ob ihn wohl ein Pferd getreten hatte?

»Na, der Hauptmann von Melcias königlicher Wachgarde. Zur Mittagszeit sollen wir uns zum Dienst melden.« Gerein hob ein ledernes Wams hoch, das mit Galläpfeln schwarz gefärbt und mit kleinen dunklen Stahlplatten beschlagen war. Die Schulterklappen zierten schmale Streifen aus Kettengeflecht. »Vielleicht nicht gerade das schönste Stück, aber ich glaube, es sitzt wenigstens in den Schultern. Mit einem Umhang wirkt das Ganze schon viel besser, auch wenn der Mantel, den ich für Euch habe, schon ein bißchen ausgebleicht ist.«

»Wovon redet Ihr überhaupt?« fragte Titch. Langsam wurde er wütend, und eigentlich wollte er auch gar nicht wissen, was Gerein mit ihm vorhatte. Nur seine Ruhe wollte er haben, aber er hatte keine Kraft, den Ritter fortzuschicken.

»Ich rede von Eurer Uniform.« Gerein tippte auf den braunroten Stoff, unter dem sich seine Brust wölbte. Auch er trug unter dem rötlich schimmernden Umhang ein dunkles Panzerhemd. »Das heißt, Ihr kriegt nur das Wams und den Mantel, aber Hose und Stiefel könnt Ihr ruhig anbehalten, das geht schon. Wollt Ihr vielleicht erst einmal den Kopf unter die Wasserpumpe halten?« Titch machte einen niedergeschmetterten Eindruck, und es schien, als fühle er sich vollkommen überfordert mit dem wenigen, das er zu tun hatte. Er wirkte erschöpft, obwohl er nichts weiter getan hatte, als sich aufzurichten und auf die Bettkante zu setzen. Kaum vorstellbar, daß er sich jetzt zum Wachantritt schleppen sollte.

»Wozu brauch ich eine Uniform?« Titch zog die Augenbrauen zusammen, bis sich eine tiefe Furche bildete – die Stirn konnte er wenigstens bewegen, ohne daß er Schmerzen hatte. Ab und zu flackerten vor seinem geistigen Auge Bilder aus den letzten Tagen auf, die er nicht einordnen konnte. Er konnte sich nur noch an Bruchstücke erinnern, sein Gedächtnis glich einem Spiegel, der in tausend kleinen Splittern am Boden liegt.

Nur mühsam konnte Gerein sich ein hämisches Lachen verkneifen. Er warf mit Schwung den Umhang zurück und stellte die polierte schwarze Rüstung zur Schau. »Alle Männer der königlichen Wache tragen eine Uniform. Habt Ihr etwa gedacht, Ihr müßtet die Klamotten selbst kaufen? Ihr müßt ja nicht mal Euer Pferd versorgen, obwohl – man sieht es hier ganz gern, wenn die Männer das selbst machen.«

»Ich gehöre aber keiner Wache an«, erklärte Titch, und plötzlich saß ihm ein Kloß im Hals. Er ahnte Schreckliches. »Ich habe Euch schon gesagt, daß ich meine Schwertkünste nicht verkaufe. So komme ich doch nie zu einem Stück Land ...« Titch mußte erst einmal tief Luft holen.

Anscheinend hatte Gerein alle Mühe, die Fassung zu wahren. »Titch, wißt Ihr denn nicht ... Ihr habt einen ziemlich harten Schlag ins Gesicht abgekriegt. Dieser alte Mann war ein verdammt gewitzter Kämpfer, ich glaub, ich hab Euch vor ihm gewarnt. Aber ich hab gehofft, daß Ihr nur eine blutige Nase davontragt, sonst nichts. Ein paar Schlucke Brandy und eine Mütze Schlaf bringen alles wieder ins Lot, habe ich gedacht. Ihr wart vollkommen aus dem Häuschen, als uns der Hauptmann angeboten hat, uns in die Wache aufzunehmen – habt sogar schneller eingewilligt als ich! Deshalb bin ich davon ausgegangen ...«

»Ich kann mich überhaupt nicht erinnern.« Titch stützte den Kopf in die Hände. Langsam ahnte er, daß er sich in echte Schwierigkeiten gebracht hatte, aber noch wollte er es nicht wahrhaben. Nein, das konnte nur ein böser Traum sein. Es half nichts, jetzt mußte er die Suppe auslöffeln, die er sich eingebrockt hatte, so wie er die gebrochene Nase und das qualvolle Ein- und Ausatmen hinnehmen mußte. »Wollt Ihr etwa sagen, daß ich in die Wache eingetreten bin?« Wieder hatte er das furchtbare Gefühl, in einen tiefen Abgrund zu stürzen, und er fürchtete, sich jeden Moment übergeben zu müssen.

»Na ja, Ihr habt die Urkunde unterschrieben. Ein bißchen krakelig vielleicht, aber ich kann es bezeugen ...«

»Gerein, ich kann überhaupt nicht schreiben!« Er war kreidebleich, als er den Ritter ansah. Wutentbrannt funkelten seine Augen, sein Gesicht war entstellt durch die Prellungen.

Gerein ließ sich nicht aus dem Konzept bringen. »Ach, das wußte ich nicht. Der Hauptmann konnte das schließlich auch nicht ahnen, und das, was Ihr da hingekritzelt habt, ist auf jeden Fall verbindlich, allein schon, weil der Hauptmann selbst dabei war. Er hat mir Euren Lohn anvertraut ...« Der Ritter kramte in seinem Beutel. »Ich hab ihn für Euch aufbewahrt, sonst hätte Euch noch jemand im Schlaf ausgeraubt. Hier bitte ... eine halbe Krone. Kein schlechter Lohn, finde ich. Wenn man gute Dienste leistet, gibt es vielleicht eine Zulage ...«

Wieder vergrub Titch das Gesicht in den Händen. Er

stöhnte auf, und auf einmal erbrach er sich über die ausgetretenen Stiefel und den rissigen Barackenboden. Tränen traten ihm in die Augen, und die Nase schwoll noch mehr an. Er fühlte sich elend.

Der andere packte ihn mit eisernem Griff an den Schultern. »*Aufstehen, Mann!* Ob es Euch gefällt oder nicht, Ihr habt unterschrieben. Keinen interessiert es, ob Ihr Euch erinnern könnt. Ihr müßt jetzt zum Dienst antreten, oder die schlagen Euch windelweich. Wollt Ihr das etwa?«

Titch schwankte, er brachte kein Wort mehr über die Lippen. Als er den Kopf schüttelte, wurde die Übelkeit noch unerträglicher, obwohl er geglaubt hatte, schlimmer könne es nicht mehr werden.

»Hab ich mir doch gedacht«, sagte Gerein erleichtert. »Das könnte Euch nämlich das Leben kosten. Seht mal, Junge, es ist doch nur für ein Jahr! Dann könnt Ihr machen, was Ihr wollt. Ein Jahr vergeht doch wie im Flug! Und Ihr und Euer Pferd haben in der Zeit Verpflegung und Unterkunft. Bei den Göttern, es gibt wirklich härtere Schicksale! Das ist allemal besser, als in Melcias Heer zu dienen, zusammen mit den anderen Idioten, die einfach zu dämlich oder zu runtergekommen sind, um die Hauptmänner zu becircen. Und außerdem ist die Wache eine berittene Truppe.«

Der Ritter zerrte Titch zur Hintertür der Baracke. Der Junge stolperte immer wieder, aber Gerein hielt ihn aufrecht, murmelte Unverständliches vor sich hin, schob ihn zur Regentonne und tauchte ihm kurz den Kopf unter Wasser. Titch hustete und spuckte prustend das Wasser aus. Wieder wurde ihm übel, doch Gerein drückte ihn mit dem Rücken an eine Wand und hielt ihn aufrecht. Er zog ihm die übel riechenden Kleider aus, bis der Junge nur noch ein Leinenhemd und lederne Reithosen auf der Haut trug.

Immer noch konnte Titch nur aufrecht stehen, wenn

man ihn stützte. Gerein fluchte, als er merkte, daß er den Jungen nicht allein anziehen konnte. »Nun reißt Euch zusammen«, brachte er schwer atmend hervor. »Hier, nehmt einen Schluck. Ich will zwar nicht, daß Ihr wieder betrunken werdet, aber *so* wird das bestimmt nichts mit Euch.«

Etwas drängte sich zwischen Titchs aufgesprungene und geschwollene Lippen und stieß gegen seine Schneidezähne. Wieder floß ihm – trotz seines schwachen Protestes – eine brennende Flüssigkeit die Kehle hinunter. Er hatte noch nichts im Magen, und der Honigwein schien direkt ins Blut überzugehen und glühend heiß bis ins kleinste Gefäß vorzudringen. Plötzlich hatte Titch wieder einen einigermaßen klaren Kopf, und er spürte jäh den Schmerz in der Nase. Er stöhnte auf, schluckte heftig und fühlte erneut Übelkeit aufsteigen.

»Gut so«, sagte Gerein. Er suchte hastig die Uniform zusammen und half dem Jungen in die Kleider. Er zupfte am Stoff, zog die Riemen fest und knöpfte den Wams zu. »Und jetzt gerade stehen, so aufrecht es nur geht. Auf keinen Fall mit jemandem reden, nur wenn es unbedingt nötig ist – ich werde versuchen, für uns beide zu sprechen. Der Hauptmann muß Euch ja nicht gleich für einen Trinker halten. Und versucht ihn auf keinen Fall anzuhauchen, in Ordnung?« Mühsam zog er Titch den Ledermantel an, schloß die Schnallen und legte ihm den Umhang um die Schultern. Dann setzte er ihm einen Stahlhelm auf den Kopf und grinste, als er das Ergebnis sah. »Glück gehabt – in der königlichen Garde haben die blankpolierten Helme alle keine Nasenschiene. Ich glaube nicht, daß wir die über Euren Zinken gekriegt hätten, selbst wenn die Nase nicht gebrochen wäre. Eure sieht jetzt aus wie eine prall gestopfte Wurst.« Der Ritter betrachtete Titch eingehend, zupfte hier und da die Kleider zurecht, drückte Titch die Waffen in die Hände und sah ihm zu, als er die Klingen im Futteral und in der

Scheide verstaute. »Ihr seht gar nicht mal so übel aus, Junge, nur daß Ihr Ähnlichkeit mit einem Frosch habt. Wird Euch etwa schon wieder schlecht?« Gerein schien darauf vorbereitet zu sein, jeden Moment einen Satz zurück machen zu müssen.

Titch schüttelte vorsichtig den Kopf. Irgendwie mußte er die nächsten Minuten durchstehen, mehr nicht. Um seine Zukunft konnte er sich jetzt keine Gedanken machen, dafür war er zu schwach. Er hätte es nicht ertragen, sich das Ausmaß der Katastrophe vor Augen zu führen.

Armtraining und endlose Patrouillen zu Pferde standen auf seinem Dienstplan – doch zweifellos war es am schlimmsten für ihn, wenn er auf einer der neu erbauten Mauern rund um die Burg Wache schieben mußte. Man verlangte von ihm, sich auf den Zinnen zu postieren, dort stehenzubleiben und den Blick nach unten zu richten. Eine unnötige Qual, fand Titch, denn es war ziemlich unwahrscheinlich, daß ein Feind unbemerkt durch den alten Stadtteil und die äußeren Verteidigungsreihen vorstoßen konnte. Nun gut, wenn es Lady Melcia gefiel, daß auf der neuen Burgwehr Wachmänner herumstanden, eingekleidet in den trübseligen Farben, die sie als ihr Wahrzeichen gewählt hatte ... Er kniff die Augen zusammen, bis durch die Lider – ähnlich wie bei seiner Nase – nichts mehr durchdrang, und blinzelte nur dann vorsichtig, wenn sich der Schritt einer Wache näherte.

Die ersten freien Stunden verbrachte Titch in einem Dämmerzustand, und er fühlte sich dabei, als sei er in tristen Nebel gehüllt. Eine halbe Woche lang legte er sich sofort schlafen, sobald sein Dienst beendet war. Langsam beruhigte sich sein Magen wieder, die Kopfschmerzen wurden erträglich, und nur die zugeschwollene Nase quälte ihn noch. Er mußte wie ein Dorftrottel hecheln, damit er Luft bekam. Das verzerrte Spiegelbild im Helm verriet ihm, daß schwarz angelaufene Prellungen seine Augen umrandeten und die Nase nicht mehr wiederzuerkennen war. Fast hätte Titch geglaubt, er könne – genau wie Wren – nie wieder weinen, aber als er während der ersten Nacht wachlag und über sein Unglück und sein furchtbares Schicksal nachdachte, liefen ihm heiße Tränen über die Wangen und brannten salzig auf seinen aufgesprungenen Lippen. Die elend zugerichtete Nase, die zu nichts mehr zu gebrauchen war, schmerzte ihn. Auch das Weinen brachte keine Erleichterung, die salzigen Tropfen quälten ihn noch mehr. Daß er diesen Dienst nicht ewig leisten mußte, konnte ihn nicht trösten.

Ein Jahr. Er hatte sich für ein ganzes Jahr als gewöhnlicher Söldner verpflichtet, und vielleicht war das für den Rest seines Lebens sein Schicksal, wenn er nicht Glück hatte und durch irgendeine Tat unter den vielen Männern hervorstach – worauf er wirklich nicht bauen konnte. Im Grunde war es keinen Deut besser, Wache in einer angeblichen Elitetruppe zu sein als ein gewöhnlicher Fußsoldat – in beiden Armeen konnte man mit keiner rosigen Zukunft rechnen. Sicher, als Gardemitglied besaß man ein eigenes Pferd, das hatte Gerein schließlich immer wieder betont.

Gerein ... er mied diesen Mann wie die Pest, versuchte es jedenfalls, aber die Baracken waren eng gebaut – unmöglich, ihm nicht ständig über den Weg zu laufen. Bei den Wachgängen begegneten sich die beiden selten, aber außerhalb der Dienstzeit trennte kaum ein Meter ihr Lager. Das schlimmste war allerdings, daß der schwarze Hengst die Box unmittelbar neben Gray hatte. Titch kam also nicht umhin, das bewunderte Pferd immer wieder zu sehen, obwohl das ein Stachel in seinen Wunden war.

Gerein schien nicht zu bemerken, daß Titch sich von ihm fernhielt. Sooft sie sich zufällig beim Abendessen trafen, fing er unbefangen ein Gespräch an, als sei nie etwas vorgefallen. Schließlich mußte Titch sich eingestehen, daß es eigentlich töricht war, Gerein die Schuld zu geben. Was hatte er schon verbrochen? Der Ritter hatte ihn lediglich davor bewahrt, noch größere Dummheiten zu begehen, und Titch durfte ihm nicht vorwerfen, daß er sein eigenes Leben ruiniert hatte. Schließlich kann man Eichen nicht dafür verantwortlich machen, daß der Blitz in Buchen einschlägt. Gerein hatte nichts damit zu tun, daß er kein Lösegeld bekommen und sich zu einem Jahr Wachdienst verpflichtet hatte. Irgendwann warf Titch schließlich seinen Hochmut über Bord und entschuldigte sich bei Gerein, der ihm großzügig verzieh.

»Was ist eigentlich aus Eurem Herrn geworden?« wollte Titch neugierig wissen, während er im Eintopf stocherte, in der Hoffnung, ein paar weichere Bissen zu finden, die er mit seinem wunden Gaumen essen konnte. »Ihr habt Land von ihm gepachtet und müßt ihm Eure Dienste zur Verfügung stellen. Wie soll das funktionieren, wenn Ihr bei Lady Melcia in Lohn und Brot steht? Und was ist er Euch eigentlich noch schuldig?« Der Ritter hätte nicht einfach fliehen und sich an einem fremden Hof verstecken dürfen, bis ihm Gerechtigkeit widerfahren war, fand Titch. Sein Lord hätte ihn zunächst von seiner Pflicht entbinden müssen.

»Mein Duke hat sich von Cullum und seinen Freunden täuschen lassen«, erklärte Gerein traurig. »Natürlich hätte ich eigentlich davon ausgehen müssen, daß er sich mir gegenüber großzügig zeigt, aber so ist das Leben nun mal: Gerechtigkeit ist käuflich wie eine Milchkuh. Cullum hat großen Einfluß in Kôverne, ich dagegen nicht. Ich fürchte, daß mein Herr inzwischen keinen Wert mehr auf meine Dienste legt.« Er nippte an seinem Ale. »Ich trage jetzt die Uniform von Josten, in der Hoffnung, Cullum für immer abgehängt zu haben – eines Tages will ich aber nach Esdragon zurückkehren und meinen Ruf wiederherstellen. Im Moment würde ich niemals lebend bei meinem Duke ankommen, um ihm die Sache aus meiner Sicht zu schildern.«

Titch nickte. Sie hatten ihm den Helmschnitt mit der Rasierklinge nachgebessert, und der untere Teil seiner Kopfhaut schimmerte nun bläulich. Rote Kratzer zogen sich durch die Stoppeln. Wie ein böses Omen spürte er jeden Luftzug und jeden eisigen Windhauch.

Eine Tragödie, wenn ein Ritter zu Unrecht beschuldigt wurde. Und der arme Kerl mußte auch noch fliehen und konnte nicht wieder zurückkehren, um seine Unschuld auf ehrenvolle Weise unter Beweis zu stellen. Sicherlich würde später so manche Ballade von Gereins Schicksal erzählen, über die heldenhafte Art, wie er die Bürde trug, daran hatte Titch keinen Zweifel. Nach seinen Sorgen krähte kein Hahn, und zu jammern, obwohl der andere offensichtlich ein viel schweres Los hatte, wäre ihm ungehörig vorgekommen.

Holt eure Pferde und macht euch bereit, hatte der Hauptmann befohlen. Der Seneschall hatte sie reichlich mit Proviant ausgestattet, doch die Wachen mußten das Gepäck nicht allein tragen – ein Packesel sollte sie auf ihrer Reise begleiten. Man hatte Titch noch nicht gesagt, welche Aufgabe er bei dem neuen Auftrag zu erledigen hatte, aber mit Sicherheit schickte man ihn diesmal nicht auf einen der hohen steinernen Türme, die beängstigend steil zwischen den Mauern emporragten. Während Titch auf genauere Anweisungen wartete, kraulte er Gray den Hals. Das Pferd legte dankbar den Kopf schief, denn an dieser Stelle konnte es sich selbst nicht reiben. Titch war nicht allein, auf dem Burghof drängten sich die Wachen mit ihren Pferden. Alle warteten, genau wie er.

Gray wieherte, und als Titch einen Blick zur Seite warf, entdeckte er Gerein, der auf sie zukam und seinen Hengst an den Zügeln führte. »Habt Ihr schon was gehört?« fragte der Ritter. Gray und der Schwarze rieben die Nüstern aneinander und schnaubten zur Begrüßung. Die beiden Pferde hätten sicherlich auch gerne gewußt, was ihnen bevorstand.

Titch schüttelte den Kopf. Es wurde nicht gern gesehen, wenn sich Soldaten verschiedener Dienstgrade miteinander unterhielten. Auf dem Burghof standen noch zehn weitere rotbraun gekleidete Wachmänner mit ihren Pferden, außerdem noch zwanzig zusätzliche Reittiere. Titch vermutete, daß sie eine Eskorte bilden sollten, aber der Gedanke war Gerein sicherlich auch schon gekommen. Er hörte, wie salutiert wurde, und Speerspitzen klopften im Stakkato auf Pflastersteine. »Wahrscheinlich kommen Gäste.«

Die Leiter, die vom zweiten Stockwerk des Hauptturms hinunterführte, sollte eines Tages durch eine Treppe aus behauenem Stein ersetzt werden, doch im Moment mußte man über ein Gestänge mit querliegenden Planken gehen. Fünf Leute wurden von gewöhnlichen Wachmännern in den typischen rotbraunen Mänteln hinuntergebracht, Wachen, die nicht das schwarze Wams der Garde, sondern dunkle Wappenröcke trugen. Die Zivilisten waren nicht gefesselt wie Gefangene, machten aber auch nicht den fröhlichen Eindruck geladener Gäste. Titch fiel außerdem auf, daß sie nicht gekleidet waren, als wollten sie die Königin besuchen. Nur ein Mann war in einen offensichtlich kostbaren langen Mantel gehüllt, der kobaltblau schimmerte und reich mit gestickten Ornamenten in Scharlachrot und Grün verziert war. Alle anderen trugen selbstgesponnene grobe Stoffe und Leder.

»Hört zu, Männer!« rief der Hauptmann mit kehliger Stimme. Titch richtete seine Aufmerksamkeit sofort gespannt auf den Vorgesetzten, nicht nur, weil er neugierig

war, sondern weil er fürchtete, einen Fehler zu machen und unangenehm aufzufallen. »Wir sollen diese Männer und Frauen begleiten. Sie haben einen Auftrag für die Königin zu erfüllen.«

Sofort fingen die Wachen an, aufgeregt miteinander zu flüstern. Titch konnte nur hier und da ein Wort aufschnappen. Finster sah der Hauptmann seine Untergebenen an, er verstand zwar auch nicht, was sie sagten, spürte aber ihr Unbehagen.

»Soldaten, das sind Männer aus dem Volk der Zauberer! Aber ihr müßt euch deswegen keine Gedanken machen – ihr tragt doch alle Eisen am Körper, oder etwa nicht? Jeder weiß, daß sich Eisen und Magie nicht vertragen, und daß Eisen den Zauber abschirmt wie eine Mauer die Attacke des Feindes. Habt also keine Angst! Euch kann nichts passieren, und es ist eure Aufgabe, für die Sicherheit der Magier zu sorgen. Sie haben einen geheimen Auftrag, und wir müssen alles tun, damit sie ihn ungestört erfüllen können. Außerdem darf sich keiner der Zauberer absetzen. Verstanden?« Der Hauptmann sah von einem zum anderen, und wieder ahnte er, was in den Köpfen der Männer vorging. »Ja, sie werden versuchen abzuhauen. Sie nehmen nicht freiwillig an der Suchaktion teil, aber die Königin verlangt von ihnen, daß sie ihr diesen Dienst erweisen. Und was sie befiehlt, soll geschehen! Behandelt die Magier höflich, aber seht zu, daß sie tun, was von ihnen verlangt wird. Sorgt für ihre Sicherheit, aber verliert sie nie aus den Augen. Aufsitzen!« Er schob eine Stiefelspitze in den Steigbügel und schwang sich auf seinen Braunen mit der flachsfarbenen Mähne. Das Pferd hatte ein weiß geflecktes Gesicht und ein unheimliches, blau schimmerndes Auge, das aufgeregt rollte, als fürchte das Tier ebenfalls die Magie der Fremden.

Titch war sich ziemlich sicher, daß mehr hinter der Sache steckte, als man ihnen gesagt hatte. Er stieg auf sein

Pferd, nahm Grays Zügel fest in die Hand und ordnete sich in die Reihe der Reiter ein. Als er an den Zauberern vorbeiritt, hob einer der Männer den Kopf. Ein knochiges Gesicht mit groben Zügen sah zu ihm auf, traurige Augen blickten ihn an. Schlagartig wurde Titch bewußt, daß er den Mann kannte. *Galvin.*

Wie gelähmt vor Angst starrte Wren vor sich hin, ohne etwas wahrzunehmen. Die meiste Zeit hatte sie das Gefühl, in dunklen Fluten zu versinken, und sie war blind für ihre Umgebung. Sobald ihr Blick auf eine Waffe, eine Rüstung oder auf die kunstvollen Zinnen fiel, die sich vor dem weißen Himmel abzeichneten, brachen wieder schützende Wassermassen über ihr zusammen. Seit die bewaffneten Männer sie und ihren Meister aus der Hütte gezerrt und ihnen laute Befehle zugeschrien hatten, Befehle, die kaum in ihr Bewußtsein vorgedrungen waren, befand sie sich in diesem seltsamen Zustand.

Ihr Meister hatte nichts getan, um die Männer aufzuhalten. Vielleicht wirkte sein Zauber nicht gegen Soldaten, die kaltes Eisen auf dem Körper trugen, denn auch die Magie, die ihre Hütte schützen sollte, hatte versagt. Wren erinnerte sich, daß sie einen Eiszapfen abgebrochen und die Männer damit bedroht hatte, getrieben von der Kraft der Verzweiflung. Doch ihre Waffe konnte nicht die endlos vielen Eisenglieder eines Kettenmantels durchdringen und sich in die Herzen der Soldaten bohren. Das Eis zerbrach in tausend Splitter, die wie Diamanten glitzerten und zu Boden fielen.

Trotzdem hätte sie weitergekämpft und sogar ihr Leben aufs Spiel gesetzt, wenn sie sich nicht um Alinor gesorgt hätte. Schützend hatte sie sich vor ihren Falken gestellt und den Vogel verteidigt, bis ihr Meister sich zu ihr durchgekämpft und im Flüsterton beruhigend auf sie eingeredet hatte. Im Handumdrehen hatten die Männer sie auf ein Pferd gesetzt, und sie hatte sofort gewußt, daß sie nicht zum ersten Mal rittlings auf einem Reittier saß. Seltsam, daß sie damals nur mühsam herausgefunden hatte, wie Titchs Streitroß versorgt werden mußte. Irgendwann in ihrer verlorenen, seit Jahren verschütteten Vergangenheit war sie anscheinend schon einmal geritten. Problemlos saß sie auf dem Pferd, die Gedanken eingenommen von dem Entsetzlichen, das ihr zugestoßen war. Eisen, Soldaten und gezackte Mauern beherrschten von nun an ihr Leben, und jedesmal, wenn sie den Blick hob, gefror ihr das Blut in den Adern. Sie hörte Stimmen, die bald wieder verstummten, mal war es hell um sie herum, mal dunkel, manchmal saß sie hinter geschlossenen Türen, dann wieder zogen sie auf Pferden weiter. Ihrem Meister sah man an, daß ihn die Sorge um Wren quälte, und er wurde erst wieder ruhiger, als sein Lehrmädchen nicht mehr stoßweise atmete und wie gelähmt vor Schreck vor sich hinstarrte. Plötzlich begriff Wren, daß sie nicht mehr von Mauern umgeben war, sondern daß offenes Land vor ihnen lag, und sie hätte sich sofort wohler gefühlt, wenn sie nicht von bewaffneten Soldaten in Rüstungen umgeben gewesen wäre. Alinor, die hoch über ihr kreiste, zählte die Männer. Sie hatten Glück im Unglück, fand der Falke, doch eine Chance zu fliehen gab es wohl kaum.

Auch an diese Situation gewöhnte sie sich nach und nach. Einige Tage später verfiel sie schon nicht mehr in Panik, wenn ihr Blick auf die Männer fiel, sondern sie empfand nur noch Respekt und Furcht, Gefühle, die durchaus berechtigt waren. Plötzlich erkannte sie eines der Gesichter wieder – und begriff schlagartig, wer sie verraten hatte.

Titch ritt als letzter in der langen Reihe von Soldaten, deshalb sah er die Gefangenen kaum. Ja, in seinen Augen waren es Gefangene, egal, was der Hauptmann gesagt hatte, schließlich hatte man diesen Menschen die Freiheit genommen. Alle fünf waren dick vermummt, um sich vor der eisigen Kälte des ausklingenden Winters zu schützen. Unmöglich für ihn, sich die Gesichter eingehend anzusehen. Doch der Falke, der in schwindelerregender Höhe über ihren Köpfen kreiste und ihnen stets folgte, ließ keinen Zweifel zu – Wren mußte unter den Zauberern sein. Was hatte das alles nur zu bedeuten? Wie konnte ein einfaches Mädchen einer Königin helfen, von der sie wahrscheinlich noch nie gehört hatte? Warum hatte man Wren und ihren Meister verschleppt? Es war ziemlich weit von ihrem kleinen Haus bis hierher; Titch konnte das beurteilen, denn er hatte die Strecke schließlich selbst zurückgelegt. Erstaunlich, daß die gefrorenen Marschen noch zu Melcias Reich gehörten.

Als die Offiziere befahlen, ein Lager aufzuschlagen, ging hinter ihnen bereits die Sonne unter. Zum Schlafen wurden Zelte aufgebaut, aber Titch mußte bis tief in die Nacht Wache schieben. Also konnte er sich auch an diesem Abend nicht ans Feuer setzen und im Schein der Flammen die Gefangenen betrachten. Seine Pflicht war es, jeden anzugreifen, der sich ihm näherte. Niemand kam, doch er konnte erst Stunden später – erschöpft und durchgefroren bis auf die Knochen – erleichtert aufatmen. Unmöglich, jetzt noch einzuschlafen.

Titch näherte sich dem Mädchen nie, und Wren kam zu dem Schluß, daß er sich wenigstens nicht an seinem Verrat weidete. Womöglich Schuldgefühle, überlegte sie – vielleicht hatte sie aber auch vorschnell geurteilt. Seine Nase hatte sie irgendwie schmaler in Erinnerung, doch sie war immer noch gebogen wie der Schnabel eines Raubvogels. Sie hätte Titch allerdings schon am Gang erkannt. Die Haltung seiner Schultern hatte etwas Eigentümliches, er war nicht von Natur aus kräftig gebaut, sondern hatte sich die Muskeln antrainiert. Sein aufrechter Gang, den sie als Zeichen für einen guten Charakter gedeutet hatte, war ihr vertraut ... Sie hatte längst gelernt, einen Menschen nicht nach dem Äußeren zu beurteilen, warum sollten also die Schultern eines Menschen nicht genauso täuschen können wie seine Augen? fragte sich Wren wütend.

Was auch immer mit ihnen geschehen sollte, sie hatte ihre Pflichten und durfte sich nicht länger ängstlich vergraben. Sie mußte sich um Galvin kümmern – sie hatte dafür zu sorgen, daß man ihren Meister einigermaßen gut verpflegte, daß er einen trockenen Schlafplatz bekam und immer ordentliche Kleidung trug. Sie war sein Lehrmädchen, ihre Aufgabe war es, dem Meister zu dienen, und sie durfte sich nicht in seinem Schatten verstecken. Weit weg von der Burg jagten ihr die Soldaten weniger Angst ein – sie gewöhnte sich an ihren Anblick, obwohl sie jedesmal vor Wut kochte, wenn ihr Titch unter die Augen kam. Sie verspürte den innigen Wunsch, es ihm mit gleicher Münze heimzuzahlen. Immerhin konnte sie sich – wenn auch von Wachleuten umgeben – frei bewegen, Feuerholz sammeln und Pinienzweige suchen, um ihrem Meister ein weiches Lager zu bereiten. Wenn sie sich Mühe gab, gelang es ihr, die Männer zu ignorieren, als seien sie nur Bäume.

Manchmal schienen einige dieser schwarz gekleideten Männer zu vergessen, wie ihr Auftrag lautete. Manche bedrängten das junge Mädchen und kamen ihm viel näher, als es nötig war. Im äußersten Notfall hätte Alinor natürlich sofort eingegriffen, aber solange die Männer nur versuchten, sich an Wren heranzuschleichen oder ihr einen Kuß zu entlocken, konnte sich das Lehrmädchen selbst wehren. Mit einem einfachen und doch effektiven Trick setzte sie sich zur Wehr: Sie löste vor den Augen einer aufdringlichen

Wache die Rinde von einem Zweig und murmelte magische Worte. Sofort wand sich das Holz wie eine lebendige Wassermokassinschlange, ein Tier, das eigentlich Winterschlaf hielt – trotzdem ergriffen die Männer sofort die Flucht, wenn ihnen das vermeintlich giftige Tier entgegengeschleudert wurde. Schon bald hatten sich Wrens Fähigkeiten herumgesprochen, und die Kerle hielten sich von ihr fern.

Egal, welches Ziel ihre Reise auch haben mochte – offensichtlich war es ein ziemlich weiter Weg bis dorthin. Drei düstere Wintertage lang ritten sie der Sonne entgegen, und sie rasteten nur, wenn sich die Pferde ausruhen mußten oder die Nacht hereinbrach. Teilweise war das Land bewohnt, aber sie ritten niemals durch Dörfer und kehrten auch nicht in Gasthäuser ein, obwohl sie dort ein festes Dach über dem Kopf gehabt hätten. Sie hielten ein gleichmäßiges Tempo ein, und die Offiziere trieben sie immer wieder zur Eile an. Einige Gefangene waren nicht daran gewöhnt, so lange Strecken auf einem Pferd zurückzulegen, und bald schon beklagten sie sich. Die Vorgesetzten nahmen allerdings kaum Rücksicht darauf. Jeden Tag überquerten sie weite Schneefelder, und es konnte nicht mehr lange dauern, bis sie Melcias Ländereien hinter sich gelassen hatten.

Titch hatte keine Ahnung, was jenseits des Reiches lag, wem das Land gehörte und ob sie die fremde Region überhaupt problemlos durchqueren konnten, also blieb er immer wachsam. Die Garde hatte auch jetzt noch eine doppelte Aufgabe zu erfüllen – Titch und seine Kameraden sollten die Zauberer am Weglaufen hindern und sie gleichzeitig beschützen, falls ihnen bei ihrem Unternehmen Gefahr drohte.

Die Wachleute waren auch dafür verantwortlich, Wasser

zu holen, wenn die Vorräte knapp wurden. Wren klagte bei einem der Offiziere und erklärte, sie könne schließlich ohne weiteres selbst die hundert Schritte bis zum reißenden Strom hinuntergehen. Um ihren Worten Nachdruck zu verleihen, schwang sie mutig den Eimer in Richtung des Kommandanten. Unwahrscheinlich, daß sie kurz vor dem Abendessen in unbewohnte Wälder floh. Trotzdem erhielt Titch, der gerade vorbeikam und Feuerholz in den Armen trug, den knappen Befehl, sie zu begleiten. Der Hauptmann hörte sich die Klagen der Zauberer meist geduldig an, richtete sich aber selten danach.

Zum ersten Mal auf dieser Reise war Titch mit dem Mädchen allein und konnte sich vergewissern, daß es tatsächlich Wren war und nicht irgendein junges Ding aus dem Volk der Magier, das – wie das Lehrmädchen – in Kleiderfetzen gehüllt war. Wren hatte ihn, wie er glaubte, nicht wiedererkannt – vielleicht scherte sie alle Männer der Garde über einen Kamm und sah in ihm nur einen der groben Kerle, deren Befehlsgewalt sie sich beugen mußte. Doch plötzlich spürte er, wie sich ihr Blick in seinen Nacken bohrte, und als er sich umwandte, begegnete er ihren vorwurfsvollen Augen. Ihre stumme Anklage traf ihn wie eine Speerspitze.

»Ziemlich hart, sein Brot auf diese Weise zu verdienen«, bemerkte Wren kühl. »Ich habe Euch nicht sofort erkannt.«

Natürlich spielte sie auf sein entstelltes Gesicht an, nicht auf die Uniform der Garde. Die schwarzen Ränder um die Augen waren zwar inzwischen verschwunden, aber Titch hatte immer noch eine geschwollene Nase, und auf dem Kinn zeichneten sich dunkle Prellungen ab. Über den Schnittwunden, die quer übers Gesicht liefen, hatte sich Schorf gebildet, die Verletzungen schmerzten ihn nicht mehr, sahen aber – wie ihm sein Spiegelbild im Fluß verraten hatte – ziemlich übel aus. Seine eigene Mutter hätte wahrscheinlich zweimal hinsehen müssen, um ihn wiederzuerkennen.

»Ist auch besser, wenn Ihr Euch nichts anmerken laßt«, riet Titch dem Mädchen mit besänftigender Stimme. Daß sie sich so ablehnend und kühl verhielt, irritierte ihn. »Wenn der Hauptmann mitbekommt, daß wir uns kennen, wird er mir sofort befehlen, daß ich mich von Euch fernhalte. Wir dürfen nicht mit euch reden.«

»Ich wollte nur Wasser holen«, sagte Wren leise. »Ich habe nicht darum gebeten, daß Ihr mich begleitet. Ich will meinem Meister Tee kochen.«

Langsam begriff Titch, daß Wren in ihm einen Feind sah. Sie mußte vor lauter Panik halb von Sinnen sein, schließlich hatte man sie entführt, und niemand kannte das Ziel dieser Reise. In ihm sah sie jetzt einen unmenschlichen, grausamen Soldaten. »Wenn Ihr mich nicht anseht, merken die gar nicht, daß wir uns unterhalten«, riet er, in der Hoffnung, sie zu beschwichtigen. »Was ist denn passiert, Wren? Wohin sollen wir euch bringen? Man hat uns nichts gesagt, wir wissen nur, daß wir euch im Auge behalten sollen.«

Sie musterte ihn von der Seite, womöglich spielte sie mit dem Gedanken, ihm doch zu vertrauen. »Männer in Uniformen, wie Ihr eine tragt, sind in unser Haus gestürmt, zwei Tage, nachdem Ihr losgeritten seid. Die Soldaten haben gesagt, daß wir mitkommen sollen«, erklärte Wren sachlich. »Ich nehme an, das ist keine große Neuigkeit für Euch, nicht wahr?«

Titch schüttelte den Kopf, verwundert über ihren anklagenden Tonfall. »Ich bin wegen Melcias Turnier nach Josten gekommen. Nur durch ein Mißgeschick bin ich bei der Wache gelandet.« Er strich sich übers Gesicht. »Wie man sieht.«

»Mein Meister sagt, es war nur ein dummer Zufall.« Sie

glaubte nicht, was Galvin ihr versichert hatte. Auch jetzt nicht. »Er hat gesagt, Ihr wäret nicht die Sorte Mann, die Freundlichkeit mit Verrat belohnt.«

»Das bin ich auch nicht, Wren!« Titch vergaß den Ratschlag, den er ihr eben noch gegeben hatte, und drehte sich ruckartig zu ihr um. Niemand beobachtete die beiden.

Seine Augen lügen womöglich, die Ehrlichkeit, die sie ausstrahlen, kann genauso irreführend sein wie die vielen verschiedenen Farbsprenkel darin, dachte Wren. Das durfte sie nie vergessen. »Womit hat man Euch diesen Schlag versetzt?« Hoffentlich hatte es ordentlich weh getan.

»Mit der Faust.« Als sie das Gesicht verzog, fiel ihm auf, wie unwahrscheinlich das klingen mußte. »Na ja, dabei hat mich wohl auch der Schwertknauf erwischt.« Titch bückte sich, um den Eimer ins Wasser zu tauchen, immer darauf bedacht, sich die Stiefel nicht naß zu machen. »Bei den großen Kämpfen geht es manchmal ziemlich grob zu. Ich wollte Lösegeld von einem Krieger erpressen, aber der Kerl hat sich mit Händen und Füßen gewehrt. Man hat euch also zu Melcia gebracht, ja? Und warum?«

Wren starrte in die Fluten, die vorbeirauschten. Für einen Augenblick spielte sie mit dem Gedanken, Titch hineinzustoßen. Töricht wie er war, hatte er ihr einfach vertrauensvoll den Rücken zugewandt. Doch wenn sie ihn untertauchte oder sogar ertränkte, konnte das üble Folgen für sie haben. Und außerdem konnte sie sich nicht überwinden, ihm etwas anzutun, nachdem sie eine Nacht lang um sein Leben gebangt hatte – eine Dummheit, die ihr, im nachhinein betrachtet, nur Ärger eingebracht hatte.

Der Fluß wirkte finster – schwarze Wassermassen, halb von Eis bedeckt, rauschten an ihnen vorüber. An den Ufern türmte sich Schnee. Sie fürchtete sich vor dem, was ihr die Fluten womöglich zeigen würden, und versuchte, den Blick nicht zu lange auf den Fluß gerichtet zu lassen. Titch schien der Strom keine Angst einzuflößen, das Wasser hatte für ihn keine magische Bedeutung.

»Sie will, daß wir ihren Sohn, den Prinzen, finden«, flüsterte Wren, während sie sich wieder ins Gedächtnis rief, was man ihnen erzählt hatte. Starr vor Angst hatte sie damals neben Galvin gestanden – niemals zuvor hatte sie etwas so Furchtbares gesehen. Der Anblick, der sich ihr geboten hatte, war für sie grauenvoller als Burgzinnen oder Soldaten in Rüstungen. Ihre Sinne hatten sich geweigert, die furchteinflößende Gestalt wahrzunehmen, und selbst jetzt, als sie sich wieder klar und deutlich erinnerte, wollte das Bild der Frau nicht vor ihrem geistigen Auge auftauchen.

Titch fielen wieder Gereins Worte ein: Melcia regiere anstelle ihres Sohnes. Trotzdem konnte er sich nicht entsinnen, jemals von dem jungen Mann gehört zu haben, nicht einmal in den grausamen Geschichten über den Mord am Gatten der Königin, der sie hintergangen hatte.

»Die Leute sagen, er sei mit seinen Freunden im letzten Sommer ausgeritten. Sie seien einem Mädchen begegnet, und ... na ja, der Prinz hat sich wohl mit dem hübschen Ding vergnügt. Das Mädchen durfte den Prinzen nicht abweisen, aber der junge Mann hat nicht geahnt, daß er an eine Hexe geraten ist, und als er sie allein zurücklassen wollte, ohne Lebewohl zu sagen, ist sie wütend geworden und hat ihn in einen wilden Schwan verwandelt. Die Freunde des Prinzen haben die Magierin erschlagen, aber mit ihrem Tod war der Zauber nicht gebrochen. Der Schwan ist weggeflogen, so schnell, daß die anderen ihm nicht folgen konnten.«

In Gedanken versunken starrte Wren ins Wasser – so viele Hexen fanden viel zu früh den Tod. Titch sah sie gebannt an, bis sie endlich weiterredete.

»Im Frühling kehren die Schwäne aus den warmen Regionen zurück, in denen sie überwintern. Also hat die Rote Königin alle Magier und Hexen aus ihrem Reich zusammengetrommelt. Wir sollen den Prinzen unter all den Schwänen heraussuchen und ihn wieder in einen Menschen zurückverwandeln. Wenn uns das nicht gelingt, müssen wir alle sterben.«

Sie sah ihn nun geradewegs aus grauen Augen an, und ihr Blick bohrte sich wie eine eisige Klinge in sein Herz. Dieser Blick traf ihn mehr als die Worte, die sie dann sagte: »Wir haben Euch das Leben gerettet. Und als Dank dafür habt Ihr uns das angetan. Darauf könnt Ihr wirklich stolz sein.«

Angriff bei Nacht

Ein Ritter hätte Wren und ihren Meister gerettet, überlegte sich Titch. Er hätte die beiden in Sicherheit gebracht, ohne auch nur eine Sekunde zu zögern, ganz egal, welchen Preis er dafür hätte zahlen müssen. Eine mutige Tat, und für Titch zugleich die Gelegenheit, sich dafür erkenntlich zu zeigen, daß sie ihm beigestanden hatten, als er in Not war. Aber er hatte es noch nicht zum Ritter gebracht, er mußte dieses große Ziel seines Lebens erst noch erreichen. Ein einfacher Soldat konnte im Moment für keinen der Zauberer etwas tun. Sicherer Selbstmord, die Flucht zu planen – die Offiziere hatten von der Königin entsprechende Befehle erhalten, und als Wachmann konnte man sich leicht ausrechnen, welches Schicksal einen Ungehorsamen erwartete. Die Hexen und Hexenmeister, die sich nicht an Melcias Anweisungen hielten, sollten auf der Stelle getötet werden, wobei es keine Rolle spielte, ob sie ihre Befehle nicht ausführen wollten oder konnten.

Keiner der Gefangenen aus dem Volk der Magier zeigte

besondere Begeisterung für die Mission, die man ihnen aufgezwungen hatte. Offensichtlich gaben sie sich alle nicht besonders viel Mühe. Einer der Männer starrte die ganze Zeit über nur Löcher in die Luft, und die einzige Frau, die außer Wren unter den Gefangenen war, lamentierte pausenlos, sie sei nichts weiter als eine Kräuterkundige, die nichts von Schwarzer Magie und den Lebensgewohnheiten der Vögel verstehe. Angeblich war die Frau, die sich wie ein junger Bursche kleidete und deshalb von den Soldaten einigermaßen verschont blieb, nur durch einen unglücklichen Zufall unter den Magiern. Die anderen Zauberer verbrachten viel Zeit damit, immer wieder mit Calvin zu diskutieren, doch Wren verriet Titch unter dem Siegel der Verschwiegenheit, daß ihr Meister nicht mit den Plänen und Erklärungsversuchen der jungen Männer übereinstimmte.

Wieso hatte die Mutter des Prinzen erst so viel Zeit verstreichen lassen, bevor sie alle Hebel in Bewegung setzte, ihren Sohn zu retten? Oder war das vielleicht nicht der erste Versuch, ihn zu finden? überlegte sich Titch. Wren hatte ihm erzählt, man habe *alle* Zauberer zusammengetrieben wie reifes Korn, das zu Ähren gebündelt wird. Keine sonderlich reiche Ernte, fand Titch. Sicher, er konnte sich kaum ein Urteil erlauben – aber sollte das wirklich schon die ganze Suchaktion sein? Vier Zauberer – wenn man davon ausging, daß die Kräuterkundige mehr Fähigkeiten besaß, als sie sich selbst zusprach – und ein Lehrmädchen. Gab es nicht viel mehr Magier? Oder hatte es nur *früher* viel mehr gegeben? Falls die Königin wirklich alle erschlagen hatte, die ihre Erwartungen nicht erfüllt hatten …

Als wolle der Hauptmann noch einmal deutlich machen, daß es kein Erbarmen gab, wenn die Suche erfolglos blieb, brachte er an diesem Abend das Gespräch an der Feuerstelle auf die blutigen Ereignisse, die Melcias Leben geprägt hatten. Seine Geschichten erinnerten an die vielen Lieder über die Königin, nur daß der Hauptmann seine Ausführungen weniger ausschmückte und nur berichtete, was wirklich bezeugt werden konnte.

Zwei eralische Lords, Krieger, die Seite an Seite in den Krieg zogen, kamen nach Clandara und eroberten nach entbehrungsreichen Jahren etliche Königreiche für sich und ihre Familien. Einer der beiden hatte mehrere Söhne, unter denen er seinen Erben wählen mußte, während aus der Ehe des anderen nur ein einziges Kind hervorging – eine Tochter. Melcia war so mutig, daß sie es mit jedem Mann aufnehmen konnte, und ihr Vater lehrte sie die Waffenkünste. Die clandarische Adelswelt verfolgte ihre Ausbildung womöglich eher mißbilligend, aber die Eralier schätzten Tugenden wie Stolz und Mut an einer Frau, und auch Geschicklichkeit hatte in diesem Volk einen hohen Stellenwert. Für sie war es keine Schande, die Töchter in den Krieg zu schicken, wenn sie das wollten. Die junge Melcia besaß, wie der Hauptmann liebevoll erwähnte, die grausame Schönheit eines edlen Schwertes. Und als man unter den vielen Brüdern und Halbbrüdern Kenric von Crogen wählte und ihm die Königswürde übertrug, stimmte er mit seinen Beratern überein, daß Melcia von Josten eine angemessene Ehefrau und Königin für ihn sei. Sie wurden miteinander vermählt und besiegelten die Ehe – wie es bei den Eraliern üblich ist –, indem sie sich über der bloßen Klinge eines Schwertes die Hände reichten.

Doch noch ehe sie verheiratet waren, betrog Kenric seine stolze Braut. Er verliebte sich in eine Frau, die er zufällig unter einigen Gefangenen entdeckt hatte, die man bei Vorstößen an der Grenze verschleppt hatte. Wunderschön war die Fremde in seinen Augen, strahlend wie der erste Stern, der abends am Himmel leuchtet. Kenric nahm sie in seine Obhut, bekam mit ihr zusammen ein Kind und hielt sie stets fern von Melcia.

Irgendwann erfuhr Melcia von dem Treuebruch. Sie geriet vor Wut so sehr außer sich, daß die Legenden bis zur heutigen Zeit von ihren Ausbrüchen erzählten. Fluchtartig verließ sie zusammen mit ihrem kleinen Sohn das Land und kehrte wieder in ihr eigenes Königreich zurück. Als sie ihrem Mann das nächstemal begegnete, stand sie an der Spitze der Armee, die sein Land verwüstete. Noch bevor die Heere aufeinandertrafen, standen sich die beiden von Angesicht zu Angesicht gegenüber, beide in Rüstungen, rittlings auf einem gewaltigen Streitroß. Melcias Wunsch war es, daß nur Kenric und sie gegeneinander antraten, um so der Schande ein Ende zu bereiten. Kenric wußte, daß er seine Frau gekränkt und sie zutiefst verletzt hatte, doch er hoffte, daß der Krieg ein Ende finden würde, wenn sie den Kampf unter sich austrugen. Melcia sollte nicht länger ihre Wut an unschuldigen Menschen auslassen und Elend über das Land bringen, also willigte Kenric ein, obwohl er nicht mit ganzem Herzen bei der Sache war – schließlich hatte er sich seine Schuld längst eingestanden. Sie waren sich bis dahin zweimal begegnet: im Versammlungssaal und im Hochzeitsbett – und nun, zum letzten Mal, trafen sie im Krieg aufeinander. Melcia besiegte ihren Gegner, sie war eine starke, durchtrainierte Frau, von Liebe getrieben, die in Haß umgeschlagen war, und verzehrt von verletztem Stolz und blinder Wut. Als Kenric hilflos vor ihr lag, schlug sie ihm mit ihrem blutigen Schwert den Kopf ab.

Nachdem sie ihren Mann getötet hatte, küßte sie ihn, band den Kopf mit den langen Haaren an einen Steigbügel und machte sich auf den Weg zu ihrer Rivalin. Am Ufer eines Flusses, der nach tagelangen Regengüssen zu einem reißenden Strom angeschwollen war, traf sie auf die unselige Frau und ihre kleine Tochter. Sie befahl, die beiden in den reißenden Fluten zu ertränken.

Was der Hauptmann mit dieser Geschichte sagen wollte,

lag auf der Hand. Gnade durfte man nicht erwarten, nicht von der Königin, und auch nicht von ihren Männern.

Galvins sperlingbraunes Reitpferd hatte einen Stein im vorderen Huf feststecken, und Titch gab sich alle Mühe, ihn mit der Spitze seines Dolches herauszulösen. Der Stein saß unmittelbar am Hufeisen, und das Pferd stützte sich – dankbar, daß es sein Gewicht nicht mit dem schmerzenden Vorderlauf tragen mußte – sofort auf ihm ab, als ersetze er das vierte Bein. Titch konnte sich kaum aufrecht halten, die Klinge rutschte ihm ab, er verlor beinahe den Halt auf dem matschigen Schnee und fluchte keuchend vor sich hin. Aus dem bleigrauen Himmel fielen Graupeln. »Paßt gut auf Eure Finger auf«, riet Galvin ihm.

»Danke«, sagte Titch und stocherte wieder nach dem Stein. Er wollte das Pferd natürlich nicht verletzen und auf keinen Fall riskieren, daß die Klinge abbrach. »Wozu habt Ihr eigentlich Eure magischen Fähigkeiten? Wie wollt Ihr den Prinzen retten, wenn Ihr noch nicht mal einen Kieselstein rausholen könnt?«

»Die Stute ist mit Eisen beschlagen«, erklärte Galvin beschwichtigend. »Wenn ich versuchen würde, an ihrem Fuß einen Zauber anzuwenden, könnte sie davon lahm werden.«

»Vielleicht schaffe ich es ja ...«, brummte Titch, und in diesem Moment sprang der Feuerstein heraus. Wütend schleuderte er ihn fort und sah sich dann den Huf eingehend an, um festzustellen, ob er womöglich verletzt war. Eine Kante des Steins war anscheinend ziemlich scharf gewesen.

»Ist sie verletzt?«

»Nein.« Erleichtert setzte Titch den Fuß der Stute ab und tätschelte dem Tier aufmunternd die Schulter. Dann sah er sich um – weit und breit kein Offizier, und der Hauptmann ritt gewöhnlich weit voraus. »Habt Ihr und die anderen überhaupt eine Chance, den Prinzen zu finden?« fragte er Galvin und setzte die Kapuze auf, um sich vor dem eisigen Regen zu schützen, der eingesetzt hatte.

»Nein, freiwillig wäre ich bestimmt nie losgezogen«, antwortete der Zauberer gequält und wischte sich einen Wassertropfen von der Nasenspitze. »Und ich habe fast den Eindruck, als wärt Ihr auch nicht aus freien Stücken dabei.«

»Eigentlich war es eher ein unglückliches Zusammentreffen von allen möglichen Umständen«, stimmte Titch traurig zu. »Sir, glaubt mir, wenn ich irgendeine Möglichkeit gehabt hätte, Euch zu helfen, oder wenn ich Euch in Zukunft irgendwie helfen kann – Ihr könnt auf mich zählen ...«

»Ich habe versucht, den Soldaten klarzumachen, daß Wren nur meine Dienerin ist, und daß sie ihnen überhaupt nicht nützlich sein kann. Ich hätte ihr das alles so gerne erspart. Aber die haben gesehen, daß ihr Falke aufs Wort gehorcht – damit waren meine Versuche sinnlos. Die Königin kennt kein Mitleid, sie verschont keinen von uns.« Galvin seufzte. »Ihr habt ein ehrliches Herz. Das hilft Euch im Moment zwar auch nicht, aber es ehrt Euch immerhin.«

»Ich glaube, Wren ist da anderer Meinung.« Titch tat so, als untersuche er auch noch die drei anderen Beine der Stute, damit er – falls jemand sie beobachtete – einen Vorwand hatte, so lange in der Nähe des Zauberers zu bleiben. »Was wollt Ihr jetzt tun, Sir? Ich sage es ja nicht gern, aber bis jetzt haben wir noch keinen Vogel gesehen.« Seit zwei Tagen reisten sie durch einen dichten Waldgürtel, und Titch hatte Spuren von Rotwild, Füchsen und wahrscheinlich sogar von Bären entdeckt, aber weit und breit keinen Vogel, der größer als eine Drossel war. Und mit Sicherheit würde sich daran nichts ändern. Natürlich, bei Regen suchten die Vögel Schutz in Nischen, selbst Alinor gab ein jämmerliches Bild ab – nur ein nasser Falke kann so gerupft aussehen. Gut möglich, daß der Vogel Titch aus tiefstem Herzen verachtete, wie seine Herrin auch.

»Schwäne überwintern weit weg von hier, vielleicht sogar jenseits des großen Meeres«, sagte Galvin, um ihm Mut zu machen. »Die Tiere sind unerschrocken und legen gewaltige Strecken zurück. Hinter diesem Wald – weit, weit dahinter – liegen ihre Nistplätze. Jeden Frühling kehren sie zu den Seen zurück. Wir versuchen, noch vor den Schwänen dort anzukommen. Es ist keine Magie, die uns den Weg weist. Ihr Hauptmann kennt das Ziel.«

»Das ist alles, was Ihr tun wollt?« Titch hatte plötzlich ein flaues Gefühl im Magen, eine furchtbare Vorahnung. So schlimm hatte er sich ihre Situation nicht vorgestellt, er hatte gehofft, es gäbe einen ausgeklügelten Plan, entsprechende Zaubersprüche oder sonst etwas Hilfreiches. Die Menschen aus dem Volk der Magier waren schließlich – wie man sich erzählte – große Zauberkünstler, auch wenn die meisten das abstritten. »Und woher wollt Ihr wissen, welcher von den Schwänen der Prinz ist?« Irgendeine Möglichkeit mußte es doch schließlich geben, oder?

»Der Schwan, den wir suchen, schmückt sich mit einem Halsband aus goldenen Federn«, erwiderte der Zauberer gelassen.

Es war Brauch beim eralischen Adel, raffiniert gearbeitete Halsketten aus kostbarem Metall zu tragen. Die Worte des Zauberers waren also einleuchtend, aber längst nicht die Antwort auf alle Fragen. »Wie wollt Ihr den Schwan lebend einfangen?« Schließlich war davon auszugehen, daß sie den jungen Mann lebend zurückbringen sollten; sobald dem Schwan etwas zustieß, war es um Prinz Evin geschehen.

»Meister Insny rät zu Netzen – bestimmt keine schlechte Idee«, erklärte Galvin und wies mit dem Kinn auf die restlichen Gefangenen, unter denen auch der gutgekleidete Herr ritt. »Und Alinor ist ja schließlich auch noch da.«

»Ach, *Alinor*!« Einen Moment lang vergaß Titch, daß er so tun wollte, als untersuche er das Pferd.

»Ein angehender Ritter sollte sich in der Falknerei besser auskennen«, tadelte Galvin den Jungen. »Ein Wanderfalke kann nach entsprechendem Training einen ausgewachsenen Reiher herunterholen. Und ein Schwan ist auch nicht viel größer.«

»Doch, viel größer«, verbesserte Titch den älteren Mann mit ernster Miene und zog dabei die Augenbrauen zusammen. »Schwäne haben einen kräftigen Flügelschlag, und wenn Alinor den Prinzen auf jeden Fall unverletzt runterholen soll ...«

»Ja, sicher, leicht wird es nicht sein«, gab Galvin zu. »In ganz Kôvelir hat das bis jetzt niemand geschafft, obwohl sich das Reich der Roten Königin so unglaublich weit ausdehnt ... aber die Karten verraten mir, daß wir keine andere Wahl haben. Schnell, helft mir aufs Pferd, da kommt jemand.«

Man mußte keine übersinnlichen Fähigkeiten besitzen, um das vorauszusagen – Titch spürte durch die Sohlen seiner Stiefel deutlich die Hufschläge, die sich ihnen näherten. Er verschränkte die Hände, so daß Galvin den Fuß daraufstellen und sich in den Sattel schwingen konnte.

»Was ist denn nicht in Ordnung mit der Stute?« fragte Gerein, während er sein Pferd an ihrer Seite zum Stehen brachte. Der schwarze Hengst begrüßte die Stute mit einem sanften Wiehern, woraufhin Gerein sofort unruhig wurde und das Tier hart an die Kandare nahm.

»Ein Stein«, erwiderte Titch. »Ich habe ihn rausgeholt.«

»Ihr bildet jetzt die Nachhut, wenn wir weiterziehen«, erklärte Gerein ihm freundlich. »Haltet die Augen offen, ich glaube, ich habe was gesehen.«

Titch horchte auf und stellte sich so dicht neben den anderen Wachmann, daß Galvin nicht mithören konnte.

»Habt Ihr das schon dem Hauptmann gemeldet?« wollte er wissen.

»Es ist nichts, was den Hauptmann anginge«, erklärte Gerein entschlossen. »Alte Geschichten.«

Titch spürte, wie sich sein Magen zusammenkrampfte. Das konnte Ärger geben, und er wußte, wie Gerein sich jetzt fühlte.

»Wie ist es möglich, daß die Euch immer noch auf den Fersen sind?« Er wollte es einfach nicht wahrhaben, wußte aber, daß er sich den Tatsachen stellen mußte. Mit Gerein an seiner Seite hatte er auch keine besseren Karten als damals.

»Cullum gibt erst auf, wenn die Erde geschmolzen und das Meer verdampft ist«, sagte er. »Eigentlich hätte ich das wissen müssen.«

»Vielleicht habt Ihr Euch das ja nur eingebildet«, legte Titch dem anderen hoffnungsvoll in den Mund. Gerein schüttelte den Kopf. »Im Schnee ist es ein Kinderspiel, uns zu verfolgen.«

»Unmöglich, die können doch gar nicht wissen, daß Ihr hier seid.« Titch hatte längst herausgefunden, daß Gerein der Königin Melcia unter einem falschen Namen diente; er hatte den Hauptmann angelogen, als er sich verpflichtet hatte. Und im Moment gab es auch keine hartherzige Lady, die den Ritter seine gnadenlosen Verfolgern preisgeben konnte.

Gerein zerrte an den Zügeln, und der schwarze Hengst warf den Kopf zurück. Die Beschläge des Pferdegeschirrs klirrten. »Oh, die kriegen das schon raus.«

»Wenn sie wirklich dem Pferd folgen, hättet Ihr den Hengst doch lieber mir geben sollen«, sagte Titch, nicht ohne Hintergedanken.

»Vielleicht habe ich mir das auch nur eingebildet«, versuchte Gerein Titch zu beruhigen, ohne auf seine Anspielung einzugehen. »Aus alter Gewohnheit, weil die Kerle eben ständig hinter mir her waren. Sie sollen einfach nur auf der Hut sein. Ihr wißt ja, daß die Männer Pfeil und Bogen haben.«

Titch blieb die ganze Zeit über wachsam. Obwohl er keine Beweise hatte, war er bald schon felsenfest davon überzeugt, daß sich jemand an sie heranpirschte und ihnen auf den Fersen blieb, zwar unsichtbar, aber immer gegenwärtig.

Er hätte nicht genau sagen können, was ihm diese Gewißheit gab. Anzeichen für einen Fremden in ihrer Nähe, der ihnen – auf einem Pferd oder zu Fuß – folgte, hatte er eigentlich nicht entdeckt. Wer auch immer sich dort versteckt hielt, sorgte dafür, daß sich niemals seine Umrisse vor dem blassen Winterhimmel abzeichneten. Nie huschte ein Schatten zwischen den Bäumen entlang. Immer wieder drehte Titch sich um, bis er von den vielen Blicken über die Schulter schon einen steifen Hals hatte. Weit und breit nichts, was er dem Hauptmann berichten konnte, nicht einmal Gerein, der sichtlich ein offenes Ohr für seine Befürchtungen hatte, konnte er etwas Konkretes melden. Trotzdem – die ganze Zeit über spürte er ein Kribbeln zwischen den Schulterblättern, als sei er innerlich schon darauf gefaßt, daß sich dort ein Pfeil hineinbohrte. Kein Gefühl, das sich eindeutig definieren ließ, aber schließlich verfolgte man ihn nicht zum ersten Mal – er kannte das Unbehagen, das der Gejagte spürt.

Eine unerfreuliche Sache, die Nachhut zu bilden. Doch auf jeder anderen Position hätte Titch sich noch mehr gequält, denn er war sicher, daß außer Gerein niemand aufmerksam genug im Auge behielt, was sich hinter ihnen tat. Sie ritten immer weiter durch tiefe Wälder, und die Bäume versperrten den Blick auf den weit entfernten Horizont. Weit und breit keine Ebene, die jeden Verfolger sofort preisgeben würde. Sie durften sich keinen Augenblick in Sicherheit wiegen.

Einer der Offiziere erkältete sich, und prompt breitete sich der Schnupfen wie ein Lauffeuer unter den Wachleuten aus. Eigentlich hätte es kein Problem sein dürfen, den Männern schnell wieder auf die Beine zu helfen, schließlich hatten sie genügend Zauberer bei sich, aber sogar die Kräuterkundige stellte sich stur. Als der Hauptmann sie bat, ihnen ein Mittel zu geben, erklärte sie, man habe sie von Haus und Herd weggezerrt, ohne die geringste Rücksicht auf sie zu nehmen, und sie habe keine Zeit mehr gehabt, ein paar Heilmittel einzupacken. Also könne sie den kranken Männern auch nichts zusammenbrauen. Außerdem habe sie Rücken- und Kopfschmerzen, weil man ihr ein Pferd gegeben habe, das beim Gehen hin und her schaukele. Nein, sie wolle den Soldaten keine Arznei geben, um ihre Beschwerden zu lindern. Wenn es nach ihr ginge, könnten die Männer an ihrem Schnupfen zugrunde gehen.

Inzwischen war die Witterung von einer Sekunde auf die andere umgeschlagen, und aus dem zimtfarbenen Nachmittagshimmel fiel kein Schnee mehr, sondern eisiger Regen. Viele hatten jetzt nicht nur verstopfte Nasen, sondern außerdem einen quälenden Husten. Schließlich stellte die Zauberin – wenn auch widerwillig – doch ein paar Heiltränke her, und die wurden, obwohl sie scheußlich rochen, unter den Männern verteilt. Titch hätte niemals einen Tee von der Kräuterfrau angefaßt, nicht einmal, wenn es um eine Wette gegangen wäre, obwohl ihm aufgefallen war, daß sie selbst niemals kränkelte, egal, wie schlecht es um die anderen stand. Magenkrämpfe wollte er wirklich nicht auch noch riskieren, nicht zusätzlich zu Fieber und Gliederschmerzen. Also trank er ganz gewöhnlichen Tee gegen einen rauhen Hals, einen Aufguß aus Pfefferminzblättern, den er mit Honig gesüßt hatte. Manchmal hustete er auch, doch die Erkältung schlug bei ihm hauptsächlich auf die Ohren, und er hörte alles um sich herum nur noch gedämpft. Unglaubliche Schmerzen quälten ihn, gegen die kein Heilmittel mehr half. Er hätte sich höchstens den Kopf abschlagen können. In diesem Zustand vergaß er, sich Gedanken um eventuelle Verfolger zu machen. Im Moment hätte ihnen sowieso jeder auf den Fersen bleiben können, sogar ein Blinder hätte die Fährte nicht verloren – der immer tiefer werdende Schlamm und der trockene Husten der Männer machten die Verfolgung zu einem Kinderspiel. Sogar ein oder zwei Pferde steckten sich an, aber Gray blieb zum Glück – trotz anhaltender Kälte und feuchtem Wetter – gesund.

An einem düsteren Abend stand Titch auf seinem Wachposten – das heißt, er lehnte sich gegen einen regennassen Baum, so daß es für die Offiziere, falls sie zufällig hinübersehen sollten, wenigstens den Eindruck machte, als stehe er aufrecht. Plötzlich stand jemand neben ihm, eingemummt in einen Umhang. Wegen der verstopften Ohren hatte er Wren nicht kommen gehört, sie kam ihm wie ein aus dem Nichts aufgetauchter Geist vor.

»Trinkt das«, las er von ihren Lippen ab.

Titch starrte auf den Becher, den sie ihm in die Hand drückte. Die Flüssigkeit darin schien schwarz zu sein, doch in der späten Dämmerung sah wahrscheinlich jedes Getränk – außer Milch – dunkel aus. Riechen konnte er sowieso kaum noch, also nippte er an dem Heiltrank, ohne eine Ahnung zu haben, woraus er bestehen mochte. Eigentlich hätte es ihm schon genügt, die Hände am Becher zu wärmen, aber das Gefäß war kalt wie feuchte Erde.

»Warm hilft der Tee eigentlich besser, aber ich hatte keine Möglichkeit, unbemerkt Wasser zu kochen.« Das klang glaubwürdig, und ob ihre Stimme einen verräterischen Unterton hatte, vermochte er nicht zu sagen.

»Inzwischen sind wir wohl alle krank, oder?« fragte Titch mit belegter Stimme. Wie benebelt fühlte er sich, und seine Worte hallten ihm, wie er jetzt feststellte, im Kopf wider. »Nur nicht die Magier. Ist das etwa ein übler Zauber?«

Wrens schmales Gesicht blieb unbewegt und verriet ihm genausowenig wie ihre Stimme. »Nein, wirklich nicht«, beteuerte sie mit schmalen Lippen. »Wahrscheinlich hat einem der Männer die Krankheit schon in den Knochen gesteckt, als wir losgeritten sind, und hier breitet sich eine Erkältung natürlich in Windeseile aus. Nicht nur Eure Männer sind krank, auch von uns hat es einige erwischt. Der Regen macht das Ganze nur noch schlimmer«, fügte sie zögernd hinzu. »Mein Meister hat gedacht, Ihr wäret bestimmt froh, wenn Ihr Euch eine Lungenentzündung ersparen könntet.«

»Sagt Eurem Meister, daß ich keine Probleme mit den Lungen habe, dafür tun mir die Ohren weh«, erklärte Titch vorsichtshalber. »Richtet ihm aus, daß ich ihm sehr dankbar bin, aber ich darf das nicht trinken, wenn ich im Dienst bin. Wenn ich einschlafe, werden die mir so ordentlich die Leviten lesen, daß ich meine Ohrenschmerzen sofort vergesse.«

Wren riß ihm den Becher aus der Hand, drehte sich ruckartig um und verschwand, ohne ein weiteres Wort zu verlieren. Jedenfalls soweit Titch es hören konnte.

Sie hatten die Wahl zwischen kalt und feucht oder verraucht und naß – die kleinen Zelte konnten sie nicht heizen, und die Baumkronen fingen den Regen und die Graupeln kaum ab. Die spärliche Wärme, die das Feuer abgab, mußte teuer bezahlen werden: die Augen brannten und das Atmen fiel immer schwerer. Wren war der Rauch, der ihr womöglich die Läuse vom Leib hielt, trotzdem lieber. Alinor schien überzeugt, daß der Qualm Ungeziefer fernhielt, denn sie hob die Schwingen, um die beißende Luft an die Haut zu lassen – eine Art Balztanz im Winter. Wren breitete über sich und ihrer Gefährtin den Umhang aus, um wenigstens einen Teil des Regens abzuhalten. Wütend starrte sie in die düster-gelben Flammen.

Wie konnte es dieser Schuft von einem Verräter wagen, ihr zu mißtrauen? Einer der Männer wurde von einem Hustenanfall geschüttelt – nichts Besonderes, denn weder bei Tag noch bei Nacht gab es kaum einen Moment, in dem nicht jemand hustete. Diesmal war sich Wren nicht sicher, wer es gewesen war. Das Husten des Hauptmannes hörte man deutlich heraus, ein tiefes Bellen, und Fräulein Agathas stoßweises Hüsteln endete gewöhnlich mit einem Schniefen. Einer der Wachmänner winselte in den höchsten Tönen, wenn er versuchte, wieder zu Atem zu kommen, weshalb ihr Meister fürchtete, die Erkältung könne in eine Lungenentzündung umschlagen. Titchs Husten zeichnete sich durch nichts aus, ein ganz gewöhnliches Husten, anonym wie die vielen Regentropfen, die von den Bäumen herunterrieselten.

Eigentlich hätte sie froh sein müssen, daß er litt – für das, was er ihnen angetan hatte, verdiente er sogar eine noch härtere Strafe, nicht nur eine Grippe bei miesem Wetter. Für Wren war die Sache längst klar – kurz nachdem er Gast in ihrem Haus gewesen war, hatten die Soldaten angeklopft. Ihr Meister konnte sie nicht von seiner Unschuld überzeugen, für sie stand sein Verrat außer Zweifel.

Alinor hob mit einer ihrer starken Krallen einen Zweig hoch und drehte ihn herum, um die Rinde abzuziehen. *Ich hasse diesen Regen,* bemerkte sie, obwohl das eigentlich ohnehin klar war.

»Ich weiß.« Wren nahm Alinor den Zweig ab und hielt ihn spielerisch ein Stück entfernt, damit das Falkenweibchen – wie eine Katze, die nach einer baumelnden Schnur schlägt – die Krallen danach strecken konnte. Nur um Haaresbreite verfehlten die Klauen den Zweig. Im Sommer trainierte Wren mit Gänseblümchen Alinors Fähigkeit, Beute zu greifen und danach zu schlagen. »Bei dem Wetter kannst du nicht jagen.«

Hier sind sowieso zu viele Bäume. Und kein Himmel. Sie verfluchte dieses Land, noch nie hatte sie eine Gegend so gehaßt.

Wenn Falken die Wahl haben, meiden sie Waldgebiete. Für Hühnerhabichte ist es ideal, wenn die Bäume dicht stehen, aber in Wäldern haben Falken mit ihrem Flugstil keine Chance. Alinor war genauso unfrei wie ihre Herrin – und genauso unglücklich.

Das feuchte Holz qualmte, sobald Regen darauf fiel. Lange konnten die Flammen den Kampf gegen die Witterung nicht mehr durchhalten. Wren hustete und hielt sich schützend eine Hand vors Gesicht. Dann streckte sie die Hand nach Alinor aus – eine eindeutige Aufforderung für den Vogel –, und der Falke hüpfte ihr mit einem glücklichen Aufschrei auf die Faust, breitete die Schwingen aus und fächerte den Schwanz. Die eisige Kälte in dem Zelt war dem Tier weitaus lieber. Leise raschelten dort die Karten, die Galvin immer und immer wieder las. Das vertraute Geräusch beruhigte sie, dort konnte sie das Mißtrauen vergessen, das überall lügende Augen vermuten ließ.

Titch hatte nie beobachtet, daß Galvin einem der anderen einen Heiltrank anbot. Oft überlegte er, ob die Zauberer wohl schon ihre Flucht geplant hatten. Eigentlich lag der Gedanke auf der Hand und mußte den Magiern immer reizvoller erscheinen, je schlechter es den Soldaten ging. Die Grippewelle kam ihnen – auch wenn sie nichts damit zu tun hatten – im Grunde gelegen. Doch plötzlich ging es den Soldaten von Tag zu Tag besser, einer nach dem anderen genas, jeden Tag wurden es mehr. Die Stimmung war zwar immer noch gereizt, aber trotz eisiger Kälte und ununterbrochenem Regen ließ das Husten nach. Nach und nach erholten sich alle, und sie konnten weiterreiten.

Bei Titch öffneten sich die Ohren wieder. Das rechte näßte noch – eine widerliche Angelegenheit –, und bei dem linken wanderte der Schmerz in den Kiefer und setzte sich wie ein schwelendes Feuer in einem Backenzahn fest. Er kaute jetzt nur noch auf der anderen Seite und überlegte schon, wen er bitten konnte, ihm den Zahn zu ziehen. Zunächst schob er das Problem aber noch ein paar Tage vor sich her, Tage, in denen er sich elend fühlte und hoffte – obwohl er es eigentlich besser wußte –, daß die Pein von selbst aufhörte.

Die Qualen wurden schlimmer, der Schmerz pochend. Erst als er Fieber bekam, konnte er schlafen. Sobald er sich hinlegte, fühlte er sich, als sei er von Mohn berauscht, und er dämmerte benommen vor sich hin.

Plötzlich schreckte er hoch. Der hämmernde Schmerz, den er langsam wieder wahrnahm, war eindeutig zu lokalisieren, aber jetzt hallten dumpfe Schläge vom Boden wider, auf dem er geschlafen hatte. Wie benebelt wickelte er sich aus seinem Bettzeug, raffte sich in der Dunkelheit des Zeltes mühsam auf und stieß gegen die Zeltstange, die bedenklich weit zur Seite kippte. Um ihn herum standen auch die anderen Wachmänner auf. Sie riefen sich Fragen zu und schrien Befehle. Die schlammige Erde bebte – eine beträchtliche Anzahl galoppierender Pferde mußte geradewegs auf sie zukommen. Das erste Reittier stürmte bereits ins Zeltlager, und eine schützende Plane nach der anderen stürzte ein.

Zuerst dachte Titch, die Pflöcke, an denen die Pferde angebunden waren, seien umgekippt und die Reittiere in Panik geflohen. Doch plötzlich erkannte er die lange, aufblitzende Klinge eines Schwertes, das auf ihn einschlug, und mit Erstaunen bemerkte er die vielen Reiter, die auf einigen der Pferde saßen. Bewaffnete Reiter – *ein Angriff*! Sein Schrei sollte die anderen warnen, dann griff er nach seinem Schwert.

Er hatte das Gefühl, seine Beine gehörten nicht zu ihm und wollten einfach nicht gehorchen. Zwei taumelnde Schritte schaffte er, dann knickte ihm der Fuß weg, und er stürzte flach auf den Boden. Etwas Großes bewegte sich über ihm, und dann spürte er, wie ihn ein Huf streifte und mit ziemlicher Wucht traf. Er raffte sich mühsam wieder auf und rannte zu den Pferdepflöcken. Gegen Angreifer zu Pferde hat ein Mann, der zu Fuß kämpft, keine Chance, deshalb sind Ritter in einem Kampf besonders gefürchtet – vor allem von Fußsoldaten. Irgendwie mußte er sich zu Gray durchkämpfen.

Nicht alle Pferde, die kopflos herumliefen, trugen einen Reiter, und als Titch endlich bei den Pflöcken ankam, stellte er fest, daß nur noch die Leinen herunterbaumelten, mit denen sie festgebunden gewesen waren. Wie eine tote Schlange wand sich das dreifach gedrehte Seil zwischen den Bäumen. Er fluchte und war außer sich vor Wut. Hoffnungslos, eines der frei herumlaufenden Pferde wieder einzufangen, ohne dabei erschlagen zu werden. Vielleicht konnte er in dem Durcheinander wenigstens Gray ausmachen, womöglich konnte er den Wallach zu sich rufen. Doch in der Dunkelheit schimmerte nirgendwo ein weißes Pferd. Vielleicht hatte der Wallach, wenn ihn niemand aufgehalten hatte, schon einen halben Tagesritt zurückgelegt. Titch schleppte sich von Baum zu Baum, stützte sich ab und suchte Schutz hinter den Stämmen. Es ging ums nackte Überleben.

Plötzlich tauchte vor ihm, wie aus dem Nichts gezaubert, ein Pferd auf; tiefschwarz, wie es war, zeichnete es sich kaum vor dem finsteren Wald ab. Aufgebracht warf es sich nach vorne – offensichtlich war es noch festgebunden, denn es konnte nicht loslaufen, so sehr es sich auch bemühte. Titch fiel wieder ein, daß Gerein seinen einzigartigen Hengst niemals zusammen mit den anderen Pferden anpflockte, sondern immer einen separaten Platz für ihn suchte. Er kettete das Tier gewöhnlich mit einer Eisenkette an, so daß es sich ungestört ausruhen, dabei in einem Umkreis von ein paar Metern grasen und genug Futter für eine Nacht finden konnte.

Vor ihm bäumte sich der Hengst auf, doch von Gerein sah er keine Spur. Das Kampfgetümmel hatte sich anscheinend hauptsächlich in die andere Richtung verlagert. Schreie hallten durch die Dunkelheit. Der Hengst wieherte, zerrte an der Kette, und seine todbringenden Vorderhufe peitschten durch die Luft.

Titch zögerte nicht länger, er rannte zu dem Hengst, griff – kurz bevor sich das Tier wieder aufbäumen wollte – nach den Zügeln und umklammerte sie mit einer Hand. Mit der anderen Hand versuchte er, die Sicherung der Kette zu öffnen, was ihm nach einer Weile tatsächlich gelang. Er schleuderte die Kette fort und hielt das Tier nur noch an den Zügeln. Als sich das Pferd einmal um die Achse drehte, schlug ihm ein Steigbügel gegen die Rippen. Erstaunt stellte Titch fest, daß Gerein dem Pferd weder den Sattel noch das Zaumzeug abgenommen hatte, obwohl der Hengst leicht zu handhaben war. Hatte er etwa vorgesorgt, damit er blitzschnell fliehen konnte? Ein Plan, der offensichtlich fehlgeschlagen war. Immer häufiger gellten Schreie durch die Nacht. Titch schaffte es, den Steigbügel zu ertasten, saß schwungvoll auf und klammerte sich an den Zügeln fest. In dem Moment, als er den Stiefel in den anderen Steigbügel schob, bäumte sich das Pferd erneut auf, und Titch ließ sich sofort in den Sattel fallen. Ein Glück, daß der Hengst nicht nach ihm ausgeschlagen hatte und blitzschnell losgelaufen war. Titch war zwar auf dem Pferderücken zu Hause, aber mit aggressiven Reittieren hatte er keine Erfahrung. Wie durch ein Wunder saß er fest im Sattel, ein Bein auf jeder Seite – nur den zweiten Steigbügel konnte er nicht finden. Der Schwarze scherte sich nicht um die Trense und jagte los. Niemand konnte Titch auf diesem Hengst einholen, und er mußte nicht mehr befürchten, von einem Reittier niedergetrampelt zu werden. Er hatte es geschafft, er saß auf einem Pferd – so, wie es sich für einen Ritter ziemte.

Äste peitschten an ihm vorbei. Einige so dicht, daß Titch ausweichen mußte, also beugte er sich tief über den Hals des Hengstes. Jederzeit konnte ihn ein Ast aus dem Sattel werfen – heftig knallte einer gegen sein rechtes Knie, doch zum Glück war das Holz weich und gab nach. Er faßte die Zügel kürzer, um das Pferd besser führen zu können, und vielleicht beruhigte das den Hengst gleichzeitig. Wenn er Pech hatte, kam der Schwarze dadurch allerdings erst recht in Rage. Einen Versuch war es wert. Er hatte sich dieses Pferd so lange sehnlichst gewünscht, und jetzt war er auf dieses Tier angewiesen, womöglich hing sogar sein Leben von ihm ab …

Sie stürmten auf den Kampfplatz, auf dem vor kurzem noch das Lager gestanden hatte, und jagten mitten ins Gemetzel. Hufe hatten die Feuerstellen niedergetrampelt, glühende Asche war verstreut. Grausame Kampfszenen spielten sich überall ab, und es herrschte heilloses Durcheinander. Die Offiziere versuchten, die Garde zusammenzuhalten, indem sie ihren Männern immer wieder Befehle zuriefen. Außer Titch saß – soweit er die Lage überblicken konnte – niemand auf einem Pferd. Er zügelte den Hengst, riß ihn herum und griff mit der rechten Hand nach seinem Schwert. Nur an den Pferden konnte er ausmachen, welche Männer zu den Angreifern gehörten, in dem Gewirr ließen sich weder Kleidung noch Waffen auseinanderhalten. Banner mit einem schwarzen Pferd sah er allerdings nicht ...

Das schwarze Pferd unter ihm jagte auf die niedrigen Zweige einer Tanne zu. Beinahe hätten die Äste Titch das Schwert aus der Hand geschlagen. Nadeln bohrten sich in seine Haut, und er zuckte vor Schmerz zusammen, als ihm ein Zweig gegen den Kiefer schlug. Benommen ließ er sich in den Sattel sacken, doch schon im nächsten Moment, als der Boden unter ihnen plötzlich wegzurutschen schien, wurde er unerwartet nach vorne geschleudert und verlagerte das Gewicht instinktiv auf den Hals des Hengstes. Nach jahrelangem Training wußte er, wie er in solchen Situationen reagieren mußte. Erleichtert stellte er fest, daß sich der Hengst auf das unwegsame Gelände konzentrieren mußte und nicht auf die Idee kommen konnte, ihn abzuwerfen. Was für ein Glück, daß ihn kein Eichenast getroffen hatte, überlegte Titch, denn der hätte ihm sicherlich den Schädel zertrümmert oder ihn vom Pferd geworfen. Vielleicht wäre der Hengst gestürzt und hätte ihn unter sich zerquetscht oder gegen einen Baumstamm geschleudert, wenn das Tier nicht behende wie ein Luchs gewesen wäre. Doch der Hengst fing sich wieder, und Titch saß immer noch im Sattel – ein Wunder, wie er mit pochendem Herzen dachte. Hatte er wirklich gedacht, er sei auf diesem Pferd *sicher*?

Der steile Abhang führte zum Fluß. Ein sicherer Ort, konnte man auf den ersten Blick meinen, doch auch dort wurde gekämpft. Als sich Titch wieder in Gereins Sattel aufrichtete, entdeckte er Wren und Galvin, die am Ufer standen, mit dem Rücken zum Strom. Der Zauberer wehrte sich mit Magie gegen die Angreifer – Titch sah einen Lichtblitz, und der Reiter, der mit dem Schwert auf den alten Mann einschlagen wollte, schrie vor Schmerz auf. Galvin nutzte den Moment, drehte sich blitzschnell um und stieß Wren kopfüber ins Wasser.

Das Mädchen schrie, und Wasser spritzte auf. Galvin blieb keine Zeit, er kämpfte weiter um sein Leben, ohne sich nach seinem Lehrmädchen umzusehen.

Titch hob das Schwert, im Grunde erstaunt, daß er es immer noch in der Hand hielt. Mit aller Kraft riß er den Kopf des Pferdes ruckartig herum und stieß dem Schwarzen die Absätze unmittelbar hinter dem Sattelgurt in die Flanken, um ihn voranzutreiben. Natürlich mußte er immer noch jeden Moment damit rechnen, daß ihn das Pferd aus dem Sattel warf und er im hohen Bogen über den hübschen Kopf flog ...

Der Hengst fügte sich – wenn auch nur kurz – und verfiel in einen Galopp. Titchs Klinge sauste durch die Luft, mit Geschick und ein bißchen Glück war es ihm gelungen, die Zügelhand des feindlichen Reiters zu treffen. Ob er nur die Lederbänder durchschnitten oder den Mann ernsthaft verletzt hatte, vermochte er nicht zu sagen, jedenfalls jagte das Pferd los, und sein Reiter hatte offensichtlich die Kontrolle verloren. Titch riß die Zügel herum und eilte zum Zauberer. Irgendwie gelang es ihm, dem Hengst Einhalt zu gebieten, so daß er Galvin nicht umrannte.

»*Wren*!« Galvin rannte am Ufer des Flusses entlang und stolperte dabei immer wieder über Steine.

»Wo ist sie?« schrie Titch, wobei er aber gleichzeitig nach anderen Reitern schielte. Der Krieger, gegen den er eben angetreten war, hatte sich bis jetzt nicht wieder blicken lassen, obwohl er die Zügel eigentlich wieder in der Hand haben mußte.

Galvin drehte sich um und hob eine Hand, anscheinend wollte er sich gegen Titch verteidigen – nur die Götter wußten, wie er das anstellen wollte. Plötzlich erkannte er Titch. »Ich habe gedacht, daß sie automatisch wieder in die Gestalt eines Otters schlüpft, wenn sie in großer Gefahr ist. Ich kann sie aber nirgendwo sehen!« erklärte er atemlos. »*Wren!*«

»Ihr habt das Mädchen ins Wasser gestoßen?« Titch war entsetzt. »Kann Wren denn schwimmen?« Der Regen hatte den Fluß zu einem reißenden Strom anschwellen lassen, der Schlamm trübte die Fluten, und das Wasser schlug hohe Wellen. Baumstämme jagten vorbei, aber ansonsten sah man nichts auf der Oberfläche.

»Nein, nur wenn sie wieder ein Otter geworden ist!«

Und wenn nicht? Womöglich war das Mädchen wie ein Stein auf den Grund gesackt. Vielleicht hatten die Fluten sie mitgerissen.

Schwingenschläge hallten durch die Dunkelheit. Titch sah die weißgestreifte Unterseite eines Falken, eine Maserung, durch die der Vogel für seine Beute schwerer zu erkennen war. Doch jetzt, über dem nächtlichen Wald, zeichneten sich die Umrisse des Tieres, das gewöhnlich tagsüber jagte, deutlich ab. *Alinor*!

»Ich werde sie finden!« rief Titch und riß die Zügel des Hengstes herum, um dem Falken zu folgen.

In beliebiger Gestalt

Vielleicht ist nur ein vom Teufel gezeugtes Pferd schneller als ein Falke oder ein reißender Fluß, der Hochwasser führt. Titch hatte keine Zeit, sich darüber Gedanken zu machen. Er trieb den Hengst zur Eile an und versuchte verzweifelt, Alinor nicht aus den Augen zu verlieren. Wenn Wren immer zu sagen vermochte, wo sich der Falke gerade aufhielt, dann mußte der Vogel seine Herrin doch auf dieselbe Weise finden können, oder? Und Alinor konnte selbst bei Nacht, wenn Falken gewöhnlich nicht jagen, schärfer sehen als jeder Mensch. Der Vogel hatte sich nicht, wie tagsüber, wenn er seine Beute ins Visier nahm, hoch in die Lüfte geschraubt. Mit den kräftigen Flügeln schlug er hart und schnell wie eine Taube, und er hielt sich nur wenige Meter über dem Wasser, immer in der Mitte des Stroms. Nur mit Mühe gelang es Titch, Alinor nicht aus den Augen zu verlieren. Der Fluß hatte Teile des Ufers mitgerissen, und der Boden war schlammig. An einer Stelle mußten sie über einen der kleineren Seitenarme springen, die den Fluß speisten. Das kiesige Ufer rutschte weg, als der Hengst zum Sprung ansetzte, und Titch war darauf gefaßt, daß das Pferd ihn abwerfen und er den Sturz nicht überleben würde. Doch der Hengst machte einen gewaltigen Satz und jagte weiter, sobald die Vorderhufe den Boden berührten. Titch versuchte, wieder zu Atem zu kommen und einen klaren Gedanken zu fassen. Inzwischen hielt er sich nicht nur an den Zügeln, sondern auch an der langen Mähne des Pferdes fest. Der Schwarze schien zu wissen, daß er den Vogel bei seiner Suche begleiten sollte, stellte Titch erstaunt fest.

Hatte sich Wren überhaupt in einen Otter verwandelt? Konnte Alinor ihre Herrin in dieser Gestalt wiedererkennen? Es blieb keine Zeit, sich mit Fragen und Ängsten zu quälen.

Der Falke schrie auf. Der dünne Schrei durchschnitt die Dunkelheit wie ein eisiger Dolch. Titch wollte den Hengst zügeln, doch abrupt blieb der Schwarze von selbst auf dem tückischen Boden stehen, und dem Jungen wurde bewußt, daß er keine Kontrolle mehr über das Pferd hatte. Im selben Moment flog er aus dem Sattel. Er rutschte die steile Böschung hinunter, fand keinen Halt und fing sich erst, als es so aussah, als würde er im nächsten Augenblick in die vorbeirauschenden Fluten stürzen. Wasser spritzte auf, Titch warf den Kopf in den Nacken und schrie, als könne der Falke ihm antworten: »Wo ist sie?«

Plötzlich entdeckte er einen Baumstumpf, der entwurzelt war und sich nun teilweise im schlammigen Ufer verkeilt hatte. Lange konnte er noch nicht dort festhängen, denn es hatten sich erst wenige Äste in ihm verfangen. Die Strömung zerrte an dem Treibholz, es war nur noch eine Frage der Zeit, bis der Stumpf mitgerissen werden würde. Alinor ließ sich herabfallen, hielt sich knapp über dem Stamm in der Luft und stieß ängstliche Schreie aus.

Titch riß sich den Schwertgürtel vom Leib und legte die Waffen am Ufer ab, wo sie sicher waren. Ihm blieb keine Zeit, sich die Stiefel auszuziehen, selbst den Mantel mußte er anbehalten. Ohne zu zögern, watete er in die Fluten.

Beim zweiten Schritt hätte ihn die Strömung beinahe gepackt. Das Wasser reichte ihm kaum bis zur Taille, und trotzdem konnte er sich kaum aufrecht halten. Er fror bis ins Mark, so kalt war der Fluß und zudem flink wie ein Stück Rotwild. Tückische Steine rutschten Titch unter den Stiefeln weg, fast schien es, als wollten sie ihn zu Fall bringen oder das Fußgelenk einklemmen. Nur einen Herzschlag lang, und schon hatte ihn der Fluß mit seinen eisigen Klauen im Griff. Mantel und Wams zogen ihn herunter, doch es gelang ihm, sich über der Oberfläche zu halten. Mühsam quälte er sich zu dem Baum, der vom Fluß umflutet wurde, und das Wasser reichte ihm schon bis unter die Achseln.

Die Zweige trugen Knospen, die nun, nachdem die Wassermassen den Baum aus der Erde gerissen hatten, nie wieder blühen würden. In denselben Ästen hatte sich ein Gewirr aus Kleidern verfangen, Kleider, die die Strömung vorbeigetrieben hatte. Ein, zwei Fäden mußten in den Zweigen hängengeblieben sein, und die Äste gaben das Bündel nicht mehr frei.

Irgend etwas wand sich in den Stoffen. Ein Auge rollte, weiße Zähne blitzten auf. Selbst ein Otter ist, wenn er sich in Menschenkleidung verheddert hat, im Wasser hilflos – das Tier war kurz davor, in seinem ureigensten Element zu ertrinken.

Wenigstens war es am Leben. Mit klappernden Zähnen griff Titch nach den Ästen und machte sich daran, den Stoff loszuzerren. Inzwischen hatte er schon kein Gefühl mehr in den Zehen, und er konnte den felsigen Boden unter seinen Füßen nicht mehr ertasten. Immer wieder verfing sich die vollgesogene Wolle, entweder an den Pfoten und den Schwimmhäuten des Otters oder an den Ästen, die unterhalb der Wasseroberfläche lagen. Vielleicht konnte er die Kleider losschneiden – aber womit? Seine Waffen hatte er am Ufer gelassen, rief sich Titch wieder ins Gedächtnis. Langsam verließ ihn der Mut. Der Otter war so sehr in Panik geraten, daß er Titch bei jeder Gelegenheit, die sich ihm bot, in die Hand biß. Er empfand es nicht unbedingt als schmerzhaft, wenn sich die Zähne immer wieder in sein Fleisch gruben, aber er hielt es für sicherer, den Otter im Genick zu packen wie ein Kätzchen.

Das Tier war völlig außer sich, warf sich hin und her – und plötzlich hielt Titch eine braune Ente in den Händen. Unmöglich für ihn, die Ente im Genick zu packen, schließlich hatte das Tier keine lockere Fellhaut. Dafür aber Flügel, und mit denen schlug es wild um sich und peitschte Titch übers Gesicht. Federn und Tränen versperrten ihm die Sicht. Er taumelte und verlor den Boden unter den Füßen, doch die Strömung preßte ihn gegen die Äste, so das er sich aufrecht halten konnte. Schließlich gelang es ihm, die Flügel fest an den Körper der Ente zu drücken.

Eine Ente kann nicht so gut schwimmen wie ein Otter – dafür aber fliegen. Doch das Tier war immer noch in schwere Kleiderstoffe gewickelt, obwohl Titch sich alle Mühe gab, dem Vogel zu helfen. Wenn er ihn losließ, ging er unter, vielleicht verfing er sich auch ein zweites Mal, diesmal allerdings unter Wasser. Verheerend für das Tier. Obwohl eine Ente natürlich tauchen kann, braucht sie doch Luft zum Atmen. Titch durfte seinen Griff auf keinen Fall lockern …

Der stumpfe Schnabel stieß dreimal auf sein Gesicht ein, und plötzlich nahm die Ente eine neue Gestalt an. Die Federn verschwanden, statt dessen fühlten Titchs Finger, die beinahe taub vor Kälte waren, glatte Schuppen. Der Lachs wand sich, schlug aus und zuckte so lange, bis er sich aus den Kleidern befreit hatte. Die Schwanzflosse schlug Titch ins Gesicht, und der dicke, glitschige Körper zog ihn wie ein Mühlstein hinunter.

Er wankte, wollte das Tier nicht loslassen und verlor dabei erneut den Halt unter den Füßen. Diesmal tauchte er mit dem Kopf unter – das Wasser drang ihm beißend wie Feuer in die Nase und lief ihm in den Mund. Er spürte, wie ihm die Zweige den Rücken aufschlitzten und die Steine unter seinen Stiefeln wegrollten. Krampfhaft hielt er sich aufrecht, doch solange er den Lachs nicht losließ, drohte er jeden Moment unterzutauchen. Eiskalte Panik umklammerte seinen Magen, kälter als das Wasser, das ihn umspülte. Es würde den sicheren Tod bedeuten, wenn er den Fisch nicht freigab. Wieder traf ihn die Schwanzflosse – keine Frage, seine Situation war aussichtslos. Er ging unter, fand diesmal jedoch Halt auf einem größeren Felsbrocken, der nicht wegzurutschen drohte, konnte sich über Wasser halten und schüttelte sich, um wieder einen klaren Blick zu bekommen.

Der Fisch hatte sich aus den Kleidern befreit, aber Titch hatte ihn immer noch fest im Griff. Er machte sich bewußt, daß er das Tier nur loslassen mußte – Fische können schwimmen, besser noch als Otter. Wren wäre somit in Sicherheit …

Wenn er sie aber fortschwimmen ließ, wie sollte das Mädchen jemals wieder ihre wahre Gestalt finden? Das letzte Mal schien ihm das nur gelungen zu sein, weil der Zauberer den Otter aus dem Wasser gezogen hatte. Konnten sie Wren jemals wiederfinden, wenn Titch dem Lachs jetzt die Freiheit schenkte? Einen einzigen Fisch in dem gewaltigen Fluß? War das – selbst mit Hilfe von Magie – möglich? Wieder schlug ihm die Schwanzflosse ins Gesicht und traf ihn schmerzhaft. Was sollte er nur tun?

Plötzlich hatte Titch einen Gedankenblitz. *Wirf ihn ans Ufer,* schoß es ihm durch den Kopf, als er sich wieder ins Gedächtnis rief, wie Galvin den Otter zurückverwandelt hatte. Sobald das Tier das trockene Land berührt hatte, war der Zauber gebrochen gewesen.

Doch an diesem Ufer ging das auf keinen Fall – zu steil, die Bank bot keinen Halt. Er mußte irgendwie zurück auf die andere Seite gelangen. Wenn er stolperte, würde ihm der Fisch allerdings wieder entgleiten … Titch tastete mit einer Hand nach dem Bündel nasser Kleider und zerrte daran, bis er befürchtete, der Baum, der nur an wenigen Ästen festhing, könne auf ihn stürzen. Plötzlich hatte er die nassen Stoffe in der Hand, wickelte den Lachs darin ein und band ihn an sich fest. Das Tier konnte sich jetzt – wie zuvor am Baum – nicht mehr selbst befreien.

Ein Lachs ist kein handzahmes Tier, es gerät außerhalb des Wassers sofort in Panik. Wie wahnsinnig vor Angst schlug der Fisch um sich und schnappte nach Titch. Von oben schoß der Falke auf ihn herab und stieß verzweifelte Schreie aus, wobei Alinors Schwingen ihm immer wieder – genau wie die Schwanzflosse des Lachses – einen Hieb versetzten. Die Strömung zerrte an ihm, oft verloren seine tauben Füße den Halt. Als er fast am anderen Ufer angekommen war, blieb er mit dem Fuß in einer Mulde stecken und wußte sofort, daß er sich nicht mehr fangen konnte, also nahm er all seine Kraft zusammen und schleuderte den Lachs ans Ufer, während er selbst sich taumelnd weiterkämpfte.

Im Schein der Sterne blitzten die Schuppen silberfarben auf – mehr konnte Titch nicht erkennen. Wasser spritzte auf, als er auf den flachen, steinigen Boden stürzte. Fast wäre er ohnmächtig geworden, denn er hatte den Sturz kaum abfangen können. Es dauerte einen Moment, bis er sich auf die Knie hieven und ans rutschige Ufer kriechen konnte. Seine Glieder waren eisig und fühlten sich an wie aus Holz, und er spürte weder Muskeln noch Knochen.

Der Junge hatte das Pferd nicht angebunden am Ufer stehengelassen, damit es wieder zurücklaufen konnte, aber es hatte sich nicht vom Fleck bewegt und blickte ihm jetzt entgegen. Als Alinor neben seinen Hufen landete, scheute das Pferd und bäumte sich wütend auf. Im Moment hatte Titch für beide Tiere keine Augen. Ein Lachs konnte die blasse Gestalt, die ausgestreckt am Boden lag, auf keinen Fall sein. Titch legte das Ohr, mit dem er besser hörte, auf Wrens Brust, dann an ihre eisigen Lippen. Er glaubte, ihren Herzschlag zu hören, aber den Atem des Mädchens konnte er weder hören noch fühlen. Kalt wie der Schlamm am Ufer lag Wren da, und zwischen den halbgeöffneten Lidern schimmerte das Weiß der Augen. Eisig wehte der Wind über sie hinweg, und Titch warf die durchnäßten Kleider über das Mädchen – besser als nichts, dachte er sich. Jetzt hatte Wren die Augen wieder geschlossen, die Dunkelheit ließ alles grau erscheinen, und er konnte nicht feststellen, ob ihre Lippen bläulich waren.

Keine Reaktion, als Titch das Mädchen aufs Gesicht rollte. Verzweifelt, wie er war, legte er ihr die Hände auf den Rücken und drückte mit aller Kraft auf ihren Brustkorb.

Dreimal wiederholte er die Prozedur, und plötzlich schoß ein Schwall schlammigen Wassers aus dem Mund des Mädchens. Tropfen liefen ihr aus der Nase. Sie rang nach Atem, holte tief Luft und stieß sie hustend wieder aus. Titch jubelte, hob sie hoch und legte sie über seine Schultern, bis sie hustend Wasser spuckte. Inzwischen hatte Alinor angefangen, laut zu schreien und mit den Flügeln zu schlagen – ob sich der Falke freute oder nur aufregte, weil Titch seine Herrin scheinbar grob behandelte, wußte er nicht.

Die hellen Augen waren vielleicht das einzig Trockene an Wren. Titch hatte an der Böschung des Flusses einen Feuerstein ausgegraben und immer wieder am Griff seines Dolches gerieben. Irgendwann war es ihm schließlich gelungen, ein Feuer zu entfachen. Er konnte nur hoffen, daß Wren wieder trocken wurde, bevor die Kälte sie umbrachte oder sie beide in dem Rauch, der vom feuchten Holz aufstieg, erstickten. Er zog die Stiefel aus, ließ das Wasser herauslaufen und schüttelte sie, bis die Kieselsteine herausfielen. So gut es ging, wrang er Wrens Kleider und ihre Haare aus. Das Mädchen fing an zu wimmern – der erste Laut, den es von sich gab. Erst nach einer Weile begriff Titch, daß er Wren wahrscheinlich weh tat. Im ersten Tageslicht entdeckte er eine violette Verfärbung auf ihrer Kopfhaut – womöglich der Grund, warum sie immer wieder in eine andere Gestalt geschlüpft war: Vielleicht hatte sie sich, als Galvin sie ins Wasser geworfen hatte, den Kopf gestoßen und instinktiv gehandelt, nachdem sie bewußtlos geworden war. Anders konnte sich Titch die zahlreichen Verwandlungen nicht erklären.

Plötzlich hatte sie die Augen auf ihn gerichtet, sie schien ihn zu erkennen und schlug so fest sie konnte mit der Faust auf ihn ein. Keine schmerzhaften Hiebe – Wren war noch schwach – aber doch verletzend. Als sie erneut ausholte, hielt Titch mühelos ihr Handgelenk fest.

»Hör auf!«

»*Laßt mich los!*« Sie schlug um sich und versuchte, sich loszureißen. Titch fürchtete, daß er ihr das Handgelenk auskugeln würde, wenn er nicht losließ. Das Mädchen reagierte kein bißchen klüger als der Lachs oder der Otter – die Abdrücke, die die Zähne hinterlassen hatten, zeichneten sich rot auf seiner Haut ab. Die Stellen in seinem Gesicht, die von dem Entenschnabel und der Schwanzflosse des Lachses getroffen worden waren, schmerzten immer noch. Plötzlich schoß Wren nach vorne, und Titch begriff, daß sie ihn wieder beißen wollte oder sich vielleicht – wie ein Fuchs in der Falle – die Hand losnagen wollte. Also entschied er, auch ihren anderen Arm festzuhalten, ihr und sich selbst zuliebe.

»Ich wollte doch nur ...« Plötzlich sah er, daß Alinor auf ihn herabschoß, und er warf sich flach auf den Boden. Natürlich, das Tier hatte viel gefährlichere Waffen als das Mädchen. Titch hob schützend die Hände über den Kopf und spürte, wie sich die Krallen in das Lederwams bohrten. Reines Glück, daß Alinor seine Haut um wenige Zentimeter verfehlt hatte. Wütend vor Enttäuschung schrie der Falke auf, und als er mit schnellen Flügelschlägen einen Halbkreis flog, wußte Titch, daß er noch mal angreifen wollte.

Seinem Rücken konnte sie keine ernsthafte Verletzung zufügen – sein Gesicht war es, das sie anvisierte. Gefaßt auf den zweiten Angriff, versteifte sich Titch und preßte die Nase in die kiesige, schlammige Erde. Der Vogel fand keine Angriffsfläche, nur mit Nieten beschlagenes Leder, und Titch rechnete damit, daß das Tier irgendwann aufgeben würde. Als Wren bemerkte, daß er den Vogel austricksen wollte, raffte sie sich auf, was Titch zum Glück mit einem

Ohr mitbekam. Sie stolperte jedoch über das Bündel zerrissener Kleider und fiel aufs Gesicht. Abgelenkt durch den Sturz ihrer Herrin, schoß Alinor dicht an dem Hengst vorbei, der sich sofort aufbäumte und ausschlug, so daß der Vogel eilig einen großen Bogen schlug.

»Laßt mich los! Loslassen, habe ich gesagt, laß mich …« Wren schrie, bis sie endlich begriff, daß sie sich nur in nassen Kleidern verheddert hatte. Erschöpft brach sie zusammen und kauerte sich wimmernd auf den Boden. Titch kroch zu ihr und legte ihr tröstend eine Hand auf die Schulter, wobei er den Falken nicht aus den Augen ließ. Das Mädchen zuckte zwar zurück, versuchte aber nicht mehr, ihn zu schlagen. Es schluchzte, aber nicht eine Träne lief ihm über die Wangen.

»Wren, ich bin es, Titch. Ich wollte dir nicht weh tun«, redete er auf sie ein. Daß sie so verzweifelt war, erschreckte ihn.

»*Du lügst*! Du hast uns an die Soldaten verraten, und jetzt bringen sie uns um!« Sie zog sich, so weit es ging, von ihm zurück.

»Es sind nicht die Soldaten, die euch angegriffen haben. Denen geht es genauso an den Kragen, soweit ich das mitgekriegt hab. Es müssen andere Männer sein.« Titchs Blick wanderte zum Hengst, der sich nicht mehr aufbäumte, aber immer noch – jederzeit zur Verteidigung bereit – die Ohren spitzte und die Nüstern blähte. Wenn das *Pferd* der Grund für den Angriff war – durften sie sich dann überhaupt in Sicherheit wiegen, selbst so weit weg von den anderen? überlegte Titch. Anscheinend war ihnen niemand gefolgt, aber Cullum ließ sich – jedenfalls nach dem zu schließen, was er selbst erlebt hatte – nicht so leicht einschüchtern. Kein Mann, den man mühelos abschütteln konnte. Wenn er ihnen auf den Fersen war …

Lautlos schob sich ein Schatten über den Kies. Titch

zuckte zusammen, jederzeit bereit, wieder in Deckung zu gehen. Ein cleverer Falke, der nur zustieß, wenn ihm die Beute sicher war. Titch sorgte dafür, daß er dem Vogel keine Angriffsfläche bot, während er mit Wren sprach.

»Wenn du mal genau nachdenkst, müßtest du eigentlich selbst wissen, daß ich die Soldaten nicht zu euch geschickt habe«, redete er beschwichtigend auf sie ein. »Ich hatte doch gar keine *Zeit* dazu. Überlege doch mal, wann ich losgezogen bin und wann die Soldaten zu euch gekommen sind. Als mir auf dem Turnier das Gehirn durchgeschüttelt wurde, haben die euch doch schon mitgenommen.«

Sie starrte ihn aus großen Augen an. Wieder zog Alinors Schatten über sie.

»Meinst du etwa, ich bin absichtlich in einem Sumpf steckengeblieben, habe mich anschießen lassen und tagelang hilflos herumgelegen, mit einem Fuß schon im Grab, nur um irgendwelche Zauberer aufzustöbern, die sich in der Gegend versteckt haben? *Denk doch mal nach,* Wren!«

Ihre blauen Lippen bebten. »Du warst es nicht«, flüsterte sie. »Du hast nicht gelogen.«

»Nein, habe ich nicht«, sagte Titch erleichtert. Plötzlich sank ihm das Herz – er rief sich wieder ins Gedächtnis, daß er sich verpflichtet hatte, dieses Mädchen zurück zu den Männern zu bringen, die sie gefangenhielten. Ausgerechnet jetzt, nachdem er fast ihr Vertrauen gewonnen hatte. Allerdings war es ratsam, nicht darüber zu reden, solange der Falke noch über ihm kreiste.

»Du hast mich gerettet.« Wren zupfte an den zerrissenen Kleidern und wickelte sich fester darin ein. »Aus dem Fluß, meine ich.«

Wenn Titch nicht so gefroren hätte, wäre er bei ihren Worten vielleicht rot geworden. »Dein Meister hat dich in die Fluten gestoßen, um dich vor einem Reiter in Sicherheit zu bringen, der die Axt nach euch geschwungen hat. Er ist wahrscheinlich davon ausgegangen, daß du dich wieder in einen Otter verwandeln würdest, aber die Strömung hat dich mitgerissen, und er war sich nicht sicher, ob du eine andere Gestalt angenommen hattest oder ertrunken bist.«

»Habe ich mich denn verwandelt?« Sie sah ihn mit leerem Blick an.

Konnte sie sich denn nicht mehr daran erinnern, was mit ihr passiert war, nachdem sie ihre ursprüngliche Gestalt abgelegt hatte? Was hatte das zu bedeuten? Anscheinend hatte sie es selbst nicht für möglich gehalten, daß sie die magische Fähigkeit besaß, eine andere Gestalt anzunehmen, reiner Zufall also, daß es ihr gelungen war. Durch den Schlag auf den Kopf war sie ohnehin viel zu benommen gewesen, um bewußt zu handeln. Wieder zitterte Wrens Unterlippe. Sie nagte darauf, so heftig, daß sie zu bluten begann.

»Wahrscheinlich hat dein Meister nicht an die Kleider gedacht«, meinte Titch. »Du bist fast ertrunken, weil du dich in ihnen verheddert hast. Aber du hast dich tatsächlich verwandelt. Du warst die meiste Zeit über ein Otter, aber auch eine Ente und ein Lachs.« Er strich über die Prellung an ihrer Wange. »Ein sehr großer Lachs.«

Wren barg den Kopf in den Händen. »Wer bin ich dann wirklich?« flüsterte sie. Titch wußte nicht, wie er sie trösten sollte, er konnte nur dafür sorgen, daß das Feuer nicht ausging. Die rauchige Wärme und die trockene Luft sorgten wenigstens für ein bißchen Behaglichkeit.

Weit und breit war kaum trockenes Holz zu finden, und schließlich erlosch die Glut, bevor einem von ihnen auch nur halbwegs warm geworden war. Titch half Wren aufs Pferd, das erstaunlicherweise geduldig an ihrer Seite blieb. Nachdem das zitternde Mädchen im Sattel saß, setzte sich Titch hinter sie. Wahrscheinlich war es kein Problem, das

Lager der Soldaten ausfindig zu machen – sie mußten nur dem Lauf des Flusses folgen, bis sie irgendwann dort ankamen. Und wenn das Glück Titch nicht verließ, bemerkte Wren vielleicht gar nicht, wohin er sie bringen wollte.

»Titch, wo ist mein Meister?«

Das letzte Mal, als er Galvin gesehen hatte, war er noch am Leben gewesen, also antwortete er: »Dem geht es gut.« Er konnte nur hoffen, daß das der Wahrheit entsprach.

»Sie haben die Herrin Agatha und den Meister Insny umgebracht. Das hab ich noch gesehen, bevor wir geflohen sind.« In Wrens Stimme klang das Entsetzen mit, das sie empfunden hatte.

Titch zügelte das Pferd und versuchte, einen Weg zu finden, der nicht über die unwegsame Böschung führte. »Als ich Galvin zurückgelassen habe, weil ich dich suchen wollte, war er am Leben, Wren, ich schwöre es dir.« Er konnte das alles nicht begreifen – er hatte nur wenige Männer der Garde gesehen, die auf der Stelle den Tod gefunden hatten, aber die Zauberer, die doch eigentlich besonders wehrhaft sein mußten, waren sofort umgebracht worden, anscheinend gezielt. Warum nur? Wer hatte sie angegriffen? Mit Sicherheit nicht Gereins Feinde. Die wären bestimmt der Fährte des Pferdes gefolgt, schließlich hatte er sich nicht die Mühe gemacht, die Spuren zu verwischen. Andere Männer womöglich? Vielleicht war es doch keine gute Idee, auf dem schnellsten Wege zurückzureiten. Aber was sollte er sonst tun? Der Zahnschmerz schien ihm wie eine Stichflamme in den Kopf zu schießen, und er konnte kaum noch einen klaren Gedanken fassen. Fast bedauerte er es, daß ihm langsam wärmer wurde und die Gefühllosigkeit in seinen Glieder nachließ.

Wrens Blick wanderte zum Himmel. Auch Titch sah nach oben, und er beobachtete, wie Alinor am Himmel aus dem Keis brach, den sie über ihren Köpfen beschrieben hatte. Sie schien genau zu wissen, wohin sie wollte, denn ihre Schwingen trugen sie schnell und zielstrebig flußaufwärts.

»Er hat mich ins Wasser gestoßen, um mich zu retten«, sagte Wren, die sich mit Schuldgefühlen quälte. »Weil ich ihm nicht helfen konnte, genausowenig wie mir selbst.«

»Er hat gedacht, daß du in einer Notsituation wieder ein Otter wirst.« Titch suchte eine Entschuldigung. »Er wollte nur eins: daß dir nichts passiert.«

»Ich habe ihm doch gesagt, daß ich nicht weiß, wie das geht.« Wren schluchzte auf, weinte aber nicht. Titch konnte ihre blassen, trockenen Wangen deutlich sehen.

»Du hast dich verwandelt und bist in Sicherheit – genau wie Galvin es wollte. Und er *war* auch am Leben«, wiederhole Titch noch einmal. Seine Worte sollten überzeugend klingen.

Wrens Blick aus trockenen Augen war auf den grauen Himmel gerichtet.

»Warum könnte jemand Interesse daran haben, Zauberer umzubringen?« überlegte Titch laut. »Ihr versucht doch nur Melcias Sohn zu retten. Wer könnte etwas dagegen haben?« *Erkenne deinen Feind.* Sonst kannst du dir nicht helfen.

Wren zitterte, vielleicht auch, weil ihr kalt war. Die Stiefel waren von den winzigen Pfoten des Otters gerutscht, deshalb hatten sie die Füße jetzt mit Lumpen umwickelt – sonderlich warm konnte das nicht sein. Titch versuchte, seinen Wollmantel um sie beide zu legen und dem Wind so die Schärfe zu nehmen, doch es gelang ihm kaum. Wren hatte immer noch nicht geantwortet.

»Meinst du, der Prinz hat vielleicht Feinde?« wollte er wissen. »Diese Geschichte, die man sich über seine Verwandlung erzählt – hört die sich für eine Hexe glaubwürdig an?« Für einen gewöhnlichen Soldaten schien das alles ziemlich an den Haaren herbeigezogen zu sein, aber er kannte sich schließlich nicht aus mit der Magie. »Wren?«

Sie antwortete nicht, hatte ihn vielleicht nicht einmal gehört. Für den Falken war es nicht weit gewesen bis zu dem zerstörten Lager, und Alinor kehrte bereits zurück. Titch sah dem Vogel voller Erwartung entgegen, während der Schmerz in seinem Kiefer pochte – die Zeit verstrich quälend langsam, bis der schwarze Punkt am Himmel endlich näher kam.

»Er wird wieder bewacht«, sagte Wren, wobei sie den Blick nicht von dem schmalen Strich abwandte, der – von kräftigen Flügeln getragen – auf sie zukam. Gebannt lauschte sie dann, was Alinor zu berichten hatte. »Er ist der einzige von uns, den sie am Leben gelassen haben. Die Wachmänner reiten zurück zum Schloß der Roten Königin.«

»Ich habe doch gesagt, daß er am Leben ist«, rief Titch freudig aus. Er nahm die Zügel fest in die Hand – sie hatten einen beschwerlichen Ritt vor sich, aber sie würden es schaffen. Er wußte genau, wo er die Wachleute finden konnte, die den Rückzug angetreten hatten – und dort gab es Lebensmittel, ein richtiges Feuer und warme Kleider. Und nicht zu vergessen: den Schutz der Männer.

»Aber wie lange noch?« jammerte Wren. Als sie sich zurechtsetzte, schlug sie gegen Titchs Kiefer, und er schnappte nach Luft vor Schmerz. Der Hieb hatte gesessen, obwohl sie diesmal *nicht* vorsätzlich nach ihm geschlagen hatte. Titch konnte sie kaum verstehen, als sie fortfuhr: »Er hat seine Aufgabe nicht erfüllt. Wir alle haben es nicht geschafft. Die Rote Königin tötet alle Zauberer, die ihr nicht nützlich sein können.«

»Es ist nicht deine Schuld«, betonte Titch noch einmal. Seine Stimme verriet nichts von seinen Schmerzen, obwohl ihm die Tränen in den Augen standen. »Auch dein Meister kann nichts dafür. Wenn der Hauptmann berichtet, was passiert ist, schicken sie ihn einfach noch einmal los, diesmal mit mehr Wachmännern.«

Wren wollte sich nicht trösten lassen. »Trotzdem hat er nicht das erfüllt, was von ihm verlangt wurde. Meinst du etwa, *diese* Frau schert sich darum, warum es so gekommen ist? Du hast sie nicht gesehen, Titch. Du mußtest nicht vor ihr stehen! Ich glaube, sie ist verrückt. Diese Augen ... unerträglich, ihrem Blick standzuhalten.« Zum ersten Mal konnte Wren überhaupt die Erinnerung daran ertragen. Sie schüttelte sich wie ein Blatt, das jeden Moment den stürmischen Winterwinden zum Opfer fallen wird.

Sicherlich führte sich Melcia wie eine Wahnsinnige auf, wenn es um ihren Sohn ging, da stimmte Titch Wren zu. Die königliche Familie legte großen Wert auf ihre Erben, und der Prinz war schließlich das einzige Kind der Königin. Bestimmt war sie außer sich über sein Schicksal, und wenn ihr jemand ohnehin nicht helfen konnte, dann hörte sie ihn – wie Aristokraten eben sind – wahrscheinlich nicht einmal an. Titch war aus freien Stücken in den Wachdienst eingetreten, und nun war es seine Pflicht, Wren zu ihrem Meister zurückzubringen, damit sie die Mission erfüllen konnten, die seine Lehnsherrin ihnen aufgetragen hatte. Und wenn er sie nun auf diese Weise dem Scharfrichter an Galvins Seite in die Arme trieb ...

Die Aufgabe eines Ritters ist es, Frauen zu beschützen. Ein Ritter führt eine Frau nicht zum Schafott.

Alinor kam näher, schoß steil herab und landete auf dem ausgestreckten Handgelenk ihrer Herrin, kaum eine Elle vor Titchs Nase. Böse funkelten die schwarzen Augen ihn an, und der Vogel schien innerlich abzuwägen, wie sehr Titch dem Mädchen geholfen hatte und wie groß die Gefahr war, die von ihm ausging. Der Falke stieß mit dem Schnabel in die Luft – unmißverständlich, was er damit zum Ausdruck bringen wollte.

»Es gibt nur eine Sache, die wir tun können«, sagte Wren, nachdem sie sich im geheimen mit ihrer Vertrauten beraten hatte. »*Ich* muß die Aufgabe erfüllen. Ich weiß genauso viel über die Geschichte wie die anderen Zauberer, auch wenn das wenig ist! Ich muß den Schwan auf eigene Faust finden und der Roten Königin übergeben. Mein Meister kann ihn dann in einen Prinzen zurückverwandeln. Ich muß nur eines schaffen, nämlich den Schwan für ihn finden.«

Titchs Meinung nach – die allerdings nicht gefragt war – konnte der nächtliche Angriff nur ein Ziel gehabt haben: Er sollte sicherstellen, daß die Mission der Zauberer auf keinen Fall erfolgreich beendet werden konnte. Er hatte genug von dem Gemetzel mitbekommen, um sagen zu können, daß die gegnerische Macht mindestens genausogut ausgebildet war wie die Wache – vogelfreie Banditen waren es auf keinen Fall gewesen. Wenn es um Gebietsstreitereien gegangen wäre, hätte man sie offen herausgefordert und nicht mitten in der Nacht überfallen. Und Cullums Männern wäre es unmöglich gewesen, unter den vielen Fremden die Zauberer ausfindig zu machen. Außerdem wollten sie nur Gerein. Wenn sie gesehen hätten, daß sie sich der gleichen Anzahl von Männern stellen mußten, hätten sie lediglich Gereins Auslieferung gefordert. Sie wollten Rache an diesem Mann nehmen – unwahrscheinlich, daß sie dafür eine Wacheinheit aus dem Hinterhalt angegriffen hätten.

Wer konnte wollen, daß die Mission erfolglos blieb? Um die Frage zu beantworten, mußte man mehr von Jostens Politik verstehen als Titch. Er konnte das Rätsel genausowenig lösen wie Wren.

Melcia hatte nichts davon, wenn sie Galvin niedermetzelte, sobald er in der Burg ankam, überlegte Titch. Vielleicht hatte sie doch noch eine Verwendung für ihn: Mit Sicherheit standen ihr nicht so viele Magier zur Verfügung, daß sie alle umbringen konnte. Wenn sie wirklich wollte, daß man ihren verlorenen Sohn zurückbrachte, dann würde sie Galvin bestimmt am Leben lassen – jedenfalls für eine Weile. Ein Strohhalm, an den sie sich klammern konnten, auch wenn es nur ein dünner war.

Ein wilder Schwan, einer unter Tausenden ziehender Wasservögel. Ob das Mädchen ihn wohl zur Königin bringen konnte? Titch hatte keinen Zweifel daran, daß sie den richtigen Vogel mühelos finden konnte. Vielleicht wäre ihm das sogar selbst gelungen, wenn das Tier, wie Galvin gesagt hatte, wirklich durch eine besondere Maserung gekennzeichnet war. Aber war sie überhaupt in der Lage, das Tier lebend zu fangen, ohne daß es verletzt wurde? Galvin hatte durchblicken lassen, daß Alinor womöglich helfen konnte – aber war es nicht sogar unmöglich, daß der Falke das schaffte? Durfte Titch zulassen, daß das Mädchen dieses Wagnis einging? Konnte er seine Pflicht und die Befehle, die er erhalten hatte, mit Wrens selbstauferlegter Mission vereinbaren? Hatte man ihnen beiden andererseits nicht dieselbe Aufgabe auferlegt?

Zunächst einmal mußten sie zu den Brutstätten der Schwäne gelangen, bevor die großen Vögel zurückkehrten. Titch lenkte den Hengst in eine andere Richtung, so daß die Sonne Wren ins Gesicht schien. Den Wald hatten sie bereits hinter sich gelassen. Während der Hengst in einen leichten Galopp verfiel, versuchte sich Titch wieder daran zu erinnern, was ihm Galvin über ihr mögliches Ziel erzählt hatte. Was lag jenseits des Waldes? Grasland, das sah er mit eigenen Augen. Aber was noch?

Während sie Meile für Meile zurücklegten, kam Titch plötzlich in den Sinn, daß man ihn womöglich verfolgte. Er saß auf einem Pferd, daß zweifellos zweimal gestohlen war, und aus der Sicht des Hauptmanns mußte es so aussehen, als ob er aus seinem Dienst entflohen sei und dabei seine Kameraden im Stich gelassen habe.

Hatte er wirklich seine Pflicht vernachlässigt? Als Wachmann hatte man ihm auferlegt, für die Sicherheit der Zauberer zu sorgen. Niemand durfte die Magier überfallen, sie mußten unversehrt bleiben, bis sie ihre Aufgabe erfüllt hatten. Aber genau darum kümmerte er sich doch im Moment, oder etwa nicht? Was war der richtige Weg – zurück zur Truppe oder weiter in unbekannte Gebiete? Gab es womöglich mehr als eine Antwort, hing sie davon ab, wem er die Frage stellte? Schwer zu sagen, und das Grübeln wurde zu einer einzigen Qual. Weder Logik noch Moral gaben eine eindeutige Antwort. Immer wieder wurde er von seinem schmerzenden Kiefer abgelenkt. Keine Frage, er hatte sich für den richtigen Weg entschieden – die meiste Zeit über konnte er sich das jedenfalls einreden.

War er überhaupt noch in der Lage, eine freie Entscheidung zu fällen? Oder beeinflußte Wren ihn womöglich durch Magie, hatte sie ihn verzaubert, damit er den Weg einschlug, den sie für richtig hielt? War er verhext und tat, worum sie ihn bat? Sollte er womöglich nie dahinterkommen? Wirkte sie auffällig entschlossen oder selbstzufrieden? Wie sollte er das feststellen können? Schließlich zog er es vor, einfach der Sonne zu folgen und Zweifel und Sorgen zurückzulassen.

Der Hengst galoppierte genauso geschmeidig, wie Titch es sich erträumt hatte, aber im Moment wäre es sogar eine Tortur für ihn gewesen, auf einem meterdicken Federbett zu liegen. Jeden Herzschlag konnte er fühlen, jeder Atemzug traf seine Zähne wie ein Hammerschlag. Als sich der Tag dem Ende zuneigte, litt er bereits Todesqualen; jeder sanfte Schritt des Pferdes schien ihm Feuerstöße durch die Wirbelsäule und in den Kieferknochen zu jagen. Er durchwühlte Gereins Satteltaschen nach einer Flasche, konnte aber nichts finden – keinen Honigwein, keinen hochprozentigen Brandy und nicht einmal einen Schluck Ale, der sowieso nur ein schwacher, bitterer Trost gewesen wäre. Titch zitterte hilflos im kalten Wind, aber er war so benommen, daß er kein Feuerholz fand. Am besten versuchte er es unten am Fluß, überlegte er sich, womöglich lag Treibholz am Ufer, Zweige, die der Sturm mitgerissen hatte … aber er konnte sich nicht mehr daran erinnern, wo der Strom lag oder ob es in der Gegend überhaupt einen Fluß gab … bestimmt hatten sie ihr Lager nicht wahllos aufgeschlagen, irgendwo, wo es kein Wasser gab, oder? Konnte er das überhaupt noch mit Sicherheit sagen? Alles ist einem ständigen Wandel unterworfen, vergänglich wie Rauch, wie die Gestalt eines Menschen, die je nach Wunsch abgelegt werden kann.

»Was ist los mit dir?« Wren war ihm gefolgt. Im Dämmerlicht musterte sie ihn von der Seite. Titch merkte erst jetzt, daß er sich hingesetzt hatte, und aus irgendeinem unerklärlichen Grund war er überrascht, daß sie in menschlicher Gestalt vor ihm stand, ein seltsamer Gedanke, wie er selbst fand.

Ein Ritter darf sich niemals über so etwas Banales wie Zahnschmerzen beklagen. Doch seine Wange war so dick angeschwollen, daß Wren sofort erkannte, was ihn peinigte. Nicht nötig, ihn mit Fragen zu quälen, um sich dann aus seinen Ausflüchten und Ausreden eine Antwort zusammenzureimen. Sie legte eine Hand auf Titchs Kinn, zart wie Spinnweben, und überredete ihn, den Mund zu öffnen.

Der schmerzende Zahn war kaum zu sehen, aber Wren spürte, wo er lag – unter ihrer Handfläche fühlte sie die Hitze, den Ursprung der Qualen: der letzte Backenzahn auf der linken Seite. Wie ein Korken saß er auf einer lodernden Infektion. Der Eiter mußte abfließen, bevor er in seine Blutbahn geriet und ihn umbrachte, allerdings war der Zahn im Weg – ein gefährliches Hindernis.

Was würde ihr Meister an ihrer Stelle tun? Es gibt viele Mittel gegen Zahnschmerzen, aber die meisten wirken in solchen Fällen nicht mehr – je länger eine Behandlung aufgeschoben wird, um so schwieriger ist eine Heilung. Sollte sie Mitleid zeigen und es mit einem Zauber versuchen? Es schien wohl das Beste, die Magie zu Rate zu ziehen, wo geübte Finger und Medikamente bereits versagen würden …

»Ich glaube, du hast dich geirrt – Herrin Agatha hat doch einen Fluch über uns gesprochen«, flüsterte Titch, als Wren ihre Untersuchung abgeschlossen hatte. Nur mit Mühe gelang es ihm, die Worte zu formulieren, ohne dabei die Qualen zu steigern. Er nuschelte, verschluckte einige Worte vollkommen, denn er durfte nur die Lippen bewegen. Da seine Nase immer noch geschwollen war, hatte er außerdem einen nasalen Akzent.

»Pst«, befahl Wren. »Sie hat nichts mit den Zahnschmerzen zu tun. Außerdem ist sie tot, das arme Ding. Laß sie in Frieden ruhen.« Sie dachte nach, was sie alles für den Zauber brauchte, und legte sich in Gedanken zurecht, was sie in dieser frühen Jahreszeit überhaupt finden konnte.

»Kannst du einen Zahn ziehen?« Er wollte gar nicht daran denken, wie schmerzhaft das sein mochte, vor allem, wenn man es bei vollem Bewußtsein durchstehen mußte, ohne sich mit einem Schluck starken Alkohols trösten zu können. Vielleicht konnte er so lange Rauch inhalieren, bis ihm die Sinne schwanden – dabei fiel ihm ein, daß er noch kein Feuer entfacht hatte. Seine Gedanken drehten sich immer wieder im Kreis wie eine Schlange, die sich in den Schwanz beißt.

Wren antwortete ihm nicht. Sie war plötzlich nicht mehr zu sehen, obwohl Alinor noch an seiner Seite saß und ihn anstarrte. Der Vogel beugte sich leicht nach vorne, als überlege er sich schon einmal, welches Auge er dem Jungen zuerst auspicken wollte. Zu schade, daß der Falke keine Zähne ziehen konnte – er hätte es sicherlich mit Freuden getan. Obwohl – vielleicht hätte er Titch zuerst die Zunge herausgerissen.

Laß ihn als Rabenfraß hier. Du brauchst ihn nicht.

»Das kann ich doch nicht tun!« rief Wren aus. »Alinor, er hat mich gerettet. Ich wäre ertrunken, ohne was davon zu merken ...«

Der Falke neigte den Kopf. *Dein Mitleid ist vollkommen unangebracht. Du hast ihm schon einmal das Leben gerettet. Jetzt seid ihr quitt. Wenn du ihm jetzt wieder hilfst, ist er dir was schuldig.*

Wren suchte in dünnen Schneeschichten und an Rändern von Schneefeldern nach Kräutern, dort, wo das Sonnenlicht bereits den eisigen Mantel durchbrochen hatte. Die Sonne besaß schon die Kraft des Frühjahrs, und das Land schien den kommenden Sommer zu erahnen. Das erste Leben schien nur ein Hauch zu sein, noch sehr zaghaft, aber immerhin schoben sich bereits die ersten Keimlinge aus der tauenden Erde. Zum Glück hatte Wren während ihrer Lehrzeit bei Galvin gelernt, eine Pflanze in jeder Jahreszeit zu erkennen, selbst wenn das ungeübte Auge lediglich vertrocknete Stiele und die Blätter des letzten Jahres sehen konnte ... Ihr Meister hatte viel Wert darauf gelegt, daß sie diese Fähigkeit beherrschte.

»Wenn ich ihn allein zurücklasse, stirbt er.« Als sie ans

Ufer hinunterging, schossen ihr Erinnerungsfetzen durch den Kopf, Bilder, die sie mit den Augen eines Tieres gesehen hatte. Sie konnte sich an nichts Genaues erinnern, doch sie glaubte noch die Arme zu fühlen, die sie festgehalten hatten – Arme, die sie nicht loslassen wollten, egal, wie sehr sie auch in ihrer Panik um sich schlug. »Wenn er mich nicht mit aller Kraft festgehalten hätte, wäre ich immer noch ein Lachs. Oder ein Otter. Nur die Götter wissen, für wie lange. Wenn ich in einer anderen Gestalt gefangen wäre, könnte ich Galvin erst recht nicht helfen. Und schließlich bin ich die einzige, die ihn retten kann.«

Und wenn dieser Lump mit der gebrochenen Hakennase dich wieder hintergeht?

Wren versuchte mit aller Kraft, gar nicht erst hinzuhören. Sie wollte nicht, daß ihre Zweifel genährt wurden. Aber worauf konnte sie im Leben überhaupt bauen? Wie konnte sie Wahrheit von Lüge unterscheiden, wie wußte sie, was falsch und was richtig war? Sie kannte ja nicht einmal ihren richtigen Namen.

Kurze Zeit später kam Wren mit ein paar grünen Blättern zurück. Titch saß auf dem Boden und versuchte, die eisige Kälte von seiner wunden Backe fernzuhalten, indem er sie mit der Hand wärmte. Wren lächelte ihm aufmunternd zu. »Ich habe ein paar Kräuter gefunden, die dir helfen werden.« Sie pickte eine Wurzel aus dem Bündel, strich vorsichtig die Erdklumpen ab und tröpfelte Wasser darüber. »Wegerichwurzel. Kaue darauf, bis ich Wasser heiß gemacht habe.«

Titch betrachtete mit trübem Blick die knorrige Wurzel. Die Vorstellung, auf irgend etwas zu kauen, kam ihm nicht sonderlich verlockend vor. Die Knolle schien zäh, hölzern und unbekömmlich zu sein. Sicherlich tat es weh, darauf zu beißen.

Wren konnte sich schon denken, warum er zögerte.

»Kaue erst einmal mit der gesunden Seite. Wenn die Wurzel weich ist, kannst du sie auf die Seite mit dem entzündeten Zahn schieben«, riet sie ihm.

»Welche Wirkung hat die Wurzel? Schlafe ich davon ein?« Trotz des Nebels in seinem Kopf machte er sich Sorgen. Wenn Wren immer noch glaubte, er habe ihren Meister verraten, wollte sie ihn womöglich vergiften. Aber die Schmerzen konnten nicht schlimmer sein als der Tod, beschloß Titch. Was ihn immer noch zögern ließ, war lediglich die Angst, die Qual könnte größer werden.

»Nein, ich habe nichts gefunden, was einschläfernd wirkt. Aber es lindert wenigstens eine Zeitlang die Schmerzen.«

Titch fragte sich, womit sie ihm den Zahn herausbrechen wollte. Vielleicht hatte Gerein in den Satteltaschen ein Werkzeug verstaut. Allerdings konnte er sich nicht daran erinnern, etwas Ähnliches gesehen zu haben, aber er hatte nur hastig darin herumgewühlt. Durch den plötzlichen Angriff hatte er fast seine gesamte Ausrüstung verloren, und Wren besaß lediglich einen kleinen Lederbeutel, den sie am Gürtel befestigt hatte, alles andere war im Fluß verlorengegangen, als sie um ihr Leben gekämpft hatte. Sie holte eine zerbeulte Tasse hervor. Titch konnte nur hoffen, daß sie den Hammer nicht aus einem Stock und einem Stein basteln mußte. Vielleicht hatte er ja Glück, und ihm schwanden noch einmal die Sinne ...

Irgendwo in der Nähe mußte ein Fluß sein – als Wren zurückkam, war der silberne Becher randvoll, und während sie ging, schwappten immer wieder ein paar Tropfen Wasser über. Sie schnalzte mit den Fingern, und schon stach aus ein paar Hölzern eine kleine Flamme hervor – sie machte also auf dieselbe Art Feuer wie Galvin. Titch kaute verbissen auf seiner Wurzel und hoffte, daß es nur der Schmerz war, der ihm die Sinne trübte und den Schweiß aus den Poren trieb. Ritter kennen keinen Schmerz, mahnte er sich. Wahrscheinlich war es viel zu kompliziert, einen Zahn zu ziehen, eine Sache, die nicht durch Magie erledigt werden konnte. Alinor musterte ihn mit undefinierbarem Blick.

»Melisse«, flüsterte Wren und gab winzige grüne Blätter in den Becher. Inzwischen brodelte das Wasser ein wenig. »Poleiminze. Bei beiden Pflanzen liegen die neuen Sprößlinge unter den alten Halmen verborgen. Für die Natur ist der Winter schon vorbei, man muß nur wissen, wo man nach neuem Leben suchen muß. Im Frühjahr könnte man aus den Blättern der Königskerze einen phantastischen Breiumschlag machen. Aber zu dieser Jahreszeit muß ein ganzer Sprößling ein einziges Blatt ersetzen. Du hast einen Abszeß«, erklärte sie Titch sachlich und unterbrach so abrupt ihre botanischen Erläuterungen. »Das Gift, das sich in deinen Ohren festgesetzt hatte, brodelt jetzt unter dem Backenzahn.« Dann sang sie leise vor sich hin, tief über das Gebräu gebeugt. Ihre Worte schienen nicht mehr für seine Ohren bestimmt zu sein.

Die Wegerichwurzel hatte ihm zwar den Schmerz nicht genommen, wirkte aber wie eine Kandarenstange in seinem Mund. Titch bemerkte, daß er den Kopf ruhig hielt und sein Kiefer nicht mehr so heftig pochte. »Kannst du mir den Zahn ziehen?« fragte er, immer darauf bedacht, den Schmerz nicht zu steigern und nicht versehentlich die Wurzel auszuspucken.

»Das brauche ich nicht.« Wren fischte mit zwei Fingern die heißen Blätter aus der Tasse, drückte sie zusammen und stopfte den Pfropfen in Titchs offenen Mund. Geschickt klebte sie ihm dann einige feuchte Blätter mit der Handinnenfläche auf die Wange. Die Hitze schürte den Schmerz zunächst, linderte ihn aber bald wieder, so wie der Imker den Bienenstock einräuchert, damit er arbeiten kann. Träge ließ Titch seine Gedanken wandern, getragen von Träumereien wie Alinor von Aufwinden. Wren drückte ihn sanft zurück, bis er flach auf dem braunen Gras lag, und drehte seinen Kopf nach rechts.

Neben dem Becher waren ein paar Steine aufgehäuft, und sie suchte einen heraus. Sie barg den Stein, den sie gewählt hatte, behutsam in der Hand, sah ihn eingehend an und legte ihn auf Titchs geschwollene Wange. Dann sang sie leise vor sich hin, in einer Sprache, die er nicht verstand. Er nahm an, daß es magische Worte waren, vielleicht machten sie ihn noch benommener. Von Zauberei hatte er keine Ahnung, und er wußte nicht, was auf ihn zukam. Er sah Wren aufmerksam an und versuchte in ihren Gesichtszügen zu lesen, was sie vorhatte. Diesmal vergoß sie keine Tränen für ihn, fiel ihm auf. Natürlich nicht, sie konnte nicht weinen, egal, was er sich eingebildet hatte. Den Beweis hatte er mit eigenen Augen gesehen.

Er schloß die Augen und versuchte krampfhaft, sich auf den Geschmack der frischen Poleiminze zu konzentrieren und zu vergessen, daß sie ihm gleich brutal den Zahn ziehen mußte. Die Wurzel hatte bitter geschmeckt, die Kräuter hingegen waren angenehm. Bevor sie ihn nicht aufforderte, den Mund zu öffnen, gab es keinen Grund, alle Glieder in Erwartung des Schmerzes anzuspannen …

Wren nahm die Hand von seinem Gesicht, die Hand, die so wohltuend gewesen war, und Titch spürte eisige Luft auf der Haut. Er öffnete die Augen und sah gerade noch, wie Wren einen sehr viel größeren Stein über seinen Kopf stemmte. Das hatte nichts mit Magie zu tun – sie wollte ihn bewußtlos schlagen und dann den Zahn ziehen! Nur – wenn sie ihm diesen Stein über den Schädel schlug, verlor er sicherlich nicht nur die Besinnung …

»Nicht!« Titch versuchte, sich zur Seite zu werfen. Sein blindes Vertrauen war schlagartig verschwunden, er wollte nur noch sein Leben retten. Sein Körper gehorchte ihm nicht, und obwohl er so benommen war, schienen seine Glieder noch schwerfälliger zu sein als seine Gedanken. Er konnte sich nicht bewegen und drückte in seiner Hilflosigkeit die rechte Seite seines Gesichts fester auf den Boden.

Die Kräuter dämpften seinen Schrei, und fast wäre er an ihnen erstickt, als er voller Panik den Atem einsog. Wren sang immer noch die magische Weise und ließ den Stein herunterschnellen – er schlug auf den kleinen Stein, den sie auf einem flachen Kiesel zurechtgelegt hatte, ähnlich einem Hufeisen auf einem Amboß. Ein Knall war zu hören, als der Stein mit Wucht auf dem anderen landete.

Der kleine Stein zersprang in viele winzige Bruchstücke. Im selben Augenblick verschwand der Schmerz, der in Titchs Kiefer getobt hatte, und das, obwohl er sich auf die Seite warf und beide Arme schützend über den Kopf legte. Trotzdem schrie er angstvoll auf und würgte, als er sich erneut an den Heilkräutern verschluckte.

Wren klopfte ihm ein paarmal auf den Rücken, dann überredete sie ihn, die restliche Flüssigkeit aus dem beschlagenen Silberbecher zu trinken. Das Gefäß schien immer noch voll zu sein, als fasse es viel mehr, als man auf den ersten Blick meinen konnte. »Ich war immer eine fleißige Schülerin«, sagte Wren, während Titch erstaunt seinen Kiefer abtastete. Die Schwellung war bereits zurückgegangen. »Ich werde auch den Sohn der Königin finden, eine andere Chance habe ich nicht.« Ihre Augen wirkten müde, aber sie fügte mit fester Stimme hinzu: »Ich *kann* es schaffen. Und ich schwöre dir: Ich werd es auch schaffen.«

Der rechte Weg

Wren dachte, sie müsse nur immer wieder laut und mit Überzeugung sagen, daß sie ihren Meister retten könne, dann würden die Worte auch wahr. Es durfte ihm einfach nichts zustoßen, sie wollte keinen Zweifel zulassen. Sicher, sie war nichts weiter als ein mittelloses Mädchen, das nicht einmal seinen richtigen Namen kannte – und doch war sie Galvins einzige Hoffnung. Einen konkreten Plan hatte sie zwar nicht – außer natürlich, daß sie den Schwan finden und zurück nach Josten bringen wollte –, aber die viel älteren Zauberer hatten auch nur vage Vorstellungen gehabt. Sie konnte das beurteilen, schließlich hatte sie viele Nächte mit ihnen zusammen am Feuer gesessen und ihren Debatten und Streitereien zugehört. Die Gespräche waren immer nach demselben Muster verlaufen: Meister Insny schlug etwas vor, und Mistress Agatha war – ganz oder teilweise – dagegen. Ihr Meister hatte die Karten für sich sprechen lassen, aber er hatte nicht immer alles, was sie ihm offenbarten, an die anderen weitergegeben. Die Magier hatten Theorien aufgestellt und versucht, logisch vorzugehen, aber sie waren zu keinem Schluß gekommen. Nur eines hatte für sie alle festgestanden: Sie mußten die Rote Königin fürchten.

Vielleicht hatte das Scheitern der Mission schon vor dem Überfall festgestanden. Gedanken, die Wren nicht zulassen wollte, bei denen ihr Herzschlag stockte. Die Vorstellung, daß sie den Schwan womöglich nicht finden würde, schnürte ihr den Atem ab, und sie fürchtete zu ersticken. Manchmal hatte sie das Gefühl, der Himmel beobachte sie mit tausend Augen, und sie wollte sich vor ihm verstecken, und manchmal kam es ihr vor, als laste er zentnerschwer auf ihr und wolle ihr jeden Moment das Leben aus dem Leib pressen. Für Alinor war der Himmel ihr Zuhause – sie träumte von den Lüften, wenn sie schlief, den Kopf unter die Federn gesteckt –, aber Wren fürchtete sich vor der endlosen Weite, seit sie den schützenden Wald verlassen hatten. Der Wind trieb die Wolken vor sich her, und der Regen ließ nach. In dieser Nacht schien der grenzenlose Himmel zu glühen – zahllose funkelnde Sterne sahen auf sie herab, Augen, die ihr Urteil über die Unwürdigen fällten.

Ich kann es schaffen. Wren wollte sich entschlossen zeigen, aber den Sternen konnte sie nichts vormachen.

Während die Sonne unterging, ließ Titch den Blick über die Ebene wandern. Endlos viele Tümpel schimmerten scharlachrot. Mit der Schneeschmelze waren Tausende Seen entstanden. Auf dem lehmigen Boden konnte das Wasser kaum abfließen, und so hielten sich die Tümpel lange Zeit, obwohl sie nicht von Quellen gespeist wurden und sich nur in dieser Jahreszeit bildeten. Dunkle Ränder säumten die Wasserlachen – stachelige Halme, vertrocknetes Schilfgras vom letzten Sommer. Hier und da sproß frisches Grün, und ab und zu hörte man das Summen von Insekten. Man konnte bereits ahnen, was für eine Mückenplage hier herrschte, wenn die Luft sich erwärmte und die Insekten schlüpften, die in dieser Gegend prächtig gediehen. Titchs Schatten zeichnete sich als schmaler Strich auf dem Grasland ab, das in ein tiefes Rot getaucht war, und auch der Hengst warf lange Schatten auf die Erde. Titch hatte ein Art Pflock gefunden und den Schwarzen mit einem Seil daran festgebunden. Das sprießende Gras und die trockenen Halme der letzten Saison waren genau das richtige Futter für ein Pferd, und Titch hatte dem Hengst einen Platz in ihrer Nähe gesucht, der nicht allzu feucht war. Es wäre gefährlich für ihn gewesen, lange Zeit mit den Fesseln im sumpfigen Boden zu stehen. Feuchter Boden hält die Hufe eines Pferdes zwar beweglich, aber wenn zuviel Wasser auf der Erde steht, bildet sich Fäule.

Titch riß ein Büschel langen, trockenen Grases aus und rieb sorgfältig die Druckstellen aus dem Fell, die der Sattel hinterlassen hatte. Die leichte Brise trug einige Haare mit sich fort – die Tage wurden immer länger, die kalte Jahreszeit neigte sich ihrem Ende zu, und die langen Winterhaare des Hengstes wichen einem kurzen Sommerfell. Wenn Titch Gray im Frühjahr gestriegelt hatte, hatte der Wallach oft ausgesehen, als habe man ihn geschoren.

Der Gedanke an sein Roß versetzte Titch einen schmerzhaften Stich, und er hoffte inständig, daß es Gray gutging. Kein Grund, sich Sorgen zu machen. Die Angreifer hatten die Pferde vielleicht nur losgebunden, damit die Überfallenen nicht fliehen konnten. Sie hatten weder Grund noch Zeit gehabt, den Tieren etwas anzutun. Wenn man Gray nicht wieder eingefangen hatte, kämpfte er sich womöglich durch den Wald, wo er jede Menge Futter finden konnte – ein wahres Paradies für ein Pferd. Falls er es bis zum Grasland geschafft hatte, mußte es ihm wie der Himmel auf Erden vorkommen.

Titch war davon ausgegangen, daß auch der Hengst, nachdem er festgebunden worden war, begierig damit anfangen würde, Gras zu rupfen, aber der Schwarze schnupperte nicht einmal daran. Er stand einfach nur da und sah über das Land, das langsam in der Dunkelheit versank. Plötzlich wandte er den Kopf und blickte Titch geradewegs in die Augen.

Titch hatte das Gefühl, als dringe der Hengst in seine Seele vor, bis ins Mark traf ihn dieser Blick. Der Schwarze hatte große, dunkle Augen, wie alle Pferde – doch die seinen schienen dunkler zu sein als bei seinen Artgenossen. Sie schimmerten nicht braun, sondern in der Farbe von Indigo, tiefrot und zugleich schwarz wie eine sternenlose Nacht. Die weit geöffnete Pupille war nicht zu sehen, aber die Sonne, die hinter Titch zu einem schmalen Streifen am Horizont zusammengeschrumpft war, zauberte Lichtpunkte in die Iris – winzige rubinfarbene und zitronengelbe Funken, ein Schimmern wie von grünem Granat. Trauer und Hoffnungslosigkeit lagen in diesem Blick.

Titch wußte, was das Pferd bedrückte. Er konnte die dunklen Krusten in den Mundwinkeln zwar nicht sehen, glaubte sie aber zu fühlen – dort, wo die Eisentrense Fell und Haut abgerieben hatte. Während sie ritten, achtete er immer darauf, daß er das Tier nicht zu hart an die Kandare nahm – schließlich gab es ihm auch keinen Grund dazu –, aber die Trense hatte in zahllosen Stunden, bei Tag und Nacht, ihre Spuren hinterlassen. Bei dem Gedanken daran, wie die Innenseite des Pferdemauls aussehen mußte, zuckte Titch innerlich zusammen. Sicherlich hatte der Hengst inzwischen Blutergüsse, vielleicht sogar Schnitte oder wunde Stellen. Er wagte nicht, die zarte Haut des Mauls abzutasten, er traute sich noch nicht einmal, die Trense herauszunehmen.

»Tut mir wirklich leid«, sagte er voller Mitgefühl. »Ich würde das Eisen ja rausnehmen, wenn es denn ginge. Aber wenn Gerein nicht gelogen hat, kostet mich das mein Leben.« Er streichelte den Kamm des Hengstes und kraulte den Ansatz der Mähne. Das Pferd schnaubte und legte Titch die Lippen in die andere Handfläche. Eine Bitte, womöglich ein Flehen. *Vielleicht aber auch ein Trick.*

»Na gut, ich glaube nicht, daß du mir wirklich was tun willst.« Titch ließ einen Finger unters Zaumzeug gleiten und kraulte das Tier sanft. »Aber wenn dich nur die Trense bändigt, läufst du weg, sobald ich dir das Eisen herausnehme. Das kann ich nicht riskieren. Ich darf dich auf keinen Fall verlieren.«

Plötzlich wurde Titch bewußt, daß ihm vieles, was er sich lange Zeit sehnlichst gewünscht hatte, einfach in den Schoß gefallen war. Er hatte nie zu hoffen gewagt, daß die Sterne jemals so günstig für ihn stehen würden. Das Pferd gehörte nun ihm, und er war frei, denn sie hatten Melcias Königreich längst hinter sich gelassen. Sein Eid war hier nichtig. Er konnte gehen, wohin es ihm gefiel, und wenn er wollte, konnte er seine Dienste als Krieger einem betuchten Lord anbieten. Nur noch eine Frage der Zeit, bis er auch die Ländereien bekam, die er sich immer erträumt hatte. Dann würde er die Rangleiter hinaufsteigen und die Stufe erreichen, die er schon immer angestrebt hatte – mit diesem Pferd waren das keine törichten Hoffnungen mehr. Seinem Glück stand nichts mehr im Wege. Alles, was er sich in seinen kühnsten Träumen ausgemalt hatte, war Wirklichkeit geworden – ob er den Schwan fand oder nicht, spielte für ihn keine Rolle.

Warum aber ließ ihm dann der Anblick des Hengstes das Herz so zentnerschwer werden? Jedes Pferd muß eine Trense tragen, der Hengst wurde nicht brutaler gebändigt als andere Tiere auch. Das Eisen quälte den Schwarzen, bereitete ihm aber keine Schmerzen. Sicherlich – seit Titch das Dilemma mit seinem Zahn durchlitten hatte, empfand er mehr Mitleid mit dem Tier, aber er wußte auch, daß die Kandare für den Hengst lediglich unangenehm war. Kein Vergleich zu den Qualen, die er durchlitten hatte. Er behandelte das Pferd gut und hielt es – genauso wie Gray – nicht als seinen Gefangenen.

Wieso konnte er dann sein winziges Spiegelbild in den großen dunklen Augen nicht ertragen? Warum konnte er dem Blick des Tieres kaum standhalten? Es war verrückt, die Trense herauszunehmen – wenn er das Pferd laufenließ, wie sollten sie dann jemals den Schwan einfangen? Etwa zu Fuß? Wren verließ sich felsenfest auf ihn, und es ging um das Leben ihres Meisters. Er konnte all das nicht aufs Spiel setzen, nur um einer plötzlichen Laune nachzugeben. Offensichtlich war er noch nicht ganz gesund und noch etwas verwirrt, das war alles. Er ging völlig unlogisch vor und gab sich verrückten Phantastereien hin.

Obwohl Titch immer wieder versuchte, den Blicken des Pferdes auszuweichen, hörte der Schwarze nicht auf, ihn zu betrachten. Titch fühlte einen Kloß in seinem Hals. Er hatte so viel durchgemacht, nur um dieses Pferd zu bekommen. Wie konnte er das Tier, das er sich so sehnlich gewünscht hatte und das nun endlich ihm gehörte, jemals aufgeben? Verrückt, einfach töricht, ausgerechnet jetzt darüber nachzudenken, schließlich kannten Pferde weder Glück noch Leid, für sie zählte nur das augenblickliche Wohlbefinden, Umstände wie das Wetter und ob sie genug zu fressen hatten …

Der Blick des schwarzen Auges, das jede Dunkelheit zu übertreffen schien, bohrte sich geradewegs in sein Herz. Der Hengst blinzelte nicht ein einziges Mal. Jetzt tanzten keine Lichtpunkte mehr in seinen Pupillen, und Titch wurde von nacktem Entsetzen gepackt – womöglich herrschte Finsternis in seinem Innersten, kam ihm plötzlich in den Sinn, solange er weder Erbarmen noch Gnade mit dem Tier kannte. Das Auge fällte sein Urteil über ihn und wurde zum Spiegel seiner Seele.

»Ich werde dich gut behandeln«, flüsterte Titch, und ein Flehen lag in seiner Stimme. Immer noch war das Auge auf ihn gerichtet, doch irgendwann wandte der Hengst schließlich wieder den Blick ab. Offensichtlich sah er keine Hoffnung mehr.

Titch brannte die Kehle. Tränen traten ihm in die Augen. *Ist doch nur ein Pferd,* rief er sich streng zur Ordnung. *Es fühlt und denkt nicht wie ein Mensch, und es hat keinen Sinn, ihm etwas zu versprechen. Es kann nicht in dein Herz sehen, es kann nicht wissen, daß du gern anders handeln würdest ...*

In letzter Zeit hatte er wohl zu viel mit Magie zu tun gehabt, das war sein Problem. Es war, als ob die Realität – ähnlich wie der tauende Boden – immer schwammiger würde. Aber schließlich ruhte unter dem wankenden Morast ein Fels – der gesunde Menschenverstand. Er hatte sich dieses Pferd so sehr gewünscht, jetzt gehörte es ihm endlich, und er wollte es um keinen Preis aufgeben.

Ohne Pferd war ein Ritter kein Ritter. Eine unerschütterliche Wahrheit, eine Grundfeste seines Lebens. In dieser harten Welt war ihm bei der Geburt nicht viel mitgegeben worden, nur eine Sache: das Recht, nicht als Fußsoldat kämpfen zu müssen. Er durfte im Gefecht einige Köpfe über den gemeinen Soldaten streiten. Aus zweieinhalb Metern Höhe verfügte er über eine Kraft und eine Reichweite, die sein eigenes Vermögen übertrafen. Diesem Pferd, das er sich so hart erkämpft hatte, sollte er jetzt die Freiheit schenken? Niemals!

Der Wind seufzte ihm leise ins Ohr. Die Brise spielte mit der Mähne des Hengstes, und die melancholischen Augen sahen der Windbö hinterher, als sehne sich das Tier danach, auf ihr fortzureiten, wohin sie es auch immer tragen mochte. *Schon wieder so ein verrückter Gedanke!* Grasen und Korn fressen – das sind Dinge, die ein Pferd interessieren. Manchmal, wenn es erschöpft ist, sehnt es sich natürlich auch nach Ruhe, und auf jeden Fall ist ihm an einem rücksichtsvollen Reiter gelegen, einem, der die Zügel vernünftig führt, eine gute Haltung hat und das Tier nicht unnötig quält. Sicher, ein Pferd kann Mut und Loyalität beweisen, aber im Grunde ist es dumm. Dieser Hengst sah sich lediglich im Dämmerlicht die Landschaft an, vielleicht hatte er, als die Brise ihn gestreift hatte, die Witterung eines Fuchses ausgemacht. Auf keinen Fall sehnte er sich nach Freiheit, denn mit der konnte er ohnehin nichts anfangen. Wenn er sich erst einmal daran gewöhnt hatte, daß Titch ihn gut behandelte, belohnte er seinen Herrn mit Treue, so wie es jeder Hund auch getan hätte.

Wieder traf ihn der Blick des Schwarzen. Der Hengst sah ihn nur an, aber die großen Augen waren erfüllt von Sorge und Trauer, und plötzlich begriff Titch, daß *dieses* Tier anders war, daß es tatsächlich gefangen war und das auch wußte. Der Verlust der Freiheit quälte das Tier, es litt darunter. Der Wind streifte das Land, aber das Pferd konnte ihm nicht folgen. Genau wie Wren trauerte der Schwarze, ohne eine Träne zu vergießen, doch dadurch ließ sich sein Schmerz nicht leichter ertragen.

Bis zum nächsten Herzschlag schien eine Ewigkeit zu vergehen, und Titch glaubte schon, ihm sei das Herz stehengeblieben. Es kam ihm vor, als habe die Zeit aufgehört zu existieren und er bewege sich taumelnd am Rande der Wirklichkeit.

Pferde können doch gar nicht … – aber dieses schon.

Die wunden Stellen in den Mundwinkeln des Pferdes stachen ihm wie eine stumme Anklage ins Auge. *Es hat Schmerzen,* dachte Titch. Er machte sich nur zum Narren, wenn er fortführte, was Gerein begonnen hatte und das Pferd ebenfalls quälte. Es war überhaupt kein Problem, die scheuernde Trense aus dem geschundenen Maul des Pferdes zu nehmen, schließlich konnte er das Tier genausogut nur mit dem Strick festbinden. Er mußte lediglich mit einem Knoten, der sich nicht zuziehen konnte, eine Schlinge knüpfen, schon konnte er das Seil um den Pferdehals legen. Mehr brauchte er nicht – der Hengst war so handzahm, daß er sich problemlos bändigen ließ.

Er warf das Seil über den Pferdehals mit dem hohen Kamm, hielt das andere Ende fest in der Hand und machte sich sofort an die Arbeit. »Das wird dir bestimmt viel besser gefallen«, redete er auf das Pferd ein, während er die Schlinge so fest zuzog, daß sie dem Tier nicht über die Ohren rutschen konnte, wenn es grasen wollte. »Dann hast du das Maul frei, und das Fressen fällt dir leichter.« Der Hengst ließ die Ohren nach vorne schnellen, als wolle er seine Zustimmung zum Ausdruck bringen.

Geschafft. Zunächst hatte er die Zügel gelöst und das Seil am Pflock festgebunden. Jetzt wanderten seine Finger zu der Schnalle, mit der der Halsgurt befestigt war. Die Lasche klemmte und gab nur zögernd nach. Während er daran nestelte, zuckte der Hengst nicht einmal, aber als Titch mit dem Fingerknöchel den Hals streifte, spürte er, daß die Muskeln angespannt waren. Er griff hinter die aufgerichteten Ohren und riß in einer fließenden Bewegung das Zaumzeug vom Kopf des Hengstes. Heißer Atem strömte über seine andere Hand, dann glitt die Eisentrense in die geöffneten Finger.

Der Hengst warf den Kopf nach oben, riß beide Vorderläufe hoch und bäumte sich vor dem nächtlichen Himmel zu voller Größe auf. Das Seil, das Titch in der Hand hielt, zog sich fest, er schrie erschrocken auf und zerrte heftig daran, um das Pferd wieder auf den Boden zurückzuholen. Es gehorchte zunächst, warf sich aber gleich wieder nach vorne. Die Vorderläufe schlugen aus, und Titch mußte zurückweichen, bis das Seil keinen Spielraum mehr ließ.

»Hör auf! Du tust dir doch nur weh ...« Die aufblitzenden Hufe ragten in den Himmel.

Titch wickelte sich das Seil ums Handgelenk, um es besser im Griff zu haben. Töricht von ihm, denn der Hengst warf sich wieder in die Luft und riß ihn mit sich. Verbissen klammerte sich der Junge ans Seil, bis das Pferd wieder auf den Boden zurückkam. Als der Hengst an ihm vorbeistürmte, stemmte Titch die Fersen in den Boden. Er hoffte, daß ein heftiger Ruck am Seil das Pferd zum Stehen bringen würde – aber vergeblich. Der Schwarze beachtete ihn gar nicht und nahm ihn einfach ins Schlepptau, als sei er lediglich ein Knoten am Ende des Seils.

Die ersten paar Meter wurde Titch auf seinen Schuhsohlen in aufrechter Haltung hinterhergeschleift. Dann blieb er mit einer Stiefelspitze in einer Heidekrautwurzel hängen, und sein Körper schoß vornüber. Ungefähr hundert Schritte rutschte Titch bäuchlings hinter dem Hengst her – entschlossen, ihn nicht kampflos davonstürmen zu lassen –, doch dann entglitt ihm das Seil, das sich in seine Hände eingebrannt hatte.

In Sekundenschnelle hatte ihn der Hengst weit hinter sich gelassen, die Erdklumpen und Grasnarben, die er aufwirbelte, flogen Titch nicht mehr ins Gesicht. Das Pferd schien, so schnell es nur konnte, auf den Horizont zuzujagen, einem schwarzen Kometen gleich, genau wie Gerein es vorhergesagt hatte. Titch lag flach auf dem kalten Gras, das Gesicht in den Boden gepreßt. Der bittere Geschmack von Reue lag ihm auf der Zunge, und die Zügel, die nun nutzlos geworden waren, hingen immer noch über seiner Schulter.

Das Pferd war verschwunden. Ihm waren zwar keine Schimärenflammen aus den Nüstern geschossen, aber es war davongelaufen, blitzschnell – daran war nicht mehr zu rütteln.

Es dauerte eine Weile, bis Titch die Kraft fand, sich wieder aufzuraffen. Dann warf er die Zügel auf den Boden. Er hatte das Gefühl, jeder Zentimeter seines Körpers sei mit Blutergüssen übersät, wie nach einem Kampf in einer riesigen Menschenmenge. Seine Hände waren blutig geschunden, aber im Grunde geschah ihm das nur recht. Das Schlimmste stand ihm noch bevor: Er mußte Wren erzählen, daß er dem Pferd die Freiheit geschenkt hatte – durch seine

Dummheit hatte er soeben das Leben ihres Meisters und zudem seine eigene glorreiche Zukunft verspielt.

Das Geständnis noch lange vor sich herzuschieben, machte die Sache auch nicht leichter. Alinor war womöglich gerade auf der Jagd und hatte die Flucht des Pferdes bereits gesehen, obwohl Falken bei Nacht nicht so gut sehen wie Eulen. Vielleicht hatte er Glück, und dem Vogel war das Pferd nicht aufgefallen. Titch rieb sich mit dem aufgeschürften Knöchel das linke Auge – eines war klar: Wie auch immer Wren reagieren mochte, weinen würde sie auf keinen Fall. Wenn auch nur deshalb, weil sie nicht anders konnte.

Wieso war er nur so töricht gewesen? Warum hatte er nicht auf Gerein gehört und begriffen, daß das kein gewöhnliches Pferd war? Dieses Pferd sehnte sich nach Freiheit und wollte sich von niemandem bändigen lassen. Wahrscheinlich hätte man es nie unterwerfen dürfen, aber jeder Sterbliche mußte den Wunsch haben, dieses Tier zu besitzen. Der Schwarze hatte seine wundervolle Freiheit wiedererlangt, und Titch schob den Gedanken an seine eigene Zukunft beiseite. Am besten machte er sich gleich auf die Suche nach Wren und brachte das Schlimmste hinter sich. Wenn er Pech hatte, sprach sie einen tödlichen Fluch über ihn. Titch bückte sich und hob – eigentlich nur aus alter Gewohnheit und aus Ordnungsliebe – die Zügel auf.

Warme Luft strömte ihm über den Nacken. Nichts, was ihm Angst einflößte, aber Alinors Flügelschlag konnte es nicht sein. Reine Einbildung, vermutete er – wahrscheinlich hatte ihn ein warmer Luftwirbel gestreift.

Etwas fuhr ihm über das kurzgeschorene Haar und kitzelte ihn.

Titch drehte sich blitzschnell um. Vor ihm stand ein Pferd in voller Größe, ein Pferd, schwarz schimmernd wie der endlose Nachthimmel. Sofort schlugen ihn Augen, in denen Sterne zu funkeln schienen, in ihren Bann.

Ich heiße Valadan. Einer der funkensprühenden Lichtpunkte erstrahlte wie ein purpurblaues Juwel.

»Gerein hat mir gesagt, daß du vom Teufel gezeugt bist«, flüsterte Titch, wie vor den Kopf gestoßen. Unglaublich, was sich da vor seinen Augen abspielte.

Ich bin durch einen Zauber gezeugt worden, stellte der Hengst richtig. *Jetzt ist eine Schuld zu begleichen.* Der grazile Kopf mit der ausladenden Stirn zwischen den feucht schimmernden Augen und dem schmalen Maul neigte sich tief zum Gras hinunter. *Ich bin geboren, um den Dukes von Esdragon zu dienen. Gerein hat mich mit kaltem Eisen bezwungen, denn er hatte kein Recht, mich zu besitzen.*

»Warum bist du zurückgekommen?« fragte Titch; ihm zitterten die Knie. Das Gefühl, schuldig zu sein, schien ihm den Boden unter den Füßen wegzuziehen – fast hätte er, genau wie Gerein, dieses Tier in grausamer Knechtschaft gehalten.

Schulden müssen beglichen werden – vor allem aber Ehrenschulden.

Mußte er jetzt nicht nur für seine eigene, sondern auch für Gereins Schuld büßen? Titchs Herz hämmerte so heftig, daß es ihm den Atem abschnürte, aber er wußte, daß er es nicht besser verdient hatte.

Ich stehe von nun an immer in deinen Diensten, erklang die Stimme des Pferdes in seinem Kopf – erstaunlich, einfach unglaublich.

»Das ist nicht recht«, gestand Titch mit kleinlauter Stimme. Die Worte kamen aus seinem Herzen. »So ein Geschenk verdiene ich nicht. Ich verdiene höchstens …« Ihm fiel keine angemessene Strafe für die Schuld ein, an der er teilhatte. Er spürte, wie diese Augen, in denen Lichtpunkte wirbelten, tief in seine Seele drangen. Am liebsten hätte er sich in ein Loch verkrochen und versteckt, wo ihn dieses wundervolle Geschöpf der Stürme und der Nacht niemals aufspüren konnte.

Du hast den rechten Weg gewählt. Genau das werde ich jetzt auch tun. Das Pferd reckte den Kopf, näherte sich Titch mit geblähten Nüstern und sog seinen Geruch ein.

Titch streckte die Hand aus, fühlte die samtweichen Lippen und die warme Zunge. Wohltuend und zart streiften sie die Wunden, die das Seil in seine Hand gebrannt hatte. In den schimmernden Augen war nun ein goldenes Glitzern zu sehen, winzige Punkte, die Diamanten und Smaragden glichen. In Titchs Kopf drehten sich alle Gedanken im Kreis – er hatte erwartet, daß ihn der Zorn dieses Hengstes treffen und er fürchterlich bestraft werden würde, doch stattdessen begegnete ihm das Tier freundlich und nahm ihn sogar als seinen Meister an. Er wankte, klammerte sich an der Mähne des Tieres fest, damit er nicht stürzte, schloß die Augen und spürte einen sanften Hauch – das Pferd blies ihm ins Gesicht. Ein Geruch von Sommer wehte ihn an, Heu- und Blumendüfte stiegen ihm in die Nase. Nein, das Pferd stieß keinen Rauch aus und hatte keinen Feueratem. Titch klammerte sich an seine verloren geglaubten Träume und verschränkte die Finger in der seidigen Mähne des Hengstes.

»Valadan.« Titch holte tief Luft, bereit, das Unglaubliche hinzunehmen.

Es stellte sich schließlich heraus, daß es überhaupt kein Problem war, Wren von dem Pferd zu erzählen – sie stutzte nicht, als er erklärte, das Tier sei durch einen Zauber gezeugt worden, noch bezweifelte sie seine Worte, als er davon berichtete, wie er wortlos mit ihm gesprochen hatte, so wie sie es mit ihrer ständigen Begleiterin tat. Magie war Wren vertraut, und es fiel ihr viel leichter als Titch, all das zu glauben. Sie half Titch dabei, die widerliche Eisentrense vom ledernen Zaumzeug abzutrennen und tief in einem verlassenen Hasenbau zu vergraben. Dann ging sie zu dem Pferd, um ihm so gegenüberzutreten, wie es ihm gebührte, und versorgte es mit Kräutern, die die wunden Winkel des Mauls heilen sollten. Wenn der Hengst Titch dienen wollte, stand er sicherlich auch für Wren bereit, bis der Schwan gefunden und Galvin gerettet war.

Titch konnte kaum fassen, daß Valadan, während die Nacht einbrach, friedlich und frei in ihrer Nähe graste und kein Phantasiebild aus einem Fiebertraum war. Doch am meisten verwunderte es ihn, daß es nun ein ganz anderes Gefühl war, auf dem Tier zu reiten. Ein Unterschied, der sich nicht in Worte fassen ließ, wie zwischen einem toten Stumpf und einem lebenden Baum, der mit der Erde verwurzelt ist und dessen Äste sich im Wind biegen. Welten lagen dazwischen, und es war, als wolle man einen Schluck Wasser aus einem Becher mit einem tiefen Schluck aus einem rauschenden Fluß vergleichen. Kaum zu glauben, daß er jemals ohne dieses Glücksgefühl ausgekommen war. Das Blatt hatte sich für ihn gewendet – und das tatsächlich nur, weil er ein Pferd von seiner Trense befreit hatte? Unglaublich. Sein Herz schien vor Freude einen Satz zu machen.

»Kaltes Eisen«, erklärte ihm Wren geduldig. »Eisen macht jede Magie zunichte. Haben eure Offiziere euch nicht gesagt, daß euch die Eisenwaffen und -rüstungen vor unserem Zauber schützen?«

»Also ehrlich gesagt, habe ich gedacht, daß sie uns was vorlügen, damit wir uns euch gegenüber mächtiger fühlen«, gab Titch zu. »Willst du etwa sagen, daß du keinen Zauber bei jemandem anwenden kannst, der etwas aus Eisen am Körper trägt?« Hatte sie ihn etwa ausgezogen, bevor sie seinen Zahn geheilt hatte? Titch erinnerte sich nicht mehr daran.

»Nein, meine Zauberkräfte versagen, wenn *ich* kaltes Eisen berühre.« Wren runzelte die Stirn und versuchte sich in Gedanken zurechtzulegen, wie sie es ihm am besten erklären sollte. »Ein Zauber prallt von Eisen ab, man muß also vorsichtig sein. Manchmal entstehen Funken, wie bei einem Feuerstein. Sowohl für den Magier als auch für den, der verhext werden soll, kann das gefährlich werden.«

»Also konntet ihr uns gar nichts anhaben?« Er fuhr sich mit der Hand über die Wange – Mistress Agatha, die inzwischen tot war, war ihm nie geheuer gewesen.

»Keiner von uns ist entkommen, oder?« Wren stieß heftig einen Stock ins Feuer.

»*Du* bist entkommen.« Im gleichen Moment, als Titch diese Worte aussprach, wurde ihm bewußt, daß sie nicht der Wahrheit entsprachen. Wren war nicht frei – sie war weit davon entfernt. Sicherlich, sie lebte, während einige andere den sicheren Tod gefunden hatten, aber das war eigentlich eher Galvins Verdienst als ihr eigener. Von der Aufgabe, den verzauberten Schwan zu finden, einer Aufgabe, die womöglich nie erfüllt werden konnte, war sie dadurch noch lange nicht entbunden. Im Gegenteil – von ihrem Erfolg hing Galvins Leben ab, eine große Verantwortung. Die Sorge trübte ihre klaren Augen, und Titch legte ihr tröstend eine Hand auf die schmale Schulter. »Tut mir leid. So habe ich es nicht gemeint.«

»Außer ihm habe ich nichts auf dieser Welt, abgesehen von Alinor. Du hast doch sicherlich eine Familie, oder?« Sie hatte das Gefühl, als könne sie ihm nicht begreiflich machen, wie wenig sie besaß und wie verzweifelt sie an dem Wenigen hing.

»Nicht mehr. Mein Vater ist gestorben, als ich noch klein war, meine Mutter kurz danach auch. Das sind schon alle gewesen. Ich weiß nicht, ob ich noch mehr Verwandte habe, man hat mir jedenfalls nie von welchen erzählt. Die Frau eines Gastwirts hat mich großgezogen.« Jetzt war er es, der mit leerem Blick in die Flammen starrte. »Wir werden ihn schon retten, Wren. Die Königin kann es sich nicht erlauben, jeden Zauberer umzubringen, schließlich braucht sie einen Magier, der ihren Sohn zurückverwandelt! Und wir werden auch den Schwan finden …«

In diesem Augenblick erklang – als habe ein Dirigent den Einsatz gegeben – über ihren Köpfen ein schriller Schrei. Die Sonne war bereits untergegangen, nur die letzten Strahlen erhellten noch den Himmel – und zwischen malvenfarbigen Wolken flog ein Vogelschwarm. Alinor, die auf dem Sattelbogen thronte, trat unruhig von einem Fuß auf den anderen. Ihre Flügel zuckten, die Beine knickten leicht ein, als wolle sie sich in die Luft schwingen, aber sie starrte nur nach oben und ließ ihren Schnabel ein- oder zweimal nach vorne schnellen.

Titch sah, daß die Vögel v-förmig flogen, ein Anführer an der Spitze wies ihnen den Weg. Doch die Tiere zogen so hoch am Himmel übers Land dahin, daß er sie nicht zählen oder einzeln erkennen konnte. Die Schreie verhallten wie das Klagen umherirrender Geister. Titch warf Wren einen traurigen Blick zu. »Ich habe mich immer mehr für die Kriegskunst als für die Jagd interessiert, nur ab und zu habe ich mal einen Hasen für den Topf erlegt …«

Graugänse, war Alinors knapper, vernichtender Kommentar. Ihre Schwingen legten sich wieder, und sie ordnete mit dem Schnabel die Federn, bis jede an ihrem Platz lag. Wren streckte die Hand nach ihr aus, um sie zu beschwichtigen.

»Schwäne sind sehr ausdauernd im Flug, bei Tag und bei Nacht«, ließ sie Titch wissen. »Sie legen weite Strecken zurück. Ich weiß nicht einmal, wo wir sind, aber wir haben vielleicht noch einen weiten Weg vor uns.«

Er nickte und sah zu Valadan hinüber. »Wir schaffen es

noch rechtzeitig, Wren. Ich habe genau gemerkt ... na ja, der Hengst war vorher schon schnell, aber jetzt ...«

Der Wind hat mich gezeugt, unterbrach Valadan flüsternd seine Gedanken, die sich überschlugen. *Und an Schnelligkeit stehe ich meinem Erzeuger in nichts nach.*

Auf der Lauer

Sie jagten übers Land, und der Wind war ihr Gespiele. Über ihnen erforschte Alinor die Luftströmungen, aber Valadan galoppierte so schnell, daß der Falke ihnen nicht mehr – wie zuvor – weit vorausfliegen konnte. Unmöglich für die Reiter, sich die Landschaft anzusehen, denn die Ebenen rauschten an ihnen vorbei. Wenn sie den Blick an einem Punkt in der Ferne festhakten, taumelten sie – die rasende Geschwindigkeit, mit der sie darauf zuschossen, machte sie schwindelig. Tatsächlich, die Schnelligkeit des Hengstes stand der des Windes in nichts nach. Valadan verschmolz mit den Böen, wurde selbst zum Wind.

Wie immer erlegte Alinor, was sie an Nahrung brauchte, und da Titch und Wren bei dem Überfall in der Nacht ihren Proviant verloren hatten, waren sie darauf angewiesen, daß der Falke auch für sie sorgte. Zumindest konnten sie dank der Jagdkünste des Vogels den spärlichen Vorrat an Trockennahrung länger unangetastet lassen. Not mußte das Tier deshalb nicht leiden – wenn Alinor Beute gemacht hatte, rupfte sie dem erlegten Vogel hastig die Federn aus und verschlang die Niere, die ihr besonders gut schmeckte. Den Kadaver überließ sie Wren, und wenn sie besonders zufrieden mit ihrer Mahlzeit war, durfte sogar Titch von den zerfledderten Überresten kosten, allerdings erst nach Wren. Es gab genug Zeitvertreib für den Falken, irgendein Tier stöberte er immer auf, und manchmal gefiel es ihm auch, nur zum Vergnügen seine Kreise zu ziehen und spielerisch, aus Spaß an der Jagd, auf Vögel herabzuschießen, die er eigentlich nicht fressen wollte. Die vorbeihuschenden Wolken versetzten Alinor in freudige Erregung.

Trotzdem war Titch der Meinung, daß der Vogel seine Fähigkeiten verfeinern mußte, und schließlich wagte er es, Wren darauf anzusprechen. »Du willst doch, daß deine Gefährtin den Schwan fängt, aber sie hat noch nie ein so großes Tier gejagt, oder?« Er gab sich Mühe, Wren – die empört auf seine Kritik reagierte – geduldig zu erklären, warum er sich Sorgen machte.

»Die Krickente, die sie erlegt hat, war riesig!« wandte Wren aufgebracht ein und führte sich in Gedanken wieder das letzte Abendessen vor Augen.

»Und außerdem köstlich«, stimmte Titch zu. »Aber nicht annähernd so groß wie ein Schwan. Meistens macht sich Alinor über Tauben oder Möwen her. Das ist ja auch in Ordnung, und ich will auch gar nicht behaupten, daß sie nicht in der Lage ist, einen größeren Vogel aus der Luft zu holen – aber sie muß sich allmählich darin üben. Es entspricht nicht ihrer Natur, auf Jagd nach Schwänen zu gehen, von sich aus würde sie sich nie an einen solch großen Vogel heranwagen. Wir müssen ihr das beibringen.«

»Wie stellst du dir das denn vor?« fragte Wren ein wenig gereizt. Ihr Blick folgte Alinor, und womöglich tauschte sie sich mit ihrer Gefährtin aus.

»Wie bei allen anderen Raubvögeln auch. Sie muß einfach Übung bekommen. Du bestimmst einen Vogel und sagst Alinor, daß sie ihn jagen soll. Trainierte Habichte können einen Reiher herunterholen, obwohl das einem wilden Tier niemals in den Sinn kommen würde! Man muß es ihm beibringen. Die Falkner trainieren die Vögel nur mit Köder und Pfeife. Du hast bei Alinor viel bessere Möglichkeiten.«

Wrens Blick wanderte hinauf zu Alinor, die sich lautlos durch die silberfarbenen Konturen der Wolken in die Lüfte schraubte. Die Sonne hatte ihren Höchststand bereits überschritten, und jeder Falkner schwört darauf, daß die Tiere zu dieser Tageszeit am besten fliegen. Der Wanderfalke hatte sich an diesem Morgen ausgiebig von den Überresten seiner letzten Mahlzeit befreit und Unverdauliches wie Pelz, Federn und ein oder zwei winzige Knochen ausgewürgt. Alinor war guter Laune, noch nicht heißhungrig – genau die richtige Stimmung für ein Spielchen. »Aber wenn sie ihre Beute nicht fressen darf, regt sie sich furchtbar auf«, sagte Wren verunsichert.

Titch schlug auf die Satteltasche. »Von der Elster ist noch ein Stück übrig.« Keine bekömmliche Mahlzeit für einen Menschen, aber Alinor gab sich vielleicht damit zufrieden. »Außerdem wollen wir ja gerade nicht, daß sie die Beute tötet – sie soll sich doch daran gewöhnen, ein Tier, das größer ist als sie selbst, nur herunterzuholen. Wenn wir in diese Richtung reiten, müßten wir eigentlich auf ein paar Gänse stoßen.« Er gab Valadan einen sanften Stups, verlagerte das Gewicht und schob das Knie nach vorne, und schon änderte der Hengst die Richtung. Das Pferd rauschte übers Land wie ein Windhauch, obwohl es zwei Reiter tragen mußte.

Wren weihte Alinor behutsam in ihr Vorhaben ein. »Meinst du, es ist wirklich wichtig, daß sie ein *bestimmtes* Tier jagt?« fragte sie Titch, mit einem Ohr noch bei ihrer Begleiterin. Wren klang mutlos, offensichtlich schien es Alinor nicht zu gefallen, daß Titch plötzlich über sie bestimmen wollte.

»Irgendwann muß sie das schließlich lernen«, erklärte Titch, der das Ganze vernünftig angehen wollte. Alinor sollte von Anfang an lernen, das zu tun, was man ihr sagte, hatte er sich überlegt. »Sag ihr, sie soll den zweiten Vogel nehmen, der aufsteigt.«

Langsam näherten sie sich den Gänsen, aber dickköpfig, wie Gänse nun einmal sind, bewegten sie sich nicht von der Stelle. Anscheinend wollten sie nicht auffliegen. Womöglich hatten sie den Falken über ihren Köpfen bemerkt und fühlten sich auf dem Wasser sicherer. Schließlich trieb Titch den Hengst an, sie jagten auf den Teich zu und gelangten nach einem kurzen Galopp ins seichte Wasser, das in hohen Fontänen aufspritzte. Die Gänse schrien ängstlich und flogen auf.

Die Sonne blendete, Alinor war nicht zu sehen. Titch führte den Hengst wieder zurück ans Ufer, wobei er die aufgescheuchten Gänse nicht aus den Augen ließ. Wo war der Falke nur? Auch die Gänse kreisten nun am Himmel und näherten sich langsam und nervös wieder dem Wasser. Ein oder zwei Vögel hatten sich sofort wieder aufgeregt zischend und schreiend auf dem Teich niedergelassen. Die Formation des Schwarms, der am Himmel seine Bahnen zog, war nicht mehr vollständig, und die Vögel rückten näher zusammen, um – getragen von einer Brise – wieder sanft zu landen. Ob Titch den Schwarm wohl ein zweites Mal aufscheuchen mußte? Wo blieb nur Alinor? Schmollte der Falke, wollte er etwa überhaupt keine Anweisungen akzeptieren?

Ein Blitzstrahl, schwarz wie Schiefer, schoß durch die Formation der Gänse, durch Alinors Federn pfiff der Wind in hellen Tönen. Sie schlug mit den Krallen aus, verfehlte einen jungen Ganter um Haaresbreite und mußte den Sturzflug abfangen, bevor sie auf dem Boden aufschlug. Die Gans landete unbeholfen auf dem Wasser und brachte sich zwischen hochgewachsenen Binsen in Sicherheit. Wutentbrannt schrie Alinor auf, schwang sich wieder in die Lüfte und stieß dabei aufgebrachte Stakkato-Laute aus.

»Gar nicht übel«, sagte Titch aufmunternd. »Sag ihr, daß es nur ein Spiel ist, das immer lustiger wird, je besser sie es beherrscht.«

»Sie ist wirklich außer sich«, sagte Wren. Sie runzelte die Stirn, während sie, den Kopf im Nacken, den Himmel absuchte.

»Kann ich mir vorstellen.« Titch grinste. »Du solltest ihr ausrichten, daß sie ein zu edler Falke ist, um sich mit gewöhnlicher Beute zufriedenzugeben.«

Wren verfolgte Alinor mit nachsichtigen Blicken – doch plötzlich riß sie die Augen auf.

»Was ist los?« fragte Titch. Er spürte, daß sie sich hinter ihm versteifte wie ein Pferd, bevor es scheut.

»Ist nicht für deine Ohren bestimmt«, flüsterte Wren. Sie schien schockiert. »Ich wußte gar nicht, daß sie solche Worte überhaupt kennt.«

»Ich habe meinen ersten Meister, der mir die Kunst des Schwertkampfes beigebracht hat, auch gehaßt«, erwiderte Titch, den Mund immer noch zu einem breiten Grinsen verzogen. »Aber heute denke ich schon viel besser über ihn.« Er zügelte den Hengst und überlegte, mit welchen Übungen er die Fähigkeiten des Falken noch trainieren konnte. »Sag ihr, sie soll sich bereit halten. Ich werd einen anderen Vogel für sie aufscheuchen.« Er stieg vom Pferd und stapfte durchs hohe, immer noch braune Gras. Nur knapp über den Wurzeln lugte das erste Grün hervor. Das Wasser in dem kleinen Tümpel stand niedrig, und nicht alle Gänse konnten in der Mitte schwimmen, wo sie in Sicherheit waren. Einige mußten sich in den Uferregionen versteckt halten …

»Titch, paß auf!«

Valadan stieß ebenfalls einen warnenden Schrei aus.

Der Junge duckte sich, rutschte dabei auf dem unebenen, schlammigen Boden aus und taumelte. Um Haaresbreite zischten Alinors Krallen an seinem rechten Ohr vorbei. Als der Falke mit den Flügeln schlug, streiften die Schwingen Titchs Haar. Alinor mußte nicht einmal aufsteigen, um

Titch erneut zu attackieren – schließlich konnte der Junge nicht durch geschickte Flugmanöver ausweichen – , und das Falkenweibchen schlug lediglich geschickt einen Haken. Während Alinor sich um die eigene Flügelspitze drehte, warf sich Titch so schnell er konnte flach ins Gras. Eine aufgescheuchte braune Stockente flog auf und kam Alinor in die Quere. Titch hörte über sich einen dumpfen Aufprall, und ein paar Federn segelten, vom Wind getragen, zu Boden. Leblos plumpste die Ente auf die schlammige Erde. Alinor ließ sich neben der Beute nieder, packte das erlegte Tier, legte es ihrer Herrin zu Füßen und fing an, mit dem Schnabel, der wie ein Krummsäbel zuhackte, die restlichen Federn auszurupfen.

Titch kauerte noch eine Weile auf dem Boden, die Arme schützend über dem Kopf, dann wagte er es endlich, sich langsam aufzuraffen.

»Alinor läßt dir ›Vielen Dank‹ ausrichten«, gab Wren pflichtbewußt weiter, als Titch, immer noch jederzeit auf einen Angriff gefaßt, wieder zum Pferd zurückkam.

Alinor fand, dieses Training sei unter ihrer Würde. Sie wollte sich nicht vorschreiben lassen, wann sie wohin zu fliegen hatte, schon gar nicht von so einem armen Tropf, der nicht einmal Flügel hatte. Titch versuchte ihr also einzureden, er suche nur deshalb die Beute für sie aus, weil nicht jedes Tier ihren außergewöhnlichen Fähigkeiten gerecht wurde. Bei der Jagd ging es schließlich nicht nur um Nahrungssuche. In diesem Punkt stimmte Alinor glücklicherweise mit ihm überein. Freundlich war sie ihm deshalb noch lange nicht gesonnen, nichts konnte sie dazu bewegen, ihre Meinung über ihn zu ändern. Wenn der Falke nicht auf Wrens Faust saß, hatte Titch immer ein wachsames Auge auf den Himmel gerichtet. Er konnte, wie er fand, nicht vorsichtig genug sein.

Wenn es um die Strategie ging, brachte Alinor auch ohne fremde Hilfe regelrechte Glanzstücke zustande. Sie schraubte sich hoch in den Himmel, ließ das auserwählte Opfer zunächst hinter einer Erhebung verschwinden, damit sie außer Sichtweite war, und erst dann begann der blutige Ernst – die erbarmungslose Jagd auf das Tier. Die meisten Vögel merkten nicht, daß sie in Gefahr waren. Manchmal gefiel es dem Falken allerdings auch, einen Truthahn in wilde Panik zu versetzen, indem er immer wieder auf ihn herabstieß. Um Haaresbreite sauste er an dem gehetzten Tier vorbei, bis es, in Todesangst, vollkommen die Orientierung verlor. Manchmal erlegte er den Vogel, manchmal ließ er ihn davonkommen.

In der weiten Ebene konnte der Falke wunderbar jagen, nichts versperrte ihm den Blick, weit und breit gab es kein Hindernis. Sie hätten eigentlich damit rechnen müssen, früher oder später auf einen ungezähmten Raubvogel zu treffen.

»Paß gut auf«, riet Titch, womit er sich im Grunde schon wieder einmischte. Der fremde Vogel, der von einem Aufwind getragen, hoch oben seine Kreise zog, war als winziger Punkt am Himmel zu sehen, aber Alinor hatte ihn längst ausgemacht. Sie breitete die Schwingen aus und ließ den Kopf ungeduldig nach vorn schnellen. »Es ist Frühling, die Vögel suchen sich Gefährtinnen.« Natürlich konnte er auf die Entfernung nicht feststellen, ob der fremde Vogel männlich war.

»Alinor würde mich nie im Stich lassen«, erwiderte Wren, aber in ihrer Stimme schwang Unsicherheit mit. Erleichtert fügte sie hinzu: »Außerdem ist es ein Weibchen.«

Wahrscheinlich gab es in dieser Gegend auch Adler. Nicht ungefährlich für Alinor, denn der größere Raubvogel konnte ihr – wenn sie nicht auf der Hut war – übel mitspielen. Aber Alinor hielt immer Augen und Ohren offen, sie war die unangefochtene Herrin der Lüfte, schneller und wendiger als die größeren Vögel, und der beste Sturzflugjäger unter den Räubern des Himmels.

»Sag ihr, daß sie immer in der Nähe bleiben soll. Wenn sie einen Wandfalken entdeckt und neugierig wird, hört sie vielleicht nicht mehr auf dich«, warnte Titch.

Wren nickte, und Alinor zog von nun an ihre Kreise dicht über ihnen. »Was ist das Weiße da hinten?«

Titch blinzelte und schüttelte schließlich den Kopf. »Da mußt du Alinor fragen, die sieht besser als ich. Vielleicht Schneegänse.« Die Vögel interessierten sich nicht dafür, daß Alinor über sie hinwegflog. Nur vernünftig, denn normalerweise griffen Wanderfalken ihre Beute weder auf dem Boden noch im Wasser an. Trotzdem hörte Titch Gänseschreie. Ein Schwarm näherte sich einem der vielen winzigen Seen, die nach der Schneeschmelze entstanden waren. Die Vögel waren noch im Anflug und wollten sich niederlassen.

Alinor änderte leicht ihren Kurs und folgte – während sie immer wieder Kreise beschrieb – dem Schreien der Gänse. Sie ließ zu, daß Wren die Beute aussuchte, und spielte bereitwillig mit.

Wenn man Alinor bei der Jagd beobachtete, mußte man unwillkürlich an einen guten Schäferhund denken, der seine Herde im Zaum hält. Die Gänseschar überflog das sumpfige Gelände, doppelt so hoch glitt Alinor über die Winde. Aufgeregt stoben die Vögel auseinander, als der Falke – völlig unerwartet – auf den Schwarm herabschoß. Alinor hatte es auf eine bestimmte Gans abgesehen, jagte sie gnadenlos, ließ nicht ab von ihrem Opfer und trennte es von seinen Gefährten, die in heller Panik das Weite suchten. Immer wieder schnitt sie dem Tier den Weg zurück zur Gänseschar ab. Wren verfolgte die Hetzjagd kreidebleich, war hautnah dabei, indem sie durch die Augen des Falken blickte wie durch ein Fenster.

»Bring sie lebend runter«, flüsterte Titch. Bis jetzt hatte Alinor zwei Graugänse erlegt. Ihr tödlicher Schnabel hatte beim ersten Mal den Schädel des Vogels zerschmettert. Bei der zweiten Jagd war es Wren gelungen, Alinor klarzumachen, daß sie sich zurückhalten mußte, aber die Gans war in Panik geraten und im Sturzflug zu Boden getaumelt. Das törichte Tier hatte sich das Genick gebrochen. Dieses Risiko durften sie bei dem Schwan nicht eingehen. Der Prinz sollte lebend und – soweit möglich – unverletzt eingefangen werden.

Alinor täuschte einen Angriff vor, und der Vogel taumelte und brach seitlich aus. Hart schlug die Gans auf den Boden, aber sie hatte den Sturz in letzter Sekunde mit ausgebreiteten Flügeln abgefangen. Das Falkenweibchen schoß herab, und das hohe, wilde Gras schien sie zu verschlucken. Titch trieb den Hengst an, und mit schnellen Sätzen galoppierte Valadan zu dem Falken.

Als sie ankamen, sahen sie, daß der Falke triumphierend über der weißen Gans kauerte. Die kleinen Augen des flaumig gefiederten Vogels, die glänzenden Perlen glichen, waren vor lauter Panik hervorgequollen, aber wenigstens schimmerten sie nicht glasig wie bei einer erlegten Beute. Alinor bändigte die Gans, indem sie die Schwingen über ihr ausbreitete. Zurückgelehnt stützte sie sich auf die Schwanzfedern, die Klauen vorgestreckt, jederzeit bereit zuzuschlagen. Titch verstand, was sie ihm damit sagen wollte, und hielt einen sicheren Abstand. Wren rief ihre Gefährtin von der Beute zurück und lockte sie zusätzlich mit einem Stück Hasenniere. Erst jetzt durfte Titch es wagen, zu der Gans zu gehen. Er sah sich das stoßweise atmende Tier eingehend an und tastete seine Glieder ab. Er hätte sich nicht gewundert, wenn ihnen nur eine Möglichkeit geblieben wäre, nämlich dem Vogel den Gnadentod zu geben, aber er stellte erfreut fest, daß das Tier unverletzt war.

»Nur ein paar geknickte Federn. Ich glaube aber, die Gans kann noch fliegen!« jubelte Titch. »Gute Arbeit, Alinor!«

Der Falke saß auf Wrens Faust und zischte ihn an. Titch hatte das Gefühl, als überlege sich der Raubvogel, wie seine Niere wohl schmecken mochte.

Endlos war der Himmel, und der Falke, der sich in die Lüfte schraubte, erschien davor winzig. Wren war überwältigt, und das prickelnde Gefühl, mühelos endlose Weiten durchqueren zu können, faszinierte sie. Sie bemerkte gar nicht, wie weit sich Alinor bereits von ihr entfernt hatte. Unentwegt tauschten sie Gedanken aus, und Wren kam es immer so vor, als säße der Vogel auf ihrer Faust, stets greifbar für sie. Sie spürte den eisigen Wind hoch oben am Himmel, fast meinte sie, er verfing sich in ihrem windzerzausten Haar. Die Wolken schimmerten lavendel- und aprikosenfarben, hier und da leuchteten sie in zartem Krickentenblau und kräftigem Rosa. Es war, als sähe sie dieses Farbspektakel im Flug mit ganz anderen Augen. Erst als Titch ihr auf die Schulter tippte, kam sie wieder zu sich und begriff, daß ihr Körper an die Erde gefesselt war. Sie blinzelte, als sei um sie herum tiefe Nacht.

»Ich glaube, es braut sich ein Sturm zusammen«, sagte Titch unruhig. »Sieh dir nur mal die Wolken an!«

Wren betrachtete den Himmel, und erst jetzt sah sie wieder mit den Augen eines Menschen. Die Wolken waren, wie schon den ganzen Tag über, zu phantastischen Haufen aufgetürmt. Die gewaltigen Schatten huschten in rasender Geschwindigkeit über die Land- und Wasserflächen. Nichts konnte sie aufhalten. Die Sonne stand bereits tief, und das grelle Weiß der Wolkenschlösser blendete zu sehr, um lange hineinzusehen. Wie pures Gold funkelten die Umrisse der

Wolken, glänzendes Gold, auf das jeder Kaiser stolz gewesen wäre. Alinor bahnte sich ihren Weg durch die Spitzen der bauschigen Türme, und dort schienen sie noch schöner. Wieder verlor sich Wren in dem Anblick, der sich ihr bot, sobald sie die Welt mit den Augen des Falken sah.

»*Wren*!« rief Titch sie an und rüttelte an ihrer Schulter, damit sie endlich aufmerksam wurde. »Du mußt sie zurückrufen! Merkst du denn nicht, wie stark der Wind geworden ist?«

Den ganzen Tag über war schon ein heftiger Wind gegangen, er hatte die Gräser zu Boden gedrückt und sich in Wrens Haar verfangen. Aber wehte er jetzt nicht viel kälter und stärker? Hatte er nicht das Ungestüm eines Raubvogels? Plötzlich begriff Wren die Gefahr und starrte auf die Türme und Schlösser, die den Himmel ganz auszufüllen schienen. Flach und dunkel wie Eisen zeichneten sich die Unterseiten der Wolken ab. Übermächtig türmten sie sich auf, sie wirkten nur deshalb viel kleiner, weil sie inmitten eines endlosen Himmels über grenzenloses Land zogen, das sich flach wie ein Bettlaken ausdehnte. Während sie entsetzt zum Himmel starrte, durchzuckte ein Blitz das Fundament eines gewaltigen Wolkenturmes. Noch war der Sturm weit entfernt, aber er kam in rasender Geschwindigkeit näher, schnell wie das Pferd, das durch einen Zauber gezeugt worden war. Schon bald würde er über ihnen toben. Wren hörte bereits den Donner und zuckte erschrocken zusammen.

Alinor! Wenn der Sturm sie mit seinen gewaltigen Klauen packte, hatte der Vogel keine Chance. Er würde hilflos auf einem Fallwind zu Boden trudeln oder vor dem Sturm hertreiben. Hunderte von Meilen konnten die mächtigen Böen ihn mitreißen und erbarmungslos an ihm zerren. Dann wäre er für immer verloren. Wo konnte Alinor nur stecken?

Das Falkenweibchen machte sich überhaupt keine Sorgen. Als Wren es ängstlich zurückrief, fiel ihm nicht im Traum ein, mit kräftigen Flügelschlägen schnell zurückzufliegen. Es ließ sich weiter von Aufwinden tragen, schwebte durch den goldfarbenen Himmel und trieb auf dem starken Rücken einer Sturmböe.

»*Alinor!*« Endlose Ebenen lagen vor ihnen, weit und breit kein Unterschlupf für einen Vogel. Im Umkreis von tausend Meilen stand kein Baum, und bis zum nächsten Felsen mußte man eine doppelt so weite Strecke zurücklegen. Kein Vogel zog am Himmel seine Kreise – Beute ließ sich jetzt nicht mehr finden, nur Zerstörung. Doch Alinor gehorchte ihrer Herrin nicht, wenn sie sie denn überhaupt gehört hatte.

»In welche Richtung ist sie geflogen?« fragte Titch. »Wir müssen hinter ihr herreiten.«

Er hat recht, dachte Wren, und die Angst umklammerte ihren Magen wie eine eisige Faust. Alinor konnte nicht gegen den Sturm anfliegen, um zu ihnen zurückzukommen. Also mußten sie dem Falken hinterherjagen.

»Ich weiß nicht, wo sie ist!« Wren begriff plötzlich, daß sie ihre Gefährtin verloren hatte. Verwirrt sah sie sich um. Der Himmel war zu mächtig, und die braune Ebene bot keinerlei Anhaltspunkte. Nichts, woran man sich orientieren konnte. Daß sie keinen Kontakt mehr zu dem Falken hatte, versetzte sie in Panik, mehr noch als der gewaltige Donner und der tiefschwarze Himmel. Warum antwortete Alinor nicht?

»Sie kann unmöglich gegen den Sturm anfliegen! Du mußt sie immer wieder rufen!« Titch riß Valadans Zügel herum und ließ ihn mit dem Wind übers Land jagen. Natürlich konnte der Hengst schnell wie ein Orkan Meile um Meile zurücklegen, aber der Himmel über ihnen war bereits schwarz verfärbt wie ein Bluterguß. Immer wieder zuckten

Blitze auf. Lichtpfeile bohrten sich zwischen Wolken hindurch, stachen durch die Wolkendecke und schlugen in die Erde ein wie ein Habichtsschnabel, der einen Frosch aufspießen will. Die Böen trieben sie permanent seitlich ab, auch wenn sie mit rasender Geschwindigkeit übers Land donnerten. Wren klammerte sich an Titch, hatte beide Arme um ihn geschlungen und das Gesicht zum Himmel gewandt. Turbulentes Treiben erfüllte die Lüfte, aber das, wonach sie Ausschau hielten, war weit und breit nicht zu sehen.

»Kannst du Blitze abhalten?« rief Titch besorgt und versuchte, die vorbeizischende Luft und das Donnern der Hufe zu übertönen.

Wren hatte dem Blitzwurzzweig, den Galvin über den Eingang ihres kleinen Landhauses gehängt hatte, nie große Beachtung geschenkt. Wenn sich ein Sturm zusammengebraut hatte, war sie ohnehin in der Hütte geblieben. Das Dach und die magischen Schutzvorrichtungen ihres Meisters hatten alle Gefahren von ihr abgehalten ... nur die bewaffneten Männer nicht. Wren grub die Finger tiefer in Titchs Mantel und schüttelte den Kopf. Sie hatte das Gefühl, als verhedderten sich alle Gedanken zu einem unentwirrbaren Knäuel. Der Sturmwind zerrte an ihr.

Wir sollten lieber eine Erdmulde suchen. Unmöglich, den Sturm einzuholen, dafür hatte er sich über eine viel zu weite Fläche ausgebreitet. Der Versuch, ihm zu entkommen, war völlig sinnlos. Nur Berge oder Wälder konnten einen Sturm aufhalten oder zurückweisen, aber soweit das Auge reichte, war nur ebenes Land zu sehen. Valadan reckte den Hals, um festzustellen, ob irgendwo eine Erhebung zu sehen war. *Ich könnte diesen Wind hinter mir lassen, aber ich weiß nicht, wohin es uns dann verschlägt.*

»Wir können uns unmöglich irgendwo verkriechen. Wir müssen den Falken finden!« schrie Titch.

Wren rief nach Alinor, ein Schrei, der aus tiefster Seele kam. Sie meinte zu spüren, daß der Falke irgendwo in weiter Ferne seine Kreise zog, die weiten Schwingen angewinkelt. Doch sie sah nichts, und das Gefühl, bei ihrer Gefährtin zu sein, hatte sie nur kurz gestreift wie eine flauschige Feder. Bevor sie ihm nachgehen konnte, war es schon wieder verschwunden.

Seit jeher war Alinor die Herrin der Lüfte, aber nun mußte sie gegen den Himmel kämpfen. Er verwehrte ihr, in eine bestimmte Richtung zu fliegen, warf sie zurück, feindete sie an und drohte, sie auf die unbarmherzige Erde zu schleudern. Der Himmel, der immer ihr Freund gewesen war, ihr Refugium, über das sie herrschte, bot ihr nun keine Sicherheit mehr. Geborgenheit konnte sie nur noch auf der Faust mit dem Handschuh finden, auf der Sitzstange, die alle Gefahren abzuhalten schien. Alinor wollte unbedingt zu ihrer Vertrautheit, aber auf diese große Entfernung konnte sie ihr Ziel selbst mit scharfen Falkenaugen nicht entdecken. Sie hörte den Ruf ihrer Herrin – ein Flüstern gegen das Tosen des Sturmes.

Sie wußte, wohin sie eigentlich wollte. Mit aller Kraft versuchte sie, dorthin zu gelangen, aber der Sturm drängte sie immer wieder zurück ...

Wir stehen auf einem Hügel.

»Tatsächlich?« Titch versuchte, durch den Staub, den der Wind aufgepeitscht hatte, etwas zu erkennen. Als er merkte, daß der Hengst sein Gewicht nach vorne verlagerte, lehnte er sich zurück, um den Abstieg zu erleichtern. Schon nach wenigen Augenblicken waren sie unten angekommen – eine kleine Anhöhe, die kaum den Wind abfing.

Aber ein bißchen schützte die kleine Mulde doch, auf der flachen Ebene dagegen hatten sie die Blitze geradezu angezogen. Wenn sie jetzt absaßen, ragten sie kaum über die windgepeitschte Ebene hinaus. Titch hob Wren vom Pferd, obwohl sie sich plötzlich wehrte und lauthals protestierte.

»*Titch, hier kann sie uns doch nicht mehr sehen!* Dann kann sie auch nicht zu mir kommen!«

Wahrscheinlich hatte Wren recht – über den Hügel peitschte der Sturm, hier konnte niemand sie sehen. »Sag ihr, daß sie deinem Ruf folgen soll«, schlug er vor.

»Bei dem Wind kann sie mich doch kaum hören«, wandte Wren mit weinerlicher Stimme ein. »Wenn sie keinen Anhaltspunkt hat, auf den sie zufliegen kann …« Ungefähr tausend Schritte vor ihnen schlug der Blitz in die Erde. Unmittelbar danach krachte der Donner.

»Du bleibst hier unten!« befahl Titch streng. Er führte Valadan wieder auf die Anhöhe. Schnaubend blieb der Hengst dort stehen, gut sichtbar ragte er auf der Ebene hervor, das ideale Ziel für einen Falken, der zu seiner Falknerin zurückkehren will – und für Blitze. »Höre nicht auf, nach ihr zu rufen!« schrie er Wren zu. Er hob die linke Faust, damit Alinor landen konnte. Tiefschwarz war der Himmel, und Titch nahm an, daß er nicht sehen konnte, wenn sie auf ihn herabschoß, auch wenn die Brustfedern eine helle Farbe hatten. Wenn Raubvögel geradewegs auf den Falkner zufliegen, sind sie für ihn kaum zu erkennen. Die getupften Federn auf der Brust tarnen den Falken und machen ihn beinahe unsichtbar, erst recht bei so einem Sturm.

Doch aus den Wolken brach nicht Alinor, sondern der erste Regen. Dichte Regenwände peitschten übers Land, die Tropfen hatten sich zu einer gewaltigen Wasserfront verdichtet und schlugen ihm gegen Kopf und Schultern. Rinnsale liefen seinen Rücken hinunter. So gut es ging, kauerte sich der Junge zusammen, hielt dabei aber immer den Arm hoch. Bestimmt zog Alinor die Sicherheit einer

Faust im Handschuh den unbarmherzigen Sturmklauen vor. Selbst mit Glocken hätten sie den Vogel jetzt nicht mehr rufen können – das silberne Klingen hätte den gewaltigen, rollenden Donner und den peitschenden Regen niemals übertönt.

Ein Blitz, dann sofort ein gewaltiger Donner. Nur noch ein halber Herzschlag lag zwischen den beiden Naturgewalten. Valadan bewegte sich nicht und schien – anders als sein Herr – keine Angst zu haben. Titch wußte, daß Blitz und Donnerschlag für die Pfeile der Götter gehalten wurden, und er hatte das Gefühl, als ziele einer der Mächtigen genau auf ihn. Ein Kribbeln lief ihm über dcn Rücken, und er fühlte ein Prickeln zwischen den Schulterblättern. Die Haare an seinem Körper standen zu Berge, nur auf seinem Kopf blieben sie durch die Kapuze flach gedrückt. Der Regen schien immer stärker zu werden – in dem grellen weißen Licht, das erneut aufblitzte, erkannte er, daß Hagelkörner im Gras tanzten.

Erde und Himmel erbebten, schienen eins zu sein. Es war, als würden sie von einem hungrigen Ungeheuer verschlungen. Titch schlotterten die Glieder, als er das Vibrieren des Bodens in seinem Rückgrat spürte. Seine Zähne klapperten, obwohl er nicht fror. Für einen Augenblick machte ihn ein greller Lichtstrahl blind, und der Arm, den er immer noch hochhielt, wog schwer wie geschmolzenes Blei und schmerzte ihn, und er hatte das Gefühl, als könne er ihn keine Sekunden länger ausstrecken. Er hörte, wie Wren, so laut sie nur konnte, nach dem Vogel rief, und er fragte sich, ob ihnen das wohl weiterhalf. Wie gut können Vögel eigentlich hören? Der Donnerschlag ließ ihn alles nur noch wie durch Watte hören …

Ein gewaltiger Blitz durchzuckte den Himmel, ein Geräusch war zu vernehmen, das dem Flügelschlag einer Fledermaus glich. Titch hörte Valadan aufschreien, und er schien plötzlich ins endlose Nichts zu stürzen. Und dann war um ihn herum nur noch Dunkelheit.

»Alinor!«

Titch spürte den Geschmack von Gras auf der Zunge. Er spuckte aus und hob, ziemlich erschöpft, den Kopf. Dafür mußte er sich mit den Händen aufstützen, denn er lag – warum auch immer – mit dem Gesicht nach unten auf dem unebenen Gras. Die kiesigen, harten Hagelkörner brannten eisig unter seinen Fingern. »Alles in Ordnung mit ihr?« fragte er Wren benommen. »Oder ist sie auch vom Blitz getroffen?«

»Ihr geht es gut.« Wrens Stimme klang seltsam. Titch stellte ein helles Piepsen in den Ohren fest. Eigentlich kein Wunder.

Valadan stupste mit dem Maul seine Schulter an. *Sie ist nicht vom Blitz getroffen worden,* erklärte der Hengst mit sanfter Stimme. *Und dich hat er auch nicht getroffen – der Falke ist mit dir zusammengeprallt.*

Irgendwie gelang es Titch, sich auf die Knie zu hieven. Wieder hallte ein Donnerschlag durch die Luft. Sofort zuckte der Junge zusammen, und fast wollte er sich flach auf den Boden werfen, doch als er sich ruckartig bewegte, hämmerte es heftig in seinem Kopf. Wie eine Welle durchflutete ihn die Benommenheit. Er fror heftig und hatte das Gefühl, er müsse sich jeden Moment übergeben. Also wartete er, bis er sich wieder gefangen hatte, und stellte dankbar fest, daß es ihm schon wieder besser ging. Er hörte immer noch den Pfeifton in den Ohren.

Ich hab ihn zu Boden gerissen, und er ist immer noch am Leben. Größer als ein Schwan ist er allemal, posaunte der Falke fröhlich heraus.

»Du solltest dich schämen!« rief Wren aus. »Er hat dir das Leben gerettet. Und du hast ihn verletzt!« Sie wäre gern zu

Titch gegangen, aber solange sie Alinor auf der Faust trug, war das zu gefährlich, entschied Wren.

Titch stützte vorsichtig seinen Kopf, während er sich aufraffte. Etwas Heißes tropfte ihm aus den Haaren und lief in einem Rinnsal über seine Finger. Immer noch prasselte der Regen auf ihn nieder, und er fühlte sich eisig kalt an. Also muß es wohl Blut sein, überlegte er. Irgend etwas mußte ihm die Kopfhaut aufgeschlitzt haben, und zwar knapp über den ausrasierten Partien seines Helmschnittes. Er tastete weiter den Kopf ab und versuchte zu ignorieren, daß er alles um sich herum nur noch verschwommen wahrnahm.

Alinor schüttelte die Federn und verspritzte dabei die Regentropfen, die von ihrem Gefieder abperlten. Dunst stieg auf. Wren zupfte an ihrem Mantel und zog ihn schützend über ihre unruhige Gefährtin.

Als Titch sich am Steigbügel hochzog, hielt Valadans Flanke den Regen wenigstens ein bißchen ab. Der Blitz konnte inzwischen nicht mehr gefährlich für sie werden – der Donner verhallte langsam, und der Wind trug ihn in die Dunkelheit, die vor ihnen lag. Der Sturm zog mit seinen Gehilfen weiter, und nur der Regen blieb. Titch warf Wren einen unsicheren Blick zu – sie war naß wie damals, als er sie aus dem reißenden Fluß gezogen hatte. Sie wich seinem Blick aus – nach außen hin wirkten die Zauberin und ihre Gefährtin friedlich, aber in Gedanken führten sie ein wutentbranntes Streitgespräch.

Mach das bloß nie wieder! In Wrens Augen fingen sich die letzten Blitze.

Erst läuft er herum wie ein aufgescheuchtes Huhn, und dann stellt er sich hin und wartet darauf, daß der Blitz ihn erschlägt, zischte Alinor.

Er hat auf dich gewartet! Ich habe geglaubt, du kannst mich nicht finden.

Ich habe genau gewußt, wo du bist. Alinor stellte Kopf- und Nackenfedern auf, eine Geste, die verriet, daß sie sich innerlich mehr aufregte, als sie zugeben wollte. Im Regen standen ihre Federn wie Dornen ab, und sie schüttelte sie gereizt zurecht.

Du bist nicht mehr zurückgekommen. Ich hatte furchtbare Angst um dich, gestand Wren.

Du hast ihm vertraut und mir nicht? Der Falke legte den Kopf schief, und der Griff um Wrens Faust festigte sich.

Was wäre denn aus mir geworden, wenn ich dich nicht wiedergefunden hätte? fragte Wren mit flehentlicher Stimme.

Wieder wollte der Vogel mit einer plötzlichen Bewegung die Federn zurechtlegen, ruckartig, als könne er so Wrens Sorgen abschütteln. *Das war doch nichts Besonderes, nur ein bedeckter Himmel.*

Wren strich sich die nassen Haare aus den Augen. Immer noch umklammerten die Krallen des Falken ihr Handgelenk – eine Geste, mit der der Falke sie beruhigen wollte wie durch einen festen Händedruck. Vielleicht hatte Alinor auch furchtbare Angst gehabt, aber das hätte sie niemals zugegeben. Vielleicht war es nicht ganz unbeabsichtigt gewesen, daß sie Titchs Kopf getroffen hatte. *Du darfst ihm nie wieder so weh tun,* befahl Wren in strengem Tonfall.

Alinor machte absolut nicht den Eindruck, als bereue sie ihr Verhalten, doch nach einer Weile wandte sie den Kopf ab, und Wren spürte, daß sie den Kampf gewonnen hatte.

»Sag Alinor …« Titch tastete vorsichtig seine Kopfhaut ab. Auf der linken Seite, wo ihm die Krallen einen flüchtigen Hieb versetzt hatten, spürte er eine schmerzhafte Beule. Falken haben es kaum nötig, ihre Beute zu *fangen,* sie müssen sie lediglich streifen, um sie außer Gefecht zu setzen. Titch sah Wren an und verzog das Gesicht zu einem schiefen Lächeln. »Sag ihr, daß sie wirklich keine Übung mehr braucht.«

Der Falke putzte sich selbstzufrieden die Federn, als habe er ihn genau verstanden.

Auf der Suche nach dem Schwan

Tausende neue, winzige Seen hatte der Sturm in die Landschaft gezaubert. Schon nach wenigen Sekunden funkelten die Hufabdrücke, die Valadan im weichen Boden hinterließ. Jeden Morgen ritten die Schwanensucher durch ein Reich voller Juwelen. Erst wenn die Sonne am Zenit stand, hatte die Luft, die eigentlich ohnehin schon feucht genug war, das Wasser aus den glitzernden Edelsteinen gesogen. Wie dicke Suppe lastete die Feuchtigkeit in der sengenden Hitze auf ihnen.

Und doch herrschte um sie herum reges Leben. Frösche waren ununterbrochen zu hören, und Libellenflügel schwirrten durch die Luft. Moskitos und Mücken schienen sich pausenlos zu verzehnfachen. Frösche und Libellen jagten ihnen nach, aber offensichtlich gab es nicht genug, um der summenden Blutsaugerhorden Herr zu werden.

Titch schlug sich auf die Wange und starrte entsetzt auf die blutigen Finger: Drei zerquetschte Insekten klebten daran. Er hatte gehofft, noch rechtzeitig zuschlagen zu können – ein Irrtum offensichtlich. Auch Valadan warf unruhig den Kopf, aber das nutzte ihm nicht viel, denn die Insekten waren es schließlich gewohnt, Lebewesen auszusaugen, die sich ständig bewegten. Es schien, als wollten die Mückenscharen keinen Zweifel daran lassen, daß große, grasende Tiere in dieser Gegend nichts zu suchen hatten.

»Das wird noch ein echtes Problem«, sagte Titch und

schlug wieder zu. Schon jetzt mußte er sich ständig kratzen und fürchtete, daß es noch schlimmer werden würde.

»Wird es nicht«, erwiderte Wren gelassen. Sie hatte ein kleines Feuer entfacht und ihren Becher darauf gesetzt. Er war randvoll mit Wasser gefüllt, zur nächsten Wasserstelle war es in dieser Gegend nie weit.

»Ich sehe ja ein, daß es nicht ganz so schlimm ist, wenn wir auf dem Pferd sitzen. Bis jetzt ist noch keine Mücke geboren worden, die Valadan nicht abhängen kann. Aber wir müssen ja auch ab und zu mal eine Pause machen, und dabei bluten wir bestimmt aus. Alinor wird vielleicht verschont. Mücken mögen keine Federn, oder?«

Alinor sah ihn scharf an und hackte mit dem Schnabel nach ihm.

»Titch, ich komme schließlich aus einer Gegend, die direkt an den Marschen liegt.« Wren ließ das Wasser in dem Becher hin und her schwappen und mischte ein Pulver in verschiedenen Grün- und Brauntönen unter. Ihre Finger kreisten über dem Becher, als wollte sie die Flüssigkeit umrühren, ohne die brodelnde Mixtur zu berühren. »Als allererstes hab ich von meinem Meister die magische Kunst gelernt, eine Salbe herzustellen, die Stechmücken abhält. Er ist davon ausgegangen, daß wir sie auch auf der Reise brauchen, damit wir nicht zerstochen werden, also habe ich die Kräuter, die dafür nötig sind, eingepackt.«

Titch beobachtete eine besonders große Mücke, die verstohlen auf seinem rechten Handrücken landete. Er rückte näher ans Feuer, um festzustellen, ob der aufsteigende Rauch das Insekt vertrieb, aber dem Tier machte der Qualm offensichtlich nichts aus. Also schlug er hastig zu, während ihn zwei andere Insekten in die linke Wange stachen. Valadan, von einem Mückenschwarm umschwirrt, trat unruhig von einem Bein aufs andere und schlug mit dem Kopf auf. Titch sah wieder auf seinen Arm – dort wimmelte es nur so von Insekten, die den ledernen Ärmel durchstechen wollten. Ein hohes Summen dicht am Ohr verriet ihm, daß eines der Tiere eine ungeschützte Stelle suchte. Er zog sich den Mantel über den Kopf – er wollte das helle Schwirren nicht mehr hören. Es war furchtbar, ständig gebissen und gestochen zu werden.

»Und die Salbe hilft wirklich?« fragte er, wobei seine Worte nur gedämpft unter dem Stoff hervordrangen.

Wren beugte sich über den Becher und murmelte – vollkommen auf ihre Arbeit konzentriert – unverständliche Worte. Sie antwortete nicht. Alinor warf dem Jungen wieder einmal einen bösen Blick zu und schnappte nach ciner Libelle, die an ihr vorbeiflog.

Wrens Salbe gegen blutsaugende Insekten mußte auf alle ungeschützten Hautpartien aufgetragen und ins Haar eingekämmt werden. Von Nase und Mund hielt der Balsam die Mücken allerdings nicht fern, stellte Titch fest, während er Valadan am ganzen Körper mit einer besonders starken, extra für das Pferd hergestellten Mixtur einrieb. Also bemühte er sich, so gut es eben ging, vorsichtig durch die Nase einzuatmen und dabei so viel Luft wie möglich in die Lungen zu saugen – sonst hatte er den Mund sofort voller Mücken. Valadan neigte den Kopf zur Seite, damit ihm Titch großzügig die Ohren einreiben konnte. Pferde, die in Herden leben, können die Flanken aneinanderschmiegen, den Kopf jeweils am Schweif des anderen Tieres, und sich die blutsaugende Plage gegenseitig vom Hals halten. Aber Valadan war allein und konnte nur selbst mit dem Schweif nach Insekten schlagen – bis an die Ohren kam er natürlich nicht. Während Titch den Hengst einbalsamierte, fegten ihm die langen Schwanzhaare des Tieres über den Rücken. Die meisten Insekten hatten sich zwar auf der Suche nach leichterer Beute zurückgezogen, aber schon das Summen eines einzigen Tieres genügte, um ein instinktives Zucken auszulösen. Titch freute sich, daß Valadan ihn von der Qual befreite.

»Wo sind denn nun die Schwäne?« wollte er von dem Hengst wissen, während er dessen Augenpartie mit der wohlriechenden Lotion einrieb. Die dünne Haut war der Insektenplage schutzlos ausgeliefert.

Sie mußten einen weiten Weg zurücklegen.

Titch hielt in seinen Bewegungen inne. »Sind sie denn schon hier?« fragte er erschrocken.

Ich habe sie nachts gehört. Schwäne orientieren sich an den Sternen. Vor uns liegt ein großer See, der ins Meer mündet.

Sie hatten auf den Teichen viele Wasservögel gesehen, die nur zu dieser Jahreszeit hierher kamen, bis jetzt allerdings nur verschiedene Entenarten oder den einen oder anderen Reiher. Schwäne brauchen wahrscheinlich größere Wasserflächen, um zu brüten und Nester zu bauen, vermutete Titch. »Wie weit ist es noch bis zu diesem See?«

Morgen werden wir das Ufer erreichen, aber das Wasser erstreckt sich über eine riesige Fläche, erklärte Valadan.

Daß sie den See und die Schwäne gefunden hatten, bedeutete noch lange nicht, daß ihre Reise ein glückliches Ende finden würde. Sie mußen einen bestimmten Schwan aufspüren, und die Vögel brüteten wahrscheinlich an einem sich über Meilen erstreckenden Ufer, überall dort, wo sie günstige Nistplätze fanden. Titch erzählte Wren von der Neuigkeit, obwohl er nicht sicher war, ob er ihr Hoffnung machen durfte.

Nicht nur die Schwäne suchten nach einer Gefährtin und einem ruhigen Nistplatz. Falken zogen am weiten Himmel ihre Kreise, und Alinor erzählte Wren ein wenig verlegen, daß einige der Tiere nach Partnerinnen suchten. Für Vögel, die – wie hier – gezwungen waren, ihr Nest auf dem Boden statt auf einem angemessen hohen, steil aufragenden Felsen zu bauen, hatte sie nur Verachtung übrig. Trotzdem konnte sie ihr Interesse an den männlichen Falken nicht verbergen. Im stärksten Sturm und über weite Distanz hatte Wren niemals die Kontrolle über ihre Vertraute verloren, aber hielt das Band zwischen ihnen auch dann, wenn ein möglicher Gefährte sich dazwischendrängte? Jeder fremde Falke war auf gewisse Weise eine Gefahr – vielleicht wollte er Alinor fortlocken, vielleicht glaubte er, sein Revier vor dem Falkenweibchen verteidigen zu müssen. Falls Alinor bei einem Kampf Flugfedern verlor, versagte sie womöglich, wenn sie den Schwan jagen sollte.

Bei Sonnenuntergang hatte Valadan das Seeufer erreicht, doch die Nacht hatte den See in Dunkelheit gehüllt. Erst am Morgen sahen sie die Ausdehnung des Gewässers, auch wenn die Landschaft noch unter einer Dunstglocke lag. Die Schreie unendlich vieler Vögel erfüllten die Luft, dazu kam das gewaltige Rauschen der Flügelschläge.

Gänse mit langen Hälsen waren zu sehen, mindestens ein halbes Dutzend verschiedene Arten, und jede hatte andere Farbschattierungen. Die Enten, die am Himmel ihre Bahnen zogen, konnte man mühelos an ihrem Flugstil erkennen, der – verglichen mit dem der Gänse – unbeholfen und hektisch wirkte. Am beeindruckendsten war es, die Reiher im Flug zu beobachten: die langgestreckten Beine nach hinten gestreckt, den langen Hals weit nach vorn, damit er sie nicht behinderte. Unendlich viele Landvögel bevölkerten den Himmel, Regenpfeifer mit weißen Kehlen, die stets darauf bedacht waren, dem Ufer nicht zu nahe zu kommen. Hektisch rannten sie übers Grasland. Viele Möwen kreisten über dem Wasser, und die Schwanensucher entdeckten auch einige Pelikane, sogar ein oder zwei Seetaucher.

Und schließlich sahen sie Schwäne. Titch zeigte auf einen, der graziös über den See glitt wie eine Wolke, die sich vom Wind treiben läßt. Wrens Blicke folgten seinem Finger, auf ihrer Faust reckte Alinor aufgeregt den Kopf. Dann entdeckten sie vor sich noch mehr Schwäne, von denen nur die Umrisse zu erkennen waren. Titch suchte das Ufer ab – Schwäne bauen ihre Nester gewöhnlich verborgen im Schilf. Und tatsächlich fanden sie schon bald einen Nistplatz. Der schneeweiße weibliche Schwan bebrütete sein erstes Gelege.

»Wir haben Glück, die werden wahrscheinlich alle so nahe am Ufer schwimmen, daß wir uns die Vögel genau ansehen können«, sagte Titch. »Ihre Gefährtinnen sitzen auf den Nestern, und die Schwäne bewachen sie vom Wasser aus.«

Wren überlegte, ob sie den Falken aufsteigen lassen sollte. Ungeduldig wartete Alinor darauf, daß sie endlich losfliegen durfte.

Titch riet ihr davon ab. »Besser nicht. Die Schwäne werden nur aufgescheucht. Am besten sollte Alinor vielleicht gar nicht auf dem Wasser jagen, bis wir den Vogel gefunden haben, den wir suchen.«

Alinor gefiel das gar nicht, und Titch hatte einmal mehr schlechte Karten bei ihr. Wren trug den Falken auf der Faust, dicht an Titchs Seite. Mühelos hätte er das linke Ohr des Jungen mit Schnabel und Klauen attackieren können. Titch vergaß nie, daß Alinor hinter seiner Schulter saß, und zwang sich, nicht allzu verkrampft zu reiten. Bis jetzt wagte sie es nicht, ihn anzugreifen, aber die Versuchung war ständig da.

Als Alinor aufgeregt von einem Bein aufs andere trat, meinte er schließlich: »Das ist wohl der Grund, warum Falkner ihren Vögeln eine Kapuze aufsetzen.« Mordlustige Blicke aus gelbumrandeten schwarzen Augen trafen ihn, Augen, die inmitten von schiefergrauen Federn lagen – die natürliche Kapuze des Falken. »Irgendwie müssen sie dafür sorgen, daß die Falken nichts sehen, was nicht für ihre Augen bestimmt ist.« Er preßte das linke Bein in Valadans Flanke, und sie setzten ihren Weg entlang des Ufers fort. Vielleicht war Alinor zufriedener oder etwas weniger unruhig, wenn sie sich bewegten.

Schillernde Libellen jagten wie juwelenbesetzte Miniaturfalken durch die Luft und schossen auf ihre Beute nieder. Ein Eisvogel schnappte blitzschnell nach etwas Unsichtbarem. Titch bemerkte einen feuerroten Fuchs, der schnürend ihren Weg kreuzte, außerdem viele vorbeihuschende Wühlmäuse und Lemminge, die einc lcichte Beute für den Fuchs abgaben. Aber mit Sicherheit holte sich der Fuchs ab und zu auch ein paar Eier.

Natürlich – so viele Nester, die eng beieinanderstehen, ziehen alle möglichen Eierdiebe an, und einige davon, wie zum Beispiel die Möwen, hatten selbst Junge zu versorgen. Andere allerdings raubten nur für sich selbst – Raben waren solche Diebe. Die schwarzen Vögel kreisten über den Nestern und warteten auf eine Gelegenheit, sich ein Ei oder cin eben erst geschlüpftes Küken zu stibitzen, und obwohl die Eltern sofort lauthals protestierten, flogen sie ungerührt mit ihrer Beute fort. In einem Reiter sahen die Tiere eigentlich keine Gefahr, aber die Vögel, die ein Nest zu versorgen hatten, waren vorsichtig und reagierten argwöhnisch auf jede Störung. Oftmals forderte ein Vogel den Hengst mit gespieltem Mut und prahlerischem Getue zum Kampf heraus, und die aufgebrachten Tiere hatten sogar Erfolg: Der Hengst schlug schnaubend einen Bogen um sie.

Schon bald merkten die Schwanensucher, wie groß der See war. Sie mußten ihre Taktik ändern und waren gezwungen, Alinor fliegen zu lassen, damit sie Ausschau nach Schwänen halten konnte. Es hätte ewig gedauert, jeden Meter des Seeufers abzusuchen und dabei immer wieder den

Ausbuchtungen und Landzungen zu folgen. Im Herbst, wenn die Schwäne bereits zum Überwintern in wärmere Regionen zogen, wären sie womöglich immer noch nicht fertig gewesen. Alinor hatte lange darauf gewartet, endlich auffliegen zu dürfen, und schon nach wenigen Sekunden war sie nur noch ein Punkt am Himmel. Doch als Wren sie bat, niedriger zu fliegen, ließ sie sich gutmütig darauf ein und segelte von den Aufwinden getragen übers Wasser. Gelassen schraubte sie sich in die Lüfte und suchte nach Schwänen.

Wren war begeistert von der Schönheit des Sees. Sie hatte nie das Meer gesehen, jedenfalls soweit sie sich erinnern konnte, und das Spiel der Farben auf einer endlos scheinenden Wasserfläche, über die der Wind peitschte, war neu für sie. Sie hätte es nie für möglich gehalten, daß es so viele Blau- und Grünschattierungen auf dieser Welt gibt, und war überrascht von den dunklen lavendelfarbenen Tönen. Das Wasser schillerte in allen möglichen Nuancen, genau wie Titchs Augen, vielleicht sogar noch abwechslungsreicher. Ständig wechselte die Farbgebung. Wie am Meer bestimmte auch hier die endlose Wasserfläche das Klima, und fast immer wehte ein leichter Wind über das Gewässer oder – je nach der Tageszeit – übers Land. Die Buchten schirmten die Hitze ab, und die von der Sonne aufgewärmte Luft staute sich am Ufer. Für die Reisenden, die selten einen schattigen Rastplatz für Mensch und Pferd fanden, war das besonders angenehm.

Überall blühten Wildblumen, einige davon kannte Wren aus dem Marschland, andere waren ihr fremd. »Das sind Vergißmeinnicht«, erklärte sie Titch und zeigte auf ein paar winzige blaue Blüten, deren Knospen – wie beim Lungenkraut – in einem kräftigen Pink leuchteten. Wren überlegte, ob sie sich vielleicht wenigstens Bruchstücke aus ihrer Vergangenheit in Erinnerung rufen könnte, wenn sie einen Tee daraus braute und trank. Oder war sie womöglich schon immer ein Otter gewesen? Eine Angst, die sie schon lange verfolgte. War sie niemals ein Mädchen gewesen, ein Menschenkind wie alle anderen auch? Sie aßen fast nur noch Fisch – was, wenn sie nun eines Morgens aufwachte und wieder in glänzendes braunes Fell gehüllt war?

Unsinn. Als sie sich unbedingt in eine Otter verwandeln mußte, hatte sie das nur mit Mühe und Not geschafft. Fast wäre sie damals ertrunken, sie hätte den sicheren Tod gefunden, wenn Titch sie nicht gerettet hätte. Sie warf dem Jungen einen Blick zu und sah ihn plötzlich mit anderen Augen. Sein Gesicht, das dem eines Falken glich, war braungebrannt von Sonne und Wind, das Haar ging ihm bereits über die Ohren. Sein Umhang, dessen Farbe früher an Hagebutten erinnert hatte, war fleckig geworden, an vielen Stellen fadenscheinig oder sogar zerrissen. Aber die Rüstung polierte er immer gründlich. Auf dem Kupfer zeigte sich keine einzige grüne Stelle, und der Rost hatte keine Chance, sich in Eisen und Stahl zu fressen. Wie bei einem echten Ritter, obwohl der gewöhnlich einen Knappen an seiner Seite hatte, der solche Arbeiten für ihn erledigte. Sie war ihrem Meister schließlich auch zur Hand gegangen …

Wren gab sich alle Mühe, nicht an Galvin zu denken. Falls er noch am Leben war, hing seine Zukunft einzig und allein von ihr ab. Falls nicht … diesen Gedanken wollte sie gar nicht erst zulassen. Nicht einmal eine Träne würde sie vergießen können, falls er tot war. Sie hätte es nicht ertragen, ihn zu verlieren, ohne um ihn weinen zu können.

Alinor ließ ihre Herrin wissen, daß sich der See sehr viel weiter in die Länge als in die Breite ausdehnte. Ein Fluß speiste ihn mit dem Wasser der Schneeschmelze, wie ein silbernes Band wand sich der Strom, der den Bergen entsprang, auf der endlos scheinenden Ebene. Selbst in der klaren Morgenluft konnte Wren die Gebirgskette nicht sehen, und Alinor erklärte ihr, daß sie weit entfernt lag. Sogar die schwarzen Falkenaugen konnten die Gipfel nicht entdecken. Nur ab und zu brach sich ein Sonnenstrahl in eisigen Schneefeldern.

Der See war vor langer Zeit entstanden, als ein Erdbeben die Ebene gespalten hatte. Wie eine Ackerfurche zog sich der tiefe, schmale Riß durchs Land. Das Wasser, das sich darin sammelte, konnte nicht abfließen, und am Ende des Spalts lief der See in weites Marschland aus. Einige Sumpfgebiete reichten sogar bis zum Meer. Ideale Bedingungen für Wasservögel, die ein Nest bauen wollten. Die halbe Vogelwelt schien sich hier im wild wachsenden Schilf niedergelassen zu haben, und am Himmel wimmelte es nur so von großen und kleinen Schwingen. Zum Glück stellte sich heraus, daß Wrens Salbe tatsächlich wirkte, und die Blutsauger ließen sie mehr oder weniger in Ruhe.

Stundenlang kreiste Alinor über dem Wasserland, und Wren erinnerte ihre Vertraute immer wieder an den Schwan, den sie suchen sollte. Es galt, den einen zu finden, der sich von allen anderen unterschied. Vielleicht stimmte es tatsächlich, was man sich über den Kragen aus goldenen Federn erzählte – gewöhnlich trugen die eralischen Lords Ketten aus kostbarem Metall um den Hals. Bei den Clandaranern schmückten sich die Herrscher dagegen mit Kronen und Diademen. Auf jeden Fall mußte es irgend etwas geben, wodurch sich der verzauberte Prinz auszeichnete, selbst wenn diese Geschichte erfunden war.

Hatte *sie* sich denn von einem gewöhnlichen Otter unterschieden? überlegte Wren. Ihr Meister hatte so etwas nie erwähnt – er hatte nicht im Traum daran gedacht, daß der Fischdieb, den er an Land gezogen hatte, etwas Besonderes sein könnte. Durch einen dummen Zufall hatte sich der Otter zusammen mit einem Fisch im Netz verfangen, und erst als Wrens Füße trockenes Land berührt hatten, war sie in ihre wahre Gestalt zurückgeschlüpft ... aber Schwäne sind in so vielen Elementen zu Hause: in der Luft, im Wasser und auf dem Land. Allein das Feuer meiden sie. Ob der Prinz sich zeigte, wenn er mit einer Flamme oder Rauch in Berührung kam? Wren lauschte den summenden Insekten, die die Luft erfüllten, und sie versuchte, aus dem, was sie gelernt hatte, eine Antwort zu erhalten.

An Eisen brach ein Zauber. Magische Kräfte wurden umgewandelt oder abgewehrt, wenn sie mit kaltem Eisen in Berührung kamen. Immer allerdings auch nicht – es war möglich, daß eine Hexe mit einem Eisenschwert erschlagen wurde und der Prinz, den sie verwunschen hatte, weiter unter dem Fluch leben mußte. Ein Zauber konnte nicht *über* Eisen gesprochen werden, aber man konnte einem Feuerstein trotzdem mit einem Stück Stahl Funken entlocken, selbst Menschen, die keinerlei magische Fähigkeiten hatten, konnten das. Ein durch einen Zauber gezeugtes Pferd konnte mit einer Eisentrense gebändigt werden, und Wren konnte die Hand auf Titchs Schwert legen, ohne daß ihr etwas zustieß. So vieles hatte Galvin ihr noch nicht erklärt, nach so vielen Dingen hatte sie noch nicht gefragt. Sein Traum war es immer gewesen, sie mit nach Kôvelir zu nehmen, in die Stadt, in der die Zauberer herrschten. Vielleicht hätte dort jemand die Wahrheit über ihre Vergangenheit aufdecken und die vielen Geheimnisse entschlüsseln können. Vielleicht hätte es jemand geschafft, ihr die Augen, die niemals weinten, zu öffnen. Jetzt war es zu spät.

Während Alinor das Land von oben erforschte, ritten Wren und Titch langsam durch die einigermaßen trockenen Randgebiete der Marschen, Augen und Ohren stets offen. Die Schwäne ärgerten sich darüber, daß sie in ihren Nestern aufgescheucht wurden, und machten meist lauthals auf sich aufmerksam. Zischend verteidigten die männlichen Schwäne ihr Revier, sobald Valadan sich leichtsinnigerweise zu nahe an ihre Nester wagte. Allerdings sind Schwäne nicht so leicht reizbar wie Gänse. Die Tiere begriffen bald, daß der Hengst immer wieder schnaubend zurückwich und lediglich das Wasser unter seinen Hufen aufspritzen ließ.

Die Schwäne sahen im Grunde alle gleich aus – jedenfalls soweit Wren und Titch sich die wutentbrannt auf sie zustürmenden Tiere ansehen konnten. Die Federn schimmerten weiß wie Milch im Mondschein, über den Augen schienen die Vögel winzige schwarze Masken zu tragen. Unterschiede waren kaum erkennbar. Wie konnten sie überhaupt noch hoffen, jemals den verzauberten Prinzen zu finden?

Schwäne ernähren sich von Wasserpflanzen. Wren und Titch beobachteten, wie sie die Köpfe ins blaue Wasser steckten oder so tief tauchten, daß sie, die graziösen langen Hälse ausgestreckt, kopfüber senkrecht standen. Einige kamen auch an Land und fraßen das sprießende Marschgras und watschelten tagsüber am Ufer entlang, um nachts aufs Wasser zurückzukehren, wo sie in Sicherheit waren. Nachdem Wren die Gewohnheiten der Tiere beobachtet hatte, erklärte sie Alinor, wann sie am Himmel kreisen und besonders wachsam nach den Tieren Ausschau halten sollte. Noch hatten nicht alle Weibchen einen Gefährten gefunden, einige Paare hatten den Nestbau noch vor sich, und nicht alle jungen Tiere suchten sich in diesem Jahr schon einen Partner. Ob der Prinz, nachdem er in die Gestalt des Schwans geschlüpft war, sein jugendliches Alter beibehalten hatte? Schon möglich. Vielleicht war es also ein Fehler, sich *nur* auf die Nester zu konzentrieren. Doch wie sollten sie nur jeden einzelnen Vogel überprüfen?

Manchmal hatten die Schwäne Wasserpflanzen um den Hals, wenn sie nach ihren Tauchgängen hochschossen, doch der grüne Schmuck sah zum Glück nicht aus wie ein goldenes Halsband. Fast hatte Wren die Hoffnung schon aufgegeben, jemals auf ein Band aus goldenen Federn zu stoßen. Hatte man der Königin nur eine Lüge aufgetischt? Hatten Titch und sie vielleicht längst alle Schwäne gesehen, die am großen See lebten? Durchaus möglich, daß Alinor in den zahllosen Stunden bereits alle Tiere gesichtet hatte. Ein Falke hat schärfere Augen als jedes andere Lebewesen, und Alinor wußte, wonach sie zu suchen hatte.

Ha! rief der Falke aus und schlug einen Haken. Alinor fächerte den Schwanz und jagte noch einmal über den See, hoch über dem blauen Wasser.

Wren wurde aufmerksam. Alinor glitt lautlos durch die Luft, ohne ihrer Herrin eine Erklärung zu geben. Valadan trabte weiter, und das Rinnsal, durch das er watete, reichte ihm bis zu den Knien. Wren zupfte Titch am rechten Ärmel.

»Da lang?« fragte er und warf ihr einen Blick über die Schulter zu, um gleich darauf den Himmel nach dem Falken abzusuchen.

»Immer am Ufer entlang. Sie hat irgendwas gesehen.«

Der Wind pfiff durchs Schilf, rauschte durch die Binsen und entlockte den Gräsern eine sanfte Musik. Einige Schwertlilien blühten, und ihre farbigen Blätter funkelten noch heller als die schimmernden Libellen. Vor ihnen lag plötzlich ein tiefer Wasserlauf, und Valadan blieb stehen.

Zwei Schwäne glitten über den Seitenarm aufeinander zu, wobei sie sich so stetig bewegten, daß sich das Wasser hinter ihnen nicht einmal kräuselte. Brust an Brust hielten sie inne, die Hälse hochgereckt, die Schnäbel in Richtung Wasser gebogen. Die glatten kurzen Federn an den Hälsen richteten sich auf wie das Fell einer Katze, als wollten die Vögel Störenfriede aus ihrem Revier vertreiben. Aber sie zischten nicht, schlugen auch nicht mit den Flügeln; es schien, als hätten sie Valadan oder die beiden Reiter nicht bemerkt. Auch vor Alinor, die über ihnen durch die Luft glitt, zeigten sie keine Angst. Beide Vögel hoben leicht die Schwingen, und dann umkreisten sie sich, so daß sie Seite an Seite schwammen.

Eines der beiden wolkenweißen Tiere tauchte den Kopf unter Wasser und fing an, sich zu putzen. Der andere Schwan tat es ihm gleich. Das Paar wiederholte die Zeremonie einige Male, bis es schließlich die Köpfe gleichzeitig untertauchte. Die Vögel reckten die Hälse und schmiegten die Köpfe aneinander, als seien sie miteinander verschmolzen. Immer noch waren ihre Bewegungen fast gleich, und sie umkreisten sich scheinbar schwerelos, als sei dies ein rhythmischer Tanz, den sie auf dem Spiegel des Gewässers ausführten. Der weibliche Schwan senkte die Schwingen, zog sie kurz durchs Wasser und bewegte sich ein Stück nach vorn. Der männliche Schwan stieg vorsichtig auf den Vogel und knabberte zärtlich an den Halsfedern seiner Gefährtin. Als er von ihr hinunterglitt, trompeteten beide Schwäne leise ihren Triumph hinaus und stiegen aus dem Wasser. Wieder bewegten sie sich Brust an Brust, Hals an Hals, und rieben die Schnäbel aneinander. Sie badeten und putzten sich, dann schwammen sie lautlos Seite an Seite davon.

»Hast du das gesehen?« fragte Wren scheu.

Titch lief tiefrot an, bis zu den Haarwurzeln, und er mußte sich zusammenreißen, damit ihm nicht die Stimme versagte. Wie versteinert starrte er den Schwänen hinterher, die gemeinsam fortzogen.

»Er hat eine Gefährtin gefunden«, sagte Wren.

Stimmt. Wieder errötete Titch. Und dann entdeckte er,

was Alinor gesehen hatte – ein schmaler goldener Federreif umschloß den langen Hals des Schwanenmännchens.

»Auf dem Wasser können wir ihn nicht einfangen – Alinor würde ertrinken, und wir vielleicht auch.« Titch hatte zwar nicht an allen Stellen nachgeprüft, wie tief der See war, aber er war sich sicher, daß man nicht mit einem Netz in der Hand hindurchwaten konnte. Und der Schwan hätte ihnen jederzeit entkommen können, er mußte nur auffliegen oder davonschwimmen. »Und wenn sie erst einmal ihr Nest gebaut haben, wird er die ganze Zeit im Wasser hin und her schwimmen, so wie dic anderen männlichen Schwäne auch. Sie verteidigen ihre Brut zwar nur vor anderen Schwänen und nicht vor uns, aber das hilft uns auch nicht weiter. Wir müssen ihn im Flug erwischen, damit Alinor ihn herunterholen kann. Er darf also auf keinen Fall auf den See niedergehen. Sie hatten ein gutes Stück vom Wasser entfernt ihr Lager aufgeschlagen, damit sie die Vögel nicht störten und einigermaßen trocken und bequem die Nacht verbringen konnten.

»Manchmal steigen sie aus dem Wasser, um zu fressen«, bemerkte Wren. An Land wirkten die Vögel viel kleiner und weniger anmutig.

»Aber nicht, nachdem sie ihre Nester gebaut haben. Und unser Schwan hat den ganzen Tag Schilf gesammelt und zu seiner Gefährtin gebracht.« Titch wußte nicht viel über Schwäne, aber hier am See hatte er schon viele beobachtet, und die auffälligsten Verhaltensweisen waren ihm inzwischen vertraut.

Die Gefährtin des Prinzen hatte bereits begonnen, den üblichen Nestturm aus Gräsern zu bauen. Sie bemühte sich nicht, das Nest zu verbergen – es gab keine größeren Vögel in der Gegend, die Schwäne fürchteten sich hauptsächlich vor ihren Artgenossen. Eindringlinge und Tiere, die sie angriffen, konnten sie mit wilden Schreien und Drohgebärden abwehren. Unnötig, das Nest zu tarnen.

»Was können wir denn überhaupt tun, damit er an Land kommt?« wollte Wren wissen. Eine berechtigte Frage.

»Wir müssen einfach hoffen, daß ihn irgendwann der Hunger zu uns treibt«, entschied Titch. Nur zögernd wollte er zugeben, daß ihm nichts einfiel, womit sie das Tier herauslocken konnten.

»Aber die finden doch im Wasser genug zu fressen.«

»Das schon, aber vielleicht geht er kurz an Land, bevor seine Gefährtin Eier legt und die Brutzeit beginnt. Sorge dafür, daß Alinor ihnen nicht zu nahe kommt – der Falke scheint sie zwar nicht zu stören, aber wenn der Prinz eine Gefahr für sich oder seine Gefährtin vermutet, kommt er erst recht nicht heraus. Und in der Zwischenzeit wäre es am besten, wenn wir schon einmal anfingen, ein Netz zu knüpfen. Wir müssen einfach auf unser Glück vertrauen.«

Einige vertrocknete Gräser vom letzten Jahr waren noch kräftig genug, um daraus eine Kordel zu drehen. Sie suchten die Halme zwischen den grünen Trieben heraus und machten sich an die Arbeit – fleißig wie die Schwäne, die unermüdlich ihre Nester bauten. Wrens Finger schienen zu fliegen, mit magischen Handbewegungen und gemurmelten Zauberformeln verknüpfte sie die Halme zu einem großen Netz. Titch merkte bald, daß sie ohne Magie niemals ein großes Maschengeflecht zustande gebracht hätten, denn sie waren beide ungeübt im Knüpfen von Netzen. Beim Gräsersammeln konnte Titch sich nützlich machen, aber sobald er versuchte, die Halme miteinander zu verknoten, zerrissen sie. Wren brachte ein wenig mehr Geduld auf. Aber nur mit Hilfe der Zauberei fügten sich die Gräser tatsächlich zu einem Netz zusammen.

Die Schwäne, die sich zum ersten Mal gepaart hatten, schienen auch keine Experten zu sein. Manchmal arbeiteten sie stundenlang an einem Nest, um es dann – in einem Anfall von Verzweiflung – wieder zu zerstören, obwohl Titch nicht dahinterkam, was sie so wütend gemacht hatte. Der männliche Schwan, leicht an dem Reif um den Hals zu erkennen, zog unaufhörlich seine Bahnen über den See, immer auf der Suche nach Baumaterial. Titch hatte fast das Gefühl, daß ihr Netz noch vor dem Nest fertig sein würde.

Wren sah von den Grashalmen auf und starrte mit leerem Blick in die Ferne. »Ein Zauberbild wäre jetzt genau das Richtige«, sagte sie, mehr zu sich selbst, und seufzte tief.

»Was meinst du mit einem Zauberbild?« hakte Titch sofort nach. Er bekam aber keine Antwort. Wren hatte den Blick zum Himmel gewandt, offensichtlich fiel es ihr so leichter, ihrer Vertrauten, die oben am Himmel kreiste, eine Frage zu stellen.

»Was könnte ich denn als Spiegel benutzen?«

Titch erschauerte, obwohl er wußte, daß es keinen Grund für dieses Prickeln auf seiner Haut gab. Hatte er sich denn immer noch nicht an die Magie gewöhnt? Ritt er nicht jeden Tag auf einem Pferd, das durch Zauberkraft gezeugt worden war? Warum hatte er dann das Gefühl, als streiche ihm jemand mit einem Eiszapfen über die Wirbelsäule? »In der Klinge meines Schwertes spiegelt sich alles deutlich. Du kannst sie gerne nehmen«, bot er an.

»Die ist aber aus Eisen.« Wren runzelte die Stirn, ohne ihn anzusehen.

Eigentlich war das Schwert aus Erz gegossen, aber was die Wirkung der Magie betraf, machte das keinen Unterschied. »Tut mir leid, ich wollte mich nicht einmischen.« Intuitiv duckte er sich – unwahrscheinlich, daß Alinor seine Störung nicht mitbekommen hatte, auch wenn sie noch so hoch am Himmel flog. Er hatte Angst, sie könnte ihn bestrafen, und zwang sich nur mit Mühe dazu, aufrecht zu sitzen.

»Wir haben nichts«, murmelte Wren. »Auch nichts Weißes. Im Augenblick wäre das andere Pferd vielleicht doch besser – das war wenigstens weiß wie ein Schwan.«

Titch machte ein verwirrtes Gesicht. Spiegel. Etwas Weißes. Was hatte das eine mit dem anderen zu tun? Und was hatte Wren vor?

Schnee ist weiß.

Titchs Blick wanderte zum Hengst. Daß Valadan ausgerechnet jetzt über Schnee redete, schien für ihn keinen Sinn zu ergeben, obwohl der Hengst sicherlich recht hatte: *Natürlich* ist Schnee weiß.

Ungeduldig schlug Valadan mit dem Huf aufs Grasland. *Vor einer Woche haben wir doch Schnee gesehen, und bis zum Hochsommer dauert es noch eine ganze Weile. An schattigen Stellen gibt es bestimmt noch ein paar Schneefelder.*

Titch sah dem Hengst in die Augen. Endlich verstand er, wie der Hengst auf Schnee kam, auch wenn ihm alles andere noch schleierhaft war. »Bereite schon mal alles vor«, forderte er Wren auf. »Wir holen Schnee für dich.«

Valadan trottete zu seinem Meister und blieb reglos stehen. Titch mußte nur noch den Fuß in den Steigbügel schieben. Sobald seine lederne Hose den Sattel berührte, jagte der Hengst in wildem Galopp los. Der Wind zischte an Titchs Ohren vorbei, kühlte ihm zunächst die Wangen und brannte ihm bald schon auf der Haut. Er sah sich um und wollte einen Blick zu Wren werfen, aber das Mädchen war schon nicht mehr zu sehen. Einen Augenblick lang hatte er das Gefühl, jeden Moment das Gleichgewicht zu verlieren.

Du mußt dich besser festhalten, riet ihm Valadan fröhlich.

Eigentlich unmöglich, auf dem Wind zu reiten, überlegte Titch. Schließlich kann man nirgendwo den Sattel auflegen ... und zügeln läßt sich der wilde Wind sowieso nicht.

Ich bin nicht der Wind. Eine Sturmbö hat mich gezeugt. Titch nickte. *Ich trage genau wie jedes andere Pferd Sattel und Reiter auf dem Rücken.*

Wieder nickte Titch; nur mit Mühe gelang es ihm, nicht in Panik auszubrechen, während die Landschaft so rasend schnell an ihm vorbeijagte. Eigentlich hätte das kein Problem sein dürfen – außer Moor und Himmel war weit und breit nichts zu sehen, und wohin sein Blick auch fiel, breitete sich die gleiche monotone Einöde aus. Vielleicht bildete er sich nur ein, daß sie so rasend schnell vorwärtskamen.

Du mußte keine Angst haben.

Nein. Er konnte dem Tier vertrauen. Aber vielleicht war es besser, wenn er die Augen schloß. Ein belustigtes Wiehern ließ ihn wissen, daß das Pferd seine Gedanken gelesen hatte. Doch die fröhliche Antwort des Hengstes drang nicht auf dem üblichen Weg zu ihm – der Wind dröhnte so laut, daß das menschliche Ohr nichts mehr hören konnte, schon gar nicht ein leises Wiehern.

Schneefelder.

Titch hob den Kopf, und weil sie im fliegenden Galopp die Winde durchschnitten, tränten seine Augen heftig. Verschwommen tauchte vor ihm ein weißes Feld auf: Schnee vermutlich, vielleicht aber auch eine Nebelwand, von Sonnenlicht durchflutet, oder eine weiße Klippe. Er war unsicher und mußte Valadans Worten vertrauen. Der Hengst wurde langsamer. Als Valadan schließlich stehenblieb, stieg Titch ab – und wäre beinahe der Länge nach hingestürzt, denn die Knie knickten ihm sofort ein. In seinem Kopf drehte sich alles; unfaßbar, daß ein Pferd so schnell laufen konnte, selbst wenn es durch Magie gezeugt worden war. Er mußte sich erst wieder fangen, bevor er sich über den Schnee beugen konnte, ohne das Gleichgewicht zu verlieren.

Die oberste Schicht bestand aus Eis – Sonnenstrahlen hatten auf der Schneeverwehung getanzt, ohne daß sie weggeschmolzen war. Titch durchbrach das Eis, schürzte hastig den Mantel und schaufelte so schnell es ging große Mengen der weißen Masse hinein. Er hätte wirklich daran denken können, irgendeinen Behälter mitzunehmen – doch wann hatte er Zeit gehabt, darüber nachzudenken?

»Der Schnee wird sich nicht lange halten«, gab er dem Hengst zu bedenken.

Sie braucht ihn auch nur für einen kurzen Augenblick. Valadan schnaubte.

Der Hengst wußte anscheinend, was Wren vorhatte. »Ist das genug?« Mehr hätte er wahrscheinlich ohnehin nicht tragen können, überlegte er.

Der Hengst warf den Kopf hoch und wandte Titch die Flanke zu – eine Aufforderung, sich zu beeilen und aufzusitzen. Der Mantel des Jungen war bereits durchnäßt, der Schnee begann schon zu schmelzen.

Titchs Hände fühlten sich eisig an, unmöglich, daß er den Schnee damit erwärmte. Er mußte die Zügel um die Ellbogen schlingen, denn er hätte sie selbst mit freien Händen nicht halten können. Falls das Pferd genauso schnell losgaloppieren wollte wie zuvor …

Die Zügel brauchst du sowieso nicht, um dich auf dem Pferd zu halten, du Narr! machte Titch sich bewußt. Dafür haben dir die Götter schließlich einen Gleichgewichtssinn geschenkt. So wie dieses Pferd übers Land jagt, mußt du dich darauf verlassen, daß der Hengst dich sicher trägt!

Gut erkannt, lobte Valadan, und plötzlich jagte er nicht mehr im Handgalopp voran, sondern sauste wieder wie eine Sturmbö übers Land. *Was hat dich plötzlich zu dieser Einsicht gebracht?*

»Mir ist wieder eingefallen, daß ich immer nur vom Pferd gestürzt bin, wenn mich jemand mit der Lanze runtergestoßen hat.« Titch lachte. »Und manchmal habe ich mich selbst dann noch oben gehalten.«

Du kannst mir vertrauen.

»Du mußt mich nur warnen, wenn du Alinor kommen siehst.«

Valadan schnaubte. Offensichtlich hatte es dem Pferd genausowenig gefallen, daß Alinor sie angegriffen hatte – jedesmal, wenn der Falke zur Landung ansetzte, zuckte der Hengst nun zurück. Titch konnte ihm das nicht verübeln.

Der Stoff seines Umhangs saugte sich mit Schmelzwasser voll. Wie weit war die Strecke, die sie bis zum Schneefeld zurückgelegt hatten? Ob wohl noch etwas von dem Schnee übrig sein würde, wenn sie bei Wren ankamen? Titch spürte, daß sich der wilde Galopp plötzlich – scheinbar von einem Herzschlag zum nächsten – zu einem Kanter verlangsamte. Noch nie hatte er ein Pferd geritten, das so sanft die Gangart wechseln konnte. Titch richtete sich ein wenig auf und sah, daß Wren vor ihnen im hohen Gras saß. Neben ihr lag das Netz, das sie geknüpft hatte. Sie starrte ihm überrascht entgegen, als er sich aus dem Sattel schwang und ihr hastig den geschürzten Mantel entgegenhielt. Der Stoff tropfte, aber in der Mitte, gut geschützt, hielt sich immer noch der …

»Schnee«, erklärte Titch. »Wunderschöner, weißer Schnee.« Er schlug den dunkelroten Stoff zurück, damit sie mit eigenen Augen sehen konnte, was er meinte.

Wrens Mund stand offen, aber sie hatte sich sofort wieder im Griff, schaufelte den Schnee zu sich heran, kauerte sich ins Gras und begann, mit dem eisigen Weiß zu arbeiten.

Ob ich wohl auch etwas tun muß? fragte sich Titch. Er räusperte sich – er wollte sie auf keinen Fall stören, hatte aber gleichzeitig Angst, er könne alles zunichte machen, wenn er nur verständnislos zusah.

»Nimm das Netz«, verlangte Wren. Der Schnee nahm die

Formen eines Schwans an, zwar nur schemenhaft, aber doch eindeutig erkennbar.

Ein Windhauch kündigte Alinors Landung an. Die Schwäne, die im Grasland nach Nahrung suchten, beachteten den Falken nicht, selbst die Menschen schienen ihnen keine Angst mehr einzujagen. Viele Jäger gab es in dieser Gegend sicherlich nicht, überlegte Titch – er hatte schließlich am eigenen Leibe zu spüren bekommen, daß man ohne Wrens Salbe fast ausschließlich damit beschäftigt war, Mücken zu erschlagen und sich zu kratzen. Nicht verwunderlich also, daß in den Marschen um den See offensichtlich selten ein Mensch oder ein größeres Tier auf Jagd ging. Und ein einziger Falke konnte den großen, kräftigen Schwänen nichts anhaben, Titch erkannte jetzt, daß er – was Alinor betraf – wirklich übervorsichtig gewesen war.

Die Sonne stand hoch am Himmel. Die Nächte wurden immer kürzer, und schon bald würde der Tag kommen, an dem die Sonne beinahe ununterbrochen am wäßrig schimmernden Horizont stehen würde. Schnell schmolz der Schnee unter Wrens Händen. Titch beobachtete einen Schwan, der eine Kröte verschluckte, nicht gerade die übliche Beute, aber die Vögel brauchten reichliche Nahrungsreserven, um den Nachwuchs auszubrüten und großzuziehen. Und auch viel Platz, denn die größeren, älteren Vögel verteidigten heftig ihre Territorien. Der Prinz, der schließlich noch jung und noch nicht allzu lange ein Schwan war, hatte sicherlich einige Mühe, in diesem ersten Jahr sein Gebiet zu verteidigen.

Wrens schmale Hände zeichneten über dem Schneeschwan unsichtbare Linien nach. Sie erhob die Stimme zu einem monotonen Gesang, der sanft wie eine Windbö klang, eine Brise, die seufzend durchs Gras streicht.

Titch blinzelte – auf einmal stand vor Wrens grob gefertigter Figur der größte Schwan, den er je gesehen hatte, ein

Schwan, der übernatürlich weiß schimmerte. Das Tier wandte sich dem See zu, reckte den langen Hals und trompetete drohend, die Halsfedern gesträubt wie das Fell einer wütenden Katze.

Erstaunlich, welche Wirkung das auf die echten Schwäne hatte. Jeder der männlichen Schwäne meinte, der Angriff sei gegen ihn gerichtet. Zischen erfüllte die Luft. Dreizehn Schwäne bäumten sich auf, schlugen wild mit den Schwingen und schienen, während sie zum Ufer stürzten, geradezu übers Wasser zu laufen. Der Eindringling, eine Gefahr für ihre Gefährtinnen und Nachkommen, mußte verjagt werden.

Auch der Prinz-Schwan scheute vor seiner Pflicht nicht zurück und mischte sich – den Hals gekrümmt, unaufhörlich mit den Schwingen schlagend – unter den Schwarm, der die Luft mit wütendem Fauchen erfüllte.

»Das Netz!« schrie Wren dem Jungen zu, der das Treiben fassungslos verfolgte.

Titch breitete das Netz aus, jederzeit bereit, aufzuspringen und den Schwan mit dem goldgeschmückten Hals einzufangen. Doch in dem Moment, als er lossprang, entschloß sich ein älterer Schwan, von dem Trugbild abzulassen und statt dessen Titch zu attackieren. Wutentbrannt stürzte er sich auf die Menschenbeine. Der Junge hatte das Tier nicht einmal bemerkt, stolperte und stürzte. Nur eine Elle vom Prinzen entfernt ging das Netz zu Boden. Während Titch versuchte, sich wieder aufzuraffen, stürmten die Schwäne von allen Seiten auf Wrens Zauberwerk ein – für einige endlos scheinende Sekunden wurde Titch von den Schwingen, die wieder und wieder auf ihn einschlugen, zu Boden gedrückt, Sekunden, in denen der Schnee immer mehr zusammenschmolz.

Als der erste Schnabel auf das Zauberbild einhackte, löste es sich in Nichts auf. Eis- und Schneeflöckchen flogen auf und verschwanden. Wren versuchte gar nicht erst, das magische Werk zu retten, sondern griff hastig nach dem Netz. Ein Schwan hatte sich darin verfangen – leider der falsche –, und als sie an den Maschen zerrte, zerrissen sie.

Die Schwäne hatten inzwischen bemerkt, daß, nachdem ihr Feind sich anscheinend in Luft aufgelöst hatte, an anderer Stelle Tumult herrschte. Weil so große Vögel aber ohne Anlauf nicht aufsteigen können, waren sie regelrecht an den Boden gefesselt. Nur ein oder zwei Tieren war es gelungen, zum See zu watscheln und sich aufs Wasser zu retten. Niemals hätten sie sich so schnell in die Luft schwingen können.

Falls es dem Prinzen gelang, ebenfalls den See zu erreichen, hatten die Schwanensucher ihre Chancen womöglich vertan. Titch sprang auf, rannte zum Prinzen und scheuchte ihn vom Wasser fort. Dabei ging er dicht an das Tier heran, damit es auf keinen Fall an ihm vorbeilaufen konnte. Der Schwan begriff, daß er sich nicht aufs Wasser retten konnte, und schwang sich in die Luft. Verzweifelt schlug er mit den Flügeln und hob – zunächst unbeholfen – vom Boden ab.

Der Prinz blieb nicht der einzige, schon im nächsten Augenblick schien der Himmel über ihnen von Schwingen erfüllt, die zischend die Luft durchteilten, ein dichtes Gewirr von Weiß, wie in einem Schneesturm.

Hatte Alinor den königlichen Vogel aufgespürt? Ihre Augen waren zweifellos scharf genug. *»Treib ihn zurück!«* schrie Titch ihr zu. »Er darf auf keinen Fall wieder aufs Wasser.« Alinor schoß knapp an seinem Ohr vorbei und verpaßte ihm – wie zufällig – mit der Schwinge eine Ohrfeige.

Fast alle Schwäne hatten mit dem Rücken zum See gestanden und zogen nun in einer Kreisformation zurück aufs Wasser, den einzig sicheren Zufluchtsort. In diesem Moment schoß Alinor mitten in die Formation. Schwäne haben kein besonderes Talent, plötzlich die Richtung zu ändern, einige kamen sich in die Quere, stießen zusammen und stürzten zu Boden, als sie vor dem Falken zurückschreckten. Ein paar konnten allerdings geschickt ausweichen – ihnen jagte Alinor blitzschnell hinterher.

Vielleicht gab es noch eine Chance, daß ihnen der Schwan mit dem Halsreif ins Netz ging: wenn die Vögel landeten. Der verzauberte Prinz machte allerdings keine Anstalten, sich wieder auf dem Boden niederzulassen. Immer wieder versuchte er, in Richtung See abzuschwenken, und jedesmal schoß Alinor auf ihn herab, obwohl sie kaum Gelegenheit hatte, an Höhe zu gewinnen. Das Falkenweibchen hatte keinen Erfolg.

»Paß auf, daß sie ihn nicht in Panik versetzt«, warnte Titch die Magierin. »Wenn der Schwan mit Wucht auf den Boden prallt, ist das sein sicherer Tod!« Zwei, drei Schwänen war es bereits so ergangen. Alinor zog sich zurück, sie gehorchte, wenn auch zögernd, dem Befehl ihrer Herrin.

Sie hatten keine Chance, den Vogel am Ufer mit dem Netz zu fangen, wurde Titch plötzlich bewußt. Er griff hastig nach dem gerissenen Netz, schwang sich auf Valadans Rücken, wendete das Pferd und zog Wren hinter sich auf den Sattel. Ein neues Spiel hatte begonnen, und es hing nun von Alinor ab, ob sie das große Ziel, das sie die ganze Zeit über vor Augen hatten, endlich erreichten.

Alinor schoß wie ein Pfeil durch den Himmel, Luftwirbel begleiteten sie und schienen das Lied vom Jagen zu pfeifen. Gleichzeitig sah Wren durch die Augen des Falkenweibchens, die Welt bestand für sie nur noch aus Himmel. Über ihr zogen schnell die Wolken vorbei, unter ihr breitete sich endloses Marschland aus, wie eine Flickendecke aus Wasser- und Grasflächen. Der Schwan flog darüber hinweg, als hätte man ihn auf die riesige Decke gestickt, viel langsamer als Alinors Schwingen schlugen seine gewaltigen Flügel.

Vielleicht hätte er den Falken sogar abhängen können, wenn er wirklich sein Letztes gegeben hätte. Anders als sonst hatte Alinor bei dieser Verfolgungsjagd, bei der das Opfer nur um Kopfeslänge vor ihr herflog, keine Chance, sich in den Himmel zu schrauben und Kräfte zu sparen. Sie konnte sich nicht von Aufwinden tragen lassen und die Luftströmungen nutzen. Aber ein Falke verläßt sich eben einzig und allein auf seine Schwingen, und Alinor hatte längst noch nicht ihre Grenzen erreicht. Wren fühlte die Kraft und Entschlossenheit des Falkenweibchens. Harte Muskeln und Flügelspitzen, die die Richtung exakt bestimmten, durchschnitten die Luft wie scharfe Messer. Alinor setzte ihre Energie bewußt ein, schlug nicht mit den Schwingen, sondern ruderte gekonnt damit. Der Flug wurde zu einem Rausch, zu einem Lobgesang an den Himmel.

Wann immer ihr es gefiel, konnte sie den Schwan attackieren und aus dem Gleichgewicht bringen. Sie schwang sich in atemberaubende Höhen, schoß auf ihn herab und kreuzte seinen Weg, und der Vogel scherte jedesmal erschrocken und kopflos aus. Immer wieder durchschnitt sie den Himmel, stieß auf den Schwan nieder und täuschte Angriffe vor, ein Trick, der bei raffinierter Beute wirkte. Der Schwan war nicht in der Lage vorauszusehen, aus welcher Richtung der Raubvogel das nächste Mal auf ihn herabschießen würde und wann er sich sicher fühlen durfte. Verbissen schlug Alinor mit den Flügeln und jagte das Opfer, vergnügt und unnachgiebig. Sicher, es machte ihr Spaß, ein Tier zu erlegen, aber richtige Freude bereitete ihr eigentlich nur die Jagd, und sie hatte nicht vor, dem Vergnügen ein allzu schnelles Ende zu bereiten.

Normalerweise kann ein Schwan, der kräftig mit den Flügeln schlägt, jedes galoppierende Pferd abhängen – aber gegen ein Pferd wie Valadan hatte der verwandelte Prinz keine Chance. Je weiter sie sich vom See entfernten, um so fester wurde der Boden, auf dem sie vorwärtsjagten, und Valadan hatte – auch mit zwei Reitern auf dem Rücken – keine Schwierigkeiten, dem weißen Vogel zu folgen. Alinor schoß auf den Schwan herab, nur um ihm einen Schrecken einzujagen. Erst im letzten Augenblick fing sie den Sturzflug ab, und das Tier flog unversehrt weiter. Alinor wollte nur dafür sorgen, daß der Schwan nicht zur Ruhe kam. Er sollte keine Chance haben, höher zu fliegen, und auch keine Sekunde vergessen, daß der Falke die Verfolgung noch lange nicht aufgegeben hatte.

»Sie macht das toll!« rief Titch außer Atem. »Sag ihr, sie soll nicht aufgeben, bis der Schwan erschöpft ist ...« Alle anderen Schwäne waren bereits zurückgeblieben. Sobald dieser Vogel sich verausgabt hatte, war er ihnen auf dem Boden hilflos ausgeliefert, auch ohne Netz. Wahrscheinlich war es dann möglich, ihn mit bloßen Händen zu fangen. Einmal gelandet, war er sicherlich viel zu kraftlos, um sich wieder in die Luft zu erheben.

Bei Gegenwind hätten sie einen noch größeren Vorteil gehabt, denn ein Schwan wird natürlich viel schneller müde, wenn er gegen Luftströmungen kämpfen muß. Aber der Wind schien ihnen zu folgen, als zöge Valadan ihn an seinem Schweif hinter sich her. Nein, die aufgepeitschte Luft erschwerte dem Prinzen die Flucht nicht, sondern trieb ihn weiter voran.

Der Schwan wurde langsam müde, und Alinor erging es nicht besser. Trotzdem – auf keinen Fall durfte sie bei dieser Jagd Schwächen zeigen. Der Schwan schien sich an eine Hoffnung zu klammern, an etwas, was ihn mit ganzer Kraft – oder zumindest mit ungebrochener Entschlossenheit – weiterfliegen ließ. Anscheinend hatte er irgendein Ziel vor

Augen. Aber wo konnte der Vogel hier Zuflucht finden? Hier, in dieser endlosen Einöde, in diesem perfekten Jagdrevier? Weit und breit nur monotone Landschaft, stellte Alinor mit ihren scharfen Augen fest. Aber da, vor ihr ... Alinor sah die Gefahr und versuchte, so schnell wie möglich das drohende Unglück abzuwenden. Nichts konnte den Schwan noch bremsen, er war verzweifelt und hatte nur diese eine Chance.

Alinor schoß senkrecht in den Himmel und schraubte sich in Sekundenschnelle in schwindelerregende Höhen, während der Schwan weit unter ihr mit kräftigem Flügelschlag geradeaus flog. Mit einem Aufschrei stürzte sie auf ihn herab, der Prinz-Schwan taumelte seitwärts, kämpfte aber mit aller Kraft gegen das Wegkippen an. Mit den gewaltigen, kräftigen Schwingen brachte er sich wieder ins Gleichgewicht. Erneut schwang sich Alinor in die Lüfte – sie wollte den Schwan auf keinen Fall entkommen lassen.

»Du darfst nicht zulassen, daß sie ihn noch mal angreift!« schrie Titch aufgebracht, als er sah, wie heftig Alinor den Schwan attackierte. Hatte sie denn vergessen, wie ihr Auftrag lautete? War durch die Jagd ein Instinkt erwacht, der sie – koste es, was es wolle – töten ließ? »Wenn sie so weitermacht, zerschmettert der Prinz am Boden ...«

»Sie sagt ...« Wren holte tief Luft. Offensichtlich hatte sie Mühe, Titch zu verstehen, vielleicht fiel es ihr aber auch schwer, wieder in ihren Körper zurückzukehren und die eigene Sprache wiederzufinden. Einen Moment lang hatte sie – gefangen in Alinors Welt – geglaubt, sie könne nur wie ein Falke schreien. »Sie sagt, sie muß ihn *jetzt* runterholen, sonst schafft er es wieder, auf dem Wasser zu landen!«

Unmöglich. Der See lag Dutzende von Meilen hinter ihnen – Titch wollte das dem Falken klarmachen und schrie Alinors Herrin hastig zu, was er dem Vogel zu sagen hatte.

Wie ein Blitz sauste Alinor auf ihr Opfer herunter, das verzweifelt alle Kraft mobilisierte. Titch fluchte, Wren schrie auf. Ein dumpfer Aufschlag war zu hören, als die beiden Vögel mitten in der Luft zusammenprallten und auf die Erde zutrudelten, bis sie nicht mehr zu sehen waren. Alinor hatte ihr Opfer mit den Krallen gepackt, dem Schwan blieb keine Chance, sich loszureißen. Valadan warf der Kopf zurück, wäre dabei beinahe gegen Titchs zerschmetterte Nase geprallt, und blieb abrupt stehen. Die Hufe gruben lange Streifen in den braunen Torf.

Titch preßte die Knie in die Flanken des Hengstes, doch Valadan weigerte sich hartnäckig, seinem Befehl zu gehorchen und auch nur einen Schritt zu tun. Selbst mit Schnalzen und Tritten konnte Titch nichts erreichen. Er beugte sich vor und hielt über die linke Schulter des Schwarzen hinweg Ausschau nach dem Vogel. Plötzlich schrumpfte sein Herz zu einem eisigen Stein zusammen. Vor ihm war absolut nichts, knapp vor Valadans Vorderhufen tat sich ein klaffender Abgrund auf, und an die steilen Klippen klammerten sich einige zerzauste Grasnelken. Erst jetzt nahm er den Geruch von Jodtang wahr, der in der Luft lag, und schmeckte das Salz auf den Lippen – jetzt, da jede Warnung zu spät kam.

»*Wo sind die beiden?*« schrie Wren ihm ins Ohr. Als sie keine Antwort bekam, schwang sie sich eilig aus dem Sattel und lief zum Klippenrand.

Sonst schafft er es wieder, auf dem Wasser zu landen. Titch hatte das für unmöglich gehalten und sich gar nicht erst Mühe gegeben, die Worte zu verstehen. Und nun spürte er, wie die Felsen unter dem Pulsschlag der See vibrierten. Er drückte die Augen fest zu, aber die katzenähnlichen Schreie der Seevögel konnte er trotzdem deutlich hören. Der Schwan war geradewegs bis zum Ende der Welt geflogen, und Alinor war ihm gefolgt. Auch Titch fürchtete, jederzeit den festen Boden unter den Füßen verlieren und diese Klippen hinunterstürzen, und es gab nur eins, was ihm mehr Angst einjagte, als reglos dazusitzen: sich zu bewegen. Wenn er hier das Gleichgewicht verlor, war das sein Ende.

»*Titch!* Ich kann sie sehen. *Da hinten!*«

Er mußte zurück, das war die einzige Rettung für ihn. Niemals hätte er es wie Wren geschafft, knapp einen Meter vor dem absoluten Nichts gelassen vom Pferd zu steigen. Selbst wenn er die Augen fest zudrückte, sah er immer noch den klaffenden Abgrund vor sich. Eine Sturmbö hätte schon genügt, um ihn in die Tiefe zu reißen …

Valadan machte zwei kleine Schritte rückwärts und schlug einen Huf auf, um seinen Herrn aus dem tranceähnlichen Zustand zurückzuholen. Irgendwie gelang es Titch, der inzwischen schweißgebadet war, das rechte Bein über den Sattel zu schwingen. Einen Moment lang mußte er sich am Sattelknauf festklammern, und als er mit beiden Beinen auf dem Boden stand, klappte er kraftlos zusammen. Er wollte sich flach hinlegen und von der gähnenden Leere wegrobben, als sein Blick plötzlich auf Wren fiel.

»*Titch!*«

»Sie soll zurückkommen«, murmelt er voller Verzweiflung, bevor ihm die Augen wieder zufielen. »Sie stürzt noch …« Aber er konnte sich einfach nicht überwinden und einen Schritt auf Wren zugehen, obwohl er überzeugt war, daß es ums nackte Überleben ging.

Der Boden hier ist fest, keine Angst, er kann schon nicht abbröckeln, sagte Valadan verwirrt. *Geh zu ihr.*

Titch spürte, wie sein Magen sich vor Panik verkrampfte. »*Ich kann nicht.*«

Valadan warf den Kopf. *Halte dich an meinen Zügeln fest, ich werde dich wie ein Anker am Boden festketten.*

»Ich kann trotzdem nicht.« Er mußte alle Kraft aufbringen, um die Augen weit aufzureißen, aber seine Knie waren weich wie Pudding. Selbst wenn er sich an dem Pferd festklammerte, konnte er sich nur mit knapper Not aufrecht halten. Jemand, der so wackelig auf den Beinen steht, tut eigentlich gut daran, sich von einem Abgrund fernzuhalten.

Du mußt. Schnell. Sieh einfach nur mich an!

Wie in Trance wandte sich Titch dem Hengst zu, und der Blick aus dem großen, dunklen Auge fing ihn ein. Wieder funkelte eine unerklärliche Vielzahl von Farben darin – zitronengelb funkelnde Punkte und rubinfarbene Lichtblitze. Der schillernde Blick schien sich in den Jungen zu bohren, und Valadan versuchte, dem scheinbar vollkommen verängstigten Jungen Mut zu machen. Titch spürte, daß das Pferd einen Schritt nach vorn machte, und ahnte, daß ihn die Zügel jeden Moment nachziehen würden. Er taumelte, obwohl er sich mit aller Kraft gegen Valadan stemmte. Das Herz schlug ihm bis zum Hals, und er hatte das Gefühl, sein Blut sei zu Eis gefroren. Er konnte kaum noch atmen, und alles, was er sah, schien schwarz umrandet. Oder stellte die Farbe des Hengstes alles andere in den Schatten?

Sieh mich an, schien ihm das funkelnde Auge zuzuflüstern. *Nur mich sollst du ansehen.*

Titch schaffte es tatsächlich. Es gelang ihm, seinen Blick nur auf die Lichtblitze zu heften, und eine unbekannte Kraft zog ihn erst einen Schritt nach vorne und dann noch einen. Er starrte in die unergründliche Tiefe mit den farbigen Punkten und wagte nicht zu blinzeln.

Plötzlich stand er an Wrens Seite. Sie sagte etwas zu ihm, zeigte auf etwas in der Ferne und zog an seinem Arm, damit er einen Blick über die Felskante warf. Titch machte sich sofort steif, nickte höflich, klammerte sich an den Zügeln fest und war in Gedanken nur bei Valadan. Wenn er auch nur einen Blick in den Abgrund warf, würde ihm klarwerden, wo er war, egal, wie sehr das Pferd auf ihn einredete. Sicher, er war töricht genug, um an ein sprechendes Pferd zu glauben, aber so verrückt nun auch wieder nicht, sich *diese* Qual anzutun.

Wieder rief ihn Wren beim Namen, diesmal eindringlicher. Titch überwand sich und sah sie an, aber er erkannte lediglich eine verschwommene, helle Fratze. Immer noch schnürte ihm die Angst den Atem ab. Als Valadan plötzlich den Kopf warf, zerrten die Zügel an seiner Hand – verzweifelt versuchte das Pferd ihm klarzumachen, daß nichts passieren konnte. Titch standen Schweißperlen auf der Stirn, sein Mund fühlte sich staubtrocken an. Nach und nach, sehr langsam nur, drangen die Umrisse von Wrens Gesicht und ihre Worte in sein Bewußtsein. Auf einmal bestand die Welt nicht mehr nur aus dem gedämpften Hämmern seines Herzens.

»Da unten!«

Als er das Wort »unten« hörte, zuckte er innerlich zusammen, doch sein Blick folgte Wrens Finger.

Zunächst sah er in der schwindelerregenden Tiefe nur das Meer, das weiß, blau und grün funkelte. Die Farben fügten sich zu einem Muster zusammen, das für ihn keinen Sinn machte. Dann erkannte er – ungefähr nach einem Drittel der nackten Gesteinswand – eine Felskante, breit genug, um ein paar Grünpflanzen und den Schwan mit dem goldenen Halsband zu bergen. Alinor saß auf dem Rücken des großen Vogels, klammerte sich an ihm fest und starrte hilflos zu ihnen hinauf. Wren und Titch waren durch hundert Schrittlängen Felswand von ihr getrennt.

»Lebt er noch?« fragte Titch schließlich. Sie steckten in der Klemme, egal, ob der Prinz noch am Leben war oder nicht.

Wren reckte das Kinn und beugte sich über die Felskante, bis Titch glaubte, ihm müßten die Sinne schwinden, wenn er noch länger hinsah. »Alinor sagt, der Prinz ist bewußtlos, aber er bewegt sich noch. Im Moment kann sie ihn noch festhalten.« Wren schnappte sich das Netz und fing an, die Knoten zu lösen und die Halme neu zu verknüpfen. »Haben wir irgendein Seil?«

Verständnislos schüttelte Titch den Kopf, denn er begriff nicht, worauf sie hinauswollte. Seiner Meinung nach hatte ein Seil nichts mit dem Problem zu tun, das sie zu bewältigen hatten. Alinor war nicht in der Lage, den Schwan auch nur einen Zentimeter in die Luft zu heben, und hinauf auf die Klippen konnte sie ihn erst recht nicht hieven. Sie durfte den Vogel allerdings auch nicht loslassen, denn sonst war er für immer verloren. Zu gefährlich. Falls es dem Schwan gelänge, sich in die Lüfte zu schwingen, würde er wahrscheinlich über dem Meer das Weite suchen, und selbst wenn er hinunterstürzte und überlebte, konnten sie ihn nie wieder zurückholen.

Wren hatte die Satteltaschen abgeschnallt und vom Pferderücken gehievt, um sie gründlich zu durchsuchen. Es schien sie überhaupt nicht zu interessieren, daß unmittelbar neben ihr ein tiefer Abgrund klaffte. Titch dagegen konnte die Tatsache nicht für eine Sekunde vergessen. Sie fand eine dünne Leine, die zum Angeln gedacht war, und einige Ersatzschnürsenkel.

Schnell, wie ein Faden unter einer herumwirbelnden Spindel, entstand unter ihren geschickten Händen – während sie hastig Zaubersprüche vor sich hinsang – ein Seil, gewirkt aus Grashalmen, Lederschnüren und eilig heruntergeleierten magischen Worten. Unglaublich dünn wirkte dieses Seil, und es streckte sich immer mehr in die Länge. Wren zog ein letztes Mal an dem Seil, entschied, daß es halten würde, und gab Titch ein Ende in die Hand.

»Hier. Beeil dich. Ich glaube nicht, daß sie ihn noch länger halten kann. Sie sagt, daß er wieder zu sich gekommen ist und panische Angst hat.« Immer noch schienen ihre

Hände wie Quecksilber über das Seil zu huschen. Während sie versuchte, den Zauber zu festigen, fügte sie Nahtstellen zusammen, die sich nicht durch einen Knoten verknüpfen ließen. »Du mußt hinunterklettern und ihn holen.«

Voller Entsetzen wanderte Titchs Blick zum Rand der Klippe. In seinem Kopf drehte sich alles, obwohl er den Abgrund im Moment nicht sehen konnte. Doch das war nicht entscheidend. Er *wußte,* daß sich unmittelbar vor ihm gähnende Leere auftat. Sicher, er stand auf festem Boden – und doch war ihm jede Sekunde klar, daß er sich in schwindelerregender Höhe befand. Der Fels ragte steiler empor als jedes Schloß, das jemals von Eraliern und Clandaranern erbaut worden war. Er schloß die Augen, schüttelte langsam den Kopf, in dem es laut dröhnte. »Ich kann nicht«, flüsterte er.

Klaffender Abgrund

»Ich kann nicht«, flüsterte Titch mit heiserer Stimme, todunglücklich und beschämt. Er schaffte es einfach nicht, über seinen eigenen Schatten zu springen. Die Knie zitterten ihm, er hatte sich nicht mehr im Griff. Auf Stirn und Oberlippe bildeten sich Schweißperlen. »Es ... es ist einfach zu hoch ...«, stammelte er und taumelte rückwärts, bis er gegen Valadan stieß.

»Das Seil reicht auf jeden Fall!« redete Wren auf ihn ein und warf ihm den magischen Strick zu. »Titch, du *mußt* einfach – sie stürzen beide ab, wenn der Schwan erst einmal zu sich kommt und sich mit aller Kraft wehrt!« Wieder sah sie voller Verzweiflung zu den Vögeln, und mit jeder Minute, die tatenlos verstrich, wuchs ihre Angst.

»Wir können das Seil doch nirgendwo festbinden!« Nur

eine Ausrede, aber im Grunde hatte er recht. Seit Tagen schon hatten sie keinen Baum mehr gesehen, weit und breit gab es keine Büsche, und die Heidekrautwurzeln, die das Gewicht eines Mannes ohnehin nicht halten konnten, wuchsen so spärlich, daß Titch im Moment nicht einmal eine einzige entdecken konnte. Ein Gefühl der Erleichterung durchflutete ihn, aber gleichzeitig fühlte er sich schuldig. Er war unfähig, sich das viel größere Unglück vor Augen zu führen, nämlich den Verlust des Schwans.

Schling das Seil um meinen Körper, bot Valadan an, ein Vorschlag, der Titch endgültig in Panik versetzte. Sein Blick, in dem sich Entsetzen spiegelte, wanderte zu dem Pferd. Wren folgte dem Blick und machte sich eilig daran, das Seilende um die Brust des Hengstes zu binden. Hinter dem Schweif des Tieres machte sie einen festen Knoten.

»Ich glaube, du verstehst mich nicht«, wandte Titch vorsichtig ein. »Ich *kann* nicht. Es kostet mich schon genug Überwindung, hier zu stehen. Ich kann nicht mal runter*gucken*, und da runter*klettern* kann ich erst recht nicht.«

Wren starrte in sein aschgraues Gesicht. Die Angst um Alinor hatte sie so sehr gefangengenommen, daß sie erst jetzt begriff, warum er so außer sich war. »Du kannst nicht?« wiederholte sie fassungslos.

»Sobald irgend etwas höher ist als ein Pferd, gerate ich in Panik«, erklärte Titch mit gesenktem Blick. Selbst der Stolz eines Ritters konnte ihn nicht dazu bewegen, sich dem Abgrund zu nähern. »Ich kann einfach nicht. Ich ...« Er versuchte, sich zu überwinden und einen Schritt auf die klaffende Tiefe zuzugehen, aber die Beine gehorchten ihm nicht. Er zitterte am ganzen Körper und fühlte sich benommen, als habe er einen verdorbenen Magen oder eine schwere Verletzung.

»Dann muß ich eben gehen«, sagte Wren, und ihr Gesichtausdruck verriet, daß sie fest entschlossen war. Sie wußten aber beide, daß sie kaum eine Chance hatte. Im Vergleich zu Titchs Armen waren sie dünn wie Stöcke und zerbrechlich wie dürre Zweige. Unwahrscheinlich, daß es ihr gelingen würde, den ganzen Weg hinunterzuklettern, und es schien völlig ausgeschlossen, daß sie sich, den schweren Schwan im Schlepptau, wieder würde hinaufziehen können. Ein Ritter durfte das nicht zulassen – er konnte nicht tatenlos mit ansehen, daß eine Frau ein tödliches Wagnis einging.

»Tut mir leid«, murmelte Titch niedergeschlagen und schloß die Augen. Damit hatte er seine Ehre vertan, aber lieber hätte er sich in sein Schwert gestürzt, als sich der Gefahr auszusetzen, vom Abgrund verschlungen zu werden.

Laß die Augen zu, befahl ihm Valadan. *Macht dir das, was du jetzt nicht mehr sehen kannst, immer noch angst?*

Titch runzelte die Stirn und überlegte. Schließlich antwortete er: »Ja, aber es ist nicht mehr so schlimm.« Das Atmen fiel ihm immerhin etwas leichter. »Aber …« Er wollte den Blick wieder auf den Hengst richten.

Laß die Augen zu. Denk immer daran, daß du jede Sekunde der Erde ganz nah bleibst – sie wird direkt vor deiner Nasenspitze sein.

Titch spürte, daß Wren ihm das provisorische Seil unter den Armen festknotete. Voller Panik riß er die Augen auf. Hastig legte ihm Wren eine Hand auf die Augen. »Valadan hat recht. Ein Pferd geht sogar durchs Feuer, wenn man ihm vorher die Augen verbindet, und ein Falke bewegt sich nicht vom Fleck, egal, was um ihn herum passiert, wenn man ihm mit einer Kapuze die Sicht versperrt.« Sie nahm die Hand von seinen Augen und band ihm statt dessen ein Stück rauhen Stoffs um den Kopf. Nur mit Mühe konnte Titch das Verlangen unterdrücken, sich die Augenbinde abzureißen. Das Seil in seiner Hand fühlte sich seltsam an, irgendwie klebrig. »Auf dem Seil liegt ein Zauber«, erklärte Wren. »Du wirst nicht fallen. Mit diesem Strick kann dir nichts passieren.«

Jede Faser seines Körpers wehrte sich, das zu glauben. Schließlich wußte er, woraus das Seil bestand. Wenn der Zauber, der es zusammenhielt, ein ähnliches Flickwerk war, durfte er sich keine Sekunde in Sicherheit wiegen.

Du hast dir deine Ausrüstung Stück für Stück zusammengesucht, die Teile stammen von vielen verschiedenen Männern aus allen möglichen Kämpfen. Trotzdem hat sie dich bis jetzt geschützt, gab Valadan zu bedenken.

Ein zusammengestückeltes Seil für einen Ritter, dessen Ausrüstung ein einziges Mischmasch war? Titch überlief ein Schauder. Eine Hand legte sich auf seine Schulter und drückte ihn herunter, bis er sich auf die Knie sacken ließ. Wren zog die Knoten fest, zerrte immer wieder daran, um – während er noch dort kniete – zu prüfen, ob sie hielten. Dann führte sie ihn an den Abgrund. »Lege dich flach auf den Bauch.«

Das muß ja noch zu schaffen sein, dachte Titch, so schlimm kann das nicht sein. Auf dem Bauch müßte er sich eigentlich viel wohler fühlen, so nahe dem Abgrund. Also legte er sich flach ins Gras, und das weiche Heidekraut schmiegte sich an sein Gesicht und kitzelte ihn in der Nase. Er tastete nach dem Seil, fand es schließlich und klammerte sich daran fest. Auch die gewundenen Fäden schienen an ihm festzuhalten – der Zauber, der ihm Halt geben sollte, funktionierte tatsächlich.

»Du mußt jetzt langsam rückwärts robben.« Wren spannte das Seil, so daß Titch daran ziehen mußte, um sich überhaupt bewegen zu können. Langsam kroch er rückwärts, wie sie es von ihm verlangt hatte, Zentimeter für Zentimeter. Innerlich rebellierte er dagegen und wollte eigentlich genau in die andere Richtung, aber er saß in der

Falle. Ihm blieb keine andere Wahl. Er ahnte, daß auch auf ihm ein Zauber lag.

Plötzlich ragten seine Stiefel über die jäh abfallenden Klippen hinaus. Von Panik ergriffen versuchte er, wieder ein Stück vorwärts zu kriechen, doch die Seenelken, die den Felsrand säumten, rutschten unter seinen Zehen weg, und er verlor das Gleichgewicht. Seine Beine schoben sich über die Kante der Steilküste. Tief grub sich das Seil in seine Seiten, mit beiden Händen klammerte er sich daran fest, als kämpfe er ums nackte Überleben. Er fürchtete, aus der Schlinge zu rutschen, und versuchte krampfhaft, nicht daran zu denken, daß er über dem Abgrund baumelte. Voller Entsetzen drückte er die Augen zu, beinahe wäre ihm vor Schreck das Herz stehengeblieben.

»Stemme die Füße gegen den Felsen. Ja, genau da bist du richtig, Titch. Du mußt nur die Füße ausstrecken.« Wrens Stimme drang deutlich an sein Ohr, sie konnte nur wenige Zentimeter entfernt sein. Was sie sagte, klang ruhig und vernünftig.

Er versuchte, die senkrecht abfallende Steinwand zu ertasten und stieß schließlich mit der Stiefelspitze und den Ellbogen darauf. Schon fühlte er sich besser, konnte fast wieder atmen. Der Geruch von feuchtem Stein drang zu ihm – nicht nur das Seil hielt ihn, das feste Mark der Erde lag unmittelbar vor ihm, auch wenn er nicht darauf stehen konnte. Immerhin ein Trost. Hätte er nur nicht die ganze Zeit über daran denken müssen, daß ihn überall sonst kantiger Fels umgab.

»Geh jetzt Stück für Stück an den Klippen runter. Lehne dich ein Stück zurück. Wir lassen das Seil nur ganz langsam nachrutschen, immer, wenn es nötig ist.«

Für einen Augenblick wurde ihm wieder schlagartig bewußt, wo er sich befand. Wie erstarrt hing er im Seil, das – wie er nun spürte – langsam seinem Gewicht nachgab.

Nein, er stand nicht, er hing, gehalten von einem fragwürdigen Strick. Eine heftige Bö zerrte an ihm, und sofort packte ihn die Furcht, er könne hilflos über dem klaffenden Abgrund baumeln, einem Abgrund, den er einfach nicht vergessen konnte.

Du kannst nicht fallen, versicherte ihm eine gelassene Stimme, die Vertrauen einflößte. *Ich halte dich. Du bist sicher.*

Die Augenbinde juckte Titch, und als er blinzelte, bemerkte er, daß sie nicht aus Stoff bestand, sondern aus den braunen Blättern einer Königskerze, zusammengehalten von einem Grasgeflecht. Er versuchte, sich auf die rauhen Steine zu konzentrieren, auf die Felsbrocken, die er unter seinen Stiefeln spürte. Tatsächlich, er kletterte hinunter, und das Seil gab immer wieder nach, je nachdem, wieviel Spiel er benötigte. Sein Abstieg war geschmeidig, es gab keinen heftigen Ruck, und er baumelte auch nicht hilflos am Ende des Seils. Wenn Wren ihre Arbeit gut machte, konnte er vielleicht den Gedanken verdrängen, daß er nicht mehr flach auf dem festen Boden lag. Nur eine Einbildung, daß das Schreien der Seevögel in seinen Ohren dröhnte. Der Geruch des Meeres war reine Phantasie. Hier oben konnte ihn die Gischt niemals erreichen …

Hier oben. Kein passender Gedanke, wenn er sich eine andere Wirklichkeit vorgaukeln wollte. Die Illusion, die er so mühsam aufgebaut hatte, zerbrach.

»Du bist schon fast da!« Wrens Stimme schien aus unendlicher Ferne zu ihm zu dringen. »Sei vorsichtig, der Felsvorsprung ist ziemlich schmal.«

Damit wollte sie ihm wohl sagen, daß er aufpassen mußte, nicht auf die Vögel zu treten. Fallen konnte er ja nicht, egal, wie schmal der Vorsprung auch sein mochte – das jedenfalls hatten sie ihm zugesichert. Das Seil konnte angeblich nicht reißen und wurde außerdem von Valadan gehalten. Titch meinte, er könne fühlen, wie unauflöslich die Beine des Hengstes mit der Erde verwurzelt waren. Trotzdem wollte er lieber nicht darüber nachdenken, woran sein Leben hing.

Sogar ein Seil aus Spinnweben könnte dich halten, wenn man nur den richtigen Zauber darüber spricht, erklärte der Hengst leicht amüsiert.

Valadan mußte schließlich wissen, wovon er redete, schließlich war er durch einen Zauber gezeugt worden. Voller Vertrauen schob sich Titch Stück für Stück die Felswand herunter, und der Geruch des Gesteins, durchtränkt von feuchter Meeresluft, drang ihm in die Nase. *Denk daran, du bist dem festen Boden ganz nah. Unmittelbar vor deiner Nase ist solider Stein.* Plötzlich stieß er mit der linken Stiefelspitze gegen etwas Hartes. Wenn er seine Lage richtig einschätzte, konnte er zwar vom Felssims rutschen, aber nicht hinunterstürzen. Titch konzentrierte sich auf das, was seine Füße taten; taumelnd und mit weichen Knien tastete er sich auf den Felssims vor. Unsicher setzte er die Stiefel auf und versuchte, die richtige Spannung auf dem Seil zu halten.

Alinor schrie aufgebracht und fuhr ihn zänkisch an, wie ein Falke, der sein Nest vor Feinden verteidigt. Nicht, daß Titch sich jemals freiwillig zu einem Nest in den Klippen vorgewagt hätte, um Küken oder Eier zu stehlen. Nein, das konnte er Alinor versichern: Niemals in seinem Leben würde er so etwas tun. Er wollte ihr helfen, und eigentlich hätte sie ihn freudig begrüßen müssen. Als er tastend die Hand ausstreckte, hackte Alinor heftig darauf ein, aber Titch redete sich ein, daß sie nur den Schwan bändigen wollte, der sich mit aller Kraft wehrte. Irgendwie mußte Titch dem Schwan die Schwingen an den Körper drücken, damit ihm das Tier nicht aus den Händen glitt und abstürzte. Es war nicht leicht festzustellen, wo die Flügel saßen. Titch war zu unsicher auf den Beinen, um herauszufinden, in welche Richtung die Federn wiesen – was immerhin ein Hinweis gewesen wäre. Und Alinor erschwerte das Ganze, indem sie ununterbrochen nach ihm hackte …

Es half nichts, er mußte die Augenbinde lösen, die ihn ohnehin juckte. Also neigte er den Kopf zur Schulter und rieb sich daran, bis die Blätter von seinen Augen rutschten. Solange er nicht nach unten sah und den Blick nur auf die Vögel richtete, konnte ihm nichts passieren …

Allerdings mußte er sich vorbeugen, um den Schwan aufzunehmen. Es war hoffnungslos, er konnte sich nicht länger täuschen – schlagartig wurde ihm bewußt, daß der Vorsprung, auf dem er kauerte, gerade so weit vorragte, daß sein Fuß, von den Zehen bis zur Ferse, Platz darauf fand. Und er stand am Rand.

Der Felssims bestand aus dunklem Gestein, und die Spanne der ausgebreiteten Schwanenflügel nahm die gesamte Breite des Vorsprungs ein. Ansonsten war außer dem blauen Meer und dem blauen Abendhimmel nichts zu sehen. Die Vögel und er schienen im Nichts zu schweben,und Titch hatte als einziger keine Flügel, die ihn notfalls in Sicherheit tragen konnten. Plötzlich verspürte er den Wunsch, sich mit ausgebreiteten Armen gegen die Klippen zu pressen und mit dem Felsgestein zu verschmelzen. Der Falke stieß einen grellen Schrei aus.

»Alinor sagt, du sollst dich beeilen!«

Diesen Schrei hätte Titch auch ohne Wrens Übersetzung richtig gedeutet. Der Schwan schlug heftig mit den Flügeln, und die Spitzen der Schwingen peitschten dem Jungen schmerzhaft übers linke Fußgelenk. Alinor, kaum größer als ein gut entwickeltes Schwanenküken, saß immer noch auf dem Rücken des Tieres. Problemlos können Schwaneneltern ihre Jungen zwischen den Flügeln tragen, wenn sie übers Wasser gleiten. Wahrscheinlich konnte der Schwan nicht auffliegen, solange sich Alinor an ihm festklammerte, aber mit Sicherheit konnte er Titch und den Falken in den Abgrund stoßen. Ob er damit seinen Tod besiegelte, interessierte ihn bestimmt nicht, denn er mußte davon ausgehen, daß ihn der Raubvogel sowieso töten wollte. Verzweiflung lag in den kleinen schwarzen Augen, ein Ausdruck, der absolute Hoffnungslosigkeit verriet.

Titch wollte den Schwan packen, aber ihm fehlten einige Zentimeter Seil. Wieder schrie Alinor auf.

»*Ich brauche mehr Seil!* So komme ich nicht an ihn heran!« Er konnte selbst nicht glauben, daß er tatsächlich darum bat, das Seil zu lockern.

Wenn weniger Spannung auf dem Seil lag, konnte er jederzeit über den Felsrand stürzen. Falls sich Valadan inzwischen rückwärts bis zur Klippenkante vorgeschoben hatte, riß er das Tier – das auf einen plötzlichen Ruck nicht gefaßt war – womöglich mit in die Tiefe. Aber wenn das Seil stramm blieb, konnte er sich nicht vorbeugen, um den Vogel mit beiden Händen aufzunehmen – was ihm im Grunde sowieso nicht geheuer war. Lieber hätte er eine Hand am Seil gelassen, um sich sicherer zu fühlen.

Als sich Titch seine Situation bewußt machte, krampfte sich sein Magen zusammen, und in seinem Kopf drehte sich alles. Schließlich gab der Strick tatsächlich nach, wie er verlangt hatte, und er geriet in Panik. Langsam lehnte er sich auf die linke Seite und versuchte, nicht den Körperkontakt mit dem Felsgestein zu verlieren. Es half nichts, er mußte sich überwinden. Konnte er nicht auch ein Pferd im rasenden Galopp reiten und dabei mit der Klinge einen Bronzereif vom Boden aufnehmen? Also mußte das hier doch ein Kinderspiel sein, immerhin hatte er schon immer einen ausgezeichneten Gleichgewichtssinn gehabt.

Er durfte nur nicht daran denken, wo er stand.

Der Prinz-Schwan verstand die Welt nicht mehr, als sich plötzlich auch noch der Junge auf den Felsvorsprung drängte. Verwirrt wie er war, ließ er geduldig zu, daß Titch ihm die Schwingen an den Körper drückte. Doch plötzlich fing er wieder an, sich heftig zu wehren. Titch wickelte das Tier – so gut es ging – in den unteren Teil seines Mantels. Vielleicht hatte er Glück, und das Zauberwesen beruhigte sich. Doch der Schwan schlug nach ihm aus, und Titch spürte durch den Wollstoff, daß die Füße mit den Schwimmhäuten tatsächlich Krallen hatten. Sobald er die linke Hand frei hatte, packte er den Kopf des Schwans und versuchte, ihn unter einen Flügel zu stecken. Er hatte sich wieder vage daran erinnert, daß Gänse so zum Markt getragen wurden. Der Trick funktionierte nicht ganz so gut, wie er gehofft hatte, aber das Tier war wenigstens so fest in den Mantel gewickelt, daß es sich kaum noch wehren konnte. Alinor flog auf und eroberte den Himmel mit einem lauten Triumphschrei zurück.

»Hast du ihn?« Erleichtert stellte Titch fest, daß wieder mehr Spannung auf dem Seil war. Erst jetzt merkte er, daß er die ganze Zeit über die Luft angehalten hatte, und er fragte sich, ob ihm deswegen wohl so schwindelig geworden war.

»Holt mich wieder hoch!«

Der Weg hinauf auf die Klippen fiel ihm viel leichter als der Abstieg mit verbundenen Augen. Er hatte keinen Grund hinunterzusehen, und zwischen der Felswand dicht vor ihm und dem Vogel in seinen Armen war nichts Bedrohliches. Wenn er zwei Hände für den Schwan und zwei für das Seil gehabt hätte, wäre er vollkommen zufrieden gewesen. Vielleicht hätte er auch wieder durchatmen können, wenn ihm das Seil, an dem sein Leben hing, nicht so unheimlich gewesen wäre. Er konnte einfach nicht vergessen, woraus es gedreht worden war, und daß ihn lediglich ein – wenn auch zauberisches – Pferd hielt, beruhigte ihn auch nicht eben ...

Dir kann nichts passieren, versicherte Valadan ihm erneut.

Auf einmal rückten Wurzeln, an denen Erdklumpen hingen, in sein Blickfeld, dann entdeckte er grüne Seenelkenblätter. Wren beugte sich leichtsinnig weit herunter, um den Schwan entgegenzunehmen. Erleichtert drückte Titch ihr das Tier in die Hände – mit dem Schwan unterm Arm hätte er es nie geschafft, sich über den Klippenrand zu hieven.

In dem Moment, als er beide Hände um die dünne Leine legte, wußte er, daß das letzte Stück ein Kinderspiel sein würde. Valadan, der den Schweif dem Abgrund zugewandt hatte, machte einen Satz nach vorne, und Titch wurde – wie ein Boot, das auf den Kieselstrand gehievt wird – mit einem Ruck nach oben gezogen. Ein paar Meter schleifte er über den holprigen Untergrund aus dicken Grasnarben und zog sich dabei etliche blaue Flecken zu, dann brach der Zauber, und das Seil löste sich in Gras, alte Lederriemen und Spinnweben auf. Wenn die Magie nur wenige Sekunden früher ihre Kraft verloren hätte ... Gedanken, für die Titch keine Zeit blieb. Während er reglos am Boden lag, schoß Alinor auf ihn herab und schrie dabei klagend wie ein Wintersturm auf. Titch drückte sich flach auf den Boden, doch im selben Augenblick drehte sich Valadan ruckartig um und stellte sich schützend über ihn.

Auf dem Weg zur Roten Königin

»Und jetzt ... wie verwandeln wir ihn in einen Prinzen zurück?« fragte Titch und wies mit dem Kinn auf den Schwan.

Die Augen des Schwans, dem sie die Schwingen am Körper festgebunden hatten, funkelten die Entführer wütend an. Im Schein des Feuers krümmte er den Hals, den er ungehindert bewegen konnte, und stieß zischende Laute aus. Mehr als nur ein paar Federn hatte er bei seiner Gefangennahme verloren, aber nach und nach kehrte sein ursprüngliches Temperament zurück. Alinor betrachtete den Vogel voller Verachtung.

Sorgenvoll starrte Wren vor sich hin. »Ich habe keine Ahnung.«

»Und was haben die Zauberer dann an dem Abend, als ich Wache schieben mußte, die ganze Zeit über beredet? So viel Geschnatter und doch keine Ergebnisse ...«, neckte Titch das Mädchen. »Ihr habt doch sicherlich nicht darüber diskutiert, ob der Hafer dieses Jahr Rekordernten eingebracht hat, oder?« Er hätte ihr gern ein Lächeln entlockt. Hatten sie nach ihrem Erfolg nicht allen Grund zur Fröhlichkeit? Galvin wäre sicher glücklich gewesen und hätte vergnügt gelacht.

Aber Wren runzelte nur die Stirn. »Die ganze Zeit haben sie nur gestritten. Mein Meister hat immer gemeint, daß er wieder weiß, warum er die Stadt der Zauberer verlassen hat, wenn er sich die anderen so ansieht. Es ist unnatürlich, daß sich mehr als zwei Zauberer zusammensetzen. Magier beraten sich nie freiwillig untereinander.«

Titch war erstaunt, daß sie sich so ablehnend über die Zauberer äußerte. »Kannst du es denn nicht wenigstens versuchen?«

»Von hoher Magie verstehe ich nichts!« rief Wren verzweifelt aus. Offenbar war sie nicht nur niedergeschmettert, sondern auch panisch vor Angst. »Es wäre zu gefährlich. Wenn ich ihn verletze ...«

»Bringt die Königin deinen Meister um«, beendete Titch den Satz und kaute nervös an seinem Daumennagel.

»Was sie, wenn wir Pech haben, sowieso tut, vielleicht schon in diesem Augenblick. Titch, wir müssen uns unbedingt beeilen! Womöglich ist mein Meister in Gefahr, und zwar genau in diesem Moment ...«

Eigentlich hatte Titch gehofft, er könne in Ruhe zu Abend essen und eine Nacht schlafen, damit die Prellungen an seinem Körper und die Striemen, die das Seil in seine Haut gebrannt hatte, abheilen konnten. Er seufzte. »Vielleicht läßt die Königin bei deinem Meister Milde walten, wenn *er* ihren Sohn zurückverwandelt, direkt vor ihren Augen. Ist das nicht eine gute Idee?«

»Titch, ich weiß wirklich nicht, wie ich ihn zurückverwandeln soll!«

Sie konnte einen Schnee-Schwan heraufbeschwören, der so wirklich schien, daß ein Dutzend lebender Schwäne auf ihn hereinfielen. Sie war in der Lage, ein Seil zu knüpfen wie eine Spinne ihr Netz. Zahnschmerzen waren für sie eine Kleinigkeit ... und trotzdem war es durchaus möglich, daß sie die Wahrheit sagte. Wie sollte das ein gewöhnlicher Soldat beurteilen können? Er war einfach nur glücklich, daß er mit mehr oder weniger heiler Haut davongekommen war, und nestelte hin und wieder an seiner rechten Hand, an der sich die meisten Blasen gebildet hatten.

Plötzlich spürte er eine sanfte Berührung an seiner Schulter, und ein warmer Atem blies ihm den Nacken hinunter. Titch streckte die Hand über die Schulter, um Valadans weiches Maul zu tätscheln. »Ich könnte mir vorstellen, daß es sowieso einfacher ist, ihn als Schwan zurückzubringen ... du kannst zwar bestimmt auch drei Leute tragen und würdest es wahrscheinlich nicht mal merken, aber wir würden sicherlich nicht alle auf deinen Rücken passen, oder?« Er hievte die Satteltaschen auf das Pferd und fing an, den Inhalt umzupacken, so daß sie den Schwan in einer der Taschen transportieren konnten. »Eigentlich gibt es keinen Grund, bis morgen zu warten, oder? Schließlich geht der Wind Tag *und* Nacht übers Land.«

Wie recht du hast. Valadan schlug mit dem Huf auf den weichen Boden.

Noch bevor das Funkeln der Sterne den Himmel schmückte, hatten sie sich auf den Weg gemacht. Der Halbmond stand am Himmel, aber er schien reglos zu verharren, als wolle er sie nicht auf ihrem nächtlichen Ritt begleiten. Anfangs war es Titch unangenehm, durch die Dunkelheit zu galoppieren, auch wenn die große Himmelslaterne ihren Weg beleuchtete. Aber schon bald spürte er, wie sicher Valadan den Weg zurücklegte, und schließlich verwarf er alle Bedenken und schämte sich fast für seine Ängste. Unbefangen und fröhlich fegte der Hengst über das Land, und Titch entspannte sich und ließ den Wind an sich vorbeirauschen. Nichts beherrschte Valadan so mühelos wie einen schnellen Ritt. Als sich die ersten Anzeichen von Müdigkeit bei ihm zeigten und er in einer langsameren Gangart weitergaloppierte, hatten sie bereits eine weite Strecke zurückgelegt.

Titch hatte keinerlei Vorstellung, wie viele Meilen hinter ihnen lagen. Grasland und dichter Wald sausten an ihnen vorbei. Irgendwann schoß ihm der Gedanke durch den Kopf, daß es ganz unmöglich war, jetzt schon auf Bäume zu stoßen, aber Valadan versicherte ihm leicht belustigt, daß sie sich nicht verirrt hatten. Das Pferd trug sie so sanft voran, daß seine Reiter fast in den Schlaf geschaukelt wurden. Wie in einer Wiege saßen sie, geborgen zwischen den stets wachsamen Ohren und dem Schweif, der im Wind flatterte, und träumten von Wäldern und Flüssen.

Irgendwann reckte Titch das Kinn und blinzelte verschlafen. Sand brannte ihm in den Augen, und seine Haut spannte von der kalten Luft. Vor ihm türmten sich hohe Mauern auf, und hinter dem steinernen Schutzwall, der erst vor kurzem gebaut worden sein konnte, zeigten sich die ersten Strahlen der aufgehenden Sonne. Hatten plötzlich alle Spaß daran gefunden, ihre Festungen auszubessern? Oder war Titch immer noch in einer Traumwelt gefangen?

Valadan schnaubte und warf den Kopf hoch. Der Wind hatte elfengleiche Locken in seine Mähne gezaubert. Titch tätschelte den warmen, schwarzen Hals – nicht einmal feucht fühlte sich das Fell an. Er konnte nicht glauben, daß sie die ganze Nacht über geritten waren und die Strecke auch noch im schnellen Galopp zurückgelegt hatten. Natürlich, vielleicht war er eingenickt und hatte alles mögliche geträumt, aber sie hatten nicht eine Pause gemacht, das wußte er mit Sicherheit. Als sie das Pförtnerhaus erreichten, begriff Titch, daß die Wachen haargenau dieselbe Uniform trugen wie er – unglaublich, aber er hatte inzwischen gelernt, das Unfaßbare hinzunehmen.

»*Macht auf, in Melcias Namen!*« rief er in dem Bewußtsein, daß sie ihm ohne Zögern öffnen würden.

»Ich habe meine Befehle.« Titch zeigte Mut und ließ sich nicht von seinem Vorhaben abbringen. »Ich will Lady Melcia *höchstpersönlich* sprechen. Sonst niemanden. Darauf hat sie großen Wert gelegt.«

Er spürte, wie Wren ihn mit Blicken durchbohrte. Natürlich war er nicht dabeigewesen, als die Zauberer ihre Anweisungen erhalten hatten, aber der Schwan war schließlich der einzige Trumpf, den sie ausspielen konnten. Solange Titch nicht dazu gezwungen wurde, wollte er ihn auf keinen Fall aus den Händen geben. Vorsichtshalber hatte er sogar dafür gesorgt, daß ihn niemand sehen konnte – der Schwan kauerte in einer der ausgebeulten Satteltaschen, konnte aber, obwohl Titch den langen Hals des Tieres zusätzlich in seinen Mantel gewickelt hatte, mühelos atmen.

»Es dämmert gerade erst. Wenn Euch daran liegt, daß Euer Kopf auf dem Hals bleibt, solltet Ihr lieber meine Fragen beantworten, um Euch keinen Ärger einzuhandeln«, erklärte der Mann mit strengem Gesichtsausdruck.

Der Offizier trug, wie bei Melcias Wachmännern üblich, eine dunkle Uniform, aber er gehörte – wie man an seinem Mantel aus schwarzer Schafswolle erkennen konnte – nicht zur Wache. Wieder stellte sich Titch die Frage, wie viele Männer außer den Zauberern bei dem Angriff ums Leben gekommen waren. Bis jetzt hatte er kein bekanntes Gesicht gesehen. Als Alinor die Streitmacht beim Rückzug beobachtet hatte, waren die Wachmänner für sie völlig nebensächlich gewesen – sie hatte nur Augen für Galvin gehabt. Einige von Melcias Männern hatten überlebt, aber Titch konnte sich nicht darauf verlassen, daß sie ihm als Zeugen zur Seite stehen würden. Was er zu berichten hatte, mußte auch so glaubhaft klingen. Eigentlich hätte niemand an seinen Worten zweifeln dürfen – schließlich gehörte er zur Elite, zur Wache, die Hauptmänner hatten ihn dazu auserwählt, Melcias Blutsfarben zu tragen. Den Dienern der Königin, die einen niedrigeren Rang hatten, konnte er mit Stolz und Autorität begegnen.

»Ich kriege ja nicht den Ärger, Sir, wenn sie rausbekommt, daß Ihr mich hier habt warten lassen«, fügte Titch nach einer längeren Pause, die seinen Worten Nachdruck verleihen sollte, hinzu. Eigentlich war er diesem Wärter keine Erklärung schuldig. »Wir haben von ihr den Befehl erhalten, so schnell wie möglich zu handeln, was wir natürlich auch getan haben. Ich bin sogar die ganze Nacht durchgeritten, um ihrem Befehl gerecht zu werden. Außerdem soll ich der Lady *sofort* Bericht erstatten.«

»Diese Befehle haben sie nicht von *mir* bekommen«, sagte eine Stimme hinter Titch.

Er konnte nicht sehen, wer gesprochen hatte, erkannte es aber sofort am Gesichtsausdruck des Offiziers, der hastig niederkniete. Ganz langsam wandte sich Titch um und blickte in das Gesicht der Roten Königin.

Das Fackellicht dicht an ihrem Gesicht schmeichelte der Lady wenig. Gnadenlos leuchtete es jede Falte in ihren Zügen aus, jede einzelne der vielen Linien in den Winkeln ihrer tiefliegenden Augen. *Dem Blick aus diesen Augen kann niemand standhalten,* hatte Wren gesagt. Überrascht stellte Titch fest, daß diese Beobachtung, die ihm vollkommen übertrieben vorgekommen war, tatsächlich stimmte. Die aufwendige Kleidung und der kostbare Schmuck konnten Melcias Seelenqualen nicht verbergen. Der Blick ihrer Augen, die immer noch tiefblau wie unschätzbar wertvolle Juwelen strahlten, genau wie die Barden sie einst in ihrer Jugend besungen hatten, schien sich geradewegs in ihr Gegenüber zu bohren. Trostlos wie ein Regentag im tiefsten Winter war der Ausdruck, der darin lag. Früher einmal mußte diese Lady einzigartig gewesen sein, eine Frau, die vor Lebensfreude übersprudelte. Ohne Zweifel war Melcia die Tochter eines Kriegers – sie war groß und hatte einen kräftigen Knochenbau, der eher an einen Mann erinnerte. Sie hielt sich aufrecht wie ein Speer, hatte eine stolze Haltung. In ihrer Jugend hatten ihr Gesundheit und Lebenskraft wahrscheinlich einen strahlenden Glanz verliehen. Das Haar mit den silbernen Fäden mußte früher goldfarben wie reifes Korn geleuchtet haben, sicherlich hatte sie es gebürstet, bis sich das Licht darin fing, bevor es mit Bändern durchflochten worden war. Mit ihren großen Händen konnte sie ohne Zweifel immer noch Schwert und Schild wie einer ihrer besten Krieger schwingen. Diese Frau würde einem Feind den Garaus machen, ohne einen Augenblick zu zögern. Eine Kriegerin, die keine Gnade kannte.

Es war, als habe Wren plötzlich ihr Augenlicht verloren. Doch seltsamerweise konnte sie immer noch die Steinwände zu beiden Seiten erkennen, die Fackeln, deren Flammen im Luftzug tanzten, die Wachmänner und die verteufelten eisernen Waffen. Nur das Bild der Roten Königin verschwamm vor ihren Augen. Dort, wo Melcia stand, klaffte ein schwarzes Loch von der Größe einer Frau. Es war kein Nichts, das sich dort auftat, sondern einfach nur etwas so Gefährliches, daß ihre Augen versagten, als sei die Königin von einem dunklen Zauber umhüllt. Der Blick schien an Melcia abzuprallen, in Wrens Herz zu dringen und es mit so großer Angst zu erfüllen, daß es beinahe stehenblieb. Nur mit Mühe unterdrückte sie das Verlangen, sich auf dem Boden zusammenzukauern, die Arme schützend über den Kopf zu schlagen und auf dem Bauch in den verborgensten Winkel des Schlosses zu kriechen. Am liebsten in den abgelegensten Teil des Königreichs – oder besser noch: der Welt.

Wren spürte, wie Alinor auf ihrem Handgelenk das Gewicht verlagerte – interessiert reckte sie den Kopf mit den scharfen Augen. Die Pupillen zogen sich zusammen. Sie schien irgend etwas zu sehen. Ob der Zauber bei Vögeln nicht wirkte?

Es gibt keinen Zauber, erklärte der Vogel mit Bestimmtheit und festigte den Griff der Krallen.

Warum kann ich sie dann nicht sehen? Vor Wrens geistigem Auge zogen rauschende Wassermassen vorbei. Dunkle Fluten, in denen sich hier und da das zitternde Funkeln von Sternen spiegelte. *Steht sie immer noch da, Alinor?*

Ja, sie ist da. Du mußt nur in meine Augen sehen.

Wrens Blick wanderte zu den schwarzen Augen, die mit der Umrandung aus leuchtend gelber Haut noch dunkler schienen. Die Fackeln zauberten helle Lichtpunkte auf das Schwarz, glänzende Spiegelungen, die blendeten. Doch da war noch eine andere Reflexion ... wieder brachen Wassermassen über Wren zusammen. Zitternd durchbrach ihr Blick die Fluten, und sie sah in die Augen des Falken.

Nicht nur die Umrisse der Fackeln spiegelten sich darin, sondern auch eine Gestalt. Eine Frau in mittleren Jahren, deren Schönheit bereits verblüht war, die Schultern in einen blutroten Umhang gehüllt – und plötzlich entdeckte Wren, daß sie Melcia auch mit eigenen Augen sehen konnte. Das Licht der Fackeln flackerte auf, die Wachen bewegten kaum merklich ihre Waffen. Endlich holte Wren tief Luft und spürte, daß ihre Lungen schmerzten, als habe sie lange Zeit unter Wasser aushalten müssen. Die Rote Königin sagte etwas, und Titch antwortete ihr.

»*Also?*« hakte die königliche Herrin voller Ungeduld nach. Titchs Haare richteten sich unwillkürlich auf, und ihm juckte die Kopfhaut. Zum ersten Mal fehlte ihm sein Helm, den er in den Kampfeswirren verloren hatte. Als er die Hand nach der Satteltasche ausstreckte, um die Schnallen zu öffnen, trat Wren einen halben Schritt nach vorne und blieb vor ihm stehen.

»Zunächst einmal, Lady: Wo ist mein Meister?« fragte sie mutig. »Ich könnte mir vorstellen, daß Eure Männer ihn zurückgebracht haben, nachdem man uns mitten in der Nacht hinterrücks überfallen hat. Er heißt Galvin. Geht es ihm gut?«

»Er interessiert mich überhaupt nicht.« Melcias Blick wanderte zu Titch, gelangweilt von dem Mädchen, das in ihren Augen belangloses Zeug redete. Wahrscheinlich hatte es sich nur in die Lügengeschichten des Wachmanns eingemischt, um ihm aus der Bredouille zu helfen – mit Sicherheit bereute es inzwischen, was es getan hatte.

»Aber *mich* interessiert er!« erklärte Wren unbeeindruckt. »Und Euch sollte er auch nicht gleichgültig sein, Lady. Ihr braucht ihn noch.«

»Ach, tatsächlich?« Etwas schien plötzlich in den tiefliegenden Augen aufzuflackern. Hoffnung vielleicht? Abrupt zuckte die grobknochige Hand und gab dem Hauptmann ein Zeichen. »Hol den Zauberer her, sofort.«

»Danke«, sagte Wren in einem feierlichen Tonfall, bemüht, sich höflich zu zeigen. Melcias Befehl gab ihr die Gewißheit, daß Galvin noch am Leben war. Titch sah sie erleichtert aufatmen und fragte sich, was sie gemacht hätte, wenn ihr Meister tot gewesen wäre. Ihre kühnen Worte hatten ihn überrascht, denn er wußte, wie sehr sie die Königin fürchtete. Offensichtlich hatte sie vor lauter Sorge um ihren Meister ihre Angst vergessen.

»Wenn das Ganze ein Trick ist, wird er vor euren Augen sterben, und ihr werdet ihm in den Tod folgen«, sagte Melcia und sah Wren dabei geradewegs in die Augen. Ihre Stimme verriet keine Gefühle.

»Es ist kein Trick, Lady«, unterbrach Titch sie. Er wollte die Aufmerksamkeit der Königin auf sich lenken, als sei sie eine Löwin, die sich an einen unvorsichtigen Otter heranschlich. Er schob seinen Umhang ein Stück beiseite, damit die Königin einen Blick auf das werfen konnte, was er locker eingewickelt unter dem Arm trug. »Wren bringt Euch das, was die Zauberer in Eurem Auftrag suchen sollten.«

Es hatte funktioniert, Melcias Blick ruhte wieder auf Titch – ob er sich allerdings darüber freuen sollte, wußte er noch nicht. Ihre funkelnden Augen schienen tödlich wie ein Schwert, und er hatte das Gefühl, sie wolle ihm das

Blut mit Blicken aussaugen. »Und du, Wachmann?« Sie kannte ihn nicht. Woher auch. Aber in Zukunft sollte sie sein Gesicht nicht mehr vergessen, mit Sicherheit hatte sie sich sein Bild eingeprägt, positiv oder negativ. Vielleicht gelangte er zu großen Ehren, vielleicht fand er schon bald den Tod – es war wie beim Münzenwerfen: Niemand weiß vorher, ob Kopf oder Zahl gewinnt. »Was hast *du* getan?«

»Meine Pflicht, Lady.« Titch sah geradewegs in ihre Augen, die ihn anstarrten. »Mein Hauptmann hat uns befohlen, für die Sicherheit der Zauberer zu sorgen. Unser Lager wurde mitten in der Nacht überfallen, ein großer Tumult ist ausgebrochen, viele haben ihr Leben verloren. Ich habe dafür gesorgt, daß diesem Hexenmädchen nichts passiert und daß es sich weiter auf die Suche nach dem Schwan macht, wie Ihr es verlangt habt.«

»Sehr löblich. Du hast deine Pflicht ordentlich erfüllt.« Wieder verriet nichts in ihrer Stimme ihre Gefühle. »Ich bin dir zu Dank verpflichtet.«

Es hatte Zeiten gegeben, in denen Titch hell erfreut gewesen wäre, wenn ihm eine Königin ihren Dank ausgesprochen hätte. Seine kühnsten Träume wären damit in Erfüllung gegangen. Doch jetzt ließen ihn Melcias Worte kalt. Titch verneigte sich leicht in Richtung der Königin, inständig hoffend, daß die Geschichte, die man ihm über den Prinz-Schwan erzählt hatte, tatsächlich stimmte und er nicht lediglich einen seltsam gezeichneten, aber ansonsten ganz gewöhnlichen Vogel unter dem Arm trug. Sicherlich war Melcia eine phantasievolle Scharfrichterin, eine Künstlerin der langsamen Vollstreckung.

Einige Wachen erhielten den Befehl, Posten an den Eingängen des Saals zu beziehen. Kaum eine Sekunde verging, da kündigten die ersten beiden Wachmänner bereits die Ankunft des Zauberers an, und kurz darauf traten zwei weitere

Männer der Wache ein, die Wrens Meister zwischen sich führten.

Galvin sah aus, als habe er keinen einzigen Sonnenstrahl mehr gesehen, seit man sie gewaltsam getrennt hatte. Er schien kaum geschlafen zu haben und machte einen erschöpften Eindruck, aber als er Wren erblickte, wirkte sein Gesicht plötzlich um zwanzig Jahre jünger. Aus den Augenwinkeln blickte er zur Königin hin und bemühte sich, seine Freude nicht allzu deutlich zu zeigen. Titch konnte nicht genau erkennen, ob die Männer, die Galvin eskortierten, den alten Mann aufrecht hielten oder lediglich führten.

»Wir haben den Vogel gefunden!« rief Wren, die anscheinend vergessen hatte, wie gefährlich ihre Lage war. »Wir haben ihn hierher gebracht ...«

Schon griffen Hände nach der prall gefüllten Satteltasche, um Titch die Last abzunehmen. Er ließ es zu – es hätte nichts gebracht, sich gegen die Männer zu wehren, auch wenn ihn düstere Vorahnungen mit jedem Herzschlag heftiger quälten. Der Vogel war nie ihre Geisel gewesen, sie hatten immer vorgehabt, ihn zur Königin zu bringen. Er redete sich ein, daß der Schwan nicht ihre einzige Sicherheit war, die ihnen jetzt genommen wurde – aber sein Herz sagte ihm etwas anderes. Jemand öffnete die Lederschnallen, nahm den Schwan mit den zerzausten Federn heraus und setzte ihn mit den breiten Schwimmfüßen auf die verschmutzten Binsen, mit denen der Boden ausgelegt war. Sofort kauerte sich das Tier zusammen und hechelte durch den halb geöffneten Schnabel nach Luft. Es versuchte gar nicht erst, sich gegen die Fesseln zu wehren, die seine Flügel zusammenhielten – der Schwan hatte die Ausweglosigkeit seiner Situation längst begriffen.

Mit starrem Blick fixierte die Königin die gequälte Kreatur, die dort vor ihr saß. Natürlich suchte sie zunächst nach irgendeinem Hinweis, daß die Gestalt des Vogels ihr einziges Kind barg. Der Vogel sah sie mit derselben Mischung aus Panik und Benommenheit an, mit der er die anderen betrachtete, und ließ es zu, daß sie ihn berührte – durch die Fesseln hatte er ohnehin keine andere Wahl. Titch kroch die Kälte bis ins Mark – falls das Schicksal die grausame Wahl getroffen hatte, daß dieser Vogel nicht der verzauberte Prinz war, würde das Tier an diesem Abend wahrscheinlich die königliche Tafel schmücken.

Melcia fuhr mit einem Finger den langen weißen Hals des Schwanes entlang und hielt bei dem Ring aus goldfarbenen Federn inne. Der Reif schimmerte im Fackelschein, brach das Licht und schillerte, Insektenflügeln gleich, in allen Farben des Regenbogens. Vorsichtig strich die Königin die Federn glatt und berührte sie dann sanft mit einem Metallschlüssel, den sie an einer langen Kette um die Taille trug.

Titch sog die Luft ein, denn er wußte nicht, was das zu bedeuten hatte. Ziemlich unwahrscheinlich, daß der Schlüssel aus einem anderen Material als Eisen geschmiedet worden war – jetzt kam die Wahrheit an den Tag. Das Metall berührte die Federn, und alle zuckten erschrocken zusammen, als ein Funke übersprang – ein winziger Funke nur, wie er an trockenen Wintertagen gelegentlich aufflackert, wenn man eine Rüstung poliert oder ein Pferd striegelt. Melcia wirbelte herum und sah Galvin eindringlich an.

»So einfach ist das nicht, Lady«, erklärte der Zauberer, und das Lächeln, das seine Lippen umspielte, wirkte beinahe bitter. »Eisen kommt der Magie oftmals in die Quere, es verdreht den Zauberspruch oder wehrt ihn ab. Alle haben schon davon gehört, und es stimmt auch. Trotzdem bricht Eisen nicht unbedingt einen starken Zauber, der über einen Menschen gelegt wurde. Fließendes Wasser vermag unter Umständen genauso wenig, Magie rückgängig zu machen, und nach dem Tod des Zauberers leben seine magischen Werke manchmal weiter.« Er wies mit dem Kinn auf den

Vogel. »Eines habt Ihr uns ja bereits bestätigt: daß dies kein gewöhnlicher Schwan ist.«

»Und du, Zauberer, hast eine Menge Arbeit vor dir! Bring mir meinen Sohn zurück!«

»Ich will Euren Sohn gern befreien, wenn es in meiner Macht steht.« Er ließ einen Blick aus rot angelaufenen Augen durch den Raum schweifen. »Das braucht aber Zeit und Ruhe. Ich habe nichts dagegen, daß ich bewacht werde, aber es dürfen nicht allzu viele neugierige Augen und unermüdliche Zungen um mich herum sein. Eure Männer können auch gegenüber den Eingängen postiert werden.«

Die Königin musterte ihn, maß ihn mit Blicken. Man hatte Galvin geradewegs aus dem Verlies zu ihr geführt, und er wirkte ausgehungert und schwächlich. Seelenruhig, wie ein unbeteiligter Zuschauer, erwiderte er ihren Blick.

»Du bekommst, wonach du verlangt hast, Zauberer. Du solltest aber meine Geduld nicht mit faulen Tricks auf die Probe stellen«, gab Melcia schnippisch zurück.

»Das würde ich mir nie erlauben«, erwiderte Galvin mit heiserer Stimme.

Der Schwan wurde in einen robusten Käfig aus geflochtenen Weidenruten gesetzt und auf frische Binsen gebettet. Obwohl man versuchte, es ihm bequem zu machen, schien er furchtbar unglücklich zu sein. Das Brot, das Wren ihm immer wieder anbot, wollte er nicht, er wandte den Kopf mit der Maske ab und hielt den orangefarbenen Schnabel hartnäckig geschlossen.

»Meister? Meinst du, wir können ihn zurückverwandeln? Er will einfach nicht essen.« Vögel können sich in überraschend kurzer Zeit zu Tode hungern, auch Alinor machte sich Sorgen um den Schwan, obwohl sie ihm bisher nur mit Geringschätzung begegnet war.

Galvin sah von seinen Karten auf. »Ich hab dich schließlich auch von einem Otter zurückverwandelt, oder?« Er lächelte und versuchte, ihr die Sorgen zu vertreiben. »Kind, ich weiß es nicht. Es gibt viele Möglichkeiten, und wir werden jede einzelne ausprobieren. Ich habe wahrscheinlich nie wirklich daran geglaubt, daß wir ihn finden – und schau mal, du hast es doch geschafft. Die Welt ist voller Überraschungen, und gewiß erwarten uns noch mehr.«

»Und wenn diese Möglichkeiten auch nicht funktionieren? Er ist mit Land und Eisen in Berührung gekommen, und wir haben ihn über fließendes Wasser getragen ...«

»Du kennst dich aus mit Magie, besser als die eralische Königin«, erklärte Galvin und runzelte mißbilligend die Stirn. »Du weißt, daß unsere Zauberkünste nicht so banal sind, sonst wäre jeder ein Zauberer.«

»Ich erinnere mich an eine Geschichte von einem verzauberten Pferd, das seinen Meister gebeten hat, ihm den Kopf abzuschlagen, damit es in seine menschliche Gestalt zurückschlüpfen kann.« Wren warf dem Schwan nervöse Blicke zu.

»Wir können nur hoffen, daß es nicht soweit kommt«, sagte Galvin mit rauher Stimme. »Dann gäbe es keinen Weg mehr zurück.«

Verrat

Der Schwan war nicht das einzige magische Tier in der Burg. Im Pferdestall kaute der Hengst, der durch Zauberhand gezeugt worden war, ein honiggesüßtes Gerstenbüschel nach dem anderen. Erschöpft sah Titch dem Schwarzen dabei zu, und obwohl er in Gedanken versunken war, erschrak er nicht, als ihm jemand die Hand auf die

Schulter legte. Seine Nase war zwar noch verstopft, aber die Ohren funktionierten wieder.

»Ihr habt ihn zurückgebracht«, sagte Gerein erstaunt. »Ich hab mir schon gedacht, daß Ihr ihn habt, ich habe es *gehofft,* als ich ihn unter den anderen Pferden, die alle kopflos herumgelaufen sind, nicht finden konnte ...«

»Er gehört Euch nicht, Gerein«, unterbrach Titch sachlich den Wortschwall des Ritters.

»Nun versteht doch, ich habe versprochen, daß Eure ... kleine Hilfestellung entlohnt wird«, polterte Gerein los. »Aber ich hab nie gesagt ...«

»Diese ›kleine Hilfestellung‹ hat mich fast das Leben gekostet. Und der Schwarze hat Euch sowieso nie gehört!« Titch wandte sich dem Ritter zu und spürte, wie die Wut in ihm aufloderte, eine Wut, die nichts damit zu tun hatte, wie Gerein *ihn* behandelt hatte. »Ihr habt ihn gestohlen, und die Trense habt Ihr gebraucht, um ihn gegen seinen Willen bei Euch festzuhalten.«

»Fast alle Pferde würden lieber irgendwo auf einer Wiese grasen, als einem Herrn als Streitroß zu dienen.« In Gereins Stimme schwang die geheuchelte Geduld mit, die man gewöhnlich einem Schwachsinnigen gegenüber aufbringt.

»Ihr wißt genau, wovon ich rede. Euch ist doch klar, daß das kein gewöhnliches Pferd ist. Ihr habt mir erzählt, daß ein Dämon das Tier gezeugt hat, aber das stimmt nicht. Und eine Trense trägt es jetzt auch nicht mehr.« Titch sah dem Ritter geradewegs ins Gesicht und stellte erfreut fest, daß sein Gegenüber versuchte, seinen Blicken auszuweichen.

»Ihr wollt mir also mein Pferd wegnehmen?« Mit Lügen kam Gerein jetzt nicht mehr weiter, also versuchte er, den Jungen einzuschüchtern.

»Ich kann Euch nichts wegnehmen, was Euch ohnehin nie gehört hat.« Titch strich eine Staubflocke von Valadans Hinterteil und dachte, immer noch gelassen, daß er sich an

Stelle des Ritters nicht so nah an den Hengst herangewagt hätte. Die Stalltür war aus einfachen Eichenplanken gezimmert – falls das Tier zu Recht wütend wurde, konnten sie einen kräftigen Huftritt kaum abfangen.

»Ihr glaubt wohl, daß Ihr jetzt in der Gunst der Königin ganz oben steht, nur weil Ihr eine von ihren eifrigen Hexen und einen wilden Vogel angeschleppt habt?« erwiderte Gerein schnippisch. »Ihr habt doch alles bekommen, was Ihr haben wolltet, oder nicht? Man hat Euch überschüttet mit allem – habt Ihr immer noch nicht genug?«

»Wo ist Gray?« fragte Titch, ohne auf den Angriff einzugehen. »Habt Ihr etwa gedacht, daß ich nach Eurem Pferd suche, nachdem Ihr Euch mit *meinem* aus dem Staub gemacht habt?« fragte Gerein, rot vor Wut.

»Nein.« Titch lächelte, auch wenn ihm nicht danach zumute war. »Ich kann mir einfach nur nicht vorstellen, daß Ihr den weiten Weg hierher zu Fuß gekommen seid, und Gray ist leicht einzufangen. Wahrscheinlich ist der Wallach geradewegs auf Euch zuspaziert und hat Euch die Zügel fast in die Hand gelegt.« Titch spürte, wie der Hengst unter seiner Handfläche zitterte, und im stillen betete er darum, daß er ruhig bleiben möge. »Wo ist er, Gerein?«

»Meistens draußen auf der Wiese«, gab Gerein schließlich zu. »Die meisten Tiere bleiben draußen, nur ein paar, die sie für Kurierdienste oder Notfälle brauchen, stehen im Stall. Offenbar haben die Stallburschen keine Lust, so viele Boxen auszumisten. Habt Ihr gewußt, daß Grays Vorderbein aufgequollen ist wie eine Wurst? Den ganzen Weg über bis hierher mußte ich es bandagieren.«

»Danke. Ich habe mir wirklich Sorgen um ihn gemacht.« Diesmal meinte er es ehrlich. Er hatte nie vergessen, was Gray für ihn bedeutet hatte, auch nicht, nachdem er so viele Tage auf Valadan geritten war. Auch Gerein war ihm im Grunde nicht ganz gleichgültig. Der Kerl war gerissen, aber den Tod hätte er ihm trotzdem nicht gewünscht. »Daß Ihr hier seid, freut mich auch – ich habe unsere Angreifer kaum zu Gesicht bekommen in dieser Nacht. Erst hab ich befürchtet, Eure alten Freunde könnten unter den Männern sein.«

»Tut mir leid, daß ich Euch enttäuschen muß.« Unversöhnlich traf ihn Gereins Blick. »Keine Ahnung, was das für ein Haufen war, der uns überfallen hat. Den Hauptmann hat es erwischt – einer der Krieger hat ihm einen Pfeil in die Kehle geschossen. Er ist in seinem eigenen Blut ertrunken. Als Ihr nicht wieder zu unserer Truppe zurückgekommen seid, habe ich gedacht, Euch sei es ähnlich ergangen.«

»Tut mir leid, daß ich Euch enttäuschen muß«, wiederholte Titch die Worte des Ritters. Sein Gesicht blieb unbewegt.

Gerein starrte den Jungen an, und plötzlich brach er in Gelächter aus. »Also gut. Ihr sollt das Pferd haben – mir bleibt sowieso keine andere Wahl, als mich großzügig zu zeigen, stimmt's? Nur – vergeßt Eure Freunde nicht, wenn Ihr zum Offizier befördert werdet.«

Jetzt riß Titch ungläubig die Augen auf.

»Ihr steht ziemlich hoch in der Gunst der Königin«, erklärte Gerein. »Das hat jeder hier mitbekommen. Außerdem braucht die Wache noch zwei Unteroffiziere und einen Hauptmann – das verdanken wir dem kleinen Handgemenge im Wald. Nun macht nicht so ein entsetztes Gesicht – eigentlich sollten das gute Nachrichten sein.«

Das waren gute Nachrichten, keine Frage. Ohne Zweifel wurde ihm eine große Ehre zuteil. Aber eine Beförderung bedeutete auch, daß er noch enger an ein Leben gefesselt sein würde, das er nicht aus freien Stücken gewählt hatte, ein Leben, das man ihm mit einem Trick aufgezwungen hatte.

Die Offiziere aus Melcias Elitegarde lebten einigermaßen komfortabel. Sie hatten sogar jeder ein eigenes Zimmer, wenn man die stickigen Zellen ganz am Ende der Kaserne so nennen wollte. Gewöhnliche Soldaten mußten auf dem Boden schlafen, eingemummt in ihre Mäntel oder in ihr Bettzeug. Die Männer, die zur Wache gehörten, verbrachten die Nacht auf einem Bettlager aus altem Heu, Gerstenhalmen oder was der eralischen Festung ansonsten zur Verfügung stand. Noch mehr Bequemlichkeit genossen die Offiziere: Sie bekamen ein eigenes Zimmer, allerdings mit genau denselben Bettlagern. Eine Zelle, in der man beide Wände gleichzeitig berühren konnte, ohne sich zu strecken. Außer einem Bett und einem Mann hatte nichts anderes Platz darin. Außer Flöhen natürlich, bewundernswert unvoreingenommene Tiere, die sich auf jeden Mann stürzten, egal, welchen Rang er einnahm. Titch hatte ein besonders freches Exemplar dieser Plage erwischt, zerdrückte es zwischen den Fingernägeln und hoffte, daß er Schlaf fand, bevor sich der nächste Floh über ihn hermachte. Doch da spürte er schon, wie ihm etwas über den Nacken krabbelte, und langsam zweifelte er daran, jemals Schlaf finden zu können.

Auf kaltem, schlammigem Boden unter einem funkelnden Sternenhimmel, umnebelt vom Qualm eines Lagerfeuers, das nur wenig Licht spendete und noch weniger Wärme, hätte er viel friedlicher schlafen können. Er fühlte sich genauso erschöpft wie damals, als er noch im Freien schlief, aber er konnte einfach nicht einschlafen. Sein Rücken fühlte sich kalt an, weil sich Wren nicht mehr neben ihm zusammengerollt hatte, und jedesmal, wenn er die Augen schloß, tauchte ihr Bild vor seinem geistigen Auge auf. Er sah sie im gelben Feuerschein sitzen, das Kinn auf die Hand gestützt, die Fingerspitzen in die Wange gegraben. Unwahrscheinlich, daß er sie jemals wiedertraf. Wie es aussah, war sogar die Wahrscheinlichkeit größer, daß sie unter normalen Umständen in eine andere Gestalt schlüpfte.

Normale Umstände. Wren war immer noch in Gefahr, und so bald würde sich nichts daran ändern, jedenfalls so lange nicht, bis sie den Schwan wieder in Melcias Sohn verwandelt hatte. Immerhin war sie an der Seite ihres Meisters, wo sie ohne Zweifel hingehörte. Sie braucht dich jetzt nicht mehr, du mußt sie nicht mehr beschützen, rief sich Titch streng zur Ordnung.

Immer noch kroch ihm eisige Kälte über den Rücken. Und mit Sicherheit krabbelte wieder ein Floh über die Stoppeln in seinem Nacken.

Immer wieder wurden Wren und ihr Meister bei ihrer Arbeit von Neugierigen gestört, bis Galvin wütend wurde und Flüche ausstieß, die sein Lehrmädchen noch nie gehört hatte. Schließlich bestand er darauf, daß man die Männer von ihnen fernhielt. Keiner der Kerle interessierte Wren – es gab nur einen Mann, den sie furchtbar gerne wiedergesehen hätte, doch der stand nie vor der Tür.

Er braucht dich jetzt nicht mehr, dachte sie, und sofort spürte sie einen Kloß im Hals. Doch sie war nicht fähig zu weinen, obwohl ihr das Herz so schwer war. Schmerz, Angst, Trauer – nicht einmal der Wind konnte ihr Tränen in die trockenen Augen treiben. *Kein Wunder, daß er nicht zu dir zurückkommt. Richtige Frauen können weinen. Egal, wer du auch in Wirklichkeit sein magst – weinen kannst du nicht. Es war nur seine Pflicht, sich um dich zu kümmern, deshalb bist du noch lange nicht die Lady eines Ritters. Wer auch immer du bist – eine Ritterlady wirst du niemals sein.*

Als Offizier der Garde hatte Titch – neben vielen anderen Aufgaben – auch die Pflicht, die Wachen einzuteilen und dafür zu sorgen, daß die Männer eifrig ihren Dienst erfüllten. Außerdem mußte er ihre Meldungen entgegennehmen.

»Sir, die Hexe bittet um Ausgang. Sie will vor den Mauern nach Kräutern suchen.« Irgendwie schien sich der Wachmann bei dieser Meldung unwohl zu fühlen – entweder war ihm der Wunsch, den er vortragen mußte, zuwider, oder er konnte den ranghöheren Offizier nicht leiden.

Titch unterdrückte einen Seufzer. Es gab zahlreiche Möglichkeiten, einen Offizier um den Verstand zu bringen, wenn man ihm nicht gönnte, daß er die Rangleiter hinaufgestiegen war. Zum Beispiel, indem sich der Untergebene einfach weigerte, den gesunden Menschenverstand einzusetzen, und immer nur genau das ausführte, was man ihm befohlen hatte – eine Methode, die dem Offizier irgendwann garantiert den Nerv raubte. Ein Problem weiterzugeben, war für diesen Wachmann ein leichtes, eine Lösung dafür zu finden, kam ihm gar nicht erst in den Sinn. Ein Verhalten, an dem es nichts auszusetzen gab, das aber auf die Dauer zermürbend wirkte.

»Ich werde das Mädchen selbst begleiten«, sagte Titch. Er wollte dem Kerl nicht den Gefallen tun, ihm seinen Ärger zu zeigen. »Das nächste Mal schicke mir einfach jemanden, der mich unterrichtet, daß das Mädchen rausgeführt wurde. Falls es in unserer Macht steht, sollen die Zauberer alles bekommen, was sie brauchen.«

»Keiner darf rein- oder rausgelassen werden. So lauten die Befehle, *Sir.*« Den Titel fügte er etwas zögernd hinzu – vielleicht, weil er ihn fast vergessen hätte, vielleicht aber auch, weil er den Offizier absichtlich beleidigen wollte. Gerüchten zufolge, die immer wieder Unruhe stifteten, war Titch nicht nur von heute auf morgen zum Offizier befördert worden, sondern hatte außerdem etwas mit Hexenkünsten zu tun. Ein ehrlicher Soldat konnte dafür nur Verachtung aufbringen.

»Die beiden sollen alles bekommen, was sie brauchen«, wiederholte Titch gereizt. Langsam verlor er die Geduld. »Das sind *meine* Befehle.« Er schob den Riegel von der Tür und öffnete sie.

»Paßt doch auf, wo Ihr hintretet!«

Jemand hatte mit bunter Kreide ein weit verzweigtes Linienmuster auf den Boden gemalt. Titch blieb abrupt stehen, versuchte, das Gleichgewicht zu halten, und überlegte ängstlich, was passieren würde, wenn er aus Versehen auf eines der Symbole trat und es verwischte. Einige Malereien sahen aus wie Worte, die er nicht entziffern konnte. Was ihn wohl erwartete, wenn er ...

»Ach, Ihr seid es.« Galvin kam quer durchs Zimmer auf ihn zu, der Saum seines Gewandes war kreideverschmiert. Wren beugte sich über einen Mörser und stampfte eifrig mit einem Stößel. »Kommt herein, um die Linien müßt Ihr Euch nicht kümmern. Die Zeichnungen, die wirklich wichtig sind, haben wir hier hinten aufgemalt. Die da vorne sollen nur neugierige Wachmänner abhalten.«

»Der Wachmann sagt, daß ihr ein paar Kräuter pflücken müßt«, sagte Titch, während er vorsichtig näherkam. Sorgfältig umging er – trotz der Erklärung des Zauberers – die aufgezeichneten Linien. »Tut mir leid, daß er sie nicht für euch besorgt hat. Ich glaube aber, daß das nicht mehr passieren wird.« Er suchte Wrens Augen, fing dabei aber nur einen Blick von Alinor auf. Die Herrin des Falken beugte sich – scheinbar unbeirrt – tief über ihre Arbeit.

»Die Kräuter waren nur ein Vorwand – Wren soll mal ein bißchen frische Luft schnappen«, gestand Galvin. »Ich versuche immer noch herauszufinden, welcher Zauber den Prinzen verwandelt hat. *Dafür* brauch ich nicht viel. Sobald wir wissen, wie der Zauber gebrochen werden kann, sieht die Sache schon wieder anders aus. Ihr seid inzwischen Offizier geworden?« Sein Blick streifte das Bronzeabzeichen, das den neuen Umhang über Titchs linker Schulter zusammenhielt.

Titch verzog das Gesicht zu einer Grimasse. »Es ist nicht unbedingt das reinste Vergnügen, aber ich helfe euch, so gut ich kann, schließlich bin ich jetzt in einer besseren Position. Wie läuft es denn?«

»Eine komplizierte Sache.« Galvin zeigte auf den Schwan in dem sicheren Käfig. Der große Vogel stand auf den Füßen mit den Schwimmhäuten und beobachtete sie mit funkelnden Augen. »Ich glaube, man hat uns angelogen.«

»Das ist gar nicht der Prinz?« Hastig überschlug Titch in Gedanken, wie viele Tore sie von der Freiheit trennten.

»Nein, nein, das ist der Prinz.« Galvin lächelte, als er das entsetzte Gesicht des Jungen sah. »Ich meine, man hat uns eine Lüge darüber erzählt, was dem jungen Evin zugestoßen ist. So wie man uns die Geschichte weitergegeben hat, hat die Hexe aus Rache hastig einen Zauber über ihn gesprochen, aber die Formel, die ihn verwandelt hat, ist viel zu ausgeklügelt dafür – auf keinen Fall ist er in aller Eile verhext worden. Die Magierin hat sich bewußt für diesen Zauber entschieden, hat ihr Zauberwerk lange geplant und fehlerlos ausgeführt. Zufall war sicherlich nicht im Spiel, genausowenig wie bei dem Angriff, dem wir angeblich ›zufällig‹ zum Opfer gefallen sind.«

»Offiziell hieß es, daß uns Banditen angegriffen haben«, erklärte Titch zögerlich. »In der Gegend, in der wir waren, gibt es keine Gesetze, das Land ist nicht so zivilisiert wie Josten.«

»In dem es nur so wimmelt von verschleppten Clandaranern?« Galvin hob eine Augenbraue. »Glaubt Ihr das etwa?«

Titch schüttelte den Kopf und verzog den Mund zu einem bitteren Lächeln. »Wenn man selbst dabei war, wird man wohl kaum etwas auf diese Geschichte geben. Ich weiß ja nicht, wer diese Männer gewesen sind, aber die waren mit Sicherheit nur auf eins aus: die Zauberer zu vernichten.«

»Irgend jemand wollte anscheinend nicht, daß der Prinz gefunden wird«, vermutete Galvin. »Und dieser Jemand hat sicherlich auch etwas dagegen, daß wir den Schwan zurückverwandeln.«

Titch spürte ein Kribbeln im Nacken. Er mußte sich zwingen, sich nicht umzudrehen. Schließlich wußte er, daß niemand hinter ihm stand, und wollte nicht wie ein Narr dastehen. Trotzdem fiel es ihm schwer.

Galvin rieb sich die Augen und senkte den Blick auf die Karten, die ausgebreitet vor ihm lagen. »Hoffentlich wissen die, daß ich alles nur Erdenkliche getan habe. Trotzdem – der Prinz ist immer noch ein Schwan.« Und dann fragte er abrupt: »Könntet Ihr Wren vielleicht kurz an die frische Luft bringen?«

»Aber natürlich«, Titch nickte, bemüht, höflich zu sein. Es stand durchaus in seiner Macht, diese Bitte zu erfüllen. Wren, die Titch immer noch keines Blickes gewürdigt hatte, fragte überrascht: »Aber warum denn, Meister?«

»Es tut uns allen gut, wenn Alinor endlich einmal wieder auf die Jagd gehen kann.« Galvin senkte die Stimme und flüsterte: »Außerdem kommt Melcia einmal am Tag zu uns. Jeden Tag, bevor sie schlafen geht, sieht sie bei uns vorbei, jammert über ihren verlorenen Sohn und droht uns, was sie alles mit uns anstellen will, wenn wir ihn nicht in den Menschen zuückverwandeln können, der er einmal war. Gestern abend hat sie entschieden, daß wir noch drei Tage haben, mehr nicht. Wren ist seitdem vollkommen durcheinander. Danach hat sie eine Stunde auf dem Boden gekauert und am ganzen Körper gezittert.«

»Warum das?« Titch sah verstohlen zu ihr herüber, aber das Mädchen war immer noch in ihre Arbeit mit Mörser und Stößel vertieft.

»Keine Ahnung«, erwiderte Galvin. »Natürlich fürchtet sie Melcia und ihre Macht, das ist klar, aber die Angst muß noch tiefer gehen, sie sitzt ihr regelrecht in den Knochen. Sie kann diese Frau nicht einmal ansehen – ich habe mir schon überlegt, ob Mütter ihren unartigen Kindern vielleicht mit Melcias Namen drohen. Meint Ihr, das sei möglich?«

»Könnte sein«, stimmte Titch nüchtern zu.

»Wenn ich doch nur klüger gewesen wäre und Wren vor einem Jahr nach Kôvelir gebracht hätte, wo sie in Sicherheit gewesen wäre.« Behutsam schlug Galvin sein Zauberbuch wieder zu. »Bestimmt hätten wir in der Stadt irgendeinen Magier gefunden, der ihr die Vergangenheit zurückgeben kann. Dümmer, als ich mich anstelle, können die Zauberer dort auch nicht sein. Sie soll nicht sterben, ohne ihren richtigen Namen zu kennen.«

»Sir, ich werde mein Leben dafür einsetzen, daß ihr nichts zustößt!« Wie leere Prahlerei klangen seine Worte, und plötzlich glühte sein Gesicht, aber er stand zu dem, was er gesagt hatte.

»Selbst das kann ihr wahrscheinlich nicht helfen, wenn wir Melcias königlichen Willen nicht erfüllen«, erinnerte Galvin ihn behutsam. »Aber Ihr meint es ehrlich, Titch, das spüre ich, und ich danke Euch. Für Wren bin ich so etwas wie ein Vater, nehme ich an, sie hat ja sonst niemanden – und für mich ist sie mit Sicherheit das einzige Kind, das ich jemals haben werde.« Dann erhob der Zauberer die Stimme, damit man ihn auch noch am anderen Ende der Zelle hören konnte. »Wren, nimm Alinor mit! Nachdem unser Freund zum Offizier ernannt worden ist, kann er dem Tier wenigstens die Gelegenheit verschaffen, das Abendessen selbst zu erbeuten.«

Wenn der mich für eine Eule hält, sagte Alinor mürrisch und ließ den Kopf nach vorne schnellen, *muß ich wohl ihn zu meinem Abendessen machen.* Wren nahm den Vogel auf, schnalzte und kraulte die Wangenfedern des Falken, um ihn zu besänftigen.

»Pst, meine Liebe. *Ich* werde dich fliegen lassen. Aber er muß mit uns kommen, sonst läßt man uns nicht raus. Sei nicht unfreundlich, er kann doch auch nichts dafür.«

Die Tür wurde verriegelt, und Galvin wandte sich wieder seinen Karten zu. Als er bemerkt hatte, daß es Titch war, der in der Tür stand, hatte er hastig das ausgelegte Muster verdeckt. Jetzt sah er sich das Blatt in Ruhe an. Im Grunde genommen unterschied es sich kaum von den anderen Mustern, die er zuvor gelegt hatte. Jedesmal, wenn er die Karten las, entschlüsselte er dieselbe Botschaft – manchmal etwas detaillierter, manchmal leicht verändert oder auf andere Weise zum Ausdruck gebracht. Im großen und ganzen jedoch waren es immer wieder dieselben Karten, die er aufdeckte, wie Felsbrocken im immer wandelbaren Fluß des Schicksals.

Die Wirklichkeit schien beherrscht von Schwertern – doch das wunderte Galvin nicht. Er legte Karten, die von Gefangenschaft, von Sorgen, Nöten und drohender Zerstörung erzählten. Vor ihm lag außerdem die Karte, die auf eine Reise hindeutete, daneben der Turm, der in sich zusammenbrach – eine gefährliche Reise also. Da war das Blatt der Herrin, das den Mond zeigte. Was das in diesem Zusammenhang zu bedeuten hatte, vermochte er nicht zu sagen. Er hatte die Karte gelegt, die Geheimnisse ahnen ließ, aber auch Enthüllungen und Offenbarungen. Vielleicht deutete sie auf Wrens lange verschüttete Vergangenheit hin – oder aber auf verborgene Feinde.

Viele hohe Karten – also mußten sie mit Problemen rechnen. Er selbst war viel zu unbedeutend, um so viel Ärger anzuziehen. Dieses Mal hatte er sich zugestanden, in der Hexenmeister-Karte sich selbst zu sehen – doch schon bald hatte er – mit grimmigem Humor – das Blatt umgedeutet: Es sollte für Willensschwäche stehen, für die Unentschlossenheit, die ihn vor langer Zeit dazu getrieben hatte, enttäuscht die Stadt Kôvelir zu verlassen. Wenn es doch nur leichter gewesen wäre, ein anderer Mensch zu werden, ein Meister, der Wren gewissenhaft lehrte, all ihre Fähigkeiten auszuschöpfen, und der mit Leichtigkeit, beinahe nebenbei, auch noch einem Prinzen zu seinem Erbe verhalf …

Doch er konnte sein Leben nicht mehr ändern. Die letzte Karte, die den Ausgang verriet, zeigte nicht die Königin der Schwerter, die er Melcia zugeordnet hätte. Es war die Fünf, das Symbol für Versagen und Niederlage. Am Ende lag eine niedrige Karte – das verschlüsselte Zeichen für einen eher bedeutungslosen Mann.

Die Wiesen am Ufer des Flusses, auf denen die Pferde der Königin grasten, schienen genau der richtige Ort zu sein, um sich die Beine zu vertreten. Zu dieser Tageszeit aß man im Schloß gewöhnlich zu Abend, doch außerhalb der düsteren Mauern war die Nacht noch nicht hereingebrochen. Titch mußte zum Glück nicht lange suchen – schon bald hatte er eine Taube entdeckt, die er aufscheuchen konnte. Alinor konnte das Tier – auch ohne die Augen einer Eule zu haben – sofort erlegen. Das Falkenweibchen war hungrig und hatte keinen Spaß daran, die Beute spielerisch zu jagen. Während es sich satt aß, durchstreifte Wren das Gras, auf der Suche nach einigen Kräutern.

»Sonnenkraut kann einen Menschen verwandeln, aber nur, wenn man es an einem Abend im Hochsommer zertritt«, murmelte sie vor sich hin. »Alraunwurzel zu pflücken ist viel zu gefährlich. Tollkirschen …«

Titch schlenderte zwischen den grasenden Pferden hindurch und hielt nach hellen Tieren Ausschau. Unter den sechzig Pferden standen einige weiße, also stieß Titch einen leisen Pfiff aus. Sofort schnellten etliche Köpfe hoch, aber schon bald senkten sich fast alle wieder und zupften das sprießende Gras. Nur ein Kopf blieb oben. Titch ging gemächlich auf Gray zu.

Es kam ihm vor, als sei das angegriffene Bein dicker geworden, aber es fühlte sich nicht heiß an. Ein Geschwür war auch nicht zu ertasten, und das Pferd ging einigermaßen geschmeidig. Das hieß aber noch lange nicht, daß sich das Tier auch geschmeidig ritt, und Titch wollte seine Sorge nicht sofort in den Wind schlagen. Soweit er Grays Zustand beurteilen konnte, schien das Pferd den Angriff – und auch die Zeit danach – unbeschadet überstanden zu haben. Ein Wunder, wenn man bedachte, daß jemand auf diesem Tier in panischer Angst geflohen war. Schließlich hatte Gerein keinen Grund gehabt, besonders rücksichtsvoll mit dem Pferd umzugehen – selbst Titch hätte es in dieser Situation nicht schonen können. Trotzdem stellte er erleichtert fest, daß es Gray gutging, und langsam wurde er innerlich ruhiger. Nachdem Wren und er den Schwan nach Josten zurückgebracht hatten, konnte der Junge nicht davon ausgehen, daß ihm Valadan auch weiterhin diente. Es hätte ihn nicht gewundert, wenn der Hengst längst – wie dunkle Nebelschwaden, die sich in Nichts auflösen – aus dem Stall verschwunden wäre. Gray dagegen war ein ganz gewöhnliches Pferd, sterblich, ein Pferd, das nichts Magisches an sich hatte – seine Existenz war unumstößlich.

Plötzlich bemerkte Titch, daß er Wren aus den Augen verloren hatte. Er war nicht beunruhigt, weil er wußte, daß sie niemals geflohen wäre und ihren Meister allein zurückgelassen hätte. Und doch sollte er besser ein Auge auf sie haben. Galvin hatte ihm gesagt, daß die Geschichten über den Prinzen nicht der Wahrheit entsprachen – anscheinend mußte man sich vor den Menschen in Josten hüten. Noch war es nicht vollkommen dunkel über den Wiesen, aber die Nacht rückte immer näher und verdrängte nach und nach das Tageslicht. Nachts fliegen Falken nur selten, und vielleicht können sie im Dunkeln nicht gut sehen – es war besser, wenn er selbst über Wren wachte.

Plötzlich ließ kräftiges Flügelschlagen die Luft erzittern, und Klauen schlugen in seine Schulter. Titch zuckte erschrocken zusammen, und die Krallen gruben sich ins gepolsterte Leder. Fast hätten sie es durchstochen – irgendwie mußte Alinor schließlich das Gleichgewicht halten. Gray scheute und schnaubte laut, und Titch fluchte vor sich hin. Alinor wetzte den Schnabel kräftig an seinem Kettenhalsband, und einige Taubenfedern blieben hängen. Als eine Taubendaune Titch in der Nase kitzelte, wollte er sie wegwischen, doch er beherrschte sich, aus Angst, das Falkenweibchen könnte seine Bewegung falsch verstehen. Wenn er Pech hatte, kostete ihn dieses Mißverständnis einen Finger.

»Wo ist deine Herrin?« fragte er und sah dem Vogel von der Seite in die mordlustig schimmernden, schwarzen Augen. »Wenigstens *einer* von uns sollte sie im Blick behalten.«

Die Schwingen des Vogels peitschten Titch über den Kopf, als sich Alinor – als Antwort darauf – in die Luft schwang. Der Junge beobachtete, welche Richtung der Falke einschlug, und folgte ihm. Wren kniete am Ufer des Flusses und tauchte eine Hand in das rauschende Wasser. Ihr Blick ruhte starr auf dem aufgehenden Mond – dünn und blaß schimmerte die abnehmende Sichel.

»Nichts ist so vielen Wandlungen unterworfen wie Wasser«, flüsterte sie, als sage sie etwas auf, das sie auswendig gelernt hatte. »Wenn man einem Strom genügend Zeit gibt, höhlt er sogar Felsgestein aus.« Sie drehte sich um. »Titch, ich weiß nicht, was ich tun soll! Wir haben alles versucht, um den Schwan zurückzuverwandeln, aber nichts funktioniert. Die Rote Königin bringt uns bestimmt um!« Sie sprang auf und warf sich, verzweifelt wie sie war, in seine Arme.

Titch drückte sie fest an sich, versuchte, sie zu trösten, und hoffte inständig, daß Alinor die Berührungen nicht falsch verstand. Der Falke hatte sich auf einem Baum in der Nähe niedergelassen – eine günstige Position, um sich jederzeit auf den Jungen zu stürzen. Wrens Herz pochte heftig an seiner Brust, schnell wie ein Flügelschlag. Den Kopf mit den dunklen Haaren hatte sie unter seinem Kinn vergraben, so daß sie seine beruhigenden Worte hören und spüren konnte.

Es war nicht das erste Mal, daß er sie so festhielt. Beim letzten Mal hatte er um ihr Leben gekämpft, auch wenn sie eine andere Gestalt angenommen hatte. Er hatte sie nicht losgelassen, bis er sie endlich gerettet hatte. Doch diesmal half es nichts, daß er sie einfach nur festhielt – jedenfalls, soweit er das beurteilen konnte. Vielleicht wäre es besser gewesen, sie einfach auf Grays Rücken zu heben und mit ihr an einen sicheren Ort zu reiten. Sie konnten es schaffen, überlegte Titch etwas benommen, selbst wenn er erst ins Schloß zurückgehen mußte,um das Zaumzeug zu holen. Womöglich hatte Galvin alles absichtlich so eingefädelt, daß sie allein ans Ufer gelangen konnten. Nur vernünftig von dem Zauberer, in dieser ausweglosen Situation wollte er retten, was noch zu retten war …

Sollte er wirklich den Eid brechen, den er Melcia gegenüber geleistet hatte, und einfach davonreiten? Falls er diesen Eid überhaupt geleistet hatte – an das wenige, das während der ersten Tage nach dem verhängnisvollen Turnier in sein Bewußtsein vorgedrungen war, konnte er sich kaum erinnern. Inzwischen war ihm längst klar, daß Gerein sich einen Scherz mit ihm erlaubt hatte, um die Belohnung abzukassieren. Als Offizier war Titch schließlich für die Löhne der Soldaten zuständig. Gerein hatte sich als Mann ohne Moral entpuppt, und es war ihm durchaus zuzutrauen, daß er ihn für ein Silberstück gezwungen hatte, einen Söldnervertrag zu unterschreiben. Der Ritter hatte dafür lediglich eine Feder in Tinte tauchen und ihm in die Hand drücken müssen. Nur eine kleine Hilfeleistung für einen Freund, der vorübergehend außer Gefecht gesetzt ist, eine Gefälligkeit unter Kameraden sozusagen …

Titch hatte gelernt, daß die Ehre für einen Ritter das höchste Gut ist, eine Tugend, die schwerer wiegt als der äußere Schein. Und das, obwohl von einem Mann in dieser Position erwartet wird, daß er auch in den Augen der Gesellschaft etwas zu bieten hat. Titch hatte nie sein Knie vor Melcia gebeugt und geschworen, sein Schwert oder sich selbst in ihren Dienst zu stellen – doch im Grunde war das Haarspalterei. Es war nicht recht, wenn er einfach davonritt. Titch glaubte fest daran, daß man einem Lord oder einer Lady auch verpflichtet ist, wenn man nie sein Wort gegeben hat. Das Herz hat strengere Gesetze als eine Königin.

Und doch stand er bei Galvin, der ihm das Leben gerettet hatte, tief in der Schuld. Seine Pflicht und das, was er dem alten Mann schuldete, ließen sich kaum vereinbaren, wenn sich die Königin entschloß, Galvin und seine Schülerin zu töten. Wenn Melcia ihre Drohung wirklich wahr machen wollte, steckte Titch in einem furchtbaren Dilemma.

»Die Königin wird es niemals wagen, dich zu töten – wer soll ihr denn ihren Sohn zurückbringen, wenn du tot bist?« fragte Titch und streichelte Wren über das dunkle Haar. Lockig und zugleich kraftlos fiel es auf ihre Schultern, wie Wasserpflanzen in fließendem Gewässer. Es gefiel Titch, die Strähnen durch seine Finger gleiten zu lassen. »Oder meinst du etwa, sie will einen Schwan als Thronfolger einsetzen? Soweit ich gehört habe, hat sie jeden Zauberer und jede Hexe aus ihrem Reich zu sich geholt, jeden Magier, den sie einfangen konnte. Keiner konnte ihr bis jetzt weiterhelfen, und viele sind schon tot. Langsam hat sie keine große Auswahl an Magiern mehr, und du hast schließlich bewiesen, daß du ihr nützlich sein kannst. Du und Galvin, ihr seid für die Rote Königin unendlich wertvoll.«

»*Ich* nicht«, flüsterte Wren zitternd. Sie bebte wie ein Teich, der sich im Wind kräuselt. »Ich kann den Prinzen nicht zurückverwandeln ...«

Sie klang verloren, als habe sie keinen Menschen mehr auf der Welt – und Titch fiel nichts Besseres ein, als sie noch fester in seine Arme zu ziehen. Sie vergrub ihr Gesicht an seiner Schulter, klammerte sich an seinem Umhang fest und bebte wie frisches Quellwasser, in das ein Stein gefallen ist.

»Sie tut dir bestimmt nichts, Wren«, redete Titch weiter auf sie ein. »Meinst du denn, dein Meister würde ihr helfen, wenn sie dir auch nur ein Haar krümmen wollte? Du weißt genau, daß er das nie tun würde! Die Königin macht dir vielleicht angst, aber das sind doch nur leere Drohungen ...«

»Nein«, murmelte Wren. »Sie meint es ernst. Das weiß ich.« Der Mantel dämpfte ihre Worte.

Sie sagte das mit einer solchen Überzeugung, daß sich Titchs frisch rasierte Nackenhaare sträubten. Wahrscheinlich sahen ihre trockenen Augen leer und ausdruckslos aus, wie bei einem Nachtwandler. »Wren, woher willst du das denn wissen?«

Sie wandte ihm wieder das Gesicht zu, und er sah, daß sie langsam in die Realität zurückkehrte, wo auch immer sie in Gedanken gewesen sein mochte. »Ich weiß es auch nicht.« In diesem Augenblick schien es für sie überhaupt keine Hoffnung mehr zu geben. Titchs Herz krampfte sich zusammen und drückte schmerzhaft gegen die Rippen. Verrückte Ideen schossen ihm durch den Kopf: Er wollte die

Tränen vergießen, die Wren versagt blieben, und wollte sie in die Arme nehmen und festhalten, bis dieser verzweifelte Ausdruck für immer aus ihrem Gesicht verschwunden war.

Schöne Worte konnten nicht zum Ausdruck bringen, was er fühlte – Worte waren doch nur leere Hülsen. Worte gehörten zu den Waffen, mit denen er nicht umgehen konnte, schließlich war er ein Krieger, kein Schreiber oder Höfling. Und während er in der Dunkelheit stand, das zitternde Mädchen in den Armen, versagte ihm die Stimme. Titch legte die Lippen auf ihre, hielt sie immer noch fest umschlungen und tröstete sie auf die einzige Art, die ihm möglich war. Ihre Lippen öffneten sich unter seinen, und er spürte die Wärme ihres Atems, obwohl sich ihr Körper kalt wie Quellwasser anfühlte.

Plötzlich dröhnte in seinen Ohren das Rauschen eines reißenden Flusses, der die Ufer überschwemmte, getrieben von dem Wunsch, das quälend enge Bett zu verlassen. Und genauso abrupt wich das Rauschen dem Plätschern von Regentropfen, die auf Blätter niederrieselten. Wie eine Melodie klang es, als die Regenperlen auf einem stillen See zersprangen und kreisförmige Wellen schlugen. Immer weiter dehnten sich die Kreise aus, bis sie schließlich das Ufer erreichten, das Ende der Welt …

Er öffnete die Augen, und sein Blick fiel auf eine Wasserfläche – nein, Wrens linkes Auge konnte das nicht sein, denn was er sah, schimmerte nicht in einem ungetrübten Grau wie Regentropfen, die im Frühling perlengleich an Zweigen baumeln. Allerdings verriet ihm das seltsame Gefühl in seinen Stiefeln schon bald, daß er im Wasser *stand.* Irgendwie war er anscheinend in den Fluß getappt. Leise fluchte er vor sich hin, trug Wren auf trockenen Boden und versuchte, so gut wie möglich den Saum ihrer Kleider auszuwringen. Das Mädchen kicherte, als es Titchs bestürztes Gesicht sah, und klammerte sich an ihm fest, um nicht das

Gleichgewicht zu verlieren. Um Haaresbreite hätte sie beide kopfüber ins Wasser gezogen.

»Für solche Spielchen ist es wirklich zu kalt, wir sollten das lieber auf den Hochsommer verlegen. Die Luft hat sich ja schon aufgewärmt, aber das Wasser ist noch eisig«, brummelte Titch vor sich hin, während seine Zähne klapperten. Er reichte Wren eine Hand, um ihr die Uferböschung hinaufzuhelfen, und der Geruch von Pfefferminze stieg ihnen in die Nase, als sie die Pflanzen zertraten. Dabei erinnerte er sich wieder daran, daß Wren eigentlich nach Kräutern suchen wollte. Die Sonne war bereits hinter dem Horizont verschwunden, doch der Mond tauchte die Wiese in ein silberfarbenes Licht. Er hatte sogar einmal gehört, daß man manche Kräuter besser bei Mondschein sammeln sollte.

Vertrauensvoll wie ein kleiner Vogel schmiegte sich Wrens Hand in seine, und ihre Finger fühlten sich schon wärmer an.

»Wolltest du nicht ein paar Kräuter sammeln?« fragte Titch mit belegter Stimme. Innerlich kämpfte er gegen das Verlangen, ihre Lippen erneut auf seinen zu spüren. Er wollte das Gesicht in ihrem luftigen, wolkengleichen Haar vergraben und hatte das Gefühl, als ertrinke er jeden Moment – Wassermassen schienen über ihm zusammenzubrechen, doch er hatte nicht den Wunsch, gegen sein Schicksal anzukämpfen. Das Wasser sollte ihn ruhig gefangennehmen, für immer. Allerdings hatte Galvin ihn sicherlich nicht mit seinem Lehrmädchen an die frische Abendluft geschickt, damit er sich seinen Gefühlen hingab.

»Die Kräuter waren doch nur … ich konnte nicht einfach herumsitzen und nichts tun. Die ganze Zeit über habe ich mir nur den Kopf darüber zerbrochen, was mit uns passiert, wenn wir versagen«, erklärte Wren. »An verregneten Wintertagen geht es Alinor genauso. Es macht einen dann ganz verrückt, sie zu beobachten. Mein Meister braucht die

Kräuter nicht – es gibt hier sowieso keine Pflanzen mehr, die wir nicht schon längst ausprobiert hätten –, aber er konnte mich ja auch nicht einfach so rausschicken. Irgendeinen Vorwand hat er schon gebraucht.« Sie seufzte kaum hörbar. »Wir sollten jetzt langsam wieder zurückgehen.«

»Bist du sicher?« Wieder hatte er einen Arm um sie gelegt – schließlich war die Nacht kalt, redete er sich ein. Er wollte sich nicht eingestehen, daß ihm etwas fehlte, wenn sie neben ihm herging, ohne daß er sie berührte. »Wir könnten aber trotzdem ein bißchen Pfefferminze sammeln und vielleicht auch ein paar frische Binsen. Langsam wär das nötig.« Er atmete stoßweise, als sei er eine weite Strecke gelaufen, und fühlte sich benommen – ein leichter Nebel, der ihn angenehm einlullte.

Wieder schreckte ihn ein Flügelschlag auf, und Alinor setzte sich erneut auf seine Schulter. Die perfekte Anstandsdame, ein besorgter Vater hätte keine bessere wählen können. »Wird Zeit, daß wir wieder zurückgehen«, stimmte Titch zu, nahm den Arm von Wrens Schulter und hielt sie von nun an nur noch an der Hand. Lächelnd schüttelte das Mädchen den Kopf über ihre alte Freundin.

Für eine Weile konnten sie sich einreden, daß die Flußwiesen meilenweit von Josten entfernt lagen. Doch schon bald hatten sie das Grasland hinter sich gelassen. Vor ihnen türmten sich die gewaltigen Steinmauern auf, und ihre nassen Kleider tropften immer noch. Die Männer der Garde, die den äußersten Schutzwall bewachten, ließen sie anstandslos passieren. Mit einem Ohr lauschte Titch noch dem Wiehern der Pferde, während Wren schon wieder in düsteren Gedanken gefangen war.

»Drei Tage«, flüsterte sie, wie zu sich selbst, aber Titch hatte es gehört.

»Sie meint es nicht ernst«, redete Titch erneut auf sie ein.

»Schließlich versucht Galvin alles, um den Schwan zurückzuverwandeln. Dein Meister hat mir gesagt, seiner Meinung nach sei der Schwan vorsätzlich verzaubert worden. Wenn er der Königin erklärt, daß …«

Abrupt blieb Wren stehen. »Vorsätzlich verzaubert? Warum sollte jemand so etwas tun?«

Titch zuckte mit den Schultern. Theoretisch fielen ihm viele Gründe ein, aber er hatte keine Ahnung, warum gerade dieser Prinz Opfer eines Fluchs geworden war. »Ich weiß es nicht. Aber wenn die Königin klug ist, wird sie euch nicht mehr drohen, damit ihr in Ruhe herausfinden könnt, welche Feinde ihr Sohn gehabt hat. Und euch bewacht sie wie einen Goldschatz, weil *ihre* Feinde sicherlich nicht *eure* Freunde sind …«

Plötzlich wurde ihm der Sinn seiner Worte bewußt. Und auch Wren begriff, daß Galvin womöglich in Gefahr war.

»Titch, wir haben Galvin ganz allein gelassen!«

Wren war hinter Titch zurückgeblieben, und so konnte er das Entsetzen in ihrem Gesicht nicht sehen. Doch das Kribbeln im Nacken, auf das er sich stets verlassen konnte, verriet ihm, daß sie, erstarrt vor Schreck, stehengeblieben war. »Mit Galvin ist alles in Ordnung«, beschwichtigte er sie, als wolle er gleichzeitig sich selbst beruhigen. »Er ist Zauberer, hat das zweite Gesicht und kann seinen Karten vertrauen. Sein Zimmer wird außerdem bewacht. Ihm kann überhaupt nichts passiert sein.« Doch er war selbst nicht überzeugt von seinen Worten, lief eilig hinter Wren her, die losgestürmt war, und lockerte den Riemen an seiner Schwertscheide.

Titch begriff den Ernst der Lage immer noch nicht, auch als er feststellte, daß die Wache an der Tür des alten Mannes verschwunden war. Zunächst machte ihn das nur wütend. Wie konnte es der Wachmann wagen, gegen seinen ausdrücklichen Befehl zu handeln? Doch plötzlich wurde ihm schlagartig bewußt, daß ein Mann der Garde niemals seinen Wachdienst vernachlässigen würde, nur um einen Offizier, den er nicht leiden konnte, in die Bredouille zu bringen. Dafür wog das Vergehen zu schwer. Es roch ein wenig verbrannt, allerdings nicht nach Holzkohle, magischen Kräutern oder Weihrauch.

Bevor Titch den Riegel hochschob, zückte er sein Schwert. »*Zurück!*« befahl er Wren, die ihm im Weg stand.

Als Titch die Tür aufriß, drangen Rauchschwaden aus der Zelle. Wren rief nach ihrem Meister, atmete dabei den Qualm ein und hustete heftig. Alinor schlug aufgeregt mit den Flügeln, flog aber nicht auf. Titchs Blick fiel zuerst auf den Binsenkäfig, die Augen brannten ihm schon. Jemand hatte den Korb auf den Herd gestellt, Flammen leckten daran. Der Junge rannte sofort zur Feuerstelle und bemerkte – während er versuchte, den Käfig mit der Schwertspitze aus den Flammen zu ziehen –, daß der Schwan verschwunden war. Ein Windzug ließ die Flammen aufflackern, Titch hatte das Gefühl, daß sie nach seinen Händen greifen wollten, und machte hastig einen Satz zurück. Etwas verwirrt versuchte er festzustellen, woher der Luftzug kam. Galvins Karten lagen verstreut auf dem Boden, wie Herbstlaub, nur daß die Blätter unnatürlich bunt leuchteten.

Er entdeckte eine Hintertür, die weit offenstand, ein Ausgang, den er zuvor nicht bemerkt hatte. Dahinter wurde ein neuer Gebäudetrakt gebaut, und eigentlich konnte man das Zimmer durch diese Tür weder betreten noch verlassen. Eigentlich sollte sie von beiden Seiten verriegelt sein und von außen bewacht werden, aber der stämmige Holzriegel war aufgebrochen worden und blockierte teilweise den Ausgang. Wren und er bemerkten im selben Augenblick, daß Galvin am Boden lag.

Wren stürzte zu ihrem Meister, und Titch, der heftig husten mußte, eilte ihr hinterher. Die Rauchentwicklung ließ langsam nach. Die Bodenplatten aus Schiefer mit den verschmierten Kreidezeichnungen waren stellenweise rußig, als hätten lodernde Flammen daran geleckt. Waren die Zauberformeln an Eisenwaffen verglüht? Hatte man einen Zauberbann vereitelt? Titch erinnerte sich wieder daran, daß ein Funke übergesprungen war, als die Königin den Schwan mit einem Schlüssel berührt hatte. Vielleicht hatte Galvin versucht, sich mit den Waffen eines Magiers gegen seine Angreifer zu verteidigen. Vermutlich waren dabei nicht nur Funken übergesprungen; die ausschlagenden Flammen hatten ihm das Leben gerettet.

»Was ist mit den Wachen passiert?« fragte Titch, während er sich neben dem alten Mann niederkniete.

Hellrotes Blut lief dem Zauberer aus dem Mundwinkel. »Das hier haben die Wachmänner angerichtet«, brachte Galvin hervor, wobei er den Mund nur vorsichtig bewegte. »Sie müssen ...« Ein Hustenanfall schüttelte ihn, und dicke Blutblasen quollen zwischen seinen Lippen hervor. Wren tupfte ihm das Blut aus den Mundwinkeln und stützte ihn, so gut sie es vermochte, während ihn die Krämpfe schüttelten. Panik stand in ihren Augen.

Wie eine eiserne Blume ragte ein Dolch aus der Brust des Zauberers. Galvin sah, wie sich Titchs Blick an der Waffe festhakte und der Junge kaum merklich den Kopf schüttelte. Sie konnten nichts mehr für den alten Mann tun. Beide Männer hatten genug Erfahrung mit Waffen und Verwundungen, um zu wissen, daß dem Zauberer das Blut in einem Schwall herausquellen würde, sobald sie die Klinge entfernten. Wenn sie das Messer stecken ließen, hatte Galvin vielleicht noch fünf Minuten zu leben – dann würden die Lungen, in die nach und nach Blut sickerte, versagen. Wenn sie das Messer herauszogen, starb er sofort. Sie mußten tatenlos zusehen, wie er sterbend am Boden lag, selbst

Magie konnte jetzt nicht mehr helfen. Im Grunde quälte sich der alte Mann nur, wenn sein Tod hinausgezögert wurde. Kein Wundarzt konnte eine Verletzung wie diese behandeln. Ein Wunder, daß er überhaupt noch am Leben war, kaum zu glauben, daß das Herz noch nicht versagt hatte.

»Ihr müßt den Vogel zurückholen«, sagte Galvin eindringlich, den Blick auf Titch gerichtet. Wie Kohlen funkelten seine Augen, die nicht von dem Jungen ablassen wollten. »Noch ist Zeit. Ich hab die Männer aufgehalten, so gut es ging.«

Galvin hatte sich den Eindringlingen in den Weg gestellt und mußte nun mit seinem Leben dafür bezahlen. Auf keinen Fall durfte seine Tat vergeblich gewesen sein. Titch sprang auf, hastete an Wren vorbei und machte einen großen Satz über den sterbenden Zauberer. Eine Spur weißer Federn wies ihm – selbst in der Dunkelheit – deutlich den Weg.

Er jagte durch die Hintertür und stand plötzlich in einem Gang, der – wenn alle Bauarbeiten abgeschlossen waren – den neuen schützenden Außenwall mit der alten Holzwand verbinden sollte. Kieselsteine knirschten unter seinen Stiefeln – überall lagen Steinbröckchen und Mörtelklumpen herum, Werkzeuge, die die Steinmetze der Königin liegengelassen hatten, um am nächsten Tag weiterzuarbeiten. Bis ihnen Melcias Befehl dazwischengekommen war – in diesem Trakt, in dem die Zauberer ihrem magischen Handwerk nachgingen, sollte nicht weitergemauert werden. Titch versuchte, sich so lautlos wie möglich zu bewegen – die Verräter rechneten wahrscheinlich nicht damit, daß ihnen jetzt schon jemand auf den Fersen war, und womöglich konnte er sie überraschen, wenn er sich ruhig verhielt. Wie auf Samtpfötchen eilte er durch den leeren Gang.

Erst im letzten Augenblick merkte er, daß er auf eine halbfertige Treppenflucht zulief. Gähnende Leere klaffte vor ihm, schwarz wie ein Alptraum. Zu spät begriff er, wie tief sich der Abgrund unter ihm erstreckte, und der Schrei blieb ihm in der Kehle stecken – er hatte so viel Schwung, daß es kein Halten mehr gab. Ihm blieb nicht einmal Zeit, panische Angst zu empfinden. Verzweifelt stieß er sich ab und versuchte, sich auf den Haufen aus Steinen und Brennholz zu retten, den er schemenhaft erkennen konnte. Etwas bohrte sich spitz durch die Sohlen seiner Stiefel – er war also aufgekommen. Der Aufprall jagte ihm durch die Wirbelsäule, fuhr ihm bis ins Genick. Er hatte noch einmal Glück gehabt, doch darüber durfte er sich jetzt keine Gedanken machen, ihm blieb nicht einmal genug Zeit, sich darüber zu freuen. In einem Fußgelenk spürte er ein Pochen, das ihm angst machte, aber der Schmerz konnte ihn nicht aufhalten. Titch jagte auf den Burghof und duckte sich etwas unbeholfen hinter einen Haufen aus Quadersteinen, in der Hoffnung, daß ihn dort niemand entdecken konnte.

Wohin waren die verräterischen Wachleute wohl gelaufen? Welchen Weg hatten sie gewählt, um zu fliehen? Hatten sie zunächst die Ställe angepeilt? Wenn sie nun einfach seelenruhig durch das Burgtor geschlendert waren? Sicherlich hatte sich ihnen niemand in den Weg gestellt, die anderen mußten davon ausgehen, daß die Männer zur nächsten Weinschenke wollten. Wahrscheinlich planten die Kerle, den Schwan wieder freizulassen – wenn sie ihn hätten töten wollen, hätten sie das sofort getan und Galvin die Schuld dafür in die Schuhe geschoben. Also brachten sie den Vogel bestimmt in offenes Gelände …

Oder auf eine der Burgmauern.

In Galvins braunen Augen war nichts von seinem Schmerz zu lesen – nur das sanfte Lächeln war zu sehen, das Lächeln, das Wren so vertraut war.

»Die Karten haben dir verraten, daß es einen Überfall geben würde«, sagte Wren vorwurfsvoll. »Deshalb hast du mich weggeschickt.«

»Die Karten haben mir verraten, daß du gerettet werden kannst«, flüsterte ihr Meister. »Und genauso ist es gekommen. Ich habe an nichts anderes mehr denken können, die ganze Zeit über hatte ich nur den einen Wunsch: dich in Sicherheit zu bringen. Dein Ritter würde sein Leben dafür einsetzen, dich zu beschützen, und mit solchen Dingen kennt sich der Junge viel besser aus als ich.«

»Sage mir, was ich tun soll«, flehte Wren ihren Meister an. Ihr Blick konnte sich nicht von dem Dolch losreißen, der bei jedem gequälten Atemzug erbebte. Kaltes Eisen, Gift für jeden Zauber! »Welche Kräuter ...«

»Aus Myrte läßt sich ein herrlicher Weihrauch herstellen.«

Wren schauderte und schüttelte widerwillig den Kopf. »Aber Myrte ist doch kein heilendes Kraut.«

»Das stimmt«, sagte Galvin sanft und verzog die Lippen zu einem Lächeln. »Deshalb.« Sein Blick wanderte zu Alinor. »Kind des Himmels, paß gut auf deine Herrin auf.«

»Nein, Meister, du darfst nicht sterben!«

»Wir müssen alle sterben, Wren.« Er atmete tief, legte sich innerlich zurecht, was er dem Mädchen sagen wollte, und sammelte all seine Kraft für die letzten Worte. »Wenn ein Mensch magische Kräfte besitzt, heißt das noch lange nicht, daß er unsterblich ist. Den gnädigen Göttern sei Dank, daß das nicht einmal in Kôvelir so ist. Sammele meine Karten wieder ein, sie liegen überall verstreut. Wenn der Satz nicht komplett ist, sind sie wertlos ...«

»Wundkraut ...«, murmelte Wren vor sich hin, und ihre Hände suchten gehorsam die elfenbeinfarbenen Karten zusammen, die sich deutlich auf dem grauen Stein abzeichneten. Scheinbar blind ertastete sie die Blätter. »Es heilt alle ...« Was für Kräuter hatte sie vorhin auf der Flußwiese gesehen? Wie schnell konnte sie die Pflanzen pflücken? War es vielleicht möglich, Alinor loszuschicken ...

»Es gibt nichts, was du noch tun könntest, mein kleiner Vogel ...« Ein Hustenanfall schüttelte Galvin, und er riß verzweifelt die Augen auf. »Komm zu mir, mein Kind. Uns bleibt nicht mehr viel Zeit, und du solltest sie nicht mit falschen Hoffnungen und unnützer Geschäftigkeit vergeuden. Komm zu mir.«

Wren schluchzte trocken auf und warf sich – als sei sie innerlich zerrissen – über die Handvoll Karten, die sie eingesammelt hatte. »Du darfst nicht sterben! Du darfst nicht ...«

»Ich habe immer geglaubt, ich hätte mein Leben vertan. Und nach den Maßstäben, die man in Kôvelir ansetzt, war das sicherlich auch der Fall«, gestand Galvin mit sanfter Stimme ein. Er nahm Wren die Karten aus der Hand und umfaßte den Packen mit seiner großen Hand. »Die Menschen dort haben andere ... Ziele, also habe ich die Stadt und die Zauberer verlassen. Ich habe mir immer wieder vorgeworfen, versagt zu haben. Aber wenn ich in der Stadt der Zauberer geblieben wäre, wo man als Hexenmeister in Sicherheit ist ... wer hätte dann den kleinen verlorenen Otter an Land gezogen und ihm seine ursprüngliche Gestalt wiedergegeben?« Sein Blick klammerte sich an ihre Augen. »Wren, du warst meine Lebensaufgabe. Du bist das einzige, was ich in dieser Welt zurücklasse, und das allein gibt mir inneren Frieden. Ich hatte immer große Angst davor, zu sterben und ein vertanes Leben hinter mir zu haben ...«

»Du hast niemals in deinem Leben versagt!«

»Ich habe es nicht geschafft, deine Vergangenheit herauszubekommen«, erinnerte Galvin sie sorgenvoll.

»Das ist doch vollkommen gleichgültig!« Es hatte eine Zeit gegeben, in der die verlorene Vergangenheit all ihre Gedanken beherrscht hatte. Aber jetzt schien all das vollkommen nebensächlich.

»Ich bin aber sicher, daß du eines Tages alles über dich erfahren wirst. Ich habe meine Fähigkeiten an dich weitergegeben, Wren. Eines Tages wirst du sie nutzen können. Und ... ich weiß auch, wie der Schwan zurückverwandelt werden kann.«

Immer mühsamer kamen ihm die Worte über die Lippen, denn sobald er tief Luft holte, quälte ihn der Husten. Wren beugte sich tief über ihren Meister, auch wenn der Schwan sie im Augenblick nicht interessierte, tat sie nur, worum ihr geliebter Meister sie gebeten hatte.

»Tränen«, brachte Galvin mit dem letzten Atemzug hervor.

Wie ein Jagdhund, der eine Fährte aufnimmt, reckte Titch den Kopf. Er entdeckte etwas weiß Schimmerndes rechts von sich, etwas, das sich schnell bewegte. Hastig duckte er sich unter einen gewölbten Torbogen und überlegte ängstlich, ob ihn die Entführer des Schwans wohl schon entdeckt hatten. Anscheinend wollten sie zu dem Teil der Schutzmauer vordringen, der an den Fluß grenzte. Wenn sie den Vogel dort von der Mauer stießen, konnte der Schwan entweder davonfliegen oder sich aufs Wasser gleiten lassen, wo er ebenfalls in Sicherheit war. Natürlich würde der weiße Vogel – sobald er begriffen hatte, daß er frei war – keine Sekunde zögern und mit kraftvollen Schwingenschlägen davonjagen. Nur die Götter wußten, für welche Richtung er sich entscheiden würde.

Sobald die Steinmetze in einigen Wochen die hölzerne Palisade durch einen uneinnehmbaren Schutzwall ersetzt haben würden, würde Melcia sicherlich den Auftrag geben, Treppen zu bauen, über die man während eines Kampfes mühelos nach oben gelangen konnte. Doch im Moment standen nur stämmige Holzleitern an den Mauern, die die Handwerker – solange die Arbeiten noch nicht abgeschlossen waren – immer wieder hin und her schoben. Diese Leitern hatten Titch immer am meisten zu schaffen gemacht, wenn er auf den Mauern Wache schieben mußte. Er haßte es, so hoch hinaufzusteigen und dabei nur rutschiges Holz unter den Stiefeln zu spüren ...

Mit gezücktem Schwert jagte er über die nächste Leiter auf die Mauer und stellte fest, daß ihn die Höhe bei Nacht viel weniger ängstigte als bei Tageslicht ... ähnlich wie bei einem Falken, dem man mit einer Kapuze die Sicht versperrt. Oben angelangt, konnte er über einen Weg, der ungefähr eine Armspanne breit war, die Mauer entlanggehen. Titch kam es vor, als müsse er über eine schmale Brücke aus Schwertern gehen. Links von ihm, auf Taillenhöhe, stand eine Brustwehr, gezimmert aus den Enden der Palisadenpfähle, zugespitzt wie die Zähne eines Drachens. Rechts von ihm ging es senkrecht auf den Burghof hinunter, nicht einmal ein Seil steckte die Grenze ab. Nichts trennte Titch vom klaffenden Abgrund. Ein falscher Schritt, und Titch wäre ein toter Mann – vorher blieb ihm jedoch noch genügend Zeit, sich das jähe Ende vor Augen zu führen. Schwanenfedern lagen überall verstreut und schimmerten in der Dunkelheit. Eine leichte Brise trug sie fort, und eine weiße Daune segelte auf dem Wind. Schaukelnd schwebte sie zu Boden, schwerelos, wie ein Mensch es niemals vermocht hätte.

Auf Zehenspitzen huschte Titch über den Laufgang. Ein Schatten – einer unter vielen – warnte ihn vor einer Lücke in den Bodenplanken. Mit einem Satz sprang er darüber, landete geräuschvoll auf seinem verstauchten Fußgelenk und stürzte beinahe in die Spitze einer Klinge. Ein Mann aus Melcias Wache stand vor ihm und bedrohte ihn mit dem Schwert.

»Junge, sieh zu, daß du hier wegkommst.«

Wahrscheinlich ging der Angreifer davon aus, daß Titch viel zu verwirrt war, um sich einem Kampf zu stellen. Aber Galvin hatte ihn schließlich gewarnt, und er war nicht – wie der andere vermuten mußte – irgendein Wachmann, der ein verdächtiges Geräusch gehört hatte. Er wollte die Entführer schnappen und ihnen das Handwerk legen. Ohne eine Sekunde zu zögern, stürzte er sich auf den fremden Wachmann. Der erste Fausthieb warf den Angreifer seitlich gegen die Brustwehr, der zweite Schlag zwang ihn in die Knie. Der verräterische Wachmann war offensichtlich benommen, drehte sich, als er sich wieder aufraffen wollte, in die falsche Richtung und rollte lautlos über den Rand der Mauer. Sein Schrei verstummte, als er hart auf den Boden schlug. Titch schenkte ihm keine Beachtung mehr, schließlich mußte irgendwo vor ihm noch der Mann mit dem Schwan sein, und bis zum Fluß war es nicht mehr weit. Er rannte weiter durch die Dunkelheit – unnötig, jetzt noch leise sein zu wollen.

Der Entführer hatte den Schwan auf der Mauer abgesetzt und wollte das Seil lösen, mit dem die Schwingen an den Körper gefesselt waren. Als er hörte, daß ihm jemand gefolgt war, drehte er sich – noch in der Hocke – um, sah Titch, sprang auf und zückte das Schwert. Hinterhältig, wie er war, richtete er die Klinge nicht auf Titchs Brust, sondern stach nach den Fußgelenken.

Das feste Leder der Stiefel fing den Schlag ab, die scharfe Klinge konnte nichts ausrichten. Titch geriet allerdings ins Taumeln und prallte mit dem Kopf gegen die Brustwehr. Es verschlug ihm den Atem, und verschwommen nahm er wahr, daß tief unter ihm der Fluß im Mondschein schimmerte. Dann fühlte er, daß ihn der Fremde packte, um ihn die Mauer hinunterzustürzen.

Titch trat um sich. Er mußte den anderen tatsächlich getroffen haben, denn der Griff lockerte sich. Trotzdem schlug der Junge der Länge nach auf den Laufgang und versuchte sofort, sich wieder aufzuraffen. Der Stiefel, der auf seine Schwerthand treten wollte, verfehlte die Finger, preßte aber die Klinge auf den Boden. Ein Hieb traf ihn auf den Helm, lautes Klirren war zu hören, er stürzte wieder benommen zu Boden, klammerte sich aber mit aller Kraft an sein Schwert. Er rollte einmal um die eigene Achse und riß das Schwert hoch, so gut es ging. Etwas Hartes schlug gegen seinen Arm, das Schwert flog ihm aus der Hand und fiel auf den Burghof hinunter. Er hörte, wie Metall hart auf Stein schlug, und im selben Augenblick wurde ihm bewußt, daß ihn der andere mit einem Tritt herunterstoßen wollte.

Titch klammerte sich mit beiden Armen an das Bein, das nach ihm treten wollte. Der Wachmann verlor das Gleichgewicht und stürzte rücklings auf den Laufgang. Während sich der Entführer noch wand, von Panik ergriffen, er könne auf den Burghof fallen, raffte Titch sich auf, indem er sich – die Schultern an die Brustwehr gedrückt – an den Planken hochschob. Er zückte sein Messer, faßte den langen Griff knapp unter dem Schaft und stellte sich dem Schwert, das der andere gegen ihn richtete.

Der Wachmann zweifelte keinen Augenblick daran, daß er den kurzen Dolch mit einem Schwerthieb zerschmettern konnte, doch Titch gab in seiner Verzweiflung sein Letztes, um den Schlag zu parieren. Das hier war kein Kampf, bei dem sich zwei Krieger die Zeit vertrieben! Metall schlug klirrend auf Metall, doch weder Klinge noch Schaft zerbarsten. Die Muskelkraft, die sich Titch in den Armen und im Rücken antrainiert hatte, konnte er nun einsetzen. Sie drängten sich immer wieder gegenseitig vor und zurück, die Kraft der Hiebe entschied, nicht das Geschick in der Waffenführung. Wer zuerst nachließ, hatte seine Chance vertan – es gab keine Revanche, keine Gelegenheit, das Können im nächsten Gefecht unter Beweis zu stellen. Im Nahkampf entschied die Stärke, nicht die Fertigkeit.

Stöhnend erkämpften sie Zentimeter um Zentimeter, wichen zurück und stießen wieder vor. Die Planken der Brustwehr gruben sich in Titchs Rücken, doch das war ihm allemal lieber als der Abgrund, den er nicht sehen konnte. Er hatte panische Angst, die Orientierung zu verlieren und plötzlich mit dem Rücken zur ungesicherten Seite der Mauer zu stehen, die jäh zum Burghof abfiel.

Allmählich schmerzten ihn die Arme, und er hatte das Bedürfnis, den kurzen Griff des Dolches, den er – etwas ungeschickt – mit beiden Händen umklammerte, in die rechte Hand zu legen. Seine Finger verkrampften sich, er hatte kaum noch Gefühl in den Händen und spürte nicht mehr, wann der Druck auf der Klinge nachließ und der Gegner zum nächsten Schlag ausholen wollte. Schon bei der leichtesten Gewichtsverlagerung des anderen mußte er sofort den Druck verstärken – wenn er auch nur eine Sekunde den Kontakt mit der Klinge des Wachmanns aufgab, war er ein toter Mann. Ein zweites Mal konnte er sicherlich nicht parieren, und falls doch, zerbrach dabei womöglich die Klinge seines Dolches. Für einen Kampf dieser Art ist ein Dolch nicht gearbeitet, ein Umstand, den er nicht vergessen durfte.

Jäh wurde Titch von seinem Gegner zurückgestoßen in dem verzweifelten Versuch, sich von der Dolchklinge loszueisen. Titch rutschte aus, taumelte und begriff, daß er sich unbewußt einmal um die eigene Achse gedreht hatte, um den Stoß abzufangen. Jetzt hatte er die Brustwehr nicht mehr im Rücken, er und sein Feind hatten die Stellungen gewechselt, und ihre Waffen hingen immer noch wie zusammengeschweißt aneinander.

Schlagartig wurde Titch bewußt, wo er sich befand. Der Mond stand schon hoch am Himmel, die abnehmende

Scheibe schien so *nah* auf der hohen Mauer. Um ihn herum begann sich alles zu drehen, und plötzlich hatte er vergessen, wofür er eigentlich kämpfte. Am liebsten hätte er sich auf dem Boden zusammengekauert, doch statt dessen führte er irgendwo mitten im nächtlichen Himmel auf einem schmalen Stück Holz einen tödlichen Tanz auf, in den Händen eine Klinge, die ihn nur notdürftig schützen konnte. Sein Herz hämmerte so heftig, daß es – wie er glaubte – jeden Moment seine Brust sprengen mußte …

Titch konnte den Schwerthieben nicht länger Widerstand leisten, er wich taumelnd zwei Schritte zurück, und sein linker Fuß rutschte am Rand der Planken ab. Er schrie auf, geriet aus dem Gleichgewicht und verlor die Nerven. Sein Gegner brach in bellendes Gelächter aus, nahm die Linke vom Schwert und wollte Titch in die Tiefe stoßen.

Bis nach unten ist es ein langer Weg.

Wieder schrie Titch auf, warf sich nach vorn, ungeachtet der Gefahr, die ihn auch dort erwartete, und versuchte – trotz der dicken Stiefelsohlen –, sich mit den Zehen am trockenen Holz festzuklammern und auf den zersplitterten Planken Halt zu finden. In diesem Augenblick hätte es ihm nicht mal etwas ausgemacht, sich geradewegs in die Klinge des Feindes zu stürzen. Er hatte Glück – taumelnd stolperte er daran vorbei. Was nun passierte, kam für beide unerwartet: Titch stieß den Wachmann zurück und brachte ihn aus dem Gleichgewicht. Der Entführer schlug mit dem Rücken gegen die Brustwehr, und der Schwan schlug – zu Tode erschreckt – um sich. Titchs Gegner wollte das Tier bändigen, drehte sich um, und in diesem Moment stieß Titch gegen ihn. Der Aufprall warf den Verräter zurück, seine Beine schnellten hoch, und plötzlich waren seine Stiefel auf derselben Höhe wie seine Augen. Die niedrige Mauer hinter seinem Rücken konnte den Sturz nicht abfangen. Verzweifelt versuchte er, sich an den scharfkantigen Planken festzuhalten – vergeblich. Hilflos taumelte er in den Abgrund. Ein Schrei gellte durch die Nacht.

Auch Titch prallte gegen die Planken und riß sich das Kinn auf. Sein Blick fiel auf den Fluß weit unten, er war unfähig, sich zu bewegen, und rutschte die rauhen Bretter hinunter. Seine Knie schlugen auf hartes Holz. Die Brustwehr versperrte ihm bereits den Blick, als er hörte, wie sein Gegner auf den Burghof schlug. Er sackte zu Boden und kauerte mit dem Gesicht nach unten auf dem Laufgang.

Titch rang nach Atem, nur mit Mühe konnte er sich zusammenreißen. Flüsternd strich die nächtliche Brise über die Brustwehr. Leise plätschernd sang der Fluß seine ewig gleiche Melodie, während er sich seinen Weg über die Steine bahnte. Schließlich klemmte sich Titch den Schwan unter den Arm und kroch zur nächsten Leiter, unfähig, sich aufzurichten.

Melcias Fluch

Ein Dutzend Männer eilten über den Burghof auf Titch zu. Ihm blieb nur ein Fluchtweg: zurück auf die Palisade. Aber lieber wollte er dem Tod ins Auge sehen, als noch einmal nach oben zu klettern. Das Schwert hatte er inzwischen wiedergefunden, also stellte er sich – den Schwan ungeschickt unter den linken Arm geklemmt – den Männern, die im Laufschritt auf ihn zukamen.

Titch machte sich bewußt, daß diese Männer nicht unbedingt seine Feinde sein mußten. Vielleicht gehörten nur einige wenige Wachmänner der Verschwörung an, während andere nichts damit zu tun hatten. Aber wie sollte er das herausfinden? Plötzlich entdeckte er unter den stattlichen Männern vertraute Gesichtern, darunter auch einen Kerl mit eher fragwürdigem Charakter – Gerein. Mit *diesem* Verrat hatte der Ritter allerdings ganz sicher nichts zu tun. Falls er überhaupt irgendwie in die Sache verwickelt war, stand er wahrscheinlich auf Titchs Seite.

Titch rief Gerein beim Namen. Sein Tonfall ließ keinen Zweifel daran, daß ihm der andere augenblicklich zu gehorchen hatte. Um festzustellen, ob sich auch die anderen Männer seinen Anweisungen fügen würden, befahl er ihnen, sich links zu halten und immer an der Mauer entlangzugehen. Er erklärte, Feinde seien in die Burg eingedrungen, liefen noch auf dem Gelände herum und dürften auf keinen Fall entkommen. Erleichtert stellte er fest, daß die Wachen sich beeilten, seine Befehle auszuführen. Trotzdem gab es vielleicht einige unter ihnen, die sich nur verstellten und ihn angreifen würden, sobald sie sich unbeobachtet fühlten. Titch rannte, so schnell er konnte, in den Hauptturm und zog Gerein hinter sich her.

»Was ist hier eigentlich los?« fragte Gerein, der gerne mehr erfahren hätte. Er schielte auf den Schwan. »Ist das eine Waffenübung?«

Vollkommen außer Atem erklärte Titch dem Ritter in knappen Sätzen, was vorgefallen war, während der Schwan – dessen Fesseln sich gelockert hatten – immer wieder versuchte, auf seinen Kopf einzuhacken. Es beruhigte den Jungen, daß der Schwan sich mit aller Kraft wehrte – wenigstens hatte der Prinz bei dem Gefecht keinen Schaden genommen –, aber er hielt es doch für besser, die Schnüre um die Schwingen fester zu ziehen. Langsam beruhigte sich sein Herzschlag, und er spürte die Prellungen in seinem Gesicht.

»Auf dem Burghof liegt ein toter Mann«, unterbrach Gerein ihn.

»Im Fluß liegt noch einer, es sei denn, der Kerl ist auch mit Rüstung ein ausgezeichneter Schwimmer«, ließ Titch den Ritter wissen. Die beiden Männer traten in den Lichtkegel einer qualmenden Fackel, und Titch erschrak, als er auf den weißen Schwanenfedern scharlachrote Blutstropfen entdeckte. Immer mehr Flecken kamen dazu, und plötzlich begriff er, daß es sein Blut war, das auf die Schwingen tropfte. Mit der freien Hand fuhr er sich übers Kinn und zuckte vor Schmerz zusammen. »Ich habe keine Ahnung, wie viele Wachmänner zur Verschwörung gehören, Gerein, und ich weiß natürlich nicht, wer auf unserer Seite steht. Das beste wird es sein, wenn jeder, der mir in die Quere kommt, erst einmal Bekanntschaft mit meiner Klinge macht. Erst dann frage ich ihn, was er von mir will.«

»Klingt vernünftig«, stimmte Gerein zu. »Und warum vertraut Ihr ausgerechnet *mir*?«

»Diese Verschwörung muß es schon gegeben haben, bevor Ihr und ich nach Josten gekommen sind. Unwahrscheinlich, daß Ihr Euch nachträglich angeschlossen habt. Außerdem bleibt mir nichts anderes übrig«, gab Titch zu.

»Das stimmt allerdings.« Gerein verzog das Gesicht zu einem Grinsen. »Irre ich mich, oder kommen da Schritte näher?«

Titch fluchte.

»Vielleicht wollen die uns nur zur Königin begleiten«, gab Gerein zu bedenken. Langsam bekam er es mit der Angst zu tun.

»Mir egal.« Titch klemmte den Schwan wieder fest unter den Arm und zückte das Schwert. »Ich will lieber nichts riskieren. Wir brechen einfach durch die Reihen. Also, macht Euch bereit!«

Der Ritter dachte nicht daran, sich auf einen Kampf vorzubereiten – hastig stellte er sich vor Titch und begrüßte freundlich den ersten Soldaten, der ihnen entgegenkam. Er und seine Männer trugen schwarze Mäntel, gewöhnliche

Burgwachen also, keine Mitglieder der Elitetruppe, die zu Pferde diente. Gerein hatte das Geschick, sich überall, wohin er auch kam, Freunde zu machen, und Titch hätte sich nicht gewundert, wenn er jeden Mann der Garnison mit Namen gekannt hätte. »Wird aber auch Zeit, daß Ihr kommt, Talf. Also, keine langen Reden, bringt uns zu ihr«, sagte er, als habe er schon lange auf Verstärkung gewartet und sei über die Verspätung etwas ungehalten.

Einer der Wachmänner wollte Titch den Schwan abnehmen, aber Gereins Schwert schnellte wie eine züngelnde Schlange dazwischen. »Nicht nötig. Das Tier ist gut versorgt.«

»Sie hat uns aber den Auftrag gegeben, den Vogel zu ihr zu bringen«, sagte der stämmige Bursche. So leicht wollte er sich nicht abwimmeln lassen.

Gereins Blicke brachten den Jungen, der durch das Schwert ohnehin schon eingeschüchtert war, endgültig zum Schweigen. »Dann wollen wir sie nicht länger warten lassen. *Also, los!*«

Im Handumdrehen war Titch umringt von bewaffneten Männern, die mit weit ausholenden Schritten durch den Gang zurückmarschierten. Gerein, der links von ihm ging, paßte sich dem Marschtempo an und grinste. »Hätte nur Ärger gegeben, wenn wir die Reihe durchbrochen hätten. Ist doch viel besser, wenn uns die Kerle von Nutzen sind. Macht Euch keine Sorgen – solange die Burschen die Beine bewegen, kommen sie nicht zum Nachdenken.«

Titch warf dem Ritter wütende Blicke zu, wagte es aber schließlich, die rechte Hand wieder unter die Brust des Schwans zu schieben. Das Tier wog sicherlich um die dreizehn Kilo, und langsam schmerzte ihn der linke Arm. Umgeben von so vielen Wachmännern hatte er – falls er das Schwert doch noch brauchen sollte – ohnehin keine Chance. Es gab kein Entkommen, und er fühlte sich nicht sicherer mit der Eskorte – es kam ihm eher so vor, als säße er in der Falle.

Der Wachtrupp bog in einen mit Fackeln beleuchteten Flur und marschierte laut polternd eine Freitreppe hinauf. Diener kamen ihnen entgegen, traten höflich beiseite und salutierten unterwürfig. Eine Tür wurde aufgestoßen – Titch erkannte das Zimmer sofort wieder, als sie eintraten. Diesmal hatte man mehr brennende Fackeln aufgestellt, und zahlreiche Wachmänner hatten Posten bezogen – zu spät allerdings, um Galvin wieder lebendig zu machen.

Jemand hatte die Blutspuren vom Boden weggewischt, die meisten Kreidezeichen waren verschwunden, nur die rußigen Flecke konnte man noch deutlich erkennen. Immer noch lag Galvins Leichnam am Boden, man hatte ihn lediglich aus dem Eingang gezogen, die Gliedmaßen gestreckt und die Kleider geordnet, um ihm so ein würdigeres Aussehen zu verleihen. Wren kniete an seiner Seite, das Gesicht vor Schmerz und Trauer verzerrt, die Wangen aber trocken wie eine Brotrinde. Außer den Männern, die Titch und Gerein hereingeführt hatten, standen sechs weitere Wachmänner bei der Leiche. Titch sah sie flüchtig an, dann fiel sein Blick auf die Königin. Sie war – wie immer – in kostbare blutrote Gewänder gehüllt, diesmal verziert mit einem Zobelpelz, der sie vor der abendlichen Kälte schützen sollte.

Titch ging geradewegs auf sie zu, die Hände, die ihm die schwere, federne Last abnehmen wollten, beachtete er diesmal erst gar nicht. »Lady, nicht alle Eure Wachmänner sind vertrauenswürdig.« Es kümmerte ihn nicht, daß Männer der Garde um ihn herumstanden.

»Mein Sohn erbt von Rechts wegen nicht nur das Königreich seines Vaters, sondern auch meines«, bemerkte Melcia, äußerlich kühl, doch im Inneren von Wut zerfressen. »Offensichtlich hat Kenric mindestens einen Cousin, der nichts dagegen hätte, selbst den Thron zu besteigen.« Die

Königin wandte sich an den obersten Hauptmann. »Nimm jeden meiner Männer unter die Lupe, der sich mir gegenüber nicht hundertprozentig loyal zeigt. Das gilt nicht nur für die Männer der Garde, sondern auch für die gewöhnlichen Söldner. Es ist mir egal, ob du dafür jeden einzelnen heranzitieren mußt.«

Ein kluger Entschluß, jeden im Dienste der Königin zu überprüfen, dachte Titch, nur so konnte der oberste Hauptmann seine eigene Haut retten.

»Sie sollen Euch Rede und Antwort stehen. Falls der Dienstbericht eines Mannes lückenhaft ist, wird er morgen mittag hingerichtet.« Sie warf Titch und Gerein einen kurzen Blick zu. »Die beiden sind ausgenommen. Sie haben ihren Dienst gewissenhaft erfüllt und bewiesen, daß sie vertrauenswürdig sind.«

Titch konnte sich nicht vorstellen, wie der Hauptmann den Befehl ausführen sollte – schließlich konnte er nicht seine ganze Kompanie unter Arrest stellen. Aber das war zum Glück nicht seine Sorge. Gelassen sah er zu, wie die Männer in einer Reihe aus der Kammer marschierten.

Der Schwan wand sich unter seinem Arm und hackte mit dem harten Schnabel auf seine Brust ein. Titch kniete sich ungeschickt hin, versuchte, sein ohnehin schon übel zugerichtetes Gesicht abzuwenden, und setzte das Tier ab. Armes Wesen – egal, ob ihm seine wahre Natur bewußt war oder nicht, in den letzten paar Tagen hatte es viele Mißhandlungen hinnehmen müssen. Titch konnte eigentlich nichts dafür, und es war nicht fair, daß der Schwan seine Wut an ihm ausließ. Aber schließlich konnte er von dem Tier keine besseren Manieren erwarten als von Alinor.

»Sie haben es nicht gewagt, ihn zu töten. Aber das wird ihnen meine Rache nicht ersparen! Oh, mein geliebter Evin! Mein Sohn, auch für diesen Verrat werden sie büßen müssen ...«

»Wenn Ihr meinem Meister die Wahrheit gesagt hättet und er gewußt hätte, was wirklich mit Eurem Sohn passiert ist, wäre er vieleicht schon längst wieder zurückverwandelt«, sagte Wren. Immer noch kniete sie neben Galvins Leiche – ein Stück Teppich, hätte man denken können, und tatsächlich hatte niemand das Mädchen beachtet. Titch verstand nicht, warum sie auf sich aufmerksam machte. Sie hätte besser daran getan, unbemerkt zu bleiben. Titch wußte, daß sie eigentlich furchtbare Angst vor der Roten Königin hatte, eine Todesangst, die vielleicht nicht unberechtigt, aber trotzdem nicht nachvollziehbar war. Und jetzt lief sie in die offene Klinge. »Der Zauber, der auf Eurem Sohn liegt, war kein impulsiver Racheakt, der Fluch war von langer Hand geplant, und Ihr müßt das gewußt haben. Mein Meister hat das selbst gesagt.«

»Was für ein phantastischer Zauberer – seinen eigenen Tod hat er jedenfalls nicht vorausgesehen.« Melcia wirbelte herum und starrte das kniende Mädchen an. »Ihr könnt nur hoffen, daß er Euch sein Handwerk gründlich gelehrt hat! Die Hexe, die für eine Bande von Verrätern dieses magische Werk vollbracht hat, lebt nicht mehr – soweit hat Euer Meister recht gehabt. Das ist der Grund, warum ich sie nicht zwingen kann, den Zauber rückgängig zu machen. Ihr seid es jetzt, die den Bann brechen muß. Drei Tage habe ich Eurem Meister gegeben – zwei Tage sind Euch noch geblieben. Verwandelt meinen Sohn zurück, oder Ihr werdet Eurem Meister bei Morgendämmerung in den Tod folgen.«

Wren zuckte zusammen, als habe jemand sie geschlagen, aber sie ließ sich nicht von ihrer Verzweiflung überwältigen, sondern richtete sich auf, langsam und etwas steif. Sie reckte das Kinn und sah der Roten Königin in die Augen. »Dann solltet Ihr mich lieber gleich mit ihm gehen lassen. Ich kann Eurem Sohn die menschliche Gestalt nicht wiedergeben.«

»Könnt oder wollt Ihr es nicht?« fragte Melcia zornig.

Der Anblick der Königin und der unversöhnliche Klang ihrer Stimme brannten sich in Titchs Gedächtnis wie Hagelkörner, eisige Worte, die sich glühend in seine Haut zu bohren schienen. Was dachte sich Wren nur dabei, die Königin ausgerechnet jetzt herauszufordern? Zwei Tage blieben ihr schließlich noch, genügend Zeit, um nach einem Zauber zu suchen oder die Flucht zu planen ...

»Ich würde alles tun, um Euren Wunsch zu erfüllen, nur damit ich so schnell wie möglich von hier fort kann«, sagte Wren. »Aber warum soll ich Euch anlügen? Ich kann meinem Meister nicht mehr helfen, und er hat mir mehr bedeutet als mein Leben ... wie soll ich Euren Sohn retten, wenn mir sein Schicksal vollkommen gleichgültig ist?«

»Ich glaube, daß Ihr ihn zurückverwandeln werdet, um Eure eigene Haut zu retten«, erwiderte die Königin mit vor Bosheit triefender Stimme.

»Ihr irrt Euch«, flüsterte Wren. »Ich kann die Aufgabe nicht erfüllen, ich bin nur ein Lehrmädchen und völlig unwissend.«

»Heuchlerin!« fauchte die Königin, das Gesicht fahl wie ein Totenschädel. Ihre Augen funkelten wie der feurige Atem eines Drachen, das strahlende Blau glich den Konturen einer Flamme in der Glasbläserwerkstatt. »Euch sind alle Fähigkeiten in die Wiege gelegt worden, Ihr seid nicht nur ein Lehrmädchen, das noch viel lernen muß! Ihr seid eine Hexe, die leibliche Tochter einer Hexe!«

Plötzlich wirkte Wren nicht mehr mutlos – Panik hatte sie ergriffen. *»Aber Herrin ...«*

»Habt Ihr etwa geglaubt, daß ich Euch nicht wiedererkannt habe? Meint Ihr, ich könnte dieses Gesicht jemals vergessen? Nicht nur *ihm* ähnelt Ihr, sondern auch *ihr*. Eure Mutter war eine Hexe, mit Zauberkräften hat sie es geschafft, Kenric an sich zu binden und mich vor aller Welt bloßzustellen. Als ich den Befehl erteilt habe, ihr den Tod zu geben, den sie verdient hat, hat sie mich angefleht, Euch zu verschonen. Ihr seid *ihr* Kind!«

Hatte die Rote Königin für dieses Kind etwa Gnade gekannt? Die Geschichten, die Titch gehört hatte, endeten immer damit, daß die Geliebte des Königs und ihre Tochter ertränkt worden waren, schoß ihm durch den Kopf. Was man sich über Melcias Rache erzählte, wiederholte sich in allen Liedern, und wie in einem Lehrstück stand am Schluß immer der Tod von Mutter und Tochter. Nie hatte er eine andere Darstellung der Ereignisse gehört.

»Glaubt Ihr wirklich, daß ich Euch nicht wiedererkannt habe?« fauchte die Königin. »Meint Ihr, ich glaube immer noch, daß Ihr tot seid? *Ja, eigentlich solltet Ihr tot sein!* Ich hatte entschieden, daß man auch Euch ertränken sollte – aber Ihr habt meine Ritter mit Zauberkräften hinters Licht geführt und seid meinem gerechten Urteilsspruch entkommen.«

Ertränkt, dachte Titch, und sein Magen krampfte sich zusammen. Wie blinde Kätzchen in einem Sack – allerdings ist es fast unmöglich, einen Flußotter zu ertränken. Und irgendwann hatte ein Zauberer viele Meilen flußabwärts einen Otter aus seiner Fischfalle gezogen und eine große Überraschung erlebt …

»Jetzt seid Ihr mir wieder in die Arme gelaufen, und so schnell werdet Ihr mir nicht mehr entkommen, schließlich geht es um meinen Sohn. Ihr werdet ihm die menschliche Gestalt zurückgeben, Hexe! Wenn nicht, müßt Ihr sterben, doch wenn Ihr Euch weigert, es zu versuchen, werde ich dafür sorgen, daß Ihr Euren Tod herbeisehnt. Am Ende müßt Ihr doch sterben – *Savrin*!«

Es ist meine eigene Schuld, dachte Wren benommen. *Ich habe zugelassen, daß ihr Bild in mein Bewußtsein dringt.*

In dem Moment hat sie mich wiedererkannt: das Gesetz der Polarität, von gleichen und gegensätzlichen Dingen, die immer im Gleichgewicht stehen. Hätte er noch gelebt, hätte sie Schande über ihren Meister gebracht, indem sie selbst dieses einfache Prinzip mißachtet hatte. Er hatte sich so viel Mühe gegeben, ihr all das beizubringen …

Obwohl Melcias Diener die Tür vorsichtig hinter ihrer Herrin geschlossen und den Riegel auf der anderen Seite der dicken Planken vorgeschoben hatten, hallte das Einschnappen des Schlosses wie ein Donnerschlag in ihren Ohren nach. Mit leerem Blick starrte sie vor sich hin.

Savrin. Das also war ihr Name, der ihr plötzlich das Tor zu ihrer Vergangenheit öffnete. Die Angst, die ständige Furcht, entdeckt zu werden, all die Jahre, in denen sie sich vor diesen Augen versteckt hatte, bis das unausweichliche Schicksal seinen Lauf genommen und die Königin den Blick auf sie gerichtet hatte. *Ich habe sogar gelernt, mich vor mir selbst zu verstecken,* dachte Wren. *Ein raffinierter Schutzmechanismus. Auf diese Weise hätte sie mich eigentlich nie wiederfinden können …*

Die Rote Königin. In Wrens Ohren rauschte Wasser, die Fluten zerrten an ihren Beinen, wirbelten sie herum und zogen sie mit sich in die Tiefe.

Titch merkte, daß das Mädchen jeden Moment das Bewußtsein verlieren würde, und als Wren zusammensackte, fing er sie auf und ließ sie sanft zu Boden gleiten. Schlimm genug, die eigene Identität zu verlieren, dachte Titch, aber daß ihr die Rote Königin die verschüttete Vergangenheit auf so niederträchtige Weise vor Augen geführt hat, muß sie wie ein Schlag getroffen haben. Wrens spitz zulaufendes Gesicht war weiß wie Schwanendaunen, ihre Finger fühlten sich eisig wie Flußwasser an. Als er seinen Mantel zusammenrollte und ihr als Kissen unter den Kopf schob, zuckten ihre Augenlider – ein Zeichen, daß sie langsam aus ihrer Ohnmacht erwachte.

Aus den Augenwinkeln fing er eine Bewegung auf – der Schwan versuchte mit aller Kraft, seine Federn zu ordnen. Das Seil, das ihm die Schwingen an den Körper drückte, machte ihn wütend. Titch spielte mit dem Gedanken, das Tier von seinen Fesseln zu befreien, schließlich konnte es ohnehin nicht aus dem Zimmer entkommen. Aber er fürchtete, der Vogel könne sich etwas antun bei dem Versuch zu fliehen, und außerdem können die Flügel eines Schwans einem Menschen die Knochen brechen, wenn er sie geschickt einsetzt. Im Grunde war es eine unnötige Qual, daß der Prinz sich nicht frei bewegen durfte, aber im Moment war es wohl am besten so.

Der Prinz war also Wrens Bruder – oder nur ihr Halbbruder? Auch wenn sie sich in menschlicher Gestalt nie begegnet waren, mußte es doch ein Band zwischen Bruder und Schwester geben. Daß einer von beiden unehelich geboren war, konnte dabei keine Rolle spielen. Vielleicht empfand Wren eine Zuneigung für ihn, die es ihr erleichterte, den Prinzen wieder zu einem Menschen zu machen ...

»Ich glaube, ich habe Euch noch nicht gesagt, wie dankbar ich bin, daß Ihr mich in die Sache verwickelt habt«, erklärte Gerein gespielt höflich. Er hatte versucht, sich so unsichtbar wie möglich zu machen, für den Fall, daß Melcia ihre grenzenlose Wut an irgend jemandem auslassen wollte – ob die Königin ihn tatsächlich übersehen hatte, wußte Titch nicht, er jedenfalls hatte ihn vollkommen vergessen.

»Wißt Ihr denn nicht mehr, was die Alternative ist?« fragte Titch gelassen. »Ich bin jedenfalls lieber hier eingesperrt, als mir irgendwann doch noch vom obersten Hauptmann auf den Zahn fühlen zu lassen. Und das bei einem Jahreslohn von einer halben Krone.«

Für einen Augenblick riß Gerein die Augen so weit auf,

daß das Weiße sichtbar wurde. »Na ja, das mit der halben Krone ist nicht ganz richtig. Ich wollt es Euch schon die ganze Zeit sagen – ich habe das Geld nur für Euch aufbewahrt …«

»Ich habe nie an Euren guten Absichten gezweifelt«, sagte Titch scharf. »Und ich habe mich auch noch nicht dafür bedankt, daß Ihr mir diesen Posten verschafft habt. Also, ich würde sagen, wir sind jetzt quitt. Seid jetzt bitte so freundlich, Wache an der Tür zu schieben.«

Gereins Gesichtszüge entspannten sich sichtlich. »Würde ich ja gern. Das Problem ist nur, daß sie von der anderen Seite verriegelt ist.«

Titch wandte sich wieder dem Mädchen zu. Alinor saß neben ihrer Herrin und trat unruhig von einem Fuß auf den anderen. Ihre Augen funkelten ihn an, aber vielleicht bildete er sich das auch nur ein. War es nicht ganz natürlich, daß Falkenaugen leuchteten? Aber Titch zog es trotzdem vor, auf seine Finger aufzupassen und Alinors Herrin nicht zu berühren. Als Wren leise aufstöhnte, antwortete Alinor mit einem krächzenden Gesang, und in den obsidianschwarzen Augen lag ein unglaublich sanftmütiger Ausdruck. Der Vogel beugte sich ungelenk vor, wie ein Mensch, dem die Hände auf den Rücken gefesselt sind, und rieb den Schnabel an Wrens Wange. Das Mädchen öffnete die Augen und blinzelte zweimal. Es dauerte eine Weile, bis es wieder etwas erkennen konnte. Titch warf Alinor einen kurzen Blick zu, als wolle er sich erst ihre Erlaubnis einholen, und reichte dem Mädchen die Hand, um es hochzuziehen.

»Wren …«

»Kein Wunder, daß ich mir diesen Namen gegeben habe«, flüsterte sie schwach, die Lippen trocken wie gefallenes Laub. »Anscheinend konnte ich mich nicht genau an meinen Namen erinnern, oder ihn nicht richtig aussprechen …«

Ihre Hand fühlte sich immer noch eisig wie Flußwasser an. »Wren ...«

»Seit wir hierhergekommen sind, hatte ich furchtbare Angst, daß sie mir ins Gesicht sehen könnte. Ich wußte, daß dann ein großes Unglück passieren würde, das schlimmste, das ich mir überhaupt vorstellen konnte. Ich habe zwar nicht begriffen, warum, aber ich hab es gespürt.« Sie brachte mühsam ein schiefes Lächeln zustande. »Na ja, irgendwie war das ja auch vernünftig, wenn man bedenkt, was für ein Mensch und wie mächtig sie ist. Aber ich habe die ganze Zeit über gewußt, daß mehr dahintersteckt. Ich hatte viel mehr Angst vor dieser Frau als mein Meister, wahrscheinlich ist die Furcht tief in mir verwurzelt. Mir ist sofort klar gewesen, daß sie mir gefährlich werden kann, so wie man weiß, daß man Luft und nicht Wasser einatmet. Vom ersten Augenblick an habe ich gespürt, daß es mich mein Leben kosten kann, wenn die Rote Königin auf mich aufmerksam wird. Schon als kleines Mädchen habe ich immer in dem Bewußtsein gelebt, daß dieser Dämon irgendwo lauert und mich niemals zu Gesicht bekommen darf. Wahrscheinlich wollte ich im Grunde gar nicht wissen, wer ich bin, Titch. Ich *wollte* vergessen. Und ich habe Galvin immer wieder gequält, er solle doch in den Karten lesen ...«

Sie schauderte, und Titch verstärkte den Griff um ihren Arm, damit sie nicht wieder zusammensacken konnte. Nie wieder wollte er in ihren Augen diese Leere sehen, die wie schwarzes Wasser ihren Blick verschleierte. »*Jetzt* mußt du keine Angst mehr vor ihr haben«, redete er beruhigend auf sie ein und ließ den Blick dabei zu dem Schwan wandern. Das Tier saß traurig auf den Binsen und versuchte nicht mehr, sich zu befreien. »Sie braucht dich. Niemals würde sie es wagen, dich zu töten.«

»Du kennst doch die Lieder, die uns der Hauptmann vorgesungen hat. Es stimmt alles, was in ihnen erzählt wird,

Titch! Melcia hat ihren eigenen Mann ermordet – meinen Vater –, weil er Schande über sie gebracht hat. Sie hat meine Mutter töten lassen. Sie wollte auch mich töten, und wenn ich nicht tun kann, was sie von mir verlangt, bringt sie mich irgendwann um.«

»Dann mußt du den Schwan eben zurückverwandeln«, sagte Titch, als sei das die einfachste Sache der Welt.

Alinors Schnabel schnellte in seine Richtung, und Wren versuchte, sich von ihm loszuwinden. Sie wirkte todunglücklich, fast wütend. »So einfach ist das aber nicht! Meine Mutter war überhaupt keine Hexe! Sie hat meinen Vater nicht verzaubert – bei Kämpfen an der Grenze hat man sie gefangengenommen, er hat sie zu seiner Dienerin gemacht, und die beiden haben sich ineinander verliebt. Nachdem er tot war, hat sie *nichts* mehr besessen. Ich muß es schließlich wissen, ich habe überlebt und es am eigenen Leibe zu spüren bekommen.«

»Doch, du hast etwas«, widersprach Titch. »Denk doch mal nach. Dein Meister hat es selbst gesagt – er wußte es. Sonst hätte er dich nicht in die Magie eingeführt und sich überlegt, ob er dich in die Stadt der Zauberer bringen soll. Wren, wenn du nur irgendein Findelkind gewesen wärst, hätte er dir aufgetragen, den Boden zu wischen, und nicht, sein Zauberbuch zu studieren! Glaube mir – ich bin schließlich selbst ein Waisenkind. Normalerweise führt man da ein anderes Leben: Ich habe viele Böden gewischt und eine Menge Ställe ausgemistet. Man hätte mich doch auch für einen Zauberer halten können, aber mir hat nie jemand angeboten, mich in die Kunst der Magie einzuführen.« Er verzog den Mund zu einem Lächeln.

»Es würde dir auch nicht gefallen, Magier zu sein«, erklärte Wren zögernd. »Besonders nicht in so einer Situation.« Ihr Blick fiel auf Galvins Leiche.

»Ich *könnte* es auch gar nicht«, verbesserte Titch sie.

»Aber du hast die Fähigkeiten. Du *bist* eine Magierin. Und du kannst den Prinzen retten.«

»Weil er mein Bruder ist?« fragte Wren, die in seinen Augen las, wie sehr er an sie glaubte. »Meinst du, das macht irgendeinen Unterschied?«

Ihr Tonfall verriet, daß sich für sie dadurch nichts änderte.

»Wenn er mein Bruder wäre, würde ich alles tun, um ihm zu helfen«, sagte Titch eindringlich.

»Denkst du etwa, ich *will*, daß er sein Leben als Schwan fristet, weil er Melcias Sohn ist?« Panik stand in Wrens Augen. »Ich bin nicht die Rote Königin. Ich bestrafe andere Menschen nicht, nur weil sie in eine bestimmte Situation hineingeboren wurden.«

Wieder stieß Alinors Schnabel in Titchs Richtung – eine unmißverständliche Drohung. Titch breitete die Arme in einer Geste der Unschuld aus, eine Geste, die ihn nicht vor dem Vogel schützen konnte.

»Ich will damit nur sagen, daß du es versuchen sollst. Dein Meister hat doch gesagt, daß es einen Weg gibt, oder nicht?«

»O ja«, bestätigte Wren gerührt. »Er hat es mir gesagt, bevor er ...« Ihre Stimme versagte, und ruckartig wandte sie das Gesicht ab.

Titch sah sie erstaunt an. »Er hat es dir gesagt? Warum hast du dann der Königin erklärt, daß es für dich unmöglich ist? Was brauchst du dafür? Ein Ei von einem Hahn? Drachenblut? Einen Grashalm vom Ende der Welt? Eine Flasche mit dem Wasser der ewigen Jugend?«

»Tränen.«

»Tränen.« Etwas so Schlichtes – kein Vergleich mit den geheimen Heilmitteln, die mühsam gesucht werden mußten, wie es die alten Balladen berichteten.

»Es ist vollkommen logisch«, erklärte Wren. »Ich habe

dir doch erzählt, daß Wasser die Dinge verwandelt, wenn es sie berührt – und auch das Wasser selbst kann in vielen Formen auftreten. Man kann fast nicht glauben, daß es immer ein und dieselbe Substanz ist. Mal ist es flüssig, mal zieht es als Nebelschwaden übers Land, mal fällt es als flockiger Schnee zu Boden, und mal gefriert es zu Eis. Tränen sind noch stärker. Die Sonne vergießt goldene Tränen, der Mond weint silberfarbene. Regen besteht aus Kristalltränen, die aus grauen Wolken quellen. Wenn man Tränen geschickt einsetzt, können sie einen Fluß über die Ufer treten lassen. Tränen können eine unfruchtbare Frau ein Kind empfangen lassen. Eitrige Wunden können durch sie geheilt werden, das Augenlicht eines Menschen kann gerettet werden, selbst wenn er blind auf die Welt gekommen ist. Durch Tränen kann man zu den Seelen der Toten vordringen. Es gibt Leute, die behaupten, daß die Ewigkeit jenseits eines Wasserfalls aus Tränen liegt, die endlos fließen.«

»Tränen?« Warum machte Wren dann ein so unglückliches Gesicht? Wenn sie schon nicht in Hochstimmung war, warum wirkte sie dann nicht wenigstens erleichtert? »Man muß den Schwan nur in Tränen tauchen? Das ist doch einfach – die Königin vergießt wahrscheinlich jede Nacht eimerweise Tränen über ihn! Du mußt nur ...«

»Meine Tränen, Titch.«

Er sah ihr geradewegs ins Gesicht. Ihre Züge spiegelten die Trauer um Galvin wider, überlagert von dem Trauma, daß sie so plötzlich die verschüttete, tragische Vergangenheit wiedergefunden hatte – und doch waren ihre Augen trocken wie immer. Grau wie ein stilles Gewässer im Wald schimmerte die Iris, und nicht ein Tropfen zeigte sich zwischen den Lidern.

»Ich kann nicht weinen«, sagte Wren. »Ich liebe das Wasser – es hat mich zu meinem Meister geführt, wir haben an Marschen gelebt, und ich kann mich nur in Wassertiere verwandeln. Und dann Alinor – du weißt ja, daß einige Falkner ihren Wanderfalken den Namen Entenhabicht geben, weil sie so oft Wassertiere erlegen, oder? Wenn ich überhaupt magische Fähigkeiten besitze, müssen sie etwas mit Wasser zu tun haben. Aus den Karten, die Galvin gelegt hat, ist das immer wieder deutlich geworden. Doch es gibt ganz sicher eine Macht des Wassers, die ich nie ausüben kann.«

Ihr Blick wanderte zu dem reglosen Körper ihres Meisters. »Ich habe gedacht ... daß ich mächtiger werde, sobald ich weiß, wer ich bin. Ich habe all mein magisches Können zu Rate gezogen ... Namen bedeuten schließlich Macht. Alles wird anders, habe ich geglaubt, wenn ich erst einmal meinen vollständigen, richtigen Namen kenne. Aber ich habe mich getäuscht. An dem Tag, als Melcia meine Eltern ermordet hat und beinahe auch meinem Leben ein Ende gesetzt hätte, sind meine Tränen für immer versiegt. Jetzt weiß ich meinen Namen, aber das ändert nichts. Ich hab keine Tränen, Titch.«

Wrens Tränen

Titch barg Wrens Kopf an seiner Schulter. Das Mädchen schluchzte, ihr Körper bebte. Er wußte, daß Wren nur durch dieses tränenlose Schluchzen Erleichterung finden konnte – aber für ihn war es fast unerträglich. Nach und nach wurde Wren ruhiger, und schließlich sah sie ihn an. In ihr Gesicht stand eine stumme Bitte geschrieben.

Also trug Titch Galvins Leichnam zum Ofen und sah zu, wie Wren dem alten Mann die Karten in die kalten Hände schob. Lange Zeit stand sie mit gesenktem Kopf vor ihm, dann trat sie zwei Schritte zurück und sagte magische Worte, die wie ein Aufschrei klangen. Ruckartig bewegte sie dabei die Finger. Obwohl sie weder einen Feuerstein noch Stahl in den Händen hielt, umloderte den Körper des Zauberers plötzlich ein gelbes Feuer, ohne daß jedoch Rauch aufstieg. Die bunten Karten rollten sich zusammen, die Ränder verkohlten. Immer heller leuchteten die Flammen, bis es unerträglich wurde hineinzusehen. Doch die Hitze, die von dem züngelnden Feuer ausging, war nicht stärker als Sonnenstrahlen an einem Sommertag.

Gerein und der Schwan schrien erschrocken auf, aber Titch beobachtete schweigend, wie die Flammen langsam in sich zusammenfielen. Als der kleine Haufen Asche, der übriggeblieben war, vom Wind erfaßt wurde und in Wirbeln von der Feuerstelle in den Kamin stieg, mußte er blinzeln. Die Rote Königin konnte Galvin nichts mehr anhaben, und doch hatte sich Wren entschieden, seinen toten Körper nicht der Feindin zu überlassen, die sie für die Teufelin selbst hielt.

Es gab niemanden, der Wren – falls es so weit kommen sollte – in ähnlicher Weise den letzten Dienst erweisen konnte. Titch schauderte – der Gedanke, er könne womöglich den Befehl erhalten, sie zum Scheiterhaufen zu führen, quälte ihn. Wahrscheinlich würde ihm nichts anderes übrigbleiben, als ihr Schickal zu teilen, denn er wollte alles tun, um sie zu retten – auch wenn der Versuch zum Scheitern verurteilt war.

Wren saß an der kalten Feuerstelle und ließ in Gedanken die Bilder ihrer Kindheit an sich vorbeiziehen. Erinnerungen an das sanfte Gesicht der Mutter und das überschwengliche Lachen des Vaters tauchten wieder auf. Sie gab sich der Vergangenheit hin, rief sich wieder ins Gedächtnis, wie sie in eisig kalten Winternächten, in denen der Schnee auf dem Fensterbrett ihres Zimmers gefror und ihr am Morgen jede Menge Eiszapfen bescherte, geborgen im warmen Bett lag.

Plötzlich fiel ihr wieder ein, wie der Regen im Sommer gegen dieselben Fensterflügel geprasselt und das Grün überall so üppig gewuchert war, daß selbst der Himmel in derselben Farbe zu leuchten schien. Das steinerne Schloß hatte sich in einen Pelz aus smaragdfarbenem Moos gehüllt.

Noch einmal lauschte sie den Geschichten ihrer Mutter über ein Land, in dem es noch mehr regnete – Esdragon. Sie vertiefte sich in die Erzählungen ihres Vaters, die geschildert hatten, wie Männer das Große Meer in einem Boot überquerten, das in ihrer Vorstellung nicht größer als eine Walnußschale war.

Auch was man ihr über die Rote Königin erzählt hatte, fiel ihr nun wieder ein, und sie begriff, daß sie in Wirklichkeit alles, was sie über diese Frau erfahren hatte, tief in ihrem Herzen niemals vergessen hatte.

Quälend langsam verstrichen die Stunden. Titch hob den Kopf – er mußte eingedöst sein, denn seine Glieder waren steif und seine Augen verklebt. Es überraschte ihn nicht, daß außer ihm und Wren niemand mehr im Zimmer war – Gerein hatte die Wachmänner herbeigerufen und ihnen befohlen, ihm aufzuschließen. Ohne ein Wort zu verlieren, war er verschwunden. Jemand hatte ihnen ein Tablett mit Brot und Käse gebracht und eine Karaffe mit süßem Apfelwein. Das meiste hatte Gerein gegessen, so daß Titch Wren nur noch wenige Stücke anbieten konnte. Es wunderte ihn nicht, daß sie nicht reagierte. Er legte sich wieder neben sie – mehr konnte er, wie es schien, nicht für sie tun – und aß die letzten Bissen. Über der Schnittwunde an seinem Kinn hatte sich inzwischen eine Kruste gebildet, er hatte Schmerzen, wenn er kaute, und nachdem er so lange nichts mehr gegessen hatte, war ihm schwindlig, und er fühlte sich schwach. Er mußte jetzt bei Kräften bleiben. Ein echter Ritter konnte Entbehrungen zwar ertragen, aber er mußte vernünftig sein und versuchen, lange Durststrecken zu vermeiden. Stumpfe Waffen halfen schließlich niemandem weiter.

In der Kammer gab es keine Fenster, und Titch konnte nicht feststellen, welche Tageszeit es gerade sein mochte. Kerzen erhellten den Raum, aber das dicke Wachs schmolz im Schneckentempo, und so war es unmöglich, an den Kerzen zu erkennen, wieviel Zeit verstrichen war. Titch überlegte, daß man sie vielleicht schon vor Tagen angezündet hatte. Irgendwann wurde ihm klar, daß man ihn sicherlich nicht einsperren wollte, also ging er zum Ausgang und versuchte, auf sich aufmerksam zu machen. Er nannte das Losungswort und fragte nach der Uhrzeit. Seit Sonnenuntergang war bereits eine Stunde vergangen, und er befahl den Männern, ihnen Essen zu bringen. Für den Schwan, der schon lange nichts mehr zu sich genommen hatte, verlangte er Getreide. Vielleicht war es unnötig, daß er sich Sorgen machte, aber er wollte auf jeden Fall dafür sorgen, daß der Schwan nicht verhungerte – und das vielleicht nur, weil er zu nachsichtig gewesen war.

Obwohl es eigentlich töricht war, kam ihm plötzlich die Idee, Gerein persönlich solle ihm das Essen bringen, also ließ er ihn holen. Titch redete sich ein, daß es nur vernünftig sei, in so einem entscheidenden Augenblick auf den einzigen Mann zu vertrauen, den er kannte. Er hatte schließlich keine Ahnung, wie weit der oberste Hauptmann inzwischen mit den Verhören der Wachen gekommen war. Gerein durfte er zwar auch nicht trauen – eine bittere Wahrheit –, aber er war sich wenigstens sicher, daß er nicht zu den Verschwörern gehörte. Unwahrscheinlich, daß der Ritter es ein zweites Mal wagen würde, Valadan zu stehlen, aber seine Hand hätte Titch dafür nicht ins Feuer gelegt.

Wie erwartet, war Gerein nicht gerade erfreut über den Auftrag.

»Hier ist das Essen! War's das?« fragte er und setzte das Tablett unsanft auf dem Tisch ab, der Galvins Arbeitsplatz gewesen war. Eintopf schwappte über den Rand der Tonschale. Sogar Wren zuckte erschrocken zusammen, sah aber nur kurz auf und versank sofort wieder in ihren Tagträumen.

»Wenn sie den Schwan zurückverwandelt hat, steht sie bestimmt ziemlich hoch in der Gunst der Königin«, erklärte Titch nicht ohne Hintergedanken und warf dabei einen Blick zu Wren. »Wenn Ihr mir dabei helft, auf sie aufzupassen, könnt Ihr auch von der Dankbarkeit der Königin profitieren.«

»Danke, kein Bedarf.« Gerein schüttelte den Kopf. »Das da drüben ist immer noch ein Schwan, und mein Gefühl sagt mir, daß es auch einer bleiben wird. Ihr solltet Euch lieber *mir* anschließen.«

»Ihr bleibt immer noch ein Tag.« Titch senkte die Stimme, obwohl er nicht glaubte, daß Wren ihnen zuhörte. »Ihr müßt mir nur hier raushelfen. Behaltet die Tür im Auge – wer schiebt im Moment Wache? Meint Ihr, man kann denen trauen?«

»Juril und Rik.«

»Kenne ich beide nicht.« Titch runzelte die Stirn. Wer hatte zuvor die Posten eingenommen? Wer hatte Galvins Mörder hereingelassen? Waren es Handlanger gewesen, oder hatte man die ahnungslosen Männer einfach weggelockt?

»Die typischen Jungs, die heutzutage Offiziere werden!« Gerein grinste und schlug ihm auf den Rücken. »Die sind in Ordnung. Beide sind nicht betrunken oder eingeschlafen. Ihr müßt Euch im Moment wirklich keine Sorgen wegen bestochener Soldaten machen – das Risiko ist viel zu groß, die Männer wissen jetzt, welche Strafe ihnen droht. Außerdem erzählt man sich, Ihr hättet die Verräter sowieso erledigt.«

»Soll das heißen, daß es nur zwei Männer waren?« Die Furche zwischen Titchs Augenbrauen wurde tiefer. Zwei Männer – eine große Verschwörung schien das nicht gerade zu sein.

»Wäre es Euch lieber, wenn die in der Übermacht wären? Junge, Ihr solltet lieber dankbar sein!«

»Ich verlasse mich nicht auf Gerüchte.« Titch ging nicht näher auf den versteckten Vorwurf ein. »Ihr seid der einzige, dem ich wirklich vertrauen kann.«

Gerein verzog den Mund zu einem boshaften Lachen. »Ich bin käuflich.«

Titch schüttelte den Kopf. »Das Risiko wäre zu groß, für Geld riskiert Ihr das nicht. Nein. Ihr seid zwar kein Unschuldsengel, aber ich kann Euch vertrauen – in dieser Beziehung jedenfalls.«

»Gut, ich mach's, aber nur heute nacht.«

»Das genügt mir schon. Wenn Ihr Euch in den Wachmännern nicht geirrt habt, wird die Nachtschicht für Euch ein Kinderspiel.« Titch nahm das Tablett und beobachtete, wie Gerein versuchte, sich aus der Schlinge zu ziehen, die er sich selbst gelegt hatte.

Weder der Schwan noch Wren konnten etwas essen. Der Schwan kauerte auf dem Boden, den langen Hals gekrümmt und den Kopf an die Brust gepreßt. Mit leerem Blick starrte er vor sich hin, genau wie Wren, die immer noch in Gedanken versunken war. Hatte sie sich etwa in Trance versetzt, hielt sie Zwiesprache mit dem Geist ihres Meisters, der ihr erklärte, wie sie den Schwan wieder in einen Prinzen zurückverwandeln konnte? Hing sie den wiedergewonnenen Erinnerungen an ihre Kindheit nach, die voller schrecklicher Erlebnisse gewesen sein mußte? Oder wartete sie einfach nur auf den Tod, den Melcia ihr angekündigt hatte? Er saß dicht neben ihr und hätte doch genausogut meilenweit entfernt sein können – er konnte sie nicht erreichen.

Plötzlich spürte Titch, wie Wren verstohlen ihre Hand in die seine schob, wie ein blindes Kätzchen, das an der Seite der Mutter Wärme und Geborgenheit sucht. Sie sagten beide kein Wort. Ihre Finger verschränkten sich, sie saßen Schulter an Schulter und betrachteten den Schwan, der vor sich hin döste.

»Auch mich hat das Wasser zu dir gebracht«, sagte Titch, der versuchte, die geheime Verbindung zu verstehen.

»Ich wollte Wasser holen, und dabei habe ich dich gefunden«, rief sich Wren ins Gedächtnis und lächelte schwach. Ein leichtes Zittern schüttelte sie. »Als ich dich zum ersten Mal gesehen habe, hast du mir Angst eingeflößt, obwohl ich selbst nicht wußte, warum. Ich glaubte, die Rüstung und das Schwert hatten mich eingeschüchtert. Das letzte Mal hatte ich Männer in so einer Aufmachung gesehen, als man uns gefangengenommen hat. Fast hätten wir es geschafft, über den Fluß zu setzen und zu entkommen. Na ja, nachdem mein Vater tot war, wären wir sowieso nie mehr in Sicherheit gewesen. Meine Mutter hat das gewußt. Nachdem sie seinen Kopf an Melcias Steigbügel gesehen hatte, konnte sie nur noch weinen. Und dann hat man sie ertränkt. Wir hatten treue Gefolgsmänner an unserer Seite, aber sie hat sie nicht einmal darum gebeten, uns zu helfen.«

»Hast du denn damals auch geweint?« wollte Titch wissen. Hatte sie an diesem Tag zum letzten Mal Tränen vergossen?

»Tränen hätten mir auch nicht mehr geholfen. Nicht in dieser Situation.«

»Und seitdem hast du nie wieder geweint?«

Wren schüttelte den Kopf, der an seiner Schulter lag. »Ich habe nie mehr geweint, nicht einmal, wenn ich todunglücklich war, Angst hatte oder furchtbare Schmerzen«, zählte sie auf. »Du mußt das doch wissen, du hast mich in all diesen Situationen schon erlebt.« Sie drückte ihm die Hand, eine Geste, die ihre Dankbarkeit verriet – die zugleich aber auch eine Geste der Resignation war.

»Wren, ich ...« Obwohl Titch nichts mehr ändern konnte, wollte er sie in die Arme nehmen und ihr versprechen, daß er sie beschützen würde. In seinen Ohren dröhnte es, er hörte das Rauschen des Meeres, gewaltig und doch beruhigend, und er hatte den Wunsch, jeden Zentimeter seines Körpers unter diesen Wassermassen zu begraben ...

»Titch, du kannst nichts mehr für mich tun.« Wren sah ihm geradewegs in die Augen. »Du mußt jetzt als ihr Lehnsmann handeln, nicht als mein Freund, das ist das einzig Vernünftige. Sonst mußt du am Ende noch mit mir sterben.«

»Ich lasse nicht zu, daß sie dich tötet.« Ein Ritter tötete niemals eine Frau, und er würde es auch nicht zulassen, daß man ihr ein Haar krümmte. Titch warf Gerein einen Blick zu, doch der Ritter vermied es, ihm in die Augen zu sehen. Von ihm konnte Titch keine weitere Hilfe erwarten. Diese eine Nacht wollte er dem Jungen zur Seite stehen, mehr nicht. »Aber du hast *mir* das Leben gerettet.«

»Nein, habe ich nicht.« Linien, zart wie Spinnweben, zeichneten sich auf ihrer Stirn ab, aber gleichzeitig spielte ein Lächeln um ihre Lippen. »Du hast dir selbst geholfen. Mein Meister hat gedacht, daß du stirbst – ich glaube, er hat absichtlich dafür gesorgt, daß ich tief schlafe. Er wollte nicht, daß ich traurig bin, falls du die Nacht nicht überlebst. Ich habe ständig irgendwelche todkranken Vögel und Tiere nach Hause gebracht, die selbst Galvin nicht mehr heilen konnte, wahrscheinlich hat er gedacht, daß ich um dich genauso trauere, und noch mehr. Als du am nächsten Morgen noch geatmet hast, war er selbst überrascht. Das war die entscheidende Nacht, danach mußtest du dich nur noch ausruhen ...«

Titch hatte allerdings ganz andere Erinnerungen an diese Nacht. Er rief sich ins Gedächtnis, wie hilflos er dagelegen hatte, mit einem Bein schon im Grab. Und dann waren seine Wunden – scheinbar von einer Minute auf die andere – geheilt, er war wie durch ein Wunder wieder gesund gewesen, als er aufgewacht war. Wie war das nur möglich gewesen? Irgend etwas mußte doch passiert sein ... hatte er von alldem gar nichts mitbekommen, war er die ganze Zeit über nicht bei Bewußtsein gewesen? Gut möglich. Hatte er vielleicht nur geträumt? Da war ein Traum gewesen ... langsam erinnerte er sich wieder.

Regen. Er hatte von Regen geträumt, kristallklaren Tropfen, die aus den Wolken rieselten. Erst waren nur ein, zwei Tropfen gefallen, doch dann war der Regen wie ein Sturzbach auf ihn niedergeprasselt, und er hatte geglaubt, er könne nicht mehr atmen. Doch die Wassermassen hatten ihm wieder Lebenskraft eingeflößt, sein immer wieder stockendes Herz gekräftigt und seine Lungen gefüllt, bis sich das Blatt für ihn gewendet hatte und der Tod nicht mehr in greifbarer Nähe gewesen war. Doch das eigentliche Wunder hatte er erst später begriffen – die magischen Regentropfen waren in Wirklichkeit Tränen, die aus Wrens Augen sprudelten, während sich das Mädchen – unglücklich, weil er sterben mußte – über ihn beugte. Die grauen Augen hatten sich nicht nur mit salzigen Tränen gefüllt, sie hatten Farbe bekommen und schimmerten grün wie das Meer und blau wie der Kamm eines Eisvogels oder das frischgelegte Ei eines Rotkehlchens.

Durch das Trauma, das Wren beim Tod ihrer Eltern erlitten hatte, waren ihre Tränen versiegt – aber nicht endgültig. Immer noch gab es Tränen in ihr, und sie war in der Lage zu weinen – Titch wußte das, er hatte es mit eigenen Augen gesehen. Sie hatte um ihn geweint, aus lauter Mitleid. Hatte ihn geheilt. Ins Leben zurückgeholt. Galvin hatte recht gehabt – ihre kostbaren Tränen hatten magische Kräfte.

Warum hatte sie aber ihren Meister nicht geheilt, wenn sie tatsächlich diese Fähigkeit besaß? Der Kummer hatte sie so sehr verzehrt, daß es eigentlich verwunderlich war, daß sie nicht Ströme von Tränen vergossen hatte. Aber ihre Augen waren staubtrocken geblieben. Sie selbst hatte gesagt, daß ihr der Zauberer die Familie ersetzt hätte. Sie hätte alles dafür getan, um ihm das Leben zu retten. Angst, Trauer, Schmerz – war denn nichts von alldem der Schlüssel zu Wrens Herzen, ließ nichts davon ihre Tränen sprudeln? Sie hatte nicht einmal geweint, als sie selbst Schmerzen empfunden hatte. Und doch hatte sie um ihn geweint, um einen *Fremden*, dem das Schicksal übel mitgespielt hatte. Dieses Rätsel hatte Galvin nie gelöst, vielleicht hatte er nie etwas davon geahnt. Aus irgendeinem Grund hatte Titchs Notlage sie zutiefst berührt …

Gerein schreckte zusammen: Neben ihm stieß jemand die Tür auf. Sofort fuhr seine Hand zum Schwert, aber er zückte es noch nicht. Er wollte sein Leben nicht auf dem Scheiterhaufen verlieren, nein, zu dieser Sorte Mann gehörte er nicht. Falls ein neuer Tag angebrochen war, die Rote Königin ihre Meinung geändert und die Geduld verloren hatte, konnte er nichts daran ändern. Wenn für Wren die Zeit gekommen war zu sterben – nun ja, dann war das eben so. Für Gerein von Kendillin, den Ritter, sollte es ein Tag wie jeder andere werden.

Hastig sprang Titch auf und versuchte, Wren so gut wie möglich hinter sich zu verbergen – eine sinnlose Geste.

Erstaunt stellte er fest, daß die Rote Königin ohne die übliche Eskorte aus Wachmännern über die Schwelle trat. Im Schein der Laterne, die sie trug, glich ihr Gesicht einer gespenstischen Maske. Während das Licht Haut und Gestalt unbarmherzig ausleuchtete, schien es die Kette aus Gelbgold um ihren Hals zu umschmeicheln.

Warum kam die Königin ohne Begleitung? Sie sagte kein Wort, gab keinen Befehl, stellte nicht eine Frage, ging nur schweigend an den anderen vorbei und würdigte sie dabei keines Blickes. Sie schien niemanden wahrzunehmen und ging geradewegs auf den Schwan zu, der – offenbar todunglücklich – in einer Ecke des Zimmers kauerte. Er schlief nicht, atmete aber tief. Bei der Entführung hatte der Vogel viele Federn verloren, er wirkte gerupft. Titchs Blut hatte auf dem Rücken des Tieres braune Flecken hinterlassen. Mit Augen, die trübe wie stehendes Wasser schimmerten, starrte der Schwan vor sich hin.

»Evin«, sagte die Königin. Als sie den Namen ihre Sohnes aussprach, brach ihre rauhe Stimme und klang kläglich dünn.

Der Schwan sperrte den rot-schwarzen Schnabel auf und zischte schwach. Vielleicht wollte er ihr drohen, vielleicht fühlte er sich einfach nur gestört.

Die Königin glaubte, der Schwan habe sie begrüßt, kniete sich neben ihn, schluchzte und streckte die Hand nach ihm aus. »Mein Sohn ...«

Galvin hatte erzählt, daß sie jeden Abend kam und um ihren verlorenen Sohn weinte. Auch jetzt war sie anscheinend gekommen, um zu trauern, und *natürlich* war niemand bei ihr, sonst hätten die Männer ihre Königin auf Knien gesehen. Nichts Übermenschliches hatte sie in diesem Augenblick an sich, sie weinte hemmungslos, die Gesichtszüge vor Schmerz verzerrt, wie von Sinnen. Wahrscheinlich wollte sie nicht, daß ihr Hofstaat mit ansah, wie sehr sie litt. So manches Königreich war schon an kleineren Unglücken zerbrochen. Titch spürte ein Prickeln auf der Haut. Gefährlich, Zeuge eines solch intimen Augenblicks zu sein. Diese Frau war schließlich Herrscherin über das

Land und zudem krankhaft rachsüchtig. Jeden Moment konnte sie den unerwünschten Zuschauer bemerken. Es wäre klüger gewesen, sich zurückzuziehen, aber er stand wie gelähmt da, genau wie Gerein, der immer noch unter der offenen Tür verharrte.

»*Evin …*«

Mit dieser Frau drohten die Mütter wahrscheinlich ihren unartigen Kindern. Nicht nur das uneheliche Kind ihres Mannes mußte vor Angst erstarren, wenn es ihren Namen hörte. Die Rote Königin geisterte sicherlich nicht nur durch Wrens Alpträume, davon war Titch überzeugt. Während er hörte, wie sie schluchzte und stoßweise auf den Schwan einredete, fühlte er sich immer unbehaglicher.

»Ich bin schuld daran. Ich habe mich versündigt. Ihr Kind sollte sterben, damit sich Kenrics Gesicht nicht in seinem spiegeln und mich verhöhnen konnte – der lebende Beweis dafür, daß er eine andere so sehr liebte, daß er das Risiko auf sich genommen hat. Ich wollte, daß diese Frau stirbt, und ihr Kind auch. Gerechtigkeit habe ich das genannt, weil ich die stärkeren Waffen hatte und sich keiner meinem Willen widersetzt hat. Aber das Kind war unschuldig. Jetzt muß ich dafür büßen. Jetzt ist mir mein Sohn genommen worden, auf genauso grausame Weise. Ich *verdiene* die Strafe, nicht du! Nicht du! *Oh, Evin …*«

Grausam, aber gerecht, dachte Titch im stillen. Melcia hatte ihren Sohn wieder, aber in Gestalt eines Schwanes – und wie es aussah, konnte ihm niemand helfen. Die Tränen der Roten Königin konnten *nichts* für ihren Sohn bewirken, obwohl sie so reichlich flossen und womöglich Josten in einen Salzsee verwandeln würden. Das einzige, was dem Prinzen geholfen hätte, war durch ihre Schuld zunichte gemacht worden. Selbt ihre Drohungen konnten nichts daran ändern.

»Es ist meine Schuld! Meine Schuld! Mein Stolz ist an allem schuld, ich wollte es nicht wahrhaben, als ich erfahren habe, daß er schon mit ihr zusammen war, bevor er mich geheiratet hat! Ich habe behauptet, daß er meine große Liebe ist, daß ich nicht ertragen kann, was er mir angetan hat, aber in Wirklichkeit hab ich unsere Armeen aus Scham aufeinandergehetzt. Echte Liebe läßt den anderen gehen, wohin er will, aber ich konnte es nicht ertragen – das Geflüster, die Lieder, die verstohlenen Blicke. Er war der einzige Mann, den ich je geliebt habe, keine andere Frau sollte ihn haben dürfen, wenn ich ihn schon nicht halten konnte! Nur du bist mir von ihm geblieben, Evin. All das hab ich nur für dich getan. *Du bist alles, was ich habe!*«

Die Königin redete ungehemmt, entweder wußte sie nicht, daß man ihr zuhörte, oder es interessierte sie nicht. Das konnte nicht gutgehen – irgendwann mußte sie schließlich merken, daß sie nicht alleine war. Wahrscheinlich schämte sich die Rote Königin im nachhinein für ihre Worte, und es gab nur einen Weg für sie, mit Erniedrigungen fertig zu werden. Zeuge dieser Szene zu werden, bedeutete nicht nur für Wren das Todesurteil. Trotzdem stellte Titch verwundert fest, daß ihm – während er mit ansah, wie Evins Mutter um ihren verlorenen Sohn weinte – die Kehle nicht aus Sorge um das eigene Leben brannte. Man mußte schon aus Stein sein, um beim Anblick der verzweifelten Melcia ungerührt zu bleiben – die Mutter weinte um ihr Kind, das ihr für immer genommen worden war. Selbst ihre Liebe konnte den Sohn nicht mehr erreichen. Nie wieder konnte sie ihn beschützen, nie wieder in ihre Arme schließen. Er war lebendig, und doch tot.

Angst, Schmerz, Trauer und Verzweiflung konnten die Dämme nicht brechen. Doch plötzlich begriff Titch, was der Schlüssel zu Wrens Tränen war.

»Wren!« Er drehte sich ruckartig zu ihr um, sah sie an und legte die Hände auf ihre schmalen Schultern, auch wenn

Alinor ihn aufgebracht anschrie. »Das ist nicht mehr die Rote Königin! Diese Frau ist nichts weiter als seine Mutter!«

Mit leerem Blick starrte Wren vor sich hin, ihre Augen glichen Regentropfen. Sie schien etwas in weiter Ferne zu sehen, nahm weder den Schwan, Melcia noch irgend etwas anderes in der Kammer wahr. Als Titch in ihrem Blick versank, sah er unendliche, dunkle Wassermassen vorbeirauschen, Fluten, die alles unter sich begruben. Er schwankte, hatte sich jedoch schon bald wieder im Griff und packte sie hart an den Schultern, als fürchte er, Wren könne jeden Moment wieder die Gestalt eines Lachses annehmen und für immer davonschwimmen.

»*Hörst* du denn nicht, wie diese Frau klagt? Wie kannst du dabeistehen und ungerührt bleiben?«

Die vorbeirauschenden Wassermassen schienen sich zu teilen und einen Felsbrocken zu umspülen. Für einen Augenblick wurde die Kraft der Strudel, die ihn mit sich rissen, geteilt. »Ich kann kein Mitleid mehr empfinden«, sagte Wren. »Dieses Gefühl ist längst versiegt, genau wie meine Tränen. *Sie* ist schuld daran. Ich weine nie«, erklärte sie mit eisiger Stimme. »Nicht aus Schmerz, aus Angst oder ...« Ihr Blick wanderte zur leeren Feuerstelle, als könne sie wenigstens diesen Teil des Zimmers wahrnehmen. »... aus Trauer.«

Plötzlich wurde Titch wieder vom stärksten Teil der Strömung gepackt, jeden Moment drohte er an den Felsen zu zerschellen. Nun galt es auf einmal, sich dem Fluß zu beugen, nicht gegen ihn anzukämpfen. Er mußte den Fluten die Gewalt über seinen Körper geben und durfte seine kostbare Kraft nicht für sinnlose Kämpfe vergeuden – und er mußte sich an Wren festklammern, komme, was wolle.

»Du weinst nicht, wenn *du* Schmerzen hast oder traurig bist. Aber du kannst weinen, Wren!«

Sie verstand ihn nicht und starrte ihn ausdruckslos an. Der Wasserstrom riß nicht ab.

»Ich habe im Sterben gelegen und geträumt, daß Regen auf mich fällt und mich heilt. Ich habe die Augen aufgemacht und gesehen, daß du Tränen über mich vergießt. Die Regentropfen, die ich gespürt habe, waren in Wirklichkeit *Tränen* – deine Tränen.«

Sie schüttelte den Kopf, wie ein Otter, der sich aus einer Schlinge befreien will.

»Du hast nicht aus Schmerz oder Trauer geweint – es war *Mitleid.* Dieses Gefühl kannst du immer noch empfinden, Wren! Du hast für mich Tränen vergossen, für einen Fremden, der an deinem Feuer starb. Kannst du denn nicht um einen Prinzen weinen, dem man seine menschliche Gestalt genommen und eine andere aufgezwungen hat? Kannst du nicht eine Träne aufbringen für seine Mutter, die sich vor Schmerz verzehrt? Du hast dich überwunden, diese Frau anzusehen – *jetzt zwing dich auch, ihr zuzuhören*!«

Plötzlich schien er wieder Boden unter den Füßen zu haben. Er fühlte unter den reißenden Fluten festes Gestein. Titch nahm all seine Kraft zusammen und warf Wren ans Ufer, wo sie wieder menschliche Gestalt annahm.

Ihr zuhören? Wie ließ sich das überhaupt vermeiden? Die heisere Klage hätte einen Stein erweichen können. Wo war der Stolz, für den Melcia, die Königin, im ganzen Land berühmt war, der Stolz, der ihr die Kraft gegeben hatte, ihrem eigenen Mann den Kopf abzuschlagen und eine Frau und ihr Kind zu ertränken? Diese Frau, die sich – auf den Binsen kniend – zu vergangenen Greueltaten bekannte und ihre uneingeschränkte Schuld eingestand – war es möglich, daß sie die Königin war?

Nein, dort kniete eine andere. Es war nicht die Königin der Alpträume, die dort kauerte, sondern einzig und allein

Evins Mutter, die um ihr verlorenes Kind weinte. Jeden Abend war die Königin, nachdem sie ihre Pflichten erledigt hatte, hierher gekommen und schluchzend und klagend neben dem Schwan auf den Boden gesunken. Sie kam immer allein – diesen Schmerz vermochte sie mit niemandem zu teilen, und Wren überlegte, daß es sicherlich keinen Menschen gab, der dazu bereit gewesen wäre. In Melcias Leben hatte es nur eine verzweifelte Liebe gegeben, und außer der Frucht dieser grausamen, krankhaften Leidenschaft war ihr nichts geblieben. Ein Sohn, der in Schwanengestalt vor ihr kauerte und bei ihrem Anblick beinahe zu Tode erschrak.

Melcia beugte den Kopf immer tiefer, bis sie schließlich das Gesicht auf die kalten Fliesen preßte. Immer noch wurde ihr Rücken vom Schluchzen geschüttelt, doch sie weinte beinahe lautlos, erschöpft und halb erstickt in dieser gekrümmten Lage. Unglaublich, daß sie es zuließ, so von Fremden – auch wenn sie nicht mehr lange zu leben hatten – gesehen zu werden. Melcias Stolz war längst gebrochen. Wren machte einen kleinen Schritt auf die Frau zu, selbst erstaunt über das, was sie tat. Ihr Blick wanderte zu der gekrümmten Gestalt in dem kostbaren scharlachroten Kleid, die sich vergeblich die Seele aus dem Leib weinte.

Wren spürte ein Prickeln in den Augen. Wie in Trance ging sie durch das Zimmer und kniete sich neben der Frau nieder, die ein Leben lang ihre Erzfeindin gewesen war.

Titch lockerte seinen Griff, wich aber nicht von der Seite des Mädchens. Er fürchtete, Wren könne ohnmächtig werden, bevor sie Melcia erreicht hatte. Weiß wie Wolken schimmerte ihr Gesicht, und ihre Füße bewegten sich tastend, als könne sie den Boden kaum finden. Selbst ein Schlafwandler bewegte sich sicherer. Titchs Blick wanderte zur Tür – Gerein war spurlos verschwunden. Anscheinend hatte er die erstbeste Gelegenheit genutzt, um sich aus dem

Staub zu machen. Titch unterdrückte das Gefühl der Enttäuschung, schließlich hatte er nichts anderes erwarten können.

Wren sank an Melcias Seite zu Boden und legte der Königin zögernd die schmale Hand auf die Schulter, wobei sie den Blick nicht von dem verzauberten Schwan abwandte. Während ihr die Tränen in die Augen stiegen, nahm die graue Iris die Farbe von reinem Aquamarin an.

Unsanft zog Titch den Schwan näher heran. Das Tier stieß einen heiseren Schrei aus und wehrte sich mit aller Kraft, aber Titch hielt es fest und schob es noch dichter zu Wren.

Über Wrens blasse Wangen rollten Tränen. Ein Tropfen zersprang auf dem Schieferboden, und Titch zerrte hastig an dem Schwan. Er wußte nicht, ob noch mehr Tränen über ihre Wangen kullerten, auf den weißen Federn hätte er sie sowieso nicht sehen können. Falls er zu spät reagiert hatte und die einzige Träne, die Rettung des Prinzen, auf dem Boden zerplatzt war ... Wenn der Prinz verloren war, weil die salzige Wasserperle ihr Ziel verfehlt hatte ...

Ein Tropfen kullerte auf die dicken weißen Federn, zerschellte unmittelbar neben den vielen braunen Flecken. Noch eine Träne folgte, und das Licht brach sich darin wie in einem Kristall. Und schon zersprang die dritte Träne, ganz in der Nähe der ersten.

Keine Feuerflamme stach hervor, kein magischer Rauch verpuffte, keine Schwefelwolken stiegen auf. Von einer Sekunde auf die nächste verwandelte sich der ungefähr zwölf Kilo schwere Schwan in Titchs Armen. Der Junge sah auf die Schultern und die Arme eines jungen Mannes, der bis auf eine glänzende Goldkette um den Hals nackt war. Der Körper lag ausgestreckt auf dem Boden. Wohlgeformt waren die Glieder, aber sie wirkten schwach, als habe ihnen die Verwandlung alle Kraft genommen.

Die Brust hob und senkte sich. Der Junge riß die dunklen Augen auf, fuhr voller Panik hoch, legte schnell die Hand auf die Augen und spreizte zögernd die Finger. Die Augen wurden immer größer, und er öffnete die Lippen.

»O nein – was habt ihr getan?« rief der Prinz aus. Es klang wie ein klagender Schrei, das Posaunen eines Schwanes.

Der gerettete Prinz

Prinz Evin hörte nicht auf zu jammern und zu klagen und schlug mit den Armen um sich, als wolle er die verlorenen Flügel bewegen. Währenddessen versuchten Melcias Hofmeister und ein Dutzend stämmiger Wachmänner, die aus den Schlafgemächern der Königin herbeigeeilt waren, den Prinzen in seine Zimmer zu zerren, ihm warme Kleider anzuziehen und Schuhe über die unbeholfenen Füße zu streifen. Schließlich mußten sie ihn hinaustragen. Mit leerem Blick starrte Wren hinter den Männern her, sie schien mit offenen Augen zu schlafen. Vielleicht, überlegte Titch, war sie wirklich unglaublich müde, schließlich hatte nicht nur der Prinz, sondern auch sie viel durchgemacht in dieser Nacht.

»Ich bin sicher, daß er sich in ein paar Tagen von allem erholt hat«, sagte Titch, selbst nicht überzeugt von seinen Worten. Sein Blick folgte dem Prinzen – unmöglich, die häßlichen, durchdringenden Schreie zu überhören, Schreie, die für einen langen Schwanenhals gedacht waren und aus der kurzen Kehle eines Menschen erbärmlich klangen. Ein Geschrei, das nichts Königliches an sich hatte. »Überleg doch mal, was er alles durchgemacht hat! Allein heute nacht ...«

Wren wandte sich Titch zu und vergrub ihr Gesicht an

seiner Schulter. Titch schloß sie in die Arme und streichelte sie besänftigend, wie er es bei einem erschrockenen Pferd getan hätte. Er strich ihr übers Haar, berührte sanft ihre Wange und folgte mit dem Finger der Linie des Wangenknochen. Ihre Haut war wieder getrocknet, und ihre Augen schimmerten grau wie Regentropfen.

»Bestimmt ist es furchtbar, nach so langer Zeit verwandelt zu werden, selbst wenn man seine eigentliche Gestalt wiedererhält«, versuchte Titch – etwas zögernd – zu erklären.

»Ich kann mich nicht daran erinnern, wie es war, ein Otter zu sein«, gestand Wren. Sie hatte Titchs Worte als Frage verstanden. »Habe ich es furchtbar gefunden, kein Otter mehr zu sein? Ich weiß es nicht mehr.«

»Das ist ja auch schon lange her. In einer Woche kann er sich vielleicht auch nicht mehr erinnern«, gab Titch mit sanfter Stimme zu bedenken. »Es wird ihm vorkommen wie ein Traum.«

Jemand stand in der Tür, die nun nicht mehr bewacht wurde, und räusperte sich diskret. »Lady? Darf ich Euch in Euer Schlafgemach führen?«

Titch warf dem Diener einen eisigen Blick zu. Lange und voller Mißtrauen musterte er den Mann – offensichtlich durfte er ihm vertrauen. Er schien wirklich nur ein Untergebener zu sein, ein Diener, der aus dem Bett gejagt worden war und einen Befehl erhalten hatte, den er selbst nicht so recht verstand. Titchs rechte Hand, die sich verstohlen zum Schwert geschoben hatte, entspannte sich wieder. Trotzdem blieb er – nachdem Wren das Falkenweibchen aufgenommen hatte – an ihrer Seite. Von Anfang an sollte klar sein, daß er sie nicht allein lassen würde, wenn sie irgendwohin ins undurchdringliche Labyrinth der Burg geführt wurde. Anscheinend gefiel das dem Diener mit den tadellosen Manieren nicht sonderlich, und ihm lag wohl schon ein Einwand auf der Zunge, aber als er Titchs entschlossenen Gesichtsausdruck sah, schluckte er und schwieg.

»Mir wäre es lieber, auf dem schnellsten Weg zu verschwinden«, flüsterte Wren ihm zu, während sie sich an seinen Arm klammerte wie eine Ertrinkende. »Darf ich denn jetzt nicht gehen, wohin ich will? Der Prinz ist zurückverwandelt. Ich will einfach nur nach Hause.«

»Wenn du ausgeschlafen hast«, sagte Titch beschwichtigend. Sie taumelte und sah genauso blaß aus wie der Prinz. Titch hätte das Mädchen bis ans Ende der Welt begleitet, aber zuvor sollte es sich ausruhen. Auch er war erschöpft, die Glieder schmerzten ihn, ein Zustand, an den er gewöhnt war und der ihn nicht weiter kümmerte. Es war seine Pflicht, alles geduldig zu ertragen, aber Wren wirkte zierlich und zerbrechlich wie eine Süßwasserperle inmitten der finsteren Säle der Roten Königin, die vollgestopft waren mit Kostbarkeiten.

»Sie läßt mich jetzt bestimmt gehen«, sagte Wren, und ein Flehen lag in ihrer Stimme. Nur mit Mühe konnte sie auf den Steinböden und den Teppichen, die die Königin auf Kriegszügen erbeutet hatte, einen Fuß vor den anderen setzen.

»Sie hat keinen Grund mehr, dich hierzubehalten«, sagte Titch, um sie zu beruhigen.

Doch wie es aussah, wollte Melcia ihre Gefangene nicht freigeben. Sicherlich steckte keine böse Absicht dahinter, dachte Titch – jedenfalls hoffte er das. Stundenlang hatte er vor Wrens Schlafgemach gestanden und vor sich hin gedöst. Schließlich war ihm zu Ohren gekommen, daß anläßlich der Rettung des Prinzen ein Fest vorbereitet wurde. Ein gutes Zeichen, er mußte nicht mehr um sie fürchten, überlegte er etwas benommen. Wren galt nicht mehr als Gefangene, sondern wurde ehrenvoll als Gast bewirtet. Man hatte ihr etliche Diener zugeteilt und kostbare Kleider gebracht, die sie anlegen sollte. Musikanten spielten zarte Melodien für sie, während sie schlief, edle Happen von der Tafel der Königin frühstückte und sich das Haar waschen, kämmen und mit winzigen Perlenketten verzieren ließ.

Die übertriebene Aufmerksamkeit, die man Wren zukommen ließ, schüchterte sie ein. Nicht der Luxus jagte ihr Angst ein – schließlich war sie als Prinzessin geboren worden, auch wenn sie immer in Verstecken gelebt hatte; sie war es gewöhnt, gepflegt, hübsch gekleidet und von vielen Händen verzärtelt zu werden. Doch es gab niemanden in der Burg, dem Wren trauen durfte, und sie fühlte sich wie in einem goldenen Käfig. Jeder, der hier lebte, hatte den Befehl, ihr alle Wünsche von den Augen abzulesen, doch sie verlangte lediglich, daß Alinor sie überallhin begleiten und Titch stets an ihrer Seite sein durfte, wenn sie das Zimmer verließ. Alinors vergoldeter Holzkäfig, der mit scharlachrot gefärbtem Leder ausgepolstert war, stand immer an ihrer linken Seite, und das Falkenweibchen hatte einen eigenen Diener, der es während des Festessens mit frischem Entenfleisch füttern sollte, sooft es danach verlangte. Steif stand Titch hinter Wrens Stuhl mit der hohen Lehne, in Kleider gehüllt, die so neu waren, daß sie sich rauh auf der Haut anfühlten. Perfekt angepaßte Stiefel trug er jetzt an den Füßen, Stiefel, die noch nicht eingelaufen waren und ihn drückten. Einen eigenen Diener hatte er nicht, dafür aber einen guten Überblick über den königlichen Saal.

Auch der Prinz war kostbar gekleidet, wie alle Anwesenden, und eigentlich hätte er eine gute Figur abgeben müssen. Evin war noch höher gewachsen als seine Mutter, und er hatte hübsche Gesichtszüge – auch wenn er tatsächlich einen Höcker auf der Nase hatte, der der Verdickung auf dem Schnabel eines Schwans glich. Sein Haar schimmerte in einer Farbe, die zwischen dunklem Mahagoni und ebenholzgleichem Schwarz lag, was einen hübschen Kontrast zu dem silberfarbenen Samtmantel abgab, den er trug. Nur daß sein wohlgeformtes Gesicht immer noch vollkommen ausdruckslos wirkte und Verzweiflung in den dunklen Augen stand. Einmal hatte Titch den Fehler begangen, in diese Augen zu sehen, doch das sollte ihm kein zweites Mal passieren.

Der Prinz aß und trank. Auf Titch machte es jedoch den Eindruck, als befolge Evin nur die Anweisungen, die ihm der Diener, der stets um ihn herumschwirrte, immer wieder zuraunte. Kaum hatte ihm der Diener diskret etwas ins Ohr geflüstert, da führte er auch schon eine Delikatesse an die königlichen Lippen, oftmals mit zitternder Hand. Wenn er einen Bissen oder einen Schluck zu sich genommen hatte, wanderte sein Blick in die Ferne, und die Götter allein wußten,was er dort sah. Die Männer und Frauen, die ihn zur Feier seiner Befreiung aus der magischen Gefangenschaft unterhalten sollten, nahm er sicherlich nicht wahr. Vielleicht bemerkten die Gäste nicht einmal, daß er mit den Gedanken ganz woanders war, denn die erhöhte Tafel stand – vielleicht sogar absichtlich – weit entfernt von den Geladenen.

Evins Mutter dagegen strahlte vor Freude und Glück. Wie immer schimmerte ihre Haut alabasterweiß, aber auf den Wangen und den Lippen lag ein ungewöhnlicher Hauch Farbe. Sie trug eine breite Goldkette um den Hals, die reichlich verziert war mit Karneolsteinen, und an ihren Ohren funkelten Balasrubine. Das Haar war zu einer raffinierten Hochfrisur aufgesteckt, gehalten von juwelenbesetzten Nadeln. Das Funkeln in ihren Augen übertraf sogar das Glitzern der Rubine. Die Hand hatte sie stets auf der Damasttischdecke liegen, so daß sie jederzeit den Arm ihres Sohnes berühren und sich vergewissern konnte, daß er tatsächlich an ihrer Seite saß.

Tänzer und Akrobaten füllten den Saal. Feuerschlucker und Sänger nutzten den weitläufigen Raum, der ihnen zur Verfügung stand. Die Köstlichkeiten, die aufgetragen wurden, schienen kein Ende zu nehmen: gebratene Spanferkel mit Quitten im Maul, gegrillte Pfauen, geschmückt mit ihrem eigenen Federkleid, silberfarbene Lachse und Tümmler, die man im Meer gefangen und ins Landesinnere gebracht hatte, Türme aus Zuckerwatte, bestürmt von Rammböcken aus Marzipan. Und zu guter Letzt, inmitten eines Sees aus geliertem Wein, ein Schwan aus Feingebäck.

Damit war die Königin anscheinend zu weit gegangen. Im Saal wurde es unruhig, und als Titch einen diskreten Blick zur Seite warf, bemerkte er, daß der Platz des Prinzen leer war. Die königliche Mutter schien bestürzt, aber die Etikette und der Prunk geboten es ihr, sich nicht von der Stelle zu bewegen. Den ganzen Abend über hallte das Schluchzen des Prinzen durch die goldgeschmückten Säle.

Wie es zu Prinz Evins Unglück gekommen war, hatte nie jemand erfahren, aber seine Rettung blieb alles andere als ein Geheimnis. An den folgenden Abenden sollte festlich gespeist und getanzt werden, während die Männer tagsüber ihre Waffenkünste zu Ehren des Prinzen zur Schau stellten. Nach der ersten Nacht wachten die königlichen Diener besser über den Prinzen – in den Hallen und Gängen war kein Schluchzen mehr zu hören. Die vielen Türen ließen das nächtliche Klagen nicht durchdringen. Doch am siebten Tag, als Titch darauf wartete, daß er an der Reihe war, zu Ehren des Prinzen ein Turnier gegen einen anderen Wachmann aus Melcias Garde zu reiten, schreckte ihn und viele andere ein Schrei auf. Unwillkürlich sahen sie zum Himmel.

Kein Zweifel, daß der Vogel dort oben ein weiblicher Schwan war. Vor dem blauen Himmel, unmittelbar über

Melcias Wimpeln, die fröhlich im Wind flatterten, zeichnete sich ein weißes Kreuz ab. Der Schrei eines Schwanes klingt immer klagend, deshalb glauben viele Völker, dieser Vogel kündige den Tod an oder trage die Seelen mit sich fort. Doch die klagenden Schreie dieses Vogels, die seine Trauer zum Ausdruck brachten, erinnerten an das Schluchzen des Prinzen. Plötzlich war Titch klar, daß das die Gefährtin des Prinzen sein mußte, obwohl er selbst nicht wußte, was ihm die Gewißheit gab.

Den ganzen Tag über kreiste das Schwanenweibchen über dem Schloß und rief nach ihrem Gefährten. Wahrscheinlich waren die Wachen so klug, den Prinzen von den Fenstern fernzuhalten, aber sie konnten ihn nicht dazu zwingen, am siebten Festessen teilzunehmen, mit dem einmal mehr die Rückverwandlung in seine menschliche Gestalt gefeiert werden sollte. Auch der Verlobung, die seine Mutter in aller Eile für ihn arrangiert hatte, blieb er fern.

Gefangen in dem Prunk und dem Spektakel, das sie selbst inszeniert hatte, saß die königliche Mutter an der erhöhten Festtafel. Hundertzwanzig Augenpaare nagelten sie auf ihrem Platz fest. Für Wren war es allerdings kein Problem, sich davonzuschleichen, und Titch blieb ihr – wie immer – auf den Fersen, die jetzt in Samtschuhen steckten. Heimlich und unbemerkt verließen sie den Saal.

Jede Tür, die zu den hohen Zinnen führte, wurde peinlich genau bewacht. Wren lief von einem Wachmann zum nächsten und bog hastig in eine andere Richtung, sobald sie einen der Männer sah, nicht weil sie die Wachen fürchtete, sondern weil sie ihr verrieten, daß Evin diesen Weg nicht gewählt haben konnte. Nach einer Weile kam sie durch einen Bogengang zu einem kleinen, quadratischen Garten, der von allen Seiten von neuem Mauerwerk umschlossen war, über dem sich aber der freie nachtschwarze Himmel wölbte, an dem Sterne wie Diamanten funkelten. Der Wind wehte durch die Steinritzen, und ein leises Pfeifen und Wispern war zu hören, ein Raunen, das sich wie ein klagendes Lied anhörte.

Prinz Evin stand in der Mitte des Gartens neben einem steinernen Springbrunnen. Den Kopf hatte er in den Nacken gelegt, die Augen auf einen Punkt zwischen den glitzernden Lichtern am Himmel gerichtet. Es dauerte einen Moment, bis Titch begriff, daß die gedämpften Schreie aus Evins Kehle drangen und nicht das Stöhnen des Windes waren. Der junge Mann klagte sein Leid. Irgendwo am Himmel antwortete der wilde Schwan, doch er flog so hoch oben, daß man ihn nicht sehen konnte.

Wren ging zu ihrem Bruder und legte ihm die Hand auf den Arm. Zum ersten Mal sah Titch, daß sie sich berührten. Ruckartig drehte sich Evin um, und in seinen Augen, die so schwarz schimmerten wie der Himmel über ihnen, stand Panik. In diesem Moment schien nur der Schmerz, den er empfand, seine menschlichen Züge zu verraten.

»Weißt du eigentlich, was du angerichtet hast?« fuhr er sie an. »Du hast mich an die tote Erde gefesselt, nie wieder kann ich den Wind unter mir spüren ...«

Wren zuckte zurück. Sie rief sich ins Gedächtnis, was für ein Gefühl es war, in Gedanken mit Alinor durch die Lüfte zu jagen, frei wie der Wind. »Ich wollte dir doch nur helfen«, flüsterte sie. »Durch irgendeine Hinterlist oder einen bösen Zauber hat man dir deine wahre Gestalt genommen.«

»Egal, wie es passiert ist, ich war wenigstens frei«, widersprach Evin mit Bitterkeit in der Stimme. »Ich konnte vom einen Ende der Welt zum anderen fliegen, der Mond und die Sterne haben mir den Weg gewiesen. Du hast mir alles genommen! Und wer bin ich jetzt? Was habe ich denn noch?« Wieder wanderte sein Blick zum Himmel.

»Deine Mutter liebt dich«, sagte Wren.

»Sie hat mich in einen Käfig gesperrt!« Von den Sternen

drang ein schriller Schrei zu ihnen herab. »Ich hatte mir eine Gefährtin gesucht, jetzt hat sie mich verloren – für immer. Und meine Mutter hat für mich ein *Mädchen* als Braut ausgesucht.« Er spuckte das Wort aus, als läge es ihm klebrig auf der Zunge.

»Du bist jetzt ein Mann und kein Schwan mehr«, sagte Titch, der den Jungen wieder auf den Boden der Tatsachen zurückholen wollte.

Ruckartig wandte sich der Prinz dem Jungen zu, wie ein Schwan, der Eindringlinge aus seinem Revier vertreiben will. *»Ich war ein Jahr und einen Tag lang ein Schwan!* Meine Flügel haben mich vor dem Winter in wärmere Gebiete getragen und im Sommer wieder zurück zu unseren Brutstätten. Alle Prüfungen habe ich bestanden, und jetzt sollte ich dafür belohnt werden!« Er legte den Kopf in den Nacken und stieß einen Schrei zum Himmel aus, um den Ruf seiner Gefährtin zu erwidern, aber der Laut aus der menschlichen Kehle war kaum zu hören. Evins Blick wanderte wieder zu Wren, und auf seinen Wangen glitzerten Tränen, die im Schein der Sterne morgendlichem Frost glichen. »Man sagt, daß kein Mensch je einen lieblicheren Gesang gehört hat als das Klagen der Schwäne, wenn sie sterben. Ob das stimmt, werdet ihr bestimmt bald herausfinden. Dann bin ich frei.«

»Ich wollte dir nichts Böses antun«, sagte Wren mit flehender Stimme.

»Ich weiß.« Plötzlich schien die Stimmung des Prinzen weicher zu werden. »Aber der Tod ist für mich die einzige Möglichkeit, wieder meine Freiheit zu erlangen.« Sehnsüchtig wanderte sein Blick zu den hohen Mauern, die er nicht überwinden konnte, dann blickte er verstohlen auf Titchs Schwert. Eisern klammerte sich der Junge am Griff seiner Waffe fest, eine Geste, die dem Prinzen eine Warnung sein sollte.

Ich wollte ihm wirklich nichts Böses antun, versuchte Wren ihr Gewissen zu beruhigen. Sie hatte in dem Prinzen immer den Schwan gesehen, nie ihren Bruder. Für sie war er Melcias Sohn, kein menschliches Wesen mit Träumen und Gefühlen wie Liebe.

Sie konnte sich nicht daran erinnern, wie es war, ein Otter oder ein Lachs zu sein, und sie hatte es nie als schmerzhaft empfunden, in ihre ursprüngliche Gestalt zurückzuschlüpfen. Für sie waren die Verwandlungen nur Möglichkeiten gewesen, um zu entkommen, die anderen Körper nichts weiter als geliehene Hüllen. Hätte sie ihre Rettung ganz anders empfunden, wenn sie für das magische Jahr und den einen Tag eine andere Kreatur gewesen wäre? Hätte sie sich dann so gefühlt wie Evin? Oder hätte sie immer die Gewißheit gehabt, daß die anderen Wesen in ihr weiterlebten und sie sich jederzeit wieder in sie zurückverwandeln konnte? Für ihn gab es diese Möglichkeit nicht.

Wie wollte er sterben? Er hatte nicht einmal – wie jeder andere Mensch – die Möglichkeit, sich das Leben zu nehmen, er konnte nur wie die Vögel sein Ende herbeisehnen, sich dem Leben verweigern und irgendwann verhungern. Womöglich starb er einfach vor Kummer. Und sie war schuld daran. Sie hatte ihn ins Unglück gestürzt, nicht etwa der Zauber, von langer Hand geplant und teuer bezahlt, der ihn einst zum Schwan gemacht hatte, dachte Wren unglücklich.

Alle meinten, der Prinz sei endlich gerettet und habe wieder sein wahres Ich gefunden. Und schon bald würde er wieder er selbst sein. Doch Wren begriff, daß es anders kommen mußte. Eines Morgens, in nicht allzu ferner Zukunft, würde man ihn sicherlich tot in seinem Bett finden, und hoch über ihm würde ein einsamer Schwan langsam dem Sonnenuntergang entgegenfliegen. Auf seinen Schwingen würde er das einzige tragen, was ihm geblieben war – die Seele des Prinzen.

In Gedanken versuchte sie, sich in ihre Vertraute hineinzuversetzen, die frische Brise und die grenzenlose Freiheit zu spüren. *Alinor, was soll ich nur tun?*

Wren hob Alinor an den steinernen Rand des Brunnens und redete sanft auf das Tier ein, damit es sich darauf setzte. Der Prinz schien nichts von alldem wahrzunehmen. Sein Blick war wieder starr auf den Himmel gerichtet, er schien ohne Hoffnung, und Tränen liefen über sein Gesicht. Lange sah ihn Wren an, das Gesicht unbewegt wie ein Mühlteich. Dann ging sie einen Schritt auf ihn zu und schloß ihn in die Arme.

In dem trüben Licht erkannte Titch nicht sofort, was sie vorhatte. Er sah nicht, daß ihre Augen eine andere Farbe annahmen, und als sich das Sternenlicht in ihren Tränen brach, war es schon zu spät – die ersten salzigen Perlen liefen ihr bereits übers Gesicht.

»Nein, Wren!«

Verzweifelt stürmte er los, wollte sie losreißen, aber nachdem er den ersten Schritt getan hatte, begriff er schon, daß er nichts mehr ausrichten konnte. Verwirrt wie er war, stolperte er. Hilflos ruderte er mit den Armen, unfähig, sie wegzuzerren. Als er sich wieder gefangen hatte, lag der Schwan schwer in ihren Armen, und die kostbaren Samtgewänder des Prinzen fielen ihr wie gespenstische Schatten zu Füßen.

Der Schwan stieß einen schrillen Schrei aus und bog den Hals zurück. Sofort antwortete ihm seine Gefährtin hoch oben am Himmel, und Wren ging bedächtig in die Mitte des Gartens. Schon begann der Schwan, die Flügel auszubreiten, um sich in die Lüfte zu schwingen, und Wren konnte ihre Schritte nur noch taumelnd setzen.

Schwäne sind schwer, sie müssen Anlauf nehmen, wenn

sie aufsteigen wollen. Titch schoß durch den Kopf, daß ihm noch genügend Zeit blieb, den Vogel aufzuhalten, und er machte einen Satz nach vorne. Doch in diesem Augenblick warf Wren den Vogel in die Luft, die gewaltigen Schwingen schlugen kräftig und trugen den Schwan in die Nacht. Um Haaresbreite war der Schwan entwischt, in den Lüften war er sicher. Titch hatte nur noch die Federn gestreift und fing sich gerade noch rechtzeitig, bevor er kopfüber in den Brunnen stürzte.

Über ihnen erklangen freudige Rufe. Sekunden später aber ließ sie ein schmerzverzehrter Aufschrei, der von der Gartenmauer zu ihnen drang, zusammenfahren. Langsam wandte sich Wren um und blickte in das Gesicht der Roten Königin. Die Schwäne flogen davon, Flügelspitze an Flügelspitze schwebten sie durch ein Meer von Sternen.

Verstoßen

Weit und breit kein Wachmann. Doch es war nur eine Frage der Zeit, bis die Männer der Garde auftauchen würden. »*Warum?*« Melcia schluchzte, und ihr Mund glich einer schwarzen Höhle. »Warum? *War das Eure Rache?*«

Eine berechtigte Frage, fand Titch, während er sich mühsam aufraffte. Natürlich, im Grunde hatte Melcia es nicht besser verdient.

»Was verlangt Ihr – daß ich mit Euch weine, aber ungerührt zusehe, wenn er leidet?« fragte Wren mit trauriger Stimme. »Er war so unglücklich ...«

»Ihr habt mir meinen Sohn genommen ... so wie Eure Mutter mir den Mann genommen hat. Er hat Euch doch *nichts* bedeutet!« Die Königin schüttelte den Kopf, die Rubine, die ihre Ohren schmückten, tanzten wie Blutstropfen, die von einer Axt aufspritzen.

»Genausowenig wie Euch anscheinend, sonst hättet Ihr es nicht ertragen können, daß er so leidet«, erwiderte Wren, mutig und erschrocken zugleich.

Sie wußte, daß sie von nun an nicht mehr darauf zählen konnte, als Heldin gefeiert und respektvoll behandelt zu werden. Titch wußte, daß sie darauf gern verzichtete. Aber war dem Mädchen bewußt, daß es soeben sein Todesurteil besiegelt hatte? Titch schielte bereits nach den Ausgängen und ging systematisch die verschiedenen Möglichkeiten durch, aus diesem Garten zu fliehen. Der Hof war so gebaut, daß man sich ungestört in ihn zurückziehen konnte. Nur ein Weg führte hinein, nämlich der, den er, Wren und zuletzt die Königin gekommen waren.

Wenn Melcia, die Rote Königin, die Königin der Alpträume, nicht gerade von einem Festessen gekommen und unbewaffnet gewesen wäre, hätte sie sicherlich keine Sekunde gezögert, Wren eigenhändig zu erschlagen. Doch so konnte sie nur mit bloßen Händen und der Macht ihrer Stimme gegen das Mädchen angehen. Im Moment mußte Wren am meisten die Stimme der Königin fürchten – jederzeit konnte sie den Männern der Garde den Befehl erteilen, eiserne Waffen gegen die Hexe zu richten. Titchs Blick wanderte zum Bogengang – die Situation war ausweglos, doch er lockerte vorsorglich das Schwert in der Scheide. Natürlich konnte er Wren nicht retten, aber er durfte auch nicht tatenlos zusehen, wie sie der Königin in die Hände fiel …

»Niederträchtige Hexe!« Offensichtlich wollte die Rote Königin noch nicht aufgeben, auch wenn ihre Worte nichts mehr bewirken konnten. »Bringt mir sofort meinen Sohn zurück!«

Wrens Blick wanderte zum Himmel. Außer den Sternen,

die verstreut am Firmament funkelten, wie immer unberührt von den Ereignissen auf der Erde, war dort weit und breit nichts zu sehen. Das Mädchen lächelte. »Das kann ich nicht, Lady. Und ich würde es auch nicht tun.«

»Dann müßt Ihr *sterben*!« schrie Melcia mit schriller Stimme und wirbelte herum. *»Nehmt sie fest!«*

Der Blick der Königin fiel auf Titch. *Bei den Göttern,* dachte Titch verwirrt, als er begriff, was von ihm verlangt wurde. *Ich bin ja der Wachmann hier.* Die Königin hatte keine anderen Wachen herbeigerufen, aus ihrer Sicht war das nicht nötig. Titch legte die rechte Hand auf den Schwertgriff und packte Wren mit der Linken am Arm, um das perfekte Bild des gehorsamen Wachmannes abzugeben. Offensichtlich erfolgreich, denn Alinor schrie auf, außer sich vor Wut. Melcia wandte sich ab und rauschte durch den Bogengang aus dem Garten.

Wren befreite sich aus Titchs Griff und hob den Arm, damit sich Alinor auf ihre Faust setzte und dem Jungen nicht die Augen auskratzte.

»Du solltest jetzt deine eigenen Wege gehen, Liebes«, sagte sie mit sanfter Stimme. »Flieg los, solange du noch den Himmel über dir hast.«

Die Klauen des Vogels packten fester zu, deutlich spürbar und doch so sanft, daß sie ihr die Haut nicht aufschlitzten. Alinors ausgebreitete Flügel schienen mit der Nacht zu verschmelzen. *Verräter!* Wütend starrte sie in Titchs Richtung.

»Nein«, beteuerte Wren. »Ist er nicht. Flieg los. Such dir einen Gefährten. Du hast ein langes Leben in Freiheit vor dir.«

Titch packte Wren am freien Handgelenk. Er ging damit kein allzu großes Risiko ein, hatte er sich überlegt, denn der Helm und die Rüstung, die er trug, boten ausreichenden Schutz vor Alinor. Er hatte den Befehl der Königin nicht ausdrücklich verweigert, und bis sie merkte, daß er nicht wie ein treu ergebener Diener handelte, blieben ihnen nur einige wenige kostbare Minuten. Wren schien sich darüber keine Gedanken zu machen. »Wir müssen irgendwohin, wo wir mehr als eine Fluchtmöglichkeit haben!« Er zerrte sie zum Torbogen, und nach ein paar Schritten fing Wren an, verzweifelt um sich zu schlagen. Vielleicht hatte sie noch nicht begriffen, daß er ihr helfen wollte.

»Laß mich hier!« redete sie auf ihn ein. »Sie wird *dir* nichts anhaben, solange sie *mich* hat. Kümmere dich nicht um mich!«

Titch schenkte ihren Worten keine Beachtung und hielt sie weiterhin fest. Er mußte Wren nur dicht genug an sich heranziehen, dann schützte sie ihn wie ein Schild vor Alinor, die in dem schmalen Gang nicht auffliegen konnte. Viel brachte es nicht, aber Titch war froh über jede Erleichterung. Plötzlich entdeckte er eine Treppe, die auf die Schutzmauern führte. Von dort führte kein Weg mehr zurück, die Stufen schraubten sich in Linksdrehungen nach oben, so daß er die rechte Hand, in der er gewöhnlich das Schwert hielt, nicht zur Verteidigung nutzen konnte, während Angreifer, die von oben kamen, ungehindert die Waffe schwingen konnten. Er mußte es trotzdem wagen. Alle Treppen in der Burg waren so gebaut. Falls es tatsächlich zum Kampf kommen sollte, war ihm Wren schon hinderlich genug, aber im Moment brauchte er die Waffe bestimmt noch nicht. Das hoffte er jedenfalls.

»Titch, da stehen Wachen!«

»Die sollen nur den Prinzen im Auge behalten«, rief er ihr mit ruhiger Stimme in Erinnerung. »Die wissen doch nicht, was vorgefallen ist. Uns lassen sie bestimmt durch. Es ist wenigstens eine Chance.« Wren weigerte sich, mit ihm zu gehen, und machte sich so steif, daß er schließlich stolperte und mit der Schulter gegen die Wand prallte. *»Jetzt hör* *schon auf damit!* Wir sollten wenigstens den Eindruck machen, als wäre es ganz normal, daß wir hier langgehen!«

»*Du* sollst endlich damit aufhören!« verlangte Wren. »Laß mich hierbleiben. Es ist nur gerecht, wenn ich für das, was ich getan habe, geradestehe. Aber du hast nichts damit zu tun.« Sie kämpfte sich frei und schlug nach ihm, als er sie wieder am Handgelenk packen wollte.

Alinor schrie unglücklich auf, und Titch hatte das Gefühl, als begreife das Falkenweibchen im Gegensatz zu ihrer Herrin den Ernst der Lage. Jedenfalls versuchte es nicht wieder, Titchs Gesicht zu traktieren.

»Wir sind alle in diese Sache verwickelt! Irgendwann wird sie das schon herausfinden! Wenn du zuläßt, daß sie dich tötet, hast du mir damit nicht geholfen, Wren.« Unbarmherzig nahm er sie wieder bei der Hand. Wenn die Wachen nicht gewesen wären, hätte er ihr einfach den Umhang über den Kopf geworfen und sie über die Schulter gelegt. Für lange Reden und sinnloses Gezeter hatten sie keine Zeit. *»Jetzt komm schon!«*

»Wohin gehen wir denn?« Endlich stemmte sie die Fersen nicht mehr in den Boden, aber er wußte nicht, ob sie sich fügen oder ihn lediglich in Sicherheit wiegen wollte, um sich bei der nächstbesten Gelegenheit freizuwinden.

»Zu den Ställen«, antwortete Titch atemlos. »Wir müssen nur irgendwann einen Weg finden, der uns wieder hinunterführt, aber es ist bestimmt besser, wenn wir erst einmal hochgehen, damit uns nicht jeder beobachten kann …« Ruckartig blieb er stehen, als vor ihnen Fackellicht auftauchte und immer näher kam. »Es sind nur zwei Männer, sage kein Wort«, ermahnte er sie. Wenn Wren auch nur den leisesten Zweifel daran hatte, daß sie ihm trauen konnte, wenn sie sich gegen ihn wehrte, waren sie verloren. Und er konnte nur hoffen, daß sie die verrückte Idee, sich opfern zu wollen, inzwischen aufgegeben hatte. Titch schob die Ängste beiseite und versuchte sich so zu verhalten, wie er es bei Gerein beobachtet hatte. Nicht die Schwertkünste des Ritters waren sein Vorbild, sondern dessen Fähigkeit, andere zu täuschen.

Während die Wachen immer näher kamen, zog er Wren dicht an sich heran, verzog das Gesicht zu einem Grinsen, das Gerein alle Ehre gemacht hätte, und nannte den Männern das Losungswort. Offensichtlich konnte man sich in dieser Burg mit unkorrektem Verhalten durchaus Respekt verschaffen – die Männer der Garde zwinkerten ihm verschwörerisch zu und öffneten ihm tatsächlich die Tür.

Dahinter lag einer der hohen Laufgänge. Nur das Funkeln der Sterne umgab sie an diesem Ort, den andere zweifellos romantisch gefunden hätten. Titch wankte, während Wren das Falkenweibchen unter ihrem Mantel hervorholte. Sofort zupfte Alinor ihr Federkleid zurecht. *Nicht hinuntergucken, du Idiot!* Aber ihm war ohnehin bewußt, wo sie waren, und dabei durften sie sich jetzt keinen Fehler erlauben, jede Sekunde auf dem Weg zu den Ställen war kostbar. »Frage Alinor, ob sie feststellen kann, wo die Pferde untergebracht sind«, bat er Wren. Schweiß trat ihm auf die Stirn, und er hatte den Wunsch, sich auf die Knie zu werfen und keinen Schritt weiterzugehen, damit ihm die Beine nicht den Dienst verweigern konnten.

»Sie sagt, die Pferde sind da, wo sie die Taube gefangen hat, aber die Mauern versperren ihr den Blick«, gab Wren nach wenigen Sekunden weiter. »Was ist los mit dir?« Sie sah ihn aufmerksam an. »*Oje.* Du hast also nicht nur Angst vor Klippen, nicht wahr?«

Diese Mauern sind nichts anderes als von Menschen erbaute Klippen, sagte Alinor.

»Solange ich nicht nach unten gucken muß, ist das kein Problem«, log er, in der Hoffnung, sich selbst überzeugen zu können. »Gray steht auf den Flußwiesen, aber Valadan war im Stall untergebracht, als ich ihn das letzte Mal gesehen habe. Kann Alinor das Gebäude von hier aus erkennen? Wo sollen wir am besten entlanggehen?« Er wischte sich über die Stirn, spürte, wie der kalte Wind darüberstrich, und holte tief Luft. »Auf welcher Seite der Burg sind wir hier? Das müssen wir zuerst herausfinden.«

Wren flüsterte Alinor etwas zu, und die Falkin schwang sich in die Nacht. Sie versucht ihr Bestes, erklärte Wren.

»Wir dürfen nicht stehenbleiben.« Titch mußte erneut den Drang unterdrücken, sich flach auf die Mauer zu werfen. Ein waghalsiges Unternehmen, dort oben entlangzugehen, jederzeit konnte er kopfüber hinunterstürzen. Er hatte das Gefühl, der Abgrund ziehe ihn magisch an.

»Solange wir hier draußen bleiben, findet Alinor uns sofort wieder«, versicherte ihm Wren. Sie konnte weit und breit nichts entdecken, was dem Falkenweibchen womöglich den Blick auf sie versperrte.

»Immer hier entlang.« Mühsam quälte sich Titch drei Schritte weiter. »Wir müssen irgendwo wieder runter ...« Bei dem Gedanken krampfte sich sein Magen zusammen.

»Nicht nach unten sehen!«

»Tue ich doch gar nicht«, wehrte sich Titch. »Aber es hilft nichts. Ich weiß ja trotzdem, wo ich bin.« Er konnte sich einfach nicht selbst belügen und spürte deutlich, wie der Wind gierig an ihm zerrte, an seinem Mantel zupfte und versuchte, ihn näher an den ungesicherten Abgrund zu drücken. Und dann ...

Plötzlich drückte Wren ihn gegen die Brustwehr und schob sich schützend vor ihn. Jetzt fiel es ihm etwas leichter, die nächsten Dutzend Schritte zu gehen, bis Alinor von ihrem Erkundungsflug zurückkam und sich wieder auf Wrens Schulter niederließ. Die Flügelspitze, mit der sie die Richtung bestimmt hatte, schlug Titch ins Gesicht, vielleicht nur, weil Wren und er die Seiten gewechselt hatten und die Dunkelheit um sie herum undurchdringlich war.

»Wo ist der Stall?« brummte er, während er sich über die tränenden Augen wischte.

»Genau auf der anderen Seite«, berichtete Wren unglücklich, während Alinor die Flugfedern ordnete.

»Das kann uns vielleicht weiterhelfen.« Titch runzelte die Stirn und dachte nach. »Wenn wir schnell genug um die Burg herumlaufen und die anderen davon ausgehen, daß wir irgendwo da unten sind ... Paß gut auf, wo du hintrittst, hier wird viel gebaut ...« Sie hatten eine Chance, eine kleine Chance gab es auf jeden Fall, redete sich Titch ein. Der Bau der neuen Mauern war schon weit fortgeschritten, und viele Teile führten genau in die Richtung, die sie jetzt einschlagen mußten. Solange sie keine Rufe hörten, die verrieten, daß man sie entdeckt hatte, war ihre Flucht erfolgreich.

Alinor flog erneut auf, wie Wren es ihr befohlen hatte, und hielt sich, während sie weiterrannten, mit kräftigen Flügelschlägen neben ihnen, immer ein Stück über ihren Köpfen, so daß sie vor Gefahren warnen konnte. Zweimal konnten sie sich auf diese Weise rechtzeitig vor Wachen verstecken. Plötzlich stießen sie auf einen Schutthaufen aus Holz und Steinen und wußten, daß vor ihnen eine Baustelle lag. Titch führte sie den einzigen Weg hinunter, den er weit und breit entdecken konnte, obwohl sie dafür einen dunklen Gang wählen mußten und niemand von ihnen zu sagen vermochte, was sie im Turm erwartete. Während sie die Wendeltreppe hinuntereilten, hallten ihnen Schritte und Rufe entgegen – sicherlich wußte man inzwischen von Titchs Verrat, und die Wachmänner suchten sie. Zum Glück waren die Männer noch weit entfernt, sie wollten sie wohl am Eingang des Turms abfangen. Titch mußte sich konzentrieren, um nicht die Orientierung zu verlieren. Zu den Ställen war es sicherlich nicht mehr weit, aber auf den letzten Metern konnte ihnen immer noch ein verhängnisvoller Fehler unterlaufen. Er mußte nur immer dafür sorgen, daß sie sich rechts hielten. Oder lagen die Ställe links von ihnen? Was hatte Alinor gesagt? Eigentlich hätte er die Burg inzwischen so gut kennen müssen, daß er den Weg im Schlaf fand, überlegte sich Titch. *Gerein* hätte ihnen sicherlich mühelos den Weg weisen können, keine Frage.

Erstaunt stellte Titch fest, daß aus dem großen Festsaal, der im nächsten Gebäudetrakt zwei Stockwerke über ihnen lag, Musik drang. Immer noch wurden Tänze vorgeführt. Also war noch nicht öffentlich bekannt, daß der Prinz verschwunden war. Womöglich bedeutete das – falls das Glück noch auf ihrer Seite war –, daß nicht *jeder* Soldat in der Festung den Befehl erhalten hatte, die beiden aufzuhalten, falls sie ihm zufällig über den Weg liefen. Wie lange mochte es noch dauern, bis Melcia begriff, daß der Wachmann ihrer Garde Wren nicht abgeführt hatte, sondern mit ihr fliehen wollte? Wie lange würde es dauern, bis sie alle Wachen in Alarmbereitschaft versetzt hatte?

Wenn Titchs mehrfach gebrochene Nase wieder so gut funktioniert hätte wie seine Ohren, wäre ihm längst klar gewesen, daß es bis zu den Ställen, die dringend wieder hätten ausgemistet werden müssen, nur noch ein Katzensprung sein konnte. Er hätte immer dem Geruch nachgehen können und sich nicht so sehr auf sein Glück verlassen müssen. Titch und Wren mußten in geduckter Haltung an dem Misthaufen vorbeischleichen, um zu einem kleineren Gebäude zu gelangen, dessen hölzerne Tür sich kaum vor den Seitenwänden abhob. Dort waren die Pferde untergebracht, die jederzeit einsatzbereit sein mußten. Obwohl es nicht ungefährlich war, zündete Titch die einzige Laterne im Stall an, die unmittelbar neben der Tür hing. Sie konnten viel Zeit sparen, wenn sie nicht im Dunkeln umherirrten, und Titch glaubte, dafür könne er das Risiko, von den Wachmännern entdeckt zu werden, ruhig auf sich nehmen. Für den Fall, daß einer der Gardisten oder der Stallwächter hineinstürmte, bat er Wren, sich in einer leeren Box zu verstecken.

Atemlos jagte Titch zu Valadans Box und stellte erfreut fest, daß Gray unmittelbar neben dem Schwarzen stand und Heu kaute. Das alte Pferd war natürlich nicht so schnell wie der schwarze Hengst – kein anderes Tier, das sich auf vier Beinen fortbewegte, konnte so unglaublich schnell übers Land jagen –, aber mit Sicherheit hatten sie bessere Chancen, wenn sie nicht zusammen auf einem Pferd saßen. Titch hatte so die Möglichkeit zu kämpfen, falls es nötig war, und außer Wren vertraute er keinem Geschöpf so grenzenlos wie Gray, der in all den Jahren seine Treue unter Beweis gestellt hatte.

Die Männer der Garde hatten ihre Waffen und ihr Zaumzeug an einer der Stallwände in entsprechenden Vorrichtungen abgestellt. Titchs Ausrüstung lag noch in der Schlafbaracke, aber alles, was er brauchte, hatte er hier zur Hand – einen Schild, eine lange Lanze und einen gewaltigen Kampfhammer. Und natürlich Zaumzeug. Sein Schwert trug er ohnehin immer am Körper. Gern tauschte er die Sachen, die er in der Baracke zurückgelassen hatte, dagegen ein – es gab nichts, woran er wirklich hing. Mit fliegenden Händen zog Titch die Schnallen und Riemen fest. Er gab sich alle Mühe, schnell und lautlos zu arbeiten, denn seine Aufregung und Angst sollten sich nicht auf die Tiere übertragen. Wenn er sich jetzt anmerken ließ, daß er in Panik war, spürten das die Tiere sofort. Selbst die bestgeschulten Streitrösser konnten in solch einer Situation reizbar werden wie ein ungezähmtes Fohlen und unter den anderen Tieren Unruhe stiften, bis alle nervös schnaubten und mit den Hufen ausschlugen …

Valadan spitzte die Ohren, aber Titch war damit beschäftigt, eine Schnalle festzuziehen, und merkte nichts davon.

»Tja, es sieht wohl so aus, als ob das mit Euren großen Plänen für die Zukunft nichts würde! All das hochgestochene Gerede davon, daß Ihr die Gunst eines großen Lords gewinnen und ein echter Ritter werden wolltet ...«

Titch zuckte zusammen, Gray scheute, und der Sattelgurt löste sich wieder. Als sich Titch in der nächsten Sekunde umdrehte, hatte er schon den Dolch gezückt – in der engen Box hätte er unmöglich das Schwert aus der Scheide ziehen können. Gegen mehrere Männer konnte er mit dem Dolch wenig ausrichten, aber womöglich kam ihm das Überraschungsmoment zu Hilfe ...

Gerein stand allein vor ihm. Als sich das Licht in der Klinge brach, grinste er wie eine Bulldogge, die für die Milchzähne eines Schoßhundes nur ein müdes Lächeln übrig hat. »Wollt Ihr mir etwa drohen?«

»Kommt darauf an«, antwortete Titch kühl. »Wenn Ihr Euch kampflos ergebt, fesseln und knebeln laßt, wird kein Blut fließen.«

»O nein, ich glaube, das würde mir nicht gefallen!«

Titch zuckte mit den Schultern. »Wie Ihr wollt.« Seine unbekümmerte Art war nur gespielt – einen Kampf wollte er jetzt wirklich nicht riskieren, seine Zeit war kostbar, und er war sich nicht sicher, ob er den Ritter besiegen konnte. Er verlagerte das Gewicht auf die Fußballen, bereit, sich dem Kampf zu stellen und Gerein gnadenlos niederzumachen.

»Für solche Spielchen bleibt Euch jetzt keine Zeit«, sagte Gerein gereizt und blieb reglos stehen. »Keiner hält es für möglich, daß Ihr es so weit geschafft habt, deshalb ist nur ein Mann zu den Ställen geschickt worden. Aber wie es in fünf Minuten aussehen wird ...«

Verwirrt starrte Titch den Mann an. »Heißt das, daß Ihr uns *helfen* wollt?«

»Ich will mit Euch kommen«, stellte Gerein richtig. »Als die Königin in den Festsaal zurückgekommen ist, hat sie wie eine Wahnsinnige getobt, vom Prinzen gibt es keine Spur, und gegen Eure kleine Hexe sind alle schrecklich aufgebracht. Wenn ich Euch ausliefere, wird mich die Rote Königin heute sicherlich reich belohnen, aber wer weiß schon, wie es morgen um mich bestellt sein wird. Sie hat sich die Haare gerauft und die Kleider zerrissen. Als ich den Saal verlassen habe, hat sie gerade damit angefangen, sich das Gesicht zu zerkratzen. Königreiche, die jeden Moment stürzen können, sind mir nicht geheuer.« Er zuckte lässig mit den Schultern. »Ich bin hier nicht mehr sicher. Und der Eid, den ich Melcia geleistet habe, bedeutet mir genausowenig wie Euch.«

Titch zuckte zusammen, auch wenn er sich nur zu gut daran erinnerte, daß er – egal, was er auch geschworen haben mochte – nicht bei Verstand gewesen war, als er sich der Königin verpflichtet hatte. Trotzdem nagte das Gewissen an ihm. Hastig griff er nach dem Sattelgurt und zog ihn so ruckartig fest, daß Gray erschrocken schnaubte. Wenige Augenblicke später hatte er das Zaumzeug angelegt – Gray ließ die Trense ins Maul gleiten, als sei sie mit Honig gesüßt. Jetzt mußte nur noch der Halsriemen befestigt werden.

Inzwischen hatte Wren eine Heugabel entdeckt. Hastig griff sie danach und richtete sie auf Gereins Rücken. Der Ritter wandte sich um, sah das Mädchen und lachte. Anscheinend konnte ihm die Magierin keine Angst einflößen. »Verstaut schon mal die Waffe, Lady! Ich glaube, Euer Knappe hat inzwischen das Pferd für Euch gesattelt.« Er warf Valadan einen wehmütigen Blick zu, ging zu einem robbenbraunen Wallach mit langen Beinen, der zwei Boxen weiter stand, und warf eine Steppdecke und einen Kampfsattel auf den hohen Pferderücken.

Titch verschränkte die Hände, damit Wren den Fuß darauf stellen und sich auf Gray schwingen konnte. Als sein Blick jedoch auf die edlen Kleider fiel, die Melcia ihr geschenkt hatte, als sie noch ein ehrenwerter Gast gewesen war, zögerte er. »Das ist kein Damensattel. Kannst du dich irgendwie rittlings aufs Pferd setzen? Gray bleibt auf jeden Fall immer an Valadans Seite, ich glaube ...«

Noch bevor er seinen Satz zu Ende gebracht hatte, zog Wren den Dolch aus seinem Gürtel und schlitzte das kostbare Samtkleid bis zum Knie auf. Unter dem feinen Stoff trug sie Hosen. »Im Schloß zieht es, ganz zu schweigen von den Ratten, die da herumlaufen«, sagte sie und lachte, als sie Titchs erstauntes Gesicht sah. »Was man unter dem Kleid trägt, merkt sowieso niemand, und ich wollte auf keinen Fall, daß mir irgendwas die Beine hochkrabbelt.« Sie stellte den Fuß auf seine verschränkten Hände und schwang sich – geschmeidig wie eine Katze, die einen Zaun hochklettert – in den Sattel. »Was hast du denn gedacht, was die Ladys unter ihren Kleidern tragen?«

Hastig führte Titch die Pferde zur Tür, um seine Verwirrung zu überspielen. Gerein fluchte über sein Pferd, das sich anscheinend sträubte. »Wartet auf mich, ja? *Bleib stehen, du Satansbraten ...*«

Titch saß auf und lenkte Valadan in Richtung Burghof. Ungeduldig richtete der Schwarze die Ohren auf.

»Du brauchst das Losungswort am Tor«, sagte Gerein nicht ohne Hintergedanken. »Das von heute nacht kennst du nicht.«

Jetzt war es Titch, der fluchte – Gerein hatte recht mit dem, was er sagte. Er zügelte Valadan und hielt gleichzeitig Grays Zügel fest, damit Wren immer an seiner Seite blieb. Instinktiv wußte er, daß dieser Augenblick der richtige

Zeitpunkt zur Flucht gewesen wäre. Aber egal, ob es ihm gefiel oder nicht, er war wieder einmal auf Gerein angewiesen.

Im nächsten Augenblick hatte Gerein sie eingeholt und bewegte sich geschmeidig im Sattel des gestohlenen Reitpferdes. »Falls uns jemand fragt, sagen wir, daß wir das Mädchen begleiten sollen«, sagte er und wies mit dem Kinn auf Wren. »Es ist wohl am besten, wenn wir ohne Tumult hier rauskommen.«

»Gute Idee«, brummte Titch. Er lockerte die Zügel, und beide Pferde trabten los.

Natürlich durften sie nicht im wilden Galopp über den Burghof jagen, aber es gab auch keinen Grund, daß sie sich wie Diebe davonschlichen. Sie konnten ohnehin keine Zeit gewinnen, indem sie schneller ritten, denn man hätte sofort erkannt, daß sie das Mädchen nicht eskortierten. Klang es überhaupt glaubwürdig, daß sie mitten in der Nacht jemanden begleiten sollten? Normalerweise waren nächtliche Eskorten nicht üblich, aber Lady Melcia war dafür bekannt, wie ein Despot unsinnige Befehle zu erteilen, und in letzter Zeit neigte sie – wie jeder wußte – immer öfter dazu, sich merkwürdig aufzuführen. Durchaus glaubwürdig, daß die beiden Wachmänner Opfer einer ihrer Launen geworden waren – aber nur dann, wenn die Kunde von Wrens Flucht noch nicht bis zu den Wachen am Tor vorgedrungen war.

Das Haupttor wurde bei Sonnenuntergang heruntergelassen und erst wieder in der Morgendämmerung geöffnet, wenn die Bäcker und Wäscherinnen aus der Stadt um Einlaß baten. Oftmals wurden allerdings schon sehr früh die Pferde auf die Weiden oder zum Wasser geführt, dafür gab es ein Nebentor, das vom Burghof direkt zu den Flußwiesen führte. Es war breit genug für ein Pferd, aber zu schmal, um die Burg an diesem Eingang zu attackieren. Der Durchlaß in der alten hölzernen Palisade schien zwar nicht sehr hoch, aber ein Reiter zu Pferde konnte ihn durchaus passieren. Während sich Titch nervös umsah, erzählte Gerein den Wachmännern die Lüge, die sie sich ausgedacht hatten, und der Jüngste der drei Wachen schob langsam den doppelten Eichenriegel hoch.

»Schließt sofort das Tor!«

Der Mann, der diesen Befehl von der Brustwehr heruntergeschrien hatte, war nicht zu sehen, aber die Stimme ließ keinen Zweifel an seiner Autorität. Sofort riß Titch das Schwert aus der Scheide und jagte auf den Wachmann zu, der ihm am nächsten stand. Dem Soldaten blieb keine Zeit zu reagieren, Titch rammte ihn von hinten, und er wurde sofort von Valadans Hufen niedergetreten. Seine beiden Kumpane begriffen schnell die Situation, ließen augenblicklich den Türbalken einschnappen und zückten ihre Waffen. Einer von ihnen schrie um Hilfe und jaulte wie ein verängstigter Hund.

Plötzlich gellte von der Brustwehr her ein Schrei durch die Nacht, und Alinor schoß wie eine Sternschnuppe aus der Dunkelheit herab. Mit wilden Flügelschlägen und scharfen Krallen sorgte sie dafür, daß die beiden Männer, die noch am Tor standen, panisch davonliefen. Titch ließ Valadan rückwärts gehen, so daß der Hengst mit dem Rumpf das Tor aufdrückte, und gab Wren wild gestikulierend zu verstehen, daß sie durchreiten sollte. Der Wachmann, der noch am Boden lag, versperrte ihr den Weg – Gray weigerte sich zunächst weiterzugehen, schnaubte aufgebracht und machte schließlich einen gewaltigen Satz über den Soldaten. Gerein folgte dem Mädchen, so schnell er konnte, und Titch riß den Schwarzen herum.

Doch bevor er Valadan die Fersen in die Flanken drücken konnte, nahm er aus den Augenwinkeln eine aufblitzende Klinge wahr. Er beugte sich über die rechte Schulter des

Pferdes, um den Hieb des hochschnellenden Schwertes abzufangen, ehe es in sein ungeschütztes Bein oder den Bauch des Hengstes stoßen konnte. Kaum hatte er sich wieder in den Sattel sacken lassen, da galoppierte der Hengst schon durchs Tor – um Haaresbreite wäre der Reiter mit dem Kopf gegen den Torpfosten gestoßen. Ein heftiger Schmerz durchzuckte ihn, als er mit der Schulter einen Balken rammte. Irgendwie gelang es ihm, sich auf dem Pferd zu halten.

Nachdem sie den Torbogen passiert hatten, zügelte er den Hengst und schob die Tür – soweit es möglich war – mit der Schwertspitze zu. Unmöglich, den Ausgang von dieser Seite zu verriegeln, aber falls ihnen Männer zu Pferde folgten, mußten sie absteigen und die Tür öffnen, eine Verzögerung, durch die sie kostbare Zeit gewannen. Ärgerlich, daß er nichts fand, womit er das Tor blockieren konnte. Der Mann, der noch im Eingang lag, schrie auf, als ihn die Planken aus Eichenholz rammten. Valadan drehte sich ruckartig um und trat mit den Hinterläufen gegen die Tür. Mit einem lauten Knall fiel das Tor ins Schloß, und der Hengst jagte Gereins Reittier nach.

Wren wollte warten, bis Titch sie eingeholt hatte. Atemlos redete Gerein auf sie ein und zerrte an den Zügeln ihres Pferdes, während Alinor immer wieder auf ihn herabschoß, damit er von dem Mädchen abließ. Dem Ritter konnte sie keine Angst einjagen, aber sein Pferd geriet in Panik, und er mußte es mit harter, geübter Hand bändigen.

»*Weiter!*« schrie Titch, um zu verhindern, daß die beiden von den Verfolgern überrumpelt wurden. Als er an ihnen vorbeistürmte, trieb er Gray mit einem lauten Schnalzen und einem Hieb mit der flachen Seite seiner Schwertklinge zur Eile an. Sofort verfiel Gray in einen Handgalopp. Sie donnerten über die Flußwiesen, links und rechts von ihnen stoben die grasenden Pferde auseinander.

Irgendwo gab es eine Furt, eine breite Kiesbank. Das Wasser stand dort nicht höher als dreißig Zentimeter. Aber wo war diese Stelle? Auf keinen Fall durften sie jetzt durch tiefes Wasser reiten, das hätte sie unnötig aufgehalten. Die Dunkelheit verwirrte Titch, und ausgerechnet jetzt ließ ihn sein Gedächtnis im Stich …

Hier, sagte Valadan gelassen und jagte, die scharfen Ohren gespitzt, durch die Fluten. Unter den fliegenden Hufen spritzten Wasserfontänen auf. Hinter ihnen schrie Wren kurz auf – Gray war niemals zuvor durch Wasser galoppiert, höchstens durch tiefe Pfützen nach einem Regenschauer. Als er durch die Strömung schoß, kreischten die beschlagenen Hufe auf dem Gestein. Gerein, der immer noch das Schwert schwang, folgte ihnen.

Titch überlegte, daß es wohl am besten war, so schnell wie möglich Deckung zu suchen. Doch wie es aussah, gab es weit und breit keinen Unterschlupf. Bis sie in dichtes Waldgebiet gelangten, mußten sie noch einen langen Weg zurücklegen, und so weit das Auge reichte, ragte nirgendwo ein Berg auf. Es blieb ihnen nichts anderes übrig, als übers Land zu jagen, so schnell sie nur konnten, und ob das die Pferde – außer Valadan – durchhielten, stand in den Sternen. Falls nur der Schwarze die Kraft dazu aufbrachte, war ihre Flucht zum Scheitern verurteilt.

Gerein ritt als letzter, und doch war er nicht der erste, der die Verfolger bemerkte. *Hinter uns,* gab Valadan unglücklich weiter.

»Wie viele?« fragte Titch entmutigt, obwohl ihn die Nachricht nicht überraschte.

Der Schwarze spitzte die Ohren, um die Lage genau einzuschätzen. *Zwanzig.*

Wie hatte es Melcia geschafft, so viele Wachmänner zusammenzutrommeln? Hatte sie die Verräter so schnell durch gnadenloses Abschlachten aussieben können?

Im Stall hatten nicht einmal zwanzig Pferde gestanden, überlegte Titch, und drei davon hatten sie selbst genommen.

Die zwanzig Männer gehören nicht alle zusammen, ließ Valadan ihn wissen. *Fünf oder sechs bilden eine Gruppe, aber es gibt noch andere, die uns erbarmungslos auf den Fersen sind.*

Vielleicht war eine Patrouille zurückgekehrt, ausgerechnet in diesem Augenblick, Männer, die das Land in- und auswendig kannten. Titch war noch nicht lange in Josten – er wußte nur wenig über die Gegend. »Wir können sie nicht abhängen, oder?« fragte er ohne jede Hoffnung.

Valadan schnaubte. Gray wird es nicht schaffen, wollte er damit sagen. Titch ging davon aus, daß er Wren jederzeit aus dem Sattel heben und zu sich aufs Pferd nehmen konnte. Valadan hatte bewiesen, daß er auch mit zwei Reitern schnell wie der Wind war und sie tragen konnte, wohin es ihnen gefiel. Gray hatte sicherlich nichts zu befürchten, wenn sie ihn reiterlos zurückließen. Nur Gerein hatte schlechte Karten. Wenn sie ihn zurückließen, war er Melcias Männern ausgeliefert. Kerlen, die bestimmt nicht zimperlich mit ihm umgehen würden. Vielleicht hatte er es nicht besser verdient, aber Titch brachte es nicht über sich, ihn im Stich zu lassen.

»Sie kommen immer näher!« schrie der Ritter, der sein Pferd hart an die Kandare nehmen mußte, um an Titchs Seite zu gelangen.

Statt zu antworten, zügelte Titch den Schwarzen mit sanfter Hand. »Wir können schließlich nicht ewig weiterreiten«, flüsterte er dem Hengst in die aufgerichteten Ohren, die ihm fragend zugewandt waren. »Kannst du Gray irgendwie klarmachen, daß er weiterlaufen muß, egal, was Wren ihm befiehlt?«

Kann ich. Die Hufe des weißen Wallachs hämmerten

übers Land, und bald sah man nur noch einen verschwommenen weißen Fleck in der schwarzen Nacht.

Nur wenige Herzschläge vergingen, und schon war Wren nicht mehr zu sehen. Gerein hatte die Lage sofort erkannt und brachte sein Reittier neben Valadan zum Stehen. Die Flanken des braunen Pferdes bebten heftig, noch hatte sich das Pferd nicht verausgabt, aber seine Kräfte ließen bereits nach.

»Fünf Männer reiten den anderen voraus«, erklärte Titch. Gerein glaubte ihm sofort und fragte nicht, woher er das wußte. »Meint Ihr, wir können es mit denen aufnehmen, bevor die anderen sie eingeholt haben?«

»Nein«, antwortete Gerein ehrlich und steckte das Schwert in die Scheide.

»Wenn wir es nicht schaffen, überrennen uns die anderen einfach.« Titch klammerte sich an seinen großen Schild.

»Das Mädchen ist jetzt natürlich in Sicherheit. Wie Ihr jetzt dasteht, habt Ihr Euch wohl gar nicht überlegt, was?« fragte Gerein mit bitterer Stimme, rückte seinen Schild zurecht und holte die Lanze hervor.

»Doch, das habe ich.« Titch senkte die Lanze. Ihre Verfolger rechneten bestimmt nicht damit, daß die Gejagten zum Angriff übergingen. Ein Jäger käme nicht im Traum auf die Idee, daß das gehetzte Stück Rotwild stehenbleibt, den Spieß umdreht und *ihn* angreift. Gerein murmelte unflätige Worte, Flüche über Titchs verstorbene Eltern, senkte dann aber doch die Lanze und stieß dem braunen Wallach die Absätze in die Flanken.

Sie hatten ihre Pferde bereits zu einem schnellen Galopp angetrieben und ritten Steigbügel an Steigbügel, als sie auf die sechs Reiter stießen. Die Männer der Garde hatten nicht mit ihnen gerechnet – ein enormer Vorteil für sie. Und dadurch, daß sie einen Abhang hinunterjagten – geradewegs auf die Wachmänner zu –, war das Überraschungsmoment noch größer. Titch zielte mit der Speerspitze auf den ersten Mann, der ihm entgegenstürmte, und sein Stoß traf den anderen in der Mitte des Brustharnischs. Fast wäre der Stab aus Eichenholz zerbrochen, doch zuvor wurde der überrumpelte Wachmann aus dem Sattel gehebelt und flog in hohem Bogen über Hinterpausche und Pferdekruppe. In seinem Gesicht spiegelte sich ungläubiges Entsetzen. Er prallte gegen den Kopf des Pferdes, das dicht hinter ihm folgte, das Tier geriet aus dem Gleichgewicht, konnte sich nicht mehr fangen und stürzte, wobei es seinen Reiter unter sich begrub.

Während Gerein auf die Verfolger zuschoß, riß er seine Waffe seitwärts und verpaßte mit dem langen Stab zwei Reitern einen Schlag auf die Brust. Einer der beiden stürzte sofort vom Streitroß, der andere konnte sich noch eine Weile im Sattel halten, um schließlich doch noch abgeworfen zu werden. Nachdem sie die Reihe der Verfolger durchbrochen hatten, riß Gerein sein Pferd herum und galoppierte so schnell er konnte hinter Wren her.

Die beiden Wachmänner, die noch zu Pferde saßen, stürmten auf Titch zu. Während Valadan geschickt die günstigste Kampfposition einnahm, zückte Titch sein Schwert – die Eröffnung zu einem schnellen Schlagaustausch mit den Angreifern. Die Pferde drehten und wendeten sich behende, wichen immer wieder zurück und paßten sich den Winkelzügen ihrer Reiter an. Valadan achtete darauf, daß keins der Streitrösser hinter ihn gelangte, damit niemand seinem Reiter in den Rücken fallen konnte. Keine leichte Sache für den Hengst, in der Dunkelheit – inmitten des Kampfgetümmels – den Überblick zu behalten. Noch schwerer war es allerdings, sich weit genug von den anderen fernzuhalten und doch im richtigen Augenblick vorzustoßen, damit Titch den Schlägen ausweichen und zugleich Hiebe austeilen konnte. Behende tanzten die Hufe des Hengstes, während Titch parierte und angriff.

Gerade noch rechtzeitig fing Titch einen Hieb mit dem Schild ab und riß hastig das Schwert herum, um einen Schwertstreich von der anderen Seite zu kontern. Ein Täuschungsmanöver, wie er zu spät feststellte. Er gab sein Letztes, um dem Kampf, den er selbst eröffnet hatte, ein Ende zu bereiten, aufrecht in den Steigbügeln stehend, parierte er verzweifelt. Als ihm einer seiner beiden Gegner mit der flachen Seite der Klinge vor die Brust schlug, stockte ihm der Atem, aber das Rindsleder und die Rüstung schützen ihn zum Glück. Ehe er sich von diesem Hieb erholen konnte, versetzte ihm der andere einen Schlag auf die Schultern, der ihm übel zusetzte. Fast wäre er aus dem Sattel gestürzt. Titch wußte nicht mehr, wer von den beiden Männern gerade auf ihn einhieb, vielleicht attackierten ihn beide pausenlos. Plötzlich bäumte sich Valadan auf und stürzte sich auf eines der Pferde. Titch reagierte nicht sofort und versuchte krampfhaft, sich festzuhalten. Zu spät – er wurde aus dem Sattel geschleudert. Einer der beiden stieß mit der Klinge nach ihm, aber da stürzte er bereits zu Boden.

Wren war es gleichgültig, daß das Pferd sie forttrug, ohne auf die Trense im Maul Rücksicht zu nehmen. Wie von Sinnen stürmte der Wallach durch die Dunkelheit und trug sie einer unheilvollen Zukunft entgegen. Sie wollte nicht, daß er stehenblieb, egal, was sie an ihrem Ziel auch erwarten mochte. Es gefiel ihr, über den Boden zu schweben wie Alinor durch die Lüfte, selbst Tausende von Meilen schienen ihr nicht auszureichen, um vor der Roten Königin sicher zu sein. Unendlich war Melcias Macht, ihr Reich erstreckte sich vom Sonnenaufgang bis zum Sonnenuntergang, und egal, wie weit sie ritt und wo sie sich versteckte, ihre Feindin würde sie früher oder später doch aufspüren. Sie hatte keine andere Wahl, als Hals über Kopf zu fliehen und sich zu verstecken. Wenn sie auch nur einen Fehler beging, dann war ihr Leben – und mochte es auch noch so unbedeutend sein – endgültig vertan …

Nein. Diese Ängste waren für immer von ihr abgefallen, als sie dem Prinzen – gegen den Willen der Königin – die Gestalt wiedergegeben hatte, in der er glücklich werden konnte. Nie hätte sie es gewagt, sich Melcia zu widersetzen, wenn sie wirklich davon überzeugt gewesen wäre, daß die Rote Königin grenzenlose Macht besaß. Sie fühlte das Pferdeherz unter sich pochen, schwerfälliger und dumpfer wurden die Schläge der Hufe, aber noch nicht stockend. Ein starkes Herz, und doch war das Tier längst nicht so schnell wie Valadan, dessen Befehlen es gehorchte.

Er hat mich weggeschickt, damit ich in Sicherheit bin. Er stellt sich allen Gefahren, denen ich ausgesetzt war, obwohl er nichts zu befürchen hatte. Ihn *hätten sie nie verfolgt* – mich *wollten sie haben.*

Und sie hatte sich darauf eingelassen, ohne Fragen zu stellen, ohne darüber nachzudenken. Sie war es gewohnt, wegzulaufen und sich zu verstecken; Flucht und die Angst, entdeckt zu werden, waren die unsicheren Säulen ihres Seelenlebens. Wenn sie zuließ, gesehen und erkannt zu werden …

Wren straffte die Schultern und setzte sich im Sattel auf. Das graue Pferd verlangsamte seinen Gang ein wenig, womöglich hatte es ihre Bewegung falsch gedeutet, vielleicht war es inzwischen einfach erschöpft.

Er will Zeit für dich gewinnen, warf Alinor, die sich vom Wind tragen ließ, gelassen dazwischen. *Jetzt nutze sie auch.*

Zeit, um davonzulaufen und sich wieder einmal zu verstecken. Wie lange konnte sie das wohl noch durchstehen? Wollte sie das überhaupt? Zuletzt hatte sie es sogar so weit getrieben, sich vor sich selbst zu verstecken, in perfekter

Täuschung. Kinder dürfen sich verstecken, wenn ihnen etwas angst macht, jeder versteht, daß sie Schutz und Geborgenheit suchen. Aber sie durfte sich nicht mehr unter ihrem Bett oder im letzten dunklen Winkel ihres Bewußtseins verkriechen – schließlich war sie Savrin, die Tochter von Kenric und Zorana, die Frucht ihrer verbotenen Liebe. Und der Mann, den *sie* liebte, stellte sich einer Übermacht, weil *sie* es war, die gejagt wurde. Lieber wollte er sterben, als zuzulassen, daß man ihr etwas antat.

Was willst du denn machen? Wren war sich nicht sicher, ob Alinor oder sie selbst die Frage gestellt hatte.

Ich könnte Schatten über sie werfen und sie verwirren, damit er schnell fliehen kann. Auch wenn es Melcias Männer nicht auf Titch abgesehen hatten, verschonten sie ihn sicherlich nicht. Falls es Gerein irgendwie gelungen war, sich aus dem Staub zu machen, kämpfte Titch ganz allein.

»Kannst du ihn sehen?« rief Wren dem Vogel zu, dessen Augen wie Fenster für sie waren.

Ein schwarzes Pferd in schwarzer Nacht? Ich bin doch keine Eule, auch wenn der Krummschnabel anderer Meinung ist! Aber die Gefahr rückt langsam immer näher. Sieh zu, daß das Pferd schneller läuft. Hin und wieder zeichneten sich die Schwingen vor dem Sternenhimmel und dem altvertrauten Gesicht des Mondes ab. *Der Wallach kann noch mehr aus sich herausholen.*

Wren zerrte am rechten Zügel und spürte, wie sich das Gewicht des Pferdekopfes gegen die Trense stemmte. Zunächst wollte Gray, der bereits schweißgebadet war, ihrem Befehl nicht gehorchen. Wieder zerrte sie am Zügel, zweimal, dreimal. Und endlich schwenkte Gray wie ein Segelschiff in einem großen Bogen herum und lief schwer atmend den Weg zurück, den sie gekommen waren. Langsam, nur noch im Handgalopp, aber doch stetig kamen sie voran.

Alinor folgte ihnen und protestierte mit schrillen Schreien.

»Du mußt mir ja nicht hinterherfliegen, Alinor!« rief Wren über die Schulter zurück. »Wer durch die Lüfte jagt, ist schließlich frei!« Hörte sie tatsächlich, wie Metall auf Metall schlug, oder hatte sie sich das nur eingebildet?

Als Titch auf der Erde landete, stockte ihm – nachdem er sowieso kaum noch Luft bekommen hatte – erneut der Atem. Trotzdem raffte er sich mühsam wieder auf, doch kaum hatte er sich wieder gefangen, warf ihn ein Pferdehuf zu Boden. Während er ausgestreckt am Boden lag, streifte ihn wieder ein Huf und zerbeulte ihm den Helm. Vor seinen Augen verschwamm alles, aber er sah noch, wie Valadan versuchte, an seine Seite zu gelangen. Der Hengst wußte, daß sein Herr es irgendwie schaffen mußte, wieder aufzusitzen – daß ihm einfach keine andere Wahl blieb. Titch warf den sperrigen Schild beiseite, der ihn zu Fuß nur behinderte. Er hatte sein Schwert verloren, und er mußte die Waffe unbedingt wiederfinden. Solange er sich nur mit bloßen Händen wehren konnte und – an die Erde gefesselt – den herabschnellenden Klingen ausweichen mußte, war er verloren. Wie Blitze aus einem sommerlichen Sturmhimmel zuckten die Schwerter auf ihn nieder …

Plötzlich platzte Gerein in den ungleichen Kampf, wie ein Donnerschlag, der dem Blitz folgt, zischte sein Schwert durch die Luft. Erneut wurden Titchs Angreifer in die Defensive getrieben.

Gerein stieß einen der beiden Wachmänner aus dem Sattel, unmittelbar vor Titchs Füßen schlug er auf den Boden. Sofort stürzte sich Titch auf ihn, riß ihm die eiserne Klinge aus der Hand und schlug zweimal mit der flachen Seite des Schwertes auf ihn ein, damit er gar nicht erst auf die Idee kam, wieder aufzustehen. Während er ihm die Hände mit dem Waffengürtel auf den Rücken fesselte, stolperte er über sein Schwert. Dankbar hob er es auf. Es galt, keine Zeit zu verlieren, er wollte Gerein zu Hilfe eilen, wie der Ritter es für ihn getan hatte. Er pfiff nach Valadan.

Der Ritter und sein Verfolger kämpften erbittert wie zwei brünftige Hirsche gegeneinander. Steigbügel an Steigbügel schlugen sie aufeinander ein, kräftige Schwerthiebe prasselten auf Helme und Schilde, in der Hoffnung, irgendwann eine ungeschützte Stelle zu treffen. Grimmig führte Melcias Mann die Klinge, Gerein fing sie mit dem Schwert ab, hielt sie für wenige Sekunden gefangen, ließ sie ruckartig frei, beschrieb in einer schnellen Bewegung einen Kreis und parierte. Flink wie eine Schlange, die zuschnappt, zog er sich von seinem Feind zurück und attackierte ihn aufs neue.

Mit dieser Strategie gelang es Gerein, am Schild des Gegners vorbeizustoßen. Der Wachmann fühlte sich in die Enge getrieben, schlug unkontrolliert mit dem Schwert um sich, und die scharfe Klinge traf Gereins Pferd am Kamm. Das Reittier bäumte sich von Schmerz und Panik getrieben auf, riß die Vorderläufe so hoch, daß es das Gleichgewicht verlor, auf den Rücken stürzte und Gerein unter sich begrub. Der Wachmann starrte sekundenlang erstaunt auf seine Seite, aus der das Blut strömte, preßte dann die Hand auf die Wunde und trieb sein Pferd auf Titch zu, der soeben den Fuß in den Steigbügel schob. Bevor sich der Junge wieder in den Sattel hatte schwingen können, schrie der Hengst auf und machte einen Satz nach vorn, um den Angreifer einzuschüchtern und sich zugleich schützend vor seinen Herrn zu stellen.

Titch entschied, daß es im Moment zu gefährlich war, hastig aufzusteigen. Also ließ er sich wieder zu Boden gleiten, wich einen Schritt zurück und hob das Schwert genau in dem Moment, als die Klinge des Gegners auf ihn niederschnellte. Sicherlich – eine Zeitlang konnte er so die Stellung halten, aber sein Gegner wußte genausogut wie er, daß es für Titch – einmal in die Enge getrieben – unmöglich war, zum Gegenangriff auszuholen. Der Junge fing die Hiebe geschickt ab, und während er die Klinge führte, packte er den Angreifer mit der freien Hand am Arm und versuchte, ihn vom Pferd zu zerren. Der Wachmann schaffte es nicht, sich frei zu machen und erneut auf den Gejagten einzuschlagen. Titch hatte nur diese eine Chance, an die er sich verzweifelt festklammerte, er ließ nicht locker, obwohl ihm das Reittier des Gegners im Eifer des Gefechts auf den Fuß trat. Wie ein Hund, der sich an einem Bullen festgebissen hat, grub er die Finger in den Arm seines Verfolgers, bis er spürte, daß dieser nach und nach das Gleichgewicht verlor. Scharf stieg ihm der Geruch frischen Blutes in die Nase, und er wußte, daß die Verletzung den anderen irgendwann schwächen würde. Verzweifelt hing Titch am Arm des Wachmanns, und als das Pferd versuchte, um ihn herumzugehen, verlor er den Boden unter den Füßen. Plötzlich rutschte der Wachmann aus dem Sattel und stürzte auf ihn. Beide landeten sie ausgestreckt auf dem Boden, der Wachmann immer noch über Titch, der den rechten Arm seines Gegners nicht loslassen wollte.

Schließlich gelang es Titch, sich unter dem Mann hervorzuwinden. Er raffte sich auf, das Schwert bereit zum Gefecht, aber dann merkte er, daß für seinen Gegner der Kampf zu Ende war. Womöglich hatte er zuviel Blut verloren und war ohnmächtig geworden, vielleicht war er sogar seiner Verletzung erlegen. Leise wiehernd stupste Valadan seinen Herrn an, schnaubte erleichtert und blies ihm seinen warmen Atem ins Gesicht. Titch schlang beide Arme um den Hals des Hengstes, holte tief Luft und ging zu Gerein.

Gereins Pferd blutete aus der tiefen Schnittwunde an der Halskruppe, doch mit der Kraft der Verzweiflung gelang es ihm, sich aufzurichten und in Richtung Heimat zurückzugaloppieren. Wenigstens die Beine waren unverletzt geblieben. Gerein zuckte zwar, versuchte aber nicht, sich aufzurichten. Erschrocken kniete sich Titch neben den Ritter. Er dachte, er sei bewußtlos oder schwer verletzt durch den Sturz. Gerein hatte die Augen fest geschlossen, sein Gesicht war blutverschmiert, aber ansonsten farblos.

»Ich wäre wohl doch besser weitergeritten«, stieß Gerein zwischen zusammengebissenen Zähnen hervor. »Ich glaube, ich habe mir die Schulter gebrochen.«

Titch tastete – während Gerein lauthals fluchte – gründlich die Schulter ab, tippte vorsichtig mit dem Finger auf den Knochen und kam zu demselben Ergebnis. »Tut mir leid. Ich konnte Euer Pferd nicht mehr aufhalten.« Titch hätte das Tier nicht zurückholen können, aber für Valadan wäre es ein leichtes gewesen, sich dem Streitroß in den Weg stellen.

»Den Göttern sei Dank. Das dämliche Tier konnte sich ja nicht einmal auf den Beinen halten.« Mit Titchs Hilfe gelang es dem Ritter, sich aufzurichten. »Jetzt gibt es nur noch eine Möglichkeit, ein Ritter ohne Pferd ist ein Nichts. Es ist lebensnotwendig für ihn …«

»Ihr könnt hinter mir aufsitzen«, bot Titch ihm an. »Für eine kurze Strecke kann Valadan auch das doppelte Gewicht tragen.« Der Hengst mußte zwar etwas mehr als das doppelte Gewicht in Kauf nehmen, aber Titch wußte, daß er das dem magischen Tier zumuten konnte. Ob der Schwarze das wollte, war natürlich fraglich. Titch griff nach dem Steigbügel, selbst gespannt, wie der Hengst reagieren würde, sobald er Gerein erkannte.

Valadan warf den Kopf zurück, schnaubte und riß sich los. Fassungslos starrte Titch den Hengst an, der anscheinend fuchsteufelswild war. Der Junge war enttäuscht von Valadans schlechtem Benehmen, auch wenn der Ritter das Tier einstmals gestohlen und mit einer Eisentrense grausam gebändigt hatte. Plötzlich begriff er allerdings, daß den Hengst etwas ganz anderes aus der Fassung gebracht hatte – dort in der Ferne kam ein neues Problem auf sie zu. Unaufhaltsam näherten sich Pferde mit ihren Reitern.

Recht wird gesprochen

Keine Sekunde blieb ihnen, um zu reagieren. Sie konnten weder fliehen noch einen Angriffs- oder Verteidigungsplan entwerfen. Irgendwie war es ihnen gelungen, einen Kampf zu gewinnen, in dem es drei gegen einen stand, auch wenn sie nun völlig erschöpft waren. Aber beim Anblick dieser Reiter, die im ersten Licht der aufgehenden Sonne auf sie zukamen, Seite an Seite, formiert zu einer breiten Linie, die ihre Übermacht demonstrierte und es ihnen ermöglichte, das Land auf breiter Front zu durchkämmen, wurde den Gejagten schlagartig klar, daß es kein Entrinnen gab. Beinahe zwanzig Männer waren es, einer ritt mit einer Fahne voraus. Ein schwarzes Pferd zeichnete sich auf dem blutroten Hintergrund ab, ein Wappentier, das schnell wie der Wind zu sein schien.

»Was für ein Zufall, Gerein«, sagte Cullum abfällig und zügelte knapp vor ihnen sein Pferd. »Wir haben hier gerade unser Lager aufgeschlagen und wollten warten, bis die Sonne höher steht, um dann die grausame Königin zu bitten, dich an uns auszuliefern. Wir haben nämlich vor, dich zum Duke zu bringen, damit er endlich sein Urteil über dich sprechen kann. In der für dich typischen ungestümen Art bist du uns geradewegs in die Hände gelaufen.«

»Meine Idee war das nicht«, murmelte Gerein finster.

»Was mit den Männern hier passiert ist, interessiert mich nicht, genausowenig wie die Zitadelle hinter euch, die in Flammen steht. Das geht unseren Duke nichts an – und uns auch nicht.«

Tatsächlich, der Rauch, den der Wind zu ihnen herübertrug, konnte unmöglich von einem Lagerfeuer aufsteigen, stellte Titch plötzlich fest. Sein Blick wanderte zum roten Himmel, und ihm fiel auf, daß nicht nur die Morgenröte die Wolken rot erglühen ließ. Die eralische Festung stand in Flammen. Hatte sich Melcia selbst den Scheiterhaufen angesteckt? Wenn er sich an ihre Augen erinnerte, traute er ihr diese Zerstörungstat zu.

»Damit haben wir nichts zu tun«, sagte Titch, obwohl er nur hoffen konnte, daß sie tatsächlich keine Schuld an dem Brand hatten.

Cullum wandte sich Titch zu. »Junge, gegen Euch habe ich eigentlich nichts – aber Ihr solltet Euch die Männer genauer ansehen, mit denen Ihr Euch abgebt.«

»Da gebe ich Euch recht«, sagte Titch und lächelte, obwohl ihm eigentlich nicht danach zumute war. »Als ich Euch das letzte Mal begegnet bin, wolltet Ihr mich eiskalt dem Tod überlassen.«

»Wir wollten nur, daß Gerein bekommt, was er verdient. Ihr habt Euch uns dabei in den Weg gestellt. Ich habe Euch eine faire Chance gegeben, Euch auf die richtige Seite zu stellen, aber Ihr wolltet ja nicht. Ich habe getan, was ich konnte.« Cullum gab zwei von seinen Männern ein Zeichen. »Fesselt den Schurken. Aber macht es ordentlich – er soll gar nicht erst auf die Idee verfallen zu fliehen, sonst verletzt er sich noch. Schließlich soll er unversehrt beim Duke ankommen.«

»Er ist doch schon verwundet«, protestierte Titch. »Ihr müßt ihn wirklich nicht fesseln …«

»Sagt mir nicht, was ich zu tun habe!« polterte der Anführer los. »Wir sind jetzt seit Monaten hinter dem Kerl her, und ich habe keine Lust, daß sich die Sache noch mehr in die Länge zieht. Jemand soll diesem Flegel aus Kendillin ein Pferd bringen.«

Gereins Gesicht glich immer noch einem Alabasterbildnis auf einem königlichen Grabstein. Als ihm die Männer die Hände zusammenbanden, zuckte er zusammen, aber seine Miene verriet nicht nur Schmerz, sondern auch grenzenlose Hoffnungslosigkeit.

»Falke, kümmert Euch um das Streitroß!«

Titch hatte nicht mehr daran gedacht, daß Cullum nicht nur Gerein, sondern auch Valadan nach Esdragon zurückbringen wollte. Sein Herz verkrampfte sich schmerzhaft, aber es gab nichts, was er hätte tun können. Er wußte, daß er keine stichhaltigen Argumente hatte, um dieses Pferd als sein Eigentum zu bezeichnen. Selbst wenn ihm zwanzig Mann zur Seite gestanden hätten, wäre seine Situation aussichtslos gewesen.

Falke saß ab, näherte sich dem Pferd und wollte nach den Zügeln greifen, aber Valadan wehrte sich, so gut er konnte. Er zuckte nicht nur zurück, sondern stieß – wie eine Wildkatze – einen drohenden Schrei aus, bäumte sich auf und schlug mit den Vorderhufen nach dem Krieger. Verängstigt machte Falke einen Satz nach hinten. Hastig wollte er sich in Sicherheit bringen, stolperte und stürzte – ein wehrloses Opfer, dem aufgebrachten Hengst hilflos preisgegeben. Aber Valadan behandelte ihn wie Luft, tänzelte, warf den Kopf und trottete an die Seite des Mannes, den er selbst als seinen Meister gewählt hatte.

Titch hatte das Gefühl, als habe er plötzlich Schutz hinter einem mächtigen Wall gefunden. Er tätschelte den gebogenen Hals und sah in das magische Auge – dunkle Farben flackerten darin auf, Lichtpunkte funkelten wütend. »Du gehörst zu denen«, flüsterte er, verwirrt und zugleich glücklich – er konnte kaum glauben, daß der Hengst nicht von seiner Seite weichen wollte.

Wirklich? Habe ich denn kein Recht, frei zu entscheiden, wem ich dienen will?

Titch starrte auf die aufflackernden granatfarbenen Punkte und die smaragdfarbenen Blitze. Das Licht schien sich in Diamanten zu brechen.

»Ich werde ihn selbst zurückbringen«, sagte er – über den Rücken des Hengstes hinweg – an Cullum gewandt. Irgendwo über ihm zog ein Vogel seine Kreise. Eine Eule schlug nicht so laut mit den Flügeln, also ging Titch davon aus, daß das große Tier dort oben nur Alinor sein konnte. Er bemerkte, daß Valadan die Ohren spitzte, und Titchs Blick wanderte zum Horizont, wo der Hengst anscheinend etwas entdeckt hatte. Vor der dunklen Landschaft hob sich ein heller Fleck ab – das konnte nur Gray sein, dachte Titch, und auf ihm natürlich Wren. »Wir alle kommen mit Ihnen.«

Wenigstens konnten diese Männer sie sicher aus Melcias Königreich führen, eine Chance, die sie sich – wie Titch fand – auf keinen Fall entgehen lassen durften.

Keine Kampfgeräusche. *War sie etwa zu spät gekommen?* Selbst im Schein des untergehenden Mondes, der nur noch als schmale Sichel am Himmel stand, konnte Wren nicht erkennen, was sich dort in der Ferne abspielte. Das mußten Pferde sein, überlegte sie, viel zu viele allerdings ...

Er lebt, berichtete Alinor, während sie über den Kopf ihrer Herrin hinwegflog, *Melcias Männer sind tot, wer die anderen sind, weiß ich nicht.*

Vielleicht sollte sie sich doch besser fernhalten, auch wenn das nicht die Wachmänner der Roten Königin waren. Ihre Hände, die die Zügel hielten, zuckten nervös. Aber nein, er schwenkte den Arm, er gab ihr ein Zeichen. Sie begriff zwar nicht, was dort vor sich ging, aber offensichtlich hatten sie nichts zu fürchten.

Titch war abgesessen, umringt von Männern zu Pferde. Womöglich zwangen ihn die anderen dazu, ihr ein Zeichen zu geben. *Nein.* Lieber würde er sterben, als sie in einen Hinterhalt zu locken, selbst wenn man ihn unter Druck setzte. Außerdem sah sie, daß Valadan an der Seite seines Meisters stand. Es war also alles in Ordnung, Titch gab ihr lediglich zu verstehen, daß sie näher kommen sollte.

Niemand zwang sie zu tun, was er von ihr verlangte. Sie konnte die Zügel des weißen Pferdes herumreißen und in der Nacht verschwinden. Der Abstand, der zwischen ihnen lag, war inzwischen so gering, daß sie durchaus die magische Fähigkeit gehabt hätte, sich für die anderen vollkommen unsichtbar zu machen.

Aber wohin sollte sie gehen? Wo lebte ein Zaunkönig, dessen Namen sie schließlich trug? In Galvins leere Kate konnte sie nicht zurückkehren, niemals hätte sie es ertragen, ohne ihren Meister dort zu leben. Welche Möglichkeiten blieben ihr sonst noch? Ihren Namen und ihre Vergangenheit hatte sie wiedergewonnen – doch ihre Zukunft lag im dunkeln.

Auf *ihn* kann ich mein Leben nicht bauen. Schließlich wollte er um jeden Preis Ritter werden, und die Götter allein wußten, welche Pläne er inzwischen geschmiedet hatte, nachdem in dieser Nacht so viel vorgefallen war. Wohin mochte es ihn wohl verschlagen auf der Jagd nach einem Traum, der jede Minute weiter in die Ferne rückte? Er hatte ihr keine Versprechungen gemacht, er hatte nur gesagt, er werde niemals zulassen, daß man sie tötete. Wenn sie zu ihm zurückging, durfte sie nichts von ihm erwarten. Sie konnte sich nicht wie eine Klette an ihn hängen, nur weil er der einzige Mensch war, den sie auf der Welt hatte.

Seine Arme hatten sie festgehalten, als sie sich verwandelt hatte, nicht eine Sekunde lang hatte er sie losgelassen, nicht als sie die Gestalt eines Otters, eines Lachses oder sonst irgendeines Tieres angenommen hatte. War es denn wirklich so verkehrt, den Wunsch zu haben, noch ein paar Tage mit ihm zu verbringen, Tage, in denen sie sich in seinen kräftigen Armen geborgen fühlen konnte? War dieses Verlangen nichts weiter als Schwäche?

Das Pferd unter ihr bewegte sich stetig, und langsam trottete es den langgezogenen Hügel hinunter. Ein kurzer Ruck an den Zügeln hätte womöglich schon genügt, um es zum Stehen zu bringen, aber Wren tat nichts. Ein paar Schritte noch – jetzt war es zu spät, sie konnte es sich nicht mehr anders überlegen. Sie ließen den Hügel hinter sich, erreichten eine Ebene, das weiße Pferd trabte etwas schneller und näherte sich den Männern.

Im Schein des Mondes schimmerte alles gräulich, und doch sah Wren deutlich Titchs gescheckte Augen, die sie an Kieselsteine in einem Flußbett erinnerten. Als er ihr zulächelte, glaubte sie zu sehen, wie sich das Sonnenlicht in den kleinen Wellen auf der Wasseroberfläche brach. Sie wehrte sich dagegen, diesem Leuchten allzuviel Bedeutung beizumessen. *Dunkle* Augen sind ehrlich, so wie Alinors und Galvins Augen. Durfte sie Augen trauen, die immer wieder eine andere Farbe annahmen?

Ein seltsamer Trupp, der in einer langgezogenen Reihe über Berge und Täler zog. Cullum und seine Männer waren, wie es unter Esdragons Duke üblich war, in den Schattierungen des Meeres gekleidet, Titch und Gerein trugen Melcias Uniformen, deren Farbe an getrocknetes Blut erinnerte – ein Farbton, der ihr offenbar gefallen hatte –, und Wren, die auf dem weißen Pferd tritt und den Falken auf der Faust trug, als sei sie auf dem Weg zu einem Falknerturnier, war immer noch in ihr zerrissenes, kostbares Gewand gehüllt.

Gerein hatte sein Wams abgelegt, damit die gebrochene Schulter bandagiert werden konnte.

Wren überlegte, daß sie und Titch eigentlich Nacht für Nacht die Gelegenheit hatten, sich davonzustehlen. Sie kannte ein paar einfache Zaubersprüche, mit denen sie die anderen einschläfern oder ablenken konnte, magische Tricks, die Dinge unsichtbar werden ließen. Ihre Zauberkünste wirkten allerdings nicht bei Gerein, der mit Eisenketten gefesselt war, und Titch brachte es sicherlich nicht übers Herz, ihn dem Schicksal zu überlassen, das er verdient hatte. Als sie ihn – etwas zögernd – gefragt hatte, ob sie fliehen sollten, hatte er gesagt, sie könne jederzeit gehen. Falls sie sich doch entschied zu bleiben, wollte er sie, nachdem sie die Sache mit Gerein in Ordnung gebracht hatten, nach Hause bringen.

Titch wollte sie sicherlich zu Galvins kleiner Kate am Rande der Marschen begleiten, dachte Wren, doch nachdem ihr Meister nicht mehr lebte, war sie in der Hütte nicht mehr zu Hause – und außerdem lag ihre frühere Heimat in Melcias Königreich. Wenn er nun aber Crogen gemeint hatte, das Land, über das ihr Vater einst regiert hatte? Wahrscheinlich war sie dort aufgewachsen, aber sie hatte ihre Kindheit hinter den Mauern verschiedener Schlösser verbracht. Wenn man sie entdeckt hätte, wäre das ihr sicherer Tod gewesen. In ihrer Erinnerung verschwammen die Bilder aus ihrer Kindheit, sie konnte sich nicht an Namen oder Orte erinnern. Natürlich war es für sie – oder jedenfalls für Titch – ein leichtes, Crogen zu finden, aber zu Hause war sie dort nicht. Auch in Kôvelir war sie fremd, nur wenn Galvin sie unter seine Fittiche genommen und dorthin gebracht hätte, wäre die Stadt womöglich ihre Heimat geworden. Nachdem sie endlich herausbekommen hatte, wer sie war, tat sich das nächste Problem für sie auf: Sie mußte ein Zuhause finden, einen Ort, an dem sie sich heimisch fühlte. Falls ihr das nicht gelingen sollte, erwartete sie wieder das alte Schicksal – heimatlos von einem Ort zum nächsten zu ziehen.

Es machte ihr also nichts aus, nach Esdragon zu reisen, auch wenn sie das Land nicht kannte. Ein Ort war für sie wie der andere, auch wenn sich die Landschaften unterscheiden mochten. *Der Himmel ist überall gleich,* bemerkte Alinor und wippte, um ihre Zustimmung auszudrücken, mit den Schwingen. Schwäne sahen sie nicht auf ihrer Reise, obwohl es überall von Wasservögeln wimmelte.

Gerein sagte während der ganzen Reise kein einziges Wort. Seine sonst so lockere Zunge schien am Gaumen festgewachsen zu sein, der feingeschnittene Mund war wie versiegelt. Die gefesselten Hände hatte man ihm an der Sattelpausche angekettet, und der Ritter starrte mit leerem Blick auf eine unbestimmte Stelle zwischen den Ohren des Pferdes, auf das ihn die Männer gesetzt hatten. Vielleicht träumte er davon zu fliehen, aber im Grunde hatte er keine Chance zu entkommen, und er versuchte es auch gar nicht erst.

Cullums Männer machten keinen Hehl aus der Verachtung, die sie für Gerein hegten. Offensichtlich hatten sie keinerlei Zweifel an seiner Schuld. Sie zeigten deutlich, wie unwürdig er in ihren Augen war, obwohl sie ihn nicht schlecht behandelten. Ihn zu quälen wäre unritterlich gewesen, sein Schicksal lag in den Händen des Dukes, ihm stand es zu, ein Urteil zu fällen. Aber keiner der Männer konnte verbergen, wie er über den Ritter dachte. Wren zitterte und vergrub die Finger tief in Grays Mähne. *Ihr* tat der Ritter leid, aber es war nicht die Art von Mitgefühl, das sie zu Tränen gerührt hätte. Sie konnte ihn nicht retten, indem sie ihn in einen Vogel verwandelte und ihm so die Freiheit schenkte. Und Gerein war ohnedies hilflos – selbst wenn sie es vermocht hätte, ihn zu verwandeln, wäre er mit einem gebrochenen Flügel elendig zugrunde gegangen.

Keverne war eine ansehnliche Festung, ein sehr altes Gebäude mit dunklen Mauern, die aussahen, als seien sie nicht von Steinmetzen erbaut worden, sondern im Laufe der Jahre gewachsen. Auf nacktem Felsgestein, das unwirklich schien, ragte die Burg empor. Melcias primitive Pfahlsperren mußten dagegen wie ein Schweinestall im entlegensten Hinterland wirken, obwohl Keverne nur halb so groß war wie ihre Burg. Nach den vielen Jahren und den zahlreichen Regenstürmen schimmerte Moos auf den Steinen, aber die großen Blöcke waren so präzise gearbeitet und zusammengefügt, daß es kaum einen Spalt gab, in den man eine Messerklinge hätte schieben können. Wie Wren später herausfand, hatte man die wenigen Ritzen, die sie entdecken konnte, absichtlich eingepaßt, damit die Bogenschützen die Burg von dort aus verteidigen konnten. Groß und breit waren die Tore von Keverne, und so gut geölt, daß sie sich lautlos und geschmeidig öffneten. Jede Luke im Steinwerk war nach außen hin abgesichert, aber innerhalb der schützenden Mauern gab es viele Fenster, und das Mauerwerk um die Fensterflügel war kunstvoll verziert mit Weinranken, Vögeln und anderen Tieren, die aus dem Stein gehauen waren. In einigen Öffnungen schimmerten sogar grünliche, unregelmäßige Scheiben, die den eisigen Wind und die feuchte Luft aus der Bucht abhalten sollten.

Wenn man Wren und Titch als Gäste in dieser Festung empfangen hätte, wären sie sicherlich auf ihre Zimmer gebracht worden, nachdem sie auf dem langen, engen Burghof von den Pferden gestiegen waren und die Reittiere der Obhut von Kevernes Stallknechten übergeben hatten. Keine Frage, daß sie sich ausruhen und frisch machen mußten. Aber Cullum zeigte sich alles andere als höflich gegenüber

Titch. Sein Blick aus Augen, die zu Schlitzen verengt waren, schien ihn ebensowenig willkommen zu heißen wie seine Worte.

»Ihr habt das Streitroß wieder in die Ställe zurückgebracht, aus denen Gerein es gestohlen hat. Ich bin Euch also zu Dank verpflichtet. Aber wenn Ihr mehr als dankende Worte verlangt, solltet Ihr Euch lieber auf Eure Waffen verlassen. Mit Gereins Verbrechen habt Ihr vielleicht nichts zu tun, aber Ihr wart sein Handlanger auf der Flucht.«

Titch ging auf Cullums wütende Worte nicht ein, sondern streichelte Valadan sanft das Maul und kraulte ihn unter den Riemen der Zügel an der Stelle, an der der Schweiß im Fell eingetrocknet war. Der Hengst lehnte den Kopf an Titchs Brust und rieb sich so ungestüm an dem Jungen, daß er ihn beinahe umgestoßen hätte. »Jetzt bist du zu Hause«, flüsterte Titch in die schwarze Mähne. »Du weißt, daß es nur recht war, dich hierher zu bringen. Seit wir die Grenze hinter uns gelassen haben, ist mir mit jedem Schritt klarer geworden, daß ich das Richtige getan habe.« Zu Cullum gewandt, sagte er laut: »Gerein hat keinen Freund, der ihm zur Seite steht, wenn er vor den Duke treten muß. Darf ich bei ihm bleiben?«

Erschrocken riß Cullum die Augen auf, dann verengte er sie voller Mißtrauen zu Schlitzen. »Warum wollt Ihr das tun?« Instinktiv hatte er die rechte Hand näher an seine Waffe geführt.

Titch erwiderte seinen Blick. »Weil er sonst niemanden hat. Und außerdem hat mir Gerein auch einmal einen Dienst erwiesen, auch wenn das für Euch nicht zählen mag.«

Gerein machte – genau wie Cullum – ein ungläubiges Gesicht. Der unglückliche Ausdruck in seinen Augen war für wenige Sekunden beinahe verschwunden.

»Wie Ihr wollt«, willigte Cullum unfreundlich ein. Zweifellos war Titchs Angebot in seinen Augen töricht, vielleicht sogar verrückt. Die meisten Reiter waren damit beschäftigt, ihre Pferde in die Ställe zu führen, aber Cullums engste Vertraute, die ihn von Anfang an begleitet hatten, wichen nicht von seiner Seite und warteten auf seine Befehle. Cullum gab ihnen ein Zeichen, daß sie Gerein in ihre Mitte nehmen sollten.

Titch übergab die Zügel des Hengstes einem Stallburschen und suchte sich zusammen mit Wren einen ungestörten Platz hinter einer Säule. Das Mädchen sah in sein unbewegtes, verschlossenes Gesicht, und genau wie Gerein brannte ihr die Frage auf der Zunge, *warum* er das tun wollte. Sicher, er wollte die Ritterschaft erlangen, aber war er nicht selbst für einen Ritter zu weit gegangen? Sie verstand nichts von solchen Dingen, weder als Prinzessin noch als Lehrmädchen bei dem Zauberer hatte sie gelernt, was ein Ritter zu leisten hatte. Titch, der unmittelbar neben ihr stand, schien auf einmal meilenweit entfernt zu sein, unerreichbar für sie. Womöglich hielt er sie für töricht, wenn sie nachfragte – oder hörte ihr nicht einmal zu, was noch schlimmer gewesen wäre.

Als Gäste hätten sie vielleicht lange warten müssen, bis es Duke Rayner gefiel, sie zu empfangen. Aber der Duke konnte es kaum abwarten, den Flüchtigen, den seine Leute monatelang gejagt hatten, endlich zu Gesicht zu bekommen. Es hatte sich längst herumgesprochen, daß sie eingetroffen waren, und während Cullum und seine Männer zum Empfangssaal des Dukes eilten, stellte sich ihnen niemand in den Weg. Keiner hielt sie mit Fragen auf.

Melcias Festung glich dem Nest einer Elster – hastig hatte sie die Mauern hochziehen lassen und die Räume mit eralischem Diebesgut vollgestopft. Kevernes Pracht dagegen stammte aus alten Zeiten, hier gab es keine protzigen Reichtümer. Großartige Wandteppiche verhüllten die

Wände, alle in gedämpften Farben – vielleicht weil es dem Knüpfer so gefallen hatte, vielleicht weil die Stoffe schon so viele Jahre dem Sonnenlicht preisgegeben waren. In goldenen Fäden fing sich der Schein der Fackeln, doch der Glanz versuchte nie, das Feuer selbst zu übertreffen. Edle Farben imponierten den Gästen, und doch hatten sie nie das Gefühl, die Kostbarkeit solle zur Schau gestellt werden. Auf vielen der größeren Webarbeiten wurden Geschichten erzählt, die mühelos im Vorbeigehen entschlüsselt werden konnten – die üblichen Darstellungen von Jagdzügen und Kämpfen. Links von ihnen hing ein Teppich, der zwei Wölfe unter einem Mond zeigte, gewebt aus Fäden, die mit Silber umwickelt waren, und über einem Eingang entdeckten sie einen Wandschmuck ...

Titch blieb kaum Zeit, sich umzusehen. Daß er überhaupt einen flüchtigen Blick auf die Webarbeiten werfen konnte, lag nur daran, daß er als letzter in der Gruppe ging und kurz innehalten konnte. Ein schwarzes Pferd in schnellem Galopp war zu sehen, genau wie auf Cullums Fahne – nur daß *dieses* Pferd den Huf auf den Rücken eines Falken gesetzt hatte, der mit aller Kraft mit den Flügeln schlug. Der eindeutige Beweis, daß das Pferd die Fähigkeit besaß, auch den schnellsten Vogel einzuholen. *Valadan!* Kein Zweifel! Titchs Herz krampfte sich zusammen, als er sich bewußt machte, daß er diesen prächtigen Hengst hierlassen mußte. Er hatte nie das Recht gehabt, dieses Pferd zu besitzen, er war weder von hoher Geburt, noch hatte er den Hengst eingeritten. Nichts hatte ihn mit diesem Tier verbunden außer seiner Bewunderung für den Schwarzen, und eigentlich hatte er sich nie Hoffnungen gemacht, den Hengst zu besitzen.

Diener, die Uniformen in Meerblau und Grau trugen, öffneten ihnen die Türflügel, die in den Empfangssaal führten. Zahlreiche polierte Steinsäulen säumten – keiner Symmetrie gehorchend – den Weg zu einem erhöhten Baldachin, sie glichen einem Wald, der sich zum Zentrum des Saales hin öffnete. Der Ehrenplatz bildete den Mittelpunkt des Raumes. Und obwohl die Außenwände von großen unverglasten Fenstern durchbrochen waren, durch die der salzige Geruch des Meeres eindrang und das Rauschen der Wellen, jener gewaltigen Brecher, die gegen Kevernes steil aufragende Felsen schlugen, konzentrierte sich alles in dem Saal auf die Erhöhung. Der Weg zu den Fenstern war nicht versperrt – die Säulen säumten den Raum, bildeten aber keine Sperre nach außen –, und doch wurde die Aufmerksamkeit des Besuchers auf geschickte Weise auf das andere Ende des Raums gelenkt. Jeder wußte sofort, daß er dorthin zu gehen hatte.

Auf der Erhöhung stand kein Thron, nur ein einfaches, aber fein gearbeitetes Gestühl, das keine Ähnlichkeit mit einem Herrschersitz hatte. Darauf saß ein Mann, der das mittlere Alter knapp überschritten hatte. Vor den vier Stufen, die zum Duke hinaufführten, blieb Cullum stehen, kniete nieder, wobei er sich allerdings aufrecht wie die Säulen hielt und den Kopf nicht neigte – keine Geste der Demut. »Mein Herr und Fürst«, sagte er, wie es die Form vorschrieb. Mit einem kurzen Kopfnicken erwiderte der Duke den Gruß und forderte ihn auf fortzufahren. »Ihr habt mich beauftragt, diesen Mann, Gerein von Kendillin, zu fassen, und jetzt bringe ich ihn vor Euren Thron. Er soll für das Verbrechen büßen, das er an Eurem Verwandten begangen hat. Euer Gesetz soll über ihn richten.«

»Gut gemacht, mein Sohn«, sagte Rayner mit einer Stimme, die nach den vielen Jahren, in denen er im Krieg die Befehlsgewalt innegehabt hatte, heiser klang. Der Duke war breit gebaut und stämmig, und sein Gesicht war kantig. Seine Augen funkelten wie graues Eis am Ende des Winters. Ein goldener Reif schmückte das graumelierte Haar.

Als er sich auf dem Stuhl zurechtsetzte, sah Titch, daß sein linker Arm über dem Ellbogen endete. »Ich habe oft Angst gehabt, daß ich dich bei dieser Verfolgungsjagd verliere, aber ich habe gewußt, daß du die Beute, auf die ich dich gehetzt habe, nicht aus den Augen verlierst. Manchmal habe ich mich gefragt, ob es klug war, dich loszuschicken.«

»Die Beute hat sich mit Händen und Füßen gewehrt, das war alles.« Cullum lächelte und zeigte dabei alle Zähne.

Gerein verzog ebenfalls den Mund. »Ich bin ein Mensch, kein wild gewordener Jagdhund!« Ruckartig drehte sich Cullum zu ihm herum, die Hand bereits am Schwertgriff.

»Es gab Zeiten, in denen Ihr mein Lehnsmann wart, Gerein«, sagte Rayner und gab Gerein mit einer beschwichtigenden Geste zu verstehen, daß er seinen Zorn zügeln solle. »Dann habt Ihr den Sohn meiner Schwester erschlagen und seid aus Esdragon geflohen, ohne vor mich zu treten. Einen Jagdhund, der sich so niederträchtig verhält, würde ich sofort eigenhändig mit dem Messer töten, aber weil Ihr ein Mensch seid, sollt Ihr die Chance haben, Euch zu verteidigen. Was ist zwischen Euch und dem Gutsherrn Olvan vorgefallen?«

Der Prozeß gegen Gerein hatte – ohne weitere Einleitung – begonnen. Titch biß sich auf die Lippen. Gerein hatte keine Chance, sich seine Worte zurechtzulegen, er konnte keine Zeugen suchen und sich mit ihnen besprechen.

»Er hat mich zum Kampf herausgefordert.« Gerein standen Schweißperlen auf der Stirn, aber irgendwie gelang es ihm, mit ruhiger Stimme zu sprechen. »Ich habe die Herausforderung angenommen.«

Der Duke hob eine Hand, und auf seine Aufforderung hin traten zwei Männer vor, die sich zu Gereins Behauptung äußerten und detailliert erzählten, wie Olvan den Ritter herausgefordert hatte. Es gab also doch Zeugen.

»Und Ihr habt ihn erschlagen.« Ein anderer berichtete

von Olvans Schicksal, beschrieb den tödlichen Hieb, der dem Gutsherrn den Helm zerschmettert hatte, und er fügte hinzu, daß es für die Hilfe der Wundärzte zu spät gewesen sei.

»Ein Unglück«, wandte Gerein – weiß im Gesicht – ein. »Ich wollte ihn nicht töten.«

»Ihr habt ihm einen tödlichen Schlag verpaßt«, beschuldigte ihn der Duke. »Die Zeugen stimmen darin überein, daß Ihr und kein anderer das Schwert geführt habt.«

»Mylord, es war ein *Unfall!* Ich wollte den Jungen nur niederschlagen, er sollte sich ergeben.« Gereins Stimme bebte – hätte nicht jeder der Anwesenden dasselbe getan, um in einem Wettstreit unter Freunden den Sieg davonzutragen?

»Ihr seid ein geübter Krieger, Eure Kräfte sind voll ausgebildet. Und Ihr seid klug genug, das zu wissen. Trotzdem habt Ihr einem Gutsherrn, der gerade am Anfang seiner kriegerischen Laufbahn stand, einen solchen Hieb versetzt?« Die Stimme des Dukes verriet, daß seine Worte eine Mahnung an alle Ritter sein sollten, auch wenn sich so etwas Ungeheuerliches nicht alle Tage ereignete.

»Ich wollte ihn nicht töten!« Aufgebracht beteuerte Gerein erneut seine Unschuld.

Duke Rayner strich sich über den ergrauten Bart und stützte den Kopf in die Hand. »Aber genau das habt Ihr getan. Außerdem habt Ihr eine Sache bis jetzt noch nicht erwähnt. Dieser Kampf zwischen Euch und Olvan – wollt Ihr uns wirklich weismachen, daß es nur ein Wettstreit unter Freunden war?«

»Ja ...« Gerein runzelte die Stirn, sein Gesicht war rot vor Zorn.

»Der Kampf hatte nichts damit zu tun, daß Olvan Euch im Schlafzimmer seiner unverheirateten Schwester ertappt hat?«

Alle Farbe wich aus Gereins Gesicht – wie aus einer Flasche, die zu Bruch gegangen ist. Er bewegte die Lippen, aber die beschönigenden Worte blieben ihm in der Kehle stecken.

»Wenn Olvan nur einen freundschaftlichen Kampf gewollt hätte, um seine Waffenkünste unter Beweis zu stellen, hätte er nach den ersten Hieben aufgegeben. Er wußte, daß er Euch als Krieger nicht ebenbürtig war. Aber er hätte sich niemals ergeben, Gerein, stimmt das nicht? Olvan hatte eine Rechnung mit Euch zu begleichen, er konnte sich nicht drücken, weil es um seine Ehre ging.«

»Es war nur ein *Unfall!*« schrie Gerein. »Ich habe ihn niedergeschlagen! Mehr nicht ...«

»Ihr habt Olvan erschlagen«, unterbrach ihn der Duke hartnäckig. »Die Zeugen sind sich darin einig. Und Ihr gebt selbst zu, daß Ihr ihm einen Hieb versetzt habt. Für jeden hat es so ausgesehen, als hättet Ihr den Jungen absichtlich getötet. Eure Schuld steht außer Frage. So sind Esdragons Gesetze: Auf Mord steht die Todesstrafe.« Im Saal breitete sich Stille aus, und es schien, als wage keiner der Anwesenden zu atmen. »Gerein von Kendillin, ich verurteile Euch ...«

»Es gibt aber keine Zeugen, die bestätigen können, daß ich ihn wirklich töten wollte!« rief Gerein aus. »Ein Wettstreit soll über mein Schicksal entscheiden. Ich fordere einen Kampf, der das Urteil bestätigen soll!«

Wieder herrschte absolute Stille, und zahlreiche Blicke wanderten zu Gereins Schwertarm, der schlaff herunterhing.

»Das ist natürlich Euer Recht«, durchbrach der Duke das Schweigen, das auf dem Saal lastete. »Ihr dürft Euer Leben verteidigen.« In seinen Worten schwang kein Mitleid mit – für einen Krieger ziemte es sich, mit dem Schwert in der Hand zu sterben, falls er die Chance dazu hatte. Sicherlich ein würdigeres Ende, als unter der Axt des Scharfrichters zu sterben, zumal Gerein nicht die geringste Hoffnung auf Begnadigung blieb. »Cullum, Ihr habt das Recht, seine Herausforderung anzunehmen.«

»Ich nehme sie dankend an, Mylord.« Cullums Stimme klang wie ein Schwert, das an einem Wetzstein gerieben wird – grausame Genugtuung war herauszuhören. Das war die Belohnung für seine treuen Dienste, dafür, daß er Gerein nach so langer Zeit, nachdem er so viele Meilen zurückgelegt hatte, endlich vor Gericht geschleift hatte.

Doch es war zugleich ein Todesurteil, ein Befehl an den Scharfrichter. Titch crhob die Stimme, und es gelang ihm tatsächlich, sich über die vielen Köpfe und Schultern hinweg bemerkbar zu machen. »Mylord ...« Wie eine Frage klang die Anrede.

Die leuchtenden Augen des Dukes wanderten über die Köpfe der Anwesenden, um herauszufinden, wer ihn angesprochen hatte. Die Stimme war ihm unbekannt. Die erstaunten Blicke, die die anderen dem Jungen zuwarfen, erleichterten ihm schließlich die Suche. Sogar Wren sah ihn verwundert an. Jemand flüsterte dem Duke diskret etwas ins Ohr, und nun wußte er offensichtlich, wen er vor sich hatte. »Der Fremde, der uns das Streitroß zurückgebracht hat«, sagte er. Er klang erleichtert. »Auch für diesen Diebstahl wird Gerein büßen müssen, aber im Moment besteht kein Anlaß dazu. Ein Mann kann schließlich nicht zweimal sterben. Wir sind Euch zu Dank verpflichtet ...«

»Erlaubt mir als Gegenleistung, daß ich für Gerein kämpfe«, unterbrachTitch den Duke mutig.

»*Was?*« Das Echo hallte durch den Saal. Nicht nur der Duke war erstaunt über diese Bitte, auch alle anderen wiederholten ungläubig seine Frage.

Titch schluckte und antwortete: »Mylord, wenn Ihr als Ankläger das Recht habt, einen Stellvertreter für den Kampf zu bestimmen, wird man Gerein diese Gefälligkeit doch sicherlich erweisen, oder? Er ist verletzt, der Kampf zwischen ihm und einem gesunden Gegner kann nicht fair sein. Gerein kann nur mit einer Hand kämpfen, sein Schwertarm ist verletzt.« Er gab sich Mühe, nicht auf den Armstumpf des Dukes zu starren, obwohl er eindeutig darauf angespielt hatte. Eine Kriegsverletzung wahrscheinlich – der Duke hatte im Kampf einen hohen Preis bezahlen müssen.

»Gerein wußte, daß er verletzt ist, als er den Kampf verlangt hat«, bemerkte der Duke kühl. »Er hat sich aus freien Stücken für ein Gefecht entschieden.« Er ließ keine Entschuldigung gelten.

»Aber es ist unehrenhaft, einen Kampf um Leben und Tod zuzulassen, wenn einer der beiden Krieger so eindeutig im Nachteil ist.« Titch blieb hartnäckig. »Mylord, ich flehe Euch an, setzt Euren Ruf als gerechter Herrscher nicht aufs Spiel und laßt mich an Gereins Stelle kämpfen.«

Cullum fluchte und sah seinen Lehnsherrn beschwörend an. »Sir, wir sollten das nicht unterstützen – Gerein hat zufällig irgendeinen Fremden getroffen und ihn um den Finger gewickelt. Mit seinen Lügengeschichten hat er sich den Jungen zum Freund gemacht! Auch wenn es niemand für möglich hält, daß jemand Gerein seine dick aufgetragenen Lügen abnimmt …«

Der Duke brachte seinen Sohn mit einer Handbewegung zum Schweigen und schien den Bittsteller mit Blicken durchbohren zu wollen. Titch zwang sich, nicht unwillkürlich zurückzuzucken. Statt dessen beantwortete er die Frage, die er in Cullums aufgebrachten Worten las.

»Sir, ich will das Wagnis auf mich nehmen. Wenn ich mich im Kampf behaupte, habe ich dann Gereins Leben gerettet?«

»Warum wollt Ihr das tun?« Die Augen glichen einem Winterhimmel kurz vor einem Eissturm.

»Ich bin in Euer Land gekommen, um Gerein als Freund zur Seite zu stehen«, erklärte Titch. »Ich bin ein Fremder in Esdragon, und ich kann nicht als Zeuge für Ereignisse sprechen, die sich lange Zeit, bevor ich hierher gekommen bin, zugetragen haben. Das ist der einzige Dienst, den ich ihm erweisen kann.«

»Ein törichter Wunsch«, sagte der Duke spöttisch.

»Gerein hat mir auch als Freund zur Seite gestanden«, fügte Titch fest entschlossen hinzu. Cullum schnaubte ungläubig.

Der Duke strich sich über den Bart und schien abzuwägen, ob er sich – obwohl es ihm offensichtlich mißfiel – den Gesetzen der Ehre beugen sollte. Er wollte, daß diese unerfreuliche Sache endlich vom Tisch war, und erkannte zugleich, daß sie noch längst nicht ausgefochten war. »Was Ihr sagt, ist nicht ganz falsch. Eigentlich dürfte ich nicht zulassen, daß Gerein oder irgendeiner von meinen Männern unfair behandelt wird. Einige könnten sonst denken, daß ich kein gerechter Mann bin. Also, wenn es Euch Spaß macht, könnt Ihr für Gerein kämpfen, und das Gefecht soll über sein Schicksal entscheiden. Aber eins solltet Ihr wissen ...« Seine Augen funkelten eisig. »Wenn Ihr gewinnt, Junge, wird er trotzdem aus Esdragon verbannt.«

In Gereins Gesicht spiegelten sich Hoffnung und Verzweiflung zugleich. Cullum schien außer sich vor Wut.

»Nur ein Kerl wie Gerein kann seine Ehre in die Hände eines Fremden von niedriger Geburt legen! Dieser Mann ist nichts weiter als ein gewöhnlicher Soldat!«

Titch lief tiefrot an, als habe ihm Cullum mit einem Handschuh ins Gesicht geschlagen. »Mein Vater hat als Ritter seinen Eid geleistet«, sagte er mit stolzer Stimme. Schließlich sagte er die reine Wahrheit. »Er hat seinem Lehnsherrn gedient, bis er im Kampf den Tod gefunden hat. Er hat meine Mutter vor den Augen gesetzlicher Zeugen in

Clandara geheiratet. Ich lasse nicht zu, daß irgend jemand behauptet, ich sei von niedriger Geburt.« Er starrte Cullum an, und in seinen Augen stand das Versprechen, daß sie – wenn es der Sohn des Dukes denn unbedingt wollte – in ihrem Kampf auch private Streitigkeiten mit austragen könnten.

»Wer hat Euch zum Ritter geschlagen?« fragte der Duke, der doch neugierig geworden war.

»Noch niemand, Mylord«, gestand Titch traurig ein. Möglich, daß Cullum sich weigerte, gegen ihn zu kämpfen, nachdem er das erfahren hatte. Der Duke hatte letztendlich darüber zu entscheiden. Wenn Cullum und sein Vater keinen würdigen Gegner in ihm sahen, konnte er nichts daran ändern.

»In Clandara herrscht Chaos«, sagte Rayner traurig, wobei er das Land – seinen neuen Herrschern zum Trotz – bei seinem alten Namen nannte. »Die Eralier sind ungehobelte Diebe, Räuber und Plünderer. Diese Menschen sind nicht in der Lage, einen guten Krieger zu erkennen. Seid froh, daß Ihr keinem Eralier Euren Treueeid geleistet habt.« Titch verzog das Gesicht, und der Duke sah ihn eindringlich an. »Oder seid Ihr etwa doch einem Eralier verpflichtet?«

Das Recht, für Gerein zu kämpfen, wollte man ihm vielleicht nicht mehr absprechen, aber womöglich würde man ihm nun mit noch mehr Feindschaft begegnen – falls das überhaupt möglich war. »Ich war für kurze Zeit in den Diensten der Königin Melcia, Sir«, sagte er wahrheitsgemäß und hielt dem prüfenden Blick des Dukes stand. Mehr verriet er allerdings nicht über sich, immer in dem Bewußtsein, daß Wren hinter ihm stand.

Der Duke hob die Augenbrauen. »Kurze Zeit?« hakte Rayner nach.

»Die Königin wollte meine Dienste nicht länger in Anspruch nehmen.« Unbeirrt sah er dem Duke in die Augen.

Was vorgefallen war, ging den Duke im Grunde nichts an, und er hatte nicht vor, mehr preiszugeben.

Schließlich zuckte der Duke mit den Schultern. »Im Grunde ist sie nicht *meine* Feindin. Cullum, ich glaube, es wäre unehrenhaft von dir, wenn du diesen Mann als Gegner ablehnst. Er hat gut gesprochen und verhält sich loyal gegenüber seinem Freund, auch wenn er bei der Wahl seiner Gefährten nicht besonders umsichtig ist. Du wirst für meine Ehre und die Ehre Esdragons kämpfen. Wenn du für eine gerechte Sache streitest, kann dein Schwert nicht besudelt werden, egal, gegen wen oder was du deine Klinge erhebst.«

Cullum akzeptierte seinen Gegner und lächelte kühl, während seine Hand auf dem Schwert lag. »Sollen wir sagen: bei Sonnenaufgang?«

»Einverstanden.« Der Duke sah Gerein an, schüttelte den Kopf und wandte den Blick erneut Titch zu. »Ein törichtes Vorhaben wie dieses sollte man schnell hinter sich bringen.«

»Wo sollen wir schlafen?« fragte Wren zaghaft. *Und wo sitzen, stehen oder nur atmen?* wollte sie eigentlich hinzufügen, denn sie fühlte sich vollkommen verloren. Sie verstand nicht, was hier vor sich ging – sicherlich, das Urteil über Gerein sollte in einem Kampf entschieden werden, aber sie konnte nicht nachvollziehen, warum Titch seinen Kopf für den anderen hinhalten wollte. Fragen wollte sie ihn auch nicht – sie hätte seine Antwort ohnehin nicht verstanden. Gerein hatte ihn angelogen, ihn in das Sklavendasein eines Söldners verkauft und ihm auch noch den Lohn für die Dienste, in die er ihn gezwungen hatte, gestohlen. Gerein war nichts weiter als ein Dieb mit dem Geschick, schöne Worte zu machen, und zudem hatte er eine Moral wie Quecksilber: wechselhaft, unstet und nur nach außen hin glänzend. Offensichtlich hatte er ein Mädchen verführt, sich nicht verhalten, wie es die Moral gebot, einen Mord begangen, und Wren hatte keinen Zweifel daran, daß er sogar noch schlimmere Taten vor sich rechtfertigen konnte, solange er einen Vorteil daraus ziehen konnte. Und Titch wollte sein Leben aufs Spiel setzen, um diesen Kerl zu retten, nur damit er lebte und – nicht um einen Kopf kürzer – in die Verbannung geschickt wurde. Hatte er doch noch einen guten Kern in dem Mann entdeckt, ein mutiges Herz, das allen anderen verborgen geblieben war? Titch hatte nie etwas Ähnliches erwähnt. Sie konnte sich nicht erinnern, daß er diesen verrückten Plan auch nur angedeutet hätte. Er hatte sich einfach dafür entschieden, seinen Kopf hinzuhalten, ohne jede Erklärung.

Sie sah Titch zu, wie er Grays Vorderläufe abrieb, die Sehnen massierte und die Knöchel bandagierte, als könne er Gray mit den Stoffetzen seine längst vergangene Jugend, die aufkeimende Kraft und die einstige Schnelligkeit zurückgeben. Ihre Frage hatte er nicht gehört. Wren seufzte und fragte sich, ob man auf dem Heuhaufen, der eigentlich Pferdefutter war, tatsächlich so weich lag, wie es schien. Sie hatte sich auf den seidenbezogenen Federbetten in Melcias Burg schlaflos hin und her geworfen, aber jetzt hatte sie das Gefühl, selbst auf nackten Steinen traumlos schlafen zu können.

»Ich weiß nicht«, erklärte Titch endlich, als sie ihre Frage schon längst wieder vergessen hatte. »Ich habe fast mein ganzes Leben lang in Ställen geschlafen, aber ich hätte eigentlich mal fragen müssen – sicherlich werden wir hier nicht als Gäste betrachtet, aber kein edler Lord schlägt einer Lady aus, ihr ein Zimmer zu geben. Ich hätte ein Bett für dich besorgen müssen.« Er sah auf, die Augen blutunterlaufen und verschiedenfarbig, funkelnd wie immer. »Tut mir leid.«

Flegel, schimpfte Alinor und hob träge das gelbe Augenlid, unter dem sich das dunkle Auge verbarg. Sie ordnete wieder die Federn, und ihre Bewegungen sahen aus wie eine Drohung.

»Pferde und Falken schlafen in Ställen«, tadelte Wren ihre Gefährtin. »Du hast hier alles, was du brauchst, das weißt du selbst.«

Das Licht stört mich beim Schlafen. Wenn das so weitergeht, komme ich bald in die Mauser, obwohl es noch viel zu früh dafür ist. Schläfrig trat sie auf der Futterkrippe, auf der sie saß, von einer Klaue auf die andere. Ein stummer Vorwurf – womöglich wetzten sich ihre Krallen auf den Planken ab. Wren lächelte. Sie wußte, daß ihre Gefährtin sich niemals irgendwo niedergelassen hätte, wo ihre Waffen Schaden nehmen konnten, aber das hinderte Alinor nicht daran, ihre Schuldgefühle zu überspielen, indem sie den Spieß einfach umdrehte. Nichts weiter als ein geschickter Schachzug.

Titchs Blick wanderte zu seinen Waffen, und er legte das Schwert und den Dolch auf den Boden, um sie sich genau anzusehen. Dann inspizierte er alle Teile seiner zusammengestückelten Ausrüstung. Er sollte sich lieber ausruhen, dachte Wren. Wie wollte er den Kampf durchstehen, wenn er mit müden Knochen und schlaftrunken antrat? Aber Krieger waren an Entbehrungen gewöhnt, und Titch hätte sich geschämt, wenn er seine Ausrüstung nicht bis zur Morgendämmerung in Ordnung gebracht hätte.

Wren war erst jetzt, nachdem sie einige Tage mit richtigen – gut ausgerüsteten – Rittern zusammen gereist war, klargeworden, daß Titchs Rüstung tatsächlich ein ärmliches Stückwerk war. Nicht nur, weil einige Teile geflickt waren – manches paßte gar nicht zusammen, und ihr fiel erst jetzt auf, daß Titch Löcher gebohrt, Riemen angebracht und mit allen möglichen Tricks versucht hatte, die Einzelstücke, die eigentlich für größere oder kleinere Männer gearbeitet waren, für sich zurechtzuschustern. Sie wußte, daß die Rüstung des widerwärtigen Cullum wahrscheinlich exakt auf ihn angepaßt war und sein Knappe mit Sicherheit die ganze Nacht damit beschäftigt war, sie blankzupolieren, während *er* schlief.

Viel konnte sie nicht für Titch tun, aber wenigstens eine Sache wollte sie versuchen, um den ungleichen Kampf ein wenig fairer zu gestalten. Sie nahm Titchs rotbraunen Umhang, den alle Männer im Dienste der Roten Königin trugen. Jede Schattierung der Farbe Rot war ihr inzwischen verhaßt, doch diesen Ton verabscheute sie am meisten – er erinnerte sie an Blut, das langsam anfing zu trocknen. Melcia selbst kleidete sich in Gewänder, die mit kostbarem Koschenillerot gefärbt waren, die Uniformen der Männer dagegen waren weniger aufwendig getönt, mit Farben, die im eigenen Land hergestellt werden konnten.

In ihrer Nähe stand ein Eimer Wasser – Wren tauchte drei Finger hinein und fuhr behutsam über den Stoff. Mit anmutigen Bewegungen strich sie über Vorder- und Rückseite des Mantels und folgte dabei unsichtbaren Wellenlinien, wie ein Otter, der unternehmungslustig durchs Wasser jagt. Immer wieder tauchte sie die Finger ins Wasser und ließ sie über den Umhang gleiten, während sie die ganze Zeit über – mit beinahe geschlossenen Augen – monoton vor sich hin sang. Magie lebt nur vor dem inneren Auge, und ihre visionären Kräfte waren perfekt ausgebildet. Unermüdlich kreisten ihre Finger.

Als sie mit dem Zauber fertig war, hielt sie einen verwandelten – und zudem knochentrockenen – Umhang in den Händen. Kein einziger roter Faden zog sich mehr durchs Gewebe, der Stoff schimmerte in allen möglichen Farben – in den Blau-, Grau- und Grünschattierungen des Meeres und in einem Anthrazit, das Kieselsteinen in einem Flußbett glich. Von Faden zu Faden änderte sich der Farbton, grenzenlos wie bei einem fließenden Gewässer waren die Nuancen, immer gleich und doch wechselhaft. Zufrieden strich Wren ein letztes Mal über den Wollstoff und stellte den leeren Eimer beiseite, so daß niemand über ihn stolpern konnte.

Dann rollte sie sich in dem süßlich duftenden Heu zusammen und schlief ein.

Entscheidung durch das Schwert

Die Nacht war kurz, und Titch wollte die kostbaren Stunden nicht mit Schlaf vergeuden. Er polierte, wienerte und ölte seine Rüstung, und als er damit fertig war, kümmerte er sich um Gray. Nicht einen Dreckspritzer duldete er auf dem weißen Fell des Pferdes. Nachdem er den Wallach gebürstet und gekämmt und die Hufe gefeilt hatte, fing er an, sich und das Pferd für den Kampf zu wappnen. Eine langwierige Prozedur, wenn einem weder ein Knappe noch ein Diener zur Hand ging, aber Titch war daran gewöhnt, jeden Handgriff selbst zu erledigen, und empfand die Arbeit nicht als unangenehm. Irgendwo in dieser Burg legte wahrscheinlich auch sein Gegner, der den Duke im Kampf vertreten sollte, die Rüstung an. Selbstverständlich mußte er dabei keinen Finger krümmen, sein persönlicher Knappe erledigte alles für ihn, ein Handlanger, der – wie jeder seiner Diener – von hoher Geburt war. Irgendwo lag Gerein, wahrscheinlich konnte er nicht schlafen und betrachtete das Funkeln der Lichter am Himmel – falls man ihm ein Zimmer mit Fenster zugestanden hatte.

Titch hielt den Zeitpunkt für gekommen, Gray – der inzwischen sauber und gestriegelt war – rückwärts aus der

Box zu führen. Es war besser, dem Wallach das Geschirr im Gang anzulegen, wo sie mehr Platz hatten und das frisch geölte Leder nicht an die rauhen Planken stoßen konnte …

Der alte Wallach wollte sich nicht von der Stelle bewegen. Nicht weil er zu träge war – im Gegenteil, er stemmte alle vier Hufe ins Lagerstreu und machte sich stocksteif. Die Ohren hatte er nach hinten gerichtet, flach lagen sie auf dem Hals.

Titch war müde, er schenkte der Starrköpfigkeit seines Pferdes zunächst kaum Beachtung. Wie immer schnalzte er aufmunternd und zerrte an den Zügeln, in der Gewißheit, daß sich der Wallach irgendwann fügen würde. Als er schließlich doch nachsah, warum Gray die Ohren nach hinten gerichtet hatte, entdeckte er den schwarzen Hengst. Unmittelbar hinter dem Wallach stand er im Gang. Valadan bog den Hals, legte den Kopf schief und blähte die scharlachroten Nüstern. Drohend bleckte er die Zähne – eine Geste, die Gray sofort verstand.

Titch seufzte. Er hatte gesehen, wie die Stallburschen des Dukes den Hengst in eine bequeme Einzelbox geführt hatten. Wie für jedes schlaue Pferd war es auch für Valadan ein Kinderspiel, ein Schloß mit Lippen und Zähnen zu öffnen. Die Boxentür unten im Stall stand tatsächlich weit offen, und Titch wußte sofort, wie der Hengst hierhergekommen war. Er ging zu dem Schwarzen und streichelte ihm den Hals.

»Sei doch nicht töricht«, flüsterte er und verschränkte die Finger in der schwarzen Mähne. Der stolze Kopf des Tieres trug weder Zügel noch einen Halfter. »Das hier ist nichts für dich.«

Valadan rollte die Augen. Tanzende Farbpunkte flackerten auf, ein Künstler hätte eine Fanfare nicht besser nachempfinden können. *Ein Kampf ist nichts Neues für mich,* sagte er.

»Außerdem habe ich gar nicht das Recht, auf dir zu reiten. Das vergißt du wohl immer wieder«, fügte Titch hinzu.

Reine Zeitverschwendung, wenn du es mir verbieten willst. Komm schon, leg mir den Sattel auf den Rücken.

»Besser, Ihr tut, was er von Euch verlangt«, sagte eine Stimme, die Titch zum ersten Mal hörte. Eine Laterne flackerte auf, die Flamme tanzte und leuchtete plötzlich heller als zuvor.

Titch riß den Kopf hoch, schlagartig war er hellwach. Neben Valadans leerer Box stand ein Mann in Esdragons blaugrauer Uniform. Er hielt eine Laterne mit Hornfenstern in der Hand, und damit er Titch nicht blendete, schraubte er die Flamme herunter.

»Innis«, stellte sich der Fremde vor. »Ich bin für die Ställe verantwortlich, schon Rayners Vater hat mich in seine Dienste genommen. Tja, Ihr könnt Euch ja denken, daß ich das Pferd gut kenne.« Er kam näher und fuhr mit der Hand über Valadans geschwungenen Rücken. »Das Streitroß. Der Wind hat dieses Pferd gezeugt, natürlich war Magie im Spiel. Es ist der ganze Stolz des Herzogtums und des Dukes. Eigensinnig ist dieses Tier wie kein anderes. Man sagt, nicht einmal Kessalia hatte so einen starken Willen.«

»Sir, ich habe den Hengst nicht gestohlen, aber ich weiß, daß ihn jemand einfach aus den Ställen genommen hat«, erklärte Titch. »Ich habe alles über den Hengst erfahren. Natürlich habe ich kein Anrecht auf das Tier, ich wollte nur, daß er sicher hierher zurückkommt, wo er schließlich hingehört.« Er sah Valadan streng an, und sein Blick forderte absoluten Gehorsam. »Du gehst sofort wieder in die Box zurück! Das ist Grays Sache.«

Valadan schien wenig beeindruckt, er stampfte mit dem Huf auf und ließ den Schweif durch die Luft schnellen. Der Wallach wollte ein bißchen dösen, senkte den Kopf und knickte ein Hinterbein ein. Wütend sah Titch die beiden an.

»Ich glaube, der Hengst hat andere Pläne.« Innis lachte in sich hinein, zog eine Mohrrübe aus der Tasche und gab sie Valadan. Als Gray sehnsüchtig seufzte, bekam er auch eine. »Valadans letzter Herr ist am Wundfieber gestorben. Der Duke hat immer gehofft, daß der Hengst einen seiner Söhne als neuen Meister wählt. Vielleicht hat er an Cullum gedacht, er ist der Älteste und zudem der beste Krieger. Oder wenigstens an Olvan – er hat sich prächtig entwickelt in seinen Jugendjahren, ein vielversprechender Junge und außerdem ein enger Verwandter von Rayner, schließlich war er der Sohn seiner Schwester. Die beiden haben wirklich ein gutes Bild abgegeben. Aber das Streitroß ... es sucht sich seinen Herrn eben selbst aus, und niemand weiß, wie oder warum es sich für einen Meister entscheidet. Valadan hat ein- oder zweimal zugelassen, daß Olvan ihn reitet, aber er hat sich dem Jungen nie wirklich verbunden gefühlt, es war nie wie zwischen Euch und dem Hengst.«

»Aber ich habe kein Recht auf dieses Pferd!« wandte Titch ein.

Valadan schnaubte.

»Was hat das damit zu tun?« Innis hob eine Augenbraue, eine dunkle Schwinge über Meeresgrün. »Wenn man Augen im Kopf hat, sieht man sofort, daß er zu Euch gehört. Niemand in diesem Land würde auf die Idee kommen, daß Ihr ihn – wie Gerein – gestohlen habt. Wenn der Hengst nicht Platz macht, bewegt Euer weißes Pferd keinen Huf – und der Schwarze läßt bestimmt nicht locker. Er hat sich entschieden, und es wäre klüger, wenn Ihr Euch fügt. *Ich* kann Euch jedenfalls nur dazu raten. Die Sonne geht bald auf, und ich muß die Pferde füttern. Meine Stallknechte sind zu beschäftigt und viel zu aufgeregt, um die tägliche Arbeit zu erledigen. Seht zu, daß er mir hier nicht im Weg steht.« Innis tätschelte den Hals des schwarzen Hengstes, eine liebevolle

Geste, die verriet, daß seine Worte gar nicht so grimmig gemeint waren.

Valadan richtete das große Auge auf seinen Meister. *Hast du verstanden?* fragte er fröhlich.

Titch verkniff sich einen Fluch und hob den Sattel hoch. Ein Kloß saß ihm im Hals.

Erschrocken fuhr Wren aus dem Schlaf hoch. Sie hatte von einer Steilküste geträumt, Klippen, über denen Alinor ihre Kreise zog. Sie hörte, daß Titch etwas sagte, und es hörte sich nicht so an, als ob er mit den Pferden redete. Noch verschlafen setzte sie sich auf und zupfte sich das Heu aus den Haaren.

Ein fremdes Gesicht schob sich über die Boxenwand – ein Pferd war das eindeutig nicht. Erschrocken schrie sie auf und wich zurück.

»Wenn Ihr ausgeschlafen habt, würde ich das Heu gerne an die Pferde verfüttern«, sagte Innis. »Eine bessere Unterkunft kann der Duke seinen Gästen nicht bieten?«

»Ich bin kein Gast«, antwortete Wren zaghaft.

»Eigentlich hätte man dich aber wie einen Gast behandeln müssen«, wandte Titch ein, reichte dem Mädchen eine Hand, die bereits im Panzerhandschuh steckte, und half ihm auf. »Es ist mein Fehler, ich hätte fragen sollen, ob du nicht ein Zimmer bekommst. Das muß man sich einmal vorstellen: Die Tochter eines Königs schläft in einem Stall …«

»Ich habe schon schlechtere Schlafplätze gehabt.« Wren merkte, daß Titch ihr irgendwann in der Nacht den Mantel umgelegt hatte. Vielleicht hatte er ihn nicht wiedererkannt, nachdem sie den Zauber darüber gesprochen hatte, vielleicht hatte er aber auch Angst gehabt, daß sie bei der eisigen Kälte im Stall frieren würde. Der Gedanke, daß er für sie gesorgt hatte, wärmte sie mehr als Melcias Wolle. Sie nahm den Mantel von den Schultern, zupfte Halme und Körner aus dem Gewebe und gab ihn Titch.

»Was ist aus Melcias Farben geworden?« fragte Titch. Also hatte er die Veränderung doch bemerkt.

»Ich habe gedacht, du wolltest bestimmt nicht mehr die Uniform der Roten Königin tragen.« Sie zog die Schnalle an seinem Umhang zu.

»Die alte Farbe hatte nur einen Vorteil: Man hat die Blutflecken nicht gesehen.« Formvollendet beugte er sich über ihre Hand, wie der Held einer Ballade. »Wenn ich heute nicht für einen anderen reiten würde, Savrin, würde ich nur für dich kämpfen.«

Verwirrt, daß er sie bei ihrem richtigen Namen genannt hatte, antwortete sie spontan: »Das ist bedauerlich!« Sofort wurde Wren rot und dachte erschrocken, daß er sie vielleicht falsch verstanden hatte und zutiefst beleidigt war. Aber er hielt immer noch ihre Hand, und sein Blick aus gesprenkelten Augen ruhte in ihren.

»Du mußt nicht zusehen, Wren. Gehe mit Alinor zur Jagd, damit sie ein ordentliches Frühstück bekommt, sie sieht richtig heißhungrig aus, ich glaube fast, sie würde am liebsten ein Stück aus mir herauspicken!« Er war nicht beleidigt, er wußte genau, daß sie Angst um ihn hatte. »Wenn ich die Sache hinter mich gebracht habe, komme ich wieder hierher, und dann überlegen wir uns, wie es weitergehen soll.«

Bisher hatte sie sich in ihrem Leben immer nur gewünscht, endlich zu erfahren, wer sie war. Alles andere war in ihrer Augen unwichtig gewesen – die Suche nach ihrer Vergangenheit hatte ihr Leben ausgehöhlt wie ein unterirdischer Fluß, wie ein Strom, der sich seinen Weg im verborgenen bahnt und dann plötzlich ans helle Tageslicht bricht. *Jetzt* wußte sie, wer ihre Eltern waren, aber ihre wahre Identität blieb trotzdem im dunkeln – war sie Savrin,

Kind einer unglücklichen Liebe, Tochter eines Königs und einer Prinzessin von Niemandsland? War sie Galvins Lehrmädchen, das sein Lebenswerk und die Kenntnisse, die er in all den Jahren gesammelt hatte, bewahren sollte? Oder lag die Wahrheit irgendwo dazwischen, hatte sie zwei Identitäten und zugleich keine? Sie sah in Titchs gesprenkelte Augen, in denen so viele verschiedene Farben tanzten. Im Moment schimmerten sie hauptsächlich in verschiedenen Grüntönen, gescheckt wie feuchte Blätter auf einem Waldboden. Als sie ihre Lippen auf seine legte, schienen die Augen zu verschwimmen.

Er schloß sie in die Arme, und verblüfft stellte sie fest, daß sie schon wieder vergessen hatte, was für eine wunderbare Sicherheit ihr dieser Junge geben konnte. Ein Mann, fest wie Erde oder Felsgestein, unveränderlich, immer gleich. Seine Eigenschaften schienen nichts mit Wasser gemein zu haben, und doch waren sie die Ergänzung, das Gegenstück, ohne das jedes Element nur unvollkommen ist.

Der blaugrüne Umhang, der die Farben des Meeres widerspiegelte, umhüllte sie beide.

Wren hatte Titch gesagt, sie wolle Alinor ausfliegen lassen. Höflich fragte sie Innis, wo das möglich sei, und er zeigte ihr, wo das Falkenweibchen am besten herumtollen konnte. Doch als für Titch der Augenblick gekommen war, loszureiten, um über Gereins Schicksal zu bestimmen, ließ Wren ihre Gefährtin allein jagen und folgte – in einigem Abstand, so daß Valadans Reiter sie nicht bemerken konnte – dem schwarzen Pferd. Das Streitroß hatte sie wahrscheinlich trotzdem bemerkt, aber sie wußte, daß Valadan sie nicht verraten würde – er verstand, was es bedeutete, für immer mit einem Menschen verbunden zu sein.

Für Innis war es ganz selbstverständlich, daß der Hengst zu Titch gehörte. Der hatte leicht reden, dachte Titch, schließlich mußte der Stallmeister nicht auf Valadan zum vereinbarten Kampfplatz reiten und sich den Blicken der erstaunten Zuschauer stellen. Alle fürchteten Valadan – das war der einzige Grund, warum die Männer, die Titch anstarrten, dem Emporkömmling nicht die Zügel aus der Hand rissen und ihn von seinem unverdienten Platz auf dem Rücken des Streitrosses stießen. Sie hatten Angst vor den Zähnen und den Hufen des Tieres, aber am meisten schüchterten die unheimlichen Augen sie ein. Man erzählte sich, ein Blick dieses Pferdes könne einem – wie frostige Winterwinde – das Blut in den Adern gefrieren lassen.

Es stimmt zwar nicht, was man über mich erzählt, aber solche Gerüchte sind ganz praktisch, sagte Valadan fröhlich.

Der Duke hatte einen Edelknaben zu Pferde geschickt, der ihnen den Weg weisen sollte, aber Valadan hätte den Kampfplatz wahrscheinlich auch ohne seine Hilfe gefunden. Das Duell um Gereins Urteil sollte außerhalb von Keverne stattfinden, auf einer Wiese hoch oben auf den Klippen. Die Zeit war zu knapp gewesen, um die Grasfläche wie einen richtigen Turnierplatz herzurichten, aber für die Damen, die zusehen wollten, und die Männer, deren Urteil als Schiedsrichter entscheidend war, hatte man hastig einige Logen aufgestellt. Links und rechts des Platzes drängten sich viele Leute, alle wollten den Kampf mit eigenen Augen verfolgen. Dieses Spektakel wollte niemand verpassen. Überall standen Fackeln, die die Wiese in der Nacht für die Handwerker ausgeleuchtet hatten und nun fast erloschen waren. Rauch, der nach und nach immer grauer wurde, stieg in den Himmel. Am Horizont schimmerte ein blauer Streifen, lavendelfarben leuchteten die Konturen.

Gerein stand den wenigen Sitzplätzen gegenüber, umringt von Kriegern, die eine Art Käfig um ihn bildeten. Langsam ritt Titch auf ihn zu, und obwohl die Wachen keinen Schritt zur Seite wichen, konnte er sie von seinem erhöhten Platz aus wie Luft behandeln, wenn es ihm gefiel. Er begrüßte Gerein und schenkte den Männern des Dukes kaum Beachtung.

»Warum tut Ihr das?« flüsterte der Ritter. Er war unrasiert und wirkte blaß.

»Das habe ich mich auch gefragt«, Titch zog den Helmriemen fest und prüfte, ob der Kopfschutz richtig saß. »Ich habe Euch mal für einen echten Ritter gehalten, für den größten weit und breit, obwohl dafür eigentlich nichts gesprochen hat, wie ich zugeben muß.« Er zuckte mit den Schultern. »Jetzt weiß ich es besser, aber ich glaube immer noch fest daran, daß Ihr den Jungen nicht töten wolltet. Egal, was Ihr sonst noch auf dem Gewissen habt, Ihr verdient es nicht zu sterben, zumal Olvans Tod nur ein Unfall war. Ich will nicht tatenlos zusehen, wie man Euch zu Unrecht verurteilt, wie man Rache an Euch nimmt und es Gerechtigkeit nennt.«

»Titch, Cullum hat bis jetzt jedes Turnier, bei dem ich zugesehen habe, gewonnen! Er …«

Titch versuchte, den Mund zu einem Lächeln zu verziehen – für gute Ratschläge war es etwas zu spät. Oder sollte er beleidigt sein, weil der Ritter ihm so wenig Vertrauen schenkte? »Er hat aber noch nie mit leerem Magen um den Sieg gekämpft, stimmt's? Wohl kaum! Und er mußte noch nie all sein Hab und Gut riskieren und alles auf sein Schwert setzen, oder? Das sind eben die Vorteile, wenn man so aufgewachsen ist wie ich.« Titch lächelte traurig. »Wir sind nicht unbedingt Freunde, Gerein. Aber kein ehrenvoller Ritter könnte Euch in dieser Situation allein lassen. Ich jedenfalls kann es nicht.«

Er gab Valadan ein Zeichen, und das Pferd trottete zum

anderen Ende der Wiese, über dem Nebelschwaden lagen. Tau lag auf dem tiefen Gras. Sie kamen an Blumenkissen vorbei, Gänseblümchen hatten die gelben Augen noch geschlossen, Büschel von Seenelken leuchteten – die Blütenblätter bereits entfaltet – in derselben Farbe wie der ferne Horizont, an dem die Sonne aufging. Während sie das Gras durchstreiften und Wasserperlen wie Regentropfen aufstoben, prüfte Titch noch mal seine Rüstung. Er löste die Schnallen an Schwert und Dolchscheide, zog einige Riemen fester und entspannte die Schulter, die das Gewicht des Schildes zu tragen hatte, während Valadan die Glieder lockerte.

Die Herolde des Dukes bliesen kurz ins Horn. Als Titch das Signal hörte, ließ er Valadan herumschwenken – ihr Blick fiel nun auf das andere Ende des Kampfplatzes. Eigentlich hätte er lieber die aufgehende Sonne im Rücken gehabt, aber der Platz lag so, daß keiner von beiden diesen Vorteil nutzen konnte. Die Logen schienen vollkommen überfüllt. Cullum hatte das Feld bereits auf einem großen braunen Streitroß mit weißfleckigem Gesicht betreten, und vielleicht waren die Trompeten erklungen, um ihn anzukündigen. Das Reittier war gewappnet mit wattierten Stoffen, die zwar kaum Schutz boten, das Tier aber mächtiger erscheinen ließen.

Valadan schnaubte. *Daß das Pferd groß ist, heißt noch lange nicht, daß es auch schnell und mutig ist.* Dankbar tätschelte Titch die Schulter des Schwarzen, und sie nahmen ihre Kampfposition ein.

Mit lauter Stimme verkündete der Marschall den Anlaß, aus dem dieser Kampf geführt wurde: Der Ausgang des Gefechts galt letztendlich als Urteilsspruch über Gerein. Dann erklärte er die Regeln. Viele gab es eigentlich nicht – es sollte so lange gekämpft werden, bis einer von beiden sich ergab. Falls es so aussah, als könne ein Krieger tödlich verletzt werden, war der Kampf ebenfalls beendet. Der Marschall würde das Ende bestimmen und den Sieger erklären. Schließlich hob er den hellen Kommandostab, warf einen Blick zum Duke und sah über die Schulter zum Himmel. Die Krieger starrten auf ihre Waffen und schauten nur aus den Augenwinkeln zum Marschall, dem im Grunde ihre ganze Aufmerksamkeit galt.

Plötzlich war das Grasland in goldenes Licht getaucht. Die Sonne ging auf. Der Marschallstab schnellte herunter, peitschte durch die Luft wie Alinor auf der Jagd nach einer Taube.

Valadan wartete nicht, bis Titch ihm die Absätze in die Flanken preßte, sondern stürmte im Handgalopp los, sobald sein Reiter das Gewicht leicht verlagerte. Donnernd jagten die Hufe über die Wiese.

Der Platz lag immer noch im morgendlichen Dämmerlicht, obwohl die ersten Sonnenstrahlen den Himmel erhellten und aufblitzten, sobald sie sich in den Waffen und im Reiterschmuck fingen. Titch glaubte, daß er seinen Gegner im Moment besser erkennen konnte als umgekehrt, denn das weiße Gesicht seines braunen Pferdes stach wie ein Leuchtfeuer aus der Dunkelheit hervor. Mit jeder Sekunde kam es näher. Langsam wurde es Zeit für Titch, sich eine Taktik zurechtzulegen. Er senkte die Lanze und richtete die Spitze der Waffe auf den Gegner. Wind rauschte an seinen Wangen vorbei und trug ihm den Geruch des Meeres zu.

Jetzt mußte er das Ziel bestimmen. Irgendwie wollte er am Schild vorbeigelangen – vielleicht gelang es ihm, den Gegner mit einem heftigen Stoß gegen den Brustharnisch aus dem Sattel zu werfen. Bei der ersten Attacke brachte ihm das zwar nicht automatisch den Sieg ein, aber er konnte den Ritter verunsichern – ein Pluspunkt für ihn. Außerdem mußte er darauf achten, daß die Speerspitze des anderen auf keinen Fall am Schild vorbeistieß – natürlich hatte Cullum denselben Trick im Sinn, allerdings trug Titch keinen Brustharnisch. Schnelligkeit und Geschick waren jetzt entscheidend, und Titch wußte, daß er dem anderen wenigstens an Schnelligkeit überlegen war.

Dann kam der Zusammenprall. Krachend donnerten beide Waffen auf die gegnerischen Schilde. Die Wucht der Stöße ließ die schützenden Planken erbeben, aber keiner von beiden wurde verletzt. Die Lanzen waren allerdings zerbrochen. Tänzelnd ritten die Pferde weiter, die Krieger warfen die zersplitterten Überreste ihrer Lanzen weit weg und nahmen die neuen Speere entgegen, die die Knappen für sie bereithielten. Titch brachte seine Waffe in die richtige Position und bereitete sich auf die nächste Attacke vor. Cullum dagegen sorgte für unnötige Aufregung und verlangte eine andere Lanze.

Valadan schien vergnügt, bog den Hals und stampfte mit einem Huf auf die dicke Grasnarbe. *Ich habe ihn nervös gemacht.*

»Natürlich hast du das.« Titch tätschelte den seidigen Hals. Dic Augen des Hengstes rollten in seine Richtung, sie glühten beinahe, farbige Lichtblitze schossen – wie Seifenblasen – durch das Schwarz. Valadan blähte die Nüstern, und es schien, als wolle er – wie ein Drache – Feuerflammen ausstoßen.

Beim zweiten Ritt wollte Cullum seinen Gegner anscheinend überrumpeln. Er sorgte dafür, daß er als erster losjagte und einen Vorsprung gewann, aber schon einen halben Herzschlag später schoß Valadan nach vorn und flog wie ein Habicht über das niedergetrampelte Gras. Nur noch das weißgesichtige Pferd, das sich bedrohlich näherte, schien zu existieren, alles andere verschwamm vor Titchs Augen. Cullum hob den Schild und duckte sich dahinter, nur noch die schmalen Augen und der blankpolierte Helm mit dem Helmbusch waren zu sehen. Wie eine Rauchfahne flatterte der Federschmuck im Wind. Keine Frage, der Sohn des Dukes war ein ausgezeichneter Turnierkämpfer. Er verstand es, sich zu schützen, und Titch hatte kaum eine Chance, an dem Schild vorbeizugelangen. Der Junge ließ sich in den Sattel sacken, bereit, auch diesmal den Aufprall abzufangen. Wahrscheinlich gingen die Waffen wieder zu Bruch. Nur zweimal bekamen die Krieger neue Lanzen, und Titch war schon gespannt, wie gut Cullum mit dem Schwert umgehen konnte. Im Schwertgefecht entscheidet die Geschicklichkeit, nicht der Halt im Sattel oder das schnelle Pferd. Unmöglich, das Schwert zu schwingen und sich zugleich hinter dem Bollwerk eines kräftigen Schildes zu verstecken.

Valadan beschleunigte während der letzten drei Sätze, bevor die Krieger aufeinanderstießen. Cullum hatte die Lanzenspitze leicht nach unten geneigt, und als sie gegen Titchs Schild prallte, wurde der Junge gegen die Hinterpausche geschleudert. Aber Titch war eindeutig im Vorteil: Mit noch mehr Wucht traf seine Waffe den Schild des Gegners, ein Splitterregen rieselte zu Boden, als die Lanze zerbarst. Sogar Cullums Schild war beschädigt, aber das Eisenkreuz hielt es noch zusammen. Als der Ritter sein Streitroß herumriß, sah man beiden an, wie sehr der Aufprall sie mitgenommen hatte. Das war ihnen eine Warnung, nur ein Sturz hätte sie noch nervöser machen können. Titch zog das Schwert aus der Scheide.

Mit trockenem Mund verfolgte Wren das Geschehen, unwillkürlich sprang sie auf, als die beiden Krieger aufeinanderprallten. Natürlich wußte sie, daß sie – außer Gerein vielleicht – wahrscheinlich die einzige in der begeisterten Menge war, die Titch den Sieg wünschte. Sicherlich wollten die Damen in der Loge nicht, daß der Junge vor ihren

Augen einen grausamen Tod fand, aber sie standen bedingungslos auf Cullums Seite. Ihre Herzen gehörten ihm, sie drückten ihrem Liebling, der für ihre gerechte Sache kämpfte, fest die Daumen.

Bis jetzt hatte sich Titch gut geschlagen. Wren hätte alles dafür gegeben, wenn sie gewußt hätte, wie man einen schützenden Zauber über seinen Mantel legte. Nur die Farbe hatte sie verändern können, aber was bedeutete schon die Farbe? Jedesmal, wenn die Reiter aufeinanderprallten, mußte sie damit rechnen, daß die gegnerische Lanze Titch durchbohrte. Und doch war dieses Lanzenstechen, das sie noch nie zuvor gesehen hatte, nur ein Vorgeplänkel. Wirklich gefährlich sollte es erst noch werden.

Wie immer war der Himmel früher erwacht als die Erde. Alinor zog hoch über Kevernes Türmen ihre Kreise und schraubte sich über den Mooren, die noch im Dämmerlicht lagen, in die Lüfte. Tautropfen funkelten. Nur wenige Vögel flogen zu so früher Stunde. Kaum ein Luftzug streifte Alinor, scharf durchschnitt sie den Himmel und erkundete die Küstenregion. Das Salzwasser schien sich endlos weit auszudehnen, noch weiter als das Land, das es umspülte – fast wie ein zweiter Himmel unter ihr. Alinor schwang sich höher, beschrieb einen Kreis und durchbrach die diesige, eisige Kontur einer Wolke. Wasserperlen und Nebeltropfen legten sich auf ihre Rückenfedern.

Sie flog wieder landeinwärts und näherte sich den gewaltigen, dunklen Klippen, auf deren Spitzen ein verschleierter, grüner Pelz lag. Wie massiv doch die Knochen der Erde waren! Und wie langweilig zugleich – ganz anders als die Flüsse ihrer Welt, die ständig einem Wandel unterworfen waren. Aus ihrer Perspektive waren die Kreaturen, die sich auf den Klippen bekämpften, nichts weiter als unbedeutende Würmchen.

Die scharfen Augen nahmen Bewegungen wahr, und obwohl sie sofort erkannte, daß sich dort unten – leider – keine mögliche Beute bewegte, sondern Menschen, die sich um einen Platz drängten, glitt das Falkenweibchen näher heran, neugierig und zugleich berauscht von dem Gefühl der Freiheit und der Kraft. Alinor erkannte das schwarze Pferd, oft hatte sie es von oben gesehen. Obwohl es an die langweilige Erde gefesselt war – eine Tragödie aus Alinors Sicht –, schien es doch auf geheimnisvolle Weise zu fliegen. Der Hengst stürmte auf ein anderes Pferd zu, wie ein Adler, dem ein Falke die Beute geraubt hat. Wie kämpfende Vögel führten sich Reiter und Pferde auf – sie liefen aufeinander zu, stießen kurz nach dem Feind, jagten aneinander vorbei und wendeten sofort wieder, um sich erneut zu attackieren.

Irgendwo mußte doch auch Wren sein, wenn dort unten das schwarze Pferd und sein Reiter mit dem Krummschnabel kämpften. Der Blick des Falkenweibchens huschte über die Zuschauer, die dicht gedrängt standen, bis sie schließlich ihre Herrin ausfindig machte. Es gefiel Alinor nicht, daß so viele Menschen ihre Vertraute umringten, aber anscheinend hatte sie nichts zu befürchten. Alinor spürte, daß Wren sorgenschwere, angsterfüllte Gedanken durch den Kopf schossen, wie Wolken, die sich zu einem Sturm zusammenbrauen.

Cullum war ein geschickter Schwertkämpfer, ein Kerl mit erstaunlich langen Armen, selbst für seine Größe. Dieser Mann schlug nicht einfach nur um sich wie mit dem Dreschflegel, in der Hoffnung, daß ab und zu ein Hieb saß. Sobald seine Attacke abgewehrt wurde, drehte er sich – nachdem er sich wieder gefangen hatte – blitzschnell um und versuchte, den nächsten Schlag geschickter zu plazieren. Bei jedem Hieb gab er sein Bestes, eine perfekte Mischung aus Kraft, schnellen Reflexen und gutem Training.

Der Ritter war in der Lage, zwei, drei Kampfzüge im voraus zu planen und ein Ablenkungsmanöver durch ein anderes zu vertuschen. Manchmal ließ er absichtlich Attacken mißlingen, um sich vollkommen auf den nächsten Streich zu konzentrieren. Sobald er in die Situation geriet, parieren zu müssen, verwandelte er den abwehrenden Hieb in eine Eröffnung der nächsten Offensive und machte ihn so zum Teil seiner Strategie.

Aber auch Titchs Leben hatte sich nur ums Schwert gedreht, zeitweise hatte er für nichts anderes gelebt. Es gelang ihm, Cullum ein ebenbürtiger Gegner zu sein, und manchmal bestimmte er sogar den Verlauf des Kampfes. Mit Männern von jeder beliebigen Statur hatte er Schwertkämpfe ausgefochten, kaum eine Strategie war ihm nicht vertraut. Cullum dagegen war wahrscheinlich meistens gegen seine Freunde und Rittergefährten angetreten, viel hatte für ihn dabei nie auf dem Spiel gestanden.

Außerdem besaß er kein magisches Pferd wie Valadan.

Keine Sekunde mußte Titch darauf verschwenden, sein Reittier zu lenken. Die linke Hand, die gewöhnlich die Zügel führte, konnte sich allein auf den Schild konzentrieren. Während er zuschlug oder parierte, hielt er sich nur mit den Beinen im Sattel. Es war, als seien die Hufe des Pferdes seine Füße. Selbst wenn sich Titch unsicher war, welchen Schritt sie als nächsten tun sollten, ließ sich der Hengst nie in eine ungünstige Position drängen. Das Streitroß verstand es zu kämpfen. Wenn Titch in Cullums Reichweite vorstoßen mußte, näherte sich Valadan geschickt dem Gegner. Oftmals zwang er das größere Pferd, sich nach seinem Diktat zu drehen und zu wenden. Nur mühsam gelang es Cullum in solchen Situationen, den Braunen wieder seinem Willen und seiner Strategie zu unterwerfen. Auch Cullums Reittier war ein geschultes Streitroß und hatte viele Gefechte mitgemacht, aber jetzt mußte es sich einem schwarzen

Wirbelwind stellen, einer Sturmbö, die es jederzeit, in jeder beliebigen Position, mitreißen und beugen konnte. Wie ein Hirtenhund blieb Valadan dem Gegner immer auf den Fersen.

Der Weißgesichtige wich seitlich aus, zog sich zurück oder sprang nach vorne, je nachdem, was sein Reiter mit unerbittlicher Hand von ihm verlangte. Plötzlich rutschte er auf der aufgewühlten Grasnarbe aus und sank auf die Knie. Unbeholfen versuchte Cullum, so schnell wie möglich abzusitzen, indem er sich über die rechte Seite auf den Boden rollte. Der Reiter hatte sich in seiner Panik viel zu ungestüm bewegt, aber er landete wenigstens auf den Füßen, die Waffe in der Hand. Nach wenigen Sekunden hatte er sich wieder im Griff.

Während sich das Streitroß mit dem weißen Gesicht taumelnd aufraffte, zügelte Titch den Hengst und schwang sich elegant aus dem Sattel. Die Regeln schrieben nicht vor, daß ein berittener Krieger den Kampf gegen einen Gegner, der vom Pferd gestürzt war, am Boden weiterführen mußte, aber alles andere wäre unritterlich und unfair gewesen. Titch ging auf den anderen zu, immer auf der Hut.

Wieder erklang das blecherne Geräusch zweier Schwerter, deren Klingen kreischend aufeinanderschlugen, ab und zu – wenn die Waffe den Schild des Gegners traf – unterbrochen von einem dumpfen Laut. Wie ein Tanz in der Schmiede. Der Kampf verlief nun ganz anders als zu Pferde – die beiden Männer standen meistens dicht beieinander und mußten sich keine Sorgen machen, daß ein ausholender Hieb das Pferd treffen könnte. Wenn sich einer der beiden – während er zustieß – zu weit nach vorne beugte, konnte er nicht mehr stürzen, sondern höchstens ausrutschen – was allerdings auch verheerende Folgen haben konnte.

Die Männer umkreisten einander, und sobald einer der

Krieger eine Chance witterte – eine ungeschützte Stelle womöglich, in die er vorstoßen konnte –, schoß er auf den anderen zu. Geschickt hielt Titch seinen Schild wie eine Einladung, ihn anzugreifen, er versuchte so, Cullums Klinge anzulocken, um sie dann in einem großen Bogen wegzudrücken und an sein Schwert zu heften, bis er zu einer befreienden Attacke überging. Cullum ließ sich aber nicht täuschen, wandte genau denselben Trick an, und wieder umkreisten sie sich ein-, zweimal tänzelnd auf dem nassen Gras. Sie täuschten an, schlugen die Klingen aufeinander und schwangen ihre Schilde. Eine Taktik, die einen Krieger schnell erschöpft, aber noch waren sie beide voller Kraft, keiner war dem anderen unterlegen.

Jetzt parieren. Wieder zurück auf die Ausgangsposition. Ich muß mir eine neue Angriffsfläche suchen, vielleicht hat er vergessen, daß ich dicht genug an ihn herangekommen bin, um seine Kniescheibe zu zerschmettern. Er nutzt den Schild jetzt seltener, um einen Hieb abzufangen – der Riß in den Planken ist größer geworden. Ob sie wohl endgültig zu Bruch gehen, wenn ich ein paarmal mit aller Kraft darauf einschlage? Wenn ich nur noch den Schild anvisiere und jeden Hieb auf die Planken setze?

Er zieht sich zurück! Vorsichtig, das hat er schon viel zu oft getan. Es könnte eine Falle sein, eingeschüchtert ist er bestimmt nicht. Das nächste Mal muß ich ihm hart nachsetzen, er wird sicherlich nicht ausweichen, sondern wie angewurzelt stehenbleiben, in der Hoffnung, daß ich nicht weiter auf ihn einschlage, bis ich die Klinge zwischen den Zähnen habe!

Fast stießen sie in die Menschenmenge vor, aber die Zuschauer teilten sich, um ihnen Platz zu machen. *Jetzt bloß auf der Hut bleiben. Das hier ist unbekannter Boden. Schließlich haben schon unzählige namhafte Ritter den Tod gefunden, weil sie einen Augenblick unachtsam waren und mit dem Fuß in einem Dachsbau hängengeblieben sind! Seine Deckung auf der linken Seite ist schwach. Langsam wird er müde – oder einfach nur träge? Oder führt er etwas im Schilde? Ich versuch es mal von der Seite, dann merke ich ja ...*

Sie stießen aufeinander, schlugen zu, parierten und ließen die Klinge auf den Schild des Gegners donnern. Die Männer waren von der Loge gestiegen, um den Kampf genau verfolgen zu können. Langsam schmerzte Titch der Schwertarm, ein brennendes Gefühl kroch ihm bis zur Schulter hinauf und strahlte bis in den Rücken aus. Cullum ging es sicherlich nicht anders, also mußte Titch diese Schwäche nutzen. Auf keinen Fall wollte er, daß sie weiter bis zur Felskante vordrangen, denn sobald er am Abgrund stand, würde ihm wieder schlagartig bewußt werden, daß der sichere, feste Boden unter seinen Füßen in schwindelerregender Höhe lag und das Felsgestein in die morgendliche Luft hinausragte.

Inzwischen stand die Sonne sehr viel höher und machte den Kriegern zu schaffen. Die Strahlen heizten die Rüstungen auf, unter denen es für die schwitzenden Körper ohnehin schon viel zu heiß geworden war, und das Licht blendete. Salzwasser lief Titch in die Augen und brannte wie Essig. Er blinzelte, um wieder einen klaren Blick zu bekommen, mußte den nächsten abwehrenden Hieb instinktiv ausführen und heftete Cullums Klinge an seine Waffe. Taumelnd wich er zurück und tat so, als sei er ins Stolpern geraten, aber Cullum ließ sich nicht ködern – sein Glück, sonst hätte er einen schnellen Tod gefunden.

Wie Pferde, die man zuschanden geritten hatte, keuchten die Männer. Titch hätte in diesem Moment ein Jahr seines Lebens gegen einen Schluck Wasser eingetauscht. Ein Täuschungsmanöver lockte ihn an den Gegner heran, Cullum verpaßte ihm einen Schlag auf den Helm – und wahrscheinlich eine neue Beule im Metall. Titch wankte, aber er war nicht wirklich verletzt worden. Ihm war es dagegen gelungen, auf Cullums linken Fußknöchel einzuschlagen, und zwar so heftig, daß sich der Ritter zu einem Fluch hinreißen ließ, als er sich zurückzog. Ärgerlich, daß er nur mit der flachen Seite der Klinge getroffen hatte, die das schützende Kettengeflecht über den Beinen nicht durchdringen konnte – Cullum kam mit einer Prellung davon.

Von spielerischem Geplänkel schienen nun beide genug zu haben. Sie umtänzelten sich nicht mehr, inzwischen hatten sie die Hoffnung aufgegeben, daß der andere – völlig erschöpft – irgendwann in Ohnmacht fallen würde. Jetzt war es an der Zeit für effektive Kampfzüge, für Hiebe, die den Gegner außer Gefecht setzten. Cullum war der größere von beiden – er nutzte diesen Vorteil, indem er immer wieder versuchte, die Hiebe und Stöße über Titchs Schild auf seinen Kopf zu plazieren. Der Junge dagegen konzentrierte sich auf die Beine des Ritters. Unmöglich, daß ein Mann einen Kampf mit zwei lahmen Beinen durchstand, und Titch schoß der boshafte Gedanke durch den Kopf, daß es sicherlich amüsant war, Cullum bei dem Versuch zu beobachten.

Wenn ein Krieger müde wird und den Kampf, dessen Ausgang er fürchtet, so schnell wie möglich hinter sich bringen will, fängt er an, unachtsam zu werden. Titch und Cullum machten – erschöpft, wie sie waren – beide Fehler. Titchs größter Fehler war, daß er einen Seitenwechsel mit Cullum zuließ und ein, zwei Schritte zurückwich. Er versuchte, wieder zu Atem zu kommen, mit einfachen Abwehrhieben Kräfte zu sparen, Cullums Schläge immer wieder zu parieren, während sich der Ritter bei seiner Attacke verausgabte. Cullum spielte mit. Doch plötzlich wurde Titch bewußt, daß er *unter* sich die Schreie der Seevögel hören konnte – dort mußte ebenfalls ein Stück Himmel sein, mit Sicherheit aber ein klaffender Abgrund. Er war so weit zurückgewichen, daß er dicht an der Felskante stand, wie ein blindes Schaf, das sich in den Pferch treiben läßt. Cullum keuchte, bis ihm die Lippen bebten, aber er verzog den Mund zu einem triumphierenden Grinsen.

Cullum konnte natürlich nicht wissen, daß Titch keine Sekunde gezögert hätte, die Waffen abzulegen und sich – ohne schützende Rüstung – in das Schwert seines Gegners zu stürzen, nur um der gähnenden Leere zu entkommen. Noch schwang er die Klinge. Wieder einmal rammten sie sich mit den Schilden, sie stießen aufeinander ein und teilten Hiebe aus. Der Platz war knapp geworden, und beide konnten für ihre Attacken kaum noch ausholen.

Genau das mußte Cullum gewollt haben: daß Titch keinen Schritt mehr zurückweichen konnte. Panik ergriff den Jungen, als er erkannte, welchen Fehler er sich geleistet hatte. Er konnte sich noch verteidigen, aber wenn er keine Chance hatte, sich in eine bessere Position zu kämpfen, mußte er sich irgendwann geschlagen geben. Ein Krieger, der nur noch parieren kann, verliert die Kontrolle über das Gefecht, er kann nur noch auf den Gegner reagieren und den Verlauf des Kampfes nicht mehr bestimmen. Die steil abfallende Felswand hinter Titchs Rücken hätte genausogut eine Wand sein können – er hatte noch ungefähr zwölf Meter Spielraum, die jeder andere Krieger genutzt hätte, aber er war nicht dazu in der Lage. Unmöglich für ihn, auch nur einen Schritt nach hinten zu machen, denn er war überzeugt, den Fuß ins Nichts zu setzen. Er parierte, legte alle Kraft in die abwehrenden Hiebe, um den anderen dadurch zurückzudrängen.

Doch statt dessen wurde er wieder zwei Schritte zurückgestoßen und verlor das Gleichgewicht. Immer noch beherrschte Cullum den Kampf. Titch begriff, nach welcher Taktik der andere vorging – wenn sich ein Kampf in die Länge zieht, werden die Hiebe seltener, oftmals rammen sich die Krieger nur noch, stoßen kraftlos die Schilde oder Klingen aneinander. Irgendwie schaffte es der Junge trotzdem, am Schild des Ritters vorbeizugelangen und ihm einen schmerzhaften Hieb zu verpassen. Die flache Seite seiner Klinge schlug hart gegen die Rippen des größeren Mannes, und Titch konnte nur hoffen, daß er ihm damit ordentlich zugesetzt hatte. Allerdings mußte er noch einen Schritt zurückweichen, sonst hätte ihm Cullum im Gegenschlag den Kopf abgehauen – und jetzt stand er tatsächlich am Abgrund. Der Wind trug Titch den Salzgeruch des Meeres zu, die Luft, die er in seine bebenden Lungen sog, schmeckte nach aufspritzender Gischt. Wenn er jetzt auch nur einen Schritt nach hinten trat …

Verzweifelt versuchte er, die Kampflinie zu durchbrechen oder an Cullum vorbeizugelangen. Er wollte den Schwerthieb kontern, der geradewegs auf ihn niederschoß, in der Hoffnung, daß er die Klinge zur Seite drücken und an seinem Gegner vorbeischlüpfen konnte. Wenn sich die Schwerter verschränkten, war es womöglich kein Problem, den anderen zu umkreisen …

Die Klingen schlugen laut klirrend aufeinander, und ohne jede Vorwarnung gab Cullums Schwert plötzlich nach. Titch verlor das Gleichgewicht und stolperte nach vorn, statt den Gegner, wie geplant, zu umkreisen. Krampfhaft überlegte er, was er falsch gemacht hatte. Doch da stürzte er schon, rollte sich sofort zur Seite und schaffte es gerade noch rechtzeitig, das Schwert aufzurichten. Blitzschnell war Cullum hinter ihm her geschossen. Plötzlich merkte Titch, daß er nur den bronzeverzierten Schwertgriff und einen stählernen Stumpf in der Hand hielt – nacktes Entsetzen packte ihn. Sein Schwert – das Schwert seines Vaters – war zerbrochen. Zu Cullums Füßen blinkte die wertlose Klinge im Gras.

Ein Aufstöhnen ging durch die Menge, wie ein Windhauch, der durch reifes Korn streift. Um die hundert Menschen sogen erschrocken die Luft ein. Nur eine unter ihnen schrie entsetzt auf – Wren.

Ein Flehen lag in diesem Schrei, Fassungslosigkeit – und blankes Entsetzen. Schlimm genug, daß Titch kurz vor seiner Niederlage stand. Aber Wren begriff – wahrscheinlich als einzige –, daß Cullum diesen Emporkömmling fertigmachen wollte, und zwar mit der einzigen Sache der Welt, die Titch in Panik versetzte. Der Junge konnte jeden Moment vom Rand der Klippen stürzen und auf den Felsen, die aus dem Meer ragten, zerschellen, cin endloser Fall, wenigstens würde es ihm so vorkommen …

Er trug Eisen am Körper. Wren wußte, daß sie ihm – solange er Rüstung und Waffen trug – mit Magie überhaupt nicht helfen konnte. Auch Tränen konnten nichts ausrichten – nicht einmal sein Leben retten.

Jetzt kämpften die Männer zu Fuß, eine zähe, viel weniger anmutige Angelegenheit – Falken töten mit einem einzigen Stoß, und Alinor hatte nur Verachtung für diese Kreaturen übrig, die dazu nicht in der Lage waren. Den Menschen dort unten fehlte es einfach an Geschick, obwohl das Falkenweibchen zugeben mußte, daß es bei der Hakennase ein oder zwei Täuschungsmanöver beobachtet hatte, die es doch überraschten. Soviel Raffinesse hätte Alinor ihm nicht zugetraut. Die plumpen Bewegungen wären natürlich eines Falken unwürdig gewesen, und doch feuerte sie Titch unwillkürlich an, als sie über das Gefecht hinwegflog.

Dann das Fiasko! Überängstlich achtete Alinor stets darauf, daß ihre Klauen nicht an etwas Hartem wie Stein oder Stahl abstumpften – ein Raubvogel ist hilflos ohne seine Waffen und schont sie deshalb. Und der Krummschnabel hatte seine gerade *verloren*; die einzige Kralle, die er besaß, hatte er sich von seinem Feind abschneiden lassen. Jetzt hielt er nichts mehr in der Hand, das er als Waffe verwenden konnte. Hilflos wie ein Küken im Daunenkleid stand er nun da. Wirklich übel. Er hatte sich tapfer geschlagen, und falls einer der beiden da unten den Sieg verdient hatte, war er es.

Alinor hörte, wie ihre Herrin aufschrie, schrill wie ein Falke, dessen Gefährte in Gefahr ist. Nachdem Alinor begriffen hatte, welches Drama sich dort unten abspielte, schraubte sie sich taumelnd in die Lüfte. Titch und ihre Herrin hatten nie umeinander geworben, jedenfalls hatte Alinor nichts davon mitbekommen. Aber diesen Schrei kannte sie, und sie begriff, daß der Tod des Krummschnabels für ihre Herrin unerträglichen Schmerz bedeuten würde. Er war ein unwürdiger, nichtsnutziger Gefährte, und doch war er der Mann, für den ihre Herrin sich entschieden hatte. Also war es ihre Pflicht, ihm zu helfen.

Alinor hatte sich inzwischen hoch hinaufgeschwungen, um mit hoher Geschwindigkeit hinabschießen zu können – sie richtete den Schnabel auf die beiden Männer unter ihr, legte die Schwingen an und schoß auf den Boden zu. Der Wind zischte zwischen ihren Federn hindurch, eine hohe, schrille Totenklage. Klar zeichnete sich das Ziel vor ihr ab. Sie ließ die Krallen herausschnellen und schlug zu.

Die ausweglose Situation lähmte Titch, er konnte sich unmöglich aufraffen. Und selbst wenn er den Mut dazu aufgebracht hätte, fehlte ihm die Kraft. Zum Glück war Cullum so sehr außer Atem, daß er ihm nicht sofort nachsetzen konnte. Es blieben ihm noch wenige Augenblicke, um sich zu ergeben, bevor ihm das Schwert in die Kehle gestoßen wurde und der Marschallstab fiel, um seinen Tod kundzutun.

Ein ritterlicher Gegner war er wirklich nicht, und zudem

nicht einmal adelig. In diesem Land sahen alle nur einen Fremden in ihm, er hatte weder die Unterstützung eines Lords noch seiner Familie. Plötzlich wurde ihm bewußt, daß Cullum ihn einfach über die Kante stoßen konnte, auch wenn er dabei seine Ehre aufs Spiel setzte. Schließlich hatte ihm sein Gegner schon reichlich Schmerzen zugefügt, ganz zu schweigen von der Erniedrigung, die er zu erdulden hatte ...

Titch sah, daß Cullum den rechten Stiefel hob. Ja, er hatte den Blick aus schmalen Augen richtig gedeutet. Auch gut. Er konnte nichts mehr daran ändern, nicht das geringste. Er hörte, wie Wren aufschrie. Schmerz und Verzweiflung lagen in diesem Schrei. Sie hätte nicht hierher kommen dürfen, es war nicht richtig, daß sie den Kampf verfolgte. Sie hatte schon genug Furchtbares gesehen ...

Ein Schrei durchschnitt die Luft und hallte nach. Schatten huschten übers Land. *Alinor.*

Vielleicht duckte sich Cullum blitzartig, wenn das Falkenweibchen auf ihn herabschoß. Womöglich gewann Titch dadurch einige Sekunden, vielleicht hatte er sogar die Chance, sich aufzuraffen. Und dann? Sein Dolch gegen Cullums langes Schwert? Ob der Marschall dem Kampf wohl ein Ende setzte? Titch fiel ein, daß Alinor womöglich *sein* Gesicht attackierte, falls sie ihm aber zu Hilfe eilte, verstieß das eindeutig gegen die Regeln.

Etwas schnellte durch die Luft, aber nicht Alinor. Es war lang, dünn, und es funkelte – ein Schwert.

Mit der Spitze nach unten blieb es bebend im Boden stecken. Während sich Titch auf die Füße rollte, packte er den Schwertgriff. In dem Moment, als er die Klinge herauszog, richtete Cullum schon wieder sein Schwert gegen ihn. Der Hieb traf ihn an der rechten Schulter, der Arm fühlte sich augenblicklich taub an, aber Titch riß mit der rechten

Hand das Schwert hoch und schwang es wie den Flügel einer Windmühle. Ein dumpfes Klirren war zu hören, als die Klinge auf Cullums bronzeverzierten Helm schlug. Titch, der ohnehin nur wackelig auf den Beinen stand, rutschte aus und sank auf die Knie, dem Gegner hilflos preisgegeben. Aber Cullum fiel der Länge nach auf den Rücken, der Aufprall klang blechern. Titch beugte sich vor, atmete heftig und setzte die Spitze der Klinge an Cullums Kehle. Mit leichtem Nachdruck bohrte er sie in den ledernen Halsschutz, bis Titch sicher sein konnte, daß der Gegner sie spürte.

»Ergebt Ihr Euch?« fragte er, wie es die Regeln vorschrieben. Sein Mund war so trocken, daß ihm die Worte nur mühsam über die Lippen kamen, aber Cullum wußte ohnehin, welche Frage zu erwarten war. Wütend funkelte der Ritter seinen Gegner an, aber es war hilflose Wut. Der Marschallstab kannte keine Gnade, er senkte sich blitzschnell.

Ritter der Ehre

»Nein!« Cullums Protestschrei hallte noch lange nach, und in das immer schwächer werdende Echo riefen ein, zwei Männer: »Hexenwerk!« Ein Ritter, der unmittelbar neben Wren stand, stellte verblüfft fest, daß sein Schwert nicht mehr an dem gefärbten Ledergurt baumelte, den er über der Schulter trug, sondern plötzlich – weiß der Teufel, wie – hundert Schritte weiter in Titchs Panzerhandschuh aufblinkte. Alinor schlug einen weiten Bogen und segelte zu ihrer Herrin. Voller Verachtung für die Menschen unter ihr flog sie niedrig genug, um die Leute aufzuschrecken und auseinanderzujagen. Bevor sie, plötzlich lammfromm, auf Wrens Unterarm landete, schlug sie noch einmal kräftig mit den Flügeln, bis sie selbst die Hartnäckigsten verscheucht hatte.

Cullum stieß seine Freunde fort, nachdem sie ihm wieder auf die Beine geholfen hatte, und stolperte wütend schimpfend zum Duke. Jeden, der ihm im Weg stand, stieß er einfach beiseite. Titch mußte sich allein aufraffen, und er wirkte ziemlich mitgenommen. Bis jetzt hatte niemand versucht, Hand an ihn zu legen, obwohl es ihn nicht gewundert hätte. Er ließ das Schwert, das Alinor für ihn gestohlen hatte, ins Gras fallen und hob behutsam die beiden Hälften der Klinge auf, die einmal seinem Vater gehört hatte. Titch bemerkte, daß zwci bewaffnete Wachen zielstrebig auf ihn zukamen, die Schultern mit den Abzeichen gestrafft.

»Du solltest Gerein nach Esdragon bringen, damit ein Urteil über ihn gesprochen wird. Es war nie deine Aufgabe, ihn zum Richtplatz zu führen. Der Kampf sollte entscheiden. Auch wenn es mir leid tut, daß du nicht gewonnen hast – der Ausgang des Kampfes ist eindeutig.« Der Duke war nicht besonders glücklich über die Niederlage seines Sohnes, stellte Titch fest.

»Das ist nicht fair!« schrie Cullum, der sich nicht so schnell geschlagen geben wollte.

Die beiden Männer, die auf Titch zumarschierten, kamen immer näher. Auch Valadan trottete auf seinen Herrn zu, und die aufgeregten Zuschauer bildeten eine Gasse für ihn. Wie Korn, über das ein kalter Wind streicht, wichen sie zur Seite. Titch schätzte ab, wie weit das Pferd noch von ihm entfernt war. Die Männer des Dukes sahen, daß sein Blick zu dem Hengst wanderte, und gingen schneller. Im Hintergrund hörte man, wie Cullum immer lauter protestierte. Titch überlegte, ob er tatsächlich Gewalt anwenden und sich die beiden Männer mit dem Dolch vom Leibe halten mußte, um zu verhindern, daß sie ihn abführten. Es war durchaus erlaubt, sich zu verteidigen, aber ob das in seiner Situation tatsächlich angebracht war, konnte jeder anders sehen – und sicherlich fällte niemand eine Entscheidung zugunsten des Fremden.

Der Himmel brach auf.

Keine Seltenheit, daß es in Esdragon regnete. Sobald man hier vor die Tür trat, mußte man damit rechnen, naß zu werden, jedenfalls an mindestens neunzig von hundert Tagen. Aber an diesem Tag prasselte einer der seltenen Platzregen nieder, riesige Tropfen schossen senkrecht aus den Wolken, bildeten einen grauen Vorhang, undurchdringlich wie ein Kettenhemd, und trafen die Menschen auf dem Kampfplatz hart wie das Schwert, das Alinor dem fremden Ritter abgenommen hatte. Nicht nur die Fürsten und ihre Ladies eilten, so schnell sie konnten, zurück nach Keverne, auch die meisten anderen Männer liefen fluchtartig zur Burg zurück. Nur wenige blieben, so auch die Wachen, denen der Duke den Befehl erteilt hatte, Gerein nicht aus den Augen zu lassen.

»Sieben Tage hat er Zeit – dann muß er es bis zur Grenze geschafft haben. Das muß reichen. Wer Gerein von Kendillin während dieser Zeit etwas antut, wird wegen Mordes verurteilt und bestraft. Eine Mißachtung meines Urteils betrachte ich als Verletzung meiner Ehre.« Rayner wandte sich ab und erhob die Stimme, um den Regen zu übertönen. »*Gerein*! Euer Fürstreiter in diesem Kampf hat gewonnen – das Urteil der Götter lautet, daß Ihr den Mord nicht vorsätzlich begangen habt. Trotzdem ist Olvan durch Eure Hand gestorben, deshalb werdet Ihr aus meinem Herzogtum verbannt. Ihr könnt gehen, wohin Ihr wollt, aber solange meine Söhne und ich noch leben, dürft Ihr niemals nach Esdragon zurückkehren.« Cullum, der neben seinem Vater stand, schwieg endlich, aber seine Augen, die er zu Schlitzen verengt hatte, funkelten – eine düstere Drohung.

»Bis zu Eurem letzten Atemzug dürft Ihr das Land nicht mehr betreten. Ihr solltet dankbar sein – und so schnell wie möglich von hier verschwinden.«

Die Wachen nahmen dem Ritter die Ketten von den Handgelenken. Gerein starrte auf seine befreiten Hände, als sehe er sie zum ersten Mal. Er hob den Blick und richtete ihn auf Titch, der in der dunklen Regenwand stand. Ein letztes Mal sah der Ritter – voller Verachtung – die Männer an, die ihn bewacht hatten, dann ging er durch das triefend nasse Gras auf den Jungen zu. »Man hat mir das Schwert weggenommen«, sagte er und zeigte dabei auf Titchs Schwertscheide, in der die zerbrochene Eisenklinge steckte. »Sonst würde ich es Euch geben.«

»Ihr werdet Euer Schwert selbst brauchen«, erwiderte Titch, und der Regen tropfte ihm von der Nasenspitze. »Es wäre sowieso besser, wenn Ihr es behalten würdet. Wohin geht Ihr jetzt?«

»Egal, irgendwohin.« Gereins Blick wanderte über die graue Landschaft. »Ich kann überall hingehen, wußtet Ihr das nicht? Unsere Wege werden sich jedenfalls nicht mehr kreuzen. Vielleicht reise ich auf einem Schiff übers Meer ...« Er wandte sich ab und machte sich auf den Weg. Die Männer des Dukes wichen zurück, und Gerein würdigte sie keines Blickes mehr. Nicht einmal drehte er sich um.

Das ist also der Dank. Du warst ein Dummkopf, dein Leben für einen ehrlosen Mann wie Gerein zu riskieren. Titch schüttelte den Kopf und versuchte, wieder einen klaren Gedanken zu fassen. Die Schultern schmerzten ihn, und er hatte ein Kratzen im Hals. Von Kopf bis Fuß war er übersät mit Prellungen, der Regen war bis auf seine Haut vorgedrungen, nur unter dem Helm war er noch trocken. Langsam kam er wieder zu Atem, und schweißgebadet, wie er war, machte ihm der Regen kaum etwas aus. Sein Wams schien plötzlich an die tausend Pfund zu wiegen.

Sanft stupste Valadan seinen Herrn mit dem Maul an. Die beiden Wachen näherten sich immer noch dem Fremden, aber ihre Schritte waren immer langsamer geworden. Der Duke hatte ihnen anscheinend keinen ausdrücklichen Befehl erteilt, wahrscheinlich wollten sie sich nur besonders diensteifrig zeigen. Ein Wink genügte, sie waren jederzeit bereit, den unerwünschten Fremden abzuführen.

Wenn du auf meinem Rücken sitzt, wagt es niemand, dich festzunehmen, sagte Valadan eindringlich.

»Auch wenn sie glauben, daß ich dich gestohlen habe?« Titch war erschöpft, in seinem Kopf drehte sich alles, und seine Beine fühlten sich an wie Bleigewichte. Er schob einen Zeh in den Steigbügel. Schließlich war es ohnehin töricht, bei strömendem Regen zu Fuß durch den Morast zu stapfen und dabei immer wieder nervöse Blicke über die Schulter zu werfen, oder? In Zukunft würde er so viele Unannehmlichkeiten ertragen müssen – wenn der Platzregen anhielt, dauerte es sicherlich noch ein paar Tage, bis er wieder trockene Kleider auf der Haut hatte. Gerein war nicht der einzige, der Keverne bei miserablem Wetter verlassen mußte.

Titch schaffte es – mitgenommen, wie er war – nur mit Mühe, sich auf den Rücken des Hengstes zu schwingen. Der Steigbügel und seine Stiefel waren naß und rutschig. Stöhnend und fluchend ließ er sich in den Sattel sacken und wischte sich den Regen aus den Augen.

Ströme von Wasser liefen über Wrens Gesicht. Titch war sich nicht sicher, ob sie weinte oder ob der Regen in Rinnsalen über ihre Wangen lief. Alinors Augen funkelten mordlustig – sie wollte sich so schnell wie möglich irgendwo unterstellen, aber ihre Herrin dachte anscheinend nicht im Traum daran, sich – wie die anderen Ladies – in die Burg zurückzuziehen. Wie es aussah, stand das Mädchen lieber im strömenden Regen herum – in Alinors Augen gab es dafür nur einen Schuldigen: Titch.

»Ich habe gedacht, der Kerl bringt dich um!« brachte Wren atemlos hervor und klammerte sich an den Steigbügel, während Valadan ihr den Kopf zuwandte und liebevoll an ihrer Schulter knabberte.

Ich auch, wollte Titch antworten, aber er zuckte nur verlegen mit den Schultern, als sei der Kampf ein Kinderspiel für ihn gewesen. »Das hätte man niemals zugelassen. Schließlich ging es bei dem Kampf nicht um Leben oder Tod.« Das eisige, wutverzerrte Gesicht des Dukes kam ihm wieder in den Sinn, die Augen, die an kalten Stein erinnerten, und er wußte, daß er nicht ganz die Wahrheit gesagt hatte. Im Grunde hatte er natürlich recht, aber man hätte Cullum – wenn er den Jungen trotzdem erschlagen hätte – niemals des Mordes beschuldigt, das Urteil über den Sohn des Dukes wäre zweifellos wohlwollend ausgefallen. Titchs Leben hatte auf Messers Schneide gestanden.

Er beugte sich vor, um Wren hinter sich aufs Pferd zu ziehen. Mühsam unterdrückte er ein Stöhnen, als ihr Gewicht auf seinem geprellten Arm lastete. Wren hatte sicherlich nicht daran gedacht, daß Titch verletzt war, ihre Gefährtin dagegen verpaßte dem Jungen mit Freuden einen Denkzettel, indem sie eine ihrer Schwingen über sein Gesicht peitschen ließ. Wieder ertrug Titch schweigend den Schmerz, schließlich war ihm bewußt, was das Falkenweibchen für ihn getan hatte. »Danke«, sagte er schlicht, als er merkte, daß ihn der stechende Blick aus dunklen Augen fixierte. Alinor reagierte nicht und schüttelte sich die Regentropfen vom Kopf.

Langsam trabten die vier nach Keverne zurück. Sie hatten keinen Grund, sich zu beeilen, denn inzwischen waren sie ohnehin naß bis auf die Haut, und je langsamer sie gingen, um so weniger Matsch spritzte auf. Titch mußte sich immer wieder klarmachen, daß er das Pferd nicht gestohlen hatte – im Gegenteil, er hatte es wieder zurück an seinen

Geburtsort gebracht, wo es zu Hause war. Der Duke von Esdragon war ihm eigentlich zu Dank verpflichtet, und Titch hoffte, daß er nicht allzu schlechte Karten bei Rayner hatte, dem es sicherlich nicht gefiel, daß sich der Fremde auf Gereins Seite gestellt hatte. Wenn Titch Glück hatte, durfte er seinen Wallach in Ruhe satteln, um sich zusammen mit Wren auf den Weg zu machen. Wahrscheinlich ritt er in diesem Augenblick den schwarzen Hengst zum letzten Mal. Eine bittere Wahrheit, die sich mit jedem Schritt, den Valadan tat, wie ein rotglühender Nagel in Titchs Herz bohrte. Es war schwer, sich von diesem Pferd zu trennen, ein schmerzhafter Prozeß, sich überhaupt dazu durchzuringen ...

Esdragon war Valadans Heimat, aber Titch konnte sich hier niemals zu Hause fühlen, rief er sich ins Gedächtnis, nicht nachdem er sich für einen Verbannten eingesetzt hatte. Er war nur ehrlich zu sich selbst, und das tröstete ihn ein wenig. Wenn es nicht eine Sache der Ehre gewesen wäre, Gerein zu verteidigen, einen Mann mit zweifelhaftem Lebenswandel, für den es sich eigentlich nicht zu kämpfen lohnte ... zu spät, er konnte nichts mehr rückgängig machen. Titch bereute nicht, was er getan hatte, auch wenn er sich seine Zukunft anders vorgestellt hatte. Von Anfang an war ihm bewußt gewesen, wie hoch der Preis sein würde, den er zu zahlen hatte – kein Edelmann in Esdragon konnte ihn jetzt noch in den Ritterstand erheben. Wenn er Pech hatte, gab ihm auch jenseits der Grenzen niemand eine Chance und schlug ihn zum Ritter – der Kindheitstraum eines Waisenkindes, an dem er verzweifelt und vielleicht viel zu lange festgehalten hatte. Das einzige, woran er sich klammern konnte.

Es war an der Zeit, diesen Traum hinter sich zu lassen. Titch wollte endlich von den Hoffnungen und Phantastereien ablassen, die all die Jahre sein Leben bestimmt hatten.

Wie die Regentropfen, die ihm übers Gesicht liefen, floß seine Zukunft als Ritter dahin. Es waren nun einmal nackte Tatsachen, daß er seine Schwertkünste verkauft hatte, ein Jahr unter fremder Krone dienen mußte. Vor ihm lag ein Leben als Söldner, und vielleicht starb er sogar als einfacher Krieger. Für Gold und Kriegsbeute müßte er in Kämpfe ziehen, mit denen er im Grunde nichts zu tun hatte. Natürlich wäre es klüger gewesen, den Hengst nie wieder herzugeben, aber für Titch hatte bereits festgestanden, daß Valadan in Keverne bleiben sollte, als er die Festung betreten hatte – eine Entscheidung, die er aus freien Stücken getroffen hatte. Das Pferd war hier gezeugt worden, Keverne war sein Zuhause. Natürlich trennte er sich nur schweren Herzens von dem Schwarzen, aber das Leben ging schließlich weiter. Ein schmerzhafter Verlust, den er schon irgendwie verkraften würde, mehr nicht. Im Moment war ihm die Vorstellung, ohne dieses Tier weiterzureisen, allerdings unerträglich. Ein schönes Gefühl, auf diesem Tier zu reiten, auch jetzt hätte er es genossen, wenn er nicht gewußt hätte, daß es das letzte Mal war. In Zukunft mußte er ohne Valadan auskommen. Alles wäre in Ordnung gewesen, wenn er es nur geschafft hätte, den Gedanken an die bevorstehende Trennung zu verdrängen. Dieser Hengst hatte ganz selbstverständlich zu seinem Leben gehört, wie der Regen für die Menschen in Esdragon.

Vielleicht lag es nur an dem unheilvollen Regen, daß sein Gesicht naß war. Ein harter Kerl wie er hätte niemals um ein Pferd geweint, schließlich hatte er von Anfang an gewußt, daß er Valadan nie sein Eigentum nennen durfte. Ihn interessierte nur noch eines – wo sich die nächste große Chance für ihn bot. Er mußte jetzt praktisch denken, im Grunde war er nicht besser als Gerein.

»Wir müssen doch nicht mit Gerein gehen, oder?«

»Nein!« Titch lachte. Eine verrückte Frage, aber wenigstens hatte sie Titch aus seinen schwermütigen Grübeleien gerissen. Wren freute sich darüber, und sie wurde noch fröhlicher, als er einen Arm um sie legte. »Das kann ich dir versprechen!« flüsterte er in ihr Haar. Wren ließ sich in seine Arme sinken, obwohl sie wußte, daß er eigentlich das Pferd satteln wollte. *Nur einen Augenblick,* versprach sie sich im stillen, nur ein wenig Trost und Geborgenheit ...

»Das ist sie, Mylord! Das Mädchen mit dem Falken!«

Titch drehte sich ruckartig um und sah zur Stalltür. Zwei Männer standen im Eingang, hinter ihnen prasselte der Regen nieder, und beide waren Titch nicht unbekannt. Es überraschte ihn nicht, den geschwätzigen Innis zu sehen, schließlich hatte er – wie er behauptet hatte – die Ställe zu versorgen. Neben ihm stand der Duke von Esdragon.

Wren stieß einen erstickten Schrei aus, und als sei dies ein Signal gewesen, flog Alinor sofort auf ihre Faust. Furchteinflößend wirkte das Falkenweibchen mit den weit gespannten Schwingen und dem aufgerissenen Schnabel. Leere Drohungen allerdings, reines Theater, denn in dem engen Stall war Alinor vollkommen hilflos. Hier konnte sie weder auffliegen noch angreifen. Titch runzelte die Stirn und überlegte, ob er sich auf einen Angriff vorbereiten sollte. Anscheinend war es töricht gewesen, sich schon in Sicherheit zu wiegen.

»Lady«, sagte der Duke, und seine Stimme klang weder einschüchternd noch freundlich. Den aufgeplusterten Falken schien er nicht zu beachten, als er Wren geradewegs ansah. Sicherlich überlegte er, welche Rolle der Raubvogel gespielt hatte, als Titch den Sieg an sich gerissen und seinen Sohn bezwungen hatte. Der Ausgang des Kampfes konnte nicht nach Rayners Sinn sein. Wahrscheinlich glaubte er sogar, Wren steckte hinter der mysteriösen Wende im Kampfgeschehen ...

»Sir, ich bin der einzige, dem Ihr Vorwürfe machen könnt«, sagte Titch, in der Hoffnung, den Zorn des Dukes auf sich zu lenken. Wren zitterte, aber nicht nur, weil sie alle Kraft aufbringen mußte, um Alinor zu bändigen. Ihr wäre es lieber gewesen, wenn Titch sich zurückgehalten hätte, bis sie wußten, worum es eigentlich ging.

»Niemandem sollen Vorwürfe gemacht werden, mit Euch hat das ohnehin nichts zu tun«, warf der Stallmeister vorlaut dazwischen. Als er Titchs entsetztes Gesicht sah, breitete er in einer Geste der Hilflosigkeit die Hände aus und zuckte mit den Schultern. »Genaugenommen ist der Constable von Esdragon für die Ställe des Dukes zuständig. Zu Euren Diensten.« Er deutete eine Verbeugung an und zog – scheinbar amüsiert – einen Mundwinkel hoch.

»Sie steht unter meinem Schutz«, sagte Titch, als wolle er den beiden Männern drohen. Es dauerte eine Weile, bis Innis' Worte in sein Bewußtsein vordrangen. Vielleicht nahm sich der Stallmeister selbst auf den Arm, vielleicht machte er sich über Titch lustig – auf jeden Fall war Titch für sein Mädchen verantwortlich, egal, ob Innis tatsächlich einen hohen Rang einnahm. Das hätte natürlich erklärt, warum der Duke persönlich gekommen war und nicht irgendein Untergebener – womöglich war Innis auch nur irgendein Verrückter, entschied Titch.

»›Die Tochter eines Königs schläft in einem Stall‹«, wiederholte Innis die Worte des Jungen und hob eine Augenbraue, als könne er damit alles erklären.

»Das war nur ... ein dummer Scherz«, wandte Titch ein. Er begriff immer noch nicht, was vor sich ging, hielt es aber für klüger, erst einmal alles abzustreiten. Was hatte all das zu bedeuten? Der Mann hatte sie offensichtlich belauscht – aber was hatte er sich aus den Gesprächsfetzen, die er aufgeschnappt hatte, zusammengereimt? Glaubte er etwa, ein Königskind sei entführt worden? Oder ging er davon aus, daß die Prinzessin mit einem Liebhaber niedrigen Standes durchgebrannt war?

»Ich wette, das war kein Scherz«, sagte der Stallmeister gut gelaunt. »Daß Ihr das Mädchen Savrin genannt habt, sollte bestimmt auch kein Spaß sein. Bis jetzt macht das alles noch keinen Sinn, aber Ihr habt mit Sicherheit nicht gescherzt.«

»Das muß sich erst noch herausstellen«, sagte der Duke mit rauher Stimme.

Innis wandte sich wieder seinem Herrn zu. »Mylord, Ihr habt doch als Kind sechs Jahre lang in Zoranas Haus gelebt und die Königin gekannt. Damals muß sie ungefähr so alt gewesen sein wie dieses Mädchen jetzt. Was meint Ihr?«

»Ich meine, daß sich der Constable von Estragon lieber um die Pferde kümmern sollte!« erwiderte Rayner giftig. »Das ist jetzt zwanzig Jahre her, Innis. Wie soll ich heute eine Ähnlichkeit feststellen können?«

»Vielleicht kann die Herzogin mehr dazu sagen, schließlich ist sie eine enge Verwandte von Zorana …«

»Ich will nichts übereilen, indem ich meiner Herrin zu früh Hoffnungen mache. Seit Olvans Tod ist ihre Gesundheit ziemlich angegriffen, und ihr Zustand hat sich nach der Scharade heute nicht gerade verbessert.« Wieder richtete der Duke die hellen Augen auf Wren. »Wer seid Ihr, Mädchen? Antwortet bitte ehrlich.«

Wrens Lippen bebten, und plötzlich merkte Titch, daß sie am ganzen Körper zitterte. Er legte den geprellten Arm um ihre schmalen Schultern und sah den Duke an. Dankbar nahm Alinor hin, daß der Junge den zitternden Arm stützte, auf dem sie saß. »Was soll das alles?« fragte Titch, der seinen ganzen Mut zusammennehmen mußte. »Warum …«

»Laßt mich ein paar Fragen an das Mädchen stellen.« Der

Duke hob eine Hand und sah Wren eindringlich an. »Wer sind Eure Eltern?«

Wren brachte kein Wort über die Lippen, sie zitterte noch heftiger.

Titch zog sie an sich, um sie zu beruhigen, und versuchte, den Duke mit Blicken zum Schweigen zu bringen. Er mußte nicht mehr fürchten, sich bei dem Mann unbeliebt zu machen, also wagte er es, sich erneut einzumischen. »Das ist Savrin, die Tochter von Kenric, dem König von Crogen, und seiner Herrin Zorana«, sagte er. Eine formale Vorstellung, respektvoll, wie es Wren gebührte. Auch wenn sie nie verlangt hatte, wie eine Königstochter behandelt zu werden. »Sie steht unter meinem Schutz, und ihr steht der Schutz des Herzogs zu.«

»Sir, hört nicht auf das, was er sagt!« rief Wren verzweifelt dazwischen. Endlich hatte sie ihre Stimme wiedergefunden, und sie wand sich aus Titchs Umarmung, als wolle sie sich deutlich von seinen Worten distanzieren. »Die Frau, die behauptet hat, daß ich Savrin sei, war vollkommen von Sinnen! Gut möglich, daß sie alles nur erfunden hat. Vielleicht hat sie sich einfach nur geirrt ...«

»Glaubt Ihr denn, daß diese Frau sich geirrt hat?« hakte der Duke mit eisiger Stimme nach.

Titch war sprachlos – er wußte, daß Wren keinen Zweifel an ihrer Herkunft hatte. Warum sollte sie lügen, warum versuchte sie, ihre Identität zu verbergen?

»Ich weiß es nicht!« sagte Wren flehentlich. Ein Leben lang hatte sie sich verstecken oder verwandeln müssen – wie konnte sie sich wirklich *sicher* sein? fragte sie sich selbst. Wie konnte sie auch nur ahnen, was Wahrheit und was Lüge war? Die Rote Königin war felsenfest überzeugt davon, daß sie Wren wiedererkannt hatte – die Aussage einer Wahnsinnigen, und doch der einzige Beweis. Auch jetzt noch konnte Wren das, was sie für die Wahrheit hielt, jederzeit abstreiten. So viele Dinge waren ungeklärt, ein Kinderspiel, sich ein Leben lang hinter Ausflüchten zu verstecken. Vielleicht war es sogar ratsam, sich diese Hintertür offenzuhalten – schließlich brachte sie womöglich auch Titch in Gefahr. Natürlich hatte er nichts mit der ganzen Sache zu tun, aber sein Ehrgefühl gebot ihm sicherlich, ihr zur Seite zu stehen.

»Zorana war also Eure Mutter«, wiederholte der Duke mit ausdrucksloser Stimme. »Wißt Ihr noch mehr über sie?«

Wieder schauderte Wren. Vor diesem Mann, der kalt wie Eisen wirkte, konnte sie Melcias Lügen unmöglich wiederholen. Niemals. Sie sah dem Duke in die Augen, die Farbe der Iris erinnerte sie an hellen Stein. Mit fester Stimme beschrieb sie ihre Mutter, wie sie es verdient hatte: »Sie war die Frau, die von ihrem Herrn, meinem Vater, über alles geliebt wurde.«

»Mutige Worte«, bemerkte der Duke anerkennend. Er atmete schwer. »Kind, ich will mehr über die Zeit wissen, bevor Ihr geboren wurdet, als Eure Mutter so alt war wie Ihr jetzt. Ich könnte mir vorstellen, daß sie mit Euch über Eure Vergangenheit geredet hat. Und ich wollte mit Sicherheit niemanden beleidigen.« Seine Augen blieben kalt, als er fortfuhr: »Vor zwanzig Jahren haben eralische Plünderer Clandara in Ländereien unterteilt. Damals haben die Eralier anscheinend noch geglaubt, daß sie mit Esdragon dasselbe tun könnten.« Der leere Ärmel seines Gewandes schien der Beweis für die heftigen Kämpfe, die den Eraliern einen Riegel vorgeschoben hatten. Sie hatten Esdragon vor Clandaras Schicksal bewahrt. Noch bevor Rayner gekrönt worden war, hatte er den Arm verloren. »Die Menschen sind aus den Grenzgebieten geflohen, Gegenden, die lange Zeit unsicher waren. Ganze Familien hat man damals ausgerottet, erschlagen oder gefangengenommen. Meine Gemahlin hat auf diese Weise ihre jüngste Schwester verloren. Sie wurde nach Clandara verschleppt, nachdem alle aus ihrer Familie umgekommen waren. Weder mit Lösegeld noch mit Waffengewalt ist es uns gelungen, sie zu uns zurückzuholen.«

»Irgendwann haben wir wenigstens erfahren, daß sie noch am Leben ist. Für Barden gibt es keine Grenzen, sie gehen, wohin es ihnen gefällt. Das Schicksal der jungen Frau war genau der richtige Stoff für ihre Balladen. Ein eralischer König hat sie in seine Dienste genommen, ihr hübsches Gesicht war anscheinend Grund genug für ihn, die Ehe, die man für ihn arrangiert hatte, aufs Spiel zu setzen. Eine große Liebe, und sie mußten einen hohen Preis dafür zahlen. Die Schwester der Herzogin ist schließlich getötet worden, ein trauriges Ende, aber vorher hat sie ihrem Geliebten ein Kind geboren. Zorana war ihr Name, und ihrer Tochter hat sie den Namen Savrin gegeben.«

Eine Kälte, eisig wie Quellwasser, kroch Wren die Beine hoch, von den Zehen bis zu den Knien. Ihr wäre es lieber gewesen, wenn Melcia, diese wahnsinnige und boshafte Frau, gelogen hätte. Sie wollte nicht mit der Vergangenheit konfrontiert werden. Nachdem sie aufgehört hatte, sich mit Fragen zu quälen, stieß sie endlich auf Antworten, stellte sie bestürzt fest. Sie zitterte in Titchs Armen.

»Wenn Ihr wirklich Zoranas Tochter seid«, fuhr der Duke fort, »seid Ihr die einzige lebende Verwandte meiner Herrin, obwohl sie früher eine große, stattliche Familie hatte. Tag und Nacht hat sie zu den Göttern gebetet, daß Ihr nach Esdragon zurückkommt. Vielleicht habt Ihr das Gefühl gehabt, daß wir Euch nicht mit offenen Armen aufnehmen, aber ich wollte meiner Herrin nur ersparen, daß sie enttäuscht wird und noch mehr leidet, wenn ihre Hoffnungen wieder zerbrechen. So viele Nächte hat sie wachgelegen und geweint. Sie hat wohl gedacht, daß ich schlafe und nichts davon bemerke. Jeder verliert in seinem Leben Menschen, die er liebt, aber sie hat ein besonders schweres Los zu tragen. Ich versuche, ihr unnötigen Kummer zu ersparen, wann immer es möglich ist.«

»Dann glaubt Ihr dem Mädchen also, Rayner?« fragte der Stallmeister vorsichtig nach.

»Ich glaube ihm vor allem deshalb, weil es nie behauptet hat, Savrin zu sein«, erwiderte der Duke mit ernster Miene. Nach und nach wurden seine Gesichtszüge weicher. »Außerdem erinnert es mich an Zorana. Ich hätte nie gedacht, daß ich jemals die Gelegenheit haben würde, bei einem Menschen – außer bei meiner Herrin natürlich – diese Ähnlichkeit festzustellen.«

»Ich sehe meiner Mutter überhaupt nicht ähnlich«, flüsterte Wren erschöpft. Nur zu gut erinnerte sie sich daran, daß die Königin der Alpträume sie dem Wassergrab übergeben hatte, weil sie ihrem *Vater* wie aus dem Gesicht geschnitten war. Wenn ihre Gesichtszüge der Beweis sein sollten …

Plötzlich wurde Wren ruhiger, wie ein See, der sich eben noch unter einer sanften Brise kräuselt und plötzlich erstarrt, nachdem der Wind nachgelassen hat. Was kümmerte es sie schon, für wen diese Menschen, die ihr vollkommen fremd waren, sie hielten? Keverne war schließlich nicht ihr Zuhause, es gab keinen Grund, sich zu wünschen, in diesem Land eine neue Heimat zu finden. Im Grunde mußte sie froh sein, wenn man sie in Esdragon abwies und ihr das Erbe verweigerte. Was hatte sie mit diesem Mädchen – dieser Savrin –, von dem die Barden sangen, überhaupt zu tun?

Melcia hat mir zwar gesagt, wer ich war, aber nicht, wer ich heute bin, dachte sie, plötzlich erleichtert. *Das eine hat mit dem anderen nichts zu tun.* Wren holte tief Luft. Die Wogen würden sich schon wieder glätten. Wahrscheinlich schickte man sie wieder fort, voller Verachtung für die

Fremde. Aber schließlich wölbt sich überall derselbe Himmel übers Land ...

»Willkommen, Savrin«, sagte der Duke mit sanfter Stimme. Er hatte eine Entscheidung gefällt und griff so hastig nach der kraftlosen Hand des Mädchens, daß Alinor keine Zeit blieb zu reagieren. »Seid willkommen in dem Land, in dem schon Eure Mutter zu Hause war, bevor Ihr geboren wurdet. Durch Euch haben wir Zorana endlich wiedergewonnen. Es gibt Ländereien, die Zorana versprochen waren, und es ist nur recht, wenn die Ansprüche jetzt auf ihr Kind übergehen. Ich gebe Euch mein Wort, daß Ihr das Land bekommt. Und eines Tages wird der Besitz an Eure Kinder übergehen. Kommt jetzt mit mir, ich will, daß Ihr die Herzogin, Eure Tante, kennenlernt ...«

Dieser Fremde mit den kalten Augen hatte also tatsächlich entschieden, daß sie von nun an zur Familie gehören sollte. Wren verband den Duke von Esdragon nicht mit Bildern des Grauens – wie die Rote Königin –, trotzdem entzog sie ihm die Hand und wich einen Schritt zurück. Keine Kurzschlußreaktion, sondern eine bewußte Handlung, aber sowohl Alinor als auch Titch glaubten, daß sie in Panik geraten sei. Der Falke stieß aufgeregt Schreie aus, Titch schob die breite Schulter schützend vor Wren und ihren Falken und legte die Hand an den Schwertknauf.

»Ein zerbrochenes Schwert gegen einen einarmigen Mann?« fragte der Duke spöttisch. »Ihr habt mit der Sache nichts zu tun, Bursche! Wollt Ihr etwa das Schwert gegen mich erheben?«

»Nein.« Titch zog die Hand nicht zurück und erwiderte den Blick des Dukes. »Aber Ihr habt das Mädchen überrumpelt. Ihr seid der Lady mit Mißtrauen begegnet und solltet ihr dasselbe Recht zugestehen.« Er wandte sich an Wren und lächelte. »Du hast deine Familie wiedergefunden, auch wenn alles etwas plötzlich gekommen ist.«

»Ich war nie auf der Suche nach meiner Familie.«

Titch glaubte zu wissen, warum sie zögerte. »Das sind nicht die grausamen Menschen, von denen du schon so viel gehört hast – das war die Familie deines Vaters! Sie hat sich nie um dich gekümmert, es hat sie gar nicht interessiert, ob du unter dem Blutvergießen um Crogens kostbaren Thron leiden mußtest! Mit denen hast du zum Glück nichts mehr zu tun!«

Alinor krächzte zustimmend.

»Die Menschen hier gehören zu deiner Mutter«, fuhr Titch fort. »Sie haben dich nie vergessen und nie die Tür vor dir, ihrem Kind, verschlossen.«

»Und ich muß meine Familie akzeptieren, nur weil sie sich herabläßt, mir zu glauben?« Plötzlich entdeckte Titch in Wrens grauen Augen einen Funken Hochmut, der ihn an Alinor erinnerte. »Wenn ich aber gar nicht hierbleiben will? Was ist, wenn ich mit dir gehen will?«

Titchs Herz schlug ihm bis zum Hals, als er begriff, daß sie ihre Zukunft in Esdragon aufgeben wollte, um an seiner Seite zu sein. Er unterdrückte das Glücksgefühl, aber es gab keinen Zweifel, was er zu tun hatte. »Du kannst nicht mit mir kommen«, sagte er.

»*Was!*« Titch hatte in Wren immer ein Mädchen gesehen, das einem ruhigen Fluß glich, einem Strom, der zwischen sonnenüberfluteten Felsen dahinplätschert. Plötzlich verwandelte sie sich in einen reißenden Strom, der – unter einem Himmel, durch den Blitze zuckten – die Ufer mit sich riß. Diese Reaktion hätte er nie erwartet, und er wehrte sich dagegen, daß ihn die mächtige Flut überwältigte. Es gab einen Weg, den festen Boden unter den Füßen nicht zu verlieren, und er spürte, daß er Wren jetzt Halt geben mußte. Auf keinen Fall durfte er sie loslassen, auch wenn sie sich mit Händen und Füßen wehrte.

»Ich will bei dir bleiben!« Wren klammerte sich an seinem Unterarm fest, mit einer Kraft, die selbst Alinor alle Ehre gemacht hätte. Fast hätten die Wassermassen Titch auf den Grund gerissen und an Felsen zerschellen lassen.

Irgendwie gelang es ihm, gegen die Strömung anzukämpfen und sie in seine Arme zu schließen. Die einzige Möglichkeit anscheinend, sie dazu zu bewegen, ihm zuzuhören. »Hier hast du eine Heimat, eine Zukunft. Du weißt, daß ich dir das nicht bieten kann. Mein Zuhause ist die Straße zwischen zwei Turnieren, Wren. Dreck, Staub und Kälte, schlechtes Wasser und rauhe Gesellen. Das ist kein Leben für dich. Du verdienst etwas Besseres.«

»Das ist mir egal!« Weißschäumende Fluten schienen Titch mitzureißen, gewaltige Wassermassen ertränkten die Wirklichkeit um ihn herum – den Duke, den Stallmeister und sogar Gray, der so dicht bei ihm stand, daß er das Pferd atmen hörte. Der Geruch des Heus, das der Wallach kaute, stieg ihm in die Nase.

»Aber eines Tages ist es dir nicht mehr egal.« Nur eine Frage der Zeit, bis sie begriff, daß sie durch ihr königliches Blut, das nun niemand mehr verleugnete, eigentlich viel höher auf der Rangleiter stand. Irgendwann – an einem nicht allzu fernen Tag – mußte ihr klar werden, was sie aufgegeben hatte, dachte Titch, und dann würde sie ihre Entscheidung bereuen. Die Gewißheit, daß sie nie mit ihm glücklich werden konnte, bestärkte ihn in seinem Entschluß. Wenn sie nicht vernünftig sein wollte, dann würde eben er dafür sorgen, daß sie sich für den richtigen Weg entschied. »Bleib hier«, bat er sie und versuchte, sich in eine ruhige Nebenströmung zu retten, damit sie ihn hören konnte. »Du lebst hier nicht als Gefangene, Wren, das versprech ich dir. Wenn du mich brauchst und nach mir schickst, kann mich niemand daran hindern, zu dir zu kommen!« Selbst der Tod kann uns nicht trennen, schwor er im stillen. Niemand sollte wissen, wie aufgewühlt er war.

»Aber erst einmal solltest du eine Weile hierbleiben. Deine Familie will dir ein Zuhause geben. Wehre dich nicht dagegen.«

»Du hast gesagt, daß du mich beschützt.« Nachdem sie alles versucht hatte, um ihn umzustimmen, geriet sie in Panik, wie ein Lachs an kalter Luft, der zurück ins Wasser will und dabei wild um sich schlägt.

»Wenn du mich brauchst, werde ich für dich dasein«, versprach Titch. Ihre Augen glichen Seen, in denen sich das Licht einer Laterne spiegelt. »Aber ein Herzog kann dich viel besser beschützen als ein einfacher Söldner. Rayner ist dein Onkel, Wren. Ein ehrenhafter Mann. Er wird auf dich aufpassen, mach dir keine Sorgen.« *Du darfst jetzt nicht weinen,* hätte er gesagt, wenn er sie nicht besser gekannt hätte.

Er will mich nicht, wurde Wren bewußt. *Und es gibt nichts, womit ich ihn umstimmen kann. Er ist unnachgiebig wie ein Felsbrocken.* Resigniert und traurig ließ sie die Schultern hängen.

Titch führte ihre kalte Hand an seinen Mund, seine Lippen waren so trocken, daß Wren die Berührung kaum spürte. Als ob er fürchte, dem Mädchen zu nahe zu kommen. Langsam ließ er die Hand sinken, und einen Moment lang sah es so aus, als würde er doch noch schwach und wolle sie in die Arme schließen. Wren zitterte, sie wünschte sich so sehr, seine Umarmung zu spüren, und ohne seine Nähe fühlte sie sich verloren. Aber Titch legte ihre Hand behutsam in die von Rayner und wich einen Schritt zurück. Gefaßt überließ er sie ihrem neuen Leben, in dem es keinen Platz für ihn gab.

Wenn ich weinen könnte, wäre er geblieben, dachte Wren voller Verzweiflung. Wie gerne hätte sie ihn mit Tränen zurückgewonnen. *Kein Zauber ist so mächtig wie die Tränen eines Mädchens.* Sie hatte keine Chance, selbst wenn sie plötzlich die Kraft gefunden hätte zu weinen – wahrscheinlich hätte er gedacht, daß ihr nasses Haar tropfte. Schließlich wußte Titch, daß sie nur aus Mitleid weinen konnte …

Titch führte Gray durch das breite Stalltor und fragte sich, ob der Regen wohl schon nachgelassen hatte. Im Grunde war ihm das gleichgültig. Er hatte zwar gehört, wie der Regen aufs Scheunendach geprasselt war, aber er wußte nicht, ob das Rauschen nicht irgendwann aufgehört hatte. Er stellte fest, daß sich die Grasnarbe unter seinen Füßen mit Wasser vollgesogen hatte, die Luft aber trocken war. Der Himmel klarte auf, hier und da schimmerte sogar ein blauer Streifen durch. Titch straffte die Schultern und überlegte, wie lange es dauern mochte, bis seine Ausrüstung getrocknet war. Wahrscheinlich stieg eine Zeitlang Dampf von der Wolle auf, und auf dem Leder bildeten sich grüne, gesprenkelte Flecke. Aber er hatte Öl und Fett, um seine Ausrüstung zu pflegen. Sobald die Sonne unterging …

Denk doch nicht so weit im voraus, du Narr! rief sich Titch selbst zur Ordnung. *Hier und jetzt – alles andere darf dich nicht interessieren.*

Er mußte lediglich einen Fuß vor den anderen setzen, an den nächsten Schritt durfte er dabei nicht denken. Man ließ ihn ungeschoren ziehen, niemand rief ihn beim Namen – Grund genug, dankbar zu sein, fand Titch. Wenn er sich auf den Weg konzentrierte, hörte alles andere auf zu existieren, und ihm blieb keine Zeit, sich Hoffnungen und Träumen hinzugeben. Es gab keinen Platz für Phantasien von einem Pferd, das mit keinem anderen zu vergleichen war, und die Frage, ob er in dieser Nacht ein Dach über dem Kopf haben würde oder nicht, verlor an Bedeutung. Auf keinen Fall durfte er sich bewußt machen, daß er soeben mit offenen Augen ins Unglück gerannt war.

Denke einfach nicht nach.

Bei jedem Schritt schmerzten ihn die Prellungen und die gezerrten Muskeln. Eine kleine Hilfe wenigstens. Der Schmerz löschte die inneren Qualen aus.

Wren fühlte, daß ihr etwas Warmes übers Gesicht lief, eine feuchte Spur, als sei eine Schnecke über ihre Wange gekrochen.

Ich kann nur aus Mitleid weinen, dachte sie erschrocken und fragte sich, ob sie es nun tatsächlich gelernt hatte, Tränen zu vergießen wie jeder andere auch, Tränen, die nichts bewirken konnten. Sie starrte hinter Titch her, der ihr den Rücken zuwandte und alle Hoffnungen hinter sich gelassen hatte. Sein Stolz verbot es ihm, die Schultern hängenzulassen wie jemand, der eine Niederlage einstecken muß. Aber er konnte nicht verhindern, daß er leicht hinkte. Plötzlich begriff Wren, daß sie nicht aus Kummer weinte, obwohl die Trauer sie innerlich zerriß. Sie wandte sich ihrem Onkel zu, den sie eben erst gefunden hatte, dem Mann, der die Macht besaß, einen Krieger zum Ritter zu schlagen.

»Er ist ehrenhafter als jeder Ritter, den Ihr jemals gesehen habt«, sagte Wren. »Wenn Ihr mir nicht glaubt, fragt doch Valadan.«

»Weine nicht, mein Kind«, sagte er mit rauher Stimme und wischte ihr die Tränen von den Wangen. Überrascht stellte Wren fest, daß seine Berührung sanft war.

Du gehst. Willst du mich etwa zurücklassen?

Deshalb hat sich das Hufgeklapper also die ganze Zeit so seltsam angehört, dachte Titch wütend. Grays Schritte hatten unregelmäßig geklungen, und er hatte sich schon Sorgen gemacht, daß der Wallach lahmte oder zumindest vom langen Stehen im Stall steif geworden war. Als er sich umdrehte und Gray gehorsam stehenblieb, begriff er, was ihn irritiert hatte: Zwei Pferde trabten über das Kopfsteinpflaster, und jedes hatte einen anderen Gang.

»Wir haben das doch schon alles besprochen«, sagte Titch zu dem schwarzen Hengst, der vor ihm stehenblieb.

Das haben wir. Valadan schob seinem Herrn die weichen Lippen in die Hand und knabberte sanft an den Fingern.

»Nein«, sagte Titch, als wolle er sich selbst zur Ordnung rufen. Es war seine Schuld, daß Valadan ihm gefolgt war – er hätte das Pferd in einer Box unterstellen müssen, die fest verschlossen war. Ein cleveres Pferd konnte den Riegel vor den Einzelboxen in Sekundenschnelle mit Lippen und Zähnen hochschieben. Es half nichts, jetzt mußte er den Schwarzen irgendwo festbinden, bevor er weiterging. Er sah sich in dem Hof um, auf der Suche nach einem Seil, und wurde fast wütend, als er weit und breit keines entdecken konnte. Später konnten sich die Stallburschen um den Hengst kümmern, er mußte erst einmal so schnell wie möglich dafür sorgen, daß das Tier nicht hinter ihm her trottete ...

Warum nimmst du meine Dienste nicht an? Selbst jetzt hielt Valadan den Kopf gerade, obwohl sich in seinen funkelnden Augen tiefe Sorge spiegelte und die geknickten Ohren Unsicherheit verrieten. *Warum versuchst du, mich loszuwerden?*

»Du gehörst hierher«, erklärte Titch geduldig. »Daran gibt es nichts zu rütteln. Ich habe die Wandteppiche gesehen und die Lieder und Geschichten gehört. Jetzt weiß ich endlich, wer du wirklich bist.«

Du hast eine Menge gehört und doch nicht zugehört, sagte Valadan, schnaubte und schlug mit dem Vorderhuf auf. *Niemand sagt dem Wind, wo er wehen soll.*

»Du kannst nicht mit einem Kerl wie mir durch die Lande ziehen!« wandte Titch ein.

Ist es nicht meine Sache, wie ich mich entscheide? fragte Valadan, anscheinend amüsiert.

»Warum gerade ich?« wolle Titch wissen. Seine Stimme verriet Verzweiflung, er hörte sich an, als wolle er die Götter des Schicksals anrufen. Der Hengst warf den Kopf zurück, wieder schlug der Vorderhuf auf das Kopfsteinpflaster – die einzige Antwort, die er Titch gab, und auch die Götter des Schicksals schwiegen.

Wütend sah Titch den Hengst an. »Denk noch mal über deine Entscheidung nach, Streitroß. Suche dir einen Ritter, einen Mann, der es wert ist, daß du ihm dienst.«

Gerein ist ein Ritter, gab Valadan mit sanfter Stimme zu bedenken. *Und viele sind der Meinung, daß Cullum ein ehrenvoller Mann ist.*

Bei den Göttern, jetzt diskutierte er schon mit einem *Pferd* über Ritterlichkeit! Und zog dabei auch noch den kürzeren. »Such dir einen echten Ritter! Laß dir Zeit, es gibt hier genügend davon. Schließlich ist das hier nicht das Reich der Roten Königin.«

Titch wollte sich endgültig auf den Weg machen – aber er hatte vergessen, daß Valadans Ohr nur zurückzucken mußte, und schon blieb Gray wie versteinert stehen. Nach anderthalb Schritten spürte Titch einen Ruck – die Zügel seines Wallachs hielten ihn zurück. Titch fluchte, fühlte sich hilflos, und schloß resigniert die Augen.

Geschmeidig wie Wasser, das über Schiefer fließt, setzte Valadan einen Huf vor Titch. Dem Jungen war der Weg verstellt, er kam nicht weiter, selbst wenn es ihm gelungen wäre, Gray gegen den Willen des Hengstes hinter sich herzuziehen. Titch öffnete die Augen, und als der magische Blick des Schwarzen in seine Seele vordrang, begriff er sofort, daß er einen Fehler gemacht hatte.

Du hast die Schwachen verteidigt und die Unschuldigen beschützt … In Valadans Augen flackerten Bilder auf, zogen blitzschnell wie Fische vorbei, goldfarben ausgeschmückt wie heilige Schriften, Momentaufnahmen, die aus Saphiren und Rubinensplittern zusammengesetzt schienen. Titch sah sich selbst, wie er – nur um der Ehre willen – gegen Cullum kämpfte, der eine Diamant-Rüstung trug. Der Junge verteidigte sich mit dem zerbrochenen Schwert, keine Sekunde bereit, sich geschlagen zu geben. Einen Herzschlag später wechselte die Szene – Zinnen, so hoch, daß sich Titch unwillkürlich der Magen zusammenkrampfte. Verbissen kämpfte er gegen Männer, die den Prinzen entführen wollten. Plötzlich sah er sich inmitten eines reißenden Stroms. Er umklammerte einen verzweifelten Otter, um ihn vorm Ertrinken zu retten – obwohl er dabei sein Leben aufs Spiel setzte …

Du hast ein mutiges, ehrliches Herz, und du tust, was dein Herz dir befiehlt … was sonst macht einen echten Ritter aus?

»Herrje, ein Ritter braucht einen Lord! Er muß einen Herrn finden, dem er dienen kann!« fuhr Titch den Hengst so aufgebracht an, daß Valadan tatsächlich zurückschreckte.

Ein Treueschwur? Der Hengst schüttelte abfällig den Kopf. *Ist das das einzige Hindernis, das dir im Weg steht?*

Als sei das nur eine Kleinigkeit, ein Maulwurfshügel, den man nur umgehen muß. Na ja, wie sollte ein Pferd, selbst ein Hengst wie dieser, auch verstehen, daß kein Lord ihn jemals wieder in seine Dienste nehmen würde? Er war an Melcia von Josten gebunden, er hatte sich dem Duke von Esdragon in den Weg gestellt, und kein Lord hätte ihn noch als Lehnsmann oder nur als Untertan gewollt. »Laß mich gehen«, bat Titch. »Und lauf nicht hinter mir her! Du gehörst hierher …«

»Das stimmt. Valadan gehört nach Esdragon.«

Der Duke kam mit ernster Miene über den Stallhof, gefolgt von Wren, die – ein oder zwei Schritte hinter ihm – unsicher stehenblieb. Valadan wieherte sanft zur Begrüßung.

Titchs Herzschlag stockte. Wieder mußte er sich gegen Schuldgefühle wehren und sich ins Gedächtnis rufen, daß er – wie er selbst in den Augen des Hengstes gesehen hatte – zeit seines Lebens versucht hatte, das Rechte zu tun. Er hatte Valadan die Freiheit geschenkt, jetzt wollte er das Pferd nicht aus seiner vertrauten Umgebung reißen. Eine verzwickte Situation – er wußte, daß er auf andere wie ein Dieb wirken mußte. Sein Blick begegnete den eisigen Augen des Dukes, und er mußte sich zwingen, nicht zurückzuzucken. »Sir, ich schwöre Euch, daß ich dieses Pferd nicht stehlen will. Laßt mich den Hengst nur irgendwo unterstellen, wo er nicht wieder weglaufen kann, dann mache ich mich sofort auf den Weg.« Titch war klar, daß sich Valadan wahrscheinlich wehren würde, trotzdem mußte er es versuchen. Irgendeinen Weg mußte es doch geben …

Der Duke antwortete nicht. Er sah Valadan lange an, und der Hengst erwiderte den Blick mit geblähten Nüstern. »Er kann jeden Tag mit Euch zusammensein«, murmelte der Duke und sah schließlich zu Boden. »Warum gerade er, Streitroß? Warum hast du dich unter allen Männern im Herzogtum ausgerechnet für ihn entschieden?«

Valadan schnaubte, warf gebieterisch den schmalen Kopf hoch und stampfte mit den Hufen auf. Der Duke schien plötzlich wutentbrannt.

Verzweiflung packte Titch. *Wenn ich mich ganz langsam davonschleiche … wie weit könnte ich wohl kommen?* Von wem ging wohl die größte Gefahr aus – von dem Hengst oder von den Wachen des Dukes? Natürlich standen irgendwo Wachen, auch wenn er sie im Moment nicht sehen konnte …

»Ich kann einfach nicht glauben, daß ein Mann, der Gerein verteidigt hat, Valadans treue Dienste verdient«, sagte der Duke. »Aber er hat offensichtlich seine Wahl getroffen. Egal, was Ihr Euch in den Kopf gesetzt haben mögt – dieses Pferd wird Euch bis ans Ende der Welt folgen. Selbst meine Gesetze können das Streitroß nicht halten, und es spielt keine Rolle, wie Ihr Euch entscheidet. Das war schon immer so, seit ein Zauberer – noch vor meines Urgroßvaters Lebzeiten – diesen Hengst geschaffen hat. Der unsterbliche Wind hat ihn mit einer sterblichen Stute gezeugt. Ich kann den Schwarzen nicht aufhalten. Nicht einmal mit einer Eisentrense kann man ihn bändigen ...«

»Wenn ich ihn bitte hierzubleiben, dann tut er es«, wandte Titch leise ein. Valadan schrie gequält auf, und Titch begriff sofort, daß er den richtigen Weg gefunden hatte. Der Hengst mußte hierbleiben, wenn Titch es verlangte, egal, ob es ihm gefiel oder nicht. Der Junge sah Valadan in die Augen. »Du mußt hierbleiben, für Wren. Du kannst ihr helfen.« Valadan schnaubte aufgebracht, senkte aber den Kopf ein wenig. Eine Antwort, mit der Titch zufrieden sein konnte.

»Ihr wollt ihn zurückweisen?« fragte der Duke bestürzt.

»Er gehört nicht zu mir.« Titch streckte eine Hand aus und ließ den Hengst daran knabbern, und ihm fiel wieder ein, was er alles riskiert hatte, um diesen Hengst zu seinem Eigentum zu machen. Er erinnerte sich wieder, wie ihm in dem Moment, als der Schwarze endlich ihm gehört hatte, schlagartig bewußt geworden war, daß dieses Tier niemandem gehören konnte. Unmöglich, diese Gefühle in Worte zu fassen. Der Duke konnte ihn sicherlich nicht verstehen, es gab keinen Weg, einem anderen begreiflich zu machen, was er empfand. Seine Kehle fühlte sich rauh an, und er war unfähig zu schlucken. Selbst das Atmen fiel ihm schwer.

»Ihr habt offenbar eiserne Prinzipien«, sagte der Duke scheinbar gedankenverloren.

»Als mein Vater gestorben ist, hat er mir drei Dinge hinterlassen, Sir«, erwiderte Titch. »Sein Schwert, sein Pferd und seine Ehre. Pferde werden irgendwann alt, Schwerter können zerbrechen. Das sind Tatsachen, die ich nicht ändern kann. Aber die Ehre kann nur verlorengehen, wenn ich es zulasse.« Er dachte an die Bilder, die er in Valadans Augen gesehen hatte, und plötzlich wurde ihm klar, daß er in allen schwierigen Situationen immer an der Ehre festgehalten hatte, auch wenn es ihm manchmal selbst nicht bewußt gewesen war. Er streichelte dem Hengst über den Hals, um ihm Lebewohl zu sagen, und zwang sich, die Hand wieder zurückzuziehen.

»Ich überlege gerade, ob Ihr wohl auch einem Mann nach eisernen Prinzipien dienen könntet, dem diese Ehre – anders als Gerein – wirklich zusteht?« Der Duke legte eine Hand auf Valadans Kruppe und kraulte den Ansatz der nachtschwarzen Mähne.

Verwirrt sah Titch den Duke an. »Ich weiß nicht, was Ihr meint, Mylord.« Er war nicht in der Stimmung, Rätsel zu lösen, sondern hatte das Gefühl, als reiße man ihm – Faser für Faser – das Herz aus dem Leib. Er wollte endlich fort von hier, auch wenn ihn eine düstere Zukunft erwartete. Er wollte diese Zerreißprobe hinter sich bringen …

»Könntet Ihr zum Beispiel *mir* dienen?« fragte der Duke und drehte zwei Locken der Mähne ineinander. »Könntet Ihr Euch als mein Lehnsmann verpflichten und für meine Rechte und meine Ehre einstehen wie ich für Eure? Könntet Ihr für mich in den Kampf ziehen, als Gegenleistung für die Ländereien, die ich Euch unterstelle?« Er ließ von Valadans Mähne ab und sah Titch – während er die rituellen Fragen stellte – geradewegs ins Gesicht.

Titch riß die Augen auf, und alles um ihn herum versank in Dunkelheit. Er brachte kein Wort über die Lippen, wagte nicht zu atmen – bis der Augenblick zerbrach und ihm bewußt wurde, daß er, von seinen innigsten Wünschen in die

Irre geführt, alles falsch verstanden und sich vollkommen verhört haben mußte ...

Knie nieder, befahl Valadan amüsiert.

Titch gehorchte mit weichen Knien. »Ländereien für meine Dienste?« flüsterte er ungläubig, und sein Herz pochte so heftig, daß es rauschte wie ein gewaltiger Strom, der ins Meer mündet.

»So ist es üblich«, bestätigte der Duke. Immer noch zeigte sich kein Lächeln auf seinem Gesicht, aber er wirkte nicht mehr angsteinflößend, sondern nur noch wie ein harter Mann, der ein Leben lang als Krieger gekämpft hatte. »Cullum wird mir auf den Thron folgen, Ihr habt hier keine Freunde – aber in diesem Augenblick hat die Familie meiner Frau ein neues Mitglied gewonnen. Das Mädchen soll schon bald verheiratet werden.« Er wies mit dem Kinn auf das Streitroß. »Ihr seid mit guten Referenzen nach Esdragon gekommen. Und ich nehme an, daß Ihr nichts dagegen habt, in meine Dienste zu treten.«

Der Duke zog das Schwert mit der scharfen Klinge aus der Scheide und schlug Titch zum Ritter, indem er ihn mit der Waffe – wie das Ritual es vorschrieb – zweimal leicht auf den Schultern berührte. »Steht auf, Sir Tych, Ritter der Ehre von Esdragon. Und tragt die Farben Eurer Herrin unerschrocken.«

Titch stand auf, und die Tränen standen ihm in den Augen. Er hörte den schrillen Schrei eines Falken, der von Valadans fröhlichem Wiehern erwidert wurde – und dann flog Wren in seine Arme. Auch ihr liefen Tränen über die Wangen, und Titch zog sie fest an sich, als sich ihre Lippen berührten. Er wußte, daß er sie nie wieder loslassen wollte, und was auch kommen mochte, ihre Vergangenheit spielte keine Rolle mehr.

Das Land, das Wren von der Familie ihrer Mutter erbte, bestand einzig und allein aus Klippen und Heidekraut, aber sie hatten alles, was sie brauchten: viel Wasser und einen unendlich weiten Himmel. Am Fuße der Steilküste tobte das Meer, Tag und Nacht hörte man das Rauschen der Wellen. Auf einer Landzunge thronte ein ansehnliches kleines Schloß mit dicken Verteidigungsmauern und einem viereckigen Turm, der nicht allzu weit in den Himmel hinaufragte. Selbst Titch konnte sich dort wohl fühlen, auch wenn er nicht oft die Stufen hinaufstieg. Alinor hatte das oberste Zimmer für sich ausgesucht, dort oben wachte sie über ihre Brut und ihre Küken. Die Festung gehörte zu einem Küstenabschnitt, der – nach dem Befehl des Dukes von Esdragon – ein scharfes Auge und einen starken Arm verlangte. Alinor und Titch teilten sich die Aufgaben, jederzeit bereit, sich gegenseitig zu helfen, ihrer Lady, Savrin, treu ergeben.

Ein Ritter hat die Pflicht, für seinen Lehnsherrn in den Kampf zu ziehen, wenn es nötig ist. Jedesmal, wenn Titch auf seinem Streitroß Valadan ins Gefecht zog und für seinen Duke das makellose Schwert schwang, wehte über ihm das Falken-Banner seiner Herrin. Manchmal begleitete ihn hoch oben am Himmel, getragen von den Winden, ein echter Falke.